Tessa Korber

# *Die Karawanen Königin*

Roman

Pendo
Zürich München

*Hier bist du also, mein Freund. Mein Mann wollte mir zunächst nicht sagen, wo ich dich finden kann. Er glaubt tatsächlich nur an die Schwäche der Frauen; er kennt mich nicht.*

*Aber es gefällt mir hier. Wie still es ist zwischen den Zypressen, ihre Nadeln dämpfen den Schritt, und das Sonnenlicht fällt warm über die Steine. Ich hab' dir Rosmarin gepflückt, er duftet stark um diese Tageszeit. Doch nicht so betäubend wie früher in unserem geheimen Garten am Fluß…*

*Es muß ein gutes Dutzend Jahre her sein, daß wir gemeinsam durch die Palmengärten schlichen zu unserem heimlichen Badeplatz. Denk dir: Ich kann immer noch nicht schwimmen. Bei meiner Flucht über den Euphrat wäre ich ertrunken, wenn mich nicht ein römischen Söldner an den Haaren herausgezogen hätte. Heute sieht es so aus, als ob ich ihm dafür dankbar sein müßte.*

*Wenn du mich sehen könntest, Freund. Eine richtige römische Matrone bin ich geworden, von meiner Frisur bis zu den goldbeschlagenen Sandalen. Als wir uns das erste Mal trafen, gingen wir beide barfuß, weißt du noch? Oh Allath, große Göttin, wie viel ist seither geschehen! Dabei kenne ich deinen Teil der Geschichte noch nicht einmal – und werde ihn vielleicht nie mehr erfahren.*

*Deine Tochter habe ich allerdings aufgespürt. Mach dir keine Sorgen um sie, es soll ihr gutgehen, du kannst dich auf mich verlassen, jetzt, wo ich dich wiedergefunden habe.*

*Mein kleiner Spielkamerad ist Vater, ich kann es kaum glauben. Du bist doch selbst immer nur ein Kind für mich gewesen. Und das schien dir nichts auszumachen. Erinnerst du dich, wie du mir immer nachgelaufen bist? Damals, als wir noch gemeinsam durch die Stadt streunten? Wie lange habe ich daran nicht mehr gedacht! Ach Odu, wie hätte ich wissen sollen, daß du einmal für mich sterben würdest. Es war doch alles nur ein Kinderspiel gewesen – bis zu jenem Pferdemarkt, damals, in Palmyra…*

I.

# *Die Stadt*

# Ein heimlicher Ausflug

Der alte Mann hielt in seiner Erzählung inne, um sich der Aufmerksamkeit seiner Zuschauer zu vergewissern. Reglos saß er auf seiner Decke aus Ziegenhaar und wartete, bis die Stille rings auf dem Marktplatz von Palmyra so schwer wurde wie der Tropfen, der sich vom Rand des Bechers lösen will. Dann nahm er seinen trägen Singsang wieder auf.

»...und Sainab lag in den Armen ihres Geliebten. Sie schlug ihre schwarzen Augen zu ihm auf und flehte mit silberner Stimme: ›Laß uns fliehen, Liebster, laß uns fortreiten in die Wüste, wo der düstere König uns nicht findet...‹«

Das Mädchen mit den buntgeflochtenen Zöpfen lauschte gebannt. Sainab war eindeutig ihre Lieblingsgeschichte. Doch plötzlich fand sie sich mitsamt der Kiste Pistazien, auf der sie sich niedergelassen hatte, unsanft beiseite geschoben. Die eisernen Beinschienen eines römischen Zenturio pflanzten sich vor ihr auf und verstellten ihr den Blick.

»Heh, kannst du nicht Latein reden, Dattelfresser? Damit ein zivilisierter Mensch dich verstehen kann?« höhnte er laut. In der Zuschauermenge wurde ein unzufriedenes Zischen hörbar, doch trat niemand den Soldaten entgegen. Der Kamerad des Zenturio lachte schallend.

»Hockt sich hier einfach in den Kamelmist, der überall rumliegt, daß man keinen Boden mehr sieht, römischen Boden, das vergessen die hier alle ja gerne...« Nun feixten sie beide.

Wütend rutschte Zenobia von ihrem Stammplatz. Sie war nicht die einzige in Palmyra, die die zur Schau gestellte Überlegenheit der hier stationierten Legionäre gründlich satt hatte. Dattelfresser, pah. Sie spuckte ihm einen abgekauten Kern gegen die Waden und sah zu, daß sie in der Menge untertauchte, ehe er sich umdrehte. Aber wohin nun?

In dem Strom von Menschen, der sich zielstrebig durch die Straßen schob, schien sie die einzige zu sein, die das nicht wußte. Zu den Ständen der Kaufleute und Färber vielleicht? Nein, da war heute nichts los. Und ein heimlicher Blick in das kühle Kontor von Clemens' Seidenhandlung verriet ihr, daß auch ihr Freund Odu nicht da war. Zenobia mußte ernsthaft befürchten, die Gefahr eines unerlaubten Ausflugs heute umsonst auf sich genommen zu haben.

Der Mittag war erreicht, und es wurde unerträglich heiß zwischen den riesigen Marmorkolonnaden. Die Konturen der bunten Steine begannen zu flimmern, und nichts dämpfte das metallene Blau des Himmels über der Wüste. Die Düfte des Marktes, Tierdung, Weihrauch, Schweiß, Früchte in Gärung, der süßliche Gestank der Schlachtereien und die herben Aromen der Kräuterstände, sie mischten sich zu jenem betäubenden Parfum, das gemeinsam mit der Hitze die Stadt während der nächsten Stunden in Schlaf versinken lassen würde. Doch noch hallte der Lärm der Marktgassen in Zenobias Ohren.

Plötzlich geriet die Menge in Bewegung. Schrille Warnrufe stiegen auf, eine Herde Ziegen floh in Panik so dicht an ihr vorbei, daß der scharfe Geruch sie einhüllte. Dann sah sie Reiter, die die Menschen in der engen Gasse vor sich her trieben. Der von den Hufen ihrer Pferde aufgewirbelte Staub flirrte in der Sonne. Kreischend rannte alles auseinander, während Zenobia sich zwischen den zurückdrängenden Leibern durchkämpfte und gerade noch einen Blick erhaschte auf breite Schultern und einen wehenden Leopardenfell-Umhang. Ein mächtiger Hengst warf Schaumflocken nach allen Seiten, ein goldener Helm funkelte vorbei, dann verhallte das Dröhnen der Hufe. Das war der Fürst gewesen, flüsterte man, der Fürst von Palmyra, der von der Front zurückkehrte, weil seine Frau in den Wehen lag. Vereinzelt stiegen Hochrufe auf. Zenobia stand eine Weile wie versunken.

Dann griff sie sich eine Handvoll Trauben aus einem vorbeipolternden Karren, schlug sie in ihr Schultertuch und flüchtete sich in den blauen Schatten einer Bildsäule, der einen Kreis aus Kühle und Ruhe in das Markttreiben schnitt. Sie lehnte sich zurück und blickte aus halbgeschlossenen Augen zurück auf den Zug von Händlern, Käufern, Dieben und Flaneuren, der vorüberquirlte, als wäre nichts geschehen.

Schließlich wandte sie sich ihrem Raub zu, den sie auf ihren untergeschlagenen Beinen ausbreitete und polierte, bis jede Beere gläsern schimmerte. Sie schob sich die erste zwischen ihre Schneidezähne, wo sie die Schale andächtig platzen ließ und erst kaute, als ihr der Saft süß in den Mund sickerte.

Der prächtige Reiter eben, er hatte sie an einen anderen erinnert, einen, den sie vor fast einem Jahr gesehen hatte, bei dem großen Markt, auf dem die Bergstämme ihre Pferde und Kamele hier den Karawanen-Kaufleuten anboten. Sie schnippte eine Traube über das Marmorpflaster, die kullernd aus ihrem Blickfeld hüpfte. Und in Gedanken begann sie, die Worte des Märchenerzählers zu wiederholen, während sie sich in die Geschichte der Prinzessin Sainab und ihres kühnen Prinzen gleiten ließ.

Vor ihren abwesenden Augen entstand dabei das Bild eines jungen, wilden Gesichtes. Oh, es war das Gesicht eines Königssohnes, dunkelgolden, mit einem heißen Mund und unbändigen Augen. Beim letzten Markt war er ihr begegnet, als die Herden in einem Wirbel von Staub und Lärm durch das Tor getrieben wurden. Er hatte gelacht und die Peitsche geschwungen, bald verdeckt, bald wieder sichtbar inmitten der stampfenden Pferdekörper. Sie war ihm hinterhergelaufen, am Rand der tobenden Herden, und hatte ihm nachgeschaut, solange sie konnte. Dann hatte die Stadt all dieses Leben aufgenommen und verschluckt.

Niemand konnte ihr eine Auskunft geben, kein Händler auf dem Markt kannte ihn. Er mußte wohl zu den Bergstämmen gehören. Wer war er? Wie hieß er? Wenn sie sich nachts unruhig im Bett wälzte, träumte sie sich eine Antwort. Und von niemandem wurde seither der jährliche Pferdemarkt sehnsüchtiger erwartet als von Zenobia, Tochter des edlen Zenobios', des Kommandanten der Stadtgarde von Palmyra.

Sie kaute versonnen und schüttelte den noch kindlichen Medusenkopf, der stets von dem übrigblieb, was ihre Amme ihr jeden Morgen voll Trotz gegen die römisierten Sitten der Stadt als Frisur der unverheirateten Stammesfrauen flocht. Dennoch war sie in ihren Träumen eine Prinzessin, und ihren Beduinenprinzen kleidete sie ungeniert in Goldhelm und Leopardenfell, das Ornat eines Fürsten.

»›Laß uns fortreiten, Liebster‹«, rezitierte sie hingebungsvoll, und eine weitere Traube rollte zu den anderen. Zenobias Blick verfolgte sie über die

Ritzen und Mulden des hellen Steins bis zu der Säule gegenüber, glitt an dieser hinauf…

Da stand ihr Vater. Der Schreck riß sie ganz in die Gegenwart. Ihre Finger waren verklebt, ihre Tunika schmutzig; sie sollte nicht hier sein, und würde er ihre Gedanken kennen, er würde sie strafen. Zitternd zog sie die Beine an den Körper. Er hatte schon einmal von ihren Streunereien erfahren. Zenobia erinnerte sich nur zu gut der Art, in der er an ihr vorbeigesehen hatte, während er ihr ihre Sünden vorzählte und ihr Bruder ihr für jede davon zehn Schläge über den Rücken zog. Und sie hatte nie vergessen, wie gern er es getan hatte.

»Aber er weiß es ja nicht.« Mit aufsteigendem Trotz schaute Zenobia zu der Statue ihres Vaters auf, die streng und ungerührt an ihr vorbeisah, wie damals, als er sie züchtigen ließ, wie er stets seiner Autorität Geltung verschaffte.

»Und er sieht mich nicht«, setzte sie laut gegen ihr Unbehagen hinzu und warf mit Wucht eine neue Traube den anderen hinterher.

»Die Göttin grüßt dich, Zenobia. Warum machst du das?« Mit zurückhaltendem Bedauern sah Odu den Früchten nach.

Odu! Ach, das war gut. Erleichtert sprang sie auf.

Die beiden Kinder waren ein recht ungleiches Paar. Odu war ein Sklave, zwei Jahre jünger als sie und vor kurzem als Beute aus der Unterwerfung einiger Dutzend pannonischer Goten hierher verkauft worden. Abgemagert und erschöpft, hatte er damals auf dem Marktpodium des Sklavenhändlers gestanden, ein zerzauster kleiner Kerl, der dringend ein Bad gebraucht hätte und dessen Schulterblätter herausstanden wie die Springbeine eines Grashüpfers.

Doch über dem Brotfladen, den man ihm zum Kauen gegeben hatte, war in seinem Gesicht bereits wieder die Neugier für die fremdartige Umgebung erwacht. Und während aus der Menge für ihn geboten wurde, sah er mit aufgerissenen Augen seinem ersten Kamel hinterher. Es hatte den Göttern gefallen, ihm nichts von jener freundlichen und furchtlosen Art zu nehmen, mit der er auf alle Menschen und Dinge zuging. Und als er eines Tages Zenobia die Ladengassen der Goldschmiede entlangschlendern sah, die teure Tunika achtlos um die Hüften geschnürt, den schmalen Kopf mit der stolz gebogenen Nase hoch in die Luft gereckt, da war sie für ihn die Hasenkönigin selbst, die einsame Jägerin aus den Geschichten seiner Heimat, die sich nur selten dem Mutigen zeigte, und manchmal den Todgeweihten. Er lief zu ihr und lachte sie aus seinen runden Augen an.

Ein solches Blau, wie es aus den Augen dieses kleinen Jungen strahlte, hatte Zenobia noch bei keinem Menschen gesehen. Sie waren blau wie der Mittagshimmel, wenn er sich in der Quelle Ephta spiegelte, und sie leuchteten in reiner, rückhaltloser Anbetung. Seitdem war Odu der treue Trabant all ihrer Ausflüge.

»Du, laß uns zum Tempel gehen.«

»Aber wieso …?«

»Hier ist es langweilig. Oder weißt du etwas Besseres?« Damit drückte sie Odu den schon reichlich geplünderten Rest der Trauben in die Hand und lief los. Als sie auf gleicher Höhe waren, begannen sie mit dem »Fischspiel«, einer anspruchsvollen Übung, die verlangte, rhythmisch und möglichst ohne Stocken durch die Menge zu gleiten.

Auf diese Weise ließen sie das Tripylon linker Hand, nahmen den Weg an den römischen Kasernen und dem Stadtbad vorbei und durchquerten das Viertel der Färber, wo die zum Trocknen über der Straße aufgezogenen Seidenbahnen über ihren Köpfen im Wind hin und her schlugen. Zenobia verlangsamte das Tempo. Mit ganz in den Nacken gelegtem Kopf blickte sie nach oben auf den Stoff, der im Luftzug zu fließen schien. Indigo und Safran war heute in den Färbebecken gewesen. Sie drehte sich langsam um sich selbst, selbstvergessen, glücklich mit einem Mal.

»Odu, ach Odu, wie schön, sieh, wie schön. Ich will fliegen, ich will in der Luft schwimmen, ich möchte jeden Tag einen Regenbogen von Seide für mich haben.« Sie kreiselte weiter, ohne ihn anzusehen. Odu war anderer Meinung. Clemens, sein Herr, ließ ihn zu einer Hilfe für das Geschäft mit der Seide ausbilden, das auch den christlichen Kaufmann aus der italienischen Provinz in die Karawanenstadt verschlagen hatte, an das östliche Ende des Reiches, wo Syrer, Griechen, Juden, Araber und Perser friedlich ihre Waren tauschten. Daher fühlte er sich als Fachmann.

»Mein Herr Clemens hat bald keine Seide mehr. Die Perser lassen die Karawanen aus dem Osten nicht durch, das ist wegen dem Krieg mit den

Römern. Kommt der Krieg hierher auch, Zenobia? Palmyra gehört doch zu Rom.«

»Kämpfen? Für die Römer?« Zenobia glaubte noch nie etwas Lächerlicheres gehört zu haben. Sie dachte an den Zenturio, der den Geschichtenerzähler beschimpft hatte. Für diesen Flegel sollten sie kämpfen? Da mußte sie ja lachen.

»Ach was. Palmyra gehört niemandem! Es wird von Allath beschützt, der kriegerischen Göttin der Wüstenvölker. Sieh dir nur dieses Meer an.« Sie tanzte unter den blauen Flaggen über ihnen, die sich so klar von den staubigen Pastelltönen des Viertels abhoben.

»Palmyra ist die Schönste, die Königin der Karawanenstraßen. Und ich bin die Königin von Palmyra.«

Der größte ihrer Spielplätze, das Heiligtum des Bel, lag ganz im Südosten der Stadt. Hier wich der Lärm der Straßen bereits dem stetigen Rascheln der Dattelpalmen und dem feinen Rieseln des Sandes, der vom Wind gegen die geflochtenen Schilfzäune der Gärten getrieben wurde. Wie gewohnt, betraten sie über die Freitreppe der Propyläen das riesige, ummauerte Areal, das weiß vor ihnen in der Sonne gleißte.

In seiner Mitte erhob sich der Tempel, ein säulenumgebener Quader. Mit seinen üppig bemalten Blumenornamenten und bronzenen Akanthusblättern hatte er sie stets angezogen, so bunt wie er war, so labyrinthisch groß – und so verboten.

Die beiden hielten zügig auf den Eingang zu, als in der Ferne zwischen den Säulenreihen des Wandelgangs einige Mitglieder des Priesterkollegiums sichtbar wurden, die zwischen den Licht- und Schattenstreifen des Umbaus wandelten und in ein Gespräch vertieft schienen, von dem kein Laut zu den Kindern herüberdrang.

Zenobia winkte Odu, sich neben sie an den Rand des Opferaltars zu drücken, der ihnen auf halbem Weg im Hof etwas Schutz bot, und beobachtete die Gruppe über den Rand des Blocks. Nichts war zu hören als das Surren der buntschillernden Aasfliegen und das Knirschen des Sandes auf dem Marmor unter ihren vorsichtigen Bewegungen.

»Wenn sie um die Ecke sind, rennen wir rüber. Ich geb' dir Zeichen.«

»Ist gut«, nickte Odu, der von Zenobias Spannung nicht so recht angesteckt wurde. »Schau, hier liegen Tesserae.« Damit hob er einige der Tonmünzen auf, die in der Stadt als Eintrittsmarken für die rituellen Opfermahle des Tempels dienten, und drehte sie zwischen den Fingern. »Es sind welche mit Gazellen, solche hab' ich schon. Kannst du sie brauchen?«

»Laß sehen. Nein, die sind nicht schön. Warte doch bis zum Markt, da werden neue gemacht.« Odu fiel etwas ein:

»Stimmt das, du wirst dieses Jahr beim großen Gottesdienst an der Quelle dabeisein? Gleich beim Priester?« Zenobia zuckte nur die Schultern, das interessierte sie wenig.

»Sie sind weg. Achtung: jetzt!«

Beide rafften auf dieses Kommando hin ihre Tuniken und spurteten über den schattenlosen Platz, gerade auf den großen Eingang zu. Odus Finger lösten sich von einem sonnenbeschienenen Stück Stein des Portals, als sie ins dumpfe Halbdunkel des Tempelinneren traten, in dem ihr keuchendes Atmen das einzige Geräusch war. Nur wenig Licht fiel durch einige schmale Fenster hoch oben unter dem Dach. In den Lichtstreifen, die nirgendwo auftrafen, tanzte stumm der Staub. Die Luft schien so alt wie die Mauern selbst und bot keine Erfrischung.

Die Kinder wußten, wohin sie wollten. In der südlichen Cella verbarg ein steifer alter Ledervorhang sehr wirkungsvoll eine Wendeltreppe, die in ihr eigentliches Lieblingsversteck führte, einen halbvergessenen Lagerraum im zweiten Stock, der wiederum einen Zugang zum Dach des Tempels besaß. Nachdem sie mit vereinten Kräften die harte Kamelhaut zur Seite gestemmt hatten, wobei sie den Statuen der Triadegötter in ihren Holzschreinen zur Sicherheit keinen Blick zuwarfen, stiegen sie zu ihrem Zimmer auf. Hier gab es zwischen alten Kisten, Teppichen, Lederkissen, Tonkrügen, Tragekörben und anderem Kram genug Material zum ungestörten Nestbau.

Aber heute waren hier ungewohnte Geräusche zu hören. Rascheln und Stöhnen drang aus dem Raum und ließ sie sich ängstlich hinter eine der herumstehenden Sänften ducken. Erst nach einer Weile spähte Zenobia durch deren verschlissene Vorhänge.

Auf einer verstaubten Liege in der Ecke links vom Fenster, das ein fast weißes Stück Himmel und die unendlich ferne Miniatur eines Palmenhaines in das Zimmer schnitt, lag ein Mann. Er war nackt und ganz glatt auf eine Art, die Zenobia gefiel und die sie gerne berührt hätte. Er bewegte sich, und etwas schien ihn abzuwerfen und doch nicht, etwas, das unter ihm lag. Sie konnte nicht recht erkennen, was es war, doch als ein schimmernd weißes Bein, das nicht seines war, vom Rand des Holzgestells herunterhing, da griff ein bodenloses Gefühl nach ihren Eingeweiden, und sie wußte nicht, warum. Es sah zauberhaft und grotesk zugleich aus, als das Bein sich hob und um des Mannes Rücken schlang wie von alleine. Die helle Haut seiner Achseln und Unterarme leuchtete verletzlich aus dem Dunkel der Ecke, während die Silhouette seines Gesäßes sich vor dem Fenster hob und senkte. Zenobia sah die starke Wölbung seines Hüftgelenks, wo seine Beine am Körper ansetzten. Man hätte die hohle Hand darüber legen können. Die Luft im Raum war lau, mit einem scharfen Geruch. Und darin hing, als ob er dazugehörte, ein Laut wie das erstickte Wimmern eines Kindes, aber sie wußte, das war es nicht. Der Rhythmus aus Stöhnen und Bewegung hypnotisierte sie, als wäre es das pulsierende Atmen der Kammer selbst, das auch sie wiegte; nie hätte sie wegsehen können, obwohl der Tanz dort sicherlich nicht für sie war.

Nach einer Weile löste sich, was Zenobia im Schatten der Liege für die Fransen eines Überwurfs gehalten hatte, zu einer Fülle von Haar auf, aus dem eine Frau sich befreite. Der Mann setzte sich auf, zog ein Gewand über und war ein Priester, genauer gesagt, ihr Onkel Nesa, der eben wortlos der Frau einige Münzen in die Hand zählte. Aneinandergeschmiegt verließen sie den Raum. Zenobia duckte sich noch tiefer in den Schatten und hielt den Atem an, doch die Vorsicht war unnötig, die beiden bemerkten sie nicht.

Zenobia wurde es heiß. In ihren Schläfen klopfte die Schamröte, doch auch ihr Schoß pochte. Und niemandem hätte sie einzugestehen vermocht, daß sich dabei vor das Bild ihres Onkels unerklärlicherweise ein ganz anderes schob: das des jungen Mannes vom Pferdemarkt. Sie suchte den Bann abzuschütteln.

»Odu, ich glaube…« Vor lauter Aufregung flüsterte sie noch immer. Doch ihr Gefährte hörte sie so oder so nicht. Er lag zusammengerollt neben ihr in einem Nest aus alten Decken und war über der unverständlichen Darbietung eingedöst.

Er verstand so verzweifelt wenig, dachte sie und blickte erbittert auf das schweißglänzende, blasse Kindergesicht neben sich, das sich im Schlaf sacht rötete. Zenobia fand es unverzeihlich, daß er erst elf war. Sie sprang auf und lief zum Fenster. Froh, allein zu sein, doch zugleich umgetrieben von ihren Gedanken, fuhr sie über das glatte Mauerwerk, das ihren ungeduldigen Fingern keine Beschäftigung bot.

Die Aussicht war die öde ewig gleiche. Unter ihr in dem ersten Schatten, den der Tempel warf, standen ein paar Männer zusammen. Sie trugen die blauen Togen und die steifen, hohen, oben abgeflachten Kappen der Priester. Ob Nesa wieder unter ihnen war? Bei dem Gedanken, daß sie alle ihre Gewänder anhoben, um gegenseitig ihre Hintern zu begutachten, mußte sie kichern. Sie tauchte ab, um sich ein paar von Odus Tesserae zu holen und ließ den ersten auf die Gruppe fallen, ohne nachzudenken. Er zerschellte unbemerkt an der Tempelwand. Der zweite schlug in einer kleinen roten Staubwolke auf dem Boden auf. Zenobia bemerkte die erste Irritation unter sich; fast hysterisch vor Spannung gluckste sie und quietschte und warf Münze um Münze. Die letzte landete auf dem Filzrund einer Kappe.

Alles sah hinauf in einen wolkenlosen Himmel. Nicht einmal ein Vogel flog dort. Oben hockte Zenobia unter der Fensterbank, zu echter Angst ernüchtert, und sah in Odus schlaftrunkenes Gesicht. Oh ihr Götter, sie mußten nun wirklich nach Hause.

## Divide et impera

Die Sonne ging schnell auf über Palmyra. Die Oasenstadt kannte kaum eine Dämmerung, und nur flüchtig spiegelte ihr Marmor ein fernes Violett wider, während das reife Gelb des Frühlichts zwischen ihren Säulen stand. Bald zerdampften die zarteren Töne des Morgens unter der Sonne, die den Himmel taghart brannte.

Einsam und prächtig lag es da zwischen seinen Gärten und den zusammengedrängten Lehmwaben der Bauernhütten, Klumpen erdfarbener Erhebungen, kaum sichtbar neben den pastellenen, bisweilen leuchtenden Farben Palmyras selbst, den alles dominierenden Kolonnaden, Tempeln und Prunkbauten, unter denen der neu angelegte Palast des Stadtherrn Odaenathos deutlich Kontur zu gewinnen begann, eine schneeweiße Baustelle aus griechischem Marmor, wie Brandung am Fuße des Stadtfelsen.

Ihre letzten Lehmtrabanten verloren sich in der Steppe, wohin die östliche Wüste die ersten Sanddünen vorschickte. Weit jenseits des Sandes lag das Euphrattal mit seinen uralten Metropolen, ebensoweit im Westen das Fruchtland der Mittelmeerküste. Dort gab es Kornfelder, Oliven und Weingärten. Aprikosenbaum-Pflanzungen wechselten sich ab mit Reihen um Reihen von Mandelbäumen. Doch all das verlor sich, ebenso wie die Zedernwälder, lange bevor die Hügelkette sichtbar wurde, die Palmyra im Nordwesten schützte. Sie gab ihr die zwei Quellen und die Lasttiere, die die Lebensgrundlage des Karawanenplatzes waren.

Die römische Oberschicht, die mit der Verwaltung der Provinz Syria befaßt war, hatte darauf verzichtet, ihre Villen in diese Einöde zu setzen. Sie vertraute der unabhängigen Stadt ohnehin nur wenig, die seit Generationen in der Hand einheimischer Dynastien war und der römischen Verwaltungselite wenig mehr als eine Statistenrolle zuwies.

So waren Palmyras Nachbarn die Bergstämme und die schwarzen Haarzelte der Beduinen. Unter ihnen stand Palmyra, das alte Tadmor, wie eine der Blumen, die zuzeiten ein seltener Regenguß zu üppiger, doch tödlicher Blüte aus dem Wüstenboden lockt. Es verdankte seinen Reichtum jedoch nicht meteorologischen Launen, sondern der ungleich verläßlicheren Existenz eines dünnen Netzes von Straßen, auf denen Luxusgüter aus Nordasien, China, Indien und Arabien ans Mittelmeer gebracht wurden, den Marktplatz des römischen Imperiums. Einige dieser Handelswege fädelten sich durch die Oase Palmyra, unscheinbare Pisten, denen man nicht ansah, daß sie durch Länder führten, die noch kein Römer oder

Araber je betreten hatte, selbst die berühmtesten der palmyrenischen Karawanenführer noch nicht und vielleicht nicht einmal der große Alexander. Fremde Menschen und Mythen brachen dort in der Ferne auf und versickerten in den Wüsten und Gebirgen auf ihrem Weg, während die Wunderwaren, die sie mit sich führten, von Hand zu Hand gingen. Seide, Gewürze und Trockenfrüchte, Edelsteine, Pelze, Silber, Korallen und Öle, auch Sklaven brachte ein stetig fließender Strom in die Stadt, die kaufte und verkaufte, besteuerte, verarbeitete und betrog und reich dabei wurde.

Sie bot ihr Wasser feil zu einem guten Preis, denn es war köstliches Wasser, und außerdem das letzte vor Damaskus, nicht wahr? Sie vermietete ihre Kamele und Führer sowie die Friedfertigkeit ihrer Beduinennachbarn, die leider, unzivilisierte Gesellen, die sie waren, oft gar kein Verständnis für die Belange des Handels zeigten. Und die wenigen römischen Grenztruppen, die sich hier notdürftig über den östlichen Limes verteilten, konnten schließlich nicht auf alles achten, gerade jetzt, wo die Perser in ihrem von den Göttern verfluchten Übermut alles in Unruhe versetzten. Ein Großreich, beim Bel, und dafür drohten sie die Handelsstraßen zu sperren und die heiligen Gesetze des Marktes zu verletzen! Wem sollte das nutzen? Palmyra gewiß nicht, dessen Lebensadern in dem andauernden Krieg zwischen Rom und Persien durchschnitten zu werden drohten.

»Dattelfresser, das sind sie, undurchsichtige Schacherer und Betrüger, Halsabschneider, stinkende Viehtreiber, selbst die Senatoren, die ganz besonders, alles Halunken. Denen möcht' ich zeigen, was ein römischer Soldat unter Ehre versteht. Und Pflicht! Das hätten sie mal nötig, diese Wegelagerer, lügen, wenn sie das Maul aufreißen, diese Ziegenficker.«

Decimus Pomponius Balbus hatte es offenbar wenig Erleichterung verschafft, daß er seinen Zorn diesen Morgen schon an dem Märchenerzähler auf der Agora ausgelassen hatte. Er fühlte sich in seiner Meinung eins mit jedem aufrechten Römer auf diesem letzten Vorposten römischer Zivilisation vor der Grenze, was er oft und gerne verkündete, so auch heute, während er in der eleganten Stadtvilla seines Vorgesetzten auf und ab marschierte. An den Sklaven, die sich rings umher an den Wänden des Tablinums bemühten, mit einigen großen Fächern für Erfrischung zu sorgen, ging der Tatendrang des Zenturio spurlos vorüber.

Sein Gastgeber betrachtete ihn schweigend. Als Syndicus Palmyras war Quintus Aelius Domitianus der ranghöchste Vertreter Roms in der Stadt und von dem herrischen Benehmen des Soldaten nicht begeistert. Er beobachtete, wie die tanzenden Nymphen seines Bodenmosaiks nacheinander den schweren Tritten des wandernden Offiziers erlagen, der dieses lautlose Massaker nicht zu bemerken schien. Jetzt bohrte sich ein Stiefel in den Nabel der ungerührt lächelnden Venus, was Domitians Nerven noch mehr strapazierte, als es sein ungehobelter Besuch ohnehin schon tat. Sein Blick wanderte zu der erfreulicheren Aussicht durch das Fenster auf den Innenhof. Weitere Sklaven waren dort damit beschäftigt, die Hibiskusbüsche zu schneiden.

»Es scheint mir, Balbus, etwas hat Euch verärgert.«

»Verärgert? Das kann man wohl sagen, Quintus Aelius Domitianus, und das ist noch weit untertrieben.«

Das Lächeln, mit dem der Syndicus antwortete, war säuerlich; er hatte das Gespür seines Gegenübers für Untertreibungen völlig richtig eingeschätzt. »Jedenfalls traktiert Ihr meine Venus strenger als selbst ihr betrogener Gatte, als er sie beim Ehebruch ertappte.«

»Wie, äh, ja, allerdings.« Balbus zeigte sich nur kurz irritiert. »Betrogen ist schon richtig. Und in mir wurde Rom betrogen, das könnt Ihr glauben.«

Domitian lehnte sich ob der Zumutung, daß er in diesem Emporkömmling Rom erblicken sollte, in seinem Sessel zurück. »Wollt Ihr mir nicht endlich Meldung machen, wo Ihr so lange gewesen seid?« fragte er schließlich leicht gereizt. »Immerhin seid Ihr mein einziger Verbindungsmann zur palmyrenischen Armee.«

»Ich war unterwegs, diesen Arabern auf die Finger schauen, dem Pack.«

»Araberpack?« Domitian zog die Augenbrauen hoch. »Einige von ihnen hat man immerhin schon zu römischen Kaisern erhoben. Denkt nur an Heliogabal.« Die sanfte Ironie dieser Worte entging Balbus vollkommen.

»Diese dekadente Phase ist zum Glück vorbei«, entgegnete er knapp.

»Gewiß. Etwas Wein?« Gewiß, dachte Domitian, dafür hatte man seither als Imperatoren irgendwelche größenwahnsinnigen Söldner zu ertragen. Kaum von ihren Soldaten auf die Schilde gehoben, waren sie schon auf dem Weg nach Rom, wo sie meist nicht lange überlebten. Der jetzige, Valerian, war in Raetien von den Truppen akklamiert worden, wo immer das liegen mochte, und hatte in der Hauptstadt nicht mehr als einige Monate verbracht. Immerhin war er kein Germane, wenn böse Zungen das auch behaupten mochten. Aber dich, mein Freund, hat sicher keine Römerin geboren.

Domitian schaute versonnen auf die gedrungene Figur und das rotverbrannte Gesicht vor ihm, das düster über den Rand seiner Weinschale blickte. Balbus' Gedanken waren nicht freundlicher als seine Miene. Domitians Verhalten ärgerte ihn. Dieser Lackaffe, dachte er, bildet sich offenbar werweißwas auf seinen Adel ein.

»Ich war bei den Grenztruppen am Limes wegen einer Warnung von Eurem Freund Odaenathos, Stadtfürst nennt er sich nun ja wohl. Deswegen bleibt er doch nur ein arabischer Emporkömmling, nichts Besseres als ein Beduine.«

Domitian runzelte die Stirn. »Dieser Beduine organisiert und führt immerhin den derzeit schlagkräftigsten Teil der römischen Hilfstruppen: seine Reiterei. Wenn ich richtig informiert bin, trug schon sein Großvater den Titel eines römischen Senators. Und ich glaube, der gute Odaenathos hat schon lange kein Zelt mehr von innen gesehen.«

Balbus war sich da nicht so sicher. Und wenn, dann um so schlimmer. Er wußte aus Erfahrung, wo es hinführte, wenn diese Eingeborenen arrogant wurden.

»Na, wie auch immer, der Kerl hat mich hingeschickt, und natürlich nix: keine persische Invasion, keine Truppenbewegungen, gar nichts. Nur ein Haufen verlauster Legionäre, die ihre Ausrüstung wohl schon 'ne ganze Weile gegen ein paar dürre Milchziegen eingetauscht hatten und ihre Muttersprache nur noch zum Würfeln miteinander benutzten. Die hausen da in Lehmhütten neben ihren Kastellen, und kein Schwein kann sagen, was mehr stinkt, die, ihre Ziegen oder ihre Weiber.« Balbus nahm einen tiefen Schluck. »Ihre Brut schreit, daß es 'ne persische Armee in die Flucht schlagen könnte. Das ist die Verteidigung unserer Ostgrenzen. Und ich hock' hier mit nichts als ein paar Bogenschützen und diesem Odaenathos vor der

Nase, der angeblich so siegreich gegen die Perser zieht. Wer's glaubt. Der hat Truppen, die hab' ich noch nicht mal zu Gesicht gekriegt. Keiner weiß doch, was der treibt, Domitian, Palmyra braucht eine Besatzungsarmee.«

Es war dem Syndicus nicht anzusehen, wie er zu dieser Bemerkung stand.

»Mein lieber Freund«, begann er schließlich langsam, »der hygienische und moralische Zustand der Grenztruppen mag sicherlich bedauerlich sein, so wie Ihr ihn schildert. Auch mir scheint, sie sind nicht in der Lage, den Limes zu schützen. Doch sollen sie das überhaupt? Die Zeiten sind vorbei, in denen Rom sich noch mit Mauern und einer Postenkette gegen seine Feinde schützen konnte, dazu sind seine Grenzen zu lang, dazu ist Rom zu groß geworden, schon seit langem. Palmyra hat eine ausgezeichnete Reiterei, auch wenn sie ohne Eure Hilfe ausgehoben wird, vielleicht die einzige, die dem Perserkönig Schapur zu widerstehen vermag, es zahlt seine Steuern und ist bereit, Valerian formell als Imperator anzuerkennen. Mehr sollten wir momentan nicht von ihm fordern, denn mehr können wir nicht von ihm erzwingen.«

»Pah, unsere Lage war lange nicht so gut. Der Kaisersohn verteidigt die Grenzen im Westen und Norden gegen die Barbarenvölker...«

»...und ist dabei mehr als beschäftigt. Wir haben Gallien verloren. Allein das macht ihm genug zu schaffen, und die Goten drängen über die Donau.«

»Valerian hat Antiochia befreit«, hielt Balbus dagegen.

»Oh ja, nun schon zum zweiten Mal.«

»Und er steht jetzt vor Karrhai.«

Nun, dachte Domitian, die Goten fluteten ihrerseits über den Tauros, Schapur war über den Euphrat gegangen, wo das bisher uneinnehmbare Dura Europos vor wenigen Monaten in Strömen von Blut versunken war. Die Welt, wie er sie kannte, ging unter, und sie saßen hier in der Wüste und mußten zusehen. Vorläufig.

»Noch etwas Wein, Zenturio?«

»Palmyra ist ein wichtiger Vorposten«, setzte Balbus erneut an, »deshalb...«

»... deshalb sollten wir nichts unternehmen, was es zu der Ansicht bringen könnte, Roms Interessen seien nicht die seinen.«

»Und wenn es dieser Ansicht nun schon wäre, hä? Habt Ihr daran schon mal gedacht Syndicus? Was glaubt Ihr wohl, wieso der Kerl mich in die Wüste geschickt hat. Also ich hab' mich das gefragt, wie ich da so rumstand. Und da hab' ich mich umgesehen.«

Domitian fuhr die Linien einer attischen Plastik nach, die er in die Hände genommen hatte, um sein steigendes Interesse zu verbergen. Nun stellte er sie auf den Tisch zurück.

»Und was habt Ihr gesehen, Zenturio?«

»Den Sohn vom Stadtkommandanten Zenobios, wie er, einfach so, nach Osten in die Wüste reitet, zum Euphrat.«

»Habt Ihr ihn sicher erkannt?«

»Ich kenne sein Pferd.«

»Ihr saht also ein Euch bekanntes Pferd in die Wüste traben; ich kann verstehen, daß Euch das erregt.«

»Ich bin ihm nachgeritten, zum Hades auch, ich hab' gesehen, wo er hin ist, mitten rein in einen Haufen Perser. Die haben ihm nichts getan. Eure sauberen Araber haben uns an Schapur verkauft«, trumpfte Balbus auf.

Ja, vermutlich, dachte Domitian. Wie interessant.

Er war eher erleichtert als erschüttert und begann, nun seinerseits auf und ab zu gehen; sein Gehirn arbeitete auf Hochtouren. Wie lange mochte der Kontakt bestehen? Die Palmyrener wollten für ihren Handel einen schnellen Frieden mit Persien, das war klar. Und was wäre logischer, als Zenobios' Sohn Gash als Mittelsmann zu wählen? Daß er darauf nicht früher gekommen war! Zenobios war verschwägert mit den Bene Mattabol, dem einflußreichsten Stamm der Umgegend. Die meisten Rekruten der palmyrenischen Armee waren Bene Mattabol – und die meisten Karawanenführer auch. Ohne ihre Zustimmung konnte Odaenathos einen solchen Frontenwechsel gar nicht vornehmen ...

Seine Überlegungen wurden von einem aufgebrachten Schnauben seines Gastes unterbrochen, der noch immer in triumphierender Haltung vor Domitians nun leerem Sessel aufgerichtet stand und sich um die wohlverdiente Wirkung seiner Worte gebracht fühlte.

»Mein verehrter Balbus, Ihr habt völlig recht. Aber Ihr steht schon wieder auf dem Bauch der Venus.« Domitian legte dem Zenutrio den Arm um die Schultern. »Wißt Ihr, ich denke, wir sollten diesem Gash bei seinem nächsten Ausflug auflauern und ihn, nun äh, umbringen, am besten mit einem persischen Speer. Noch ein wenig von dem Wein?«

Balbus setzte sich. Sein Mund stand vor Überraschung weit offen. Doch er hörte zu. Und eine halbe Stunde und einige Becher später war er überzeugt.

»Ganz richtig, der Verrat muß verhindert werden. Es gibt dafür keinen Zuverlässigeren als mich, ganz klar. Ich zeig' es dem arabischen Hundesohn.«

»Aber arbeitet allein und arbeitet diskret. Sobald Ihr wißt, wann er das nächste Mal zu Schapur reiten soll, baut Ihr Euren Hinterhalt jenseits des Limes. Und vergeßt die Lanze nicht.«

»Ich werd' sie ihm reinrammen.«

»Hauptsache, die Verhandlungen werden erstmal unterbunden. Für das weitere sorge ich dann.« Seine erste Tat würde zweifellos sein, sich diesen kompromittierenden Attentäter vom Hals zu schaffen. Er trank zuviel und redete zuviel. Versonnen sah er in das weingerötete Gesicht des Zenturio, ehe er nachschenkte. »Ich verdanke Euch viel, Zenturio.«

Balbus grinste. Endlich hatte der Kerl das gefressen. »Diesem Odaenathos hab' ich nie getraut, hat zuviel Ehrgeiz, der Mann. Habt Ihr seinen neuen Bau gesehen? Ein Palast wird das. Hab' ihm nie getraut.«

»Oh ja, er scheint ehrgeizige Pläne zu haben, unser Freund. Habt Ihr schon einmal darüber nachgedacht, wie mächtig Palmyra werden könnte, wenn es sich enger mit den Wüstenstämmen verbündete?«

»Hä? Sind doch alle nur Pack, dreckige Ziegenficker.«

Domitian wiegte den Kopf, er war nicht überzeugt.

»Ich habe darüber nachgedacht, seit Ihr Zenobios erwähntet. Er ist das Verbindungsglied zu den Stämmen. Hat der Mann nicht auch eine Tochter? Zenobia, wenn ich nicht irre. Seht Ihr, Balbus, eine Verbindung mit diesem Mädchen zum Beispiel würde Odaenathos zum Herrn einer großen Zahl Beduinenkrieger machen. Was für Möglichkeiten für einen ehrgeizigen Feldherrn! Aus Palmyra könnte mehr werden als nur ein reicher Handelsplatz, viel mehr, es könnte eine eigenständige Macht im Osten werden.«

»Diese Eingeborenen taugen alle nicht fürs Kriegshandwerk«, schnaubte der Zenturio.

»Nun, es ist ja auch nur ein Gedankenspiel, bisher. Aber ein beunruhigendes. Je länger ich es mir überlege, Odaenathos ist nicht dumm ... Wenn es soweit kommt, wäre es gut, wir hätten etwas in Händen, was diese Liaison etwas behindern könnte. Divide et impera, mein Bester.«

»Äh ...«

»Was ich meine, Zenturio, ist: Kennt Ihr jemanden, der ein paar Erkundigungen über die Familie einziehen könnte? Nur damit man weiß, mit wem man es zu tun hat. Vielleicht findet sich dabei ja ein triftiger Grund gegen eine Hochzeit.«

»Ach Ihr meint ..., ehä, hähä, ich wüßte wohl schon einen.«

»Hättet Ihr etwas dagegen, mich zu ihm zu begleiten?«

Der Abend kam ebenso schnell wie der Tag. Der Himmel hatte sich zu dem durchsichtigen Blau ägyptischen Glases verdunkelt. Selbst die weißen Kuben der Häuser, fensterlose Flächen nach außen hin, schimmerten bläulich in der Dämmerung. Die nachlassende Hitze wirkte nun fast angenehm. Während Domitian sich an der Seite seines Begleiters der sanften Abendluft überließ, wurde die Stadt um sie herum zum zweiten Male lebendig.

Rechts von ihnen wurde durch die Säulen der Kolonnade die Baustelle zu Odaenathos' neuer Behausung sichtbar. Einige Arbeiter waren gerade dabei, den Porticus zu errichten. Balbus hatte recht gehabt, es würde ein Palast werden, und Domitian fragte sich, was er Rom kosten würde.

»Wär' ein guter Platz für ein Garnisonslager«, meinte Balbus, mit dem Kinn nach der halbfertigen Anlage weisend, »beherrscht die Gegend.« Der Syndicus widersprach nicht.

Fliegende Verkäufer waren wieder unterwegs, um Getränke aus Zitrusfrüchten oder vergorener Ziegenmilch anzubieten. Ganz verkrümmt gingen sie unter dem Gewicht der umgeschnallten Metallbehälter, aus denen sie ihre Erfrischungen in Becher zapften. Domitian winkte einen heran. Sie tranken im Stehen, neben einigen eleganten Syrerinnen, die durch die Körper ihrer Leibsklaven vom Strom der abendlichen Flaneure abgeschirmt wurden und eine goldklirrende, leise lachende Gruppe inmitten des Getriebes bildeten.

Nahe vorbei drängte sich eine ganz andere Gesellschaft: Flüchtlinge aus dem Kriegsgebiet. Sie kamen jetzt fast täglich, zu Fuß oder mit Eselskarren, verstaubte kleine Gruppen, die persönliche Habe als schnell zusammengeraffte Haufen auf den Wagen der Neugier preisgegeben. Manche trugen nur mehr ihre Kinder oder Eltern auf dem Rücken. Die Gesichter der Umstehenden waren nicht freundlich, zu deutlich machte ihnen dieser Treck, wie nahe ihre eigene Stadt dem Kampfgebiet und den feindlichen Heeren stand. Früher hatten palmyrenische Truppen das westliche Euphratufer gehalten, doch diese Stellungen waren längst verloren. Nur noch die östliche Sandwüste trennte den Frieden Palmyras von den Persern.

Die letzten Ankömmlinge heute aber waren Heimkehrer, erkennbar an ihren langen, an den Knöcheln gebauschten Hosen, die vorne über die Länge des Beines Borten mit Blumenmustern schmückten. Die Obergewänder reichten, wie es für Reiter günstig war, nur bis zu den Knien, waren seitlich geschlitzt und am runden Halsausschnitt wie an den übrigen Säumen ebenfalls mit Rankenornamenten verziert. Alles bestand aus lockerem, feingewebtem Baumwollzeug, das der Abendwind sacht blähte, als sie, vom Wiegegang ihrer Dromedare geschaukelt, durch die Menge getragen wurden. Den Fuß gegen den Halsansatz ihrer Tiere gestemmt, trieben sie sie mit energischem »hathathat« auf den Eingang der Karawanserei zu, verfolgt vom schrillen Willkommensgeschrei einer Horde Kinder.

In dem bärtigen Karawanenführer, der nun abstieg, erkannten die beiden Römer Nesa. Nesa war Mitglied des Senats und, da er zu den reichsten Männern Palmyras zählte, auch einer der zehn Dekaproten, jener Bürger, die mit ihrem Vermögen für Defizite bei den Steuereinnahmen einstanden, ein Fall, der bislang allerdings noch nie eingetreten war. Das persische Embargo mochte das bald ändern. Er begrüßte beide förmlich und wechselte einige Worte mit Domitian. Sein Reittier ließ den Kopf mit den großen, langbewimperten Augen über ihnen hin- und herpendeln. Es schnob und versuchte, an den roten Seidentroddeln zu kauen, die sein Zaumzeug schmückten.

»Nesa ist übrigens der Onkel unseres Schurken Gash und seiner Schwester Zenobia«, wandte Domitian sich etwas später wieder an Balbus. »Ich habe die Gelegenheit genutzt, ihm zur Verlobung seiner Nichte mit dem Stadtfürsten zu gratulieren. Denkt Euch: Er war gar nicht überrascht.«

Balbus pfiff anerkennend.

»Verdammt guten Riecher habt Ihr, Syndicus. Na, dann will ich Euch mal meinen Kumpel vorstellen. Er hockt meistens in der Taverne da drüben. Der ist richtig, sag' ich Euch.«

»Macht Ihr das lieber, bester Freund. Hier, bezahlt ihn aus diesem Beutel und erklärt ihm das Nötige. Er soll die Kleine unauffällig beobachten und Euch täglich berichten. Ihr informiert dann mich.«

»Prompt und zuverlässig, werdet schon sehen.«

»Ich hoffe es. Ich meinerseits werde wohl meine Frau bitten, Zenobios' Gattin einmal einzuladen. Vielleicht läßt sich so auch etwas erfahren.« Domitian rieb am Saum seiner Toga. »Dieses Vieh vorhin hat mich doch tatsächlich angespuckt.« Balbus zuckte die Achseln, ihn wunderte das nicht.

Da Balbus nun fürs erste beschäftigt war, entschied sich Domitian, die Pflicht für heute Pflicht sein zu lassen. Er machte sich auf den Weg zum Stadtrand. Dort hielt er sich schon seit Monaten eine arabische Hetäre, deren raffinierte Künste er als eines der so unerwartet wenigen Privilegien seines Orientaufenthaltes betrachtete. Ihre Fügsamkeit war ihm nach den Tagesgeschäften mit diesem so schwierigen Volk eine besondere Genugtuung. Er nannte sie seine bronzene Hindin und hatte ihr eine römische Landvilla mit Garten vor der Stadt gekauft, an deren Tor er jetzt stand.

Voll befriedigter Rührung betrachtete Domitian das typisch römische »Cave Canem«-Mosaik an der Pforte, das seine Geliebte dort hatte anbringen lassen – sein Herrschaftssiegel. Er atmete die blütensatte Luft des Gartens ein, die über die Mauer zu ihm herüberwehte. Was für ein Tag! Doch er hatte ihn gemeistert. Voller Vorfreude trat er ein.

# Träume

Sorglos döste auf ihrer Widderliege Julia Aurelia Zenobia, Tochter des Julius Aurelianus Zenobios, Kommandant der Stadtpolizei, Schwester des ehrenwerten Claudius Aurelianus Septimius Gash und des siegreichen Gaius Aurelianus Septimius Maliku, Tochter der Sime von den Bene Mattabol. Daß ihre Familie eine der einflußreichsten in Palmyra war, war für sie selbstverständlich und außerdem unwichtig. Falls ihr Vater ehrgeizige Pläne hatte, übertrafen die ihren sie jedenfalls bei weitem. Wie gerne wäre sie Kleopatra gewesen, die große Königin, die Liebende, deren Männer allesamt aus unerfüllter Liebe zu ihr starben. Die Beherrscherin des Orients räkelte sich auf ihrem schmalen Kinderbett, das ihr schon bald zu kurz sein würde: Die ausgestreckten Zehen ans Fußende gepreßt, berührte ihr Scheitel schon beinahe die geschnitzten Tierköpfe der Pfosten. Bereits heute freute sie sich auf den Tag, an dem sie ihrer Mutter verkünden konnte, daß nun dringend ein Erwachsenenbett her mußte, ein breites, und zwar auf der Stelle.

Im Moment war Sime allerdings nicht da, alle waren sie ausgegangen, zu Besuch bei einer römischen Dame, während sie hier herumlag und sich langweilte. Odu würde sie erst in einer Stunde treffen können. Zur Ablenkung hatte sie sich den Schmuckkasten ihrer Mutter geholt. Jedes Stück darin hatte seine eigene Geschichte. Sie betrachtete ein Collier aus Ktesiphon, wie es jetzt so Mode war. Der sagenhafte Schmuck, der in Antiochia und Alexandria auf der gepuderten Haut so mancher syrischen oder römischen Edeldame bestaunt werden konnte, stammte – glaubwürdigen Gerüchten zufolge – aus den Königsgräbern von Adiabene, die vor knapp dreißig Jahren von den Söldnern des geisteskranken Caracalla aufgebrochen und geplündert worden waren. Vielleicht war dies auch der Grund, warum die Kostbarkeiten fast immer in Form von Kopien getragen wurden, die unheilbringende Macht von Totenschmuck war schließlich allgemein bekannt.

Hier ein Armreif, den die Mutter bei ihrer Hochzeit aus der Wüste mit in ihr neues Heim gebracht hatte, begleitet von zwei Dienerinnen und drei schweren Kamelladungen, der Mitgift einer Tochter der Bene Mattabol. Simes Urgroßmutter hätte zu diesem Anlaß noch zwei Decken mitgebracht, fünf Krüge, einen Sattel, Zaumzeug, zwei Kamelkälber, einige Ziegen und vielleicht auch noch ein Zelt.

Zenobia drehte sacht ihr erhobenes Handgelenk; der Armreif schimmerte schwach im trüben Licht des Zimmers. Kleine Figürchen umtanzten Hand in Hand ihren Arm. Archaisch und plump sahen sie aus, von ungeschickten Händen in einer lange entschwundenen Zeit in das matte Silber getrieben; die Sprüche, die dabei gemurmelt worden waren, sind verlorengegangen.

»Attay?«

Zusammengesunken zu einem dunklen Haufen Stoff, hob die alte Kinderfrau in einer Ecke unwillig den Kopf. Der helle Ton der Kinderstimme klang fordernd.

»Attay, erzähl mir die Geschichte der Männer.«

»Männer?« Die Amme war eben im Begriff gewesen, sich für die Mühsal des Kinderhütens mit einem Nickerchen zu belohnen. Noch halb benommen beging sie den schweren Fehler, mit einer Frage zu reagieren.

»Was denn für Männer?« wiederholte sie verwirrt.

Statt einer Antwort hob Zenobia ihr Handgelenk und ließ den Schmuck klimpern.

»Das sind keine Männer. Die Männlein da sind uralt, sie haben noch gar kein Geschlecht. Es sind die Menschen, bevor man sie in zwei Hälften geschnitten hat. Deswegen halten sie sich ja auch alle an den Händen: Keiner will sich vom anderen unterscheiden und von ihm getrennt sein.«

Aber Zenobia ging es nicht um mythologischen Tiefsinn. Sie liebte diesen Armreif, weil er schon ihrer Großmutter und Urgroßmutter gehört hatte. Seine Geschichte war die ihre – und die wollte Zenobia jetzt hören. Es war ein altes Spiel zwischen Attay und ihr, aus dem sie fast immer als Siegerin hervorging, so auch heute. Attay war jetzt unwiderruflich wach, unwillig zwar, aber bereit, ihnen beiden die Zeit mit der alten, ewig gleichen Erzählung vom Brautschatz der Sime zu vertreiben.

»In jenen Tagen, als das Gesetz der Stämme noch nicht geschrieben war und unser Boden noch frei von fremden Eroberern, da wanderte Ambákra einsam durch die Wüste. An einer Quelle entdeckte er ein seltsames Tier: Seine Füße waren wie Teller aus Leder. Es hatte eine lange, kürbisförmige Nase, aus der es immerfort schnaubte, und einen gewaltigen Buckel auf dem Rücken. Er fing es, zähmte es und ritt auf ihm weite Strecken ohne Wasser, aber das bair, wie er es nannte, wurde niemals müde. In der Stadt verkaufte er es als Lasttier an einen reichen Händler für einen kostbaren Armreif aus Silber, denn Silber war in jener Zeit das edelste Metall, das die Menschen kannten.«

»Aber das bair hatte seinen Herrn liebgewonnen.«

»So war es. Es zerriß seine Fesseln und suchte seinen wahren Herrn, bis es ihn gefunden hatte. Von da an blieben sie für immer zusammen bis auf den Tod. Und so ist es Brauch geblieben unter den Stämmen bis auf den heutigen Tag.«

»Und Ambákra wurde der Stammvater der Bene Mattabol«, ergänzte Zenobia zufrieden.

Jene sagenhafte Liebe des ersten zahmen bair zu seinem Herrn schien sich seinen Nachkommen auf wunderbare Weise vererbt zu haben. Diese edlen Tiere entfliehen nämlich nach dem Verkauf oft bei erster Gelegenheit den neuen Besitzern, um sich von neuem dem vertrauten Clan anzuschließen. Die erbosten Käufer beschimpfen dann die Beduinen als Betrüger und bezichtigen sie einer raffinierten Dressur. Aber was wußten diese Städter schon von wahrer Treue?

»Und bald war aus den Bene Mattabol ein mächtiger Stamm geworden.« Attay nickte.

»Prächtig waren ihre Herden, scharf ihre Dolche und geschickt ihre Viehdiebe. Niemals unterlagen sie dem Drängen der eifersüchtigen Bene Taymay, den Listen der tückischen Bene Hasash, den Anstürmen der wilden Bene Anubat. Sie waren unbesiegbar. Bis …«

»Bis zu der Nacht, als der Mond so hell auf die Erde schien, daß alle Dünen leuchteten wie Silber.« Attay hatte die Augen geschlossen, und ihr Körper wiegte sich über ihren überkreuzten Beinen hin und her, hin und her.

»Die Wüste war weiß und der Himmel kohlschwarz. Wie jede Nacht führten Zebida und sein Bruder Zabdas ihre Familien nach dem Abendstern, der ihnen den rechten Weg wies. Da standen plötzlich vor ihnen zwei herrlich schöne Jünglinge auf weißen Kamelen, die leuchteten wie Perlen. Zebida forderte die Tiere als Wegzoll, wie es Brauch war. Da lachten die Jünglinge fröhlich und sagten …«

»… wenn ihr von uns einen Zoll haben wollt, dann müßt ihr ihn auch eintreiben. Wir wollen so lange mit dir und deinem Bruder kämpfen, bis wir wissen, wer von uns dem anderen tributpflichtig sein soll.« Zenobias Gesicht glühte vor kriegerischem Feuer.

»So kämpften sie wohl zehn Stunden miteinander, doch den lächelnden Jünglingen ritzten sie nicht eine Falte ihres Gewandes. Da warfen sich Zebida und Zabdas vor ihnen auf die Erde und erflehten Gnade: Wer ihr auch sein mögt, o mächtige Herren, die Bene Mattabol legen ihr Schicksal auf immer in eure Hände, denn wer von euch beschützt würde, hätte nichts mehr zu fürchten. Und als sie sich erhoben, da lag nur noch ein silberner Stirnreif mit einem Stern in der Mitte vor ihnen. Da erkannten sie, daß sie mit dem Abendstern gerungen hatten, der als ein Bruderpaar am Rande der Dämmerung stand, einmal zum Morgen hin und einmal zur Nacht. Seitdem beschützen Arzu und Azizu all unsere Karawanen, ihr Gad, ihre Kraft, ist mit uns.«

Die tausendfältige Kraft der Karawanengötter hatte den Bene Mattabol in der Tat gut getan und ihnen einen beachtlichen Wohlstand eingebracht. Mochte es an jenen Schutzgeistern liegen oder daran, daß sie die Kunst der Wegelagerei am besten beherrschten. Der Verkauf des eingebrachten »Wegzolls« auf den Märkten am Rande der syrischen Wüste brachte genügend Kapital ein, um bald selbst eine Karawane auszurüsten.

Und die Reichtümer, die auf diese Weise erworben wurden, ließen sich noch schneller vermehren, wenn sie eigene feste Umschlagplätze einrichteten. Für die jüngeren Söhne, denen diese Aufgabe meist zugewiesen wurde, war die ungewohnte neue Seßhaftigkeit ein guter Tausch, denn viele der stillen Oasen wuchsen im Laufe der Zeit zu bedeutenden Handelsplätzen heran; mit den Jahrhunderten wurden Städte daraus und aus den geschmähten Nichtkriegern angesehene, reiche Patriarchen. Natürlich wohnten die meisten Stammesmitglieder lange Zeit noch nicht in den steinernen Käfigen, wie es die Städter taten, sondern blieben innerhalb der Stadtmauern in ihren traditionellen Haarzelten. Doch die Besitztümer, die sich darin anhäuften, paßten nicht mehr auf die übliche Zahl Kamele und hatten ein Wandern schon lange unmöglich gemacht.

Auch Palmyra bildete darin keine Ausnahme. Und in einem besonders glücklichen Jahr ergab es sich, daß der junge Taimoamad von den Bene Mattabol, trotz seines lahmen Kamels, zu einem eigenen Stadthaus kam.

Attay war inzwischen durch den sanften Rhythmus ihrer Erzählung beinahe wieder eingeschlafen. Zenobia verhinderte das, indem sie der Amme ihren Einsatz gab.

»Taimoamad war ein flinker und starker Sohn Olays, dessen Vater Kohaylon seinerzeit den sagenhaften Raub der dreißig Kamele vollbracht hatte.« Und wie es die Spielregeln verlangten, führte Attay das Kind weiter in die große Geschichte der Bene Mattabol.

»Mit den Kindern und Kindeskindern von den Kamelen seines Großvaters Kohaylon zog Taimoamad eines Sommers hinab in die Stadt, um sie für seine Familie zu verkaufen. Wie gewöhnlich trieb er seine Herde auf den Marktplatz und bot sie dort feil. Zum Abend hatte er sie alle verkauft, bis auf das letzte, das hatte sich auf dem Weg einen Dorn eingetreten. Eben wollte er damit in die Karawanserei zurückkehren, als ihm mit großer Hast ein Mädchen in den Weg trat und sprach: Ich will dein Kamel kaufen, wenn es nur schnell genug läuft. Aber Taimoamad antwortete: Du hast Glück, denn ich bin kein Betrüger und werde dir helfen. Wo ist dein Vater? Das Mädchen begann zu weinen. Unter Schluchzen erzählte sie, daß ihr Vater sie sicher schon suchen ließe, da er sie morgen mit einem reichen und mächtigen Kaufmann aus der Stadt vermählen wolle. Doch der sei so alt und dick, daß sie lieber in die Wüste fliehen werde, als ihn zum Manne zu nehmen.

Da betrachtete sie Taimoamad, und sie gefiel ihm wohl, also sprach er: Eine Bitte um Hilfe wird dir von mir nicht verwehrt werden. Du sollst nämlich wissen: Ich bin ein Sohn der Bene Mattabol und will dich von deinem Vater befreien, wenn du dies wünschst. Da lächelte sie unter Tränen und noch zur nämlichen Stunde wurden sie insgeheim getraut. Der Vater war drei Tage lang so im Zorn, daß er Taimoamad gewiß den Kopf und andere wichtige Teile abgeschlagen hätte, wären sie nicht in die Wüste geflohen. Aber da er sein Kind über alles liebte und sah, wie herzlich sich die beiden zugetan waren, schenkte er schließlich seiner Tochter einen geflochtenen Goldring als Brautgeschenk und als Dreingabe ein kleines Stadthaus.«

Den viel zu großen, aus dicken Goldfäden gedrehten Ring auf den Daumen gesteckt, hatte sich Zenobia bildersatt auf ihr Lager zurücksinken lassen. Die Geschichte von Taimoamad war so bedeutsam, weil das kleine Stadthaus, ein handfester Beweis für ihre Echtheit, heute noch stand. Es war ein altmodischer, eingeschossiger Würfelbau von blaßrosa Farbe, den ihre Familie vermietete. In ihm hatten damals die beiden Liebenden Platz gefunden, nachdem der junge Beduine die reiche Kaufmannstochter am Abend des Markttages erst gegen alle guten Sitten belästigt und hinterher in einem stillen Winkel des naheliegenden Tempelbezirks verführt und geschwängert hatte – so verbreitete es wenigstens der erbitterte Vater, den nur die Einsicht in das Unvermeidliche und die Aussicht auf bevorzugte Handelsbeziehungen mit dem mächtigen Wüstenstamm davon abhielten, den Namen seiner Tochter ein für allemal aus dem Gedächtnis seiner Familie zu streichen.

Seitdem kam es immer wieder zu Verbindungen zwischen den Stämmen und der Stadt. Als Zenobios, der Stadtkommandant von Palmyra, bei einem der Pferdemärkte das Beduinenmädchen Sime zum ersten Mal gesehen hatte, war es nicht nur ihr frisches Gesicht zwischen den rauhen Gestalten ihrer Brüder gewesen, das ihn anzog, sondern auch die Tatsache, daß sie mehr Silberschmuck am Leibe trug, als er je auf einmal gesehen oder bei einer so zierlichen Person für möglich gehalten hätte.

Attays regelmäßiger Atem klang zu Zenobia herüber. Die Alte war eingeschlafen. Nun, das schadete nichts, die Zeit ihrer Verabredung mit Odu war da; die Sonnenstrahlen fielen schon schräg durch das Fenster herein. Alles war still im Haus. Zenobia rutschte vorsichtig von ihrer Liege und schlich sich zur Tür.

Sie ging leise durch die kühlen, halbdunklen Flure und überquerte den

Innenhof, über dem einige buntgestreifte Sonnensegel vergeblich die Hitze zu mildern suchten. In ihrem lauen Schatten plätscherte lustlos der Springbrunnen. Schließlich erreichte sie die Küchengebäude. Sie schmiegten sich neben einem kleinen Garten, in dem die Kräuter in der Sonne welkten, an die lange Außenmauer, die das Gebäude von einer schmalen Nebenstraße trennte. Dort war auch eine Tür, die die Dienerschaft benutzte, um das Anwesen zu Einkäufen und dergleichen zu verlassen. Es wäre zu unpraktisch gewesen, sie verschlossen zu halten, da sie oft benutzt wurde, auch war meist jemand in Küche und Garten, der sie im Auge behalten konnte. Nur nicht mittags, wenn alle schliefen, auch der Sklave, der eingerollt unter seinem Burnus im Verschlag hinter der Zitronenmelisse döste. Zenobia hörte ihn schnarchen.

Was sie nicht hörte, das waren die Schritte hinter ihr auf dem staubigen Boden. Und so erschrak sie fürchterlich, als sich eine Hand auf ihre Schulter legte.

»Was machst du da?«

»Gash!« Unsicher schaute sie ihren Bruder an.

»Wolltest du schon wieder verschwinden, hm. Dir haben die Prügel damals wohl nicht gereicht?« Er packte sie fest an beiden Armen. Zenobia biß sich auf die Lippen; sie erinnerte sich im Gegenteil nur zu gut daran, wie Gash auf sie einschlug, während ihr Vater danebenstand und kalt aufzählte, wie ein junges Mädchen sich zu verhalten habe. Und die Erinnerung machte sie wütend.

»Wenn du Vater sagst, daß ich weg war, dann sage ich ihm, daß du dir Wäsche aus Yasemins Zimmer stiehlst, um dir damit …« weiter kam sie nicht, denn eine heftige Ohrfeige riß ihren Kopf zur Seite.

»Tust du doch!« keuchte sie und starrte ihren Bruder mit aufrichtigem Haß an. Gash holte noch einmal aus, ließ den Arm aber wieder sinken.

»Du kleines Stück Dreck.« Und er stapfte durch die Kräuter davon. Zenobia atmete tief durch und sah sich in dem kleinen Garten um. Der Sklave schlief noch immer, die Sonne schien heiß und still auf sie beide. Sieg, sie hatte einen Sieg errungen. Noch zitternd von der aufregenden Begegnung, aber hochgestimmt, schob sie den Riegel zurück und schlüpfte auf die Straße.

# Balbus wird aktiv

Balbus schob sich gereizt durch den Trubel der Innenstadt und kaufte den Proviant für seine bevorstehende Mission zusammen. Ausgerechnet heute mußte Palmyra mit den Vorbereitungen auf den Pferdemarkt beginnen. Ein allgemeiner Sturm auf die Tesserae hatte begonnen, die tönernen Eintrittsmarken zu den großen Tempelgelagen, bei denen keine Familie, die auf sich hielt, fehlen durfte. An allen Ecken zogen fliegende Verkäufer die Menschentrauben an. Und wehe dem Haushaltsvorstand, der in diesem Wettstreit versagte! Die Stände für Lebensmittel waren ebenfalls belagert, da viele Familien über die Feiertage Besuch von Verwandten aus den Stämmen erwarteten und dafür Vorräte anlegten, als stünde eine Hungersnot bevor. Balbus hatte Mühe, ein wenig Brot, Datteln und Trockenfleisch zu einem vernünftigen Preis zu erstehen. Er konnte sich nicht lange aufs Feilschen einlassen, da sein Spitzel ihn am Nachmittag erwartete, angeblich mit guten Neuigkeiten. Offenbar hatte er etwas gefunden, was man dieser Zenobia ans Bein binden konnte. Also keilte er sich einen Weg durch die aufgeregte Menge.

Vielleicht sollte er tatsächlich noch am nördlichsten Limeskastell vorbeireiten, um sich dort zu versorgen? Auch ein zweites Pferd wäre nicht schlecht. Falls sie dort Pferde hatten. In der Stadt war kein vernünftiger Gaul mehr aufzutreiben, jede Mähre, die einen Mann tragen konnte, hatte Odaenathos für seine Reiterei requirieren lassen, kein Wunder, daß sie hier alle fast hysterisch wurden wegen diesem Viehmarkt. Ein Kamel hätte er haben können, aber dazu brauchte es einen härteren Hintern als den eines römischen Legionärs. Na, er würde am nördlichen Kastell vorbeischauen. Und dann würde er…

»He, paß doch auf, wo du hintrittst, Bengel!« Balbus war über einen jungen Burschen gestolpert. Ein verhängter Blick flog zu ihm auf, eine Hüfte streifte ihn kaum merklich. Der Zenturio errötete. Dreckiger Ziegenhirte, dachte er. Schlecht gebaut war er ja nicht, aber die Dreckkruste müßte man ihm abschrubben… Gründlich einseifen müßte man solche Kerlchen, von

Kopf bis Fuß und zwischendrin, bis sie sich einem unter den Fingern winden. Wäre eigentlich nicht schlecht, sich diesen Fisch zu angeln. Hmh, dafür sollte seine Zeit noch reichen. Balbus schaute in das lächelnde Jungengesicht vor ihm, dessen feuchte Lippen sich pflichtschuldig ein wenig öffneten und hatte einige anregende Ideen. Er preßte ihm den Daumen in den Mund, fuhr an der geriffelten Kante seiner Schneidezähne entlang, über das Zahnfleisch und die Unterlippe und mit dem speichelfeuchten Finger dann über das Kinn hinab zum Hals, dessen weiche Haut er prüfend knetete. Seine andere Hand spielte dabei gut sichtbar mit einem Geldstück.

»Komm in ein paar Minuten in die Thermen, wasch dich, und frag' dann nach mir. Und nun geh.« Der Junge grinste und trabte davon. Erst hinter der nächsten Ecke spuckte er aus.

Die palmyrenischen Thermen waren eine großzügige Anlage, dem Reichtum der Stadt angemessen, doch auch eine wohlhabende Gemeinde konnte es sich in dieser Gegend, so nahe an der Wüste, nicht leisten, Wasser zu verschwenden und verlangte Eintritt. Balbus machte dem Bademeister gegenüber die übliche Bemerkung, daß sein Laden teurer sei als die Caracalla-Thermen in Rom, was dieser mit dem üblichen Lächeln quittierte. Der Zenturio war hier Stammgast.

»Hier, Ennius, fang.« Auch der hohe Bogen, mit dem er dem jungen Burschen sein Trinkgeld zuwarf, der im Umkleideraum auf seine Sachen aufpaßte, hatte Tradition. Da er heute seine eigene Badeausrüstung nicht dabeihatte, lieh er sich notgedrungen gegen Gebühr Öl, Schaber und die Schüssel zum Wasserschöpfen. Außerdem kaufte er bei dem alten Mann, der sich von diesem kleinen Handel in den Thermen ernährte, Seife, ein Gemisch aus Fett und Holzkohlenasche, das, wie Balbus befand, eine Beschwerde beim Senat wert wäre. Doch der alte Mann schlurfte ungerührt von der Kritik zu seinem Schemel zu Füßen eines weiteren Herkules zurück, neben dessen schwellenden Marmormuskeln er sich so jämmerlich ausnahm, daß Balbus nur kopfschüttelnd in die bereitstehenden Holzsandalen stieg und ins Tepidarium weiterging. Ein delphinumspieltes Fußbodenmosaik wünschte ihm »Bene Laba«, angenehmes Bad.

Es war früher Mittag, und er schien der erste Gast zu sein. Es war ihm recht. Balbus lehnte sich in der Wanne zurück, ließ sich von einem der Sklaven den Rücken abseifen und genoß es. Das würde er vermissen bei der Jagd auf Gash die nächsten Tage, ein wenig Luxus, aber so war das Soldatenleben. Er pfiff einige Wirtinnenlieder, fluchte, als er beim Verlassen der Wanne versehentlich mit dem nackten Fuß auf den heißen Boden kam, schnappte sich sein Handtuch und stieß die Tür zum Dampfbad auf.

Offenbar war er doch nicht alleine. Auf der obersten Sitzstufe konnte er durch den Dunst eine Gestalt ausmachen. Ob sein Stricher sich beeilt hatte, um ihn zu überraschen? Balbus grinste und bewegte sich mit einigen wiegenden Schritten auf den Mann zu. Doch als der Dunst sich lichtete, straffte sich seine Haltung merklich.

»Seid gegrüßt, Zenturio«, klang es ihm entgegen. Balbus faßte sich schnell.

»Seid ebenfalls gegrüßt, Septimius Gash. Eine frühe Stunde für die Thermen.« Gash hob den tropfenden Kopf leicht an und strich das ölig glänzende feuchte Haar zurück, um seinen neuen Genossen ins Auge fassen zu können, dann ließ er ihn wieder herabpendeln, den Oberkörper vorgebeugt, die Ellenbogen auf den Knien.

»Ich schätze die Ruhe hier um diese Zeit.« Seine Stimme klang hohl von unten hervor.

»Ja, da ist es wirklich angenehm ruhig.« Mit einem leichten Plitschen setzte Balbus sich ebenfalls auf eine der Bänke, dann war es still. Von Zeit zu Zeit fielen einige vernehmliche Tropfen von der Decke. Im Nebenraum hörte man kurz einen aufflammenden Streit zwischen zwei Sklaven, den offenbar der Bademeister unterband. Balbus rührte mit dem Zeh in einer Pfütze. Das Mauerwerk knackte. Dann kam mit hallenden Schritten ein Sklave, um einen Aufguß zu machen. Als er die Luft mit einem herumgewirbelten Handtuch in Bewegung brachte, spannten die beiden sich gegen den Hitzeschwall. Schließlich hörte das Flappen des Tuches auf. Der Metalleimer des Sklaven klirrte, als er ihn wieder aufnahm, um zu gehen, und das Klappern seiner Holzsandalen verlor sich im Dunst. Gash stöhnte, als es vorüber war.

»Sie machen die Aufgüsse hier nie so richtig heiß, findet Ihr nicht auch?« bemerkte Balbus großspurig. Gash blickte bei dieser Prahlerei ein zweites Mal auf.

»Mir ist es recht so.« Sie schwiegen erneut. Auf dem Wandmosaik über der Tür blickten Asklepios und Hygieia einander streng ins Auge. An den beiden Männern rannen Wasserdampf und Schweiß in Bächen herab. Balbus strich sich die klebrigen Strähnen zurück und schielte zwischen den Fingern zu seinem Nachbarn hinüber, auf dessen straffe Muskeln unter dem glänzenden Fettfilm der Haut. Gute Muskeln, stellte er fest, kein Bauchansatz, und auch sonst nicht schlecht ausgestattet. Aber man wußte ja, daß die Großen im Ernstfall nicht viel zuzusetzen hatten. Ich werde dich töten, Junge, bald schon. Der Gedanke stimmte Balbus fast freundlich. Wenn nur die Hitze nicht so unerträglich gewesen wäre. Er begann, sein armes Opfer unverhohlener zu betrachten, bis Gash schließlich sein Handtuch zurechtzog. Da näherte sich erneut das Klippklapp der Bademeistersandalen; der zweite Aufguß stand bevor. Wie lange es der Kerl wohl noch hier aushielt?

»Hättet Ihr Lust, in der Palestra einige Übungsrunden mit mir zu absolvieren, im Ringen?« Balbus stand schon fast, als er fragte.

»Nein danke, ich pflege stets drei Aufgüsse zu machen.«

»Ihr habt recht, werter Gash, man soll die Wärme wirken lassen.« Balbus klatschte schwer atmend wieder auf seinen Sitz. Drei Aufgüsse in dieser mörderischen Hitze, das wollte er sehen. »Außerdem ist Gnaeus heute nicht da«, fuhr er fort, »ein ausgezeichneter Trainer.«

Gash zuckte die Schultern: »Er kann nicht viel.«

»Für einen Syrer ist er nicht schlecht. Mit dem Schwert ist er ausdauernd genug, um einen interessanten Sparringpartner abzugeben.«

»Für einen Legionär vielleicht.«

Balbus schwieg beleidigt und ächzte. Verdammt, es war zu heiß zum Streiten. Der Kerl würde bald genug merken, mit wem er sich angelegt hatte. Das schwor er sich in diesem Moment. Er würde ihm ins Gesicht sehen, bevor er ihm das Licht ausblies. Wo blieb bloß der dreimal verfluchte Handtuchschwinger?

Als Balbus schließlich aus dem Dampfbad stolperte, war ihm so schwindlig, daß er den Jungen nicht mehr beachtete, der ihm aus dem großen

Warmwasserbecken zuwinkte. Beim Mars, ihm war übel. Amüsieren konnte er sich später, wenn dieser Gash erledigt war. Und er würde ihn erledigen, bei seiner Ehre, der Kerl hatte zum letzten Mal über ihn gelacht. Er mußte los. Es interessierte ihn mehr denn je, was sein Mann über die Familie des Zenobios herausgefunden hatte.

* * *

Es war schon lange über die verabredete Zeit, als Zenobia immer noch vor der Karawanserei saß und schwitzte. Ihre Zehen bohrten sich in den warmen Sand. Wo Odu solange blieb?

Sie zupfte sich den feuchten Stoff ihres Kleides von der Haut, wo er festkleben wollte und sie in ihren Bewegungen hinderte. Es war ganz still, und die Luft war wie die Haut auf warmer Milch. Zenobia schob die Ärmel ihres Gewandes nach oben. Sie mochte ihre Arme, gerade so mager und bräunlich wie sie waren, mit den schmalen Muskeln, die sich unter ihrer Haut abzeichneten. Sie hob den linken, um an ihrer Armbeuge zu schnuppern und sog, mit der Nase am Unterarm entlangfahrend, ihr Aroma ein. Es roch gut, fand sie, so zart und stark zugleich wie bei Früchten, und darunter konnte sie ihren Puls spüren. Ein leichter Wind bewegte ihr Haar an den Schläfen. Ob er sie zuwehen würde, wie die rätselhaft schönen Statuen in der Gräberstadt, wenn sie nur lange genug hier säße?

Sie bemerkte nicht, daß die Augen zweier Männer auf sie gerichtet waren. Der eine hielt dem zappelnden Odu die Hand über den Mund und wandte sich eben triumphierend an den römischen Zenturio neben sich:

»Na Balbus, was hab' ich dir gesagt. Das Töchterlein des Stadtkommandanten höchstpersönlich. Und treibt sich hier auf der Straße mit 'nem Sklavenbengel rum. Meinen Schwanz wett' ich drauf, daß da ihr Vater nichts von weiß. Und das da«, er schüttelte den völlig verschreckten Odu, »ist außerdem einer von der verdammten Christenbrut. Das ist deinem Syndicus doch wohl 'ne Extraprämie wert.«

Balbus knurrte:

»Aber war dumm von dir, Crispus, ihn festzuhalten. Jetzt ist sie gewarnt.«

»Na und, langt doch, daß sie da ist. Wir können's bezeugen, und der hier auch, mit ein paar Prügeln.«

»Scht, sie geht, Moment mal.«

Mit ein paar langen Schritten war er über den Platz und hinter Zenobia, die das Warten eben aufgegeben hatte. Er packte sie an der Schulter und schob sie in den nächsten Hauseingang.

»Na, was für ein Zufall. Dich brauch' ich, Mädchen, komm mal her.«

Zenobia sah durch ihre erste Verwirrung hindurch das rote Gesicht eines römischen Offiziers viel zu dicht vor ihrem eigenen auftauchen. Ein riesiger Unterkiefer klappte herunter und zückte lächelnd die Zähne. Er hatte Knoblauch gegessen. Ihr fiel sein Name nicht ein, doch sie hatte ihn bestimmt schon des öfteren gesehen. Er war irgendwie wichtig, das wußte sie noch, und sie mochte ihn nicht, wie er da so dicht vor ihr stand, er machte ihr angst.

»Laßt mich los, auf der Stelle, ich bin die Tochter des Septimius Aurelius Zenobios.« Das war ein wenig zu hastig gesprochen, um würdevoll zu sein.

»Na sag' ich doch. Möchtest du ein paar Feigen, he?« Er hielt ihr die Früchte auf der geöffneten Hand hin, doch sie reagierte nicht. Angespannt wartete sie darauf, was er wohl von ihr wollte und versuchte, ihre Nervosität zu verbergen. Balbus starrte prüfend auf das Kind, das hochmütig durch ihn hindurchsah, und schloß die Faust wieder um seine Feigen. Verbocktes Gör, dachte er, reagiert nicht auf die sanfte Tour. Nicht, daß er das erwartet hätte. Er war im Grunde erleichtert, nicht den netten Onkel spielen zu müssen.

»Hast dich wohl rumgetrieben, was, bist auf Unternehmungen aus gewesen, wie? Das würde deiner Mutter aber gar nicht gefallen. Und deinem Vater vermutlich auch nicht, oder hab' ich nicht recht?« In gespielter Sorge schüttelte er den Kopf. Befriedigt registrierte er, daß sie ihm nach der ersten Bemerkung einen schnellen, erschreckten Blick zugeworfen hatte.

»Nein, es würde ihm ganz und gar nicht gefallen, seine einzige Tochter durch einen römischen Zenturio zurückzukriegen und zu hör'n, daß sie ganz allein in der Stadt herumstreunt, nicht wahr? Gar nicht gefallen würde ihm das. Und ich wette, dein Vater kann sehr unangenehm werden.« Zenobia wand sich unter seinem Griff, doch er hielt sie fest an beiden Oberarmen und rüttelte sie heftig. Mit großem Erfolg. Ihr Magen flatterte, als sie log:

»Ich bin mit meiner Amme unterwegs.«

»Ja wo ist sie denn, deine Amme?«

»Wir haben uns verloren in dem Gedränge da vorne.«

»Soso. Wenn du verlorengegangen bist, werden wir dich wohl am besten mal nach Hause zurückbringen, bevor du dich hier verläufst. Deine Eltern werden bestimmt froh sein, wenn ich dich ihnen wohlbehalten übergebe.« Das bezweifelte Zenobia mit gutem Grund. Sie zog sich angstvoll zusammen, wenn sie daran dachte, wie ihr Vater sie mit einer Handbewegung einem Mann zur Züchtigung übergeben würde, ohne sie anzusehen, während ihre Mutter sich nur stumm abwandte. Nie würde sie Odu wiedersehen. Der Versuch, die Tränen zurückzuhalten, krampfte ihre Kehle zusammen, und ihre Augen wurden heiß. Zufrieden holte Balbus zum entscheidenden Schlag aus:

»Hehehe, ist ja gut. Ich kann dir helfen, wenn du mir hilfst, hörst du mich? Gash heißt doch dein Bruder; er ist Soldat.« Zenobia bejahte, ohne nachzudenken; sie war so ertrunken in Furcht, daß sie Balbus kaum noch zuhörte.

»Paß auf, Mädchen, du bist doch klug, du bist doch vernünftig. Dein Bruder reitet manchmal auf eine Weile fort aus der Stadt, nicht wahr? Du kannst das ruhig zugeben, ich weiß es ja schon, siehst du?« Sie schwieg; dem kleinen Biest schien es tatsächlich die Sprache verschlagen zu haben.

»Wann war er das letzte Mal weg?« versuchte er es noch einmal.

»Vor vier Tagen«, kam die zögernde Antwort. Na bitte, es klappte.

»Und wann will er wieder weg?« Zenobia hatte das sichere Gefühl, daß sie ihm das nicht sagen durfte. Doch der Gedanke an das, was mit ihr geschehen würde, wenn sie sich weigerte, machte sie hilflos. Sie bebte am ganzen Körper vor Angst und bemerkte voll Panik, daß ihr der Urin an den Beinen herunterzulaufen begann. Die neue Sorge, das Wasser zurückzuhalten, und die tiefe Demütigung, sich vor jemandem selbst zu beschmutzen, brachen ihren ohnehin schwachen Widerstand. Er sollte gehen und sie nicht so sehen. Er sollte weg, weg, weg.

Sie entwand sich fast wütend seiner Pranke, krümmte sich an die Wand hinter ihr, klemmte die Knie zusammen und sah ihn nicht an, als sie hervorpreßte: »Er hat schon gepackt und wollte zum Rennen zurück sein.« Wenn er doch nur endlich ginge.

»Das Rennen? Ah, der Pferdemarkt. Der ist in etwa zwei Wochen. Das letzte Mal ist er auch etwa vierzehn Tage ausgeblieben. Heißt das, er reitet morgen? Heißt es das? Ja, das ist es, nicht wahr, er reitet morgen!« Zenobia nickte, dann wurde sie erlöst, denn er stürzte davon.

Sie wartete, bis sie seine Schritte nicht mehr hören konnte und erleichterte sich greinend da, wo sie gerade kauerte. Oh Allath, wie jämmerlich sie war. Es schüttelte sie wieder und wieder. Voll Scham rannte sie los, so schnell, daß niemand ihre ekligen, nassen Kleider und ihr verweintes Gesicht sehen konnte. Nur weg vom Ort ihres Verrats.

## Odus Stunde

Odu sah der flüchtenden Zenobia verzweifelt nach, doch er konnte sich nicht aus den Händen seines Bewachers losmachen. Der sah dem zurückkehrenden Balbus mißtrauisch entgegen.

»Das hat sie jetzt wohl nicht gewarnt, was? Du, wenn mich das um meine Provision bringt, dann …«

»Ach halt's Maul«, schnitt der Zenturio ihm das Wort ab, »mußte noch was aus ihr rausholen, alles bestens. Da …« Er begann, schnell einige Sätze auf einen Fetzen Pergament zu werfen, den er faltete und Crispus hinhielt. »Bring' das dem Syndicus. Wirst dein Geld kriegen.«

»Ist 'n das?« fragte Crispus.

»Steht drin, daß des Polizeichefs Töchterlein sich heimlich mit einem Liebhaber rumtreibt. Von der gefährlichen Christensekte.«

Crispus strahlte übers ganze Gesicht, während er Odu losließ und nach dem Dokument griff.

»Heeh, Moment mal, du verdammter kleiner Straßenköter, hiergeblieben!« Doch Odu hatte die Gelegenheit schon genutzt, um zu entkommen. Balbus schüttelte seine Faust hinter ihm her.

»Wenn ich dich noch mal seh', mach' ich dich kalt.«

»Sollten wir besser gleich tun.«

»Ach was, was kann der Sklave schon anrichten. Hab' was Wichtigeres zu tun. Und du gib den Brief ab. Wir seh'n uns.«

Odu schlich dem Mann, der Crispus hieß, schon seit einiger Zeit hinterher. Er hatte die Drohung wohl verstanden, aber der Brief, in dem stand, daß Zenobia und er sich trafen, der Brief war gefährlich. Er wußte, welche Angst seine Freundin vor einer Entdeckung ihrer Ausflüge haben mußte. Auch er fürchtete sich ja vor ihrem düsteren Vater. Aber er wollte kein Feigling sein. Er wollte helfen. Wenn er auch noch keine Idee hatte, wie er es anstellen sollte. Also folgte er dem Brief durch die Straßen der Stadt. Es war wie beim Fischspiel mit Zenobia: Man glitt lautlos durch die Menge. Bald betrat der Mann vor ihm eine Taverne. Durchs Fenster sah Odu, wie er einen gutgekleideten Römer ansprach und ihm das Pergament hinschob. Das mußte der Syndicus sein, von dem sie gesprochen hatten. Jedenfalls nahm er das Blatt, las es und lächelte. Dann schob er Crispus einen Beutel hin und ging. Odu heftete sich an seine Fersen.

Eine halbe Stunde später standen beide vor dem Stadtpalast des Fürsten Odaenathos. Es war schon Nachmittag, und doch hatte der lichtgebleichte Himmel die Luft zum Schmelzen gebracht, die nun weißglühend in jeden Winkel der Stadt sickerte. Sie versengte die Schatten, überschwemmte die Straßen und umflutete auch Odus mageren, aufgeregten Körper.

Der Syndicus sah lange an der Torfassade empor. Sie war noch hinter einem Baugerüst verborgen, aber er konnte mühelos erkennen, wie prächtig ihre marmornen Säulenreihen über der Stadt stehen würden, ein neues Wahrzeichen des mächtigen Palmyra. Üppige Blütenfriese überwucherten in starrem Weiß das Portal und harrten ihrer Bemalung. Nichts regte sich dort, als er durch das Tor schritt und Odu hinter ihm hineinschlüpfte.

Das ganze Grundstück lag wie ausgestorben da. Hier auf der Rückseite des Portals fehlte die Marmorverkleidung noch, so daß der Kern des Baus aus gemauerten Tonziegeln offen zutage trat, und die Skulpturensockel, zwischen denen er durch Pfützen heißen Staubes auf die Hauptgebäude zuwatete, waren sämtlich noch leer. Domitian nahm das als gutes Vorzeichen. Noch waren des Fürsten Pläne nicht zum Abschluß gelangt, und mit Jupiters Hilfe würden Balbus und er einiges davon vereiteln. Er würde auf diesen Sockeln noch die Porträts römischer Kaiser stehen sehen. Das Knirschen seiner Sandalen übertönte den leichten Schritt hinter ihm.

Plötzlich öffnete sich links ein zweiter Hof. Der Syndicus und sein kleiner Trabant traten ein. Mannshohe Mandelbäume, Jasmingebüsch und Hibiskus spendeten sich gegenseitig Schatten, darunter sahen ihm leuchtende Mittagsblumen mit weit geöffneten Kelchen entgegen.

An der Pforte gegenüber bat Domitian um eine Audienz beim Fürsten und wurde eingelassen. Odu zögerte einen Moment. Ein Pfau schrie gellend auf und schlug sein Rad, ehe er schleifenden Schrittes zwischen den Büschen verschwand. Etwas plätscherte, ein Wasserbecken, in das ein Fischmaul aus Bronze ein dünnes Rinnsal schickte. Es war innen geformt wie ein Amphitheater, die einzelnen Stufen am Rand jeweils mit einer blinkenden Bronzeleiste und einer eingelassenen Zahl markiert. Odu stand fasziniert vor einer Wasseruhr. Jedesmal, wenn eine Stunde um war und eine Stufe langsam geflutet wurde, hob sich dort ein kleiner Schwimmer, eine aus hauchfein geschliffenen Perlmutterblättchen zusammengesteckte Seerose, zitternd mit dem Wasserspiegel und schwamm zu den anderen Blüten, die in nervösen Bahnen um den Zulauf kreiselten. Odu zählte sie: Es waren zehn. An der elften Stufe wölbte sich zitternd und zögernd eine irisierende Wasserkante, jeden Augenblick bereit zu explodieren. Odu konnte nicht widerstehen: Er riß sie mit dem Zeigefinger ein, dann stürzte er sich in das unbekannte Gebäude. Er folgte den hallenden Schritten der Männer vor ihm durch eine Flucht von Zimmern, an Heerscharen von Bediensteten vorbei, ohne aufgehalten zu werden. Offensichtlich glaubte man, er gehörte dazu. Als die Gruppe in einen Empfangssaal einbog, ergriff er geistesgegenwärtig einen der herumstehenden Federfächer und nahm neben der Tür Aufstellung.

Der Empfangschef ließ es Domitian gegenüber an Höflichkeit nicht fehlen und orderte zunächst gegen dessen Sträuben ein Fußbad. Doch eine Audienz beim Fürsten wollte er ihm nicht gewähren, der Herr sei nicht im Hause. Domitian lächelte gequält. Da saß er nun, der große Diplomat, mit den Füßen in einem Bottich, während dieser Schnösel ihm ins Gesicht log. Odaenathos schien sich ja sehr sicher, daß sein Pakt mit den Persern zustande kam und Verhandlungen mit Rom nicht mehr vonnöten sein würden. Nun, er wußte es besser. Bald würde sein Unterhändler tot und sein wichtigster Verbündeter ein zürnender, verschmähter Schwiegervater sein.

»Wenn das so ist, dann bringt mir Schreibzeug. Ich habe Eurem Herrn eine wichtige Botschaft zu übermitteln.« Der junge Höfling orderte das Gewünschte, bat, das Schreiben auf einem Tischchen zu hinterlegen, das er ihm wies, und empfahl sich.

Domitian verfaßte ein Begleitschreiben zu Balbus' Zettel, dann schüttelte er das Seifenwasser ab und trat an eines der Fenster. Vor ihm lag die westliche Ebene mit ihren Grabtürmen ausgebreitet, dahinter erhob sich in zartem Dunst das Gebirge. Er vermeinte den kühlen Wind seiner Höhen zu spüren. Ein schwarzer Punkt kreiste ruhig über dem Wadi, ein Adler, es mochte auch ein Geier sein. Odu hatte sich schon fast bis zu dem Tisch mit dem Brief vorgetastet, da wandte Domitian sich zum Gehen.

Der Mann, der in diesem Moment mit Schwung durch die Tür trat, rannte mit dem Kopf gegen den Brustkorb des Syndicus und verhedderte sich fluchend in dessen Togafalten. Unbemerkt huschte Odu zurück an die Wand und hielt die Luft an. Der Neuankömmling war Stadtkommandant Zenobios. Einen Schritt hinter ihm trat Vorodes ein, der Stellvertreter und engste Vertraute des Fürsten. Zwischen ihm und Domitian, die Auge in Auge stumm ihre gegenseitige Abneigung erneuerten, rang der kleinwüchsige Kommandeur der Stadtpolizei um Fassung. Niemand beachtete den kleinen Sklaven an der Wand. Schließlich besann sich Domitian und trat einen Schritt zurück.

»Äh, Ihr wolltet zum Fürsten, edle Herren? Er ist nicht da.« Die rauhe Stimme Vorodes' paßte zu dem dunklen Gesicht, dem schwarzen Vollbart und der einstmals griechisch anmutenden, vielfach gebrochenen Nase. Sie paßte auch zu seinen verschränkten Armen, die andeuteten, daß er nicht viel mehr dazu sagen würde. Nur im Lügen war sie wenig geübt.

Dieser große Mann sprach überhaupt nicht sehr viel und schätzte keine Gesellschaft. Er war ein Fremder in Palmyra, ein Parther, der dem Fürst bei einem seiner Feldzüge begegnet war. Er hatte Odaenathos' Reiterei aufgebaut und dort, bei den Ställen, hielt er sich auch am liebsten auf. Domitian kannte die Witze, die in der Stadt über Vorodes und seine Leidenschaft zu Pferden gerissen wurden; er hätte sie allerdings nicht in seiner Gegenwart wiederholen mögen.

Der Syndicus verbeugte sich vor Zenobios: »Das sagte man mir auch bereits. Es sieht so aus, als hätten wir beide einen Weg umsonst gemacht. Wenn Ihr mich entschuldigt?« Und er konnte es sich nicht verkneifen, hinzuzusetzen:

»Meine Empfehlungen dem Fräulein Tochter. Sie soll ja eine wahre Schönheit sein.« Damit verließ er sie.

Vorodes wartete, bis die Tür sich hinter Domitian geschlossen hatte, dann winkte er Zenobios weiter. Die beiden Palmyrener traten umgehend in die Privatgemächer des Fürsten.

Der zurückkehrende Empfangschef fand den Vorraum leer. An der Wand lehnte ein Federfächer. Von einem Brief keine Spur.

* * *

Als Zenobios sich auf den Heimweg machte, saß ihm das vielsagende Lächeln des Syndicus noch immer im Nacken. In den Gängen des Palastes herrschte Schweigen, kein Laut drang durch die langen Reihen geschlossener Fensterläden. An einem Brunnenbecken kühlte er sein heißes Gesicht, das ihn aus dem Wasserspiegel zitternd ansah. Einige künstliche Seerosen schwammen lautlos fragend darüber hin. Er stieß sie mit dem Finger an: Spielzeug für Frauen, Zenobia würden sie gefallen. Zenobia! Schön, oh ja, seine Tochter war schön! Doch woher zum Teufel wußte der Römer das?

Abrupt wandte er sich ab und ging weiter dem Ausgang entgegen. Seine Sänfte stand verlassen in der prallen Sonne. Verärgert rief er die Träger und verfluchte sie noch durch die geschlossenen Vorhänge seines Gefährts hindurch, in dessen Inneren es unglaublich stickig geworden war. Auf dem Kissen fand er ein Tuch, mit dem er sich dankbar das Gesicht wischte und erkannte es am Duft als das seiner Tochter. Kein Zweifel, da hatte er es, das teure Stück mit der Goldlitze, das er ihr letzthin erst geschenkt hatte. Alles ließ sie liegen, wenn man nicht ständig auf sie aufpaßte. Es lag den Frauen im Blut, das Leichtsinnige, selbst seiner Tochter. Erneut tupfte er sich die Stirn, doch der Geruch des Stückchens Seide war ihm mit einem Mal zuwider, und er riß die Vorhänge beiseite, um Luft zu bekommen. Sein Blick fiel im Vorübergehen auf eine Horde Kinder, die sich über ein kopulierendes Paar Hunde belustigten. Eines davon sah einen Moment lang aus wie seine Zenobia. Ein zweiter Blick beruhigte ihn. Nein, und er hatte die Abenteuerlust ja damals gründlich aus ihr herausprügeln lassen. Jetzt, da war er sich sicher, war sie ein stilles junges Mädchen, auf das eine glänzende Partie wartete, eine für sie alle höchst vorteilhafte Verbindung. Da faßte er einen Entschluß.

»Heh, hoh, du dickhäutiger Ochse, heh! Zum Markt! Bring mich zu Glaukos' Laden«, wies er seinen Troß an. Niemand sollte mehr anzügliche Bemerkungen über seine Tochter machen. Ein so kostbares Juwel mußte gut geschützt werden.

Glaukos war die erste Adresse in Palmyra für Sklaven über einen Meter achtzig mit den entsprechenden Proportionen, für den gehobenen Anspruch. Glaukos hatte das Exklusive und das Außerordentliche. Er residierte nicht weit von der Karawanserei.

»Was ich benötige«, versuchte Zenobios zu erklären, nachdem er in einem der Verkaufszimmer Platz genommen hatte und eine Tasse Tee vor ihm stand, » ist eine Art Leibwächter.«

»Ah ja, ich verstehe. Für die Stadt, oder soll er Euch auch bei den Truppen begleiten?«

»Nein, nein. Äh, danke.« Zenobios nahm die Silberschale mit dem Tee entgegen, die Glaukos persönlich ihm hinhielt. Ein starker Duft nach Ingwer stieg ihm in die Nase. Er wartete, bis der Sklave den Holzfuß aufgestellt, das Tischtablett installiert und Milch und Honig angerichtet hatte. Glaukos' Räumlichkeiten waren alle sehr diskret, Separées von unaufdringlicher Eleganz. Dieses war lichtblau getüncht, ohne jeden ablenkenden Bildschmuck, nur in den vier Ecken der Decke spreizten sich Pfauen. Sie schienen zur Raummitte zu starren, wo schwere Lampen auf Vogelkrallen aus Bronze standen, um die Drehscheibe auszuleuchten, die dort dezent in den Boden eingelassen war.

»Ich brauche ihn nicht für mich«, fuhr Zenobios fort, als sie wieder alleine waren. Sein Blick wanderte auf dem Federmotiv des Fußbodenmosaiks entlang. »Ich suche einen Leibwächter für meine Frauen.« Glaukos hob nicht einmal die Augenbrauen. Trotzdem fügte Zenobios schnell hinzu:

»Die Straßen sind unsicher geworden, seit der Krieg so nahe gerückt ist. Mit den Flüchtlingen treibt sich auch viel Gesindel herum. Sie sollten jemanden bei sich haben, der durch sein bloßes Äußeres schon Bettler und Dreistigkeiten entmutigt. Groß eben und ...« Zenobios deutete durch aufgeblasene Backen, geballte Fäuste, hochgezogene Schultern und zusammengekniffene Augen an, was er sich vorstellte.

»Ich verstehe.« Glaukos klatschte in die Hände und gab seinem eintretenden Assistenten einige geflüsterte Anweisungen. »Also entschlossen, kampfbereit und abschreckend, nicht wahr?« wandte er sich dann wie zur Bestätigung nochmals an Zenobios, der nickte und an seinem Tee nippte. Der erste Kandidat wurde hereingeführt, die Drehscheibe geriet in sachte Bewegung.

»Ein Caledonier. Wie er über den Limes kam, weiß ich nicht, jedenfalls war er einmal auf einer Galeere. Die Narben sind aber gut verheilt, keine Schäden. Meine Aufkäufer fanden ihn auf Rhodos, wo sein damaliger Besitzer ihn auf den Handelsplätzen Schaukämpfe ausfechten ließ. Vorwiegend mit Stieren. Es soll beeindruckend gewesen sein.«

»Etwas zu beeindruckend vielleicht.« Zenobios blickte ungnädig auf einen halslosen Mann mit zornroter Haut, der klein wirkte, weil seine kurzen Beine, seine stämmigen Muskeln und sein ausladendes Kreuz ihn fast so breit wie hoch aussehen ließen. Sein Körper war wie eine grobe, geballte Faust. Das Gesicht, soweit der Bartwuchs es sehen ließ, bestand hauptsächlich aus Kaumuskulatur. Die Schulterblätter waren dicht mit rötlichen

Zotteln bewachsen, die man beinahe ebenso zu einer Vielzahl kleiner, steifer Zöpfe hätte flechten können, wie das mit Haupthaar und Bart geschehen war.

»Nein, also nein. Sollen sich ja schließlich nicht vor ihm fürchten. Etwas zivilisierter darf er schon aussehen. Und eine bekannte Sprache sollte er sprechen oder zumindest verstehen. Damit man ihm kleinere Aufträge geben kann. Einkaufen, oder so.«

»Ich verstehe.« Glaukos hatte bereits die entsprechende Order erlassen, und ein neuer Mann trat sofort ein. Zenobios' »Nein« erklang ebenso prompt, und Glaukos winkte den Nubier umgehend wieder hinaus, der sich mit der lautlosen Eleganz einer Wildkatze entfernte. Nur einen Moment hatte das Licht auf der hinreißenden Schönheit seines Körpers schimmern können. Zenobios und Glaukos lehnten sich zurück, plauderten über das Wetter und knabberten Pistazienkerne, bis der Sklavenhändler zu spüren meinte, daß die Spannung gewichen war, die die übergroße Attraktivität seines Angebotes ausgelöst hatte.

»Der nun kommt«, bemerkte er schließlich, »ist bereits einmal Leibwächter gewesen, bei einem römischen Ädilen. Ah, da ist er ja schon. Seht Euch diese Schultern an! Ein Gote, kräftig, auch kampferprobt und durchaus intelligent. Er ist des Lateinischen mächtig, wie ich den Unterlagen entnehme, und versteht auch schon ein paar Brocken aramäisch. Der Ädil und seine Familie waren sehr zufrieden mit ihm.«

»Warum ist er dann hier?« Zenobios ließ kein Auge von der Gestalt auf der Drehscheibe.

»Er hat, sozusagen in Ausübung seines Amtes, mehrfach Angreifer abgewehrt, denen das nicht gut bekam. Wenn er einem kalabresischen Straßenräuber das Genick brach, scherte das natürlich niemanden. Doch der Mann, den er zuletzt zu Boden schickte, war ein prominenter Gladiator, der sich offenbar nur nebenberuflich als Attentäter verdingte und ein Liebling der römischen Damenwelt war, Ihr versteht. Und da hielt sein Herr es für geraten, ihn zu seinem eigenen Besten in die Provinz zu verkaufen.«

Zenobios trat an den flachsblonden, langhaarigen Hünen heran, der in völliger Ruhe vor ihm stand. »Warum hast du den Gladiator getötet, Kerl?«

»Er hat die Ehre meines Herrn verletzt.« Der Polizeikommandant zeigte mit keiner Geste, wie sehr ihm diese Antwort gefiel. Er setzte die Drehscheibe mit einem Tritt in Bewegung. Als er in das Gesicht des Goten hinaufblicken konnte, stoppte er sie ebenso abrupt. Seine Augen waren so blau wie die Quelle Ephta, wenn sich der Himmel darin spiegelte. Zenobios vermochte nichts in ihnen zu lesen.

»Was würdet Ihr für den Mörder noch haben wollen?« wandte er sich beiläufig an Glaukos. Der lächelte.

»Fast geschenkt, werter Stadtkommandant, fast geschenkt.« Was dann kam, waren zähe Verhandlungen, bis Zenobios endlich zufrieden war.

»Gut, ich nehme ihn.«

»Ausgezeichnet«, entgegnete Glaukos mit einer Stimme, die Händereiben verriet. »Eine hervorragende Wahl. Zum Mitnehmen oder sollen wir ihn liefern?«

Zenobios nahm sich noch eine Handvoll Pistazien. Das wäre erledigt. Jetzt war es Zeit, die Verlobung bekanntzugeben. Der Fürst hatte ihm in der Audienz bedeutet, daß die bevorstehende Verbindung nun öffentlich verkündet werden konnte. Er brauchte nur noch ein passendes Geschenk, um die frohe Botschaft zu Hause gebührend zu unterstreichen. Endlich sah er seinem Heim mit Zufriedenheit entgegen. Als er wieder hinaustrat, war es die elfte Stunde des Tages und noch immer unerträglich heiß. Nichts regte sich unter den Kolonnaden, und die Hunde schliefen fest in ihren Verstecken dem Abend entgegen.

## Christen unter sich

Der Seidenhändler Clemens saß in seinem Kontor und sortierte Rechnungen, als er von den lauten Rufen seiner Frau unterbrochen wurde.

»Clemens, Clemens!«

»Was ist denn, mein Lämmchen?« Er steckte einen weiteren Zettel zu dem Stapel »Außenstände« unter das Bronzekamel, das ihm als Briefbeschwerer diente.

»Clemens, stell dir vor, wer da ist.«

»Du wirst es mir sicher gleich sagen, Lämmchen.« Als er aufsah, stand der unerwartete Gast bereits vor ihm.

»Es ist Thomas, Thomas aus Antiochia.« Julia war ganz aufgeregt. Ein echter Flüchtling in ihrem Hause, der Ärmste. Sie versuchte unauffällig, ihrem Mann aufmunternd zuzunicken, der, wie sie wußte, ihren Vetter Thomas immer für einen unerfreulichen Fanatiker gehalten hatte. Doch sie sorgte sich unnötig, Clemens sprach die Worte des Willkommens mit Wärme. Schon waren ihre geschäftig klappernden Sandalen auf der Treppe zu hören.

»Odu, wo steckt denn der Kerl wieder! Odu, schließ den Laden ab und geh frisches Brot holen, wir haben Gäste, hörst du?« Ihre Stimme verlor sich in Richtung Küche.

Derweil goß Clemens persönlich das parfümierte Wasser über Thomas' Hände. Während es in das Kupferbecken tropfte, dachte er an das, was Julias Vetter ihm wohl zu berichten haben würde. Er hatte von den Christenverfolgungen gehört, die noch Valerian in Antiochia eingeleitet hatte. Doch hatte er sich damit beruhigt, daß der chronisch finanzschwache Kaiser es nur auf das Geld wohlhabender Kirchenfürsten abgesehen haben konnte. Er schätzte die geordneten Verhältnisse, in denen er lebte. Hiobsbotschaften hingegen schätzte er nicht, und so war ihm nicht unrecht gewesen, daß seit der persischen Besatzung keine Nachrichten über die antiochische Gemeinde mehr zu ihm gedrungen waren.

»Nun aber sprich, Thomas, wie geht es dir?«

»Wie soll es einem gehen, Clemens, wenn die eigenen Landsleute einen zum Staatsfeind erklären, der Bischof im Gefängnis ist, die Menschen enteignet und jeder gute Christ mit dem Tode bedroht, der bei einer Versammlung im Zeichen des Kreuzes entdeckt wird?«

Clemens schluckte, doch die mit dem Geschirr hereinstürmende Julia enthob ihn einer Antwort.

Das Abendessen verlief in fast völligem Schweigen. Mit wachsendem schlechten Gewissen sahen sie zu, wie Thomas die Schüsseln bis auf den letzten Rest leerte, sich mit dem Ärmel den fettglänzenden Mund wischte und noch kauend nach den daumendicken, süßen Datteln angelte, die Julia als Nachtisch auftrug.

»Laßt mich zum Dank das Nachtgebet sprechen.« Lächelnd falteten Julia und Clemens die Hände und senkten die Köpfe.

»Herr, der Prophet spricht: Welche ich liebhabe, die strafe und züchtige ich. So tuet Buße ohn' Unterlaß und …«

»Vetter, ich …«, Clemens legte ihm begütigend die Hand auf die Schulter, »… ich meine, wir alle hier … dieses Haus ist natürlich das deine … und …« Julia nickte eifrig.

»Ich danke dir für dein Verständnis, Vetter, aber ich werde morgen weiterreisen, nach Alexandria.«

»Alexandria? Ja, aber …«

»Dort ist ein Mann, der die Zeichen erkannt hat. Er sammelt die Märtyrer um sich. Denn wie es in der Apokalypse beschrieben steht: Weder der Kaiser noch sein Reich werden stehen bleiben. Die große Hure Babylon taumelt und wird mit sich reißen seine Macht. Antiochia hat sie im Fallen mit sich gerissen, sie liegt schon auf der Erde, aus vielen Wunden blutend. Und bedenke, es heißt, die Kaufleute auf Erden werden weinen und Leid tragen um sie, weil ihre Ware niemand mehr kaufen wird.«

»Also, das ist doch«, Clemens wurde zornrot. »Händler oder nicht, bin ich doch ein ebenso guter Christ wie du.« Er ignorierte die Datteln, die Julia ihm energisch lächelnd zuschob, und fuhr fort:

»Und was heißt hier Hure Babylon: Ist dir klar, daß du ohne diese Hure, wie du sie nennst, noch nicht einmal bis hierhergekommen wärst? Wer baut denn die Straßen, wer sichert das mare nostrum, wer macht sich eben wieder auf, Antiochia den Persern zu entreißen, damit wir nicht alle den großen Zarathustra anbeten müssen? Wo ist da der Grund zum Sterben?«

»Du redest so zynisch daher wie jener, der in Bithynien von zweihundert unserer Brüder das heidnische Opfer verlangte. Als sie lieber das Martyrium erleiden wollten, lachte er und meinte, für die, die unbedingt sterben wollten, gebe es Klippen und Stricke.«

Clemens und Julia sahen sich an. Vor Jahren waren auch sie einmal vor der Wahl gestanden, der Juno zu opfern oder für ihre Überzeugung zu sterben. Der damalige Kaiser hatte von allen Bürgern den Vollzug der Zeremonie gefordert, da er den Grund für die ständigen Unruhen im Reich im Niedergang der klassischen römischen Tugenden zu erkennen meinte. Nicht zu Unrecht, wie Clemens fand, der einige dieser Tugenden allein in seinem Glauben bewahrt sah: Frömmigkeit, Maß, Treue und Verantwortung. Die Lösung war eine kleine Bestechung des Priesters gewesen. Und Julia und er trösteten sich mit der Gewißheit, daß fünfzig Denare, versehen mit dem Porträt des Kaisers, ja im Grunde nur das waren, was auch ihr Herr Jesus dem Kaiser als das Seine zugestanden hatte. Es gab zu Rom keine Alternative, das würde er sich gerade von Thomas nicht einreden lassen. Er holte gerade Luft, als Julia begütigend einfiel:

»Der bithynische Beamte hat sicher gehört, daß es für einen Christen kein höheres Glück gibt, als für seinen Glauben sein Leben geben zu dürfen. Und diesen Sieg wollte er ihnen nicht gönnen. So sind sie eben, die Römer.«

Clemens verschluckte sich fast an einer Dattel, angesichts ihrer Unschuldsmiene. Er hustete los und fuchtelte mit der freien Hand, um sich wortlos zu entschuldigen. Nur wenig schuldbewußt klopfte Julia seinen Rücken und verabschiedete sich. Ein kühler Luftzug von der Tür her erinnerte Clemens daran, wie müde auch er nach dem langen Tag war, viel zu müde zum Streiten.

»Wie geht es eigentlich deiner Frau?« nutzte er die entstandene Pause. »Wollte sie die Strapazen der Reise nicht auf sich nehmen? Wir hätten sie gerne bei uns begrüßt.«

»Clelia ist geblieben, um die Buße nicht zu unterbrechen, die der Presbyter ihr auferlegt hat. Sie war für das Martyrium nicht reif.«

Clemens hatte Clelia erst einmal gesehen, eine stille Gestalt mit auffallend hellem Haar, die aus der Küche trat, um die Durchreisenden mit ein paar gemurmelten Worten zu begrüßen.

»Was hat sie getan? Geflucht, als die Milch überkochte?« versuchte er einen lahmen Scherz. Kurz darauf hätte er sich dafür ohrfeigen können.

»Sie erregte die Aufmerksamkeit einiger persischer Soldaten, als sie am Fenster deren Einzug verfolgte. Diese Männer traten die Tür ein und taten ihr Gewalt an. Ein paar Nachbarinnen erlitten dasselbe.« Er beeilte sich, einem Kommentar Clemens' zuvorzukommen.

»Doch mit Gottes Hilfe werden sie alle bald die volle Vergebung erlangt haben. Da fällt mir ein, daß ich gar nicht weiß, wo Julia liebenswürdigerweise mein Nachtlager angewiesen hat. Hoffentlich hat sie einen Haussklaven unterrichtet, und wir müssen sie nicht mehr wecken.«

Kurze Zeit später ließ Clemens sich mit einem wohligen Seufzer neben Julia aufs Bett fallen. Sie regte sich neben ihm im Schlaf. Er mußte an Thomas' Frau denken und legte zärtlich den Arm um sie. Er würde sie immer beschützen.

»Clemens, ist er weg?«

»Ich dachte, du schläfst bereits. Schlaf doch, Julia.«

»Nein, nein, ich bin ganz wach. Du weißt doch, daß ich ohne dich nie einschlafe.« Clemens seufzte.

»Was habt ihr denn noch so lange geredet?« Julia war bereits dabei, die Öllampe wieder anzuzünden. Sie war als kleine Fackel in der Hand eines pausbäckigen Knaben gestaltet, der, was Clemens stets mißbilligt hatte, nackt war, völlig nackt.

»Wie Gott ihn geschaffen hat«, pflegte seine Frau ihr Lieblingsspielzeug zu verteidigen, »die Engel im Himmel müssen so aussehen wie er.« Der griechische Schöpfer dieser Statuette hatte sicher nicht an Gottes keusche Boten gedacht, als er diesen Hintern schuf, dachte Clemens mißmutig. Julia bemühte sich, den Docht zum Brennen zu bringen.

»Also, was ist mit Clelia los?«

»Wieso Clelia?« Clemens fühlte sich ertappt. Konnte sie Gedanken lesen?

»Wir, äh, haben über Fragen der Kirche gestritten und über die Worte des Johannes, du weißt doch, die Stelle, wo er weissagt, daß...«

»Ach, du Armer. Aber ich habe dich doch im Hinausgehen noch nach ihr fragen hören, oder? Hat er gar nichts mehr dazu gesagt?«

Clemens fiel nichts mehr ein, also holte er tief Luft:

»Ich habe ihn gefragt, und er sagte, sie mache Bußübungen, weil persische Soldaten sich an ihr, na ja, vergangen haben.« Da hatte sie es. Sollte sie sehen, wie sie damit fertig wurde.

»Gleich mehrere?«

»Wie bitte? Herrgott, er hat es mir nicht eben in allen Einzelheiten beschrieben.« Er bekreuzigte sich: »Herr, verzeih, daß ich deinen Namen im Zorn aussprach. Aber dieses Weib kann einen… Ist das alles, was dir dazu einfällt?« tadelte er seine Gemahlin. »Thomas ist verzweifelt und …«

»Und Clelia wohl erst, das arme Ding.« Julia rollte sich nachdenklich auf den Rücken und betrachtete ihre Hände, mit denen sie die Decke über ihrem Leib glattstrich.

»Wie es ihr wohl geht? Ist sie gesund? Sie ist doch hoffentlich nicht schwanger?«

»Das habe ich nicht gefragt.«

»Typisch.« Sie hatte ihrem Mann die Zurechtweisung noch nicht ganz verziehen.

»Wie soll man da nachbohren«, verteidigte er sich. »So etwas ist schrecklich für einen Mann. Ich weiß nicht, was ich tun würde, wenn ich – wenn du…«

»Ich kann nach der Fehlgeburt wenigstens keine Kinder mehr bekommen.«

»Julia!« Clemens war ehrlich entsetzt. »Schämst du dich nicht, über dieses Unglück so leichtfertig zu reden?« Clemens war rot geworden, und Julia amüsierte sich über ihren peinlich berührten Mann.

»So ein Unglück ist das in unserem Alter doch gar nicht«, sagte sie tröstend und streichelte seine erhitzte Wange. So mußt du dich wenigstens nicht enthalten oder«, sie ließ ihre Hand unter der Bettdecke wandern, »dich in einen Schafsdarm zwängen.«

»Julia, bitte! Julia! Nimm die Finger da weg.« Was hatte dieses Gespräch für eine Wendung genommen.

»Warum denn, das sind meine ehelichen Rechte. Das gehört alles mir«, gurrte sie ihm ins Ohr, während er sich nach einigem Widerstreben entspannte.

»Julia«, schnurrte er schließlich und zog sie enger an sich.

»Und morgen schicken wir jemanden los, der sich in Antiochia nach ihr erkundigt. Sie wird sicher Geld brauchen.«

»Was?« Erneut wurde Clemens völlig aus dem Konzept gebracht.

»Vielleicht sollten wir sie auch zu uns holen, das arme, einsame Ding.«

»Also Julia, nein, erst machst du solche Sachen und jetzt willst du über Clelia reden.«

»Einer muß sich doch um sie kümmern.« Kichernd schmiegte sie sich enger an ihn.

»Das ist nicht gerecht«, jammerte Clemens, »mich so zu beschmeicheln.«

»Du weißt doch«, sie küßte ihn »daß ich dir einfach nicht«, noch ein Kuß, »widerstehen kann.«

»Meiner Gutmütigkeit.« Clemens schmollte.

»Dem ganzen Mann. Mach das Licht aus.«

## Pläne für Zenobia

Zenobia war es nach dem Zusammenstoß mit Balbus gelungen, unbemerkt ins Haus und in ihr Zimmer zu kommen, wo sie sich wusch und das Kleid unters Bett stopfte. Da sollte es bleiben, bis sich eine Gelegenheit bot, es zu vergraben oder zu verbrennen. Endlich konnte sie sich auf ihre Liege werfen und anfangen zu weinen. Dort fand Attay sie später, herbeigelockt von ihrem wütenden Schluchzen, bettete den Kopf des Kindes in ihren Schoß und streichelte den verkrampften Körper.

»Ist ja gut, mein Kleines, ist ja gut.« Attay konnte nur raten, was hier geschehen sein mochte, seit sie eingeschlafen war.

»Hat Gash dich wieder geärgert, mein Schätzchen?« Aber Zenobia schüttelte nur wild den Kopf.

»Ist es denn so arg? Na komm, ich erzähl' dir die Geschichte von Cäsar und Kleopatra, die magst du doch, hm? Also: Der römische Kaiser wollte ihr Land erobern, doch er verfiel ihrer Schönheit und Anmut. Er verfiel ihr, als er sie das erste Mal erblickte, vergaß all seine Armeen und wollte nichts als zu ihren Füßen ruhen.« Zenobia schniefte laut.

»Willst du nicht wissen, was er ihr geschenkt hat?« Es war ein altes Ritual, daß diese Geschichte als Frage- und Antwortspiel erzählt wurde. Normalerweise spielte Zenobia ihren Part gerne und fordernd. Doch jetzt schluckte und wimmerte sie nur weiterhin, das Gesicht am Leib ihrer Amme vergraben. Erst nach langem Schweigen und Wiegen kam es mit erstickter Stimme:

»Und was hat er ihr geschenkt?«

»Einen Triumphwagen, ganz von Gold, gezogen von zweihundert Sklaven aus Nubien, deren Zaumzeug sämtlich mit reinen Smaragden besetzt war.« Attay atmete auf in dem sicheren Gefühl, daß die Krise vorüber war.

»Mahnte, mahnte ihn der Senat?« Zenobia wischte sich die letzten Tränenspuren fort.

»Ja, er mahnte ihn, nicht der ägyptischen Hure zu verfallen. Seines Ranges und seines Auftrages solle er gedenken.«

»Und was antwortete Caesar?«

»... Gott hab' ich geschwitzt. Ich hab' gedacht, da komm' ich nie mehr lebend raus.«

Das waren mitnichten Cäsars unsterbliche Worte, sondern die Stimme von Zenobios' Nebenfrau Yasemin, die deutlich das Schnattern der übrigen heimkehrenden Frauen übertönte.

Der Besuch bei der Frau des Syndicus mußte vorüber sein, Lachen und Türenschlagen kamen näher. Die staubigen Strahlen der Abendsonne warfen einen Schleier durch das Zimmer und über Simes eintretende Gestalt.

»Mama!«

Zenobias Magen zog sich mit dem wehmutsvollen Gefühl zusammen, das sie stets hatte, wenn sie ihre schöne Mutter betrachtete: die geschweiften Augen, das milde Schimmern ihres Gesichts zwischen den blitzenden Reflexen der Ohrringe, das lichtlose Dunkel ihres Haares.

Erwartungsvoll sog sie die Luft ein, um nichts von dem Aroma zu versäumen, das Sime stets in den Raum zu tragen pflegte. Es war eine Essenz, die Ume, die Ägypterin, Sime nach ihrem Horoskop zusammengestellt hatte, eine Mischung aus Sandelholz, Zitronenmelisse, Koriander und Rosenöl, die Zenobia nun mit jenem unvermeidlichen Unterton von Knoblauch entgegenschlug, der Geruch ihrer Kindheit. Sie sprang auf, lief ihrer Mutter entgegen und hängte sich an ihren Hals.

Lächelnd beugte sich Sime zu ihrer Tochter hinunter. »Du bist ja schwer geworden, mein Pferdchen.«

»Bah, ein knochiges Füllen ist sie«, warf Attay ein.

»Die Frau des Syndicus hat mir Honiggebäck und Aprikosen für dich mitgegeben, sie hat sich sehr für dich interessiert. Möchtest du sie dir holen kommen?« Zenobia nickte, ohne ihre Mutter eine Sekunde loszulassen, also schleppte Sime sie mehr, als daß sie ging, zu den anderen hinüber in das Frauengemach.

Es war der ruhigste Raum des Hauses, nur durch blumig geschnitzte Holzgitter und Vorhänge vom Innenhof abgetrennt. Im Augenblick war er allerdings erfüllt vom Schwatzen und Kichern der Nebenfrauen und Ammen, die behaglich im Kreise lagerten. Sie fütterten sich und ihre Kinder mit Süßigkeiten, strichen über Scheitel, wischten Münder, kitzelten oder flochten ihr Haar neu. Gerade war Yasemin dabei, die Vorhangbahnen festzubinden, die noch gegen die Hitze des Tages heruntergelassen waren und nun im einsetzenden Abendwind schlugen. Die Frauen legten sich aufseufzend in die Kissen zurück, als die kühlere Luft hereinströmte. Sie brachte den lauen Duft der Erde mit. Leise klirrend begann der Kronleuchter, in der Brise mitzuschwingen und zauberte Lichtflecken auf die Wandfresken mit den schwalbenumschwirrten Obstkörbchen, deren intensive Farben unter den letzten Sonnenstrahlen satt leuchteten. Der Leuchter war Simes ganzer Stolz, ein Geschenk ihres Mannes aus der Konkursmasse eines pleite gegangenen ephesischen Glaskunsthändlers. Für sich selbst hatte er die jüngste Tochter des Mannes billig erworben, Yasemin, die eben wieder einmal das große Wort führte.

»Nein, also ich fand ihre Garderobe eher bieder. Das Braun war doch eine echte Bauernfarbe«, erklärte sie gerade.

»Du verstehst eben nichts von nobler Eleganz«, unterbrach Sime sie, während sie Zenobias Scheitel in ihren Schoß bettete, und ergänzte: »Dein Mundwerk hat uns heute schon genug blamiert, Yasemin.«

Yasemin blickte nicht auf, sondern wischte energisch Flecken vom Kleid ihrer Tochter, bis die Kleine ob der lieblosen Behandlung zu greinen begann. Oyat verteidigte die Beleidigte unterdessen.

»Sie konnte ja nicht wissen, daß die Nebenfrau des Syndicus stumm ist.«

»Stumm?« fragte Attay erstaunt.

Nein, das hatte Yasemin wirklich nicht wissen können, war ihr ja nicht einmal bekannt, daß der Brauch der Vielweiberei überhaupt bei den Römern nicht geübt wurde. Allein schon das Alter ihrer Gastgeberin hatte sie annehmen lassen, daß die beiden jungen Frauen, die ihnen aufwarteten, sich mit ihr in die Aufgaben eines Eheweibes des Syndicus teilten. Sie dachte sich daher nichts dabei, das offensichtlich schwangere Mädchen zu fragen, ob das ihr erstes Kind sei.

Die angeredete Sklavin, solche Teilnahme nicht gewohnt, hatte verständlicherweise kein Wort herausgebracht und nur ihre nicht weniger verwirrte Herrin angestarrt, bis diese sie aus dem Raum schickte. Sime, die voll Mitleid annahm, daß die Nebenfrau stumm sein mußte, trug mit ihrem Wunsch, die Kleine möge dem Hausherrn dennoch einen gesunden Sohn schenken, wenig zur Entspannung der Situation bei.

Zum Glück war es Oyat schließlich gelungen, das peinliche Schweigen, das diesem Lapsus gefolgt war, zu überbrücken, indem sie auf das ernste Problem der Frauenleiden überging, genauer auf jenen schmerzhaft juckenden Ausfluß, der sie jedesmal im Marktmonat heimsuchte. Was Yasemins lebhaftes Interesse weckte, die schon immer der Meinung gewesen war, daß Sitzbäder in Kamelmilch dem Übel am besten abhülfen. Die Gattin des Syndicus erbleichte und dankte für den Rat.

»Hast du denn nicht bemerkt«, warf Sime ein, als sie in ihrem Bericht bei dieser Stelle angekommen waren, »daß sie ein Frauenleiden haben muß? Die Ärmste wurde ja ganz starr vor Kummer, keiner von uns konnte sie mehr ins Auge sehen. Ich bin sicher, ihr Honigtopf ist ausgetrocknet. Und da mußt du mit solchen Themen kommen.«

»Aber ich hab' doch nur…« Yasemins Verteidigung ging in den allgemeinen Mutmaßungen darüber unter, ob die Römerin den einäugigen König noch in ihrer Spalte empfing oder nicht. Außerdem brachte Attay gerade das große runde Silbertablett mit dem Tee herein. Sie stellte es als Tischplatte auf ein Zedernholzgestell in der Zimmermitte und ging dann daran, die Teeblätter aufzugießen und den Sud je nach Geschmack mit Nelken, Zimt oder frischer Minze zu würzen.

»Wißt ihr noch, wie dann am Schluß ihr Mann reinkam«, prustete Yasemin plötzlich. Jetzt verlor auch Sime einiges von ihrer Würde und platzte heraus:

»Gerade, als Oyat ihr Kleid hochhob.«

»Um zu zeigen, wie gut eine Enthaarung mit Wachs wirkt«, wieherte diese selbst los. »Und als ich es ganz schnell wieder über meine Beine zog, ist mir die Borte abgerissen.« Keine der Frauen konnte sich mehr halten, sogar Zenobia mußte trotz ihres Kummers kichern.

»Hat er viel gesehen?«

»Bei Oyat gibt es überall viel zu sehen«, neckte Sime die Nebenfrau, die tatsächlich eher üppig war, und stolz dazu auf die Fülle ihres auffallend weißen Fleisches.

»Ratsch«, keuchte Oyat, »es hat einfach ›ratsch‹ gemacht. Dabei war es so ein sündhaft teures Stück. Und er ist gar nicht mehr gegangen.«

»Was?«

»Er ist dageblieben?«

»Ja, er hat sich zu uns hingesetzt und uns der Reihe nach angelächelt. Hach, ich wußte gar nicht, was ich reden sollte.«

»Ist er zudringlich gewesen?« fragte Attay entsetzt. »Wenn nun der Herr davon erfährt!«

Sime wurde rot, als sie daran dachte, wie er ihr Komplimente über ihre Ohrringe gemacht hatte.

»Nein, ich glaube, es ist nicht nötig, ihm etwas davon zu sagen. Der Syndicus war sehr höflich. Er hat sich ausgiebig nach unserer Zenobia erkundigt und uns ausgesprochen freundlich zu der vorteilhaften Verlobung gratuliert.« Dabei strich sie stolz über die Wangen ihres Lieblings.

»Steht es denn nun fest?« Das war Attay, die zwischen Freude und der Trauer über den baldigen Verlust ihres Pfleglings schwankte.

»Ich war auch erstaunt, aber er hat es von Nesa erfahren. Vielleicht haben die Männer es schon beschlossen, und wir wissen noch nichts davon.«

Verlobung? Sie? Zenobia war über den letzten Sätzen aufgeschreckt. Was sollte das heißen? Sich aufsetzend, wehrte sie energisch die Zärtlichkeiten ihrer Mutter und Amme ab und machte eben den Mund auf, um zu fragen, wovon sie eigentlich redeten, als das allgemeine Geplauder plötzlich verstummte.

Im Türrahmen stand der Hausherr, unter dem Arm ein flaches, in bunten Bast eingeschlagenes Paket. Und hinter ihm, im Schatten des Eingangs, erschien Gash, der ihn trotz eines respektvollen Abstandes noch immer um ein gutes Stück überragte. Sein Anblick rief Zenobia schlagartig die Szenen des Nachmittags zurück. Ob er ihren Verrat bereits bemerkt hatte? Ob die beiden sie holen kamen? Vergessen waren alle anderen Fragen.

Um unbemerkt hinauszuschlüpfen, war es zu spät, also verkroch sie sich in eine der stoffverkleideten Nischen, die bei einer größeren Anzahl von Gästen als Bänke genutzt wurden. Wenn ihr Vater sie im täglichen Leben kaum wahrnahm, dann tat er es jetzt hoffentlich auch nicht. Sie umschlang die Knie fest mit beiden Armen, regungslos in die Kissen gedrückt, deren Perlenstickerei kalt an ihrer Wange kratzte.

Vor ihren Augen zerrann die Geborgenheit der letzten Stunde.

Der Auftritt ihres Vaters verfehlte nie den gewohnten Effekt: Dieselben Frauen, die sich soeben noch entspannt in den Kissen gerekelt hatten, verwandelten sich unter seinen Blicken in ein anmutiges Bild, in dem jedes Neigen des Kopfes, jedes Winken der Hand nur seinen Gefallen zu erwecken suchten. Auf ein Zeichen Simes hin sammelte Attay unauffällig die verschiedenen Kleinkinder ein, die den Fußboden bevölkerten. Oyat beugte ihren weißen Nacken, um mit beiden Händen die Flechten ihres schweren blauschwarzen Haares neu aufzustecken. Verstohlen äugte sie hinüber zu Yasemin, die zu Hause gerne so viel von ihrer Überkleidung ablegte wie möglich. Diese griff auch sogleich nach ihrem zerknüllten Schultertuch. Dennoch konnte Gash über seinen Vater hinweg einen langen Blick auf den cremeschimmernden Samt ihrer Haut erhaschen, der sich in einem sanften Bogen vom Hals bis zu den ersten Schatten des Ausschnitts wölbte. Erst Oyats unterdrücktes Kichern machte Zenobios darauf aufmerksam, der sich umwandte und seinem Sohn mit einem Stirnrunzeln zu verstehen gab, daß seine Gegenwart im Moment nicht vonnöten war.

Zenobia atmete auf, als Gash verschwunden war, dem sie heute weniger denn je in die Augen sehen konnte. Diese Gefahr schien vorerst gebannt.

Die anderen versammelten sich auf den Ruhebänken um den niedrigen Tisch und tranken den Wein, den Sime zur Begrüßung hatte kommen lassen. Sie hieß die Diener auch, einige Schalen mit frischen Früchten hereinbringen. Genußvoll griff Zenobios zu, seine freie Linke strich über das Päckchen, nach dessen Bedeutung noch niemand zu fragen gewagt hatte.

»Ich hatte ein sehr interessantes Gespräch mit dem Fürsten«, verkündete er mit ungewohnter Jovialität. Dabei glitt sein Blick suchend über seinen versammelten Haushalt. In ihrer Ecke machte sich Zenobia womöglich noch kleiner. Er streckte seine befehlsgewohnte Hand aus und rief:

»Du da! Erste Tochter!« Nichts rührte sich. »Hörst du schlecht? Du bist gemeint! Komm her.«

Es war alles aus. Ein heißer Stich fuhr ihr vom Magen bis in die Kehle hinauf und würgte sie wie eine leibhaftige Hand um ihren Hals. Dem Blick des steinernen Vaters auf dem Sockel drüben an der Kolonnade konnte man entgehen. Dieser Vater war echt, und sie hatte sich mutwillig in seinen Gesichtskreis begeben. Ganz sicher wußte er bereits alles, ihren letzten heimlichen Ausflug mit Odu – es war ganz sicher ihr letzter –, ihren Zusammenstoß mit diesem Balbus, alles. Undeutlich hörte sie die Stimme ihrer Mutter, die sie zu sich rief, und fühlte ihre Beine, die den Weg zum Eßtisch antraten und sie mitnahmen. Ihre Angst war so groß geworden, daß sie vollkommen ausdruckslos auf den Mann hinuntersah, der sie zweifelsohne gleich windelweich prügeln würde. Deutlich sah sie jede einzelne Falte in seinem wadenlangen Hausgewand, sah jede Schwiele an den breiten, hornigen Füßen in ihren Pantoffeln, das speckige Lederband mit den eingefaßten Amethysten auf seiner Stirn, zum ersten Mal seit langem aus solcher Nähe und in solcher Ruhe.

Ohne seinen Blick von ihr zu nehmen, streckte er die Hand aus – und faßte sie unters Kinn. Zenobia wurde mit dem Gesicht ins Licht gedreht, an den Schultern genommen und einige Male hin- und hergewendet. Irgend etwas schien er finden zu wollen, das aus ihrem Äußeren sprach. Ob man ihr den Verrat ansah?

»Nicht schlecht gewachsen. Fast eine Frau. Da hast du ein Paket. Na, nimm's schon, es ist für dich! Komm schon, mach es auf.«

Zögernd faltete Zenobia den Palmbast auseinander, das mochte eine

Falle sein. Etwas Weiches, Helles kam unter ihren Händen zum Vorschein. Als sie es an einem Ende hochhob, waren von Oyat und Yasemin entzückte Schreie zu hören. Sime hielt die Hand vor den Mund, wie sie es immer tat, wenn sie überrascht war. Dann wandte sie sich mit einem breiten Lächeln ihrem Mann zu und drohte ihm schelmisch mit dem Finger.

»Geht einfach einkaufen, ganz ohne mich! Wenn es nun nicht paßt?«

»Das paßt schon«, grinste Zenobios, der die allgemeine Überraschung genoß. »Ich habe dem Christen gesagt: für eine kleine Prinzessin, die bald noch größer wird – und er hat geschworen, das paßt.«

Zenobia hielt ein Kleid in den Händen. Sein blaß rosenfarbener, ungemein zarter und lockerer Stoff wurde an Ausschnitt und Saum von einer goldgeflochtenen Borte eingefaßt und an einer Schulter durch eine goldenen Spange gerafft, die wiederum genau wie der dazugehörige Gürtel mit Amethyst und Rosenquarz besetzt war. Kurz: Es war ein Traum, jedenfalls für die, die so etwas mögen.

Auf Simes energisches Drängen hin hielt sie es sich vor den Leib. Verwirrt über diese völlig unerwartete Wendung starrte sie ihren zufrieden grinsenden Vater an, dann die gerührt lächelnde Sime und die beifällig nickenden Köpfe der anderen Frauen. Alle strahlten sie an, als feierten sie ein lange ersehntes Ereignis. Zenobia begriff es nicht.

»Ja, aber, warum, ich meine, vielen Dank, wie… wie habe ich das verdient?«

Lächelnd legte Sime ihrem Mann die Finger auf die Lippen.

»Ich ahne, was Ihr sagen wollt, Herr. Laßt sie mich erst anziehen. Ihr werdet sehen, sie wird Eurer Botschaft würdig sein.«

Sime ließ es sich nicht nehmen, Zenobia selbst zur Anprobe zu begleiten. Zenobios betrachtete das hinausgehende Paar. Nicht so schön wie ihre Mutter, ein ziemliches Fohlen. Hartes Brot für einen Ehemann. Gutes Becken immerhin. Noch ein, zwei Jahre vielleicht, und sie würde sich auswachsen. Er lachte kurz auf: Frauen! Septimius Zenobios war mit sich und dem heutigen Tag überaus zufrieden.

Zenobia durchlebte währenddessen die unterschiedlichsten Gefühle. Von ihrer freudig erregten Mutter wurde sie in ein rauschendes Etwas gehüllt, das ihr mitnichten das Gefühl gab, angezogen zu sein, wenn ihr auch

Sime versicherte, alles wäre ganz richtig an seinem Platz, die eine Schulter müsse freibleiben, das sei nun einmal Mode.

Dann hatte Sime, die an ihr ein ganz neues Interesse zu finden begann, eine neue Idee und reihte eine ganze Palette der verschiedensten Farbtöpfchen vor sich auf.

Zenobia hatte ihre Mutter oft beobachtet, wie sie sich von ihrer griechischen Sklavin erst die Wangen mit Ocker röten, dann die Lider mit türkisfarbenem Puder aus Azurit bestreichen und zum Schluß die Augen mit feiner Holzkohle umranden ließ. Die bunten Puderhäufchen in den Tiegeln verwandelten sich auf Simes Gesicht stets in ein verzauberndes Spiel von schimmernden Schatten, machten aus einer rundwangigen, freundlichen Mutter immer wieder aufs neue eine fremde, schöne Frau. Und genau das schien ihre Mutter jetzt bei ihr ins Werk zu setzen.

Konzentriert verteilte sie ein paar Tupfer Rot hier und einige Striche Lidschatten da, die Zenobias hohe Wangenknochen betonen sollten und ihren Augen – fast zu groß für das ernste, schmale Kindergesicht – etwas Verhangenes gaben. Vorsichtig, als ob jede Bewegung das Werk zerstören könnte, drehte Zenobia den Kopf und blickte zu ihrer Mutter auf, die sie strahlend anlächelte. Ihr Herz klopfte stark. Mit angehaltenem Atem erwartete sie ihr Bild, das ihr aus dem Silberspiegel in den Händen ihrer Mutter entgegensah. Doch das Lächeln gefror ihr. Riesige Augen in dunklen Höhlen starrten sie an, darunter überrote Lippen in einem bleichen Oval, die ihr halbes Gesicht zu spalten schienen. Ein obszöner Anblick. Sime trat ein Stück zurück, damit Zenobia sich in ganzer Länge bewundern konnte. Das Kleid war viel zu lang; der prächtige Gürtel, im engsten Loch gehalten, hing lose um ihre Hüften, während der Saum sich auf ihren Füßen bauschte. Nackt und mager ragte die linke Schulter aus der kokettten Borte hervor wie ein zu früh geborenes Fohlen. Sie schluckte hart, bevor sie es wagte, den erwartungsvollen Gesichtern im Nebenraum zu begegnen.

Doch niemand schien etwas zu bemerken. Zenobios schnitt das einsetzende, fröhliche Gezwitscher der Frauen, das den Auftritt seiner Tochter begrüßte, mit einer Handbewegung ab. Dann nickte er selbst anerkennend mit dem Kopf.

»Werden es ändern müssen, da unten.« Sein Finger wies auf den zu langen Kleidsaum. »Aber du bist zweifellos eine Frau geworden. Daher werden wir dich nun als eine Frau behandeln, eine Frau, der große Ehre widerfahren wird.« Hier machte er eine Kunstpause. Alle Frauen seines Haushalts sahen vorfreudig lächelnd auf das Mädchen.

»Julia Septimia Zenobia, hör mir zu. An deinem fünfzehnten Geburtstag wirst du dem Septimius Odaenathos zur Ehe gegeben. Du, meine Tochter, wirst Stadtfürstin von Palmyra werden.«

»Wird sie erste Frau?« warf Sime schnell ein.

»Nein«, sagte er und hob die Hand, um ihre hastige Entgegnung abzuschneiden. »Aber seine jetzige Frau hat noch kein einziges lebendes Kind geboren, das weißt du. Sie wird schnell aufsteigen.« Sime senkte rasch den Kopf; sie war zufrieden.

Zenobia saß da wie betäubt. Stadtfürstin von Palmyra! Sie! Sie schloß die Augen und ließ sich in ihren Lieblingstraum versinken. Die Hände ruhig auf die geschnitzten Löwenköpfe ihrer Lehne gelegt, stieg ihr Blick auf über die Menge zu ihren Füßen, flog hoch und unberührbar über alles hin. Doch die Gesichter der anderen folgten ihr. Lächelnd drängte sich Oyats freundliches Mondantlitz neben die gerührte Miene Attays und das stolze Strahlen ihrer Mutter. Alle rückten wohlwollend nickend immer näher heran. Hilfesuchend sah sie sich nach dem Mann auf dem Thron neben ihr um, ihrem Caesar, ihrem goldenen Prinzen, aber der Kopf, der sich ihr zuwandte, war – der Kopf ihres Vaters. Sie sprang auf.

»Was sagst du dazu, Tochter?«

Wie sie es fand? Zenobia erforschte ihre aufgeschreckten Gedanken. Was sollte sie sagen? Sie wußte es nicht, wirklich, sie wußte es nicht.

# Balbus reitet

Die Reise zum nördlichen Befestigungsturm war lang und eintönig. Rechts und links von Balbus erstreckte sich die Schotterwüste, grau und akzentlos bis zum Horizont. Nur wenige magere Pflanzen krallten sich hier im Windschatten größerer Gesteinsbrocken an den Boden. Die Ausläufer der Hügel um Palmyra, die letzten dürren Felder und auch die Grassteppe lagen seit Stunden hinter ihm. Er zockelte im Schrittempo dahin, um sein Pferd für die kommenden Strapazen zu schonen und verkroch sich in der Mittagshitze unter einem provisorischen Zelt aus seinem Mantel und einem Stecken, mit dem Rücken an einen Felsen gelehnt. Dort lag er dann und zählte, zählte immer bis fünfhundert, ehe er es sich erlaubte, den nächsten Schluck Wasser aus der Ziegenhaut zu nehmen. Es war seine einzige Beschäftigung neben dem Steinewerfen: Er warf Steine nach den grauen Eidechsen, nach einem dornigen Strunk, der in der Nähe wuchs, er warf Steine nach Steinen. Wenn die Wut ihn packte, warf er Steine in die Sonne.

Er kam nur langsam voran. Wo der schmale Pfad sich im Geröll verlor, stieg er ab, um sein Tier zu führen, oder ließ es mit verhängten Zügeln selbst seinen Weg suchen. Balbus kannte die Route und die Wasserstellen unterwegs, doch stieg jedesmal wieder mit der Sonne und dem Durst auch die Angst in ihm, den rettenden Brunnen diesmal zu verfehlen, bis er schließlich die vertrauten Zeichen am Weg entdeckte und sein Pferd den Kopf anhob, um seinerseits laut schnaubend zu verkünden, daß es günstige Witterung aufgenommen hatte.

Einmal war von einem solchen Wasserloch ein Schwarm Vögel unter gellendem Schreien aufgestoben, als er sich näherte. Heftig und bedrohlich, wie von einer wütenden Hand geschleudert, stürzten sie in den Himmel. Erschrocken und erlöst zugleich, brach er in sinnloses Gelächter aus, während sie schwirrend höher und höher stiegen.

Kein Wild ließ sich vor seinen Pfeilen sehen, und die Schlingen, die er in den Ruhestunden auslegte, blieben leer. Nur Mäuse plagten ihn, die ungeniert vor seinen Augen über sein Gepäck herfielen, sobald er in der

Abenddämmerung Rast machte. Es gelang ihm schließlich, zwei von ihnen mit einer großen Steinplatte zu zerquetschen. Er spießte sie auf Zweige und steckte diese in einiger Entfernung von seiner Kochstelle in den Boden. Das Feuer beleuchtete die Kadaver schwach vor dem schnell sich verfinsternden Nachthimmel. Die Mäuse schienen das Zeichen zu verstehen und mieden seine Nähe. Na bitte, dachte er sich befriedigt, mit den Goten haben wir es damals in Pannonien genauso gemacht, und sie haben's auch verstanden, wenn sie die Köpfe ihrer Kameraden auf den Palisaden sahen.

»Ich werde eure Herzen fressen«, schrie er in die Dunkelheit, lachte dann und ließ sich zurücksinken.

Morgen würde er endlich einmal wieder in angenehmer Gesellschaft sein. Der Optio Marcus, der im Kastell den Befehl hatte, war in Pannonien mit ihm in einer Garnison gelegen. Bei Bacchus, er stank und hatte Läuse, aber er konnte wenigstens saufen, und die richtigen Lieder kannte er auch.

»Drum warte du nicht, Infantrist, bis du vor Lieb' gestorben bist. Zück dein Schwert und auf den Feind, ramm's ihm in die Därme rein, aber seine Weiber, die setz auf deinen Speer, ja Speer, die setz auf deinen Speer.« Wie ging noch die zweite Strophe? »So ein strammes Gotenweib, das ist ein guter Zeitvertreib. Kalte Länder, heiße Mösen, ja, das ist ein Spaß gewesen. Ein Spaß«, brüllte er, »jawohl, ein Spaß war das, ein Mordsspaß. Und dich krieg ich, Gash, das wird erst ein Spaß, ein ganz besonderer Spaß wird mir das sein, dir den Schädel einzuschlagen.«

Irgendwo zirpte eine Grille. Am Morgen schwang er sich ohne Frühstück in den Sattel. Hinter ihm verdorrten zwei gekreuzigte Kadaver in der aufgehenden Sonne.

»Balbus, Balbus alter Bär, ich freue mich, dich zu sehen. Mein Dattelwein hat nur auf dich gewartet, hä, hä, hä, hä.« Balbus wurde nicht enttäuscht, der alte Marcus bot seinem Frontkameraden einen Gruß, so herzlich, wie er ihn nur erwarten konnte. Inzwischen besaß er gar keine Zähne mehr, doch er verströmte noch immer denselben ranzigen Geruch nach altem Schweiß und Servilität.

Balbus sah sich in dem halbverfallenen Kastell um: Auch Gash würde hier zum Wasseraufnehmen halten müssen. Und in dem Palmenhain etwas weiter nördlich würde er ihm morgen die Falle stellen und ihn erwarten. Nun – bis dahin konnte ein Schluck von Marcus' Gebräu nicht schaden.

»Weißt du«, begann der Optio behäbig nach dem achten Glas und legte sein Schwertgehänge ab, »die Jungs hier sind fast alle aus unsrer Gegend, haben irgendwo an der Donau gestanden. Noch 'n Schluck? Und Mithrasdiener allesamt. Was sagst du nun?«

»Brave Jungs«, lallte Balbus, der dem Wein bereits kräftig zugesprochen hatte, dann stockte er mit offenem Mund. Die Pause nutzte Marcus zum Weitererzählen.

»Unsere Kultstätte ist nix Besonderes natürlich, darfste nich mit 'm Mithraeum vergleichen, was dein Odaenathos seinen Bogenschützen in Dura Europos gestiftet hat.«

»Ist nicht mein Odaenathos. Der Verräter; ich zeig's ihm.«

»Schon gut. Und jedenfalls: Heute abend soll ein Novize eingeführt werden. Heh, du möchtest vielleicht den Vorsitz bei der Zeremonie haben? Du bist doch 'n Löwe, dritter Grad, oder? Wär' uns eine Ehre, wie?«

»Richtig und falsch, Erlösung und Verdammnis, wir sind gerettet«, kommentierte Balbus und rülpste. Was Marcus für ein Ja nahm.

Der Zugang zu der künstlich geschaffenen Kulthöhle lag im Graben des Kastells. Es war erstickend heiß in dem engen Vorraum, nachdem die ganze Gruppe die sieben Stufen hinter dem Eingang hinabgestiegen war.

»Wir hatten Mühe, so tief zu kommen, das kannste glauben. Drei Tage haben wir gegraben, bloß für das hier, und dauernd ist der Dreck nachgerutscht.« Der Optio wischte sich voll Stolz das schweißtriefende Gesicht. »Aber es sind die vorgeschriebenen sieben geworden.« Alle blickten Balbus erwartungsvoll an, der einige lobende Worte murmelte.

»Hier ist der Vorraum mit dem Herdfeuer und allem, was man so braucht. Publius hier«, er klopfte einer alten, ausgemergelten Gestalt auf den Rücken, »ist unser Koch beim Kultmahl.«

»Und er versalzt es wie eine verliebte Jungfrau«, kam von hinten eine Stimme.

»Woher will der denn wissen, was 'ne Jungfrau ist«, tönte ein anderer.

»Du natürlich nicht, du stehst ja auf Siebzigjährige, oder wie alt ist deine Matratze?«

»Jungs, Jungs«, beschwichtigte Marcus die allgemeine Heiterkeit. Dann, zu Balbus gewandt:

»Übermütige Jugend, was. Jaja. Sind aufgedreht, wegen der Einweihung heute abend. Jungs hört mal her: Der Zenturio wird uns heute abend den Oberpriester machen.«

Sand rieselte in dünnen Fäden aus der Decke und bestäubte die schwitzenden Männer, die im heißen Halbdunkel des Inneren erwartungsvoll auf Balbus starrten.

»Aber jetzt komm in unsern Wirkungskreis«, fuhr Marcus gönnerhaft fort. »Geht raus, Jungs, das ist nix für euch.« Und mit Würde: »Die Eingeweihten werden die Feier und ihre Geheimnisse besprechen.«

Als sie alleine waren, führte er den leise schwankenden Balbus zu den Statuen der beiden Fackelträger. Einer hielt die Flamme nach oben, einer gesenkt: Cautes und Cautopates, die Schutzwachen des Allerheiligsten.

»Wir haben sie aus Lehm selbst gemacht und in der Sonne getrocknet. Mit der Bemalung sehen sie doch unheimlich echt aus.« Balbus blickte wortlos in die aufgemalten Augen von Cautes, dem Sonnenläufer, der ihn aus riesigen, kugelrunden Pupillen erstaunt anstarrte.

»Sie werden ihren Dienst tun heute abend«, brummelte er. Ihn schwindelte.

In dieser Nacht war die Kulthöhle des Kastells vom warmen roten Licht der Fackeln erhellt, das die rohen Malereien an den Wänden zum Tanzen brachte. Riesige Nachtfalter umflatterten die beiden Steinlampen am Eingang, zwischen denen hindurch eine gebückte Gestalt nach der anderen eintrat und ihren Platz aufsuchte. Die Luft war schwül vor Erregung. Die Gemeinde Mithras' lag auf ihren Bänken, die Köpfe erwartungsvoll zur Eingangstreppe gewandt. Sieben Männer mit Rabenmasken standen dort unterhalb der sieben Stufen bereit.

»Sie kommen!« Die Worte pflanzten sich murmelnd fort, Sandrasseln zischten, eine Zimbel klirrte schräg, als der bläßliche Junge unsicher tappend hereingeführt wurde. Er schrie auf, als zum ersten Mal nach Stunden wieder Licht seine Augen traf und er ohne Umstände an den Hand- und Fußgelenken gepackt und weit hinunter in den Raum geworfen wurde. Die Arme der Sieben drunten fingen ihn auf, stellten ihn auf die Füße und senkten ihre Rabenköpfe.

»Mithras, Mithras.« Dunkel rollte der Ton aus den Kehlen der Gemeinde. Dazwischen klang zittrig, aber klar die Stimme des Neuen:

»Mithras ist mein Heil.«

»Geh voran, geh voran.« Die Gemeinde feuerte den Novizen an.

»Geh voran«, schrien sie, immer lauter und lauter. »Mithras«-Rufe gellten, jemand drückte ihm ein Schwert in die Hand. In ohrenbetäubendem Lärm trieben sie ihn bis vor die Füße dreier Männer. Nackt bis auf die vor dem Gesicht vergitterten Helme standen sie da. Ihre geölte Haut schimmerte im Licht der Lampen. Die letzten Schreie erstarben, und eine angespannte Stille trat ein.

Da hob einer der drei mit beiden Händen den Kranz hoch. Die anderen beiden traten vor und kreuzten klirrend ihre Schwerter. Jubel brauste auf, das dumpfe Trommeln von Holz auf Holz setzte wieder ein, schneller jetzt. Der Junge wurde gegen die Kämpfer geschleudert, ehe er wußte, wie ihm geschah. Voll Panik schlug er auf sie ein, die lässig jeden Hieb parierten. Ihre Zähne schimmerten durch das Helmgitter, wenn sie lachten, während sie ihre Beute einander zutrieben.

»Gebt's ihm, dem Hering.« »Na zeig's uns, Bürschchen.« »Weicharsch.«

Gezielte Püffe der Zuschauer rissen den Jüngling immer wieder von den Beinen, was jedesmal mit dröhnendem Gelächter quittiert wurde. Marcus prostete johlend den Kämpfern zu. Kleine Hiebe und Stiche ritzten sich blutig in die Haut des verschreckten Novizen, der ziellos mit seinem Schwert um sich stieß. Die Stimmung war auf ihrem Höhepunkt angelangt.

Im nächsten Augenblick traf der Jüngling einen seiner Gegner mit dem Schwertknauf so herb unter dem Kinn, daß dieser krachend zwischen die Bänke fiel. Sofort senkte der andere sein Schwert und gab den Weg zum Kranz frei, den der Novize keuchend an sich riß.

»Mithras ist mein Kranz!« schrie er in den Beifall der Menge. »Mithras ist mein Kranz!«

Dies war das Zeichen: Seine Peiniger von eben stürzten sich nun mit ausgebreiteten Armen auf ihr neues Mitglied, um ihn in einem Ring aus Leibern, unter Schulterklopfen und liebevollen Püffen, fast zu ersticken. Er wurde aufgehoben, geküßt und an seinen Platz in der Gemeinde geführt.

Dort lagerte er zwischen den anderen und stimmte ein in ihre Rufe »Heil sei dir, oh Gott«, als Balbus hinzutrat, auf der Stirn den siebenzackigen Stern. Er hob das Altartuch und offenbarte ihnen das Bildnis des Mithras. Dabei fühlte er etwas aus seinen Eingeweiden aufsteigen, eine Art Schwindel, der ihn in heißen Wellen überfiel. Das mußte die mystische Erregung sein. Die Umrisse der Körper vor ihm verschwammen im Halbdunkel der Höhle. Balbus sah nur noch die glänzenden Augen, die auf ihn gerichtet waren. Das Keuchen der Männer um ihn schien seine eigene Brust zu heben. Seine Ohren sausten, und er hörte sich sagen:

»Ich hab's gesehn, das Antlitz des lebendigen Gottes und … und die Ordnung, seine Ordnung. Sie ist in den Zahlen, und die Planeten und die Elemente sind geordnet, überhaupt alles, ja, und wir sind aufgehoben in der Ordnung, in der Ordnung, ja. Ich hab's gesehen, ich …, und wir haben das Heil. Gut und Böse.« Sein Magen krampfte sich zusammen. Er schloß die Augen. Um ihn war kein Laut zu hören. Marcus blickte beifallheischend in die Runde. Balbus wandte sich ab. Ihm war so übel, oh ihr Götter, ihm war schlecht. Dieser Dattelwein war das Letzte gewesen.

Da kamen zum Glück die Diener herein und begannen, Fladenbrote und einen kräftigen syrischen Rotwein zu verteilen. Man hob die Trinkschalen dem Altarbild zu, das Gelage konnte seinen Anfang nehmen. Und bald stieg ihr Gesang bis an die Sterne.

* * *

Als Claudius Aurelius Septimius Gash Stunden später in den Hof des Limeskastells einritt, stand der Himmel in jenem durchsichtigen Dunkelblau über der Wüste, das den Tag bereits ankündigte, ohne jedoch seine Farben zu tragen. Noch rauschten die Palmen schwarz über den Dächern, und die Nachtvögel flogen.

Die beiden Packpferde, die er zwischen den Bäumen vor dem Kastell an einen Strauch gebunden und zurückgelassen hatte, wieherten ihm klagend nach, beruhigten sich aber bald schnaubend eines an der Gegenwart des anderen und begannen an dem hornigen Laub des Gebüschs zu rupfen.

Gash lenkte seine Stute ungehindert in den Brunnenhof, in dem der sachte Huftritt seines Tiers das einzige Geräusch blieb.

»Heh, gut Freund. Heh, Wache, Reisender aus Palmyra bittet um Wasser. Hallo, gut Freund, heh, Soldat.«

Niemand erschien auf seinen Zuruf, nirgends flammte eine Fackel auf, kein Schritt außer dem seinen ließ sich hören, als er absaß. Im letzten Licht des untergehenden Sichelmondes fand er den Wassereimer, knotete ihn an den Seilzug und ließ ihn in den Brunnenschacht hinab, bis er den platschenden Aufschlag an der Oberfläche hörte und dann den rülpsenden Laut, mit dem er sich füllte.

Während sein Pferd schnaufend trank, hatte Gash Muße, sich über das Schweigen zu wundern, das ihn umfing. Ringsum nur schwarze Fensterhöhlen, in denen die Ledervorhänge im Nachtwind schlugen. Irgendwo meckerte eine Ziege im Traum. Als Gash einige zögernde Schritte in die Schatten des Hofplatzes tat, um sich umzusehen, trat er schaudernd auf eine Hand. Der Mann, dem sie gehörte, rollte sich jedoch nur murrend und ohne zu erwachen zu seinen Füßen im Mondlicht zusammen, neugierig beschnuppert von Gashs Pferd. Weindunst stieg auf. Langsam drang in Gashs dunkle Beklommenheit das vielstimmige Sägen friedvoller Schläfer.

Er grinste erleichtert. Es kam ihm gelegen, wenn man ihn hier gar nicht erst sah, das ersparte ihm Zeugen und auch die Ausrede, die er sich für sein Hiersein zurechtgelegt hatte.

Sein Pferd war fertig mit Saufen und stampfte schnaubend auf der Stelle. Er suchte es zu beruhigen, während er mit der anderen Hand eilig den Eimer erneut hinunterließ, um die Ziegenhäute zu füllen, die ihm als Feldflaschen dienten. Von diesem Kastell aus führte die einzige Nordroute zum Euphrat, an der eine zuverlässige Wasserstelle lag, doch es war nur eine einzige für einen langen Ritt, und er mußte für sich und die Pferde Sorge tragen. Erst wenn er bei Nikephorion an den Strom käme, würde es wieder genug für alle geben.

Irgendwo regte sich plötzlich stöhnend ein unsichtbarer Schläfer und trieb ihn zur Eile. Nur noch einen Eimer voll. Mit einigen schnellen Griffen verschnürte er die Schläuche, packte dann seinen Trinkvorrat auf, schwang sich aufs Pferd und hob noch einmal lauschend den Kopf. Ein Plätschern, das jetzt aus der gleichen Richtung erklang, verriet ihm, daß dort jemand sein Wasser abschlug; etwas klirrte, dann war es wieder still. Vorsichtig hielt Gash auf den Ausgang zu. Vor ihm am violetten Himmel wurde der Nordstern blasser.

»Marcus, bei allen Göttern der Unterwelt, wach auf. Marcus, verflucht noch einmal, du faulender Sack eines mutterlosen Maultiers.« Balbus schüttelte seinen Freund vergeblich.

»Auf die, auf die Beine, Optio«, stöhnte er noch einmal, doch selber brach er bei dem Versuch aufzustehen sofort wieder in die Knie. Verzweifelt preßte er sich die Handballen in die Augenhöhlen. Sein Kopf, sein Schädel, beim Mars, die Maden schienen schon an ihm zu fressen. Und was sie dabei für einen Lärm machten.

»Marcus, er ist hier, wir müssen auf. Verflucht, hast du das Pferd nicht gehört?« Es war mitten durch seinen Traum galoppiert, hatte sich dann in rasende Kopfschmerzen verwandelt und stand schließlich leibhaftig im Mondlicht. Dort, zwischen ihm und dem Brunnen: Gashs Pferd.

Mehr aus Not denn aus Vorsicht schleppte er sich auf allen vieren zum nächsten Pfeiler, um sich daran hochzuziehen. Er zwickte die Augen zusammen, bis grüne Blitze hinter seinen Lidern niedergingen und riß sie dann wieder auf. Doch das Tier, das dort gelangweilt mit dem Schweif schlug, war zweifellos Gashs Stute. Und der Mann, der eben aufsaß, das war Gash. Bei allen Göttern, der Hurensohn war bereits hier.

Durch den Weindunst in seinem Gehirn drang langsam die Erkenntnis, daß es für seinen Hinterhalt zu spät war. Sein Opfer ritt ihm eben davon.

Seine Niederlage in den Thermen trat ihm wieder vor Augen, Gashs spöttisches Lächeln, als er stöhnend aus der Sauna torkelte – und die Wut darüber half ihm auf die Beine. Nach mehreren Anläufen schaffte er es, sich in die Stallungen zu schleppen, wo er sich erst einmal gründlich übergab, um dann in fieberhafter Eile sein Pferd aufzuzäumen. Er konnte ihn noch einholen im Dunkeln, ja. Der Syndicus brauchte nichts davon zu erfahren. In seinem Kopf schrillte es. Ruhig, redete er sich zu, bleib ruhig, Junge. Ihm war so heiß. Wasser, er brauchte Wasser, bevor er losritt. Sein brennender Katerdurst trieb ihn an den Brunnen, dann war er im Sattel und jagte davon.

Ohne lange darüber nachzudenken, hetzte er sein schaumschwitzendes Pferd nach Norden, und als die kleine Karawane vor ihm im weichen Morgenlicht sichtbar wurde, hielt er zornblind geradewegs auf sie zu. Weiße Wut quoll in ihm auf.

»Verräter«, johlte er, während er in voller Geschwindigkeit auf den verblüfften Gash zugaloppierte, der sich eben im Sattel umwandte. »Verräääääääter! Aaaahr.« Dumpf prallten die Pferdeleiber aufeinander. Balbus riß den Araber mit sich zu Boden, daß der Staub aufwirbelte, krallte die Hände um seinen Hals und versuchte, ihn mit dem Gesicht in den Sand zu drücken. Die beiden Männerkörper ruderten und rollten umher, außer einem Stöhnen unterdrückter Raserei war nichts mehr zu hören, während sie sich ineinander verkeilten, verbissen und verkrallten. Plötzlich bekam Balbus eine Faust frei und hieb sie Gash ins Gesicht, wieder und wieder; der Palmyrener würgte und spuckte einen seiner Zähne in einer roten Fontäne aus, die schwärzlich im Sand verklumpte. Verzweifelt wand er sich unter dem Griff des Zenturio, um aus der Reichweite der Schläge zu kommen, stieß dabei reflexartig die Knie hoch und erwischte Balbus' Weichteile. Der krümmte sich einen Moment, ohne allerdings seinen Gegner freizugeben, doch der kurze Augenblick genügte Gash, sich seitwärts zu recken.

Er bekam einen Stein zu fassen und schlug ihn seinem Widersacher an die Stirn. Balbus' Haut platzte sofort auf, Staub und Blut verklebten ihm die Augen. Mit einem schrillen Schrei grub er seine Fingernägel dem verhaßten Feind in den Hals, aber der zweite Schlag ließ ihn bewußtlos zusammenbrechen. Gash rollte ihn zur Seite, trat ihm noch einmal in die Nieren und wandte sich ab, als der Körper sich nicht mehr bewegte.

Während die ersten Ameisenzüge über das geronnene Blut unter Balbus' Fingernägeln zu wimmeln begannen, trat Gash zu dem Pferd des Besiegten und beschloß nach kurzer Prüfung, es mitzunehmen. Er pfiff seiner Stute und ritt, ohne sich noch einmal umzusehen, davon, als im Osten die glühende Sonne in den Purpurfarben eines üppigen Blutergusses aufstieg.

# Die persische Mission

Gash rastete nun nicht mehr während der Mittagshitze; er wechselte nur auf das zweite Pferd, zog sich seinen weiten weißen Wollmantel als Zeltsegel über den Kopf, und überließ sich dösend dem schaukelnden Gang des Tieres, nach Norden zu, immer nach Norden. Vergeblich grübelte er darüber nach, woher der Römer von seinem Ritt gewußt haben konnte und ob ihm dessen Zweck wohl bekannt war. Doch nach einem Attentat sah das nicht aus, eher nach persönlicher Rache. Er grinste. Der Schreck des Zusammenstoßes mit Balbus blieb bald hinter ihm zurück.

Zwei Tage später war der Fährmann, den er bei Nikephorion aufforderte, ihn über den Euphrat zu setzen, nur mit viel klingender Münze dazu zu überreden, den verstaubten und zerlumpten Reisenden in seinen wackligen Kahn aufzunehmen. Gash beugte sich über den Bootsrand, um im spiegelnden Wasser seine Verletzungen zu begutachten. Wenigstens schien der Zahn weit hinten im Kiefer zu fehlen; dort ertastete er mit der Zunge einen Krater, der noch immer quälend pochte. Hätte er mir einen Vorderzahn ausgeschlagen, ich hätte ihn langsamer getötet, dachte Gash ingrimmig und spuckte aus.

Er hätte gern in der Stadt seine Ausrüstung ausbessern lassen, doch fürchtete er um die kostbare Fracht seiner Packpferde, die für den Perserkönig Schapur bestimmt war und kam zu dem Schluß, daß es zu riskant wäre, sie einer Entdeckung durch den nikephorischen Zoll auszusetzen.

So ritt er nur, ohne auf Fragen einzugehen, weiter am Ostufer des hier abzweigenden Euphrat-Nebenarms entlang nach Norden. Wasser hatte er nun reichlich, sogar das Essen schmeckte ihm wieder, und die Pferde griffen auf dem federnden Lehmboden mit sichtlich neu erwachten Lebensgeistern munter aus. Gash war zufrieden mit sich, er pfiff und sang, soweit das sein verletzter Hals erlaubte.

Er sang zwei Tage lang, bis er sich seinem Reiseziel zu nähern begann. Schapurs Aufenthaltsort war gar nicht so schwer zu finden, wie er befürchtet hatte. Eine düstere Wolke aus Rauch und Asche wies schon von weitem den Weg dahin, wo Karrhai brannte. Sie brachte einen beizenden Gestank mit und noch eine andere, Übelkeit erregende Note, die er allerdings erst zu deuten vermochte, als er aus den letzten Ufergehölzen auf die karrhaische Ebene hinauskam.

Der Boden war aufgewühlt vom panischen Stampfen zahlloser Hufe. Pfeilschäfte und abgebrochene Lanzen ragten daraus hervor, der Schutt des Krieges, der alles so dicht bedeckte, daß Gash die Menschenleiber, die dazwischen lagen, zunächst gar nicht ausmachen konnte, waren doch auch sie vielfach zerbrochen, zersplittert und in den Grund getreten. Es dauerte eine Weile, bis ihm bewußt wurde, daß der vor ihm aufragende Strunk, an dem zwei Krähen herumpickten und -zerrten, ein Arm war, ein menschlicher Arm, dem allerdings die Hand fehlte und in den irgend etwas große Löcher gefressen hatte. Eine der Krähen hatte eben ein neues Stück Fleisch losgerissen und floh mit dem Beutestück in niedrigem Flug über das Feld, verfolgt von ihrer kreischenden Artgenossin. Wo sie vorbeistrichen, flatterten und stoben schwarze Schwärme auf, um sich unter Protestgeschrei erneut auf ihrer Mahlzeit niederzulassen.

Das Rudel Löwen, das etwas weiter weg lagerte, ließ sich dadurch nicht stören. Nur als eines ihrer Jungtiere sich einen Klumpen Eingeweide schnappte, ihn hinter sich herzog und über die sich entfaltenden Schlingen stolpernd damit zu entkommen suchte, hob der Patriarch der Gruppe seine Schnauze zu einem mahnenden Grollen aus dem blutigen Torso, in den er sie jedoch alsbald wieder genußvoll schmatzend versenkte.

Das Geknurr des Altlöwen ließ Gash zusammenzucken und lenkte ihn von seiner Übelkeit ab. Er mußte hinüber zur Stadt, also suchte er sich einen Weg am Rande des Aasfeldes, dem sich die aufgeregten Pferde nicht widersetzen würden. Widerwillig nur, Schritt für Schritt und jammervoll wiehernd gaben sie seinen antreibenden Signalen nach und bahnten sich ihren Pfad zwischen den Trümmern und Toten. Schillernde Fliegenschwärme umsurrten den Schorf an seiner Kehle. Er schlug auf sie ein, als müßte er ihnen beweisen, daß er noch kein Aas war. Anfangs ließ Gash seinen Blick schweifen, streifte leere Augenhöhlen, zerfressene Gesichter und verrenkte Glieder, doch als er immer öfter die Trachten palmyrenischer Bogenschützen zwischen den umherliegenden Fetzen zu erkennen glaubte, hielt er die Lider gesenkt und konzentrierte sich auf den schweißnassen Hals seines panikerfüllten Pferdes vor ihm, den er mit wilder Zärtlichkeit streichelte – ob, um sich oder das Tier zu beruhigen, er wußte es nicht. Fast hatte er wieder freies Feld erreicht, da preschte eine Hyäne im letzten Moment unter den Hufen des Hengstes zur Seite. Der stieg, glitt ab und brach mit der Hinterhand in den Brustkorb eines toten Legionärs ein. Als Gash den Laut hörte, mit dem die Rippen einknickten, übergab er sich auf seine Stiefel.

Es war ein unbewaldeter Hügel, der Gash die Idee eingab, sich einen Überblick über das Gelände zu verschaffen, das zwischen ihm und Karrhai lag. Vielleicht waren auch Troß und Zelt des Großkönigs auszumachen, und ohnehin mußte er es vermeiden, römischen Abteilungen in die Hände zu fallen. Er hatte die Truppen Kaiser Valerians nach den letzten Nachrichten viel weiter westlich vermutet. Ob das hier bereits der große Zusammenprall der beiden Heere gewesen war? Und wenn ja, wer hatte ihn gewonnen? Als er die letzten Meter der Kuppe genommen hatte, bekam er die Antwort.

»Großer Bel! Oh Allath, nein, nein, laß es nicht wahr sein.« Doch er vermochte es nicht, den Kopf abzuwenden. Vor ihm in der Ebene war alles in Bewegung. Direkt unter sich sah er einen Trupp römisch-palmyrenischer Reiter auf eine vorrückende Einheit leichtgepanzerter persischer Bogenschützen lospreschen. Er konnte ihr wohlvertrautes Schlachtengeschrei hören, dann senkten sich sirrend Pfeile um Pfeile wie gewitterschwangere Wolken auf die Fronten. Er sah die vorwärtsdrängende Bewegung beider Gruppen, sah, wie sie stockte, wie sich die kleinen Figuren ineinander verkeilten und zu einem brodelnden Knäuel wurden, wie ein großes zuckendes Herz.

Und er sah, was seine Landsleute unten nicht sehen konnten: die schwere Reiterei der Perser, die sich in einer Bodensenke versteckt gehalten hatte. Jetzt preschte sie mit eingelegten Lanzen zwischen den seitlich abschwenkenden Flügeln der leichten Reiterei hindurch, stürzte sich auf die in Unordnung geratenen palmyrenischen Reihen, die sich, in den Flanken von ihrem vorigen Gegner bedrängt, nicht mehr zum Widerstand zu sammeln vermochten, und überrannte sie vollständig.

In Einzelscharmützeln fiel Krieger um Krieger, bis das Rückfluten der persischen Panzerreiter den vollkommenen Sieg anzeigte. Lässig galoppierten hier und da Bogenschützen über das Feld, um mit abwärtszielenden Pfeilen zu töten, was sich am Boden noch regte.

Gash saß eine Weile still da, während der Wind an seinem Haar zog. Als er dann aufbrach, suchte er in einem östlichen Bogen an Karrhai heranzukommen, wo er eine Zeltstadt gesehen zu haben meinte, doch er kam nicht weit.

»Was haben wir denn da? So ganz alleine, werter Scheich? Und was haben wir da auf unseren Pferdchen?« Der Mann, der ihm plötzlich aus einem Gebüsch heraus in die Zügel gefallen war, erntete mit dieser Ansprache viel Gelächter bei seinen Kameraden, die mit gierigen Händen an seinem Gepäck herumzuzerren begannen.

»Nehmt eure dreckigen Finger da weg, Plündererpack. Ich bin ein Botschafter für den Großkönig.«

Hastig versuchte Gash, die Packtiere aus ihrer Reichweite zu dirigieren. Sie schnitten kurzerhand die Zügel durch, während einer ihn von hinten aus dem Sattel zog und ihm den Dolch an die Kehle setzte.

»Maul halten, Beduine. So was wie dich machen wir da vorne gerade reihenweise fertig.«

»Stech ihn doch einfach ab, Atabas«, schlug einer vor, der gerade den ersten Warenballen aufschnürte.

»Ich«, keuchte Gash unter dem Griff, »ich bin Palmyras Botschafter für den Großkönig; sein General Spates erwartet mich. Ich …« Ein Aufschrei unterbrach ihn.

»Seht euch das an, seht euch das an.« Fassungslos wühlte der Soldat, der das Gepäck untersucht hatte, mit beiden Händen in einem Münzschatz, der, für jeden sichtbar, nicht aus Kupfer bestand. »Und Silberbecher, und Schmuck. Der Kerl hat recht, er muß irgendwas Wichtiges sein.«

»Spates kenne ich, ich habe vor Antiochia unter ihm gedient«, fiel es einem anderen ein. Gash begann sich vorsichtig aufzurichten.

»Stecht ihn ab.« Der Satz kam wie ein Schwerthieb.

»Bist du verrückt, Atabas? Und wenn er wirklich ein Botschafter ist?«

»Ist doch egal«, fiel ein schwarzbärtiger Kerl im Panzerhemd ein. »Soviel Geld sehen wir im Leben nicht wieder. Atabas hat recht, stecht ihn ab.«

»Das ist mir zu heiß.«

»Mir auch.«

»Wenn die da oben ihn wirklich erwarten, gehört das hier dem König, das klau' ich nicht, ich bin doch nicht verrückt. Mich mit so was erwischen zu lassen, ne… Heh, sachte!« Mit diesen Worten fiel der Sprecher Atabas in den Arm, der die Diskussion abzukürzen versuchte, indem er Gash die Kehle durchschnitt.

»Bringen wir ihn doch zu Spates, und wenn der ihn nicht kennt, schnappen wir uns das Gold.«

»Ihr Idioten«, grollte Atabas, der sich im Klammergriff seiner Kameraden wand, »dann schnappt Spates es sich selber.« Doch er protestierte vergebens. Gash wurde auf die Beine gestellt, abgestaubt und aufs Pferd gehoben.

»Ich hab dich im Auge, Freundchen«, knurrte der Schwarzbart. »Wenn er dich nicht kennt, bist du tot. Paßt auf die Pferde auf.«

»Ihr Narren«, tobte Atabas hinter ihnen her, »ihr Narren!« Doch sie zogen los.

So unangenehm seine Begleiter sich auch eingeführt hatten, Gash war in den nächsten Minuten dankbar, sie bei sich zu haben, denn je näher sie an die Stadt und das persische Quartier kamen, desto dichter wurde das Gedränge um sie herum. Es kostete ihn all seine Kraft, die von der allgemeinen Panik angesteckten Packpferde beisammenzuhalten, während ringsum Menschen schrien, rannten, gegen seine Beine taumelten und weiterhasteten. Sie waren zwischen die zurückflutende Kavallerie und die endlosen

Flüchtlingsströme aus der Stadt geraten, die immer noch berannt wurde. Ein andauernder Ascheregen ging auf Karrhai nieder, der den Himmel verdunkelte, in den Augen brannte und einem den Atem raubte.

Sie banden sich Tücher vor Nase und Mund und suchten sich zu orientieren. Taumelnde Gestalten, die verstümmelten Gliedmaßen an den Leib gepreßt, Pferde mit weißverdrehten Augen und johlendes Fußvolk, die Zähne gefletscht und mit gezückten Waffen, stürzten aus dem grauen Nichts vor ihre Füße und verschwanden wieder im beißenden Dunst.

Ein Zug Gefangener auf dem Weg in die Sklaverei riß sie eine Strecke mit sich fort, ehe sie sich freikämpfen konnten, dann saugte eine neue Angriffswelle sie fast in die Stadt hinein. Marodeure schwärmten durch die Ruinen, überall sah man beutebepackte Gestalten sich aus den Trümmern kämpfen, und mehr als einmal griffen im Vorbeigehen dreckverkrustete Finger nach seinem Gepäck, auf die er hysterisch mit seinem Dolch einstach, bis sie abglitten und wieder in dem Blutrauch ringsum verschwanden.

Und doch hätte Gash allein ihnen nicht lange widerstehen können. Er trieb in wahnsinniger Anstrengung sein Pferd gegen die Massen vorwärtsdrängender Leiber, während seine Bewacher wild vor Gier auf alles einschlugen, was ihnen nicht den Weg freigeben wollte, bis das wogende Chaos sie wieder ausspuckte.

»Es sieht nicht so aus, als wäre hier jemand«, meinte Gash schließlich, als sie am Rande des Zeltlagers anlangten. Er warf einen zweifelnden Blick auf die verschlossenen Brokatbahnen der Prunkzelte vor ihm, die im Wind schlugen.

»Das hier ist das Quartier der Generalität«, beharrte sein Bewacher.

»Sie scheinen wohl gerade anderweitig beschäftigt zu sein.«

»Vielleicht sollten wir ihn doch umbringen, was meint ihr?« versuchte es Schwarzbart erneut.

»Mich würde viel mehr interessieren, ob die da echt sind. Oh Mann, Leute, schaut euch das an«, klang es aus einer anderen Ecke. Alle folgten dem auffordernden Winken des Sprechers.

»Guck dir die da an, die Dicke da, die hat doch Brüste, Brüste sind das, wie … wie … also … und der Arsch erst.«

»Oh Mann.«

»Und die da hinten, die mit dem Blauen, habt ihr die Haare gesehen, rot wie Feuer. Die ist bestimmt heiß zwischen den Schenkeln.«

»Willst dir wohl alle zehn Finger verbrennen.«

»Der verbrennt sich ganz was anderes.«

»Soviel weiches Fleisch, das könnteste grad reinschlürfen.«

Der Harem des Großkönigs traf soeben ein. Gash hatte schon davon gehört, daß Schapur seine Frauen im Troß mitreisen ließ, um sich die Zeit zwischen seinen Siegen zu versüßen. In unschuldiger Buntheit flatterten Schleier und Bänder aus den Sänften über dem schlammigen Boden, weiße Schultern wie die Yasemins schimmerten dazwischen, und er verspürte einen Augenblick lang dieselbe wahnsinnige Lust wie seine Bewacher, sich zwischen diese weiche Pracht zu werfen und sich darin zu suhlen. Dann fiel sein Blick auf die Eskorte der Frauen. Ihr Anführer schien ein hoher Offizier zu sein, und das brachte ihn auf eine Idee.

Ohne Warnung trieb er seine Stute vor, sprengte seinen Strauchdieben mit allen vier Hufen in den Rücken, und schlug mit den Zügeln auf sie ein:

»Wegelagerer, Gesindel, nehmt eure diebischen Finger fort.« Die Beschimpften stolperten überrascht zwischen den Zelten hervor, die sie bisher verdeckt hatten, während Gash über ihnen war. Sie wußten kaum, wie ihnen geschah, und als Schwarzbart soweit zu sich gekommen war, daß er knurrend nach seinem Schwert griff, da hatte die persische Garde sie schon umzingelt und befragte sie mit gezogenen Waffen nach ihrem Begehr.

Gash tauschte bald ihre mißtrauische Begleitung gegen die seiner vorigen Gefährten ein, die in der bedrohlichen Einkreisung zurückblieben. Einen Steinwurf und einen Fluch schickten sie ihm nach. Der Stein traf und ließ das Blut aus einer Stirnwunde über sein Gesicht laufen. Notdürftig versuchte er es mit einem Kleiderfetzen zurückzustauen, den er sich aus dem Saum riß. Als Gash wieder aus den Augen sehen konnte, stand Spates vor ihm und bot ihm mit ironischem Lächeln sein Taschentuch.

»Palmyra scheint einen Waffenstillstand bitter nötig zu haben.«

Gash säuberte sich ohne eine Erwiderung. Spates lachte auf.

»Nun, Ihr werdet Eure Sprache vor dem Großkönig schon wiederfinden. Macht Euch bereit.«

In diesem Moment preschte eine Gruppe Reiter heran und hielt in kurzer Entfernung. Die bodenlangen schwarzen Kettenpanzer ihrer Tiere rasselten schwer. Gash sah eine Gruppe Generäle und einen Mann im Lendenschurz mit einem Spottkranz auf dem Kopf, der dem König offenbar als Trittbrett diente, denn er benutzte seinen Rücken, um vom Pferd zu steigen. Und es war unzweifelhaft der Perserkönig selbst, der dort eben abgesessen war.

Gash erkannte ihn an der Krone mit dem liegenden Sichelmond an der Stirn, über dem sich die goldene Sonnenscheibe mit den Stierhörnern erhob. Das Haar fiel ihm in langen, gleichmäßigen Locken über die Schultern und die schweren Goldplatten um seinen Hals, und sein ebenfalls gelockter Bart war am unteren Ende mit einer türkisbesetzten Spange zum Zopf zusammengefaßt. Er trug einen silbernen Panzer mit Goldbuckeln, unter dem an Schultern und Taille das weite Plissee seiner Gewänder hervorwehte und sich in der Abendluft bauschte. Sein Mantel war purpurn, als hätte er das Blut seiner toten Feinde aufgesaugt, und sein Gesicht stand alt zwischen dem Ornat.

Zwei Diener waren eben damit beschäftigt, den beim Reiten verrutschten Ritualbart ihres Königs wieder richtig festzubinden, als Spates ehrerbietig zu ihnen trat, um Gashs Kommen anzukündigen. Der König wandte sich in seine Richtung.

»Auf die Knie«, zischte eine Stimme neben Gash in sein Ohr, und der heftige Stoß zwischen seine Rippen, der diese Worte begleitete, ließ ihn unwillkürlich dem Gebot gehorchen. Ein Schwertknauf wurde in seinen Nacken gepreßt, der ihn in seiner gebeugten Stellung festhielt. Bevor er sich dagegen empören konnte, wurde er vorgestellt und hatte seine Botschaft zu sagen.

»Sonne des Ostens«, begann er also, »glorreicher Feldherr und Beherrscher der Länder diesseits und jenseits der Zwillingsströme, dessen Macht endlos ist. Herrlicher Sieger über das große Rom, der Ihr Eure Feinde in den Staub tretet, Reichezertrümmerer, Städteverschlinger, dessen Namen mit Sternen geschrieben wird. Oh Mächtiger, Rossebezwinger…«, hier kürzte er ewas ab, »…Haupt des einzigen Glaubens, möge Eure Kraft nie enden, möge Euer Same ein ewiger Strom sein und herrschen auf dem

Throne in Eurem Namen für immerdar.« Gash holte Luft: »Palmyra schickt mich, dessen Fürst Odaenathos hier mit mir kniet, Euch zu preisen. Nehmt gnädig diesen Brief von seiner Hand entgegen, der Euch seiner Freundschaft versichert. Er, der nie etwas gegen die Perser getan hat, bietet Euch ein Bündnis an durch sein Wort, das ein unbedeutender Bote hier vermittelt.«

Mit gesenktem Kopf hielt er die Schriftrolle mit Odaenathos' Siegel hoch und betete, sie möge nicht zittern zwischen seinen Fingern. Er sah die Füße in juwelenbesetzten Sandalen zu ihm herantreten, dann wurde ihm das Pergament aus der Hand genommen. Ein scharfes Geräusch ertönte: Der König hatte das Schriftstück in Stücke gerissen, sobald es ihm überreicht worden war. Die Fetzen lagen vor ihm im Schlamm wie große weiße Ascheflocken, an denen noch der Wind zerrte, bis sie sich langsam vollsogen.

Schapur wandte sich ab von dem Knienden und zu seiner Generalität, als er nun verkündete:

»Wer ist er, daß er es wagt, seinem Herrn zu schreiben! Sein Name ist verhallt, und mein Ohr hat ihn nicht aufgefangen. Was gilt es dem königlichen Stier, wenn der Wurm unter seinen Hufen sich windet und die Schmeißfliege um sein Gehörn summt. Nun denn, wenn er eine mildere Strafe für seine Vermessenheit wünscht, als sie ihm gebührt, so soll er kommen und sich in Ketten vor mir hinwerfen. Sonst werde ich über ihm sein und seiner Stadt, und keinen seiner Leute werde ich verschonen.«

Gash verstand nicht gleich, und Schapur lachte, als er seine Verwirrung sah.

»Sieh her, Palmyrener, wenn du nicht hören kannst, und berichte deinem Afterfürsten, was du siehst. Ich Schapur, Ardaschirs Sohn, habe Rom den Fuß in den Nacken gesetzt. Sein Kaiser beugt mir den Rücken zum Schemel. Euch würde ich zermalmen.« Bei diesen Worten hatte er einigen Sklaven bedeutet, den bekränzten Mann vorzustoßen und ihn erneut auf alle viere zu befehlen. Mit gespreizten Knien und hängendem Kopf kniete er nun vor Schapur, der ihm mit verächtlicher Geste den Lorbeer wegriß, um ihn einem seiner Höflinge zuzuwerfen. Er ächzte schwer, als der Perserkönig ihn bestieg, um auf seinem Pferd aufzusitzen.

Sollte dieser Mann, dessen faltige Altmännerhoden so hilflos unter seinem Lendenschurz hervorpendelten, dessen zitternde Flanken von dem Schmutz bespritzt wurden, den Schapurs mächtiges Pferd beim Antraben aufwarf, sollte dieser Mann der Kaiser von Rom sein? Schapur verschwand, begleitet von seinen Offizieren.

»Ist das …?«

»Imperator Valerian, in der Tat, ja.« Der Mann, der Gash seine unwillkürliche Frage beantwortete, war derjenige, der kurz zuvor den Lorbeer aufgefangen hatte. Er schien ganz darauf konzentriert, den Kranz um seinen Zeigefinger kreiseln zu lassen. Gash bemerkte jetzt erst die kurze Lockentracht und die Toga des anderen. Ein Römer? Woher kannte er nur dieses glatte, selbstgefällige Gesicht?

»Es sieht so aus, als hätte der römische Adler zur Landung angesetzt«, fuhr der Fremde fort, während sie beide zusahen, wie Valerian abgeführt wurde. Er schleuderte den Kranz hoch in die Luft und fing ihn mit einer Hand wieder auf. »Und glaub mir, mein Freund, er fliegt so schnell nicht mehr auf.«

»Ihr scheint das ja ganz genau zu wissen«, wehrte Gash den jovialen Ton brüsk ab. Sein Gesprächspartner zuckte die Achseln.

»Ich habe eine ganze Menge gesehen. Und ich weiß, was ich zu tun habe, um mein Schiff im Strom zu halten. Wenn dein Fürst klug ist, wird er es auch wissen. Wer seinen Kopf zum Denken benutzt, Freund, so wie ich es tue, der muß sehen, daß Rom brennt. Es brennt heller und heißer als zu Neros Zeiten, es brennt an all seinen Grenzen. Und es wird zusammenstürzen. Heute gilt es, in den Ruinen nach Schätzen zu graben.«

»Und ein persischer Speichellecker zu werden wie Ihr. Wer seid Ihr überhaupt?«

»Ich?« Der andere lachte und setzte sich mit großer Geste den Lorbeerkranz aufs Haupt. »Ich bin der Imperator von Rom. Kaiser Mariades. Zu Eurer Verfügung.« Und damit verneigte er sich tief, um sich sogleich wieder lachend aufzurichten und sich die Locken zu schütteln. Mariades! Der verrückte Patriziersohn aus Antiochia, der die Stadt den Persern in die Hände gespielt hatte!

»Kaiser der Verräter bist du«, zischte Gash, »von Schapurs Gnaden.«

»Nun, Schapur hat wenigstens Kronen zu vergeben. Nicht, daß diese hier allzu wertvoll wäre«, meinte er mit leisem Bedauern. »Da, fang.« Er schnippte Gash den Kranz zu. »Vielleicht bringt er eurem Wüstenstädtchen Glück.«

Als Mariades fort war, sah Gash sich nach seinem Troß um; von den Lasttieren war keine Spur mehr zu finden, ebensowenig von dem Schatz, den sie getragen hatten. Er ballte die Fäuste und legte den Kopf zurück, die Kiefer fest zusammengebissen, um nicht vor Wut und Zahnschmerzen in den abendblassen Himmel hinaufzuschreien, der grün und kühl über der ausgebrannten Stadt lag. Schließlich fand er sein Pferd abseits an einigen Grasbüscheln zupfend wieder, und das Selbstmitleid überwältigte ihn einen Moment.

»Necme, mein Stern, komm her.« Er umfing den großen Kopf des Tieres, das neugierig an dem Lorbeer zu knabbern begann, mit seinen Armen.

»Necme, was sollen wir unserem Herrn sagen?« Und was, stieg es erstmals in ihm auf, was, wenn dieser Balbus doch ein ausgesandter Häscher gewesen war, und Rom von Palmyras Verrat wußte? Wohin sollte die Stadt sich dann wenden?

## Neue Erfahrungen

Das Haus des Septimius Zenobios, Stadtkommandant von Palmyra, lag in völliger Stille unter der Sonne. Der Hausherr verbrachte die Mittagspause auch heute auf der Wache der Stadtgarde, Sime hatte sich in ihr Zimmer zurückgezogen, und von Attay war nichts zu sehen. Selbst der lästige neue Sklave, der sonst immer überall herumschlich, ließ sich nicht blicken und döste wohl in irgendeinem Winkel vor sich hin. Der Augenblick für einen Ausflug war günstig.

Zenobia schlich auf dem gewohnten Weg zu der kleinen Holzpforte nahe der Küche, die den Dienstboten als Eingang diente und daher meist unverschlossen war. Als sie gerade den Riegel zurückzog, ließ ein Geräusch sie herumfahren.

»Attay, du bist's. Ich, äh, ich dachte, es hat geklopft.«

»Dachte ich auch.« Eine verlegene Pause trat ein. Die Amme wußte nur zu gut, wozu ihr Herr jenen neuen Sklaven mit den breiten Schultern eingestellt hatte. Unauffällig behielt er sämtliche Frauen des Haushalts im Auge, folgte den drei Gemahlinnen bei jeder Besorgung; vor allem aber bewachte er Zenobia. Nicht, daß es allzu auffällig geschah, aber Attay bemerkte es. Ließ sie ihren Liebling nicht selbst keine Minute unbeaufsichtigt? Für das Mädchen konnte das die Katastrophe bedeuten, wenn sie nicht mit ihren Ausflügen aufhörte, doch das schien ihr gar nicht bewußt zu sein. Hätte es nur einen Sinn, mit dem Kind vernünftig darüber zu reden. Aber Zenobia war in der letzten Zeit noch stiller und verschlossener als früher.

Nun, es war Zeit, das Übel an der Wurzel zu packen.

»Willst du deiner alten Amme einen Gefallen tun?« fragt sie freundlich. Zenobia nickte vorsichtig.

»Eine gute Freundin erwartet Nachricht von mir«, fuhr Attay leutselig fort, »würdest du sie ihr überbringen?« Diesmal nickte Zenobia eifriger, während Attay ein paar Zeilen auf eine Wachstafel kritzelte, die sie geschickt in ein Palmblatt einschlug.

»Damit geht mein Pferdchen jetzt ins Badehaus. Laß dir ruhig Zeit und schau dir alles an. Komm zurück, bevor die Sonne untergeht, ja?«

Zenobia war begeistert. Ein ungestörter Nachmittag lag vor ihr! Schnell das Ding überbracht und dann nichts wie Odu suchen. Sie hatte ihm so viel zu erzählen, von ihrem Zuammenstoß mit Balbus, von der bevorstehenden Verlobung und ... Doch Attay nahm ihren Arm und führte sie zum vorderen Eingang, wo bereits eine Sklavin wartete.

»Es ist besser, sie begleitet dich, als daß der Gote es tut, Kind.« Damit schloß sie die Tür hinter dem entgeisterten Mädchen.

Beiden entging, daß Odu im Eingang gegenüber gelauert hatte. Schon seit Tagen saß er stundenweise dort herum und kickte Murmeln. Wann immer er sich von seiner Arbeit wegstehlen konnte, wartete er auf seine

Freundin, um ihr von seiner Heldentat zu erzählen. Die ganze Geschichte hatte er schon fix und fertig im Kopf, schön farbig ausgemalt natürlich. Seine Trophäe, sein Beweis, der Brief Domitians, den er für Zenobia erobert hatte und stets bei sich trug, war schon ganz fleckig geworden.

Doch Zenobia erschien nie mehr alleine; er verstand es nicht. Und wie fremd sie aussah, wenn sie so gesittet mit ihrer Dienerin die Straße hinunterging, so langsam und ordentlich wie die Frauen, die bei seinem Herrn Clemens ihre Seide kauften. Eingeschüchtert sah er ihnen nach.

Vielleicht wäre es Odu ein kleiner Trost gewesen, hätte er ihre Gedanken lesen können, während sie in die große Kolonnade einbog. Als sie das Haus verließ, war Zenobia nur verblüfft und enttäuscht gewesen über die ungewöhnlich strenge Attay, doch hier, in der vertrauten Säulenstraße, die sie sonst frei durchstreifte, stieg die Wut heiß in ihr empor. Denn soviel war klar: Attay verriet sie. Ihre einzige Vertraute im Haus war zu den Bewachern übergelaufen, den Stubenhockerinnen, denen man so oft wie möglich entwischen mußte, wollte man nicht den ganzen Tag im Innenhof herumsitzen und schwätzen. Ohne Attay würde es fast unmöglich werden, unbemerkt aus dem Haus zu kommen. Und jetzt lief sie mit diesem Fettsteiß hier zum Badehaus. Wahrscheinlich war das die Art Unterhaltung, die es in Zukunft für sie geben sollte. Aber sie würde sie strafen. Sie würde so gehorsam sein, daß Attay glauben mußte, sie sei krank. Sollte sie in Schuldgefühlen ersticken.

Unter diesen unfreundlichen Gedanken erreichten sie schweigend das Badehaus. Ein vom Alter gekrümmter, aber immer noch rosig glatter Eunuch warf in der Vorhalle einen kurzen Blick auf Zenobias Nachricht und bat sie daraufhin mit einer höflichen Handbewegung um Geduld. Der Sklavenjunge, den er mit ein paar geflüsterten Worten losschickte, kehrte bald darauf mit der walzenförmigen Nubierin zurück, die Zenobia von den Nachmittagen zu Hause kannte, wenn sie den versammelten Frauen die Zukunft aus der Hand las. Ume war ihr Name, erinnerte Zenobia sich.

Ume betrachtete die Wachstafel und dann das dünne Mädchen mit den zahllosen abstehenden Zöpfen vor sich, das seinerseits einen mißtrauischen Blick zurückwarf. Zenobia hatte das Gefühl, sie sei noch nie so ausgiebig und abschätzend gemustert worden wie hier, und es gefiel ihr ganz und gar nicht. Seit der Katastrophe mit dem geschenkten Kleid mied sie alle Spiegel, die ihr begegneten. Zenobia gefiel sich nicht. Der Leib, in dem sie steckte, paßte nicht zu ihr.

»Deine Amme schreibt mir, daß du noch nie unser Bad besucht hast. Sie meint, es würde dir Freude machen.«

Ume war keine Frau, der man ohne Not widersprach. Zenobia drehte sich also zu ihrer Begleiterin um, die ihr aufmunternd zunickte. Ohne ein weiteres Wort ergriff Ume ihre Hand und führte sie wie ein kleines Kind ins Apodyterium. Dort erschienen auf ihr Klatschen zwei kichernde Bademädchen, bei denen Ume sie zurückließ. Schüchtern stand sie da und bemühte sich, unter den Händen der Dienerinnen möglichst unbeteiligt an die Decke zu starren, während ihr Stück für Stück die Kleider abgenommen wurden. Erst als die flinken Finger der Mädchen in das Gewirr der bunten Haarschleifen eindrangen, protestierte sie. Aber die beiden kannten ihre Befehle wohl und überwanden ihren Widerstand mit schmeichelnder Unnachgiebigkeit.

Schließlich stand Zenobia nackt und verschämt, mit einem weichen griechischen Knoten im Nacken auf den warmen Fliesen. Bei ihr zu Hause lief niemand außer den ganz kleinen Kindern ohne Kleidung herum, und sie fühlte sich schutzlos vor den hübschen Mädchen in ihren weißen Tuniken. Doch das Gefühl verschwand schnell, als sie die anschließende Halle betrat.

Vor ihr öffnete sich ein opulentes Gewölbe. Das Badehaus von Palmyra war kein auffallender Bau: fensterlos, lehmgelb, mit gewölbtem Dach und unverputzt wie so viele Häuser der Stadt. Innen jedoch war von Schlichtheit nichts mehr zu spüren. Ihre Sandalen klapperten über ein kunstvoll verschlungenes Mosaik, das sich am unteren Rand der Wände fortsetzte und die Geschichte eines griechischen Liebespaares erzählte, das Zenobia nicht kannte. Sie bestaunte den Glanz und die Leuchtkraft der Farben. Nun fühlte sie die angenehme Luft der Halle auf ihrer Haut. Alles schien nur dafür gemacht, jedes Gefühl der Schwere vergessen zu machen. Das erstaunlichste aber waren die Frauen, die sich in den großen und kleinen Wasserbecken rekelten. Sie alle waren völlig nackt und dabei gänzlich unbefangen. Auch sie selbst wurde von niemandem beachtet.

Zögernd ging sie auf das saubere, grünschimmernde Wasser des großen Bassins zu. Es war nicht tief, bot aber genügend Raum, um den ganzen Körper bis zum Kinn unterzutauchen. Die sachte, warme Strömung brachte ihre Haut zum Prickeln und massierte sie. Halb auf dem Rücken liegend empfand sie eine neue, ungekannte Lust an der Bewegung ihrer eigenen Glieder. Als dann eines der Bademädchen an den Beckenrand trat und sie herauswinkte, gab Zenobia nur ungern ihre glückliche Schwerelosigkeit auf. In ein dünnes Badetuch gewickelt, wurde sie in eine kleine Kammer geführt, die nichts weiter enthielt als ein Regal mit Öl- und Salbentöpfchen und eine einzige gepolsterte Ruhebank in der Mitte. Kurz darauf zog eine fette, schwarze Hand den Vorhang am Eingang zur Seite, und Ume trat ein.

»Zenobiostochter, du glühst ja am ganzen Körper.« Ohne auf eine Entgegnung zu warten, griff sie nach dem Badetuch, traf aber auf unerwartete Gegenwehr. Ihr junge Kundin hielt die Arme fest um den Körper geschlungen.

»Wie, soll ich dich massieren oder den Stoff da? Oder denkst du, ich schau dir was ab? Da!« Grinsend hob Ume ihre eigene buntbedruckte Tunika hoch. Zenobias Augen wurden groß.

»Siehste, genau wie bei dir, bloß ein bißchen mehr von allem und vielleicht ein klein wenig schwärzer. Also.«

Ihre kräftigen Hände öffneten Zenobias Umhüllung. Sie betrachtete das bräunliche Mädchen so genau, wie sie schon viele Generationen betrachtet hatte. Auch Sime war vor ihrer Hochzeit zu ihr geschickt worden. Und sie hatte sie ebenfalls gewaschen, gesalbt und aufgeklärt, so wie sie es auch bei Zenobia tun würde, wenn die Zeit erst einmal reif dafür war. Daß es bei diesem knochigen Füllen nicht mehr lange dauern sollte, war deutlich sichtbar. Sie wies sie an, sich bäuchlings auf der Bank auszustrecken und zu entspannen.

Ume begann mit einigen festen Strichen über Zenobias Rücken, den ein verbissener Wille hart wie ein Brett hielt. Ganz langsam nur, Stück für Stück, antwortete er ihr. Die Hände, die das warme, aromatisch duftende Öl auf ihren Rücken gossen und verstrichen, schienen einem anderen Menschen zu gehören. Sie liebkosten jeden Muskel, jede Wölbung, die sie berührten, das Fleisch begann unter ihnen zu atmen. Zenobias Rücken wurde weich. Wie von selbst dehnten sich ihre Schulterblätter, sie seufzte. Die Hände wanderten weiter, über die zarte Vertiefung der Taille hinab bis zu den beiden Gesäßhälften, auf denen sie liegenblieben; eine rechts, eine links.

»Du mußt nicht erschrecken, Zenobiostochter. Ich bin nur auf dem Weg zu deinen Beinen.«

Viele gesunde Muskeln fand sie, durch Bewegung gerade und stark, aber noch wenige schmeichelnde Rundungen, die den Männern Freude machten. Beine, die zum Weglaufen taugten, nicht zum Anlocken. Von den fast knabenhaften Flanken aus zogen die Daumen immer weitere Kreise nach innen, aber etwas auf ihrem Weg wollte der geforderten Entspannung nicht folgen. Ungewollt gruben sich Umes Finger immer tiefer ein. Zenobia schrie auf. Ihre Schenkel öffneten sich krampfartig, sie warf sich auf der Liege herum und starrte Ume mit aufgerissenen Augen an. In ihrem Gesicht mischte sich Scham mit den Spuren einer schlecht verborgenen Erregung. Das schwarze Gesicht lächelte freundlich und wissend auf sie hinunter.

»Du siehst, wieviel Genuß dein Körper dir bringt, wenn du ihn läßt. Er ist dein Zuhause, das du immer mit dir herumträgst.« Sie lachte, während sie von neuem Zenobias Schultern bearbeitete.

»Vor allem wir Frauen müssen ihn lieben, weil aus ihm unsere Söhne wachsen. Wenn du gebierst, und du hast noch nie dort hineingesehen«, Ume strich Zenobia über den flachen Bauch, »dann werden die Schmerzen dich töten.«

»Wann ...«

»Ach Kind, bis dahin muß noch viel passieren. Du mußt noch ein wenig runder werden, zum Beispiel hier.« Sie glitt mit beiden Händen über die noch recht spitzen Zwillingshügel.

»Was hast du, tut's weh? Nein? Dachtest du, du seist krank, wenn deine Knospen dir antworten?« Sie lächelte, die Verfärbung des schmalen Kindergesichts sagte ihr genug. Und sie fuhr fort, mit dem störrischen Mädchenkörper zu sprechen. Ume war eine Zauberin, die alles, was sie berührte, in hellwache Gelöstheit verwandelte. Ihre Finger wanderten tiefer, folgten der Wölbung des Bauches und vereinigten sich unterhalb des Nabels zu einem zarten Strich, der einen fast zärtlichen Augenblick lang auf ihrer Scham verweilte, bevor er sich löste. Bewegungslos blieb Zenobia liegen; ihr Körper vibrierte leise unter dem Aroma der parfümierten Öle, die sich mit ihrem eigenen Duft vermengten.

Inzwischen hatte Ume ihre Hände in einem kleinen Marmorbecken gesäubert. Als habe sie damit zugleich auch die letzten Spuren jeder intimen Berührung abgestreift, griff sie nach dem großen Badetuch, wickelte Zenobia mit resolutem Schwung hinein und legt ihr die Hände schwer auf die schmalen Schultern.

»Du kannst immer wiederkommen, wenn du magst. Richte das deiner Mutter aus, ja?« Als Zenobia nur stumm nickte und immer noch nicht lächeln mochte, schlug Ume sich klatschend auf die mächtigen Schenkel und platzte heraus:

»Bei Ishtar und ihren hundertfünfzig Huren, dieses Kind benimmt sich ja wie die Königin persönlich. Was ist mit dir: Bist du böse auf mich … oder hast du Angst?« Still saß Zenobia vor der geheimnisvollen Frau, die so viel von ihr zu wissen schien, schließlich nickte sie.

»Ich will, daß alles so bleibt, wie es ist. Alles ändert sich; ich soll bald heiraten, und dann darf ich gar nichts mehr.« Sie schluckte ihr Selbstmitleid hinunter. »Du bist doch eine Wahrsagerin, kannst du mir helfen?«

Aber Ume war bereits an ein Schränkchen getreten, öffnete es und holte einen Tontopf heraus, dessen Deckel sie unter Zenobias Nase abhob. Sie schnupperte den starken Duft unbekannter Kräuter.

»Davon wirst du ein Päckchen zum Aufgießen nach Hause mitnehmen.«

»Und dann soll alles wieder wie früher werden?«

Ume lachte.

»Nein Kind, das wird es niemals, bei niemandem. Aber wir werden sehen, ob du dich wirklich so fürchten mußt vor dem, was kommen wird.« Sie zerrieb eine Portion der Blätter und füllte sie in ein Stoffsäckchen. »Das trinkst du schön heiß, aber allein, hörst du, und anschließend gehst du zu Bett.«

»Und dann?«

»Dann wirst du einschlafen und Traumbilder haben. Merk sie dir gut und komm danach wieder hierher, damit ich dir sagen kann, was du gesehen hast.« Bei diesen Worten läutete Ume eine kleine Glocke nahe der Tür. Fast gleichzeitig erschien eine Sklavin, die sich verneigte und Zenobia bedeutete, ihr zu folgen. Als sie sich nach ein paar Schritten noch einmal umdrehte, um sich von Ume zu verabschieden, war der Vorhang fest zugezogen.

* * *

Der pralle Mittag lastete auf dem Schlafzimmer, über dessen Rückwand die Schatten in lustvollen Hügeln wogten.

»Ah, mein blondes Tier, mein Wilder«, stöhnte es aus den Kissen, während der Mann seinen goldbeflaumten Hintern in anschwellendem Rhythmus auf und ab pumpte. Die Frau wand sich unter ihm, berauscht von seinen Bewegungen und den Lauten einer fremden Sprache, die er in ihr Ohr keuchte. Sie krallte die Finger in sein offenes Haar, das leuchtend blond über seine Schultern fiel. Als in seinem Gesicht eine durchscheinende Röte aufstieg, bog sie ihm ihre Hüften entgegen, und fing schließlich seine letzten entschlossenen Stöße in ihrem weit geöffneten Schoß auf. Mit einem gewaltigen Ächzen brach er über ihr zusammen wie eine germanische Eiche, die mitsamt den Wurzeln aus dem Grund gerissen wird. Etwas später lagen sie erschöpft und entspannt nebeneinander, und sie drehte spielerisch sein blondes Schamhaar zu Löckchen.

»Mhh«, seufzte Yasemin behaglich, denn sie war es, die dritte Frau des palmyrenischen Stadtkommandanten, die gerade die zartesten Stellen ihres Leibwächters erforschte. Dieser schien momentan mehr mit der Verteidigung seiner eigenen Ehre als der seines Herrn befaßt, denn er lächelte recht unbehaglich, bevor er schließlich ihre Hand von seinem Glied hob. Doch Yasemin nahm mit forschem Griff die seine und legte sie auf die Stelle ihres Körpers, an der noch Wünsche offengeblieben waren. Irritiert, aber geschmeichelt grinste er sie an und griff fester zu. Aufmunternd öffnete sie die Schenkel und wand sich gurrend.

»Männer sollen danach ja müde sein.« Sie kicherte. »Ich weiß nicht, ich könnte jetzt erst anfangen.« Und sie umfaßte genußvoll seinen Hintern. »Ach, du riechst so gut.« Sie war an seinem Hals angekommen und vergrub ihre Nase dort. »Ich könnte dich auffressen, du. Oh!«

Ein Geräusch draußen ließ sie das Bettuch mit einem Ruck bis zum Kinn ziehen.

»Was war das? Verschwinde, schnell!« Doch ihr Leibwächter war schon aus dem Bett. Hastig nestelte sie ihre eigenen Kleider aus dem Haufen am Boden und warf ihm noch seinen Mantel und eine Kußhand nach, als er barfüßig aus dem Zimmer hüpfte.

Kurz darauf trat Attay ein; sie bemerkte die zerwühlten Laken sofort. Unter dem Blick der Alten ließ Yasemin so beiläufig wie möglich einen ihrer bunten Umhänge über das Bett fallen und trat zum Fenster.

»Oh, schon so spät? Die Schatten werden ja schon blau. Ich muß eingeschlafen sein.«

Attay sog nur scharf die Luft ein.

»Hier muß ein schrecklicher Schlafdunst herrschen«, bemerkte Yasemin entschuldigend.

»Wie in einem Stall.« Attays Antwort kam schnell und scharf.

Einen Wimpernschlag lang funkelte Yasemin die Amme an, doch dann begannen ihre Augen unsicher zu wandern. Sie blieben unter dem Bettrand an ein paar Sandalen hängen. Bevor sie die verräterischen Spuren mit einem Tritt außer Sicht befördern konnte, hatte Attay sie in der Hand.

»Die, die müssen dem Herrn gehören«, bemerkte Yasemin. »Erst gestern war er hier. Er hat sie wohl vergessen; ich lasse ihn eben an andere Dinge denken.« Mit wiegenden Hüften ging Yasemin zurück zu ihrem Toilettentisch. Ihr vor Angst zerflossenes Gesicht im Spiegel strafte die kokette Pose Lügen. Attay verlor kein Wort darüber, daß die Sandalen in ihrer Hand dem eher kleingewachsenen Hausherrn zweimal gepaßt haben dürften.

»Oyat vermißt ihr Jüngstes. Du hast es vermutlich nicht gesehen?«

»Nein, wie gesagt, ich habe …«

»… geschlafen, ja. Die hier nehme ich wohl am besten mit.« Mit diesen

Worten packte Attay die Sandalen zusammen, die fast so lang wie ihr Unterarm waren. »Ich stelle sie zu den anderen, bevor der Herr sie vermißt. Er wird bald zurück sein.«

»Ach ja? Dann wird er mich sicher bald besuchen. Du kannst die Schuhe hierlassen. Ich werde sie ihm geben.« Entschlossen riß sie sie an sich und hielt sie an die Brust gepreßt. »Du kannst gehen, ich muß mich jetzt frischmachen für ihn.«

»Ja, vielleicht solltest du dich mal waschen.«

»Du«, zischte Yasemin in plötzlicher Wut, »paß bloß auf, was du sagst. Glaubst du, ich weiß nicht, daß dein kleiner Augapfel sich immer auf der Straße rumtreibt? Du hast es nötig, über andere schlecht zu reden.«

»Sachte, Kind, sachte, ich hab' ja nichts gesagt.«

»Ich bin nicht dein Kind.«

»Das ist auch gut so, denn sonst müßte ich mich für uns beide schämen.« Damit ging Attay würdevoll erhobenen Hauptes hinaus. Hinter ihr flogen mit heftigem Krachen die Ledersandalen gegen die geschlossene Tür.

»Die Pest wünsche ich der alten Giftmischerin an den Hals.« Dann rollte sich Yasemin weinend auf dem Bett zusammen.

Der flüchtige Liebhaber stand währenddessen mit dem Rücken an die Hauswand gelehnt und atmete erst einmal durch. Er versicherte sich mit einem schnellen Blick nach rechts und links, daß in der schmalen Gasse niemand war, der ihn aus der Seitentür hätte treten sehen. Ein zweiter Blick traf seine eigenen Füße: Sie waren nackt. Verdammt, seine Sandalen! Lauthals fluchend über sein Mißgeschick bemerkte er nicht, daß sich aus dem Schatten des Hauseingangs gegenüber ein kleiner Junge löste und schüchtern, aber wie gebannt näher kam. Erst als der Blondschopf ihn ansprach, sah er auf: in zwei Augen, so blau wie seine eigenen.

Es war lange her, daß Odu Laute seiner Muttersprache gehört hatte, und die Erinnerung daran wurde mit jedem Tag vager. Doch der Nebel fern vertrauter Klänge zog ihn unwiderstehlich an. Mühsam formulierte er aus der Erinnerung einen Gruß.

»Du bist Gote?«

Odu strahlte.

»Ja, aus Pannonien.«

»So so! Sehr schön.« Das Interesse des Leibwächters an Kindern war nicht übermäßig stark ausgeprägt, schon gar nicht in Situationen wie dieser.

»Ich heiße Odu.«

»Und was machst du hier so mutterseelenalleine, außer Leute erschrecken?«

»Entschuldigung.«

»Schon gut, aber verschwinde jetzt, Kleiner.«

»Du hast keine Schuhe an.«

»Ein ganz Schlauer, was? Mach, daß du wegkommst.«

Aber Odu hatte nun so lange vergeblich vor Zenobias Haus auf der Lauer gelegen, daß er sich diese Chance nicht entgehen lassen konnte.

»Gehörst du zum Haushalt von Zenobia?«

»Der Vorstand dieses Hauses ist immer noch Julius Aurelius Zenobios.«

»Aber du kennst sie? Siehst du sie manchmal?«

»Was sollte dich das angehen, Kerlchen, raus mit der Sprache?«

»Na ja«, Odu schluckte, aber er hatte sich schon zu weit vorgewagt, und eine plausible Lüge wollte ihm nicht einfallen.

»Wir sind manchmal zusammen unterwegs gewesen, in der Stadt und … wir sind Freunde.«

Das war ja interessant. Zum ersten Mal bekam der ehrbare Gote einen Schimmer davon, weshalb er eigentlich immer hinter dieser kleinen Göre herzulaufen hatte. Sie war also eine Streunerin. Nun, in letzter Zeit offenbar nicht mehr, das zumindest war beruhigend. Aber wenn sie je versuchen sollte, ihm zu entschlüpfen, konnte das Ärger geben, großen Ärger. Er setzte sich hin.

»Dann bist du der Odu, von dem meine kleine Herrin immer erzählt. Natürlich, das hätte ich mir denken müssen. Odu. Sie spricht viel von dir. Aber daß du ein Landsmann bist, das hat sie nicht erwähnt, das ist ja toll. He, Landsmann, schau her, kannst du das auch?« Mit diesen Worten zog er ein Messer aus dem Gürtel, schob den Ärmel seiner Tunika zurück, spannte seinen Bizeps an und ließ die Klinge, Spitze nach unten, auf den Muskel fallen. Sie prallte ab wie ein Ball. Odu machte große Augen.

»Na, willst du auch mal?« Er hielt das Messer Odu hin, der es so weit hochhob, wie er konnte und es dann aufgeregt auf den angespannten Bizeps des Goten fallen ließ.

»Es springt nach oben«, rief er entzückt.

»Sicher, meine Muskeln sind eisenhart. Zeig mal deine. Na los, nur nicht schüchtern.« Odu machte eins seiner Kinderärmchen frei.

»Und jetzt spann an, feste, noch fester, so ist es gut. Ja, los, drück meinen Arm weg, zeig's mir. So ist gut. Au, au, au, Gnade, großer Krieger, Gnade.« In gespieltem Schmerz rieb er sein Handgelenk. Ein Blick auf Odus rosig glühendes Gesicht verriet ihm, daß er einen echten Verehrer gewonnen hatte.

»Du vermißt deine Freundin wohl?«

»Ja sehr. Gestern hab' ich den ganzen Nachmittag in unserem Versteck im Tempel auf sie gewartet, ob sie nicht kommt, weil ich ihr doch dringend was erzählen muß.«

»Ihr habt ein Versteck in einem Tempel? Das glaub' ich dir nicht«, unterbrach er den Redestrom des Jungen.

»Doch, haben wir wohl, mitten im Bel-Tempel. Gleich hinterm Altar der Triade ist unsere geheime Treppe. Aber das weiß keiner, und du mußt schwören, daß du es niemandem verrätst.«

»Das werd' ich nicht.«

»Sag: Ich schwöre!«

»Also gut, ich schwöre!«

»Bei Gott dem Allmächtigen und allen unsterblichen Göttern. Sonst soll mir die Zunge abfaulen.«

»Bei allen denkbaren Göttern, und soll sie mir abfaulen. Da hockt ihr also immer in diesem Tempel rum. Das muß ja schön langweilig sein.«

»Na ja, meistens ziehen wir auch durch die Stadt, am Markt und so. Da ist was los, meistens jedenfalls. Oder wir gehen zum Fluß.«

»Angeln, wie? He, hat dir schon mal jemand gezeigt, wie man sich jederzeit 'nen prima Angelhaken machen kann?« Odu schüttelte den Kopf.

»Nein, kannst du?« Er schaute sehnsüchtig. Das war fast wie damals zu Hause mit seinen Freunden, die in der Waldhütte ihre Geschichten zum besten gaben.

»Wir angeln da nicht, weißt du, wir sitzen nur da und erzählen. Zenobia kann, glaub' ich, auch nicht besonders gut schwimmen.«

»Nicht schwimmen? Weiber! Wir zwei sollten mal zusammen da hingehen. Ist da auch ein Versteck? Und gibt es da Fische?« Odu wurde schamrot, daß er die Freundin nicht verteidigte, aber die Aussicht auf eine gemeinsame Angelpartie mit diesem Mann war so verlockend.

»Massig Fische gibt es da, es ist gleich unter der Mühle. Wenn du durch die Gemüsegärten von Taimoamad dem Händler gehst, kannst du es gar nicht verfehlen. Du mußt nur zwischen den Zitronenbäumen und den Hibiskusbüschen durch und dann den kleinen Kanal entlang.« Erwartungsvoll sah er den großen Mann an.

»Das machen wir doch mal, unbedingt. So, ich muß jetzt los.« Der Gote stand auf und klopfte sich den Straßenstaub aus den Kleidern. Dann blinzelte er Odu zu. »Und Zenobia sagen wir besser nichts davon, sonst ärgert sie sich nur. Sie hat den Geschmack an Ausflügen ohnehin verloren. Jetzt lauf, ich sage ihr, daß du da warst.«

»Ja, aber …«

»Bis bald, kleiner Landsmann.« Damit ließ er den verdatterten Jungen stehen. Der Bel-Tempel, der Markt, der Fluß. Falls sie ihm je verlorenging, seine Schutzbefohlene, würde er nun wissen, wo er sie suchen mußte.

Odu blieb vor der Tür zurück. Der neue Freund war so eilig verschwunden. Und er ahnte, daß Zenobia wohl schwer wütend auf ihn wäre, weil er ihrer beider Geheimnisse weitererzählt hatte. Er mochte sich gar nicht vorstellen, wie böse sie mit ihm wäre. Ob sie wirklich nicht mehr mit ihm herumstromern wollte? Und wenn der nette Mann gelogen hatte? Ganz verzagt trat er den Heimweg an.

# Die Grabtürme

Palmyra hatte keine Stadtmauer. Nicht allzu günstig für eine Festung, die den östlichen Rand eines zerfallenden Imperiums vor ständig näherrückenden Feinden schützen sollte. Doch die Häuser besonderer Art, die den von Westen kommenden Reisenden begrüßten, waren auf den Schutz einer Stadtmauer nicht angewiesen, denn niemand konnte ihnen mehr nehmen, als die Gebete, die ihre Nachfahren ihnen mit auf die letzte Reise gegeben hatten. Palmyra war berühmt für die schweigende Gräberstadt vor seinen Toren.

Jeder Turm kündete von einer weiteren Familie, deren Ansehen und Reichtum so gewachsen waren, daß sie ihren Toten eine solche Wohnung in der Ebene vor der Stadt errichten konnte. Auf den Stufen der Türme längst vergessener Dynastien, deren Name, Vermögen und Ruhm vergangen waren, schüttete der Wind den Sand auf. Keines bezahlten Priesters Hand fegte ihn mehr andächtig am Feiertag zur Seite, um im Inneren die Opferzeremonien abzuhalten. Und in den Spalten der zersprungenen Grabplatten hausten die grünen Eidechsen.

Traditionsgemäß fanden Bestattungen in der Abendstunde statt, während der kurzen Zeit also, in der sich die Sonne von einer weißglühenden Kugel in ein rotverhängtes Halbrund am Horizont verwandelte. Heute mußte ein bedeutender Bürger gestorben sein. Denn als der bunte Zug aus Priestern, Würdenträgern und Trauergästen von der Zeremonie zurückkehrte, hatte seine Spitze schon beinahe wieder die Stadttore erreicht, während sich sein hinteres Ende draußen zwischen den Türmen erst zögernd in Bewegung setzte. Noch immer trug die Abendluft Fetzen der Zimbelklänge über die Gärten und immer wieder stieg der gellendschwarze Schrei der Klageweiber auf, die um die Trauernden herumtanzten.

Bis auf drei Männer war niemand am Grabturm zurückgeblieben. Einer von ihnen war der Fürst von Palmyra selbst, den Kopf halb verhüllt zum Zeichen seiner Trauer. Er hatte soeben seinen vor dreizehn Tagen geborenen und gestorbenen Sohn begraben. Und es war nur eine Frage von Tagen, wann die Mutter ihm folgen würde. Odaenathos starrte noch immer auf dieselbe Stelle, die er seit fast einer Stunde nicht aus den Augen gelassen hatte: eine Marmorplatte, geschmückt mit dem erhabenen Relief eines schönen Jünglingskopfes, das glatte Gesicht von Locken umringelt. Der Künstler hatte das Kind, den möglichen Erben einer Dynastie, so abgebildet, wie sein Vater ihn sich erträumt haben mochte. Sein Werk verschloß nun den Schacht, in dem unter feierlichen Zeremonien der Sarkophag des kleinen Septimius Olai verschwunden war.

Das Relief war ein Sinnbild vieler enttäuschter Hoffnungen. Nichts war geglückt. In der Stadt wollten die Stimmen nicht verstummen, die von scheußlichen Verunstaltungen sprachen, von einem behaarten Säugling mit einem Eidechsenkopf, der vom eigenen Vater aus Wut und Enttäuschung erwürgt worden war. Von bösen Omen wurde außerdem gemunkelt, von verdunkelten Himmeln und von einem toten Kaiser. Der Himmel wußte, auf welch schnellen Wegen die schlimmen Nachrichten reisten.

Etwas abseits betrachtete Domitian ungeduldig das unbewegte Bild väterlicher Trauer. Er wollte endlich mit dem Fürst ein paar offene Worte wechseln, ohne Zeugen und die Beschränkungen diplomatischer Zwänge. Vor wenigen Tagen war der lange befürchtete Brief aus Rom eingetroffen, der ihn zur Berichterstattung in die Metropole zurückrief. Sein Ton war nicht drohend gewesen, doch besorgte Freunde hatten ihm geraten, sein Leben nicht aufs Spiel zu setzen, indem er dem Befehl Folge leistete.

Domitian verzog ein wenig das Gesicht. Natürlich würde er gehen. Sein Vermögen allerdings war auf den Namen eines Vetters seiner Frau in Hispanien angelegt. Vielleicht würde er, wenn Juno ihm günstig gesonnen war, sogar noch in den Genuß seiner Ersparnisse kommen. Dazu allerdings müßte er seinem Kaiser wenigstens ein paar Erfolge präsentieren, etwa die Rückkehr Palmyras in den Schoß des Imperiums. Ob der Fürst seinen Brief je erhalten hatte? Er zweifelte fast daran.

Domitian hielt sich unauffällig in der Nähe der Eingangstür, wo eine staubige Brise Wüstenluft versuchte, in die schweren Weihrauchschwaden der Grabkammer einzudringen. Als er sah, wie Odaenathos sich in dem grauen Nebel zu seinem Stadtkommandanten umwandte und mit ihm eine halblaute Unterredung begann, trat er langsam in das düstere Innere des Turms, wo ihm der schwere Duft, vermengt mit dem Dunst vielstündiger Gebete, fast den Atem nahm. Von den beiden anderen bemerkt, grüßte er mit einer leichten Neigung des Kopfes.

»Salve, mein Fürst. Dies ist ein dunkler Tag für uns alle.«

Odaenathos regte sich nicht. Domitian war irritiert, hatte er irgendein unsichtbares Gebot der palmyrenischen Höflichkeit verletzt, oder hatte Odaenathos nunmehr beschlossen, ganz offiziell auf ein gutes Einvernehmen mit dem Reich zu verzichten? Da ließ ein Geräusch ihn aufschauen. Ein dritter Mann war im Turm und trat nun aus dem Schatten in den Lichtkreis. Gash! Gash lebte. Der Gedanke, was dies für Balbus bedeuten mußte, ließ ihn schwindeln, und er hielt kurz in seiner Rede inne. Verloren, es schien alles verloren zu sein. Und zurück in Rom, würde ihn zweifellos ein unrühmliches Ende erwarten. Domitian wischte sich müde die Augen.

Rein mechanisch setzte er dann seine so lange einstudierte Rede fort.

»Laßt mich zum Zeichen der Trauer den mißgünstigen Göttern einen jungen Bullen als Opfer anbieten. Möge die Fürsprache Roms sie gnädig stimmen für Eure Zukunft.« Er seufzte. Wenn Gash seine Mission bei den Persern erfolgreich abgeschlossen hatte, wie es den Anschein hatte, dann war diese Fürsprache etwas, worauf Odaenathos gerne verzichten konnte.

Statt einer Antwort fühlte er sich sanft am Arm gefaßt. Es war eine Geste, wie hierzulande unter Männern üblich, ein sehr orientalisches Mittel der Überredung, das seine unmittelbare Wirkung auch auf Domitian nicht verfehlte. Trotz seiner Abneigung gegen derart primitive Gesten reagierte sein Körper schneller als sein Kopf, der sich gehorsam in die Richtung wandte, die Odaenathos ihm wies.

Sie standen jetzt so nahe an der Stirnwand des Turms, daß er trotz des schwachen, unsteten Lichts der Fackeln die Zeilen der Grabplatten bis ganz hinauf zur Deckentäfelung erkennen konnte. Reihen um Reihen von Gesichtern, die für die Ewigkeit lächelten, blickten zwischen den tanzenden Schatten auf sie herab. Eine Unmenge von Sarkophagen mußte hinter diesen Mauern Platz finden, denn es lagen jeweils zehn Gräber nebeneinander, während jedes der beiden Stockwerke in der Höhe mindestens sechs davon faßte. Die obersten Gräber blieben halb unter Ruß und roter Dunkelheit verborgen. Doch alle Reliefköpfe trugen unverkennbar die Züge der Jugend, wenn sie auch mit allen Attributen ihres einstmaligen Ranges versehen waren. Niemand von ihnen schien im Zustand von Hinfälligkeit oder Verfall gestorben zu sein, vielmehr lag über ihnen allen ein Ausdruck von heiterer Würde, der den Betrachter mit Zuversicht über sein eigenes Schicksal erfüllte.

»Meine Familie.« Endlich sprach der Fürst, und seine Stimme hallte zwischen den Weihrauchschwaden. »Seit man sich erinnert, leben wir schon in Palmyra. Wir führten die Bene Mattabol aus der großen Steppe hierher, als wir sahen, daß dieser Platz gut war. Von hier aus haben wir es in alle Länder gleich weit, sagt man bei uns.«

Domitian hatte keine Ahnung, worauf Odaenathos hinaus wollte, und beschränkte sich auf ein höfliches Nicken. Der andere fuhr fort, indem er auf den einzigen Sarkophag wies, der in voller Breite die Nische an der Stirnseite des Turmes abschloß.

»Septimius Odaenathos. Mein Urgroßvater.« Das Schmuckrelief der Bank zeigte einen ausgestreckt daliegenden Mann, der im Kreise seiner Familie ein Festmahl einnahm. »Er diente dem Reich schon unter den Severern.« Ein Gemeinplatz, wie der Römer wußte. Rom und sein Kaiserhaus waren zu jener Zeit ganz besonders abhängig von militärischer Unterstützung aus Syrien gewesen. Der letzte Severer, der kleine Septimius Alexander, regierte mehr durch seine Mutter und Großmutter – beide aus syrischem Hochadel – als durch die römische Beamtenschaft. Und aus Stolz über die politische Förderung durch Rom hatte sich damals jedes Familienoberhaupt in Palmyra den Beinamen Septimius zugelegt. Selbst der grimmige Zenobios trug ihn. Goldene Zeiten, leider gehörten sie der Vergangenheit an.

»Und hier«, Odaenathos hielt die Fackel höher, um das Gesicht eines bärtigen Mannes zu beleuchten, »mein Vater, Septimius Hairanes. Er war römischer Senator. Seit dieser Zeit befindet sich die Macht Palmyras unangefochten in der Hand unseres Geschlechts. Und wir standen stets an der Seite des Imperiums.«

»Das habt ihr getan.« Zweifellos, warum sonst hätte Rom tatenlos zusehen sollen, wie ein einziger Clan sich in dieser Stadt festsetzte? Und er konnte es sich nicht versagen hinzuzusetzen: »Bis heute.«

»Das haben wir, alle haben wir Rom gedient, selbst in schweren Zeiten, und ich wich auch nicht, als mein eigener Vater von der Hand eines römischen Mörders fiel.« Domitian begann zu schwitzen; was bezweckte der Fürst nur mit dieser Vorführung?

»Zweifellos ...«, hub er an, aber Odaenathos schien keine Antwort zu erwarten.

»Damals handelte ich als treuer Bundesgenosse des römischen Volkes. Und warum sollte ich das heute nicht tun, mein Freund, da der Feind vor unser beider Angesicht erscheint wie schwarze Wolken am Himmel?«

»Rom ist Euch zu großem Dank verpflichtet ...«

»Edler Domitian«, unterbrach Odaenathos ihn, »Ihr wißt noch nicht, wie recht Ihr habt.« Sein harter Blick strafte das Pathos seiner Stimme Lügen. »Ich habe heute nachmittag eine Nachricht erhalten, die Euch zu hinterbringen meine traurige Pflicht ist.« Domitian schwitzte nicht mehr, seine Haut zog sich kalt im Nacken zusammen.

»Das Heer und seine Bündnistruppen sind südlich von Karrhai geschlagen worden, aufgerieben, in alle Winde zerstreut.« Dramatisch hob er die Arme, die Fackel fauchte unruhig auf. »Und der Kaiser«, hier senkte er das knisternde Fackelholz, »der Kaiser, unser aller Herr – er fiel in die Hand des Feindes. Valerian ist ein Gefangener Schapurs. Oh mein Freund, die Zeiten sind noch weit schwerer, als wir dachten.«

Mit einer Handbewegung hieß er Gash vortreten und dem Syndicus den leicht zerfetzten Lorbeerkranz präsentieren. Seine Augen, groß und ein wenig übertrieben feucht, sahen kummervoll in das versteinerte Gesicht Domitians.

Der Syndicus zweifelte nicht an der Echtheit der Nachricht. Was für ein passender Ort, dachte er, mir dies mitzuteilen. Mit jenem Rest von Würde, der ihn in keiner Situation verließ, richtete er sich zu seiner vollen Größe auf und zog seine Toga fester um die Schultern.

»Ich verstehe.« Doch mit derselben Geste wie zuvor berührte Odaenathos seinen Arm und lächelte.

»Bester Mann, ich bin nicht sicher, daß Ihr das tut, und darüber sollte ich gekränkt sein, ich, den ein doppeltes Unglück getroffen hat. Ich wollte meinem Sohn ein blühendes Reich überlassen, mächtig und unabhängig, den Römern ein Genosse und den Persern ein friedlicher Nachbar. Es sollte nicht sein. Doch in Zeiten großer Not dürfen wir unserer persönlichen Wünsche nicht achten. Wir müssen nach vorn schauen und der feindlichen Übermacht begegnen. Heute habe ich meine Hoffnungen begraben, aber morgen, morgen werden sie in doppelter Größe wiedererstehen. Mit Eurer Hilfe werden wir schließlich siegreich bleiben. Mein ältester Sohn beginnt in diesem Augenblick auf meinen Befehl hin, das Heer erneut zu sammeln.« Der dunkle Raum über ihnen warf das Echo seiner Worte zurück, dann herrschte Schweigen, in das hinein Domitian sich plötzlich selbst reden hörte.

Er staunte, wie schnell ihm die Antwort zuflog. Er dankte, versicherte, bekräftigte und wunderte sich. Offenbar schloß er soeben ein Militärbündnis mit Palmyra, das den Osten des Reiches und seinen eigenen Kopf retten mochte. Er hätte es nicht für möglich gehalten, doch er sprach.

»… nie gezweifelt an dem Wert der dauerhaften Freundschaft. Auf lange Sicht gereicht ein Bündnis wie das unsere beiden Seiten nur zum Vorteil, wenn uns auch ein harter Kampf bevorsteht.«

»Aber mein lieber Syndicus«, assistierte Odaenathos ihm jovial, »Ihr wißt so gut wie ich, daß Rom nie stärker war, als wenn es kämpfen durfte wie, äh, wie eine Bärin, die von allen Seiten gehetzt wird. Und was Palmyra angeht …«

»Es soll nicht vergebens tapfer sein«, warf Domitian schnell ein.

»Wir sind bedroht und kämpfen für uns selbst.«

Ein Handschlag besiegelte den Bund. Den rechten Arm freundschaftlich um die Schulter des Syndicus gelegt, wandte sich der Fürst dem Ausgang zu. Zenobios erwartete sie stumm, seine Rüstung schimmerte im Licht der frischen Fackeln, mit denen die Diener sie an der Tür erwarteten. Dort hielten sie noch einmal inne und sahen gemeinsam nach Westen hinaus auf die Berge, deren Rand die Sonne im Hinabtauchen entzündet hatte. Odaenathos legte seine freie Linke Zenobios auf die Schulter und sprach:

»Nichts währt ewig, meine Freunde, nicht die Zwänge, die uns ans Unglück fesseln, und nicht die Macht derer, die uns übelwollen. Schon gar nicht, wenn man Gefährten hat, und einer durch den anderen nur gewinnen kann, nicht wahr?«

»Fürst«, begann Domitian noch einmal. »Ich muß bald für einige Zeit nach Rom. Wie die Dinge liegen, werde ich die Vorbereitungen zu meiner Reise beschleunigen. So kann ich unserem Kaiser, unserem neuen Kaiser«, hier seufzte er ein wenig, »nach der Schreckensbotschaft, die ihn sicher bald erreichen wird, die gute Nachricht bringen, daß Palmyra treu zu Rom steht.«

»Tut das, tut das, werter Syndicus. Noch mehr, ich werde Euch einen Brief mitgeben für unseren Herrn. Ja, ich werde ihm schreiben. Dort wird stehen, daß ich Truppen aushebe. Sagt ihm, ich schaffe ihm ein Reiterheer im Osten, dem nichts widerstehen soll. Bald schon sollt ihr es sehen.«

»Geben die Götter, daß ich Euren Ruhm bald vernehmen möge.«

Odaenathus nahm gerührt Domitians Hand zwischen seine Hände.

»Ach ja, der Kranz. Wollt Ihr dem Sohn des Imperators ein letztes Zeichen seines Vaters überbringen?« Domitian dankte mit einem höflichen Seitenblick auf das zerfallende Gebinde, das Gash ihm noch einmal hinhielt.

»Er wird sich einen neuen erkämpfen, den keine Niederlage geschändet hat.« Worauf der Sohn des Stadtkommandanten die Reste des Lorbeers unter seinen Mantel stopfte.

Kurz vor den Stadttoren erfaßte Domitian in seiner Sänfte eine Welle der Euphorie. Was ihm da in den Schoß gefallen war, das hätte er nie zu träumen gewagt. Warum …?

Da hörten die Sänftenträger des Syndicus hinter den zugezogenen Vorhängen einen merkwürdigen Laut, ein ersticktes Glucksen. Doch da weiter kein Ton folgte, setzten sie ihren Marsch fort.

Domitian in seiner Kabine lachte. Natürlich! Die Angst um die eigene Haut mußte ihn blind gemacht haben. Er hätte es gleich merken müssen, als er sah, wer ihm diesen verbeulten Kranz hinhielt. Gash mußte einen Korb bekommen haben! Den römischen Imperator in Ketten bei seinem Troß, würde sich Schapur kaum noch bei Verhandlungen mit irgendwelchen lokalen Kleinherrschern aufhalten. Wir können uns so was nicht leisten, dachte er grimmig, wir haben sie bitter nötig. Schapur dürfte die Sache nicht unrealistisch sehen, wenn er sich eine Eroberung innerhalb der nächsten Wochen ausrechnete, da der Widerstand im Norden sich ja nun in Nichts aufgelöst hatte. Odaenathos hat sich lediglich für die Seite entschieden, die ihm eine letzte kleine Aussicht aufs Überleben bot. Kluger Bursche, dachte Domitiona grimmig lächelnd, dennoch: Er würde sein Dankopfer von ihm bekommen. Den fettesten jungen Bullen, den es auf dem Markt zu kaufen gab.

## Was die Zukunft bringt

Auf ihrem Bett sitzend, kramte Zenobia das geheimnisvolle Beutelchen hervor, das Ume ihr mitgegeben hatte. Es faßte sich prall an, sie konnte einige harte Beeren zwischen knisternden Kräutern ertasten. Die Wasserkanne wärmte angenehm ihre Schenkel. Und wenn sie nun gar nichts träumte? Nachdenklich strich sie mit dem Säckchen über die Ebenholznasen der Widderköpfe, die ihren Schlaf zu bewachen pflegten, fuhr über ihre vergoldeten Hörner, die abstehenden Ohren.

Da durchfuhr sie ein noch viel schrecklicherer Gedanke: Was, wenn sie vom Pferdemarkt träumte, und von ihrem Prinzen, der sie dort erwartete? Ihr Vater würde sie sicher totschlagen, wenn er das erführe. Und überhaupt, wie peinlich für die Verlobte eines Fürsten. Unbehaglich sah sie die anderen Frauen vor sich, denen enthüllt wurde, wie sie, Zenobia, sich allnächtlich in den heißen Umarmungen eines Beduinenkriegers wand, und ihr schauderte vor ihrer eigenen, offenbar gewordenen Verderbtheit. Oh Allath, betete sie schnell, laß sie nicht sehen, wie schlecht ich bin. Laß mich von etwas anderem träumen heute, und ich verspreche dir, daß ich mich fünf Nächte hintereinander nicht selbst berühren werde. Ich werde es überhaupt viel seltener tun und bald gar nicht mehr, bis zu meiner Hochzeit.

Zenobia rührte mit einem Finger den Absud in dem Gefäß zwischen ihren Knien um. Einen Traum für heute Nacht. Nachdenklich blies sie auf den dunklen Spiegel ihres Schlaftrunks und fühlte den aufsteigenden Dampf an ihrem Gesicht entlangstreichen. Ob ich wirklich meine Zukunft sehe? Es schauderte sie ein wenig. Dann nahm sie die ersten Schlucke der Brühe wie eine verdiente Strafe.

Vielleicht sollte sie eine romantische Geschichte spinnen zur Beruhigung, wie so oft vor dem Einschlafen. Es könnte doch zum Beispiel regnen während des Marktes, ganz plötzlich, das Land versank in grauen Fluten und spülte den Staub in Wirbeln zwischen den Hufen ihres klagenden Kameles fort. Sie hatte sich verirrt und konnte zwischen dem Peitschen der Regenböen auf den Palmblättern ihr eigenes Rufen nicht mehr hören, da tauchte er vor ihr auf, sein Gesicht lachte unter den darüberrinnenden Tropfen. Und er nahm ihre Zügel und führte sie zu einer nahegelegenen Höhle. Dort entfachte er ein Feuer und zog sich bis auf den Gürtel aus. Sie kauerte sich bebend an den Rand des warmen Lichtscheins, der rötlich auf seinen Muskeln spielte, als er sie hieß, die nassen Kleider abzulegen. Und sie gehorchte zitternd, während seine Augen auf ihrer Haut zu brennen schienen.

»Auch dies«, befahl er, als sie im Unterkleid vor ihm stand, und die letzte zarte Hülle fiel unter ihren widerstrebenden Fingern. Preisgegeben stand sie da, sich nur mit ihrem Haar verbergend, als er mit leisem Lachen eine Decke um sie schlang. Sie spürte seine starken Arme, die sie hielten, durch den Stoff, und dann seine Finger, die über ihren Hals den Weg zwischen ihre warmen Brüste fanden. Da riß sie sich los, und er lachte erneut.

»Du wirst bei mir liegen heute nacht, wir müssen uns wärmen.«

»Niemals«, rief sie, doch ungerührt bereitete er sein Lager, und sie kauerte dort die Nacht und blickte über die glühenden Kohlen auf den Körper des schönen, schlafenden Mannes. Als sie sich unbemerkt glaubte, kroch sie an seine Seite und schlief ein. Erwachend fand sie sich dann anderntags in seinen Armen und versank in seinen Augen. Und vergebens stemmte sie sich gegen ihn.

Wo waren ihre Gedanken nur wieder hingelaufen! Voll schlechten Gewissens nippte sie erneut an dem bitteren Tee. Hoffentlich machte es nichts aus, daß er ganz kalt geworden war. Da unten hatte sich ein Satz gebildet. Sie rührte ihn mit dem Finger auf, schwenkte das Gefäß einige Male im Kreise und trank auch die mehlig schmeckenden letzten Schlucke. Irgendetwas ließ ihre Bauchdecke erzittern, sie mußte lachen, doch ihre Gesichtsmuskeln zerflossen.

»Oh, geht das schnell«, glaubte sie ihre Stimme noch sagen zu hören, dann war sie fort.

Sie stand in einer Höhle, einem hohen, runden Raum voller Licht, das, wie sie nun sah, von einem kristallenen Kronleuchter kam, der jede Falte, jeden Vorsprung in dem silbernen Fels der Wände schattenlos hervortreten ließ. Auch der feine weiße Sandboden war hell, wie von Tageslicht beschienen, doch fühlte er sich kühl an unter ihren Füßen, und sie wußte, es war Nacht.

Vor ihr lag der blaue Spiegel der Quelle Ephta. Sie trat heran und war gar nicht verwundert, daß der vertraute Teich unendlich tief war. Violette und türkisfarbene Schatten tanzten in der bodenlosen Bläue. Als sie einen Fuß hineintauchte, konnte sie die flirrenden Sandkörner, die an ihm gehaftet hatten, wie silberne Mücken im Abendlicht immer tiefer hinuntertanzen sehen. Sie bekam Lust, ihnen hinterherzuschwimmen, weil sie so schimmerten und tändelten, und sie ließ ihre Kleider auf den Boden fallen. Es fror sie nicht, als sie ins Wasser glitt. In langsamen Kreisen schwamm sie dem Flimmern nach. Aus ihrem Mund kamen keine Blasen, und sie brauchte nicht zu atmen, während sie sich in dem weichen Wasser wand wie eine Schlange. Etwas Goldenes schimmerte in der Wand unter ihr, und als sie hinschwamm, war es ein goldener Ring. Sie wollte ihn nehmen, da trug ein Fisch ihn auf seiner hornigen Stirn. Ruhig stand er da zwischen dem Quirlen seiner vielspitzigen Flossen. Er war steingrau und uralt, und die Ränder seiner Hornplatten schimmerten silbrig. Seine Augen aber waren violett, mit einem kupferroten Reif ringsherum, und blickten sie an.

Dann saß sie wieder in ihren Kleidern neben der Quelle und hatte den Ring am Finger, während der Fisch wie ein riesiger schwarzer Schatten in der Dunkelheit der Tiefe verschwand, aus der kein Licht heraufdrang. Sie ging weiter und kam an eine Wand aus durchbrochenem Schnitzwerk, die sich aus dem Sand bis zur steinernen Decke erhob, jedoch an der rechten

Seite eine Öffnung freiließ. Dort hindurch trat sie und stand auf einer weiten Wüstenebene, eine Hand gegen die blendende Helle des Mittags vor die Augen gehoben, die andere auf dem sonnengelben Fell des Löwen an ihrer Seite. Der Wind wehte seine Mähne nach vorne und zerrte an ihrem Kleid, und sie wußte, der Wind lachte, er lachte, so wie der Löwe neben ihr bebte vor Lachen und Lust, und wie ihr Blut in brausend lebendigen Strömen rauschte, während kühle Böen unter dem heißen Licht ihr Schauer über die Haut trieben.

In der Ferne standen viele Menschen, sie standen lautlos da und mieden sie und waren ihre Feinde. Sie folgte einer Stimme, die laut und heiter hinter den Dünen aufstieg, doch konnte sie nicht verstehen, was sie sagte. Je mehr der Sand unter ihren Füßen wegrutschte, desto wichtiger wurde es, dorthin zu kommen. Sie mühte sich hinaufzugelangen. Eine alte Frau mit eisengrauen Haaren beugte sich über sie, doch eine andere zog sie an ihren weißen Kleidern zurück und sagte »Sieh nicht hin.« Als sie, den Tränen nahe, zu der Alten aufschaute, hatte sie Augen, blau wie die Quelle Ephta.

»Odu«, hörte sie sich rufen. »Odu.« Jetzt rannte sie die Düne hinunter und auf den Garten zu, der dort lag. Jemand arbeitete hier über ein Blumenbeet gebeugt, jemand, der Odu war, dann aber sie selbst wurde, während sie näher kam. Doch als sie ihn erreichte, war es ein fremder Mann.

»Glich er jemandem, den du kennst?«

»Nein.« Zenobia schüttelte entschieden den Kopf. »Jemand aus der Stadt vielleicht? Hast du den Fürsten schon einmal gesehen?«

»Nein, Ume. Warum? Ich sage dir doch, es war ein ganz fremder Mann. Schlank, dunkelhaarig, mit einem Gelehrtengesicht. Und seine Schläfen waren schon silbern.« Den Fürsten jedenfalls stellte sie sich gewiß nicht so vor.

»Und wer ist Odu?« Zenobia zog es statt einer Antwort vor, sich in dem kleinen Raum umzusehen, in den Ume sie geführt hatte. Ein Geruch nach altem Holz und Kräutern drang von den Möbeln herüber, die in ihren zahllosen Schubladen die Zutaten zu Umes Rezepten und Mixturen und auch so manchen magischen Gegenstand enthalten mochten. Verheißungsvoll schimmerten angelaufene Kupferbeschläge in den dunklen Ecken.

»Sind da auch Geheimfächer?« Ume ignorierte den Unschuldsblick, der diese Frage begleitete, und Zenobia senkte die Augen.

Die Badefrau schüttelte den Kopf. Ein trotziges Kind war sie, das vieles verbarg. Doch das war bei weitem nicht das Erstaunlichste an ihr. Was für einen ungewöhnlichen Traum sie gehabt hatte. Das Ende vermochte sie nicht zu deuten, es konnte allerdings eine sehr, sehr ferne Zukunft sein, die sich darin verrätselt zu erkennen gab.

»Willst du es meinen Eltern erzählen?« Zenobia wickelte sich in einer endlos rotierenden Bewegung die Wollfransen ihres Kissens um die Finger.

»Deinen Traum? Aber natürlich, mein Kind. Sie müssen doch alles über das künftige Schicksal ihrer Tochter erfahren, jetzt, wo sie so große Pläne mit dir haben. Und sie werden sehr zufrieden sein mit dem, was sie hören.«

»War es ein guter Traum, Ume, ja? Habe ich es richtig gemacht?«

»Du hättest es nicht richtig oder falsch machen können, Zenobia. Die Kräuter haben diesen Traum in dir geweckt. Er lag in dir, wie kostbare Kristalle im Stein liegen. Du hättest nichts dazutun und nichts fortnehmen können.«

»Aber was bedeutet er?«

Ume strich ihr übers Haar. »Es ist besser, dir das nicht zu sagen, Kind. Kennst du nicht das Märchen von der Prinzessin, die in den Spiegel sehen will, der die Zukunft offenbart?«

»Ja«, meinte Zenobia mißmutig, »sie fällt in Todesschlaf, bis der Prinz sie wachküßt. So eine alte Geschichte. Dann küßt mich eben ein Prinz.«

»Bist du so sicher, daß einer auf dich wartet? Und willst du alles so ganz den anderen überlassen? Nein, mein Kind, was das Märchen sagen will, ist, daß derjenige, der die Zukunft kennt, oft unfähig wird zu handeln. Frag mich nicht, warum das so ist. Doch kann es sein, daß er die Zukunft so verfehlt, denn sie ist nur dem Handelnden auferlegt, leicht oder schwer. Nur wer im Labyrinth vorangeht, findet einen Weg hinaus.«

»Er kann aber auch in die Irre gehen, oder? Und kann ich mein Schicksal dann auch ändern?«

»Auch deine Irrtümer sind dein Schicksal, und das steht geschrieben nur in dir, in deiner Hand und deinen Träumen. Es ändert sich mit dir, so wie du dich änderst, so wie das Leben deine Falten in dich gräbt. Aber das ist nur die Oberfläche. Unsere Gesichter erhalten viele Runzeln, Kind, sieh mich nur an, doch der Kern ändert sich wenig.«

»Und wenn ich will? Wenn ich mich ändern will?«

»Vielleicht, mein Kind, vielleicht. Wachsen wirst du jedenfalls, und reifen. Und Jahresringe ansetzen, so wie ich hier.« Damit schlug sie sich auf die Speckfalten, die sich um ihren Leib legten, und lachte dröhnend. Zenobia zog die Nase kraus. Das war keine Antwort, befand sie. Wenn sie durch das Labyrinth ging, dann war es doch ihre Entscheidung, welchen Weg sie nahm.

»Ich will jedenfalls einmal eine große Königin werden.«

Sieh an, dachte Ume, Prinzessin Naseweis. Sie kann ihre Träume wahrlich nicht verleugnen. Sie weiß nur noch nicht, wie sehr sie ihr zum Schicksal werden sollen. Der heilige Ring und der Löwe, aus ihr wird mehr als nur die Frau eines Fürsten, das ist gewiß. Vielleicht mehr, als ihren Vater freut? Dieser Traum warf mehr Fragen auf, als er Antworten gab, und doch war er so eindeutig. Nur wenigen großen Herrschern der Vorzeit, so hieß es in den Überlieferungen, war der Fisch der heiligen Quelle erschienen, um ihnen den Königsring zu übergeben. Doch sie hatte ihn gesehen. Und der Löwe, der König der Tiere, beugte sich ihrer Hand.

Ume beschloß, mit Attay darüber zu reden, bevor sie zu der Mutter des Mädchens ging, sie mochte sonst böses Blut stiften, wenn sie zu viel erzählte. Was Sime wissen wollte, war ja nur, ob ihre Tochter günstig heiraten und leicht gebären würde. Sie betrachtete Zenobia, die mit bockigem Gesicht vor ihr saß, die vielen Zöpfe wirr um den Kopf gesteckt und schon wieder halb zerzaust. Wie eine Beherrscherin des Orients sah sie wahrlich nicht aus.

»Gut, gut, wir werden sehen. Schick deiner Mutter meine ergebensten Grüße, ich bin jederzeit bereit, sie zu besuchen. Und berichte ihr, der Traum sei günstig gewesen. Du bist gewiß eine Söhnegebärerin.«

»Ist das wegen dem Löwen oder dem Fisch? Ich will keine Kinder kriegen, und schon gar keinen Jungen. Was sollte ich denn damit.«

Ume verlor die Geduld:

»Das sind Tugenden, die du später schätzen wirst. Und glaub nicht, man könnte eine große Königin werden, ohne viele Söhne zur Welt gebracht zu haben. Jetzt geh, komm morgen wieder ins Bad mit deiner Amme.« Sie klatschte in die Hände und befahl der eintretenden Sklavin, dem Goten mitzuteilen, daß Zenobia fertig sei.

Auf dem Heimweg ging sie so schnell vor dem gotischen Hünen her, wie sie konnte, sollte er doch rennen. Aber er war mit seinen langen Schritten ohne Mühe hinter ihr, sie konnte seine Anwesenheit spüren wie einen Stock in ihrem Rücken, der sie trieb; und sie war es, die schließlich außer Atem geriet. Das machte sie nur noch wütender. Ja, sie würde eine große Königin werden und tun, was sie wollte. Wenn sich etwas am Erwachsenwerden lohnte, dann dies. War das da hinten nicht Odu?

»Odu?« Sie blieb stehen, doch das Gesicht tauchte nicht mehr aus der Menge auf.

## Das Fest der Götter und Pferde

Draußen tanzten die steinernen Statuen der Kolonnade ruckartig auf und nieder. Drinnen hob und senkte sich Zenobias Magen hilflos unter dem Wellengang der Sänfte, während die schwankenden Säulenreihen an ihrem Fenster vorbeizogen. Sie verfluchte ihren Vater, der darauf bestanden hatte, daß ihr alle überragender Gote einer der Sänftenträger war und sie so in diese qualvolle Schieflage brachte. Während sie sich bemühte, so flach wie möglich zu atmen, dachte sie an ihre Ur- Urgroßeltern, denen es auf ihren Kamelen sicher kaum besser ergangen war. Die Sänfte schob sich, wie es schien, nur zentimeterweise vorwärts, wenn sie nicht gerade in dem Strom von Menschen steckenblieb, der sich zu den südlichen Palmengärten wälzte. Für die Strecke, die Zenobia mit Odu beim Fischespiel in wenigen Minuten zurücklegen würde, brauchte sie heute fast eine Stunde.

Es war der Tag des wichtigsten Festes, das die Stadt kannte: die Segnung der Quelle Ephta und die Feier Yarhibols, der als Gad über sie wachte. Ohne ihr dünnes, gelbliches, aber nie versiegendes Rinnsal hätte es für die

Gründer des alten Tadmor keinen Grund gegeben, sich gerade auf diesem Fleck Wüste für immer niederzulassen. Zwar war es lange her, daß die Palmyrener noch aus tiefster Seele an ihre vielen persischen, aramäischen und arabischen Götterfamilien glaubten, aber seinen eigenen Gad nicht zu verehren würde einen ungeheueren Frevel bedeuten, hieß »Gad« doch Glück. Ohne seinen Gad war man dem Wirken böser Geister hilflos ausgeliefert, nicht nur die Menschen, sondern alles, was lebte: das Land, die Tiere, die Bäume und Quellen. Daher mußte man ihn einmal im Jahr mit Geschenken und einem eigenen Fest erfreuen, sonst käme es ihm ja eines Tages in den Sinn, seinen erwählten Wohnort für eine bessere Bleibe zu verlassen.

Gad Yarhibol bewachte das Wasser der Ephta, der Goldene, Herr der Monate und Bruder des mondenen Aglibol. Stets stand ihm ein eigener Quellwächter zu Diensten, der die Macht der Orakel und die zur Bindung von Schwüren besaß. Ihm unterwarfen sich freiwillig alle Parteien diesseits und jenseits der Stadtmauern, wenn sie Verträge miteinander schlossen. Hier, an der Grenze von Wüste und Stadt, versammelten sich Städter und Nomaden auch in diesem Jahr, um im Sommermonat Aab ihrem freundlichen Beschützer die Ehre zu erweisen, wie sie das seit Beginn der Überlieferung getan hatten.

Zenobia reizte das ermüdende Zeremoniell sonst wenig. Dieses Jahr allerdings sollte sie als Verlobte des Fürsten eine der Jungfrauen sein, die hinter dem Priester standen, während dieser das Opfer vollzog. Die neuen goldenen Ohrringe hingen schwer an ihrem Kopf herab.

Die Zeremonie bildete den Auftakt für einen ganzen Monat, in dem fast nur gegessen und gefeiert wurde: prächtige Opfermähler für alle Bürger, Reiterspiele, Schauspiele und als Höhepunkt des Jahreshandels einer der größten und besten Pferdemärkte Syriens. Denn jetzt trieben die Bergnomaden ihre Herden von den fruchtbaren Hügeln in die Steppe, wo sie die feuchten Wintermonate verbringen sollten. Vorher machten sie Station in Palmyra, um so viele Tiere wie möglich zu verkaufen.

Die Sänfte hatte gerade die schlimmste Engstelle passiert; nun wurde sie mit dem süßen Duft belohnt, den der Wind aus den Gärten durch die muffigen Vorhänge wehte. Er schmeckte nach Palmengrün, Aprikosenrot, Dattelgold und dem Aroma gereifter Früchte.

Sie waren angekommen. Benommen taumelte sie ins Freie. Vor ihren Augen bot sich die Quelle ungewohnt prächtig dar. An allen Seiten des Beckens hatte man weiße Laken zu Baldachinen gespannt, die während der Zeremonie Schatten spenden sollten. Die begehrten Plätze waren bereits heiß umkämpft, während Verkäufer von gezuckerten Früchten und anderen Knabbereien zwischen ihnen umherwanderten. Als Zenobia den sandigen Platz betrat, war von dem mit Ziegelsteinen vermauerten Quellbecken schon fast nichts mehr zu sehen. Nur die üppigen Girlanden aus Weinlaub, Blüten und Erntefrüchten wiesen ihr den Weg. Auf dem Podest über den Treppen, die in das Bassin hineinführten, hatten sich bereits die anderen Mädchen versammelt. Von Kopf bis Fuß in Weiß gekleidet und wild durcheinanderschnatternd, trieben sie den Quellwächter zur Verzweiflung, der Ordnung in die aufgeregte Schar bringen mußte.

»Jedes Jahr das gleiche«, dachte Zenobia, die unter den Töchtern der oberen Zweihundert nicht viele Freundinnen besaß, »wie der Harem des Großkönigs auf Freigang.« Tatsächlich war Zenobia mindestens der Hälfte von ihnen heute morgen im Stadtbad begegnet, wo an Haut und Haar noch schnell der letzte Schliff gelegt wurde. Das Stadtfest war als Heiratsmarkt unübertroffen. Der Gedanke daran ließ sie erröten und ärgerte sie zugleich.

Da sie wieder einmal finster und abweisend dreinsah, wie so oft, wurde Zenobia auf der Tribüne nur mit einigen schüchternen Blicken begrüßt. Sie versuchte, das Getuschel hinter ihrem Rücken zu ignorieren und nahm mit kühler Miene ihren Platz in der zweiten Reihe hinter dem Opferpriester ein. Als dieser sich kurz umsah und sie anlächelte, erkannte sie ihn:

»Onkel Nesa! Niemand hat mir gesagt, daß du die Zeremonie leitest… meinen Glückwunsch!«

»Das hat wohl etwas mit dir zu tun, Prinzessin. Deinen Glückwunsch gebe ich dir zurück. Du bist schon eine recht einflußreiche kleine Dame geworden, in der Tat.«

Prinzessin, so pflegte er sie stets zu nennen. Immer mußte er sich lustig machen über sie. Statt einer Antwort erhielt Nesa nur ein schiefes Lächeln. Sein Grinsen wurde, wenn möglich, noch breiter.

»Du hast die völlig unverdiente Ehre, mir heute Yarhibols Goldtopf zu reichen. Wie findest du das?«

Zenobia verzog keine Miene. Ihren neidischen Nachbarinnen zeigte sie das erhobene Profil. Von der ziemlich enttäuschten Tochter des Goldschmiedemeisters Boruk erhielt sie eine faustgroße, kostbar gearbeitete Dose. Sie war überraschend leicht.

Sie sah, daß sie gerade noch rechtzeitig eingetroffen war, denn soeben betraten Fürst Odaenathos und seine Berater die Tribüne gegenüber. Noch nie war sie ihm nahe gewesen, auch jetzt sah sie nur seine mächtige Gestalt, umhüllt von einem steifen, golddurchwirkten Mantel, gekrönt von Fell und Kopf eines Leoparden, dessen dolchartige Eckzähne seine Stirn einfaßten. Sonnenstrahlen brachen sich schimmernd auf dem goldenen Helm und zauberten mit ihren Reflexen ein bekanntes Gesicht vor ihre Augen. Zenobia blinzelte: ein Herzklopfen lang glaubte sie, ihren Prinzen gesehen zu haben.

Er schien sich über irgend etwas auf ihrer Seite des Beckens zu amüsieren. Nach und nach drehten alle die Köpfe, und da sah sie es auch: Die Träger der Göttersänften, die ihre heilige Last als Zuschauer an die Quelle bringen sollten, hatten sich beim Kampf um die vorderen Plätze heillos ineinander verkeilt. Die Statue der Atargatis hätte als Patronin der Stadt sicher Anspruch auf Vortritt erheben dürfen, aber sie wurde bedrängt. Die Zwillingsbrüder Arzu und Arzizu, kriegerische Begleiter der Karawanen und Beschützer bei Überfällen aller Art, schoben sie immer weiter an den Rand. Ihre lebensgroßen, hölzernen Reittiere schwankten gefährlich hin und her. Doch bald wurden sie selbst an ihrer linken Flanke von Aglibol und Yarhibol angegriffen, abgeschlagen und gerieten beim Rückzug hart mit Baalshamin aneinander. Der Meister des Himmels, Herr über Donner und Blitz, wurde von einem Haufen stämmiger Bauern getragen, die für ihren Schutzherren keinen Fußbreit Boden aufgaben.

In dem Gedränge bemerkte kaum einer, wie hinter den prächtigen Sänften der syrischen Stadtgottheiten eine Schar Nomaden Aufstellung genommen hatte, die trotzig ihrerseits eine Reihe von Statuen aufrichtete. Neben den kostbaren, von keinen Leidenschaften berührten Marmorköpfen zeugten die hier staunenden, da zähnefletschenden Gesichter der Lehmgötter von ihrer vergessenen, alten Welt jenseits der Mauern der Stadt. Bunt bemalt, in leuchtenden Gewändern, erschienen Shay'al Quaum, der »wohltätige Beschützer des Volkes«, der schnurrbärtige Abgal aus der Bergregion und die guten Geister der Kameltreiber, Maan und Saad. Auch sie waren heute gekommen, um dem Quellgott ihre Ehre zu erweisen.

Endlich standen die schweren Wagen in der rechten Ordnung; die Träger steckten sich geweihte Tempelblumen an den Gürtel und schlenderten fort. Es war der Augenblick, da die Erwartung den Lärm in der Menge von selbst erstickte.

Links und rechts von Zenobia standen sie in Dreierreihen, lilienweiß gekleidet und steif vor Aufregung, die zarten Geschöpfe aus bester Familie. Ein falsches Wort während der Zeremonie, eine unbedachte Bewegung konnte das Wohlwollen Yarhibols verwirken. Nesa drehte sich noch einmal um und zwinkerte ihr aufmunternd zu. Dann hob er feierlich beide Arme und senkte sie langsam, die Verse des sonnigen Yarhibol singend. Das große Mädchen mit dem schweren Goldzopf rechts von Zenobia öffnete die Schale, die sie trug und reichte sie Nesa. Der tauchte beide Hände hinein und streute eine Prise graugrünen Weihrauch in das Becken.

Als nächste legte ihm die rothaarige Vorodestochter eine Phiole aus Bergkristall vor. Er öffnete den zierlichen Verschluß und sofort entströmte ihr ein zugleich würziger und lieblicher Duft. Nesa goß das teuerste Parfum Syriens dem Weihrauch hinterher, auf daß die Quelle des Reichtums nie versiege. Wie letztes Jahr war auch eine Gabe aus Gold vorgesehen.

Zenobia trat einen Schritt vor. Sie hob ihre Dose, wie sie es bei den anderen gesehen hatte, mit offenem Deckel dem Onkel entgegen. In ihren vor Aufregung zitternden Händen fühlte sie sich erneut federleicht an. Wieder hörte sie Nesa Beschwörungsformeln murmeln, dann brach sein Singsang. Sie mußte nicht in die Schatulle hineinsehen, seine vor Schrekken fassungslose Miene sagte genug.

Ungläubig kratzten seine Finger auf dem Boden der Dose herum, doch sie blieb leer. Zenobia sah, wie ihrem Onkel Stück für Stück die würdevolle, beherrschte Miene zerfiel. Sie wußte, daß ihn eine Unterbrechung der Zeremonie an diesem Punkt nicht nur die Karriere, sondern auch den Kopf kosten konnte – und für die Stadt eine Katastrophe bedeuten würde. Und auch auf sie, fiel es ihr mit Schrecken ein, konnte der Fluch der Ungnade fallen.

Zenobia wandte sich, einem spontanen Verdacht folgend, zu der Goldschmiedstochter um, von der sie die Dose erhalten hatte. Der hämische Blick des Mädchens war kaum zu mißdeuten. Unter den Zuschauern begann sich eine leichte Unruhe auszubreiten. Die Rothaarige neben ihr schluchzte, und der Quellwächter schlug die Hände vors Gesicht. Jeder schien nur auf den unvermeidlichen Zornausbruch Yarhibols zu warten, dem seine Goldmünzen vorenthalten wurden … Gold! Zenobia tastete nach ihren großen Ohrringen. Wer hatte eigentlich gesagt, daß es unbedingt Münzen sein mußten? Sie blitzte ihre Konkurrentin triumphierend an; so einfach würde sie sich nicht unterkriegen lassen. Hastig nestelte sie eines der Schmuckstücke ab und versuchte, es Nesa zu übergeben. Der aber starrte nur mit hängenden Schultern zu Boden und rührte sich nicht. Da trat sie entschlossen neben ihn an den Beckenrand, den Ohrring für alle sichtbar in der erhobenen Hand.

»Oh guter Geist der Quelle, Yarhibol, hier schenken wir dir Gold von unseren Schätzen, denn du gibst es uns tausendfach zurück. Vergiß du unser nicht, wie wir dein nicht vergessen.« Damit warf Zenobia den Schmuck in weitem Bogen in das Becken. Mit einem leisen Plitschen versank er.

Die Menge seufzte auf; die heilige Handlung war vollzogen. Nesa, der wieder an Fassung gewonnen hatte, sprach mit hoher, schwankender Stimme die abschließenden Segenswünsche. Aber schon seine letzten Worte wurden vom Jubel der Palmyrener übertönt.

Zenobia wußte, wem die allgemeine Begeisterung in Wahrheit galt: ihr selbst, ihr ganz allein! Stolz sah sie zur Loge hinüber. Sie hatte es wie Kleopatra gemacht, wie eine echte Königin hatte sie die Macht ergriffen, die Entscheidung über Gedeih und Verderb ihres Volkes gefällt. Die lichtüberstrahlte Gestalt auf der anderen Seite schien ihr zuzunicken. Während Zenobia auf dem sich leerenden Podium zurückblieb, war es ihr, als stünde sie schon an seiner Seite.

* * *

Odaenathos hatte Wort gehalten, und das in einem Ausmaß, wie es der verblüffte Domitian nie gedacht hätte. Er hob Truppen aus im gesamten Umland, Truppen für den Kampf gegen Schapur. Keine Hütte, kein Zelt, aus dem seine Werber nicht mit Versprechungen und Schlägen die jungen Burschen holten. Und kein Pferd, das die Stämme auf dem diesjährigen Markt nicht hätten verkaufen können. Zwar überwachte Vorodes persönlich den Ankauf der Tiere für das Heer. Und seine Reitpeitsche klatschte ebenso freigebig wie seine Flüche auf die betrügerischen Köpfe der Besitzer von aufgefärbten Schindmähren. Doch allzu wählerisch konnte er nicht sein, wenn er seine Truppen bald beritten sehen wollte. Was er nicht nahm, das kauften zähneknirschend die Karawanenleute, denen die Preise davonliefen. Nicht einmal die heftigen Auftritte ihres Führers Nesa im Stadtsenat bewahrten sie davor.

Daß Vorodes in der Tat das Beste aus dem herausholte, was er bekam, davon konnte sich heute beim Ephtafest ganz Palmyra überzeugen. Die Bevölkerung kam nach der Brunnensegnung am Rande des frischangelegten Übungsfeldes vor der Stadt zusammengelaufen, um die erste Kavallerieparade der neuen Einheiten mitanzusehen. Sie sollte dem größten Ereignis des Jahres diesmal einen besonderen Glanz verleihen. Denn sie war die Demonstration nie dagewesenen palmyrenischen Selbstbewußtseins und palmyrenischer Macht, einer Macht, die sich anschickte, in Roms Fußstapfen zu treten.

Odaenathos persönlich opferte auf dem Feldaltar den Göttern der Bel-Triade ein weißes Zicklein, dessen blumenbekränzter toter Kopf zwischen den glimmenden Weihefeuern hervor auf die Rennbahn starrte, wo die jungen Rekruten zeigten, was Schinderei und knochenhartes Exerzieren an ihnen vermocht hatten. Ihre Waffen blitzten, ihre Schuppenpanzer klirrten, als sie aufsaßen. Unter den lauten Jubelrufen der Menge galoppierten dann die Flügel an, preschten auf den Feind vor und zogen sich wieder zurück. Beifall brandete auf, und einige übermütige Kämpfer reckten unter Triumphgeschrei die Bogen über ihre Köpfe, während sie in rasendem Tempo an der Front der Zuschauer vorbeijagten. Da teilte sich die Menge der Bogenschützen plötzlich, und die Kernstreitmacht brach vor. Rasselnd schlugen den Pferden ihre bodenlangen Kettenpanzer um die Beine, als ihre Reiter sie zu immer höherer Geschwindigkeit trieben. Die Zuschauer konnten ihr Keuchen hören, Schaum flog in leuchtenden Flocken von ihren schweißdunklen Hälsen. Mit Wucht schleuderten die Schwergepanzerten ihre Lanzen auf die imaginäre feindliche Angriffslinie, wo sie wie ein dichter schwarzer Wald zitternd im sandigen Boden steckenblieben. Erschrecktes Schweigen herrschte, während der Staub niedersank und den stählernen Himmel unverhüllt freigab. Dann brauste Jubelgeschrei los.

Vorodes lächelte grimmig, denn dies war sein Tag. Seit Gash vor dem Fürsten über seine Erlebnisse vor Karrhai berichtet und auch den verheerenden persischen Angriff auf die palmyrenische Einheit geschildert hatte, war er fest entschlossen gewesen, sich diese Taktik des Feindes zu eigen zu machen. Und es war ihm gelungen. Palmyras Reiter würden unwiderstehlich sein, Schapur würde zittern, Rom staunen, und sein Fürst sich im Ruhm sonnen. Zufrieden schnaubend griff er nach einem der Kelche mit gemischtem Wein, den die Sklaven in der fürstlichen Loge bereithielten. Es war eine Holztribüne, bespannt mit purpurfarbener Seide, deren bunte Stickereien Jagdszenen zeigten, die heiter im heißen Wind tanzten. Schwere silberne Troddeln hielten den schattenspendenden Stoff fest, und ein Grüppchen von Dienern fächelte dem Fürst und seinem Getreuen mit Pfauenfederfächern Luft zu und reichte Erfrischungen.

Odaenathos lag auf einem Speisesofa und prunkte in einem parthischen Seidengewand in leuchtendem Safran und Blau, das sich um seinen gewaltigen Leib bauschte. Er hatte dem syrischen Rotwein schon gut zugesprochen, und die Begeisterung tat ein übriges, um seinen feisten Nacken und die Wangen mit der Zeltseide um die Wette glühen zu lassen.

»Großartig, ganz großartig«, dröhnte sein Baß, während er sich den Schweiß von der Stirn tupfte und eine neue Wachtel aus der Silberschüssel nahm. Krachend zerriß er den Brustkorb und warf die Knochen hinter sich.

»Grandios, Vorodes, eine phantastische Vorstellung«, rief er seinem General kauend zu und winkte huldvoll mit einem gebratenen Flügel. »Das ist ein Tag, was?« Ein dralles Sklavenmädchen quiekte auf, als er ihr klatschend auf den Hintern schlug.

Die Vorstellung war zu Ende, und die Schaulustigen wanderten in einer Staubwolke zurück zur Stadt. Da entdeckte Odaenathos in der abziehenden Menge seinen Stadtkommandanten.

»Vorodes, mein Freund, ist das nicht der edle Zenobios und seine Familie? Wir wollen so freundlich sein, sie zu begrüßen. Hol sie her. Habe ich erwähnt, daß ich die Tochter zu ehelichen gedenke? Ein ganz prächtiges Ding. Sie hat sich gut gehalten bei der Weihezeremonie, nicht wahr?« Der Fürst angelte nach einem weiteren Stück Wachtel. »Fast könnte man meinen, sie hat das Talent zur Frau eines Fürsten. Ich habe wieder einmal die rechte Entscheidung getroffen, unzweifelhaft. Eine gute Wahl, wenn sie nur nicht so schrecklich dürr wäre, was?« Seine Augen wanderten erneut zu dem Sklavenmädchen hinüber. »Ich mag sie lieber prall, aber man kann nicht alles haben, fürchte ich.« Damit klopfte er seinem Heermeister vertraulich auf die Schultern. Vorodes murmelte etwas, das man als angemessene Zustimmung auffassen konnte. Mehr erwartete sein Fürst auch nicht von ihm. Odaenathos unterhielt sich an diesem so überaus erfolgreichen Tag auch ohne Gesprächspartner bestens. In diesem Augenblick traf Zenobios ein, gefolgt von seiner zahlreichen Familie.

»Ah, mein lieber Zenobios. Ein beeindruckendes Schauspiel, das Vorodes uns geboten hat, findet Ihr nicht auch?«

»Überwältigend, mein Fürst.« Zenobios verneigte sich tief vor seinem Herrn und etwas knapper vor dem Heermeister. Gash hinter ihm tat desgleichen. Er fieberte auf eine Gelegenheit, seinen eigenen Beitrag zu diesem Ereignis zu erwähnen. Doch sein Vater sprach:

»Ein Schauspiel, Eurer Größe würdig. Und so vielversprechend für die Zukunft.« Sie lächelten sich mit blitzenden Zähnen an.

»Und da ist ja auch die junge Dame, die heute morgen so klug gehandelt hat.« Schnaufend erhob sich Odaenathos von seiner Liege, um sich über sie zu beugen. »Schöne Zenobia, der Segen, der über diesem Markttag liegt, ist Euer Verdienst allein.« Zenobia, die bisher die Augen sittsam gesenkt hatte, sah nun erstmals zu ihm auf.

Das Triumphlächeln, daß sie bei seiner Anrede auf ihrem Gesicht vorbereitet hatte, erstarrte. Sie überhörte selbst Gashs eifersüchtiges Schnauben neben sich völlig. Über ihr hing das feiste, verwüstete Gesicht eines

Säufers, dem der Schweiß wie Fett von den Wangen troff. Der Weingestank betäubte sie fast.

Schöne Augen, notierte der Fürst in Gedanken, gute Zähne. Über den Busen läßt sich noch nicht viel sagen, frische Spargelspitzen, warum nicht. Aber Feuer hat sie, wie keck sie mich ansieht. Noch zwei Jahre, und sie könnte ein Prachtweib sein. Laut sagte er:

»So ist es recht; Ihr werdet doch nicht schüchtern sein vor dem Mann, dem Euer süßes Lächeln bald alleine gelten soll.« Zenobia wurde stocksteif, als sie seine Blicke über ihren Körper wandern fühlte. Erst als Attay sie in die Rippen stieß, knickste sie mechanisch und brachte schließlich spröde heraus:

»Mein Herr und Fürst.« Oh Allath, dieser Mensch war ihr Bräutigam? Dieser selbstverliebte, joviale Fettwanst? Er war doch unmöglich der goldbehelmte Hüne, der ihr an der Quelle gegenübergestanden hatte? Wenn er nur seine Schweinsaugen von ihr ließe. Angeekelt starrte sie auf die Speckbrüste, die unter der Seide seines Gewandes wabbelten. Das also sollte sich unter dem Leopardenfell verborgen haben?

»Nein«, verkündete der Fürst inzwischen, entschieden in bester Laune, »es ist gewiß: Ihr habt Euch meine Gunst und eine Belohnung verdient. Was wollt Ihr haben, holdes Kind? Sprecht frei.« Dazu breitete er die Arme aus, als habe er die Welt zu verschenken.

»Ein Pferd«, kam es unerwartet kühl. Odaenathos' Arme blieben auf halbem Weg in der Luft hängen:

»Was?«

Und sie wiederholte schnippisch: »Ich sagte, ich hätte gerne ein Pferd.« Zenobia hörte, wie ihr Vater scharf die Luft einsog, doch es war ihr egal. Wut und Trotz trieben sie dazu, ihr arrogantestes Gesicht aufzusetzen.

»Ein Pferd!« Odaenathos lachte, daß es all seine Speckfalten erschütterte. »Nun schau sich einer dieses kleine Mädchen an. Erstaunlich. Vorodes, hast du gehört, meine Braut wünscht sich ein Pferd.«

Vorodes spuckte aus: »Es würde ihr alle Knochen brechen.« Zenobia schob das Kinn vor. Ihr Vater packte sie zornrot am Handgelenk, doch ehe er etwas sagen konnte, erdröhnte wieder Odaenathos' Lachen.

»Da hat mein treuer Heermeister wohl recht. Warten wir lieber mit dem

Pferd, bis Ihr mich altes Schlachtroß abbekommt. Bis dahin, wenn Ihr Euch ein Tier wünscht, werde ich Euch ein persisches Kätzchen schenken. Was sagt Ihr?«

Eine kurze Pause entstand. Der Griff des Stadtkommandanten verstärkte sich, bis ihr die Tränen in die Augen traten, und sie dankte ergebenst. Alles verneigte sich zum Abschied erneut voller Verehrung vor dem Fürsten, der sich zum Gehen wandte.

Bevor Zenobia wieder aufschauen konnte, hatte Gash sie schon links und rechts so heftig geohrfeigt, daß ihr verbliebener Ohrring davonflog.

»Ein Pferd«, schnaubte ihr Vater, als er ihren Arm zurückstieß, und kommandierte seinen Sohn zurück, bevor jemand auf die Szene aufmerksam wurde. An der Spitze seines Clans trat er zürnend den Rückweg zur Stadt an. Attay brachte das zertrümmerte Ohrgehänge zu Zenobia zurück, die sich mechanisch das gerötete Handgelenk rieb.

»Es läßt sich reparieren, Kind«, tröstete die Amme und bugsierte sie sanft in die wartende Sänfte.

»Ach, laß mich!« Zenobia hielt schützend mit beiden Händen das Schmuckstück umklammert, als suche sie Halt an den Zeugen ihres vormittäglichen Ruhms. Nichts war zu reparieren, gar nichts.

Draußen brandete währenddessen das Markttreiben zwischen den Säulen der Promenade. Der Duft des berühmten palmyrenischen Mandelhonigs, der nur an diesen zwölf Tagen im Jahr zubereitet wurde, wetteiferte mit dem der gegrillten Nierenspießchen und den Wolken von Weihrauch und glimmenden Duftkristallen, die über den Ständen der Spezereiverkäufer hingen. Gewürze in allen Farben warteten fein aufgehäufelt in ihren Schalen auf Käufer, kostbare alexandrinische Glasgefäße glühten aus dem Halbdunkel unter den Arkaden hervor, Schwärme von Fliegen umsurrten die rotleuchtenden Fleischstücke an den Ständen der Schlachter, die dort ihre Arbeit vor den Augen der Kunden verrichteten. Ein kreischendes Huhn wurde eben gekauft, geköpft und zum Ausbluten in den Bottich geworfen. Nebenan hatte eine Heilerin Schnüre gespannt, von denen herab Amulette und Talismane sacht schwingend aneinanderklirrten.

Darüber erhoben sich die Preisgesänge der zahllosen Anbieter, gellend und sirrend, wie die Paarungsrufe seltener Vogelarten. Ein Stand mit Korallenstöcken von der arabischen Küste, dazwischen Spangen und Reifen mit Einlegearbeiten aus Onyx, Türkis und Elfenbein, ließ schlagartig die Köpfe Simes, Yasemins und Oyats zwischen ihren Sänftenvorhängen sichtbar werden.

Nur Zenobia hatte für all dies keinen Blick. Sie sah auch Odu und seine Herrin Julia nicht, die sich während der Festwochen das Geschäft auf der Straße nicht entgehen ließen. Julia präsentierte unermüdlich eine Auswahl grell gemusterter Stoffe, auf den Geschmack der Beduinenfrauen berechnet, die mit ihren Männern und deren Herden zum Markt gekommen waren. Die wildbewegte Menge um Julias Stand trug die für sie typischen rotgefärbten Wangen und klingenden Silberringe an den Schläfen. Odu hatte alle Hände voll damit zu tun, den diskutierenden Frauen die Seidenbahnen zu entreißen und sie Meter für Meter wieder aufzuwickeln, bevor sie alle in den entfesselten Stoffmassen versanken. Er hätte die vorüberschaukelnde Zenobia nicht einmal bemerkt, wenn sie hinausgesehen und ihm gewinkt hätte.

Doch sie lehnte mit geschlossenen Augen auf ihrer Sitzbank und versuchte, den Gedanken an Odaenathos' fettes Grinsen aus ihrem schmerzenden Schädel zu vertreiben, vergeblich. Sie stöhnte, der Lärm der Menge war ihr unerträglich. Aus dem nahegelegenen Bordell schrillte Tanzmusik auf die Straße, und weiter vorne dröhnten Trommelwirbel. Sie kamen in dem allgemeinen Gedränge kaum noch voran. Attay beugte sich hinaus, um nach dem Grund des Staus zu sehen. Es war ein Auftritt ägyptischer Akrobaten vor dem Tempel Rab Asire. Eben hatte ein Mädchen zum Sprung durch den Feuerreifen angesetzt, Applaus brach los. Und während sie, zudringlichen Händen ausweichend, die Kupfermünzen einsammelte, diskutierte ein stadtbekannter Wüstling lauthals mit dem Manager über ihren Kaufpreis.

Entrüstet zog Attay die Vorhänge zu, doch Zenobia hatte die Sache sichtlich nicht beachtet. Das Kind machte ihr Sorgen. Diese Apathie war überhaupt nicht typisch für sie. Attay erinnerte sich noch gut, wie ganz anders sie reagiert hatte, als Gash sie vor einigen Wochen mit einer Kopfnuß aus ihren Spielen aufscheuchte, damit sie ihm seinen Reiseumhang holte. Türenschlagend war sie da aus dem Raum gerannt, und Gash wartete vergebens auf ihre Rückkehr. Als sie nicht zum Abendessen erschien, suchte und fand Attay sie schließlich in ihrem Zimmer, heiser von den herausgeschrienen Beschimpfungen, das Nachtgeschirr zerscherbt auf dem Fußboden. Jetzt saß sie nur teilnahmslos da, und ihr Blick glitt an der Amme ab wie an einem gänzlich uninteressanten Gegenstand. Sie ließ sich in jedes Schaukeln, jedes Holpern der Sänfte fallen, als wäre es ihre ganze Befriedigung, wie ein Gegenstand hin- und hergestoßen zu werden. Doch Zenobia haderte sehr wohl. Ihre zusammengesackten Schultern, ihr baumelnder Kopf waren eine einzige Anklage gegen die Welt, die ihr das antat. Aber das verstand Attay nicht. Niemand verstand sie!

»Zenobia, schau dir den Jongleur an!«

»Laß mich in Ruhe.« Zenobia wandte den Kopf zur Seite. Sie wollte ungestört sein mit den Bildern, die an ihr vorbeizogen. Das Bild ihres Vater, wie er das verfluchte rosa Kleid heimbrachte, das sie gerade trug.

»Für eine Prinzessin«, hatte er gesagt. Und sie hatte von Kleopatra geträumt! Dann der gerührte Blick ihrer Mutter im Spiegel des Schminktisches. Hatte sie damals schon gewußt, wer Odaenathos war? Sie würde doch unmöglich zulassen, daß ihr Vater sie an diesen fetten alten Lüstling verschacherte? Einem Fürsten wollte man sie geben, sicher, aber ... das war nicht der strahlende Herrscher von der Quellzeremonie, das war ... Noch einmal hörte sie Umes Raunen in ihrem Ohr: Eine Königin wird man erst durchs Söhnegebären. Sie dachte an Odaenathos und schauderte.

Helles Lachen schreckte sie auf, und sie sah ihre Mutter, die mit den anderen aus der Sänfte vor ihr stieg, um einen Mann näher zu betrachten, der leuchtend bunte Papageien auf seinen Schultern sitzen hatte. Ein Äffchen an einer Leine bettelte die Zuschauer possierlich um Geld an, und Sime kniete nieder, um es mit einer Feige zu füttern. Sofort sprang es ihr auf den Arm. Gerührt streichelte Sime den Affen und sah sich nach ihrem Mann um.

Mutter! Am liebsten wäre Zenobia sofort zu ihr gelaufen und hätte sich an sie gekuschelt. Aber ihr Vater kam dazu, um über den Preis des Tierchens zu verhandeln, während seine Frau ihn dankbar anstrahlte. Zutiefst eifersüchtig zog Zenobia sich in ihre Sänfte zurück. Sie mußte mit ihrer

Mutter reden, ganz allein, nur sie beide. Wenn Mutter erst wußte, daß sie diesen Mann nicht wollte und wie tief unglücklich sie war, dann würde sie diese Hochzeit bestimmt nicht zulassen. Sie würde für sie zu ihrem Vater gehen. Sie mußten nur erst miteinander sprechen. Die Ungeduld packte sie wie ein Fieber. Ein Taschentuch zerriß in ihren Händen, ehe die Sänften ihren schwankenden Weg nach Hause wieder aufnahmen.

## Der goldene Prinz

Doch Zenobias Geduld wurde an diesem Abend auf eine lange Probe gestellt. Auf Befehl ihres Vaters vom gemeinsamen Abendessen ausgeschlossen, wanderte sie in ihrer kleinen Kammer auf und ab und hielt stumm flammende Reden, während ihre Finger obenhin über die Gegenstände wischten und nirgends lange zu verweilen vermochten.

Es dämmerte schon, als Sime sich nebenan mit einem bedauernden Seufzer erhob, um zu ihrer Tochter zu gehen. Zärtlich kraulte sie zum Abschied ihr neues Spielzeug, den kleinen Affen. Sie freute sich nicht auf die Begegnung. Sime war ein harmoniebedürftiger Mensch, schon die Szene am Vormittag hatte sie sehr mitgenommen. Aber ihr Mann war zu verstimmt, als daß sie die Dinge hätte laufen lassen können, ohne ihren eigenen friedlichen Alltag zu gefährden. Also gab sie den kleinen »Alkibiades«, wie sie ihren Liebling nannte, in Attays Obhut, seufzte noch einmal und klopfte an die Tür ihrer widerspenstigen Tochter, der sie jetzt schon übelnahm, daß sie ihr dieses Gespräch nicht ersparte.

Sie fand Zenobia beim Betrachten ihrer Schmuckstücke auf der Löwenliege. Zum Glück war das Kind nicht in Tränen aufgelöst; sie war ja immer so heftig. Sime beschloß erleichtert, ihr keine Vorhaltungen zu machen.

»Mutter, ich muß dringend mit dir reden.« Sime lächelte ihr schönes, müdes Lächeln.

»Ja mein Pferdchen, von Frau zu Frau, nicht wahr.«

»Ach Mutter!« Aufschluchzend warf sich Zenobia wieder in Simes Schoß. »Es ist so schrecklich.«

»Was ist schrecklich, mein Schätzchen?« Dabei streichelte sie ihr das zerzauste Haar aus der Stirn.

»Na er, Odaenathos. Mutter, ich kann ihn nicht heiraten.« Auflachend schloß Sime sie fester in ihre Arme.

»Ach, Zenobia, da merkt man doch, daß du noch ein dummes kleines Mädchen bist. Natürlich kannst du. Du mußt dich nicht fürchten, hm?«

»Nein, ich kann nicht. Es schaudert mich schon, wenn ich ihn nur ansehe. Er ist alt und ekelhaft und...«

»So darfst du aber nicht von ihm sprechen, Schatz«, unterbrach Sime sie. »Er ist sicher nicht schön, aber Schönheit ist nicht alles, und er ist zweifellos ein großer und bedeutender Mann.« Ärgerlich fuhr Zenobia auf:

»Das ist er nicht. Ich habe immer von einem großen Mann geträumt, Mutter, von einem Helden, ich weiß genau, wie er sein muß. Er ist edel und tapfer. Und er riecht nicht nach Wein, und er ist nicht lüstern und angeberisch, wie Odaenathos.«

Entrüstet sah Sime ihre Tochter an.

»Wie kannst du so etwas sagen. Er ist dein Fürst. Nein, nein«, sie unterband das heftige Kopfschütteln ihrer Tochter, »in deinem Alter kannst du das doch noch gar nicht beurteilen, glaub mir, ich weiß das. Die Jugend träumt von Sachen, auf die es letztlich gar nicht ankommt. Na, komm wieder her.« Zenobia legte ihren Kopf zögernd zurück unter Simes Hände. »Helden gibt es nur im Märchen, weißt du.« Zenobia richtete sich abrupt wieder auf. Eindringlich blickte sie in das schöne Gesicht:

»Bitte: Du verstehst mich nicht, Mutter. Ich könnte es nicht ertragen, daß er mich auch nur anrührt. Schon sein Anblick ist mir zuwider, seine Stimme...« Verzweifelt vergrub sie den Kopf in Simes Kleidern. Sie war so weich und roch so gut wie immer. Warum nur war hier heute kein Trost? Sime streichelte ihre schluchzende Tochter mechanisch weiter.

»Ich weiß, mein Kleines, daß du bis jetzt noch nie an... an Männer gedacht hast, nicht wahr?«

»Nein Mama, das ist es nicht, ich...«

»Mir ging es doch ganz genauso, damals, mit deinem Vater.« Verschwörerisch senkte sie die Stimme. »Er schien ja immer ein wenig verschlossen, so streng, fast zum Fürchten.« Sie versteht mich nicht, dachte Zenobia, sie wird mich nie verstehen.

»Aber ich habe unsere Heirat nie bereut, wirklich.« fuhr Sime fort. Eine sentimentale Träne glitzerte in ihrem Augenwinkel. Sie wischte sie mitsamt den aufsteigenden unfreundlichen Erinnerungen beiseite und richtete sich auf. »Und Odaenathos, nun, der Fürst ist ein generöser Mann, das ist bekannt.« Ihr Zwinkern signalisierte weibliches Einverständnis. »Du wirst es gut bei ihm haben. Und daß er nicht mehr jung ist, das ist bei Männern ein Vorteil, dafür solltest du dankbar sein.« Zenobia starrte trotzig über die Knie ihrer Mutter hinweg ins Leere. Sime nahm die Stille als gutes Zeichen und gab ihrer Tochter einen aufmunternden Klaps.

»Es wird meinem Lämmchen schon gefallen, Fürstin zu sein. Oh, und wir sind so stolz auf dich. So.« Sie stand auf. Ich leide, dachte Zenobia fassungslos, ich leide, und sie sieht es nicht.

»Dein Vater und ich haben beschlossen, daß du morgen beim Rennen Gelegenheit bekommen wirst, den Fürsten wieder für dich einzunehmen. Ich werde dir Attay schicken, damit sie dich schönmacht. Meine Kleine soll morgen Herzen brechen.« Zenobia brachte kein Wort mehr heraus. Sie lag zusammengerollt auf dem Bett, mit dem Rücken zur Tür, durch die Sime nach einem flüchtig auf ihre Schläfe gehauchten Kuß aufatmend verschwand. Ihre geliebten alten Schmuckstücke glommen unbeachtet um sie verstreut in der hereinfallenden Finsternis.

Attay hatte anderntags wenig Freude an ihrem Schützling. Zenobia bestand darauf, ihre Stammesfrisur zu tragen und brachte darüber hinaus ihren Protest durch die Wahl eines traditionellen arabischen Gewandes aus leichter grüner Wolle zum Ausdruck. Als einzigen Schmuck ließ sie einige Silberreifen zu. Odaenathos war als Verehrer alles Römischen bekannt, und sie war fest entschlossen, ihm darin nicht entgegenzukommen. Er sollte an ihr keine Freude haben.

»Du siehst aus wie ein Nomadenmädchen«, murrte Attay, nicht ohne Stolz allerdings auf die frische Schönheit ihrer Kleinen, während sie letzte Hand an die bunten Bänder um Zenobias Zöpfe legte. »Besser, wir schieben dich in eine Sänfte, bevor deine Eltern dich sehen.« Zenobia war es recht, dann würde das Donnerwetter ihres Vaters erst bei der Rückkehr über sie hereinbrechen. Entschlossen und doch voller Angst, folgte sie Attay nach draußen, wo der Gote bereits auf sie wartete. Schweigend schloß er sich ihnen an.

Zu ihrer Erleichterung blieben sie beim Aufbruch völlig unbeachtet. Die ganze Familie war um Gash versammelt, der heute beim Rennen mitreiten würde. Stolzgeschwellt genoß er die geschäftige Aufmerksamkeit der Frauen und nahm die väterlichen Ratschläge entgegen, während seine Stute Necme den Vorhof mit ihrem unruhigen Hufschlag füllte. Danach verschlang der Lärm des neuen Markttages die kleine Karawane.

Vom westlichen Stadttor dröhnten Anfeuerungsrufe herüber. Eine Menge Schaulustiger war dort zusammengelaufen, um die Ringer zu sehen, die das Publikum zu Kämpfen herausforderten, und ein paar Wetten zu tätigen. Der rotbehaarte Caledonier, den Zenobios seinerzeit als Leibwächter verschmäht hatte, brach hier gerade die Knochen eines waghalsigen jungen Ziegenhirten, der unter den Zurufen seiner Freunde vor wenigen Sekunden in den Ring gestiegen war. Zenobios ließ anhalten. Der Athlet hatte seinen Gegner mit einer Geschwindigkeit im Griff, die ihn an seiner damaligen Entscheidung fast zweifeln ließ. Mit einem Geräusch wie beim Entbeinen von Schlachtvieh rissen die Sehnen des Jungen. Binnen weniger Augenblicke wurde er zum Krüppel, und die Buchmacher kassierten ihre Gewinne. Er würde nicht der letzte sein, der heute hier Staub schluckte.

Zenobia verfolgte die Szene nur obenhin, während Attay sofort gefesselt war und sie auf den kräftigen Kämpfer aufmerksam machte.

»Bring ihn dazu, daß er Odaenathos den Hals umdreht, und ich bin zufrieden«, wehrte sie ab. Attay küßte entsetzt ihr Amulett:

»Große Göttin, vergib ihr. So etwas darfst du nicht einmal denken. Wo der Herrscher so gnädig zu dir ist.« Wortlos drehte Zenobia ihr Gesicht zur Seite. Fast regte sich etwas wie Angst in der Amme, als sie Zenobias trotziges Profil betrachtete, das unbeweglich auf die Szenen draußen gerichtet war, Angst vor der Wildheit des Mädchens und Angst davor, bei ihrer Erziehung etwas versäumt zu haben, das ihnen allen gefährlich werden könnte.

Sie ist wie die anderen, entschied Zenobia, und hielt ob dieses neuerlichen Verrats die Tränen des Selbstmitleids verbissen zurück. Niemandem in ihrer Familie lag wirklich etwas an ihr. Vielleicht sollte sie mit Odu zusammen fliehen? Ach was, das war alles Kinderei, vergangen, vorbei, rief sie sich zur Ordnung. Da mußte ihr schon etwas Besseres einfallen. Doch sie sah nichts, was sie tun könnte. Ihr Beduinenprinz müßte ihr zu Hilfe eilen, wie Taimoamad in der Sage dem weinenden Mädchen. Sie würde bei den Stämmen leben, eine geehrte Matriarchin, und dann müßte selbst ihr Vater sie achten. Vielleicht könnte das rosa Haus ihre Mitgift werden? Stammutter einer Dynastie kühner Krieger wollte sie sein, und der Steppenwind würde durch ihr Haar wehen...

Abrupt wurde sie aus ihren Tagträumen gerissen. Bei Allath, war er das nicht, da hinten? Erregt beugte sie sich vor. Er, er war es, so prompt, als wäre er direkt ihren Wünschen entstiegen. Sie erkannte sein dunkles Gesicht und dasselbe kühne Lachen, das er damals der Welt gezeigt hatte. Die schmale Nase und die Brauen wie Flügel. Ach, er war genauso schön, wie sie ihn in Erinnerung hatte. Das hastig tänzelnde Pferd, das er am Zügel hielt, verstellte bald den Blick auf ihn, bald gab es ihn frei, dann stand es still, von seiner unbekümmerten Kühnheit gebändigt. Mit einem Ruck saß er auf und führte seinen Freunden einige Paraden vor.

Es war Zenobias Glück, daß Attay mit den anderen ausgestiegen war, um den Kämpfen zuzusehen. So bemerkte niemand die heftige Röte in ihren Wangen. Ihre Hände zitterten, als sie die Sänftentür öffnete. Es gab ihn, er war hier. Ein ganzes Jahr war er nur das herzrasende Bild ihrer Träume gewesen, doch nun war er da, ihr Taimoamad. Ihr goldener Prinz. Das mußte ein Zeichen sein. Fahrig nestelte sie ihre Schleier zurecht. Daß sie sich beim Aussteigen die Stirn stieß, hielt sie jetzt nicht mehr auf.

Als erstes mußte ihr Leibwächter abgelenkt werden, die blonde Hyäne. Also gesellte sie sich zu ihrer Familie, die gerade die fortgesetzten Siege des Caledoniers bestaunte, und warf bei passender Gelegenheit ein:

»Der einzige, der ihn zweifellos besiegen könnte, ist mein Gote. Vater hat den besten ausgewählt.«

Zu anderen Gelegenheiten hätte es ihr Genugtuung bereitet zu sehen, wie sofort eitles Interesse in ihres Vaters Gesicht aufblitzte und prompt

Eifersucht dunkel über Gashs Züge fiel. Heute senkte sie nur züchtig die Augen und ließ sich in den Hintergrund des Gesprächs treiben, das nunmehr um die aufreizende Aussicht auf einen blutigen Schaukampf der beiden Barbaren kreiste. Das Frauentrüppchen ließ aufgeregt seine Tücher in der frischen Brise wehen. Sime und Oyat stritten über ihre Wetteinsätze, und Yasemin verbarg nur mühsam einen verräterischen Besitzerstolz, als sie dem Goten nachsahen, wie er von den Männern zum Ringrichter geführt wurde. Die Buchmacher witterten Beute, die Menge drängte heran, und Zenobia mußte nichts tun, als stehenzubleiben, um sich bald einsam und unbeachtet am Rande des Geschehens zu finden. Niemand sah sie zielstrebig den Weg zu einer Gruppe junger Araber einschlagen, niemand außer Attay.

Zenobia ging ohne Umwege auf ihr Ziel los. Da stand er inmitten seiner Freunde am Rande der Rennbahn. Sie hatte keine Idee, was sie ihm sagen wollte, wenn sie vor ihm stand, wie sie es überhaupt fertigbringen wollte, ihn alleine zu sprechen. Doch als sie näher kam, das Gesicht gerötet vor Aufregung, den Mund von der Eile des Weges leicht geöffnet und die Augen unbeirrt auf den Gegenstand ihrer Sehnsucht geheftet, da verließen ihn seine Begleiter feixend und mit anzüglichem Schulterklopfen. Überrascht sah er auf und entdeckte das fremde Mädchen, das mit so sichtbarem Begehren auf ihn zukam.

Sollte er sie kennen? Er musterte sie genauer, beschloß, daß er sie in jedem Fall kennenlernen würde und legte ein Lächeln in seine Augen. Zenobia überlief es warm. Sie saugte sich förmlich fest an diesem Lächeln und hing noch daran, als sie schon stolperte und der Länge nach auf dem Boden lag. Bäuchlings starrte sie zu ihrem Märchenprinzen auf, bis ein scharfer Ruf Attays sie aus ihrer Verzauberung weckte.

Wie war das nur passiert? Schamrot rappelte sie sich auf. Oh Allath, er lachte sie sicher aus, bloß nicht hinsehen. Sie mußte ja krebsrot sein, so wie das Blut in ihrem Kopf pochte. Ach verdammt, verdammt, verdammt noch mal.

»Laß das, Attay«, zischte sie die Amme an, die inzwischen herangekommen war und ihr den Staub aus den Kleidern klopfte, wobei sie mißtrauische Blicke zu dem fremden Jungen hinüberwarf.

»Komm jetzt, deine Familie wünscht, daß du zum Rennbeginn mit in der Loge bist.« Zenobia sah verstohlen zu ihrem Prinzen hinüber. Er stand noch da und: Er lachte nicht! Dann begegnete sie Attays Blick und senkte den Kopf.

»Dein Vater hat soeben einen Beutel Denare gewonnen«, sagte die Amme und wies mit dem Kinn auf den Goten, der sich das verschwitzte Gesicht mit einem Büschel Stroh abrieb, während sein toter Gegner aus dem Ring getragen wurde.

Bei der Holztribüne an der Schmalseite der Rennbahn schlüpften sie fast unbemerkt auf ihre Plätze. Nur Sime sah sich tadelnd nach ihrer Tochter um, unterließ es aber, laut etwas zu sagen, als ihr erstmals bewußt wurde, wie diese gekleidet war. Sie schob sich nur unauffällig vor Zenobia, als sie Odaenathos von seinem Platz aus herübernicken sah und grüßte ihrerseits gemessen zurück.

Die anderen hatte bereits das Rennfieber gepackt, genau wie die schreiende und gestikulierende Menge entlang der Bahn, die mit ihrem Lärm die Gruppe von Pferden und Reitern am Start zum Brodeln brachte. Es war Mittag, und die Sonne preßte ihre glühende Faust auf die baumlose Ebene vor der Stadt, doch das bekümmerte niemanden in diesem Moment.

Unauffällig schweiften Zenobias Augen über den wilden Haufen, der nur mühsam seine Pferde im Zaum hielt. Die Tiere traten sich gegenseitig vor die Beine und kämpften mit gebleckten Zähnen und gebäumten Hälsen um ein paar Zentimeter Boden. Alle warteten darauf, daß Odaenathos seinen weißen Stab senkte, den er hoch über den Kopf erhoben hielt. Fünfhundert Denare in Gold waren als Preisgeld ausgesetzt.

Zenobia erkannte zuerst sein Pferd: ein kleines, ungewöhnlich hübsches Tier mit aufgeregt gespitzten Ohren, das sich auf den Wettkampf zu freuen schien. Der Junge auf seinem Rücken hatte genug damit zu tun, sich zu beiden Seiten die schweren Gestalten vom Leibe zu halten, die ihn um Haupteslänge überragten. Er war nicht der einzige Halbwüchsige, der sein Glück versuchte, sogar ein paar Soldaten aus den Grenzlagern waren dabei. Sie alle aber hatten keine Chance gegen die paar erfahrenen Reiter, zu denen auch Septimius Gash gehörte, der sich unauffällig am inneren Rand der Kreisbahn hielt. Als der Stab sich senkte, sah Zenobia ihren Bruder vorpreschen, wie sie es erwartet hatte. Hinter ihm entstand ein Knäuel aus Hufen, Fäusten und stürzenden Leibern, auf die sich langsam eine große Staubwolke niedersenkte. Wem es gelungen war, sich auf dem Rücken seines Tieres zu halten, der ging in die erste Runde. Zenobia hielt Ausschau nach ihrem Prinzen, aber sie entdeckte nur Gash, der gerade einem kräftigen Beduinen den Weg abschnitt und in Führung ging.

Ein Fanfarenstoß kündigte den Beginn der zweiten Runde an. Schon hatte sich die Spitze weit vom Mittelfeld gelöst. Gash wurde bedrängt: Ein staubiges kleines Pferd heftete sich an seine Fersen. An seinem Hals hing ein schlanker junger Bursche, dessen Anblick Zenobias Herz jäh zum Pochen brachte. Geschickt nutzte er die letzte Innenkurve, um sich an Gash vorbeizudrängen. Schulter an Schulter preschten sie auf die Ziellinie zu. Neben sich hörte Zenobia ihre Mutter jubeln. Er wird gewinnen, dachte sie beschwörend, er wird der Beste sein und mich mit sich nehmen. Auf ihrem Gesicht breitete sich ein siegreiches Lächeln aus. Sie warf einen schadenfrohen Seitenblick auf die vor Hitze und Begeisterung geröteten Gesichter ihrer Eltern. Als der Schrei der Menge ihren Kopf herumriß, war alles schon vorbei: Gash hatte seinen Gegner mit einem gezielten Ellenbogenstoß aus dem Sattel befördert. Der Junge rollte sich geistesgegenwärtig an den Rand der Bahn, ehe der Keil des Mittelfeldes dicht an ihm vorbei durchs Ziel donnerte.

Niemand außer ihr sah mehr auf ihn, ganz Palmyra applaudierte dem Sieger, der keuchend und winkend auf die Fürstenloge zuritt. Der gefallene Traumprinz pfiff sein Pferd zu sich und führte es quer über die Bahn, vorbei an den unbeachtet hereinstolpernden Nachzüglern, zu einer aufgespannten Plane, wo man große Bottiche mit Wein und frischem Wasser aufgestellt hatte, um die Teilnehmer zu stärken.

Auch Zenobios' Familie hatte sich bereits erhoben und bahnte sich ihren Weg durch die aufgeregte Menge in Richtung Fürstenloge. Die Siegerehrung würde sich unmittelbar anschließen, wie Zenobia wußte, und sie war entschlossen, diese Gelegenheit für einen unbemerkten Ausflug zu nutzen. Nicht einmal Sime würde ihr Fehlen bemerken, wenn gerade ihr einziger Sohn vor den Augen aller seinen Preis entgegennahm. Sie ließ sich ein wenig zurückfallen und tauchte unbemerkt in der Menge unter.

Schnell umrundete sie die Rückwand der Tribüne und schlenderte, als sie sich in Sichtweite des Zeltes befand, wie zufällig in seine Richtung. So spät wie möglich gab sie zu erkennen, daß sie ihn bemerkt hatte. Sie sah, wie er sich einen beachtlichen Bluterguß am Bein rieb.

»Ist dir was passiert vorhin?« entfuhr es ihr.

»Passiert? Ach was, das ist doch nichts. Von meinem Pferd kann man gar nicht richtig stürzen, dazu ist es viel zu klug. Willst du's mal sehen?« Sehnsüchtig betrachtete sie den kräftigen kleinen Rappen, der beim Klang seiner Stimme die Ohren spitzte.

»Er ist sehr schön.« Sie versuchte, an ihm vorbeizusehen, damit er die heiße Röte nicht bemerkte, die ihre Wangen färbte. Seine Nähe war ihr so intensiv bewußt, daß sie überzeugt war, er müsse die ihre auf die gleiche Weise spüren.

»Aber nicht so schön wie du.« Bei Allath! Zenobia schnappte nach Luft, sie wußte nicht mehr, wohin sie ihre Augen wenden sollte. Er lächelte und trat einen Schritt auf sie zu.

Panik ergriff sie. Es war höchste Zeit, bald würde die Familie von ihrem Fehlen Notiz nehmen. Nervös warf sie einen Blick zurück zur Tribüne, wo in diesem Moment die Trompeten das Ende der Preisverleihung verkündeten. Ihr blieben nur noch wenige Augenblicke. Plötzlich nahm er mit festem Griff ihre Hand in die seine und schloß sie zur Faust. Sie spürte den Druck einer flachen Tesseramünze in ihrer Handfläche.

»Sehen wir uns heute abend?«

Verblüfft erkannte Zenobia, daß hier keine Verführungskünste nötig waren. Sie brauchte ihm bloß noch den Weg zu ihrem geheimen Versteck in den Palmengärten zu beschreiben. Kaum hatte sie dies in aller Hast getan, warnte er sie mit einer stummen, aber eindeutigen Geste vor dem Herannahen ihrer besorgten Amme.

In wortlosem Einverständnis wandten sie sich voneinander ab, als hätten sich ihre Blicke eben nur zufällig gekreuzt. Zenobia, die sich plötzlich ausschließlich für ein paar spielende Kätzchen unter einer losen Zeltbahn interessierte, hob erst die Augen, als eines der Tierchen an Attays Kleidersaum zupfte.

»Da bist du ja«, sagte sie freundlich, »hat man meinem großen Bruder schon den Kranz aufgesetzt?« Schweigend wanderte sie an der Seite der besorgten Amme zurück zu ihrer Sänfte und verschloß vorsorglich ihre Ohren gegen die unvermeidlichen Vorwürfe ihrer Mutter. Sie dachte an die Geschichte von der Brautwerbung des Taimoamad und der Befreiung der bedrängten Kaufmannstochter, an Prinzessin Sainab und ihren Geliebten, an Kleopatra in den Armen Caesars. Sie würde mit ihrem Prinzen in eine königliche Zukunft fliehen, daran gab es für sie keinen Zweifel. Im Gehen öffnete sie die Faust und betrachtete die Tessera. Sie zeigte Allath, die Kriegerin.

* * *

Zenobia beendete endlich die Toilette für das bevorstehende Rendezvous. Kein Kleid, kein Schmuckstück, das in den letzten Stunden nicht mehrfach durch ihre Hände gewandert wäre. Alle Truhen waren durchwühlt und hastig wieder geschlossen worden, wenn Schritte auf dem Gang näher kamen. Sie mußte ihm einfach gefallen; er war ja so wunderbar, er würde sie retten. Sie konnte sich schon sehen, wie sie gemeinsam bei den Stämmen lebten und sie stets vor ihr gemeinsames Zelt trat und ihn begrüßte, wenn er von einem seiner kühnen Beutezüge heimkehrte.

Sie setzte sich vor den Spiegel und bürstete ihre Zöpfe aus, daß sie sich sträubten. Dazu starrte sie sich unverwandt in die Augen. Sie sah noch ganz genauso aus wie gestern, stellte sie fest. Sie war noch da, sie war sie selber. Kein Mal und kein Makel zeichneten sich ab und verrieten, daß sie seither Dinge tat, die sie nie für möglich gehalten hätte. Ihr Blick bohrte sich in den ihres Spiegelbildes, als wäre die Entschlossenheit, die ihr daraus entgegensah, ein Versprechen auf die Zukunft. Ja, so konnte sie sein. Zenobia ließ ihre Augen funkeln. Zwei energisch gezogene Striche Kajal verstärkten die dramatische Wirkung noch. Sie nickte sich grimmig und zufrieden zu.

Da trat Attay ein. Sie erfaßte die Situation mit einem Blick: die Wäsche auf dem Boden, das Durcheinander auf dem Schminktisch. Mit einem unheilverkündenden Atemzug sog sie die verräterischen Parfümwolken ein. Doch die kühle Miene ihres Zöglings hielt sie zurück. Sie mußte das Thema behutsam angehen.

Nervös setzte sie erst einmal zu einer wortreichen Strafpredigt an, wegen der offenen Haare und der vielen Mühe, die es den alten, gichtigen Fingern bereitete, all die vielen Zöpfe neu zu flechten. Aber Zenobia winkte ab.

»Dann mach einen römischen Knoten, Attay. So, wie ihn Mutter zu den Hoffesten trägt. Daran werde ich mich ohnehin gewöhnen müssen, mein künftiger Mann ist ja angeblich ganz vernarrt in alles Römische.«

Sie beobachtete die Alte aus den Augenwinkeln, doch schien diese den spitzen Ton der Äußerung gar nicht bemerkt zu haben. Sie strich nur mit ihrer knisternden Altfrauenhand über Zenobias Kopf und gurrte »gutes Kind«, während sie begann, von der Stirn zum Wirbel einen akuraten Mittelscheitel zu ziehen, so gerade wie ein Kanal in schwarzer Ackererde. Zenobia sah zu, wie ihre Stirn in ungerührtem Ebenmaß aus dem spiegelnden Rahmen der Haare hervorwuchs. Offenbar schämte sich niemand hier dafür, sie an Odaenathos verkauft zu haben. Nicht einmal Attay, die sie doch immer beschützt hatte. Nun gut, sie würden alle sehen, was sie davon hatten. Probeweise hielt sie sich Silbergehänge an und befahl Attay schließlich, sie in der Frisur zu befestigen. Die silbernen Kügelchen perlten kalt über ihre Schläfen, wie eine stete Ermahnung zur Wachsamkeit.

»Wunderschön, mein Kätzchen.« In der Tat, eine schöne Frau sah Zenobia mit schwarzumschatteten Augen aus dem vorgehaltenen Spiegel an. Sie verzog keine Miene.

»Aber warum denn so geschmückt? Hast du heute noch etwas vor?« Zenobia hatte für ihr Rendezvous ein meerblaues Seidenkleid mit silberner Sternstickerei gewählt. Es würde gut in den nächtlichen Garten passen, außerdem verhüllte es ihre zu mageren Schultern. Und dank der seitlichen Schlitze würde sie außerdem damit reiten können. An seiner Seite.

»Vorhaben?« Ihre Stimme kippte einen Moment. »Was soll ich denn schon vorhaben? Ich wollte nur einmal sehen, wie die zukünftige Stadtfürstin wohl aussehen kann.« Sie schluckte den Kloß in ihrem Hals hinunter. »Mir selbst zuliebe darf ich mich ja wohl noch schön machen, wenn ich schon sonst keinem hier gefalle und alle auf mir rumhacken.«

Dieser vertraut anmutende Ausbruch erleicherte Attay. Das war das stolze Kind, das sie kannte. Vielleicht war noch Hoffnung.

»Aber Kätzchen, natürlich gefällst du uns. Dein Vater ist sehr stolz auf dich, das sind wir alle. Und du bist doch meine kleine Prinzessin.« Schmeichelnd streichelte sie dem vor ihr sitzenden Kind über die Wangen und begann mit sanfter Gewalt, seinen Kopf an ihren Schoß zu drücken. Die Kleine sollte sich endlich ausweinen und ihr alles erzählen. Und sie mußte jetzt lernen, sich in den Willen ihres Vaters zu fügen, zu ihrem eigenen Besten, ehe es zu spät war. Ihre Furcht um den Liebling unterdrückend, murmelte sie all die Kosenamen ihrer Kindheit über sie hin, mein Honigmäuschen, summte sie, meine Prinzessin, mein Lämmchen. Es war das alles heilende Trostlied aus alten Tagen, und Attay sprach es heute mit der Inbrunst eines Gebetes.

Doch während sie ihren steifen Körper dem Wiegen der Amme überließ, blieben Zenobias Augen weit offen und trocken. Und als Attay schließlich glaubte, sich nun zu der entscheidenden Frage nach dem fremden jungen Mann vorwagen zu können, da wurde sie kurz und bündig belogen.

»Ach, der Angeber von heute nachmittag. Er konnte wohl seinen Sturz nicht verschmerzen und mußte deshalb gleich jedem Wildfremden erzählen, was für ein kühner Reiter er eigentlich sei. Was kann ich dafür, daß er mich vollredet.«

»Trotzdem solltest du nicht ohne Begleitung mit Männern sprechen, die nicht zur Familie gehören.« Attay blieb nichts anderes übrig, als ein paar konventionelle Belehrungen von sich zu geben, die ihr Schützling auch brav zu beherzigen versprach. So brav, daß es ihr weh tat. Alles Wichtige zwischen ihnen blieb ungesagt. Dann fand sie sich mit erwachsener Geste entlassen. Zenobia wandte sich wieder ihrem Spiegel zu.

Draußen im Gang weinte Attay in ihren Ärmelsaum. Es war ihre Schuld mindestens sosehr wie die des Mädchens. Sie hatte immer gewußt, daß das Kind zu eigensinnig war. Sie hatte versäumt, es den für eine Frau lebensnotwendigen Gehorsam zu lehren. Attay verstand sich selbst nicht mehr. Wenn jetzt das ganze Ausmaß von Zenobias Ungehorsam offen zutage träte, würde man sie, Attay, dafür steinigen lassen. Und vielleicht nicht zu Unrecht? Ihr und nicht Zenobia war es doch stets klargewesen, daß dieser Moment kommen mußte, da die Zeit der Kindheit und der Schonung vorbei war. Und sie hatte ja geahnt, daß Zenobia davor versagen mußte. Jetzt drohte ihr Trotz sie selbst und andere ins Unglück zu stürzen. Aber das Schlimmste war vielleicht noch zu verhindern. Attay wischte sich schniefend die Runzeln trocken und machte sich auf den Weg zu Yasemin.

»Was soll das heißen, willst du mir etwa drohen?« Aufgebracht knallte Yasemin ihren Spiegel zurück auf den Tisch und funkelte ihre späte Besucherin an.

»Ich drohe keinem,«, sagte Attay mit schlecht gespielter Gelassenheit, »ich sage nur, es wäre besser, der Gote bliebe heute abend hier im Haus. Und du kannst dafür sorgen.«

»Wie sollte ich das können? Das ist ja absurd. Warum überhaupt?«

»Du weißt schon wie, und ich weiß es auch, Yasemin. Und dabei bleibt es besser, nicht wahr?« Attays Augen wanderten dahin, wo Zenobios seine Räume hatte. Sie kam sich wie eine Schmierendarstellerin vor, doch Yasemin kreischte auf.

»Raus hier, alte Schlange, raus, raus, raus. Verschwinde schon.« Voller Panik schob sie die verwirrte Amme auf die Tür zu. Doch kurz bevor diese ins Schloß fiel, fing sich Yasemin wieder und zischte noch:

»Es ist gut, ich werde mit ihm sprechen.« Dann stand Attay erneut im Dunkeln.

Sie sank an die Wand und wiegte lautlos klagend den Kopf hin und her. Wie sollte das enden. Hätte sie doch besser Sime um die Schlüssel zum Frauentrakt gebeten und die Kleine einfach eingesperrt? Doch was Sime wußte, das wußte bald auch Zenobios. Mit Schrecken dachte Attay an sein Strafgericht. Nein, es war weit besser, auf Yasemins Furcht als auf Simes Diskretion zu vertrauen. Doch gut war es nicht, nichts war mehr gut. Und sie weinte erneut.

Als Zenobia Stunden später das Haus verließ, nahm sie die stille, klare Nacht für ein gutes Omen. Der Lärm des Festtages war nun, weit nach

Mitternacht, verklungen und die Gerüche des Marktes hatten dem Duft der schlafenden Gärten erneut Platz gemacht. Statt der schweren Düfte der Gewürze hing nun zartes Obstaroma in der Nachtluft, und man meinte, das Rauschen der Zitronenbäume schon hier zu vernehmen. Zenobia atmete mit Wohlbehagen ein, bevor sie auf dem Weg zum Fluß in die blauen Schatten der Gasse eintauchte. Die Silberfäden ihres Kleides schimmerten einmal kurz im Mondlicht, länger blieb das Knirschen ihrer Schritte im Staub hörbar, dann war sie verschwunden.

Sie bemerkte nicht, wie sich bald nach ihr die vertraute Gestalt Attays aus dem Hauseingang löste, um ihr nachzuhasten, abrupt verharrte, lauschte, dann erneut weitereilte. Und sie konnte auch die zweite, finstere Silhouette nicht sehen, die sich kurz darauf vor der Gartenmauer ihres Vaterhauses abzeichnete, um sofort in das Dunkel der Häuserreihen einzutauchen.

Auch Attay selbst hatte nichts davon bemerkt, denn alle ihre Sinne waren nach vorne gerichtet, auf die Schritte Zenobias, die der Nachtwind so weit trug, daß sie ganz nah klangen und die sich doch mit so schmerzlicher Zielstrebigkeit von ihr entfernten. Ein Hund schlug an und verstummte, ohne Antwort zu erhalten. Attay huschte weiter, sah den schmalen Schatten vor sich abbiegen, rannte fast bis zur Straßenecke und drückte sich dort erneut in einen Hauseingang. Von drinnen klang gedämpft Musik und betrunkenes Gelächter. Ein Scharren hinter ihr ließ sie aufschrecken.

Doch da war ihr Verfolger auch schon heran. Attay bemerkte kaum noch, wie sie am Gewandkragen gepackt, mit Leichtigkeit hochgehoben und gegen die Mauer geschleudert wurde. Ihr Schädel knackte wie ein Tonkrug. Sie seufzte und war schon tot, ehe sie am Fuß der Wand zusammensackte.

Eine Frauenstimme jenseits der Türe brach in betrunkenes Gelächter aus, als der Gote über Attays Leiche hinweg Zenobia nachsah. Daß sie nächtens allein unterwegs war, machte ihn nachdenklich, davon hatte Yasemin nichts gesagt, als sie ihm im Garten zuflüsterte, die Amme wolle sie beide verraten.

Aber hatte der plappernde kleine Sklavenlümmel damals nicht von heimlichen Ausflügen und einem Versteck am Fluß gesprochen? Und richtig, sie bog zu den Gärten ab. Er lächelte. Wie hatte der Kleine noch gesagt, unterhalb der Mühle? Sie würden sie später mühelos wiederfinden. Sein Herr konnte wirklich mit ihm zufrieden sein. Dann warf er sich die warme Leiche der Amme über die Schulter. Zwei energisch schabende Tritte bedeckten den kleinen Blutfleck, der zurückblieb, mit Staub.

Zenobia blieb stehen und lauschte. Doch schien das Zirpen der Zikaden dadurch nur noch lauter zu werden. Seit sie von dem letzten weiß leuchtenden Sandweg in die Felder abgebogen war, hatte sie oft anhalten müssen. Die Orientierung fiel ihr schwer, trotz des Mondlichts. Alle Büsche hatten bedrohliche Formen angenommen. Aus dem Boden stiegen zuweilen unangenehm modrige Gerüche auf, weich gab er unter ihren Schritten nach, ihr Fuß konnte seine Beschaffenheit nicht mehr ertasten, und sie versank mehrfach ekelschaudernd im losen Grund.

War das ein Blatt oder ein Nachtfalter, was sie da streifte? Hastig wischte sie sich über den Arm, und bald juckte es sie am ganzen Körper, als kröchen überall Insekten an ihr herum. Die Götter mochten wissen, was sich hier des Nachts alles herumtrieb.

Als sie in einen der Bewässerungskanäle stolperte und der Schlick ihr erschreckend warm in die Sandalen rann, ging sie durch wie ein Füllen und hastete blindlings vorwärts, bis sie am Flußufer keuchend zu stehen kam. Sie lauschte. Nein, sie war noch allein. Der Fluß klang kalt herauf und jagte ihr Schauer über den Rücken. Doch klärte sich das Flirren vor ihren Augen, und sie konnte die schwärzlichen Kaskaden der vertrauten Blütenrispen vor sich erkennen. Langsam rieb sie sich die Gänsehaut von den Armen. Da knackte es in den Sträuchen hinter ihr. Unbeweglich starrte sie darauf, bis das Starren in die Dunkelheit sie schwindeln machte. Ihn sah sie erst, als er unmittelbar vor ihr stand.

»Hallo«, sagte sie.

»Hallo«, sagte er, und dann: »Angst?«

Sie schüttelte automatisch den Kopf, da hatte er schon wie schützend den Arm um sie gelegt und sie an sich gezogen. Das war angenehm, stellte sie fest. Unmerklich kuschelte sie sich ein wenig an ihn. Sie hätte nicht zu sagen vermocht, wie es kam, daß er sie küßte. Aber auf einmal lag ihr Kopf im Nacken, ihr Mund war unter seinen Lippen geöffnet, und es kam ihr vor, als wäre es immer schon so gewesen. Ihr drehte sich alles, doch das schien nur der Jubel ihres ganzen Körpers über das zu sein, was mit ihm geschah. Was spielte es dabei schon für eine Rolle, daß ihr Hals steif wurde. Ihre Zunge ließ nicht von der seinen. Und als die Finger des Jungen sich nicht mehr damit zufrieden gaben, über ihr Kleid zu fahren und ungeduldig am Halsausschnitt herumzerrten, schob sie ihre Schultern unauffällig ein wenig vor. So konnte er unter den Stoff gelangen, wo sich seine Hand sofort fest um ihren Busen schloß. Sie schauderte und küßte ihn mit Inbrunst.

Ein kühler Luftzug um ihre Beine sagte ihr, daß er mit der streichelnden Bewegung über ihre Hüfte zugleich ihr Gewand hochraffte. Da legte sich seine heiße Hand bereits auf ihre Pobacken, preßte eine jede wie prüfend und hob sie schließlich daran hoch, während sein Mund sich nun an ihrem Hals festsaugte. Sie japste über seiner Schulter und wischte sich verstohlen den nassen Mund. In ihrem Magen flogen Schwärme von Schmetterlingen auf. Als er sie wieder absetzte, lehnte sie an einer Palme. Dankbar stützte sie ihren Kopf daran ab und hob ihm die Lippen erneut entgegen, doch die suchte er nun nicht mehr. Er war vielmehr ganz damit beschäftigt, ihren Kleidersaum auch vorne hochzuheben. Der rauhe Palmstamm kratzte sie am nackten Steiß, so daß sie sich gegen den Mann schob, um Gelegenheit zu haben, etwas Stoff zwischen sich und die Rinde zu ziehen. Dabei spürte sie ein hartes Pochen an seiner Hüfte, die Schmetterlinge in ihrem Bauch flatterten wüst durcheinander, und sie lehnte sich mit weichen Beinen zurück. Erst drückte sein Knie ihre Beine auseinander, dann ertastete seine Hand ihr Geschlecht. Sein Finger preßte sich roh hinein, wie um den Weg zu erforschen. Und aus den Schmetterlingen wurden Fledermäuse, die kreischend aufflogen.

»Au«, stöhnte sie, etwas undeutlich, um ihn nicht durch den Protest zu verärgern, während sie unauffällig seinen Unterarm zurückzuziehen suchte. Doch er küßte sie nur erneut und flüsterte hastig feuchte Liebesschwüre in ihr Ohr, während er sein Glied freinestelte und zwischen ihre Schenkel schob. Sie spürte es heiß auf ihrer Haut und schloß erschrokken die Beine darüber. Er stöhnte, fuhr mit der Hand erneut unter ihren Schoß, spreizte ihn auf, obwohl sie sich nun wand, und setzte seinen Penis an. Ein Hüftstoß preßte sie gegen den Palmstamm, der sich schartig in ihren Rücken bohrte.

»Nein, laß. Das tut weh. Au, ich will das nicht, hör auf.« Mit beiden Händen versuchte sie jetzt energisch, ihn von sich wegzudrücken. Ihre Angst wuchs. Das Geflüster an ihrem Ohr wurde zum Keuchen, und aus dem unangenehmen Druck auf ihr Geschlecht plötzlich ein scharfer Schmerz, den seine nächsten Stöße noch verstärkten. Da fühlte sie sich mit einem Ruck befreit.

Sie taumelte hinter die Palme, stolperte und fiel. Auf allen vieren kniend, starrte sie auf die Szene vor sich, bis sie begriff, daß es der Gote war, der den Jungen von ihr weggerissen hatte und am Nacken gepackt hielt, während zwei weitere Männer ihn fesselten. Die Gruppe rang heftig miteinander. Völlig betäubt sah Zenobia zu.

Oh Allath, laß Gash nicht dabeisein, betete sie dann in plötzlich aufsteigender Scham und zog sich das Kleid wieder über den Po. Es war der erste Gedanke, der ihr in dem Moment kam. Ein Knebel erstickte eben jegliches Schreien der zuckenden Gestalt, die der Gote nun an den Haaren packte und zwei Männern vorführte, die abseits zu Pferd gewartet hatten. So still, daß sie sie erst jetzt bemerkte.

Zenobia kroch schaudernd noch weiter ins Gebüsch. Die Silhouetten waren ihr wohlvertraut. Der da unbeweglich im Mondlicht saß, den Kopf so unbeteiligt erhoben, als betrachte er nur die Sterne, die ihm das nächtliche Schauspiel ihres Glanzes schuldeten, das war ihr Vater. Neben ihm zügelte Gash seinen Hengst. Sie unterdrückte einen Schrei.

Sie sehen mich nicht, sie können mich nicht sehen, wiederholte sie bebend in Gedanken, aber wenn sie mich finden, werden sie mich strafen. Erstmals packte sie echte Furcht. Auf dem Bauch rückwärts robbend, schob sie sich schluchzend Stück für Stück fort vom Fluß, bis sie sich weit genug wähnte, um sich aufzurichten. Ein letzter Blick zurück zeigte ihr ihren Bruder, der seinem Pferd die Hacken in die Seite stieß, daß es angaloppierte. Hinter ihm holperte ein großer Körper wie ein Sack über den Boden. Da hetzte sie davon.

Es war der Gote, der ihren Vater leicht an der Schulter berührte und ihn wortlos auf seine fliehende Tochter hinwies.

»Laß sie gehen«, knurrte Zenobios, bebend vor unterdrücktem Zorn, »wo soll sie schon hin. Bring sie mir später. Wenn ich ihr jetzt gegenübertrete, bringe ich sie um. »

Zenobia schluchzte noch immer, als sie gegen das Tor von Clemens' Seidenlager hämmerte, wo, wie sie wußte, Odu sein Nachtlager hinter den Stoffballen hatte. Doch es war nicht Odu, der schließlich öffnete, sondern sein Herr Clemens selbst, den eine Inventur seiner Marktbestände so lange hier aufgehalten hatte. Zweifelnd hielt er die Öllampe höher, um ein junges Mädchen zu beleuchten, dem die Kleider in Fetzen vom Leib hingen und die Tränen offen über das erd- und kajalverschmierte Gesicht liefen. Sie stand nur da.

»Zenobia«, rief Odu, der unter Clemens' Arm durchgetaucht war und die Hände seiner Freundin faßte. Als sie sich nicht rührte, brach er ebenfalls in Schluchzen aus.

»Zenobia, was hast du? Bitte sag was. Du weinst doch nicht, das tust du nie.«

»Du kennst sie?« fragte Clemens, den der Name, den er da gehört hatte, mit düsteren Ahnungen erfüllte, der aber sicher sein wollte.

»Ja, das ist Zenobia, meine Freundin, die Tochter des Stadtkommandanten. Wir müssen ihr helfen. Bestimmt war ihr Vater wieder schlecht zu ihr. Sie muß herein.« Odus Stimme überschlug sich fast, während er sie auf Clemens und die Türe zuzerrte. Der Seidenhändler betrachtete sie beide sanft.

»Aber das geht doch nicht«, sagte er, so ruhig und selbstverständlich, daß Zenobias krampfhaftes Schluchzen aufhörte. Es wurde ganz still in ihr. Der Mann hatte recht, es war ja so einfach: Es ging nicht.

Sie hörte die Schritte des Goten schon hinter sich heraufkommen, spürte seine Hand auf ihrer Schulter, als er sie aus dem warmen Lichtkreis um diese beiden Menschen wegzog. Das letzte, was sie dort sah, war Odus fassungsloses Gesicht, das sich an Clemens' Hüfte drückte, und Clemens' mitleidiger Blick. Er stand im Türrahmen und hielt die Lampe hoch, bis sie verschwunden war.

*Damals vor der Lagerhalle sah ich dich zum letzten Mal, mein Freund. Es war, als weintest du all die Kindertränen, die ich nicht mehr weinen konnte. Und was danach kam, hatte nichts mehr mit dem Leben zu tun, das ich bis dahin kannte.*

*Sie brachten mich zu einer Hütte, irgendwo in den Hügeln nordwestlich von Palmyra; als ich zurücksah, standen schon Streifen türkisfarbenen Tageslichts zwischen den Grabtürmen vor der Stadt. Es war nicht mehr als ein Verschlag, in den sie mich stießen: den Boden bedeckte loser Sand, und durch das grobe Flechtwerk der Wände konnte ich die letzten Sterne erkennen. Jemand stellte mir Brot, Wasser und einen Exkrementekrug herein. Er sollte das täglich tun, wie ich bald lernte. Doch ich sah nie mehr von ihm als zwei schmutzige Hände und einen Schatten jenseits der Weidenwand.*

*Dann entfernten sich die Schritte, und ich war wieder allein, allein mit den gleichförmigen Nächten voller Zikadengezirp und den Lichtstreifen, die tags über den Boden krochen. Ich sah ihnen zu, sie krochen so langsam. Ich aß und trank alles, was sie mir brachten und ritzte mir einundzwanzig Striche in den Boden, von denen ich jeden Morgen einen auslöschte. Länger, das wußte ich, würde meine Gefangenschaft nicht dauern. Wenn ich bis dahin meine Mondtage nicht bekam, würden sie mich wohl gleich hier verscharren. Sie konnten einem Fürsten wohl eine entjungferte Braut unterschieben, aber sicher keine schwangere. Also wartete ich, sah den Schatten zu und lernte, die Fliegen auf meiner Haut reglos zu ertragen.*

*An dem Morgen, an dem ich einen blutbefleckten Kleiderstreifen zu dem Krug legte, starrte mich jemand durch das Wandgeflecht lange an. Ich fuhr so fort, und drei Tage später holten sie mich heim. Ich sei von schwerer Krankheit genesen, hieß es in der Stadt; der Fürst sandte Geschenke.*

*So vergingen drei Jahre. Und nichts, lieber Freund, war mehr so wie vorher, am wenigsten ich selbst.*

II.

# *Der Fürst*

# Strategie

Palmyra lag ruhig und gleißend wie eh unter der Sonne. Kein Lufthauch bewegte seine Gärten, kein Schritt belebte die Kolonnaden, und Odaenathos' Palast türmte sich strahlend weiß wie Marmorgischt an seinem Felsen empor. Drinnen plauderten nur die Springbrunnen eines versteckten Innenhofes, um den umliegenden Räumen etwas Kühlung zu verschaffen. Doch die Männer, die in dem angrenzenden kleinen Kabinett versammelt waren, lauschten ihnen nicht.

»... und Palmyras Sieg ist glänzend, edle Freunde. Wir haben dem Osten des Reiches sein Gesicht wiedergegeben.« Odaenathos sah seinen versammelten Feldherren bei diesen Worten tief in die Augen. Die Finger der rechten Hand spreizte er in Herrschergeste auf eine Landkarte zwischen ihnen, die Syrien und Kappadokien zeigte. Er deutete dabei auf keinen bestimmten Punkt; es gab dort keinen Ort mehr, an dem die persischen Armeen seinen Reitern standgehalten hätten und die ganze Region war sein, ein Herrschaftsgebiet, so groß, wie Palmyra nie eines besessen hatte.

Mit der Linken fuhr er sich unwillkürlich über sein Gesicht, während er sprach. Hart und braun hatte die Sonne der Feldzüge seine Haut gebrannt, und eine Narbe quer über die Wange vom Auge zum Mundwinkel glühte dort, wo Vorodes' deckendes Schwert ihn nicht rechtzeitig vor dem Hieb des persischen Generals bewahrt hatte. Doch blutend war er vorgeprescht und hatte seinen Gegner selbst niedergestreckt, ihm den Kopf abgeschnitten und ihn auf Speeren vor seinen Truppen hertragen lassen, die die Perser an diesem wunderbaren Tag zu Paaren jagten. Andächtig strich der Stadtfürst die sichelförmige Naht entlang. Er war hochzufrieden mit dieser Trophäe, und seine Blicke trafen sich mit den dunklen seines parthischen Heermeisters in lächelnder Erinnerung an den Sieg.

Domitians nervöses Profil scheute vor der Szene, und er senkte den Kopf auf die Karte. Dort war der alte Limes und hier Karrhai – irgendwo dazwischen war Balbus versunken, und seine Hoffnungen mit ihm. Dem römischen Syndicus war unbehaglich in seiner Rolle. Nominell noch immer ein Vertreter des obersten Schutzherren, war er, war Rom hier nun nicht mehr als ein Bittsteller. Das zerhackte Gesicht des palmyrenischen Fürsten schien ihm durchaus nicht das alte Gesicht des Ostreiches zu sein, vielmehr beängstigend neu und selbstbewußt. Sein Sohn, der noch bartlose junge Hairanes, der unter Vorodes seine ersten Kampferfahrungen gesammelt hatte, ereiferte sich neben der zufriedenen Ruhe seines Vaters und kannte sichtlich keine Grenzen für Palmyras Ruhm. Und ihm gegenüber stand noch immer der verhaßte Gash neben seinem düsteren Vater, ein Kriegsheld jetzt und bald der Schwager eines souveränen Herrschers. Nein, er hatte die Lage hier durchaus nicht mehr in seiner Gewalt. Er mußte abwarten.

Sklaven brachten leichten Wein, und die Runde entspannte sich, während Odaenathos allen die palmyrenischen Triumphe schilderte, um ihnen seine künftigen Pläne schmackhaft zu machen. Angeregt sprach und trank er und nichts war zu bemerken von der Spannung, mit der er dabei seine Gäste beobachtete. Ein übermächtig geglaubter Gegner war vor einem Provinzfürsten in die Knie gegangen, die Stadt und die Reiterarmeen der Beduinen beherrschten den römischen Orient: wahrhaft ein Grund zu Wohlbehagen.

Doch war ihm klar, daß etwa Nesa, Zenobios' Schwager, der als Vertreter der Kaufleute und Dekaproten an der Runde teilnahm, Vorbehalte hatte. Noch wußte niemand, wie die Perser auf die Niederlage reagieren würden, und die reichen Handelsherren fürchteten um ihre Karawanen. Der Krieg war nicht ihr Geschäft. Neben dem Syndicus war Nesa der einzige, der nicht in Uniform erschienen war. Sein hochgewachsener schlanker Körper in der bestickten palmyrenischen Robe setzte einen eleganten, fast spöttischen Akzent inmitten der kriegerischen Pracht seiner Landsleute. Domitian sah es mit Interesse. Dieser Mann und seine Partei mochten wichtig für ihn werden, wenn Odaenathos' Macht zu sehr zu wachsen drohte, zu sehr für Rom, das ihn jetzt hegte und pflegte. Er ahnte nicht, daß gerade Nesa ihm in Kürze zum Verhängnis werden sollte. Daher war er hocherfreut, als der Karawanenführer das Wort an ihn richtete.

»Syndicus, bei einer meiner letzten Geschäftsreisen, die mich auch nach Karrhai führte, fand ich etwas, das, glaube ich, Euch gehört.« Er winkte den Sklaven mit der Weinkaraffe heran und ließ sich einschenken, begutachtete auch das kilikische Honiggebäck auf der Silberplatte zwischen ihnen und wandte sich dann kauend wieder seinem Gesprächspartner zu.

»Köstlich, diese Kuchen, greift zu. Einer der Vorteile unserer neuentdeckten Erobererqualitäten ist es zweifellos, daß Kilikien wieder zu annehmbaren Preisen verkauft. Übrigens auch eines der Ergebnisse meiner Reise.«

Domitian verbarg seine Neugier hinter einem Schmunzeln: »Aber doch sicher nicht das, von dem Ihr mir berichten wolltet?«

»Ich schweife ab, in der Tat, verzeiht. Seht Ihr, Syndicus, meine Reisen führen oft an den Zelten der Beduinen vorbei. Ich genieße ihre Gastfreundschaft, ihr Vertrauen, und oftmals werden mir dort Objekte angeboten«, seine Hände formten ein vages Oval in die Luft, »so kostbar, wie Ihr sie in der schlichten Umgebung kaum vermuten würdet. Die Zeit schwemmt vieles in die Zelte der Wüstenkinder, Ihr versteht?«

»Ich verstehe, ich verstehe. Und allerdings vermisse ich ein sehr wertvolles Pferd, wie Ihr vielleicht gehört habt, einen prachtvollen Schimmel mit einer Blesse etwa hier. Sollte …« Der Syndicus beugte sich in wachsender Spannung vor.

»Leider … es war kein Vierbeiner, was ich fand, und momentan ist er wohl auch kein Prachtexemplar zu nennen.« Nesa strich sich bedächtig über den gepflegten schwarzen Vollbart, den er sich nach seinem Priesteramt an der Quelle wieder hatte wachsen lassen, und lächelte, als er an den struppigen Wilden dachte, den seine Verwandten ihm zur Auslöse angeboten hatten.

»Er nennt sich Balbus, ein römischer Soldat, wenn auch in keinem guten Zustand.« Domitian verschüttete etwas Wein auf seiner Toga. Balbus! Erst versagte er bei seinem Auftrag, und dann überlebte er ihn kompromittiererweise auch noch.

»Ich sah ihn einmal mit Euch zusammen vor der Karawanserei, daher dachte ich, Ihr hättet vielleicht Verwendung für ihn.«

Domitian rang noch immer um Fassung. »Das, das ist überaus freundlich. Eure … Auslagen werden Euch selbstverständlich ersetzt werden.« Er faltete seine Toga so, daß die Weinflecken nicht zu sehen waren und fragte dabei ohne aufzuschauen:

»Ihr wißt nicht zufällig, wie er gefunden wurde?« Nesa hob bedauernd die Schultern.

»Das werdet Ihr ihn selbst fragen müssen. Ich lasse ihn Euch in den nächsten Tagen zustellen.« Domitians verbindlichster Dank wurde von begeisterten Zwischenrufen unterbrochen, die Odaenathos mit seiner Schilderung vom Sieg über Schapur ausgelöst hatte.

»Schapurs Hauptmacht«, führte er gerade aus, »floh vor uns auf den Euphrat zu. Tagelang sahen unsere Späher nur ihre Spuren, dann den mächtigen Heereskörper selbst, wie er sich in Staub und Eile auf den Fluß zuwälzte. Verwundete blieben zurück, der Troß, wie Treibgut am Wegrand. Mit aller Macht suchte er uns zu entkommen. Aber wir haben ihn«, seine Faust knallte herunter, »hier eingekreist und in den Fluß gedrängt. Seine Reiter versanken im Uferschlamm, und wir schossen sie ab, wie man Enten jagt. Er selbst floh, wie der Schakal vor dem Löwen flieht und sich quiekend ins Wasser stürzt. So dringend war es ihm, daß er sogar seinen Harem mitzunehmen vergaß. Wir brauchten ihn nur aus einem Nachen zu fischen, den ein paar rosige Eunuchen panisch im Kreis herumruderten.«

»Die Perser scheinen sich das zur Gewohnheit machen zu wollen. Dareios tat dem großen Alexander seinerzeit bei Issos ganz denselben Gefallen«, merkte Nesa spöttisch an. Gash lächelte säuerlich in das folgende saftige Gelächter, unter dem besonders der junge Fürstensohn sich eitel blähte. Er war es, der mit dem ungewöhnlichen Siegesgut für seinen ersten Kampf belohnt wurde. Gash aber hatte die wehenden Bänder und Schleier nicht vergessen, die damals vor Karrhai für kurze Zeit zwischen den Zelten aufgestiegen waren, und die Begierde überfiel ihn wie damals. Er war der Botschafter an Schapur gewesen, er hatte seitdem keine Schlacht verloren, und der dort war noch nicht einmal ein Mann. Wie weiß ihr Fleisch geleuchtet hatte damals …

»Edler Gash!« Ertappt sah er auf, als sein Fürst ihn ansprach und mit der Hand, die den Weinkelch hielt, auf ihn deutete.

»Eure sorgenvolle Miene ehrt Euch, denn wahrhaft, während wir hier schlemmen, ist der Feind noch nicht ganz besiegt. Antiochia liegt geknebelt da. Und Ihr, Gash, werdet es befreien. Ich dachte mir, daß Ihr den Renegaten Marianes, der dort jetzt herrscht, gerne noch einmal treffen wollt. Ihr erinnert Euch gewiß noch: Ihr seid ihm bei Schapur begegnet.«

Gash wuchs unter den Wogen der Genugtuung, die er von seinem reglosen Vater ausgehen spürte:

»Ich werde ihm sein Verrätermaul mit dem Lorbeer stopfen, den er mir damals zugeworfen hat.«

Odaenathos nickte ihm zu und fuhr dann fort:

»Bleibt uns noch ein Problem zu lösen, meine Feldherren. Sein Name ist Macrianus.«

»Ich wüßte nicht, warum das unser Problem sein sollte«, ließ sich eine heisere Stimme hören. Es waren die ersten Worte, die Zabdas in dieser Runde sprach. Bisher war die ausgedörrte Gestalt des alten Generals nur dagesessen, das lederfaltige Gesicht über die Schultern der Versammelten hinweg einem unbestimmten Fleck im Garten zugewandt. Jetzt sah er seinem Herrn mit seinen ungewöhnlich hellen, wässrigen Altmänneraugen ins Gesicht.

Domitians Kinn schnellte vor: »Wollt Ihr uns das deutlicher erklären, General? Man sollte doch meinen, es sei der Wunsch jedes aufrichtigen Untertanen Roms, die Verräter an seines Kaisers Namen zu verfolgen und zu strafen.« Ein beruhigender Wink Odaenathos' hieß ihn, sich zurückzulehnen. Doch der Alte hatte sich nicht provozieren lassen.

»Ich bin Krieger, Syndicus, und ich denke wie ein Krieger. Mir ist gleich, ob Macrianus sich Kaiser von Ostrom nennt oder nicht. Meinetwegen heißt er sich einen Sohn der Sonne. Für mich zählt nur, daß auch er im Norden die Perser auf den Euphrat zurücktreibt. Warum ihn daran hindern? Warum sich einen zweiten Feind schaffen, ehe der erste ganz besiegt ist? Kein Krieger handelt so unklug.« Mit einer energischen Bewegung strich er Gegenargumente vom Tisch.

»Was also«, fragte Odaenathos mit liebenswürdiger Ruhe, »schlagt Ihr uns vor?«

Der graubärtige Araber verlor nichts von seiner polternden Zielstrebigkeit: »Herr, Ihr lerntet einst von mir, wie man ein Schwert führt. Ich neige mein weißes Haupt vor dem Schüler, der seinen Meister weit übertraf. Ihr habt diesen Greis stolz gemacht mit Euren Siegen. Darum wagt er sich der alten Zeiten zu erinnern und Euch zu raten. Laßt Macrianus für uns kämpfen, in welchem Namen er möchte.«

»Und dann?« Odaenathos war fast zu freundlich. Die hagere Gestalt des Generals straffte sich:

»Nun, er wäre nicht der erste Kaiser, der Rom aus einem Grenzkonflikt entsteht. Man wird sehen, wer stärker ist: er oder der Sohn Valerians. Es ist nicht an Palmyra, das zu entscheiden.«

Das hatte Domitian befürchtet. Er griff gespannt nach seinem Weinkelch und prüfte, während er trank, über den Becherrand die Mienen der anderen. Wie würde vor allem der Fürst reagieren?

Odaenathos drückte mit energischer Geste den vorschnellenden Oberkörper seines Sohnes zurück, der auszusprechen wünschte, was auch Gashs aufflammender Blick verriet: daß sie Palmyra sehr wohl für fähig hielten, über Roms weiteres Schicksal im Osten souverän zu entscheiden. Nesas bedächtiges Nicken übersah er, ihm war klar, daß der Kaufherr für jeden Frieden sprechen würde. Nesa und Zabdas, das war das alte Palmyra. Er lächelte überlegen.

»Edler Freund, wie könnte ich den Tag vergessen, da Ihr mich bei der Hand nahmt, mir ein Holzschwert gabt und den Knaben, der ich war, die ersten Schläge auf den Gegner lehrtet. Bei Allath, jeden Kunstgriff und auch jeden blauen Fleck dieser Jahre verdanke ich Euch.« Man lachte höflich. »Doch auch Eure häufigste Ermahnung trag' ich noch im Ohr: ›Wenn du dich gerade als Sieger dünkst, überprüfe deine Deckung.‹ Und nun wollt gerade Ihr mir raten, unter der Sonne dieser Schlachten meine Flanke von einem Verräter decken zu lassen? Denn nichts anderes ist er doch, dieser Macrianus, ein Dieb und hündischer Verräter seines Herrn. Das ist kein Mann für uns, Zabdas, kann es nicht sein.« Er ließ die Schultern seines verunsicherten Generals los, die er bei diesen Worten umfaßt hatte, und wandte sich wieder der Runde der Versammelten zu.

»Das hat Kaiser Gallienus nicht um uns verdient. Ich, ein Fürst und Erbvater einer Dynastie, kann einem anderen Fürsten diese Schmach nicht antun, Freunde.«

Nesa und Zenobios warfen einander einen überraschten Blick zu. Erbvater? Der Titel des Stadtfürsten war zwar seit Generationen in der Hand der Odaenathen, aber deshalb keineswegs erblich. Die Dekaproten und der Stadtsenat, dem auch sie angehörten, waren es, die durch Zustimmung jeden neuen Herrscher erst bestätigten. Diese Sitte hatte Odaenathos soeben mit einem Satz beiseite gewischt. Dem Adel der Stadt würde das gar nicht behagen. Domitian beeilte sich einzuwerfen, daß Gallienus diese Freundestat mit dem Titel ›Beherrscher des Ostens‹ und dem Oberbefehl über alle römischen Legionen im Orient zu würdigen beabsichtigte, und Nesas Augenbrauen gingen in die Höhe.

Odaenathos bemerkte dies und griff ein: »Zenobios, bald mein nächster Verwandter, sagt Ihr, dessen Tochter morgen als erste Frau den Thron neben mir besteigen soll, ob Ihr Euren Schwiegersohn so ehrlos sehen möchtet.« Nesa lächelte fein unter seinem dichten schwarzen Bart, als er seinen Schwager einen hilflosen Moment lang zögern sah, bevor er sich schließlich in stummer Zustimmung vor Odaenathos verneigte. Der alte Zabdas wich seinem sarkastischen Blick aus. Sicher, dachte Nesa, das war hohe Politik, nichts für dich, einen schlichten Krieger. Dann spürte er die Augen seines Fürsten auf sich ruhen. Gelassen nahm er einen weiteren Schluck Wein. Es war nicht der Zeitpunkt, beschloß er, um aufzubegehren. Doch mußte er etwas fordern, schon um Odaenathos nicht mißtrauisch werden zu lassen. Etwas, was den Stadtsenat zu erfreuen vermochte.

»Zweifellos«, bemerkte er dann, an Domitian gewandt, »wird Euer großzügiger Kaiser dafür Verständnis haben, daß Palmyra die römische Kriegskasse, die sich derzeit noch in Macrianus' diebischen Händen befindet, unter seine Verwaltung nimmt.«

Der Syndicus schnaufte erleichtert. Wenn das Nesas Preis für seine Zustimmung war, würde es zweifellos so sein. Er würde sich um Balbus' willen dafür einsetzen. Odaenathos schlug dem Onkel seiner künftigen Frau krachend auf die Schultern.

»Wo wäre sie besser aufgehoben als in Euren kundigen Händen, Nesa. Nun ist das also geklärt. Ich werde selbst an Zabdas' Seite gegen Macrianus ziehen. Er liegt in Hemesa verschanzt, wo die treuen römischen Truppen sich unter meinem Oberbefehl mit uns vereinigen werden. Gash, Ihr werdet mir die Siegesbotschaft aus Antiochia bringen. Aber zuerst Freunde, zuerst wird geheiratet. Morgen ist der Tag.« Er klatschte in die Hände. »Wein, bringt Wein her beim Bel. Und wo bleiben die Tänzerinnen?«

Die Runde wurde stumm, ein jeder trank und versank in seine Gedanken. In das Plätschern der Springbrunnen hinein mischte sich bald grelle Flötenmusik

## »Evoe« dem Brautpaar

»Hast du den Speer bekommen?« Sime rannte Gash aufgeregt bis auf den Hof entgegen, als er hereinritt, doch er schüttelte nur mürrisch den Kopf, zügelte ungehalten sein Tier und stieg ab.

»In der ganzen verdammten Stadt ist kein Speer aufzutreiben, wie du ihn brauchst. Laß es doch endlich gut sein, Mutter.« Aber Sime rang nur die Hände. »Wo Odaenathos soviel Wert auf römische Bräuche legt, da soll auch alles ganz richtig nach den Vorschriften... was ist denn, mein Pferdchen?«

Zenobia betrat zaghaft die Halle, das wollene weiße Hochzeitsgewand mit der Linken gerafft, in der Rechten ein Bündel roter Wollfäden. »Habt ihr den Speer noch nicht gefunden?« Auf ihrer Stirne standen kleine Schweißperlen, und ihre Stimme zitterte bedenklich, als sie sprach, aber sie war fest entschlossen, sich so lange wie möglich zu beherrschen. Sie hatte sich vorgenommen, die schützende seelische Taubheit, die sie im letzten Jahr umgeben hatte, nicht in den abschließenden Stunden der Erregung vor dem großen Ereignis wieder zu verlieren. Dem Ereignis, für das die Menschen, die einmal ihre Familie gewesen waren, sie einzig noch unter sich und am Leben duldeten.

»Ihr wißt doch selbst, daß es in Palmyra schon monatelang keine Gladiatorenkämpfe gegeben hat«, fuhr sie fort, »nur Tierhetzen.«

»Nein, nein, nein«, fiel Sime ihr sofort ins Wort, »es muß ein Speer sein, durch den ein Gladiator getötet wurde. So verlangt es nun einmal die römische Sitte, mein Schatz«, erklärte sie eifrig, nicht ohne Stolz auf ihr eilig angeeignetes Wissen.

Da verlor Gash endgültig die Geduld. »Wenn dieser Sch ... speer nun einmal nicht zu haben ist, dann wird sie sich eben mit einer anderen Mordwaffe begnügen müssen, schließlich ist sie auch nur eine zweitklassige Braut. Los, komm her.«

Und mit diesen Worten zog er sein Schwert. Zenobia ging auf ihn zu und blieb mit gesenktem Kopf vor ihm stehen. Mit Genugtuung blickte Gash auf sie herunter, so demütig hatte er sie selten gesehen. Aber ihre wilden Zeiten waren vorbei, erinnerte er sich. Nicht zuletzt er selbst hatte dafür gesorgt. Noch einmal sah er sie an: Kein Zittern verriet, was sie empfinden mochte. Da hob er seine Waffe und zog ihr den Scheitel ihrer Hochzeitsfrisur – beinahe nach alter römischer Sitte.

Hätte ihr das Eisen den Schädel gespalten, Zenobia wäre glücklicher gewesen. So mußte sie sich mit der spöttischen Behutsamkeit begnügen, mit der die kühle Spitze ihr vom Nacken bis zum Scheitel fuhr und ihr ein deutliches Versprechen gab: Aufgeschoben, flüsterte Gashs Klinge ihr zu, ist nicht aufgehoben. Der Blick, mit dem er ihr in die Augen sah, als sie den Kopf hob, bekräftigte ihr das Gelöbnis. Sie zuckte die Schultern und wandte sich ab.

Der Julitag, den der Priester des Bel unter Vermeidung aller achtunddreißig unheilbringenden Tage des römischen Kalenders als idealen Hochzeitstag errechnet hatte, drang glutend durch die Vorhänge des Hauses bis in die innersten Räume. Während Sime ihrer Tochter die nunmehr gescheitelten Haare mit sechs roten Wollbändern zur vorgeschriebenen Frisur aufflocht, glänzte ihnen allen feiner Schweiß auf der kupferfarbenen Haut. Die Mägde saßen träge im Dämmerlicht des verhängten Zimmers, stickten und flickten noch im letzten Moment an einem Teil der Mitgift, kostbaren Gewändern aus Seide und ägyptischer Baumwolle, so fein, daß sie durch einen Fingerring gezogen werden konnte. Dramatisches Purpur, unschuldiges Blau und geheimnisvolles Grün leuchteten in bunten Haufen auf dem Fußboden. Milchweiße Perlen schimmerten hier, fein ziselierte Goldblättchen dort, und Silberglöckchen klangen leise vom Saum eines brennend orangefarbenen Kleides, auf dem rosafarbene Blumen erblühten wie Blutstropfen, die ins Wasser fielen. Eine geheime Färbetechnik aus dem südlichen Arabien erreichte diesen seltenen Effekt.

Die Frauen gingen mit all der Pracht zu ihren Füßen unbekümmert um. Mit untergeschlagenen Beinen saßen sie auf den Kissen und gingen leise sich unterhaltend ihrer Arbeit nach. Doch selbst ihr aufgeregtes Wispern und Kichern und die obszönen Scherze, die sie, wie es Brauch war, der jungen Braut zuriefen, klangen seltsam gedämpft durch die lastende Hitze, die sie alle in ihrem Griff hatte.

Als ob sie es wüßten, dachte Zenobia wehmütig. Als ob sie ahnten, daß dies hier alles andere als ein Freudentag ist. Und dabei, spann sie ihre Gedanken mit bitterem Hohn fort, welche Ehre für eine Gefallene, Entehrte wie mich, die Frau des Stadtfürsten zu werden. Was für ein prunkvoller Rahmen für eine beinahe Tote.

»Kein Majoran?« klang es da an ihre Ohren und unterbrach ihr Selbstmitleid. »Was heißt das, er blüht nicht im Juli! Wie sollen wir ihr sonst die traditionsgemäße Brautkrone flechten?« Sime drohte ob dieser erneuten Hiobsbotschaft wieder einmal zu verzweifeln. Die Verantwortung der künftigen Schwiegermutter eines römischen Fürsten lastete schwer auf ihren Schultern. Die Küchenmagd, die die ungünstige Nachricht überbracht hatte, zog ein ratloses Gesicht.

»Unfug«, erklang da eine neue, aber wohlvertraute Stimme. Erwartungsvoll schaute Zenobia auf. Ume, die alte Badefrau, war unbemerkt eingetreten. In die wohlvertraute, scheinbar immer gleiche schlichte Leinentunika gehüllt, schien sie sich für Zenobia seit ihrem ersten Besuch im Bad kein bißchen verändert zu haben. Massig und schwarz, wie eine nächtliche Mutter Erde, das runde Gesicht noch immer faltenfrei. Sie war einer der wenigen Menschen, der in ihr noch ein Gefühl der Wärme und Zuneigung zu erwecken vermochte. Allein ihr Anblick brachte etwas in Zenobia zum Beben; sie schluckte.

»Niemand wird meiner Kleinen Küchenkräuter in die Haare binden, bei Allath«, fuhr Ume mit ihrer Strafpredigt fort. »Wenn sich die Römerinnen mit so etwas lächerlich machen wollen, dann sollen sie es tun.« Mit diesen Worten holte sie ein Lederband aus ihrem Beutel und wand es Zenobia um den Kopf. In einer schlichten Silberfassung hielt er auf der Mitte ihrer Stirn einen großen, rundgeschliffenen Granaten, dessen düsteres Feuer mit den Funken von Trauer und – ganz verborgen – auch der Wut in Zenobias schwarzen Augen um die Wette glomm.

Jetzt aber blickten sie dankbar zum Gesicht der Nubierin hoch. Ume lächelte und legte ihre mächtigen schwarzen Arme um Zenobias noch immer kindlich magere Schultern. Eine Wolke aus Moschusduft hüllte Zenobia heimatlich ein und ließ ihren Schutzwall der Selbstbeherrschung beinahe ins Wanken geraten. Könnte sie doch wieder ein Kind sein und sich von diesen Armen forttragen lassen!

»Mein Geschenk für die Königin von Palmyra«, murmelte Ume, als Zenobia sie auch schon fest umarmte. Sie drückte das Mädchen ihrerseits an sich. »Laß den Schmerz niemanden sehen, Kind«, flüsterte sie noch leiser, »es gibt zu viele, die es erfreuen könnte.« Sie streichelte wie versonnen Zenobias Rücken, den kein Schluchzer erbeben ließ. »So ist es recht. Wenn du der Welt ein Schauspiel bieten willst, dann eines ganz anderer Art. Ist es nun besser?« Zenobia richtete sich wieder auf und sah sie mit trockenen Augen an.

»Und denk an den Stein, kleine Königin, er verleiht den Frauen besondere Kraft. Wir nennen ihn Aghnab, aus tiefster Erde. Er war schon da, bevor die Götter auf die Welt kamen.«

Dankbar tastete Zenobia nach dem Edelstein, der mit tröstlichem Druck über ihren Augen saß und nickte der Alten zu. Das stumme Lächeln, mit dem sie sich von Ume verabschiedete, verhüllte der Brautschleier, den ihre Mutter über sie warf.

»Es ist soweit, Pferdchen, nun komm schon.« Ein kurzes Senken des Kinns, dann hatte die Frau des Hauses Ume entlassen. Durch die offene Tür fiel gleißendes Licht herein. Zenobia erhob sich, um ihr Elternhaus zu verlassen und es nie wieder in ihrem Leben zu betreten.

Der Brautzug, der Zenobia abholte und zum Tempel des Bel begleitete, nahm fast die ganze Länge der Kolonnade ein, die die Agora im Westen mit dem Heiligtum im Osten der Stadt verband. Eine römische Ehrenwache gab mit waffenklirrenden Schritten das Signal zum Aufbruch, ein Zeichen, daß die heutige Verbindung den Segen und die Aufmerksamkeit des großen Imperiums genoß. Acht Männer der Familie, darunter ihr Bruder und auch ihr Onkel Nesa, hoben mit einem lauten Zuruf die Sänfte an. Kaum hatte sie den Innenhof des Hauses verlassen, war sie umbrandet von der Menge der Gaffer.

Von weitem sah die Sänfte aus wie ein kostbar geschmücktes, zerbrechliches kleines Boot, das auf den aufgepeitschten Wogen der Massen tanzte und um dessen wertvollen Inhalt einem angst und bange werden mochte. Blumen und Süßigkeiten, selbst kleine Parfumfläschchen und Schmuckstücke flogen von allen Seiten herbei. Fruchtbarkeit verheißende Wassertropfen regneten unter »Evoe«-Rufen nieder, von braunen Fingern aus extra hierfür mitgebrachten Schälchen geschöpft. Zenobia zog hastig die Vorhänge noch fester zu, um vor den Wurfgeschossen sicher zu sein. Auch brannte das gleißende Licht des hellen Tages wie Feuer, wo immer es die Haut traf. Zenobia konnte sich kaum vorstellen, daß sie selbst ein Teil des Ereignisses sein sollte, das all die Menschen dort draußen bei dieser Gluthitze auf die Beine trieb, daß der vertraute Lärm und das brodelnde Treiben der Gassen, das ihr als Kind so vertraut gewesen war, heute ihr ganz alleine galt. Zwischen Angst und Neugier hin und her gerissen, saß sie in ihrem schwankenden Gefährt und lauschte dem Lärm der Jubelrufe, die Augen wie gebannt auf die flatternde bestickte Seide der Vorhänge gerichtet, die immer wieder den Blick auf das überwältigende Treiben draußen freigab. In der berauschenden, aber unheilschwangeren Atmosphäre eines bösen Traumes gelangte sie zum Tempel.

Im Vorhof des großen Beltempels war ein Opferbecken angelegt, an das sich eine überdachte Festhalle anschloß, umgeben von einer doppelten Säulenreihe mit Kapitellen aus vergoldetem Akanthus. Dort wartete ihr Bräutigam auf sie, inmitten der Festgesellschaft. Der würzige Duft gebratenen Fleisches lag über dem gesamten Hof, aus dem die Priesterschaft sich nach Verrichtung der Opferhandlungen zurückgezogen hatte. Auf einem Spieß wurde ein zentnerschwerer Ochse, nachdem aus seiner Leber eine glückverheißende Zukunft gedeutet und sein Fett den Göttern geopfert worden war, langsam über dem Feuer gedreht. Neben der kleinen, von Säulen getragenen Festhalle hatte man weiße Zelte aufgestellt, um die nicht unmittelbar zur Familie gehörigen Gäste unterzubringen. Sie alle sollten Zeuge sein, wie der Ehevertrag unterschrieben wurde und am sich anschließenden Gastmahl teilnehmen.

Es war Vorodes, der mit festem Griff Zenobia aus der Sänfte in die Halle geleitete und ihrem künftigen Gemahl zuführte. Wie es die Sitte verlangte, war die Braut zu spät eingetroffen und mußte sich nun ihren Weg durch ein Spalier lächelnder Gesichter bahnen, Glückwünsche und kleine Päckchen mit Süßigkeiten entgegennehmen. Ein Hagel segenspendender Phallus- und Vaginasymbole aus Zuckerzeug ging über Zenobia nieder. Vorodes' Hand auf ihrem Arm erlaubte kein Zögern.

Der Essens- und Schweißgeruch in der niedrigen Halle raubte Zenobia fast den Atem, während sie auf den wie lackiert glänzenden, brutzelnden Fleischberg des Ochsen an der Stirnseite des Saales zuschritt. Unmittelbar davor erhob sich eine riesige Gestalt: Odaenathos. Ich hatte vergessen, wie groß er ist, dachte Zenobia. Er prunkte heute in der Uniform eines römischen Feldherren im Range eines Prokonsuls, jeder Zoll der Corrector totius Orientis, der Beherrscher von Roms sämtlichen östlichen Provinzen. Mit einer huldvollen Geste forderte er sie auf, sich neben ihm zu Tisch zu legen. Der metallene Brustharnisch, üppig vergoldet, klirrte sacht, als er selbst Platz nahm. Da setzte die Musik ein. Unter ihren Klängen wurde der Brautvertrag, dessen ausführliche Paragraphen vor allem die Höhe der Mitgift regelten, feierlich unterschrieben, versiegelt und dem Brautvater übergeben. Die Festivitäten konnten beginnen.

Zwei Sklaven brachten auf einem dekorierten Teller die Hoden des Opferstieres, dekoriert mit einer Banane und zwei reifen Pflaumen, wovon Zenobia unter allgemeinem Gelächter genötigt wurde zu kosten. Odaenathos zog seinen Dolch und schnitt ein Stuck großes Stück des weißlichen Fleischklumpens ab, den er ihr, von Beifall begleitet, in den Mund stopfte. Zenobia versuchte, möglichst unauffällig zu kauen. Noch nie war ihr etwas so trocken und zäh vorgekommen, es schien ihre Kehle einfach nicht hinunterrutschen zu wollen. Dies alles mußte ein Alptraum sein. Nun setzte rhythmisches Klatschen ein, als Odaenathos ihr die Banane hinhielt. Sämtliche Gäste fielen ein, und auffordernde Rufe ertönten über dem Stakkato, das erst aufhörte, als Zenobia die Frucht verspeist hatte, die ihr Gatte ihr mit Nachdruck zwischen die Lippen schob, während er selbst in eine der Pflaumen biß. Lauter Jubel brauste um die Tische, und Odaenathos winkte grinsend in die Menge, die ihre Gläser hob, um auf das Paar anzustoßen.

Zenobia sank auf ihre Liege zurück, erleichtert, nunmehr den offiziellen Teil der Feierlichkeiten absolviert zu haben. Sie griff nach einem herrlich irisierenden Glaspokal und trank durstig – den ersten Wein ihres Lebens. Herb und heiß zugleich rann es ihr die Kehle hinunter, dann erblühte das Aroma der beigefügten Gewürze auf ihrem Gaumen. Überrascht nahm sie einen zweiten Schluck. Fast sofort spürte sie, wie ihre Beine, ihr ganzer Körper schwer wurde und sich wohlig in die weichen Polster der Liege schmiegte. Ihr Kopf aber wurde leicht dabei. Erst Tränen, dann ein Kichern stiegen in ihr auf, Farben nebelten durch ihr Hirn und klangen mit den schrillen Tönen der Musik zusammen. Alles wurde leuchtender und wie aus dem Himmel herab richtete sie erstmals den Blick genauer auf ihre Umwelt.

An Odaenathos' rechter Seite saß nicht, wie es der Brauch gewesen wäre, sein Sohn aus erster Ehe, Hairanes. Unruhen an der Grenze bei Dura Europos, so hieß es, hatten seine Anwesenheit erfordert. Doch selbst der naiven Sime war es klargewesen, und sie verheimlichte es auch ihrer Tochter nicht, daß der Erstgeborene aus Protest ferngeblieben war. Zu viel hatte er von möglichen weiteren Kindern aus dieser neuen Ehe zu fürchten. Dura Europos, dachte Zenobia, wer's glaubt. Aber wäre er hier, dann hätte ich vermutlich Gift statt Honig in meinem Wein. Der Gedanke machte sie kichern, und wieder tat sie einen tiefen Zug.

Vorodes, Nesa, diese Gesichter an der Tafel kannte sie. Der alte Mann in palmyrenischer Uniform mußte Zabdas sein, der berühmte Reitergeneral, unter dem ihr Bruder diente. Sein Silberhaar und das wettergegerbte Gesicht imponierten ihr wenig, zu sehr ähnelte er darin, und auch in der Strenge seiner Züge, ihrem eigenen Vater. Nesa prostete ihr zu und sie hob mechanisch zum Gegengruß ihr Glas. Das Dankeslächeln stand noch in ihrem Gesicht, als sie sich wieder Zabdas zuwandte. Zu ihrem Erstaunen errötete der alte Krieger, lächelte dann seinerseits und hob mit einer scheuen Geste ebenfalls sein Glas, um auf ihr Wohl zu trinken.

Sie dankte erfreut mit ebenderselben Geste und einem ehrerbietigen Senken des Kopfes. Ein unerwartetes Triumphgefühl stieg neben warmer Dankbarkeit in ihr auf: Es war das erste Mal, daß ein Mann, in den vollen Würden seines Alters und seines Amtes, von ihr Notiz genommen hatte. Wenn man von ihrem Onkel Nesa absah, der ihr aber trotz seines Dekaproten- und Priesteramtes, stets ein wenig frivol erschienen war. War er ihr vielleicht unernst vorgekommen, gerade weil er sie, das unbedeutende Mädchen, im Gegensatz zu ihrem Vater seiner Beachtung für wert befunden hatte? Oder lag es an der Szene, die sie vor langer Zeit in diesem Tempel beobachtet hatte? Unvermittelt wandte sie den Blick in die Richtung, in der das Turmzimmer liegen mußte, in dem sie damals Nesa in den Umarmungen einer Prostituierten überrascht hatte, eine Szene, die sie heute erst als das zu deuten wußte, was sie war, und die ihr damals als Kind rätselhaft und beunruhigend vor Augen gestanden hatte. Da drang Odaenathos' dröhnendes Lachen in ihr Bewußtsein. Sie verdrängte die Bilder hastig mit einem erneuten Schluck und wandte sich wieder der Tischrunde zu.

Sie hatte offenbar das Interesse eines weiteren Mannes erregt. Domitian betrachtete sie nachdenklich. Der Mann, römischer Syndicus, wie sie wußte, lag lässig neben seiner Gattin auf seiner Liege hingestreckt und spielte an einigen Trauben herum, die er in Händen hielt. Sein abschätzender Blick war ihr in höchstem Maße unangenehm und weckte umgehend den alten Trotz in ihr. Mußte sie sich das als Frau des Stadtfürsten gefallen lassen? Sie reckte das Kinn, und als hätte er gemerkt, daß sie innerlich die Federn sträubte, erschien ein maliziöses kleines Lächeln um seine Mundwinkel, so, als ob er etwas über sie wüßte, das ihr peinlich sein müßte. Unwillig wandte sie sich ab und trank erneut. Was konnte dieser Römer von ihr wollen? Er war so unsympathisch wie alle seine Landsleute mit ihrem überlegenen Getue. Odaenathos mochte ihnen schmeicheln und gehorchen, aber sie selbst würde anders handeln, wenn sie irgendeinen Einfluß hätte. Und war sie nicht die Stadtfürstin?

Sie fühlte sich gut und stark in den Wirbeln des Weines in ihrem Kopf. Also hob sie trotzig ihren Kelch und trank auch ihm auffordernd zu. Voll Ironie hob er sein Glas dem ihren entgegen und nippte, während sie einen großen Schluck hinunterstürzte. Warum nur war ihr jetzt plötzlich nach Weinen zumute? Und als sie dann das laute Kichern ihrer Mutter hörte und nach ihr sah, wäre sie am liebsten tatsächlich in Tränen ausgebrochen.

Da die Feier nach römischem Ritus stattfand, war Zenobios aufgefordert worden, seine Frau mitzubringen. Deshalb lagerten Sime und auch Oyat mit an dem Tisch, dem sie selbstverständlich ferngeblieben wären, wenn es ein Fest nach Art der Stämme gegeben hätte, bei der Männer wie Frauen unter sich zu feiern pflegten. So aber plauderten und tranken die beiden, nachdem sie ihre anfängliche Scheu vor der ungewohnten Umgebung abgelegt hatten, um so lebhafter. Die ungewohnte Nähe fremder Männer wie auch der sonst selten genossene Wein taten ein übriges, die beiden schnell über die Stränge schlagen zu lassen. Zügellos flirteten sie mit allen Tischnachbarn, kicherten und rissen die unbekümmert obszönen Scherze, die in der Frauengemeinschaft des heimischen Gemachs üblich waren, und bemerkten nichts von dem drohenden Gewitter, das Zenobios' zusammengezogene Brauen ihnen für ihre Heimkehr versprachen.

»Eine süße Pflaume hattet ihr da zwischen den Lippen, Odaenathos!« rief Sime über den Tisch.

»Möge ihm alles so süß schmecken, was er heute nacht zwischen die Lippen bekommt«, kicherte Oyat hinterher. »Wenn er dem allerdings nicht mehr als eine weiche Banane entgegenzusetzen hat …«

»Was hast du gegen zarte Bananen? Um dich zu befriedigen, müßte es wohl eine Steckrübe sein.« So ging es hin und her. Zenobia glühte so tiefrot wie der Sonnenuntergang, der eben den Himmel über dem wilden Geschehen entflammte, jedoch noch immer keine mildere Luft als die brennend heißen Wüstenwinde zwischen die Säulen trug.

»Amüsieren sich gut, nicht wahr?« neigte sich Odaenathos mit einem Nicken zu ihr. »Wie heißt noch mal die Dicke neben Nesa?«

Höflich, aber knapp antwortete Zenobia: »Das ist Oyat, die zweite Gemahlin des Aurelianus Zenobios.«

»Nebenfrau, was?« antwortete Odaenathos und nickte dem Sklaven aufmunternd zu, der eben einen neuen Teller mit Ochsenfleisch vor ihn stellte. »Tolles Weib, prall und rund, so mag ich das. Wenn man sich auf sie legt, muß man einsinken wie in Kissen, sage ich immer. Na, na was denn, nur keine Sorge, das wird bei dir schon noch. Nach dem dritten Sohn kommt das ganz von selber.« Und er erhob sich, mitgerissen vom Feuer der eigenen Rede. »Ich trinke auf meinen dritten Sohn. Laßt uns auf die Odaenathen trinken.«

»Auf die Odaenathen«, erscholl es im Chor zurück. Und die Wogen des Festes schwappten noch höher. Zenobia war froh, wieder unbemerkt ihrem Weinglas überlassen zu sein. Die interessierten Blicke eines Unbekannten, eines mächtigen Mannes in ägyptischer Tracht, der neben ihrem Vater lagerte, bemerkte sie nicht.

Ein weiteres Herrscherpaar wurde hereingetragen, die Statuen des Bel und der Ashtor. Sie waren die Schutzgötter der Stadt und verkörperten zugleich die Geister der Eheleute, die bei der Vermählung ebenso geehrt werden mußten wie das Brautpaar selbst. Bel erschien wie immer in voller Rüstung, in der Rechten das Szepter, in der Linken die Kugel zum Zeichen seiner Allmacht. Auch trug er das charakteristische Sternendiadem mit den nach unten gerichteten Zacken. Auf seinen wallenden Mantel hatte Odaenathos die Worte »BELUS FORTUNAE RECTOR«, Bel, Beherrscher unseres Schicksals, sticken lassen. Das Antlitz der Ashtor verhüllte, wie das Zenobias, ein blutroter Schleier.

Samen und Nüsse wurden vor beiden ausgeschüttet. Jedermann versuchte, beide mit Wasserspritzern zu benetzen, dem traditionellen Symbol für Regen auf fruchtbarer Erde.

Eine Abordnung der Händler drängte herein und huldigte, wie es ihre Pflicht und ihr Vorrecht war, dem hölzernen wie dem lebendigen Brautpaar. Sie legten ehrerbietig Geschenke vor beiden ab, sagten ihren Lobspruch, erflehten den Segen und zückten dann eifrig die Instrumente.

Eine Stimme hob an, die Ballade von Aki zu singen. Niemand wußte, ob es die Perser, die Syrer oder die Phönikier waren, die sie nach Palmyra gebracht hatten, doch durfte die Erzählung vom schlauen Aki und seinem listenreichen Feilschen um eine Braut bei keiner Hochzeit mehr fehlen. Das Volk im Vorhof und auf den Straßen hörte die bekannte Weise und sang sie mit.

Aki ritt in die Stadt, zu kaufen sich eine Frau.

Zenobia hieß sie, schön wie der Mond, doch ihr Vater war alt und schlau.

Lustvoll gröhlend vielen einige Stimmen in die altbekannten Worte ein, und im Chor ging es weiter.

Aki ritt in die Stadt, nach der Schönsten hielt er Aussschau.

Zenobia fand er, aber war sie noch Jungfrau?

Obwohl Zenobia wußte, was kam, saß sie doch wie vor den Kopf gestoßen, und Panik erfaßte sie. Zitternd griff sie nach dem Weinglas. Ruhig bleiben, ermahnte sie sich, bleib ruhig, es ist nur das Lied, wer kann etwas wissen. Oh, viel zu viele. Ihr Vater hörte mit verkniffenem Mund, aber unbewegten Zügen das Lied an. Als Gash, die Augen höhnisch auf sie gerichtet, lauthals in den Refrain einstimmen wollte, legte er ihm lediglich die Hand auf den Arm; eine unauffällige Geste, nur die hervorspringenden Adern auf seiner Stirn verrieten, daß er die geballte Kraft seines Zornes in diesen Griff legte. Mutter, dachte Zenobia hilfesuchend, Mutter. Doch Sime mied den verzweifelten Blick der Tochter und angelte angelegentlich nach einem saftigen Stück Braten in Honig. So blieb Zenobia, während das Lied seinen Fortgang nahm, harmlosere und deftige Themen berührte und die Aufmerksamkeit aller fesselte, nur der Griff nach dem Beutelchen um ihren Hals.

Ume hatte es Sime gegeben, im Austausch gegen viel Geld und gegen alle wütende Verachtung der Beschämten, und Sime hatte es Zenobia unter Tränen umgehängt, das kleine Ding, von dem es nun abhing, ob Zenobia morgen unter unauslöschlicher Schande in ihr Elternhaus zurückgeschickt würde oder ob sie alle blieben, was sie jetzt waren: ehrwürdige Verwandte des Stadtfürsten. An einem so dünnen Faden hing ihrer aller Existenz, daß Zenobia der Rausch des Festes nur wie das Toben Wahnsinniger oder die sinnlosen Verwirrungen eines Traumes vorkam. Sie wurde ruhiger, fast nüchtern, als sie das lederne Täschchen fühlte. Wenigstens gab es da etwas, was ihr noch zu tun blieb. Und das Täschchen verriet ihr trostreich, daß sie wohl nicht die erste Braut war, die ihre Jungfräulichkeit um den Hals gebunden mit in die Brautnacht brachte. Man würde sehen, ob es genügte.

Als hätte Odaenathos die Richtung ihrer Gedanken erahnt, gab er nach der Ballade das Zeichen zum Aufbruch. In einer erneuten Prozession, der sich auch die Sänger anschlossen, ging es nunmehr zum Palast des Stadtfürsten, dem großen geheimnisvollen Bauwerk, ihrem neuen Zuhause.

Musik stieg in den Nachthimmel, Schmuck klirrte und scherzende Stimmen hallten von den geschmückten Säulengängen wider.

Ein kleiner, dunkelhäutiger Fackelträger tanzte der Prozession voran, ein Junge mit lachenden Augen, der sich jauchzend um sich selbst drehte und Funken auf die Zuschauer regnen ließ, die in gespieltem Schrecken aufkreischten und ihn bald erneut umdrängten. Auf der Schwelle des Palastes würde die Fackel, die das Feuer des Herdes und des Lebens in das neue Heim tragen sollte, in die Menge geworfen werden. Wer sie auffing, der hatte ein glückliches Leben zu erwarten, so hieß es. Die junge Braut aber, die sie ihrem Mann erloschen unters Ehebett legte, zauberte damit seinen baldigen Tod herbei. Die Tore des Palastes öffneten sich, und Zenobia schritt hindurch. Sie wandte sich noch einmal zurück zu der erleuchteten Stadt. Dort blieb alles, was sie bisher kannte, alles Vertraute und jede Geborgenheit hinter ihr zurück. Ab hier war sie alleine.

Odaenathos gab dem Fackelträger ein Zeichen. In einer letzten, aufgekratzten Pirouette setzte er zum Wurf an. Die Fackel beschrieb einen glühenden Bogen durch den Nachthimmel, über die aufgereckten Arme hinweg und verschwand unter einem vielstimmigen »Ohh« der Enttäuschung in einem der Palastfenster, die sich zum Innenhof öffneten.

Odaenathos' Gelächter übertönte die Enttäuschungslaute der Menge. »Es scheint, daß die Götter das Glück aller Herdfeuer heute nur mir gönnen.« Dann ging er zu Zenobias Sänfte und reichte ihr die Hand zum Aussteigen. »Willkommen in meinem Haus, Zenobia, Tochter des Julius Aurelianus Zenobios. Ab heute soll es auch dein Haus sein.« Zenobia antwortete ihm ebenfalls mit der traditionellen Formel: »Ubi tu Gaius, ego Gaia«, wo du bist, Gaius, da will auch ich, Gaia, sein. Sie schritten hinein, und das Tor schloß sich hinter ihnen.

Noch immer Hand in Hand durchquerten sie die Vorhalle, wo bereits die beiden Götterstatuen Bels und Ashtors aufgerichtet waren. Dort brachten sie stumm und ernsthaft erneut vor ihren Genien ein Opfer dar. Dann wurde Zenobia von einigen Dienerinnen in Empfang genommen und zum Frauentrakt geleitet.

»Nun ist es gut, ist ja gut. Geht jetzt bitte endlich. Bitte!« Zenobia war bereits wenige Minuten später am Ende ihrer Geduld. Die Dienerinnen kicherten, umflatterten ihre neue Herrin und waren bemüht, durch Komplimente ihre Aufmerksamkeit zu erregen. Ihre Versuche, sie auszukleiden und zu waschen, wehrte Zenobia hastig ab. Zu groß war die Gefahr, daß eine von ihnen das Beutelchen sah und seinen Zweck erkannte. Als nach ihrem letzten, gebieterischen Bitte ein wenig Ruhe eintrat, forschte sie in den Gesichtern der Mädchen. Aber sie las dort nur Ängstlichkeit, Frechheit oder williges Gefallenwollen, kein Zug war dabei, der ihr Vertrauen erweckte. Odaenathos hatte alle erst vor wenigen Tagen auf dem Sklavenmarkt kaufen lassen für das, was er als Bedarf einer Frau ansah. Ein angeregtes Gespräch schien nicht dazu zu zählen, denn keines der neuen Mädchen sprach Aramäisch oder Griechisch. Und Zenobia war klug genug, die Absicht dahinter zu erkennen. Ihr war es nicht gestattet, sich hier eine eigene Hausmacht aufzubauen, und sollte sie noch so klein sein.

Schweren Herzens entschied sie sich daher dagegen, eine Verbündete zu erwerben. Sie seufzte; wieviel einfacher wäre doch das Kommende mit einer Gefährtin gewesen. Doch es half nichts; sie winkte die besorgten Sklavinnen hinaus und sah sich hastig um, ungewiß, wann Odaenathos sie aufsuchen würde. An der Rückwand entdeckte sie einen ägyptischen Schminktisch, ein prächtiges Stück aus vergoldetem Zedernholz, das normalerweise ihre Bewunderung erregt haben würde. Jetzt setzte sie sich nur davor, um mit zitternden Fingern ihr Beutelchen aufzunesteln. Da waren sie, wie Ume es versprochen hatte: eine kleine Phiole mit Öl, ein Streifen Papyrus, ein Tiegelchen mit Puder und ein feines, geöltes Häutchen – eine Fischblase. Ruhig bleiben, ermahnte sie sich, während sie versuchte, sich genau an die Anweisungen zu erinnern. Sie hatte nur diesen einen Versuch. Waren das Schritte draußen auf dem Gang? Vorbeigegangen! Ihr Herz pochte heftig, als sie das Öl aus der Phiole in den Pulvertiegel schüttete und… womit es nun verrühren? Ihr Finger war zu groß, alles drohte herauszulaufen. Und nun waren ihre Hände rot, verdammt. Sie durfte keine verräterischen Flecken auf ihr Kleid bringen. Schnell wischte sie die Finger an einem bunten Kissen ab und streifte sich das gefährdete Kleidungsstück über den Kopf, dabei fiel mit leisem Kling eine Haarnadel zu Boden.

Das war die Lösung; eilig hob sie die Nadel auf und rührte damit die Mixtur sorgfältig um, Dankgebete murmelnd, daß sie noch nicht begonnen hatte, zu klumpen.

»Jetzt der Papyrus«, murmelte sie, »daraus wird ein Trichter, ja, und den in die Öffnung der Fischblase schieben. So.« Dann flehte sie Allath um Beistand an und begann vorsichtig, denn Inhalt des Tiegels in die Blase zu schütten. Langsam füllte sich das durchsichtige Häutchen mit der zähen dunkelroten Flüssigkeit. Sie mit einem Haar zuzuschnüren war eine Kleinigkeit, sie zu plazieren schon schwieriger, denn wie es zweckmäßig und vorgesehen war, riß das empfindliche Häutchen beim leisesten Druck. Zenobia sah schnell ein, daß sie sich auf das Bett würde legen müssen, um sich danach möglichst nicht mehr zu rühren. Sie würde wohl oder übel dazu gezwungen sein, Odaenathos in einladendster Haltung zu erwarten. Das Ding, die beste Jungfernschaft, die es für Geld zu kaufen gab, war ihre Rettung, und zugleich machte es sie zum Verzweifeln hilflos. Noch einmal hätte Zenobia gerne geweint, hätte es nur irgendeinen Sinn gehabt. Aber es gab keinen.

Odaenathos' Schritte auf dem Flur waren nicht zu verkennen, und Zenobia zog instinktiv die buntgewebte Baumwolldecke bis zum Kinn, als er eintrat.

»Uahh!« Mit einem schweren Seufzer setzte sich Odaenathos auf die Bettkante. Die Matratze senkte sich ihm zu, und Zenobia hielt sich auf ihrer Seite des Bettes fest, um nicht auf ihn zu rollen, verzweifelt bemüht, den ersten Hautkontakt wenigstens so lange wie möglich aufzuschieben. Ihr Gemahl schien sie gar nicht zu bemerken. Mit schweren Bewegungen begann er sich zu entkleiden. Er schien Zenobia weit betrunkener als noch während der Prozession; offenbar hatte er anderweitig weitergefeiert. Vielleicht würde er sie gar nicht bemerken? Vielleicht würde er, wenn sie, wie einst bei ihrem Vater, sich einfach bewegungslos in eine Ecke drückte.

»Die liebende Ehefrau bist du ja gerade nicht, was«, lallte Odaenathos da mit schwerer Zunge. Der Schreck ließ Zenobia erstarren. »Statt ihrem lieben Gatten nach einem harten Tag die Schuhe auszuziehen, liegt sie einfach da«, fuhr er in seinen betrunkenen Lamento fort. »Na, nun starr mich nicht so großäugig an wie ein erschrockenes Reh, komm her und laß uns ein bißchen Spaß haben.« Mit diesen Worten beugte er sich über sie, um sie zu küssen. Zenobia versuchte angewidert, das schwere Gewicht seines Oberkörpers von sich zu schieben und wich vor dem schweißigen Gesicht zurück, aus dessen offenem feuchten Mund schier unerträglicher Weinatem sie anhauchte. Nicht wagend, laut zu schreien, stieß sie kleine unartikulierte Laute aus, die ihn jedoch nur zu erregen schienen.

»Willst dich wehren, was? Na gut, du kleine Wilde. Ich bin Sportsmann, ich mag es, wenn die Beute eine gute Jagd liefert.« Dabei packte er ihre Hände, die sich gegen seinen Brustkorb gestemmt hatten, schob sie über ihren Kopf und hielt sie dort an den Handgelenken mit eiserner Kraft auf die Matratze gepreßt. Ihr Hals und ihre Brüste waren seinen gierig saugenden Lippen ausgeliefert, die überall brennend rote Spuren hinterließen. Zenobia spürte seine Zähne an ihren Brustwarzen, die trotz des Ekels hart wurden.

»Mhh, du süße kleine Hure, prall wie Beeren«, murmelte Odaenathos in ihr Fleisch, »das gefällt dir, was?« Als sie den Mund öffnete, um zu protestieren, drang seine Zunge tief in sie ein; Speichel rann ihr aus den Mundwinkeln; sie versuchte vergebens zu schreien und ihre Hände frei zu bekommen. Zu spät bemerkte sie seine Knie, die sich zwischen die ihren geschoben hatten und sie unnachgiebig auseinanderpreßten. Seine behaarten Schenkel scheuerten an der zarten Innenseite ihrer Beine und ließ sie brennen. Sie konnte sein heißes Glied gegen ihre Haut pochen spüren, als sie ihm sich windend zu entkommen suchte.

»Halt doch still, verdammt noch mal!« knurrte Odaenathos erstaunt, umfaßte mit einem Ruck ihre beiden Handgelenke mit einer Faust und suchte mit der anderen sein Geschlecht in sie einzuführen. Zenobia bekam eine Hand frei, ertastete ihr Stirnband, Umes Geschenk, das sie bei der Rangelei verloren hatte, und stieß ihm mit aller Kraft den geschliffenen Stein ins Gesicht. Der große Granat hinterließ eine brennend rote Schramme auf Odaenathos' Jochbogen, gleich neben seiner Kriegsnarbe. Ein erstaunter Schmerzenslaut von ihm, dann hieb er ihr umstandslos die Faust ins Gesicht und konzentrierte sich wieder darauf, in sie einzudringen. Sein harter Schlag hatte Zenobias Glieder in einer kurzen Bewußtlosigkeit entspannt, die jedoch nicht lange genug währte, um gnädig zu sein.

Das unerträgliche Brennen zwischen ihren Beinen riß sie zurück ins Bewußtsein. Sie schrie, als Wellen von Schmerz mit jedem von Odaenathos' heftigen Stößen durch ihren Unterleib gingen. Sie wußte nicht, wie lange er schon über ihr war. Doch jedesmal, wenn er sich mit Wucht in sie senkte, schien er dort eine Glocke anzustoßen, die »Schmerz« läutete, ein gewaltiges dunkles Dröhnen, das durch all ihre Glieder lief, ihr die Fieberhitze auf die Haut trieb und ihr Übelkeit erzeugte. Verzweifelt suchte sie, sich ihm zu entziehen, indem sie das Becken in die Matratze preßte.

»Wie eine Schlange«, murmelte Odaenathos, mehr zu sich selbst gesprochen, gab sie frei, richtete sich auf die Knie auf, drehte sie herum und hob ihr Becken zu sich heran. Ihre schlagenden Fersen konnten ihn nicht erreichen, als er sie erneut auf seinen erigierten Phallus pfählte. Seine großen Hände zwangen ihre Hüften unausweichlich ihm entgegen. Hilflos vor und zurück geworfen von dem immer heftigeren Stakkato, mit dem er sein Glied nun tief in sie rammte, vergrub sie stöhnend Zähne und Fingernägel im Laken und versuchte, ihren Kopf davor zu bewahren, rhythmisch gegen das hölzerne Seitenteil des Bettes gestoßen zu werden. Allath, bettelte sie stumm, Mutter, hilf; daß ich mich nicht übergebe, laß es vorbeigehen. Oh Mutter, es tut so weh.

Mit einem letzten Stoß brach Odaenathos da brüllend über ihr zusammen. Ein ekelhaftes Zucken in ihrem Unterleib, gefolgt von einem brennend heißen Schwall, dann lag er still auf ihr. Er ließ es auch zu, daß sie sich zappelnd und würgend von seinem drückenden Gewicht befreite. Sein zufriedenes Grunzen verriet, daß er einzuschlafen begann.

Zenobia kroch in Panik aus dem Bett und sank mit zitternden Beinen an der Wand zusammen. Heiß sickerte es ihre Schenkel entlang; das Beutelchen, so verriet die Farbe, hatte seine Wirkung wohl getan. Mit hysterischen Schluchzern griff Zenobia zu einem Laken und wischte soviel davon ab, wie sie konnte. Sie warf das beschmutzte Tuch auf ihren Gatten, der in seinem zufriedenen Schlaf nichts davon bemerkte. Eine Weile saß sie da. Dann rollte sie sich zögernd auf der von Odaenathos am weitesten entfernten Ecke des Bettes zusammen, zog die Decke ganz über sich und weinte, hemmungslos und allein im Dunkel des schlafenden Palastes, zum ersten Mal seit drei Jahren.

# Eine Fürstin wird besichtigt

Als Zenobia am nächsten Tag erwachte, stand die Sonne bereits hoch am Himmel. Ein breiter Streifen Lichts fiel durch das Fenster, wärmte ihren Oberschenkel und ließ einen Flecken getrockneten Spermas an den Rändern silbrig aufleuchten. Odaenathos, so bemerkte sie sofort, als sie sich stöhnend aufrichtete, war bereits gegangen. Das blutbefleckte Laken schien er als Souvenir mitgenommen zu haben. Womöglich wollte er es dem Stadtrat vorlegen oder im Bad damit angeben, überlegte sie bitter. Nun, ihretwegen mochte er das Stadttor damit beflaggen; sie hatte hart genug dafür gearbeitet.

Froh, daß niemand sie selbst in ihrem jetzigen Zustand zu Gesicht bekommen würde, versuchte sie mit wehen Gliedern aufzustehen. Gebückt schlurfte sie zu der ägyptischen Kommode, die gestern abend ihren eiligen Verrichtungen gedient hatte. Ein metallener Krug dort enthielt Wasser, von irgendeiner Hand vorsorglich hingestellt, und sie trank in tiefen Zügen, ehe sie sich mit dem Rest einer gründlichen Waschung unterzog. Langsam entspannte sich ihr Körper ein wenig.

Dann inspizierte sie ihr Gesicht in dem Bronzespiegel, der, gehalten von den mondsichelförmigen Hörnern der Göttin Hathor, in den Schminktisch eingelassen war. Wo Odaenathos' Faust sie gestern abend getroffen hatte, breiteten sich, ebenso wie an ihren Hüften, große schwärzliche Flecken aus, die bald die charakteristische Blau- und Grüntönung annehmen würden. Ihr linkes Auge war angeschwollen, der weiße Augenhintergrund rot verfärbt.

»Ego Gaia«, murmelte sie, während sie sich betrachtete. Das war also ihr neues Ich als Ehefrau. In plötzlichem Zorn wandte sie sich ab, raffte das beschmutzte Bettzeug zusammen, schleppte es zum Fenster und warf es hinaus. Erstaunte Rufe stiegen aus dem Innenhof auf. Sie ignorierte sie, sah sich keuchend um, entdeckte noch ein Unterkleid, das Odaenathos gehören mußte, ihren eigenen roten Brautschleier auf dem Boden, ein vergessenes Kissen – und schleuderte alles in hohem Bogen hinterher.

Unten lief die Dienerschaft ebenso ratlos wie hektisch durcheinander. Zenobia lehnte sich heftig hinaus. Zehn verwirrte, neugierige Gesichter wandten sich wie an einem Faden gezogen ihr zu.

»Du da«, rief sie, und zeigte wahllos auf eine der Mägde, »Wein. Vinum! Bring mir Wein. Einen Krug voll!« Erneute aufgeregte Beratung unten. Doch nicht lange darauf verriet ein schüchternes Klopfen ihr, daß ihr erster Befehl ausgeführt worden war.

»Stell es draußen ab«, rief sie durch die geschlossene Tür. Ein leises Knirschen war zu hören, dann eilfertig sich entfernende Schritte. Nun also, dachte Zenobia mit bitterer Befriedigung, als sie der wieder eingekehrten Stille lauschte, soll doch einer behaupten, es lohne sich nicht, Stadtfürstin von Palmyra zu sein. Jeder meiner Wünsche ist Befehl, und die Weinqualität – sie kostete aus dem hereingeholten Gefäß – ist ebenfalls vom Feinsten. Wenn das kein Freudentag ist.

Langsam wanderte sie hinüber zum zweiten Fenster des Raumes und stieß den üppig geschnitzten inneren Flügel, der als Sonnenschutz diente, beiseite. In grellstem Tageslicht lag die nordwestliche Ebene vor ihr. Weit fort im Dunst ahnte man die ersten Hügel des Gebirges, von dem die großen Vögel herstammen mochten, die vor der Klippe des Palastes lautlos ihre Kreise im Aufwind zogen. Unter ihnen breitete sich die endlose, einmal rötliche, einmal graue Schotterwüste aus, um diese Tageszeit, nahe Mittag, von keiner lebenden Seele sonst durchquert. Und nahebei ragten, jenseits der grünen Grenze der Palmengärten, teils in leuchtendem Marmorweiß, teils schon verwittert, die Grabtürme Palmyras auf. Der größte und prächtigste unter ihnen, in dem Odaenathos' erste beiden Frauen und seine toten Kinder lagen, gehörte nun auch ihr.

* * *

Firmus, der ehemalige Sklave, Firmus, der Ex-Pirat, Firmus, der vormalige Trickbetrüger, rekelte sich wohlig auf der Massageliege inmitten seines Marmorgemachs. Eine armenische Sklavin vertrieb ihm mit Rosenöl und kunstvollen Griffen den Kater des Vorabends. Die Essenz zog duftend in seine Haut ein. Das Mädchen war, sinnierte Firmus, während er sich genußvoll ihren geschickten Fingern überließ, eine der zahlreichen, angenehmen Kostbarkeiten, die seine Karawanen alljährlich aus Asien mitgebracht hatten. Und sie trugen ihm keineswegs geringe Schätze zu: Seide, Gewürze, Korallen, Tee, Silber… was Arabien und Indien an Wertvollem zu bieten hatte, rann in seine alexandrinischen Speicher. Seit langem schon war nichts von dem ihm mehr unbekannt, was ihn hier auf das wohligste umgab: die marmornen Zimmerfluchten, die vergoldeten Möbel aus duftenden Hölzern, die ausgesuchten Sklaven.

Seine einst auf den Galeeren von Seewasser und Peitschen gegerbte Haut war längst gewöhnt an kostbare Essenzen und zartestes Leinen. Und seine üppige Figur hatte nichts mehr von dem mageren Tagedieb, der sich mit wenig mehr als seinem Esel, einem hungrigen Magen und einer Handvoll schlauer Ideen durch die sonnenverbrannten Städte Kleinasiens geschlagen hatte. Einige dieser Ideen waren erfolgreich gewesen. Andere weniger, aber Firmus hatte es schon verstanden, dafür zu sorgen, daß der Schaden nicht zu seinen Lasten ging.

Und so war er zäh seinen steinigen Weg gegangen: der Straßenverkauf von potenzsteigerndem Krokodilsmumienpulver in Antiochia, der Handel mit nicht vorhandenen Salinen in Edessa, das kleine Bordell in Petra, der erste Kommissionsverkauf von Seide ins Imperium… schließlich Alexandria! Grabraub, Prostitution, Weinhandel, alles schien hier möglich zu sein. Die kosmopolitische, lebenshungrige, prunkliebende Stadt, das sah er auf den ersten Blick, war genau die richtige Heimat für ihn. Hier würden sich all seine kühnsten Träume erfüllen, beschloß Firmus. Und sie taten es.

Firmus der Reiche war er nun, Firmus, der Weltmann, Firmus, die eigentliche Macht hinter der komplizierten Fassade der ägyptischen Politik. Als solcher war er auch ein gerngesehener Gast auf den Hochzeiten von nahöstlichen Potentaten mit überregionalem Ehrgeiz, wie Odaenathos einer war. Rom, Palmyra, Imperien! Schachfiguren für einen Mann wie Firmus, der seine subtilen Fäden überall spann, um sein eigenes, ganz anders geartetes Imperium zu errichten: unsichtbar, außer in dem maßlosen Luxus, der ihn umgab, in der Schrankenlosigkeit, mit der er seine Wünsche verwirklichen konnte, in der Phantastik seiner Pläne. Er entwarf seine Visionen mit Lust am Spiel und fast kindlichem Vergnügen, doch niemand, der mit ihm näher zu tun hatte, verkannte die von keiner moralischen Schranke gehemmte Brutalität und Schläue, mit der er das, was er plante, auch in die Realität umzusetzen pflegte. Wer ihn kennenlernte, dem konnte man nur raten, laute Jovialität nicht mit Dummheit zu verwechseln, Trinklust nicht mit Tölpelhaftigkeit, Gigantomanie nicht mit Realitätsverlust. Sein Sinn für die rechte Zeit und Möglichkeit war gnadenlos exakt; darin stand er auf seine laute Art in nichts dem leise pirschenden Jäger nach, und sein Wild traf er mit derselben sicheren Hand. Freunde hatte er zahllose oder keine. Doch konnte sich fast niemand dem beinahe unschuldigen Charme entziehen, mit dem er seiner Gier nach allem und jedem frönte. Seine neureiche, barbarische Lebenslust war in ihrer unbändigen Energie für die meisten einfach unwiderstehlich, zog jedermann an, wie die Motten das Licht.

Das Fest des vorigen Abends war wieder einmal ganz nach Firmus' Geschmack gewesen, laut und üppig, wenn auch vielleicht ein wenig armselig im Vergleich zu seinen Gelagen zu Hause in Alexandria. Aber die Küche war reichlich, die Sklavinnen gut ausgewählt, und die Nachbarschaft der Stammesleute behagte Firmus ohnehin. Er mochte die zunächst so stolzen alten Krieger der Wüste, die dann auf dem Höhepunkt eines Festes ausgelassen zu tanzen und ihre alten Lieder zu singen vermochten wie junge Männer.

»Au, Mädchen, Vorsicht bitte!« Ein roter Fleck an seinem Kniegelenk erinnerte ihn soeben schmerzhaft an die Versuche des Zenobios, ihm in volltrunkenem Zustand einen Schwertertanz der Bene Mattabol beizubringen. Der alte Haudegen war doch tatsächlich herumgesprungen wie ein junger Bursche. Er nötigte Firmus ohnehin eine gewisse Anerkennung ab. Die Doppelexistenz seines Stammes als Karawanenwächter und plünderer in Personalunion fand Firmus' tiefstes Verständnis; in der großen Wirtschaft ging es auch nicht anders zu. Mochten die Römer mit ihren langweiligen Rechtsbegriffen sich darüber mokieren, soviel sie wollten. Auch die Verheiratung seiner Tochter war ein geschickter Schachzug gewesen; was für ein Aufstieg für diese Beduinendynastie! Und Odaenathos konnte ebenfalls zufrieden sein: Nun hatte er genügend Pferde und Rekruten für seine geliebten Schlachten im Namen Roms.

Ein leichter Klaps ermahnte ihn, sich auf den Bauch zu drehen. Stöhnend vor Wohlbehagen folgte er der Aufforderung. Nun waren also alle zufrieden, wie schön. So zufrieden, daß leider niemand groß auf seine Vorschläge hören wollte. Ein Seidenmonopol, das für Rom die Preise hinauftrieb? Nein danke! Odaenathos hing zu hingebungsvoll an den Zitzen der römischen Wölfin, um sich für derartige Pläne zu interessieren, die den römischen Syndicus irritieren mochten. Die Stämme ihrerseits würden Odaenathos einstweilen folgen, solange er so erfolgreich blieb. Die Stimmen der Unzufriedenen auf den Straßen, auf die Firmus gebaut hatte, waren nach der Hochzeit wohl vorerst führerlos. Nachdenklich begann Firmus, an seinem Daumen zu nagen. Es sah tatsächlich so aus, als wäre der einzig Unzufriedene heute er selber. Wenn man vielleicht von der Braut absah.

Steif und düster war sie neben ihrem lauten Gatten gesessen, was ja, wie Firmus ihr im Geiste zugestand, nicht unbedingt ein Zeichen mangelnder Intelligenz sein mußte. Die Bedürfnisse einer Frau zu befriedigen, dazu war Odaenathos, daran zweifelte Firmus keinen Moment, sicherlich nicht der richtige Mann. Nur gut für das arme Ding, das so frühzeitig zu erkennen. Wenn sie schlau war, würde sie sich beizeiten einen Geliebten nehmen. Vielleicht sollte er ihr einen als Hochzeitsgeschenk besorgen? Es konnte ja nichts schaden, wenigsten einen heimlichen Freund im Palast zu haben. Firmus wendete diesen Gedanken ein paarmal herum, beroch und betastete ihn ausgiebig.

Nach allem, was ihr eher beschränkter Bruder am Vorabend in volltrunkenem Zustand von ihr berichtet hatte, war diese Zenobia durchaus selbständig und geistig wendig. Wenigstens schloß Firmus das aus den Geschichten, die Gash aus ihrer Jugend zum besten gab. Gebe Bel, daß er sich daran heute nicht mehr erinnerte, sonst gab es am Ende noch Ärger mit dem gestrengen Vater. Die engstirnigen Ehrbegriffe waren leider die anstrengende Seite dieser sonst so liebenswerten Wüstenbewohner.

Eine Ausreißerin soll sie gewesen sein, die sich auf eigene Faust in den Straßen der Stadt herumtrieb. Das ließ doch auf eine gewisse Initiative schließen. Ob sie auch romantisch war? Die kräftigen Brauen und der dunkel glutvolle Blick sprachen dafür, nach allem, was man wußte. Firmus schätzte romantische Frauen; sie waren so überaus motivierbar.

»Ob hier wohl irgendwo ein paar Aprikosen aufzutreiben sind, meine Süße?« Nur wenige Minuten, nachdem der Wunsch ausgesprochen war, konnte Firmus in eine der herrlich saftigen Früchte beißen.

»Mhh, wunderbar. Was meinst du?« wandte er sich in jovialer Stimmung an die Masseurin. »Bis zu meinem Gespräch mit den Dekaproten ist es noch eine Weile hin, und den Beltempel kenne ich bereits. Vielleicht sollte ich zur Abwechslung mal eine Fürstin besichtigen gehen. Haben wir wohl ein passendes Geschenk?« Die Sklavin verschwand lautlos, um seinem Sekretär die Wünsche ihres Herrn zu übermitteln.

Firmus nahm sich eine weitere Aprikose. Manchmal mußte man einfach einmal in unbekannte Größen investieren. Er hatte seine größten Gewinne oft genug dort gemacht, wo andere nicht einmal die Spur eines Geschäftes gewittert hatten. Die kleine Fürstin versprach jedenfalls einen amüsanten Nachmittag.

Er fand sie, von Dienern geleitet, in ihren Gemächern, und wahrhaft überaus interessant. Noch bevor ihm die Tür geöffnet wurde, drangen die Töne eines hingebungsvoll falsch gesungenen Liedes an sein Ohr. Mit einem Blick die Situation erfassend, schickte er die Sklavin, die ihn hergebracht hatte, mit einem Wink wieder hinaus. Sein Geschenk, für das sich zweifellos niemand interessieren würde, legte er auf dem seltsamerweise völlig entblößten Bett ab. Dann ging er entschlossen auf die Gestalt Zenobias zu, die ihm den Rücken zukehrte. Die üppige Zimmereinrichtung würdigte er keines Blickes. Das Vorherrschen von rosa Marmor, Gold und Blumenrosetten, die duftigen Schäferszenen an den Wänden, die zierlich gedrechselten Möbel, eingelegt mit Elfenbein und edlen Steinen – nichts davon konnte mit all seinem Charme die Stimmung heiter wirken lassen.

Das Mädchen ihm gegenüber, wie er die zarte Gestalt unwillkürlich bei sich nannte, hatte jetzt aufgehört zu singen und begonnen, lauthals und ausgiebig zu fluchen. Die Fürstin Palmyras, daran gab es nichts zu beschönigen, war sturzbetrunken. Das mochte angehen, was ihm aber Sorgen machte, war, daß sie mit baumelnden Beinen auf einem Fensterbrett saß, von dem es vierzig Meter in die Tiefe ging.

»Schöne Aussicht«, sagte er, als er neben sie kletterte, was bei seinem Umfang kein leichtes Unterfangen war. Zenobia sah ihn unter schwer gewordenen Lidern hervor an und überlegte angestrengt, ob sie diesen Mann kennen sollte. Dann fiel es ihr wieder ein: Er war der ägyptisch Gekleidete, der gestern beim Hochzeitsbankett in ihrer Nähe gesessen hatte. Sie musterte neugierig die dicke, reich geschmückte Gestalt, die trotz ihrer nur mittleren Größe imposant wirkte. Das Haar war kastanienbraun und stark gekraust, der ursprünglich blasse Teint sonnenverbrannt. Ein sympathisches Gesicht, fand sie, mit vollen, sinnlichen Lippen und belustigt funkelnden Augen. Wäre sie nüchterner gewesen, vielleicht wären ihr die Züge von Härte und Berechnung, die ebenfalls um diese Augen wohnten, nicht entgangen.

Firmus betrachtete sie ebenso ungeniert wie sie ihn. Wortlos überging er dabei die Verwüstung in ihrem Gesicht.

»Seht Ihr den Grabturm da drüben?« fragte sie mit schwerer Zunge, »den mit dem silberbeschlagenen Dach? Das ist meiner.« Wie zur Bekräftigung nahm sie einen neuen Schluck.

»Nun,« erwiderte Firmus, »Soll das heißen, Ihr wollt demnächst freiwillig dort einziehen? Da würde ich Euch dringend eines raten: Vergeßt nicht, daß dieser Grabturm immer noch Eurem Mann gehört. Das Gemäuer wartet zunächst auf ihn.« Zenobia ließ den angesetzten Krug sinken und riß erstaunt die Augen auf.

»Wenn Euch das schockiert«, lachte Firmus leise,« dann solltet Ihr tatsächlich besser springen.«

Eine Weile sagten sie beide nichts. Nur den Wein nahm er ihr sanft aus der Hand, kostete einen ausgiebigen Schluck und schüttete ihn dann in den Abgrund. Als der Krug leer war, ließ Firmus ihn fallen, und sie schauten zu, wie er tief unten zerschellte. Aufmunternd sah er sie an.

»Als ich kleiner war«, fing Zenobia plötzlich an, »gab es einen Christenjungen, der wollte mich auf seinem Pferdchen retten. Sicher, er war da erst elf; jetzt aber wäre er schon vierzehn und könnte ...«

»... genausowenig für Euch tun«, fiel Firmus ihr ärgerlich ins Wort. Für so albern hätte er sie nicht gehalten.

»Wohl wahr«, nickte Zenobia versonnen, um dann nach einem Seitenblick auf seinen rundgesichtigen Krauskopf fortzufahren: »Ihr würdet mich auch nicht mitnehmen, was?« Firmus sah sie nur wortlos an. Er fing eben an zu vermuten, daß er hier seine Zeit verschwendete, da fuhr sie fort:

»Natürlich nicht. Und was hätte ich auch davon. Vom Regen in die Traufe. Meine ersten beiden Versuche genügen mir vollauf. Was für Fehlgriffe!«

»Zwei?« Firmus hob erstaunt die Augenbrauen. Zenobia zögerte; daß sie einen schweren Fehler begangen haben mochte, durchdrang selbst die Weinnebel in ihrem Hirn. Doch zugleich machte der Alkohol sie mutig. Was sollte es, zuckte sie innerlich die Schultern, er war doch ebenso offen zu ihr, oder?

»Wenn Euch das schockiert«, versetzte sie, »dann solltet Ihr tatsächlich besser gehen.« Entzückt lächelte er sie an. Nein, sein Besuch war doch kein Fehlgriff gewesen. Die Kleine hatte Biß.

»Firmus«, stellte er sich vor, »Händler aus Alexandria, und nicht ohne Bedeutung, wenn ich das sagen darf.«

»Zenobia«, erwiderte sie ernsthaft, »Fürstin von Palmyra, und gänzlich ohne Bedeutung.« Sie versuchte die Andeutung einer Verbeugung, kam aus dem Gleichgewicht und klammerte sich am Fensterrahmen fest. In ihrem Kopf drehte sich alles.

»Bis jetzt«, sagte Firmus. »Vielleicht sollten wir etwas zu essen kommen lassen, damit Ihr nüchterner werdet. Es ist an der Zeit, daß wir uns ernsthaft unterhalten.«

Dann weihte er sie in die Geheimnisse des höfischen Lebens ein.

»Ökonomisch wirtschaften«, erläuterte er, »ist das A und O. Bisher ist Euer Körper Euer einziges Kapital, also setzt ihn ein, werdet schwanger.«

»Aber der Fürst ist mir zuwider«, wandte Zenobia heftig ein.

»Eben drum«, fuhr Firmus ungeduldig fort. »Ihr werdet ihn nie loswerden, ehe Ihr ihm nicht seinen Sohn geboren habt. Also?« Zenobia nickte, dieser Mann hatte recht. »Aber …«

»Ja, ich weiß«, unterbrach Firmus sie und strich mit dem Finger sacht über ihre mitgenommene Wange; widerwillig, aber gerührt wandte sie sich ab. Wieder erklang sein leises, amüsiertes Lachen.

»Ökonomie habe ich gesagt. Nur an den, nun, an den wichtigen Tagen sollte er bei Euch liegen. Für die anderen besorgt ihm …«

»… eine dralle Rothaarige!« führte Zenobia seine Überlegungen weiter. Ihr kindliches Entzücken über die neue Perspektive amüsierte ihn herzlich.

»Ausgezeichnet«, lobte er sie. »Ihr lernt schnell, Ihr solltet einen Lehrer bekommen, einen richtigen Lehrer.« Einen Lehrer! Je länger er dem Gedanken nachlauschte, den er da eben ausgesprochen hatte, um so mehr überzeugte er ihn. Das Aufleuchten in ihren Augen bestätigte ihm, daß er die richtige Eingebung gehabt hatte.

»Oh, ja«, rief Zenobia, »ich war immer besser als mein Bruder, als wir noch gemeinsam zu Hause Unterricht erhielten. Aber dann durfte ich nicht mehr an den Stunden teilnehmen, dabei begannen so spannende Dinge wie Astronomie, Strategie …« Sie geriet ins Schwärmen.

»Fürstin«, verkündete Firmus feierlich, »ich verspreche, Euch einen Lehrer zu besorgen, mein Ehrenwort. Den besten, der für Geld zu haben ist. Ursprünglich«, er deutete zum Bett, wo das verwaiste Päckchen lag, »wollte ich Euch ja ein belangloses fünfreihiges Perlencollier schenken, aber das nehme ich jetzt wohl wieder mit.« Scherzhaft schlug sie nach ihm, verlor beinahe das Gleichgewicht und mußte von Firmus energisch auf das Fensterbrett zurückgezogen werden. Verdutzt sahen beide nach unten in den Abgrund, um erneut in Gelächter auszubrechen.

»Vielleicht«, meinte Firmus, »ist dies der richtige Zeitpunkt, uns noch einmal nachdrücklich nach dem Essen zu erkundigen. Was meint Ihr?«

»Verzeiht, ich bin eine schlechte Gastgeberin.« Zenobia errötete. Schnell kletterte sie ins Zimmer, öffnete die Tür und gab den draußen lauschenden Sklavinnen ihre ausführlichen Anweisungen. Bald kam eine kleine Karawane mit Köstlichkeiten: kalter Braten in Honig, Pfefferfeigen, eingelegtes Gemüse, Eier in Senfsoße, frische Früchte, Ziegenkäse und eine von Rosenlikör triefende Pastete mit Mandeln und Nüssen. Sie ließ alles auf einigen Tischchen am Fenster aufbauen und stieg zurück auf ihren alten Platz neben den Alexandriner. Es schmeckte ihnen wunderbar, und eine Weile betrachteten sie nur kauend, wie das durchsichtige Blau des Abends am Himmel aufzog.

»Nein im Ernst«, griff Firmus das Thema bei der Nachspeise wiederum auf, »ein Lehrer ist eine hervorragende Idee. Die Frage wird nur sein, wie wir die Sache Eurem Mann plausibel machen.«

»Oh, das ist kein Problem. Ich werde ihn mit der Rothaarigen im Bett erwischen und mich dann beklagen, daß er mich vernachlässigt.« Firmus grinste anerkennend. Zenobia zuckte die Schultern. »So hat meine Mutter es immer gemacht, wenn sie von meinem Vater ein neues Kleid wollte. Erst sich zieren, damit er zu einer seiner Nebenfrauen ging, und dann sich beklagen, daß er sie überginge. Sie war recht erfolgreich damit, soweit ich das als Kind überblicken konnte.«

»Fürstin, Ihr habt die angenehme Eigenschaft, mich immer wieder zu überraschen. Aus Euch wird zweifellos die klügste Potentatin des gesamten Ostens.« Er hob ihr seinen leeren Becher entgegen. »Auf die Astronomie, auf die Strategie!«

»Auf das Griechische, die Philosophie und das römische Steuerrecht«, ergänzte Zenobia seinen Trinkspruch und prostete ihm ihrerseits zu. »Oh, es fehlt Wein. Heda, da draußen, bringt uns Wein.« Die letzten Worte waren Richtung Tür gebrüllt.

Das Mädchen, das den Wein schließlich brachte, war ein hübsches Ding mit drallen Formen und kupferfarbenen Haaren. Scheu stellte sie ihren Krug ab und flüchtete, als kurz nach ihrem Eintreten hemmungsloses Gelächter erklang. Zenobia und Firmus hatten nur eines Blickes bedurft, um sich zu versichern, daß sie bei ihrem Anblick dasselbe dachten. Der Sklavin würde das baldige Schicksal einer Geliebten des palmyrenischen Fürsten beschieden sein.

Zenobia versprach, über den Fortgang der Angelegenheit und dies und das zu schreiben. Firmus versprach, ihr den gewünschten Lehrer zu schicken, sobald sie die Erlaubnis dazu erhalten hätte. Den Abendstern begrüßten sie gemeinsam mit Gesang. Und als Firmus ging, da war er so rundum zufrieden, ja glücklich, wie er das normalerweise nur nach besonders guten Geschäftsabschlüssen zu sein pflegte.

# Clelia

Von Sorgen geplagt, saß der Seidenhändler Clemens an seinem Schreibtisch. Die Absage, die Nesa ihm gegeben hatte, war rätselhaft. Der Handel mit Persien begann nach den Kriegen eben erst wieder schüchtern aufzuleben, noch waren nicht allzuviele Karawanen unterwegs. Wie konnte der Dekaprot da keine Kamele für seine Bestellung freihaben? Er las noch einmal; das Schreiben war höflich im Ton, und doch: Etwas daran ließ Clemens Angst empfinden.

Aus dem Laden im Untergeschoß konnte er die Stimme seiner Frau hören, wie sie wortgewandt eine Kundin bei der Farbauswahl beriet. Clemens war immer stolz auf ihre Geschäftstüchtigkeit gewesen. Julia wußte, wie man einen Stoff über die Schulter einer unschlüssigen Kundin gleiten lassen mußte, wann beredt zu überzeugen und wann zu schweigen war. Sie hatte ein untrügliches Gespür dafür, ob eine ihrer Kundinnen sich innerlich für oder gegen eine Ware entschlossen hatte, so daß ihre Kommentare stets die geheimen Wünsche der Käufer trafen. Ihre kritische Offenheit wie ihr begeistertes Zuraten kamen immer zum rechten Moment, und sie war unter den Damen Palmyras als unbestechliche Beraterin bekannt und gesucht.

Dennoch schienen diese Damen ihm nun seltener zu kommen als früher. Und das vertraute Plaudern aus dem Laden drang nicht mehr so oft zu ihm. Überhaupt wurde Julia ruhiger und in sich gekehrter in letzter Zeit. Ob auch sie die leisen Veränderungen bemerkte?

Nun war es unten wieder still geworden, Clemens hörte Julias Holzsandalen auf der Treppe klappern. Er schob seine Sorgen beiseite und wandte sich lächelnd zur Tür. Doch Julia erwiderte sein Lächeln nicht, als sie eintrat.

»Ist etwas, Liebes?« erkundigte er sich.

»Das war eben Paulus, der Lieferant, den ich vor einigen Wochen gebeten hatte, mal wieder nach Clelia zu sehen, wenn er durch Antiochia käme. Er ist zurück.« Julia schien nachzudenken.

»Ja, und?« Clemens lehnte sich vorsichtig zurück.

»Sie ist nicht mehr da.«

»Was soll das heißen, sie ist nicht mehr da?« Er hob die Hände, um sich für seinen ungewollt aggressiven Ton zu entschuldigen. »Dort geht es nach der Belagerung und der Befreiung von den Persern sicher etwas drunter und drüber. Er wird sie einfach nicht gefunden haben.« Clemens versuchte, seine Stimme beruhigend klingen zu lassen. »Paulus ist ja auch nicht unser Botenjunge, ich verstehe sowieso nicht, warum du ihn immer wieder damit...« Julia unterbrach ihn ärgerlich.

»Er war sehr freundlich. Und nicht mehr da soll heißen: nicht mehr da. Schon vor den Kämpfen. Paulus hat ein paar ehemalige Nachbarinnen von ihr aufgetrieben.« Julia setzte sich, die Angelegenheit schien schwer auf ihr zu lasten. »Sie sagen, Clelia hätte kurz nach deinem Besuch voriges Jahr eine Fehlgeburt gehabt. Die Gemeinde hätte sie verdächtigt... die Umstände waren wohl seltsam. Jedenfalls, sie meinten, du weißt schon. Es sei eine Abtreibung gewesen. Es wurde geredet.« Kummervoll rieb sie sich die Oberschenkel. »Clelia muß sehr isoliert gelebt haben, die ganze Zeit. Und vor einem Jahr dann ist sie plötzlich verschwunden.« Clemens sah die Sorgen seiner Frau voller Mitgefühl. Bis unter dem flehenden Blick, den sie ihm zuwarf, ein Verdacht in ihm aufzukeimen begann.

»Du erwartest doch nicht etwa, daß... ich kann das Geschäft unmöglich schon wieder alleine lassen. Nicht jetzt, wo...« Julia fiel ihm ins Wort.

»Wir könnten doch Odu schicken, er ist langsam alt genug. Und er ist ein guter Junge. Bitte, Clemens!«

»Unmöglich!« Clemens war entschlossen, diesmal seine Autorität geltend zu machen. »Ich kann ihn jetzt nicht entbehren. Vergiß diese Idee, Julia.«

Eine Woche später sah Odu an den Stadtmauern Antiochias empor. Nach mehreren Belagerungen durch Perser, Römer, wieder Perser und schließlich die Palmyrener unter Gash war nicht mehr viel von ihnen übrig. Rauchgeschwärzt erhoben sich ihre gezackten Ruinen vor ihm, überragt von dem Haupt des Verräters Marianes, jenes Römers, der hier für den Perserkönig eine kurze Weile den Statthalter gespielt hatte. Krähen umflatterten den schwarzverfärbten Schädel mit dem zerzausten Lorbeerkranz, den er vor Jahren mit höhnischem Lächeln Gash zugeschnippt hatte, als dieser vergebens vor Schapur erschienen war. Ebenso vergeblich hatte Marianes nun vor seinem Überwinder gekniet, der ihn eigenhändig mit dem Spottkranz krönte und enthauptete.

Unter seinen toten Augen flossen die schüchternen Ströme des wiedererwachenden Lebens der Stadt vorbei. Auch Odu passierte hier, nachdem die palmyrenischen Soldatenwachen sein Reisebündel durchsucht hatten, ohne daß er dem Schädel einen zweiten Blick gönnte. Das Treiben zwischen den Schuttbergen nahm ihn viel zu sehr in Anspruch. Überall wurde geräumt, gehämmert und gebaut, und zwischen den Trümmern waren die Handwerker schon wieder dabei, die ersten Dachsparren aufzurichten.

Clemens' Wegbeschreibung erwies sich in dem Chaos als wertlos, denn von dem Viertel, in dem der Schuster Thomas sein bescheidenes Haus gehabt hatte, war nichts übrig als verkohlte Grundmauern, zwischen denen die Ratten Quartier bezogen hatten. Am hellen Tage durchstöberten sie die Abfälle, und selbst die abgemagerten Straßenköter wichen ihnen aus. Odu sah eine Gruppe halbverhungerter, zerlumpter Kinder durch die zerfallenen Innenhöfe streifen, die wohl auf beides Jagd machten – die Hunde und die Ratten. Die Straßen waren verstopft mit Ziegelschutt und Gebälk, zwischen denen die Obdachlosen unter aufgespannten Decken hausten. Nur wenige Herdfeuer glommen entlang der Trampelpfade, denen Odu folgte. Doch die wenigen Menschen, die dort zwischen ihrer Habe hockten, schüttelten nur verbissen die Köpfe, wenn er nach Clelia fragte, und die heil gebliebenen Türen schlossen sich beim Klang ihres Namens abrupt vor seiner Nase. Eine junge magere Sklavin, die sowohl seinem blauäugigen Lächeln als auch der Speckseite erlag, die er ihr aus seinem Reiseproviant zusteckte, flüsterte ihm schließlich angstvoll eine Adresse zu, bevor sie mit ihrem Wasserkrug in die schweigende Trümmerfassade zurückschlüpfte.

Und da stand er nun, vor dem »Gelben Haus«, das sie ihm als Clelias Aufenthalt genannt hatte, nahe der neuen Soldatenquartiere. Er mußte lange an der scheppernden Klingel ziehen, ehe drinnen Schritte zu hören waren. Eine alte Frau öffnete die Tür und gab eine Wolke sauren Weindunstes und alten Schweißes frei.

»Nanu Süßer, bißchen früh am Tag, hm? Du warst wohl noch nie bei uns. Um die Zeit ist nur Pallas frei, oder Helena, wenn du warten willst.« Sie stocherte mißmutig in ihren schwarzen Zähnen, während sie ihn musterte. Odu stotterte.

»Clelia? Nein, eine Clelia haben wir hier nicht. Wir haben …« setzte die Alte an.

»Es ist gut, Thispe, es ist für mich«, erklang eine müde Stimme aus dem dunklen Hausflur hinter ihr. »Komm mit.« Und über die Schulter fügte sie hinzu: »Ich heiße hier Chryseis.«

Odu drückte sich an der gähnenden Thispe vorbei, die mit knoblauchschwangerem Atem hinter ihnen her schimpfte. Doch der Geruch im Inneren des Hauses war noch schlimmer. Odu blieb stehen, um Luft zu holen. Es war das erste Mal, daß er ein Bordell betrat. Mit den anderen Jungen in seinem Alter hatte er oft von Orten wie diesem geflüstert, wenn abends eine der Frauen mit den Fußschellen vorbeiging, doch hineingetraut hatten sie sich nie. Er sah sich um. Gleich hinter der Tür winkte ihm die Statue des Hausgeistes fröhlich mit ihrem überdimensionalen Phallus entgegen. Gegenüber prangte das Bild einer großbrüstigen Leda, die von einem Schwan in lebensechten Farben vergewaltigt wurde. Und was er im Dämmerlicht von den Fresken erkennen konnte, die den Raum außerdem zierten, ließ Odu schamrot werden. Doch als er züchtig den Kopf senkte, lagen dort am Boden zwischen dem Durcheinander umgestürzter Möbel verschlungene Paare im schweren Schlaf.

Odu beeilte sich, gleich seiner Führerin über sie hinwegzusteigen. Die schmale Gestalt vor ihm schlurfte mit halbherzigem Hüftschwung zur Treppe. Er musterte sie mit erwachender Neugier. Ihr leuchtend blondes Haar, das ihr wohl ihren »Künstlernamen« Chryseis, die Goldene, eingebracht hatte, baumelte in einem schlafzerzausten Zopf über der Tunika, die entweder dezent perlgrau war oder eine Wäsche dringend vertragen konnte. Erst als sie in ihrem Zimmer standen, einer schmalen Kammer mit Pritsche und Waschschüssel, sah er auch ihr Gesicht, schmal, blaß, mit den schrägen Augen und der Stupsnase eines jungen Kätzchens. Eines Kätzchens allerdings, dem jede Munterkeit abhanden gekommen war. Er konnte dennoch kein Auge von ihr wenden. Sie hatte die rosigen, aufgerichteten Brüste eines jungen Mädchens, stellte er fest, und eine zarte Taille, die in vollendet schönem Schwung zu den vollen, reifen Hüften einer Frau überging. Odu brauchte eine Weile, bis er sich erinnerte, daß es die Base seiner Herrin war, die sich da schnell und lustlos vor ihm auszuziehen begann. Er schluckte.

»Thomas geht es gut«, brach es schließlich aus ihm heraus. Erschrocken riß sie ihre Unterkleider wieder an sich und starrte ihn an.

»Er, er ist in Alexandria...« fuhr Odu unbeholfen fort.

»Ja, um sich dort umbringen zu lassen«, fauchte sie. »Wer bist du? Weshalb hat er dich geschickt? Und dreh dich um.« Das Zittern in ihrer Stimme strafte ihr barsches Verhalten Lügen.

Odu überbrachte seine Botschaft, während sie sich wieder ankleidete. Ihre Verwandten in Palmyra, erklärte er ihr, boten ihr ein Heim an. Nachdenklich sah sie sich um, strich über die schmuddlige Bettwäsche, den abgeschabten Nachttisch. Aus dem Nebenzimmer war Türenklappen zu hören, dann das regelmäßige Quietschen von Ledergurten auf Holz.

»Es ist wohl zu spät dafür, Clemens' liebe Base zu werden, wenn man erst einmal hier gelandet ist«, bemerkte sie bitter. Odu wollte etwas sagen, doch ein Stöhnen von jenseits der Wand unterbrach ihn. Clelias Augen füllten sich mit Tränen.

»Bitte, nein, ach...« Odu berührte ungeschickt ihre warmen Schultern und zuckte dann wieder zurück. »Ich meine«, setzte er vorsichtig an, »Clemens braucht ja nichts davon zu erfahren, nicht wahr?« Clelia sah zu ihm auf, jetzt wie ein Katzenjunges, das gerade aus dem Wasser gefischt worden war. Er hätte sie zu gerne umarmt.

»Du würdest für mich lügen?«

Odu sah sie mit seinen blauen Kinderaugen an: »Na ja... willst du denn nicht hier weg?«

»Ob ich hier nicht weg will?« Clelia riß die tränenschimmernden Augen weit auf. »Schau dich doch mal um in diesem Stall hier und...«, sie wies mit resignierter Geste auf die schmierige Wand, hinter der eben mit einem Crescendo spitzer Schreie routiniert ein Orgasmus simuliert wurde. »Nichts täte ich lieber«, fügte sie hinzu und wischte sich mit dem Bettuch die Wangen. »Aber Thispe wird eine Ablösesumme wollen.«

»Ich habe Reisegeld, es wird schon reichen.« Odu hatte seine Hände inzwischen unter die Oberschenkel geklemmt und streichelte sie nur noch mit den Augen. »Herrin, kommt Ihr mit mir nach Palmyra, bitte?«

»Bitte?« Mit einem Lächeln, das ihn versinken ließ, streichelte sie seine Wange. »Zu mir hat schon lange niemand mehr bitte gesagt. Nun, wenn du meinst. Wie soll ich dich nennen, mein Reisegefährte?«

»Odu.«

Sie nannte seinen Namen oft, in den Sternennächten ihrer Rückreise. Und jedesmal begann es, in seinen Lenden zu flattern, und seine Knie wurden weich. Er war ihr Opfer, und sie genoß ihre Macht nach der langen Zeit der Unterdrückung und lehrte ihn, jeden Teil ihres Körpers zu liebkosen. Sie führte seine Hände, während sie auf ihm ritt und seine Augen abglitten von ihr in den Himmel. Seinetwegen hätten sie niemals ankommen müssen.

Als sie durch Palmyras Stadttor ritten, klammerte Clelia sich an seine Hand.

»Ich habe Angst vor Clemens und Julia, Odu. Sie werden merken, was passiert ist. Wenn deine Herrin so ist, wie du sie beschrieben hast, wird sie es uns ansehen.«

Odu preßte ihre Finger und sprach beruhigend auf sie ein, doch auch sein Mut sank, als sie in die vertrauten Gassen einbogen. Es ist alles ganz einfach, suchte er sich zu beruhigen. Ich erzähle ihnen, wie ich sie in dem Elendsviertel aufgestöbert habe, wo ich sie zuerst suchte. Was war dabei? Alles in allem eine Kleinigkeit im Vergleich zu damals, als er sich für Zenobia in den Palast eingeschlichen hatte, um den Brief zu stehlen. Und da war er nur ein Kind gewesen. Entschlossen zog er Clelia hinter sich ins Geschäft. Doch als Clemens von seinen Rechnungen aufsah und Julia energischen Schrittes hinter ihrem Ladentisch hervorkam, sank ihm der Mut. Hastig lösten sie ihre Hände voneinander. Doch nicht schnell genug für Julias Augen.

»Das, das ist Eure Base Clelia,« stotterte er. »Ihr Haus war abgebrannt. Ich habe sie bei einer befreundeten Familie aufgespürt, einem … einem …«

»… einem Bäcker«, sprang Clelia schüchtern ein.

»... einem Metzger«, brachte Odu gleichzeitig heraus.

Julia nickte langsam, bat ihren Mann dann zu einer kurzen Unterredung nach hinten. Es gelang Odu nur mühsam, Clelia davon abzuhalten, aus dem Laden zu stürmen.

»Sie weiß alles, hast du das denn nicht gesehen? Hier bleibe ich nicht, keine Minute. Laß mich los, bitte.« Vergebens redete er in unterdrücktem Flüsterton auf sie ein, rüttelte an ihren Handgelenken. Ihre Hände stemmten sich gegen seine Brust, dann krallten sie sich in seine Tunika, und sie sank weinend an seine Schulter. Er fühlte, wie sie schluchzend ihre Finger um das Ledersäckcken klammerte, das er unterm Gewand um den Hals trug.

Das Säckchen! Der Brief! Er hatte die rettende Idee. Erstaunt sah sich die widerstrebende Clelia durch die halbe Stadt und in den Palast von Palmyra gezogen. Er rannte fast durch die Vorhöfe, so daß ihr kaum Zeit blieb, einen Blick auf die fremde, prachtvolle Umgebung zu werfen.

»Odu, was soll das? Es hilft doch nichts.« Doch er achtete nicht auf sie und befahl der Wache im würdevollsten Ton, der ihm zur Verfügung stand, die Fürstin Zenobia zu benachrichtigen.

»Sag ihr, Odu erwarte sie. Sie kennt mich.« Der Mann ging achselzuckend. Er hatte sich stets für humorvoll gehalten.

»Odu, sag mir, was das soll. Was wollen wir hier? Du kennst die Fürstin doch nicht wirklich.«

»Doch. Doch, wir kannten uns als Kinder. Ich war vielleicht sogar ihr bester Freund – eine Zeitlang wenigstens.« Clelia schüttelte immer noch ungläubig den Kopf. »Nein, Liebste, hör mir zu, es stimmt alles, auch wenn ich sie am Schluß verraten habe, aber«, er nestelte hastig einen alten, verschmierten Briefbogen aus dem Lederbeutel um seinen Hals und drückte ihn ihr in die Hände. »Gib ihr das und sag ihr, der Brief war für Odaenathos bestimmt. Ich habe ihn abgefangen an dem Tag, an dem ich nicht zu unserer Verabredung kam. Hast du das behalten?«

»Ja sicher, aber warum erzählst du ihr das nicht selbst?« Odu zögerte, fast sehnsüchtig strich er über das abgeschabte Pergament, das Clelia hielt. Er dachte wieder an den Tag, an dem er es hier im Palast gestohlen hatte. War es in diesem Zimmer gewesen? Hatte er an jener Wand dort gelehnt, zur

Tarnung einen Federfächer schwenkend? Er hatte Zenobia nie von seiner Heldentat erzählen können, doch er trug den Brief seither immer bei sich. Vielleicht in der Hoffnung, wenn sie ihn läse, dann würde sie ihm verzeihen, daß er sie in jener Nacht nicht versteckt hatte, als sie an Clemens' Seidenlager klopfte. Ihr verweintes Gesicht stand wieder vor ihm. Er hatte Zenobia noch nie zuvor weinen sehen.

»Ich kann nicht, sag ihr, ich konnte ihr nicht helfen.« Nervös sah er um sich. Ein Geräusch aus dem Nebenraum ließ ihn davonlaufen wie verschrecktes Wild. Clelia wandte sich verwirrt zu den knarrenden Türflügeln um. Die Frau, die hereinkam, war schön. Salomons Lied fiel ihr ein: Schön bist du, meine Freundin, deine Augen sind wie Taubenaugen, und deine Haare sind wie eine Herde Ziegen, die herabsteigt vom Gebirge Gilead. Deine Lippen sind wie eine scharlachfarbene Schnur, und deine Brüste sind wie junge Zwillinge von Gazellen, die unter den Lilien weiden. Ganz verzaubert starrte sie die Fürstin an.

»Odu?« Auch Zenobia schien gerannt zu sein; sie atmete heftig. Einen Moment lang sah sie aus wie ein enttäuschtes Kind, als sie nur die erschöpfte junge Frau vor sich sah, die schüchtern ihren Spruch aufsagte und ihr dazu einen Brief entgegenstreckte. Doch sie war schon wieder jeder Zoll eine Königin, als sie das Schreiben entgegennahm.

Darin stand, daß Zenobia, des Zenobios' Tochter, ein Verhältnis mit einem Christensklaven habe, unterzeichnet mit Balbus' Namen, gesiegelt mit dem Ring des römischen Syndicus. Sie riß ihn auf der Stelle in Fetzen.

Clelia schrie auf. »Nicht, er hing doch so an dem Brief.«

»Der Brief ist gefährlich. Warum hat er ihn dir gegeben?« Clelias Mut sank. Odu mußte sich getäuscht haben. Sie flüsterte fast:

»Er wollte damit für mich bitten. Ich bin ohne Versorgung, und er konnte mich nicht aufnehmen.« Die Stille ließ sie aufsehen. Zenobia betrachtete sie ohne Bosheit.

»Er muß dich gemocht haben. Er hat mich auch einmal gemocht, weißt du.« Wieder sah sie für einen Moment aus wie ein verlassenes Kind, und Clelia mußte sich zurückhalten, das schöne Gesicht nicht zu berühren.

»Und jetzt komm und erzähl mir, wie sieht er jetzt aus?«

Einige Stunden später hatten die beiden sich schon ein wenig besser kennengelernt; Zenobia rekelte sich entspannt im Sessel und lauschte den Bordellanekdoten Clelias, die noch immer hingerissen an ihrem Anblick hing.

»Tatsächlich bemalt?« kicherte diese gerade. »Das war mir neu, obwohl das hier auch kein schlechtes Bordell ist. Eine Menge Huren meines Mannes laufen hier herum.« Mit großzügiger Geste wies sie um sich. »Und ich werde schließlich auch nicht schlecht dafür bezahlt, daß ich ihm meine Fruchtbarkeit schenke.« Sie lachte bitter. Clelia schüttelte den Kopf.

»Nein, nein, Huren schenken keine Fruchtbarkeit, sie verhüten.«

»Da haben wir's«, erklärte Zenobia und prostete niemand Bestimmtem zu. »Hast du mit Odu eigentlich auch … äh?« Clelia nickte.

»Und wie war er?« Sie mußten beide über ihre Kühnheit kichern und bewarfen sich ein wenig mit Konfekt.

»Er war sehr –«, hier machte Clelia eine Kunstpause, »– willig.« Sie hätten sich ausschütten mögen vor Lachen.

»Ich kann mir das gar nicht richtig vorstellen. Ich weiß noch, wie wir immer in unserem Versteck am Fluß saßen und Geschichten erzählten. Einmal hat er mich angerempelt, und ich habe ihn dafür beschimpft. Da weinte er, und ich mußte ihn trösten. Ich hielt ihn im Arm und versprach ihm ein Haus auf einem Baum und ein Pferdchen.« Sie zuckte die Achseln, um ihre Rührung zu verbergen und schenkte Clelia Tee ein. »Bei unserer letzten Verabredung wollten wir auch dorthin. Ich erinnere mich genau, wie ich in der Mittagshitze vor der Karawanserei auf ihn wartete. Ich vertrieb mir die Zeit damit, an meiner Haut zu riechen, sie nimmt in der Sonne immer einen eigenen Duft an, hier. Kennst du das auch?«

»Ja, als Kind habe ich das auch gern gemacht.« Clelia schnupperte an der Stelle von Zenobias Armbeuge, die diese ihr bezeichnete. »Ja, das ist Sonnenaroma.« Dann fuhr sie mit der Nase zart an dem bronzenen Oberarm entlang und saugte dort leicht an ihrer Haut. Ihr schwindelte leicht, doch sie mochte nicht darüber nachdenken.

Zenobia machte es der Freundin nach und blickte interessiert auf die goldblonde Gänsehaut, die über Clelias Nacken schauerte. Unter dem Kleid sah sie Clelias Brustwarzen sich zusammenziehen, zog den Stoff zur

Seite und nahm sie vorsichtig zwischen die Lippen. Als Clelia seufzte, biß sie sacht zu.

»Ich glaube, ich wollte immer schon wissen, wie sich das anfühlt.«

Da umschlang Clelia sie mit den Beinen und küßte sie heftig. Verlegen sahen sie sich in die erhitzten Gesichter.

»Vielleicht, vielleicht sollten wir das Licht ausmachen.« Zenobia sah zur Seite, doch ihre Stimme zitterte vor Gier. Clelia küßte sie erneut und löschte die Lampe.

## Der Tod des Syndicus

Clemens blätterte resigniert in einem Stapel unbezahlter Rechnungen. Bei den meisten war wenig Hoffnung, sie noch eingelöst zu bekommen, und er seufzte tief. Von der Treppe war das Klappern von Julias Sandalen zu hören. Ihr Schritt kam ihm langsamer und müder vor als noch vor Tagen, und wieder seufzte er. Aber das mochte nur seine eigene Müdigkeit sein, die ihn immer überfiel, wenn er an die Zukunft dachte. Ziellos drehte er das Bronzekamel zwischen seinen Händen, das ihm als Briefbeschwerer diente.

Er hatte das Briefeschreiben inzwischen fast aufgegeben. Die Käufer blieben aus, Bestellungen hatte er keine mehr zu machen, und die Schuldner, mit dem sicheren Instinkt für wechselnde Machtverhältnisse, antworteten einfach nicht mehr auf seine Mahnungen. Selbst seine sonst so resolute Frau war von ihrem Rundgang bei ihren städtischen Kundinnen mit leeren Händen zurückgekommen.

Julia hatte ihm nichts von diesen Unterredungen erzählen wollen. Sie hatte nicht über die Arroganz und Bosheit geklagt, der sie vermutlich begegnet war, aber er hatte sie abends sich in den Schlaf weinen hören. Als dann zum ersten Mal die Parolen an ihre Ladenwand geschmiert wurden, kannte er seine Frau nicht wieder. Völlig hysterisch und außerstande, selbst etwas zu unternehmen, war sie zu ihm ins Büro gerannt. Er hatte es dann persönlich unternommen, Fausta und Odu beim Entfernen der Schmierereien zu überwachen, während Julia sich im Schlafzimmer einschloß und es den Rest des Tages nicht mehr verließ.

Es mußte die Erinnerung an die frühere Verfolgung in Italien sein, sagte er sich und verbot sich, daran zurückzudenken.

Sie so gedrückt und verschreckt durchs Haus schlurfen zu sehen tat Clemens weh: die Schultern hochgezogen, wie ein Haussklave, der Schläge erwartete, die Haare nachlässig hochgebunden und nicht mehr gefärbt. Er sah mit einem leisen Schrecken auf die ungepflegten grauen Strähnen seiner Frau, wofür er sich umgehend schämte. Und doch blieb sein Unbehagen. An nichts konnte er ihrer beider Niedergang besser ablesen, nicht an seinem schrumpfenden Warenlager, nicht an seinem leeren Laden, als an Julias plötzlichem Altern.

»Ist etwas, mein Lämmchen?« Bemüht liebevoll sprach er sie an, als sie in der Tür erschien.

»Clemens, ich mache mir dieser Tage wieder Gedanken um Clelia. War es wohl recht von uns, sie so gehen zu lassen?« Flehend sah sie ihn an und ergriff die Hand, die er ihr reichte. Clemens spürte, wie sie nervös mit seinen Fingern spielte, die ihren darin verschränkte und wieder löste, während sie weitersprach.

»Wir sollten sie mit uns nehmen, wenn wir gehen.« Wieder schaute sie ihren Mann an, als wartete sie auf etwas. Und als er schwieg, drängte sie mit erhobener Stimme »Wir gehen doch fort von hier? Clemens! Wir gehen fort, ja?«

Clemens sah zur Seite. So ging das seit Wochen. Seit diese römerfeindlichen Parolen auf den Häusermauern standen, drängte sie ihn zu verkaufen, solange sie noch jemand bezahlen würde. Im stillen gab er ihr manchmal recht, doch es wollte nicht in seinen Kopf, daß sie hier ausgerechnet als Römer verfolgt werden sollten. Es war absurd, und er weigerte sich, dem Absurden zu weichen. Sein Blick fiel auf den Stapel mit seinen Außenständen, und er seufzte zum dritten Male. Sachte tätschelte er die Hand seiner Frau, beruhigte sie und schickte sie in ihre Zimmer zurück. An Clelia verschwendete er kaum einen Gedanken, sie war im Palast, sagte Odu, was war da schon zu tun.

Stimmen aus dem Laden unter ihm unterbrachen ihn. Er hatte seit Tagen keinen Laut mehr aus dem Verkaufsraum gehört, in dem Odu schweigend saß und las, während die wenigen Sonnenstrahlen, die hereinfielen, über den Boden wanderten und den Staub zum Tanzen brachten. Vorsichtig stellte Clemens das Kamel zurück und lauschte. Kein Zweifel, das war Kundschaft. Nach einer Weile glaubte er sogar, die Stimme des einen Mannes zu erkennen. Er zögerte, doch dann griff er nach der Wachstafel, auf der die Schulden einer gewissen syrischen Dame verzeichnet waren, und ging nach unten.

Odu, der hinter dem Ladentisch Inventurlisten durchging, war nicht wenig erschrocken über das Auftauchen der beiden Männer. Trotz der Jahre, die vergangen waren, kam es ihm vor, als wäre er erst gestern hinter ihnen hergeschlichen durch die Straßen der Stadt, und unwillkürliches Schuldbewußtsein färbte sein Gesicht rot. Seine Ohren glühten unter ihren Blicken. Doch er hätte sich nicht zu sorgen brauchen: Domitian, der Syndicus von Palmyra, und sein Begleiter erkannten in dem stillen jungen Mann vor sich den Sklavenbengel von damals nicht wieder. Auch Balbus, der ihn einst festgehalten und ausgefragt hatte, sah nur träge kauend über ihn hin und glotzte dann auf die Auslagen, während Domitian seine Wünsche äußerte.

Odu beobachtete ihn aus den Augenwinkeln, fasziniert und angeekelt zugleich, als Balbus ihn plötzlich anfuhr.

»Hörst du nicht, Bengel?«

»Verzeiht?«

»Was Grünes, hat der Syndicus gesagt. Hat dir wer in die Ohren gefurzt, Jungchen?« blaffte Balbus. Sogar der Knoblauchgeruch in seinem Atem, stellte Odu fest, war noch derselbe. Mit zitternden Knien wie damals ging er an die Regale, um Ballen grüner Seide herauszusuchen.

»So muß man mit der Brut umspringen, Herr, hab's immer gesagt, eiserne Faust. Sollte dieser sogenannte Fürst auch mal versuchen, bei seiner Frau. Mischt sich in Politik ein, hat man so was schon gehört.«

»Balbus, ich habe dir schon hundertmal erklärt, daß ich das auf meine Art lösen werde.« Der Syndicus war offensichtlich äußerst gereizt, doch begegnete er dem Offizier nicht mehr mit demselben beißenden Spott wie früher. Eher zerstreut widersprach er seinem Gefährten, der aber nicht lockerließ.

»Ich glaube nicht, daß da noch viel zu machen geht. Gestern nacht hat wer 'nen Hundekadaver vor die Kaserne geschmissen. Hat nicht gerade geduftet, das Ding. Ohne mich auf Schritt und Tritt wärt Ihr doch auch schon längst eine Leiche.«

»Unsinn, Balbus. Ich will nichts derartiges hören.« Der Syndicus drehte nervös an seinem Ring. Er hätte vorbringen können, daß die Menschen hier ihren Fürsten noch immer respektierten und daß dieser ihn, Domitian, brauchte. Doch er war sich nicht ganz so sicher, wie seine Entgegnung hätte klingen müssen; der behäbige Pessimismus Balbus' machte ihn nervös. Daß die Geschenke an seine syrische Geliebte immer teurer wurden, war nur ein beredtes Zeichen für diese Unsicherheit.

»Hör zu, Balbus«, entschloß er sich, den Zenturio einzuweihen, insgeheim verärgert mit sich selbst, daß er soweit gekommen war, die Zustimmung dieses Mannes zu erheischen. »Ich habe da einen Sklaven aus dem Haushalt des Zenobios kaufen lassen, der plötzlich auf dem Markt angeboten wurde, einen Goten mit dem Format und dem Gemüt einer dorischen Säule. Aus irgendeinem Grund sollte er in die hinterste Ecke des Reiches abgeschoben werden. Er schmort jetzt bei einem meiner Freigelassenen, der ihn in den Salinen arbeiten läßt. Ich bin sicher, das Verhör ergibt etwas für uns Brauchbares...«

»Was, Verhör, legen wir ihr den Kerl ins Bett und rufen dann ihren Mann dazu. Der macht kurzen Prozeß.« Balbus fuhr sich mit der Handkante über den Hals. »Dann kann sie mit Charon über Steuern diskutieren und ob er sein Geld für die Überfahrt bar oder in Naturalien will.« Er lachte über seinen gelungenen Witz.

Odu kehrte zurück mit einer Bahn smaragdgrünen Seidenstoffes, der mit goldenen Bienen bestickt war. Er wußte nichts über Zenobias Steuerstreit mit Rom und verstand daher die Anspielungen nicht, doch von welchem Sklaven sie sprachen, das wußte er nur zu gut: von seinem Landsmann, der ihn mit diesem beschämend einfachen Kindertrick bezaubert und dann nachts die weinende Zenobia aus dem Lichtkreis seiner Fackel gezerrt hatte. Der Syndicus saß wieder einmal auf einer Goldader, ohne es zu ahnen!

»Eine ägyptische Arbeit von ausgezeichneter Qualität«, murmelte er routiniert, wobei er den Stoff gefällig vor den Kunden ausbreitete.

»Ausgezeichnet, ausgezeichnet, die nehme ich. Das wird meiner bronzenen Hindin gefallen«, stimmte der Syndicus zu.

»Wir hätten ihr schon vor Jahren den Hals umdrehen sollen«, fuhr Balbus unerbittlich mit seinem Lieblingsthema fort.

»Zenturio, jetzt nicht«, zischte Domitian und suchte nach seinem Geldbeutel, während Odu die Ohren spitzte. Sie redeten wieder über Zenobia. Aber obwohl er so unauffällig und beflissen wie nur möglich arbeitete, kam kein Gespräch mehr zwischen den Männern auf, solange er im Raum war. Dann nahm ihm das Eintreten seines Herrn Clemens jede weitere Gelegenheit, etwas zu erlauschen. Er wickelte die Seide in Bast, während Clemens mit dem Syndicus über die unbezahlten Rechnungen seiner Geliebten feilschte.

Plötzlich unterbrach sich Domitian, als durch die Ladentür unter den Arkaden die Gestalten Nesas und eines Begleiters sichtbar wurden.

»Ah, da ist ja der werte Vorsitzende der Dekaproten«, bemerkte Domitian. »Mit dem Herrn habe ich noch zu reden, einen Moment.« Er trat zur Tür und grüßte Nesa freundlich, der, ohne sich umzusehen, an ihm vorbeiging. Domitian sah ihm fassungslos nach.

»Scheint Euch nicht geseh'n zu haben, Herr«, bemerkte Balbus nicht ohne Schadenfreude.

»Sicher war er so vertieft in das Gespräch mit seinem Freund«, fügte Clemens eifrig an. Er verneigte sich mehrfach und wagte Domitian nicht in die Augen zu sehen, als dieser zurückkam und ohne weitere Einwände die gewünschte Summe zahlte. Odu dagegen sah ihnen, als sie gingen, um so neugieriger hinterher. Ob sie sich weiter über Zenobia unterhielten? Er wippte ein wenig mit den Füßen, sah sich hilfesuchend um und griff sich dann kurzentschlossen das Ledersäckchen, in dem er seine Schreibgriffel aufzubewahren pflegte. Mit dem Ruf: »Der Herr hat seine Börse vergessen«, schwenkte er es über seinem Kopf und lief aus dem Laden. Clemens drehte sich nur kurz um; er wollte Julia die gute Nachricht bringen.

Atemlos hetzte Odu zwischen den Verkaufsständen unter den Kolonnaden entlang, bis er die beiden Römer wieder vor sich entdeckte. Fast wie damals, dachte er flüchtig, nur war er nicht mehr so beweglich. Die Zeiten des Fischspieles lagen lange zurück. Möglichst unauffällig schlendernd paßte er sich nun ihrer Geschwindigkeit an. Domitian blieb noch am Tisch eines Silberschmiedes stehen, wendete einige Amulette in den Händen, kaufte aber nichts. Sie bogen bei den Kasernen in die Nordstadt ab, wo die Geliebte des Syndicus ihr Haus hatte. Als sie den Rand des kleinen Platzes davor erreicht hatten, erkannte Odu, daß er nicht der einzige war, der sie zu verfolgen schien. Wie zufällig zusammengelaufen, stand plötzlich ein Haufen Leute vor der Taverne, die an der Südseite des Platzes lag. In ihrer Mitte erkannte Odu den Mann, mit dem Zenobias Onkel Nesa noch vor kurzem so intensiv verhandelt hatte. Seine spiegelnde Glatze machte ihn unverkennbar.

Domitian und Balbus hatten die Ansammlung in ihrem Rücken noch nicht bemerkt. Sie schlenderten auf das Haus zu und zogen die noch zögernde, aber dichter werdende Menge gleichsam hinter sich her.

»Steuerwucherer!« rief da der Glatzkopf mit greller Stimme. Sofort fielen die anderen ein, sie nahmen den Ruf auf. »Wucherer!«, »Kriegstreiber!« schrie es auf einmal, und bald brüllten sie alle, auch »Mädchenschänder, nimmt uns unsere Frauen«.

Der erste Stein traf das bronzene »Cave Canem«-Schild an der Tür, daß es krachte. Odu drückte sich unwillkürlich an die Wand der Taverne; er blieb, wo er war. Domitian drehte sich um. Er sagte etwas zu Balbus und starrte ohne Begreifen auf die tobenden Menschen. Odu sah, wie er Balbus, der sich wutschnaubend auf die ersten Verfolger stürzen wollte, am Arm zurückzog. Er rief den Menschen etwas entgegen, was Odu in dem Lärm nicht mehr verstand, hüllte sich mit einer herrischen Gebärde in seine Toga und wandte dem Pöbel den Rücken. Er machte einige Schritte auf das Haus zu, da sank er unter dem plötzlich einsetzenden Steinhagel zusammen, die blutbefleckte Toga schutzsuchend über den Kopf gezogen.

»Tötet den Römer!« erscholl es. Jeder wollte nun noch einmal einen Stein auf ihn werfen. Auch die Besucher der Taverne hielt es nicht mehr, und Odu, der sich zurückziehen wollte, wurde von der brodelnden Masse mitgezerrt. Ihr Grölen stieg ihm wie Wein in den Kopf. Er sah noch zwischen taumelnden Menschen hindurch, wie Balbus verzweifelt an die verschlossene Haustür hämmerte. Der Zenturio hatte sich die Leiche des Syndicus umgehängt. Als ihm klar wurde, daß es nun die eigene Haut zu retten galt, ließ er den Toten fallen und flankte über die Gartenmauer. Ohne groß nachzudenken, brüllte Odu los:

»Dort ist er lang! Laßt den Hund nicht laufen! Für Zenobia!« Es war zweifelhaft, ob der mordlustige Haufen ihn überhaupt gehört hatte, der nun das Grundstück stürmte. Odu trat in Blut, wurde von zahllosen Schultern gestoßen, stolperte und fand sich schließlich in der Mündung einer Nebenstraße wieder, die er hinunterrannte, bis von dem Getümmel nichts mehr zu hören war. Schweratmend lehnte er sich an eine Wand und schniefte; es schmeckte metallisch. Jetzt spürte er auch das heftige Pochen in seiner Nase, zögernd betastete er sie. Wie er wohl aussah, konnte er in dem erstaunten Blick der Frau lesen, die bei seinem Anblick die Straßenseite wechselte. Sie drehte sich noch zweimal nach ihm um. Nun, er würde es Clemens erklären müssen. »Für Zenobia«, was war nur in ihn gefahren?

# Briefe

»Zenobia, Fürstin von Palmyra an Firmus, den Händler

Teurer Pirat,

denn manche Leute hier erzählen, das wärt Ihr früher einmal gewesen, und ich glaube ihnen jedes Wort. Das Leben ist trostlos, seit Ihr abgereist seid. Jedesmal, wenn ich das Gesicht meines Gatten sehe, packt mich die Lust auf einen kräftigen Schluck Wein, dabei bin ich schon froh, wenn ich mir nur sein Gesicht betrachten muß. Doch ich habe Euch »beim Schwanze des Bacchus« (der auch nicht ungewaschener als der des Odaenathos sein kann) geschworen, die Finger von den Weinamphoren zu lassen, und ich halte mich daran, wie ich alle Eure Ratschläge befolge.

Auch der Lehrer ist angekommen, den Ihr für mich ausgesucht habt, Longinos, direkt von der Akademie in Athen, und tatsächlich: Bald werde ich klüger sein als Minerva. Nur wird er dann immer noch ein bißchen schlauer sein als ich. Firmus, warum müssen diese Griechen nur so eingebildet sein? Dazu hinkt er noch, obwohl er nicht eigentlich schlecht aussieht, aber jedes gute Wort ist ihm nur eine spöttische Bemerkung wert. Und es gibt nichts, was ich in seinen Augen nicht viel besser machen könnte. Nun, du sollst nicht glauben, daß ich über gar nichts anderes mehr nachdenke. Aber als ich neulich in Geographie davon sprach, daß man den palmyrenischen Einfluß gut nach Süden ausdehnen könnte, bemerkt er nur süffisant, ich wolle wohl meine Jagdgründe ausdehnen. Als würde ich nur an Männerjagd denken! Danke, mir reicht der eine. Wenigstens hält er mich nicht für dumm, Longinos, meine ich. Meine Freundin Clelia sagt sogar, er spricht anderswo sehr stolz von mir. Aber was habe ich davon?

Sein Unterricht ist allerdings hervorragend. Gerade erklärt er mir das römische Verwaltungs- und Steuersystem. Endlich verstehe ich, was diese Adäration ist, über die Odaenathos und der Syndicus dauernd streiten. Es geht darum, daß der Syndicus nicht erlauben will, die Steuern in römischer Währung statt in Naturalien zu entrichten, weil jene so rasch verfällt. Ich finde allerdings, die Römer sollen ihr wertloses Geld, das sie uns als Währung aufdrängen, auch wieder zurücknehmen. Warum sollte Palmyra die Mißwirtschaft eines unfähigen Kaisers finanzieren? Mein Mann führt den Oberbefehl im Osten des Reiches unangefochten, ich sehe nicht, wie ihm jemand etwas vorschreiben könnte, das er nicht selbst wollte. Das habe ich ihm auch gesagt und ihm empfohlen, sich nicht hinter den Syndicus zu stellen. Onkel Nesa, der dazukam, schien ebenfalls meiner Ansicht zu sein und betrachtete mich so wohlwollend wie selten. Aber Odaenathos hat nur so getan, als versuchte ich, Suppe mit dem Messer zu essen und mich dann mit Komplimenten über meine Frisur getröstet. Ich sollte mir mein hübsches Köpfchen nicht zerbrechen; er meinte mein hübsches leeres Köpfchen.

Firmus, die Welt ist unerträglich: Ihr haltet mich für eine Alkoholikerin, Longinos für einen Vamp und mein Mann für eine Idiotin. Schreibt bald.«

An dieser Stelle sah Zenobia zu Clelia hinüber, die am anderen Ende des Zitronenholztisches saß und mit angestrengter Miene ebenfalls einen Brief schrieb. Ihre rosige Zunge rieb so fest über die Kante ihrer Schneidezähne, wie sie das Rohr auf den Papyrus drückte, während sie Buchstabe für Buchstabe malte. Zenobia sah zu, wie das Sonnenlicht über ihre blonden Haare spielte und kam auf angenehmere Gedanken.

»An wen schreibst du?« fragte sie hinüber.

»An Odu. Er soll wissen, wie gut ich hier aufgenommen wurde, nachdem er einfach weglief.« Sie lächelte Zenobia an, die ebenfalls lachte, aufstand und hinter die Freundin trat.

»Du bist aber schon viel weiter, laß doch mal lesen«, sagte sie und zog Clelia den Brief weg. Diese protestierte.

»Nein, Zenobia, nicht, das ist gemein, gib das her.« Sie suchte das Stück Papyrus noch zu erwischen, doch Zenobia war schon quer durch das Zimmer getanzt und begann, den Text laut vorzulesen:

»Clelia an Odu«, begann sie, »Lieber Freund, na », platzte sie da heraus, »das ist ja wohl die Untertreibung des Tages: Freund. Und was war mit euren heißen Nächten?«

»Zenobia, bitte!« Clelia angelte nach dem Brief, doch Zenobia hielt ihn hoch, flüchtete um den Tisch und fuhr unerbittlich fort:

»Mögen Deine Götter Dir Wohlergehen schenken. Du sollst wissen, daß ich gut aufgenommen wurde am Hof von Palmyra, ja besser, als ich es mir erträumen ließ. Ich habe keine Herrin gefunden, sondern eine Freundin, die ich zärtlich liebe.« Sie wurde rot vor Freude und überhörte Clelias Gejammer. Triumphierend las sie weiter:

»Nun kann ich mir gut vorstellen, wie ihr als Kinder zusammen durch die Straßen gestromert seid. Denn wir schleichen uns auch manchmal aus den Frauengemächern und tun, als wäre der Palast ein einziges großes Abenteuer. Ich sage dir, so ein Palast ist das reinste Labyrinth. Und spannend; vor allem die Wirtschaftstrakte, in die man sonst nie käme. Und das schlimmste, was uns dabei passieren kann, ist, daß ein paar Stallburschen oder Küchensklaven rote Köpfe bekommen und nach ihrem Vorgesetzten laufen. Der kommt dann eilig herbeigedienert, um die Welt wieder in Ordnung zu bringen, und fragt ›Fürstin? Was kann ich für Euch tun?‹ – so vorsichtig, als wollte er einen Mondsüchtigen nicht wecken. Dann treten wir würdevoll den Rückzug in die Langeweile unserer Zimmer an. Trotzdem trifft Zenobia so mit vielen Menschen zusammen, und ich glaube, sie wird allgemein geliebt, was mein Herz erfreut.« Zenobia mußte lachen.

»Weißt du noch die entsetzten Kuhaugen von diesem Oberkoch?« Dabei riß sie ihre Augen auf, soweit sie konnte und schielte so lange, bis Clelia kichern mußte. »Er war richtig schockiert. Daß sie mich dafür lieben, nein Clelia, das glaube ich nicht, da übertreibst du.« Sie schüttelte immer noch lachend den Kopf. Aber Clelia war anderer Meinung:

»Du verblüffst sie, sicher, erschrickst sie auch. Aber hast du nicht bemerkt, wie geschmeichelt er war, als er dir ein paar Fragen beantworten durfte, und wir dann brav hinter ihm her aus der Küche trabten?« Zenobia senkte ergeben den Scheitel und steuerte auf ihren Stuhl zu. Clelia ließ sich indes nicht aus dem Konzept bringen.

»Ich wette, er kehrte als der Held zu seinen Kochtöpfen zurück, der mit seiner Fürstin gesprochen hat, und wird noch seinen Enkeln von dem Moment erzählen, als du ihn angelächelt hast. Ich habe sogar schon derartige Geschichten über dich auf dem Markt gehört. Du bist populär, Zenobia.«

Und Clelia hatte recht, die Palmyrener erzählten sich begeistert von den Eskapaden ihrer Fürstin. Sie sahen es ihr nach wie einem Kinde und waren doch zugleich stolz auf sie, so ähnlich, wie es vor Jahren die Budenbesitzer auf dem Markt gewesen waren. Zwar hatten sie gestöhnt, wenn sie das Kind mit den unordentlichen Zöpfen, die Nervensäge, nur von weitem gesehen hatten. Aber sie hatten ihr immer erlaubt, ihr Spiel mit ihnen zu treiben. Und nicht wenige hatten ihr Obst und Leckereien zugesteckt und dem wilden Mädchen mit einer Rührung hinterhergesehen, als wäre sie ihre eigene Tochter, der sie so etwas natürlich nie erlaubt hätten. Es war dieselbe Liebe zu etwas Ungebrochenem. Allerdings brachte niemand die Fürstin von Palmyra mit der ungekämmten Göre von damals in Verbindung.

»Na, wir scheinen ja im Paradies zu leben.« Zenobia tat das Lob mit einem Schulterzucken ab. Lässig angelte sie sich ein paar Kirschen aus der Schale und versuchte, die Kerne aus dem Fenster zu spucken. Sie landeten klickend auf dem Fußbodenmosaik. Clelia hob sie kommentarlos auf.

»Kein Wort davon, daß mein Mann uns einsperren würde, wenn er irgendwas davon wüßte«, mäkelte Zenobia kauend. »Er würde uns eh am liebsten im Schlafzimmer halten und Wolle spinnen lassen, wie römische Matronen aus der Zeit der Republik. Hast du übrigens erwähnt, daß er ein widerlicher, fetter Mistkerl ist? Laß sehen, ah, hier steht etwas:

»›Nur Odaenathos hängt wie schlechtes Wetter über ihr.‹« Sehr poetisch gesagt. Die Sorte Wolken könnte allerdings höchstens Schmalz regnen.«

Trotz der Scherze verdüsterte sich Zenobias Stimmung schlagartig, als sie wieder an ihren Mann dachte. Gedankenverloren ließ sie den Brief sinken und starrte ins Leere. Sie bemerkte gar nicht, wie Clelia ihn ihr aus der Hand nahm.

Odaenathos! Meist konnte sie ihm ja aus dem Weg gehen, doch wie Firmus es ihr geraten hatte, begab sie sich wenigstens einmal im Monat zu ihm, um endlich den erwünschten Sohn zu empfangen, der ihr ihre Stellung sichern würde. Hatte sie erst einmal die Autorität einer Prinzenmutter, konnte sie sich zurückziehen und ihren Mann mit Mädchen nach seinem Geschmack versorgen. Doch Zenobia wurde nicht schwanger, was sie auch versuchte. Umes Mittel hatten alle versagt, und die Gestalten, die sie ihrer Versprechungen und Wundertinkturen wegen heimlich in ihren Räumen empfing, wurden immer obskurer. Mittlerweile war sie so vollgepumpt mit Tränken und Kräutlein und behängt mit Talismanen, daß Clelia heimlich um ihre Gesundheit fürchtete. Auch nach dem Marienfigürchen, das Clelia bei sich trug, hatte sie schon gegriffen. Sie ließ diesen Gedanken aber wieder fallen, als sie erfuhr, die Muttergottes sei jungfräulich.

Clelia sah ihre brütende Freundin mitleidig an. Sie kannte die schwarze Stimmung nur zu gut, in die Zenobia zuweilen verfiel. Wenn sie von ihrem Mann kam, war sie oft tagelang nicht sie selbst, und ihre schlechte Laune war nur mit viel Geduld zu ertragen. Sie fühlte sich mißbraucht und am Ende ihrer Beherrschung. Dann schmollte sie und jammerte beim kleinsten Anlaß, daß alle sie ausnutzten. Jeder Wunsch mußte ihr von den Augen abgelesen werden, sonst hagelte es Vorwürfe. Nicht einmal Clelia war in solchen Momenten imstande, sie zu besänftigen. Doch wenn sie in Zenobias verbissenes Gesicht schaute, dachte sie an die Nächte, da Odu sie in seinen Armen gehalten hatte, an seine Stimme, als er ihr die Sterne zeigte, die er nach ihr benannt hatte, und Zenobia tat ihr leid. Sie beugte sich wieder über ihren Brief.

»Clelia?« fragte Zenobia, ohne den starren Blick zu wenden. »Clelia, was schreibst du über ihn?«

»Nichts, nichts weiter.« Clelia seufzte.

»Du solltest über ihn schreiben, doch. Schreib: Dieser Odaenathos ist ein Untier. Schreib: Letzten Mond stellte er Zenobia eine Schmuckschatulle in den Schoß.« Sie sprach immer erregter. »Erklär ihm: Es war ein Beutestück von seinem letzten Feldzug gegen den selbsternannten oströmischen Kaiser in Emesa und sein Geschenk zum ersten Hochzeitstag, das muß man wissen, um es würdigen zu können. Und schreib weiter, daß, als Zenobia sie öffnete, ein Kopf darin lag, ein wirklicher, abgeschlagener Menschenkopf, mit Salzlauge und Harz präpariert, wie die Ägypter das tun. Zenobia übergab sich direkt über das Ding, das sollte nicht verschwiegen werden. Odaenathos aber lachte nur und meinte, das wäre der rechte Empfang für einen Usurpator wie Macrianus. Ja, Macrianus. Das Ding hatte einen Namen!« Sie schüttelte den Kopf und bedeckte das Gesicht mit beiden Händen. »Oh Allath, tue ich mir leid. Schreib es besser nicht.«

Mitfühlend legte Clelia ihr die Hand auf den Arm und streichelte sie sacht. Sie erinnerte sich an die Szene. Als Zenobia erneut gewürgt hatte, war Odaenathos ungeduldig geworden, hatte ihr den Schädel aus der Hand gerissen und seinen Hunden vorgeworfen. Sie hatte dann dafür gesorgt, daß der Teppich ausgewechselt wurde und Zenobias Stirn mit feuchten Tüchern gekühlt, bis die Übelkeit vorbei war.

Zenobia drückte ihre Hand, sie kam langsam wieder zu sich.

»Entschuldige, ich wollte keine Gespenstergeschichten erzählen. Ich störe dich sicher.«

»Nein, nein«, wehrte Clelia ab, sich wieder über ihr Schreiben beugend.

»Aber ich unterbreche dich doch dauernd«, klagte Zenobia weiter.

»Ist schon gut, ich kann ein andermal weiterschreiben.« Clelia legte das Rohr weg und machte Anstalten, ihr Schreibzeug zusammenzupacken. Doch Zenobia langweilte sich. Nicht einmal ihre Lektüre, Lukians »Hetärengespräche«, lockte sie im Augenblick, so sehr sie den geistvollen Witz dieses Autors sonst liebte. Der Brief ihrer Freundin versprach ihr die einzige Unterhaltung.

»Was steht denn noch so drin?« fragte sie

»Oh, nichts weiter.« Hastig rollte Clelia den Papyrus auf.

»Ich war aber doch vorhin höchstens halb durch. Sei ehrlich: Ist es ein Liebesbrief?« Zenobia zog die Augenbrauen hoch bei dem Gedanken. Noch war sie sich nicht sicher, ob sie darüber böse sein durfte, doch die Vorstellung störte sie um so mehr, je länger sie darüber nachdachte.

»Nein, nein.« Clelia schüttelte zaghaft den Kopf. »Ich gehe wohl ...«

»Gib her!« Mit diesen Worten hatte Zenobia den Brief auch schon an sich gerissen. Hastig las sie.

»Ach«, entfuhr es ihr dann, »aber das hättest du mir sagen können. Daß du Nesa nicht leiden kannst.« Sie mußte lachen.

»›Dieser Mann glaubt an nichts und kann niemandem treu sein‹«, zitierte sie. »Damit hast du ihn gut getroffen, würde ich sagen, ein gottloser Zyniker, aber ich mag ihn. Du solltest ihn nicht so ernst nehmen.«

»Er macht mir aber angst«, verteidigte Clelia sich, während sie unauffällig nach dem Brief griff. »Ich verstehe nicht, warum er dauernd gegen Rom hetzen darf, wo Odaenathos doch so dafür ist. Und immer sieht er mich dabei an.«

»Unsinn, ich habe ihm doch neulich erst erklärt, daß du Lygierin bist und ebensowenig freiwillig Römerin wie die meisten hier.« Zenobia wedelte zur Bekräftigung ihrer Worte mit dem Papyrus. Resigniert zog Clelia ihre Hand zurück und biß sich auf die Lippen. Zenobia schüttelte den Kopf und las weiter. Sie hatte viel Verständnis für Nesas Ansichten. Seit ihrer Kindheit schon vermochte sie in den Römern nicht mehr als lästige Besatzer zu sehen, und der Unterricht, den sie neuerdings genoß, bestärkte sie nicht eben in der Ansicht, daß die Welt vom Wohlwollen der Großen Wölfin abhinge. Ihr Lehrer Longinos war als Grieche schon aus Tradition gegen Rom. Als sie so in Gedanken über die Zeilen flog, blieb sie an dem Namen Longinos hängen.

»Oh, du hast auch etwas über unseren edlen Philosophen geschrieben: ›der Lehrer, den Zenobia ihrem Mann abgetrotzt hat‹, wie wahr. ›Vor kurzem kam er hier an. Er ist ein berühmter Philosoph aus Athen, wo er lange der Akademie vorstand, ein großer, schöner Mann‹. Ohoo!«

»Zenobia, hör jetzt auf«, brach es aus Clelia heraus, die mit wachsender Nervosität dagesessen war und schließlich aufsprang. »Es ist mein Brief, nicht deiner und ich will ihn jetzt wiederhaben.« Sie war den Tränen nahe.

Zenobia hatte Clelia noch nie so aufgeregt erlebt und war darüber so verblüfft, daß sie das Schreiben widerstandslos hergab. Bevor sie etwas sagen konnte, wurden sie durch laute Stimmen im Hof abgelenkt.

»Ich gehe nachsehen«, sagte Clelia etwas beklommen, während sie das Schriftstück einsteckte und auf den Balkon trat. Erst einmal atmete sie tief durch, um ihrer Erregung Herr zu werden, dann suchte sie nach der Ursache des Lärms. Sie entdeckte nach einigem Umschauen Phoebe, ihre Gewandfalterin, die unten zwischen den Blumentöpfen mit anderen Sklavinnen schnatterte, und rief sie an. Aufgeregt schrie Phoebe zu ihrer Herrin hoch, was sie eben selbst von ihrem Verlobten, der Botengänger im Palast war, erfahren hatte. Domitian, der römische Syndicus, war tot. Er sollte ermordet worden sein, man munkelte, von seiner syrischen Geliebten. Und er sollte nackt in ihrem Bett gefunden worden sein mit Messerstichen überall, sogar an seinem ... Hier verbat Clelia sich weitere obszöne Einzelheiten und schickte die murrenden Mädchen wieder an ihre Arbeit.

Sie hatte den Syndicus nicht gekannt, aber sie mußte an das Gezische und Gemurmel über »die Römerin« denken, das überall aufkam, wenn sie Zenobia bei einem offiziellen Anlaß begleitete. Sie fühlte sich persönlich von dem Fremdenhaß bedroht, den Zenobia gar nicht wahrzunehmen schien. Das beschäftigte sie, als sie ohne echte Trauer, aber doch voll Betroffenheit Zenobia die Nachricht brachte.

»Das ist Nesas Saat«, erklärte sie ernst. »Domitian ist nicht der erste Römer, der dieser Tage in der Stadt überfallen wurde.« Zenobia zuckte die Schultern.

»Gut möglich. Ich muß allerdings gestehen, daß sich meine Trauer um Domitian in Grenzen hält. Na, wenigstens ist jetzt die Steuerfrage erledigt. Ja bitte«, beantwortete sie das Klopfen an der Türe.

»Sei gegrüßt, Nesa«, rief sie dann erfreut, »wie schön, wir haben gerade schlecht von dir gesprochen.«

»Ich hoffe, das ist euch nicht schwergefallen«, antwortete ihr Onkel, während er sich auf ein paar Kissen niederließ und sein blütenbesticktes Gewand um sich ordnete. »Sonst müßte ich auf meinen Ruf achten. Gibt es hier Tee?«

Clelia lief erleichtert los, die notwendigen Anweisungen zu geben und so Nesas Gegenwart eine Weile zu entfliehen. Aber Zenobia war entzückt, an diesem verlorenen Nachmittag noch einmal Aussicht auf Unterhaltung zu bekommen. Er hatte schon von dem neuesten Skandal gehört, doch jedesmal, wenn Zenobia dazu ansetzte, mit ihm über Domitians rätselhaften Tod zu plaudern, lenkte er sofort auf ein anderes Thema über, und sie bekam keines seiner berühmten Bonmots zu hören.

Wie sich zeigte, war Zenobias Onkel nicht zum Scherzen gekommen. Während Clelia sich mit ihrem Stickrahmen zu ihnen setzte und mit gesenktem Scheitel lauschte, erklärte er ihr sein ganz anders geartetes Anliegen: Zenobia sollte endlich ihre Familie im Palast willkommen heißen. Er gab sogar zu, von Odaenathos geschickt worden zu sein, der hoffte, seine dickschädlige Frau durch ihn zu beeinflussen.

Doch Zenobia blieb allen Vorhaltungen gegenüber stur. Als ihr Vater krank vom letzten Feldzug zurückgekommen war, hatte sie dem Umzug ihrer Familie in den Palast zugestimmt. Aber zu einem offiziellen Begrüßungsbesuch war sie nicht zu überreden gewesen, ebensowenig wie sie ihre Mutter je besuchte. Und auch jetzt weigerte sie sich.

»Schlimmer als ein Maulesel«, schimpfte Nesa. »Odaenathos hat den Falschen geschickt. Dein Longinos müßte nur einmal erwähnen, wie gräßlich er arabische Matronen fände, und schon würdest du bei deiner Mutter übernachten aus lauter Trotz.« Zenobia funkelte ihn wütend an, entgegnete aber nichts.

»Was hast du nur gegen sie?« fuhr Nesa fort. »Sicher, sie ist fett geworden und redet ein bißchen viel...« Er hob die Hände, um anzudeuten, daß nur die Götter die Launen einer Frau verstehen könnten.

Zu Zenobias Erstaunen ergriff nun auch Clelia seine Partei. Sie wußte zwar, daß Zenobia ihre Eltern, vor allem ihren Vater, geradezu verabscheute, wenn sie den Grund dafür auch nicht ahnte. Doch war sie dazu erzogen worden, Vater und Mutter zu ehren. Also legte sie ihre Stickerei beiseite.

»Ich habe deinen Vater ja nicht gekannt«, begann sie vorsichtig, »aber alle erzählen von seinen Heldentaten im Krieg. Und jetzt ist er nur noch ein eingesunkenes Männlein, dem täglich von den Sklaven Brei in den Mund gestrichen wird. Zenobia, du solltest zu ihm gehen.«

Zenobia schwieg und hob die Teetasse vors Gesicht. Sie spürte den aufsteigenden Dämpfen nach, als gäbe es sonst nichts zu tun. Nesa hob ungeduldig ein Knäuel roten Seidengarnes auf, das Clelia heruntergefallen war, und drehte es nervös zwischen seinen Fingern. Als er bemerkte, daß es ihr fehlte, gab er es ihr mit einem Nicken zurück. Sie dankte schüchtern und fädelte erneut ein.

»Du solltest auch in deinem eigenen Interesse hingehen, liebe Nichte«, setzte er noch einmal an. »Deines Vaters Nebenfrau, diese Yasemin...«

»Die mit den kupferroten Haaren?« unterbrach Clelia, um sich sofort errötend zu entschuldigen. »Ich hörte sie mit einem der Handwerker streiten wegen der Fresken in ihrem Zimmer, als ich vorbeilief. Sie ist sehr schön, deshalb erinnere ich mich.« Als hätte sie nun wirklich zuviel gesagt, beugte sie sich endgültig wieder über ihre Arbeit, einen Umhang für ihre Freundin, der das mythische Brüderpaar Zebida und Zabdas zeigte, wie es den Abendstern anbetet. Zenobia hatte ihr die alte Volkssage oft abends erzählt.

»Allerdings ist sie hübsch, und das weiß sie auch«, griff Nesa das Stichwort auf, während er Clelias Fingern folgte. »Seit sie hier ist, hat sie angefangen, mit Hairanes zu flirten.«

»Ein ehrgeiziges Unternehmen«, spottete Zenobia.

»Zweifellos, aber vielleicht hat er von seinem persischen Harem ja schon genug? Und solange du kinderlos bleibst, ist er der Thronerbe, das mag ihren Ehrgeiz anfeuern.«

»Vater würde sie umbringen.«

»Dein Vater hat einen Schlag auf den Kopf bekommen und bringt niemanden mehr um. Das mußt du künftig schon selbst erledigen, Kind. Überleg dir noch einmal alles.« Damit trank er seinen bis dahin unberührten Tee in einem Zug aus und stellte die Tasse auf den Tisch zurück. Clelia zuckte zusammen bei diesen Worten und widmete sich womöglich noch intensiver ihrer Nadel, während er sich verabschiedete. Nein, sie hatte sich doch nicht in diesem Menschen getäuscht, er machte ihr angst. Sie sah erst wieder auf, als sie allein waren.

»Willst du wirklich nicht gehen?« fragte sie leise. Zenobia antwortete nicht mehr. Sie stand mit dem Rücken zu ihr am Fenster und sah in den Abendhimmel, in dessen Türkis vereinzelte rosa Streifen schwammen.

Langsam wuchsen die Schatten in den stillen Raum. Als sie fast nichts mehr sehen konnte, stand Clelia leise auf, um die dunkle Gestalt am Fenster nicht zu stören, ging ins Nebenzimmer und zündete ein Öllämpchen an. Dort zögerte sie kurz, dann legte sie das mitgebrachte Garn beiseite, zog den schon arg zerknitterten Brief heraus und las ihn noch einmal:

»... ein großer und schöner Mann. Wer ihn zu asketisch findet, der hat seine Augen nicht gesehen. Aber ich sah sie, als er aufrecht durch den Thronsaal auf Odaenathos und Zenobia zuging. Seine Haltung ließ einen vergessen, daß er leicht hinkte. Nur der Fürst musterte ihn abschätzig von oben bis unten.«

Clelia erinnerte sich gut an diesen Moment. Longinos hatte nur leicht den Kopf geneigt, jedoch keinerlei Anstalten zu einer tieferen Verbeugung gemacht.

»Euer Rückgrat scheint ebenso steif zu sein wie Euer Bein«, bemerkte Odaenathos hämisch. »Ihr seid also der berühmte Philosoph, der die Königin unterrichten wird, so, so.« Er lehnte sich im Thronsessel zurück und ließ noch einmal ungeniert seinen Blick über ihn schweifen. »Schon seltsam, was ihr immer wieder einfällt. Einmal wollte sie ein Pferd, jetzt einen Philosophen. Kriegt sie also einen Philosophen: Eine schöne Frau muß man bei Laune halten – von Zeit zu Zeit wenigstens.« Er grinste. »Ich muß Euch jetzt leider verlassen, schließlich habe ich das Schicksal einer Stadt zu lenken. Viel Vergnügen bei Euren tiefschürfenden Studien.« Die Art, wie er den Saal kopfschüttelnd verließ, ließ deutlich erkennen, was er von all dem hielt.

Longinos hatte Odaenathos während seines Sermons interessiert betrachtet, mit der Aufmerksamkeit eines Wissenschaftlers, der soeben eine erstaunliche Spezies entdeckt hatte. Nun wandte er sich Zenobia zu, als wäre sie sein nächstes Forschungsobjekt. Sie hatte die ganze Zeit schweigend dagesessen, prächtig geschmückt wie ein Götterstandbild und ebenso regungslos. Ihre Augen blickten finster, und nur Clelia wußte, welche Wut hinter diesem starren Gesicht kochte.

»Ich glaube kaum, daß ich Eure Erwartungen nach Zerstreuung und Amüsement erfüllen kann, Fürstin«, stellte Longinos bedauernd fest. »Vielleicht solltet Ihr Euch besser nach einem Hofnarren umsehen.«

»Ihr verkennt meine Gewohnheiten, ich wünsche lediglich zu lernen.«

»Das läßt hoffen. Welche Kenntnisse habt Ihr bereits?«

»Ich habe mir Latein ganz alleine angeeignet.«

Er hob eine Augenbraue, und seine Stimme klang spöttisch, als er sagte: »Wirklich bemerkenswert. Und weiter?«

»Ich wünsche außerdem, die Philosophen zu studieren, Kenntnisse in Geschichte, Rhetorik, Mathematik und Physik zu erwerben, dazu Brunnenbau und die Theorie der Kriegskunst.«

»Aha? Euer Appetit ist groß, Fürstin. Wir werden sehen, ob Ihr Euch bei diesem Gastmahl nicht übernehmt.«

»Das werden wir. Oooh, das werden wir. Ich erwarte Euch morgen um zehn.« Damit rauschte sie ab. »Und glaubt ja nicht, ich wüßte nicht, daß das mit dem Gastmahl eine Anspielung auf Platon war.« Sie knallte die Tür. Er sah ihr skeptisch nach, dann ging er auch.

»Odu, er ist wie feuriger Wein in mich gefahren«, setzte Clelia ihren Brief fort. Sie tunkte das Rohr in die Tinte und schrieb, ohne zu zögern: »Mir ist, als wüßte ich alles über ihn: Ich kenne die Verletzlichkeit, die er hinter seinem vorgeschützten Zynismus verbirgt. Ich liebe ihn – und ich begehre ihn. Mein Mann hatte doch recht, auf mir ruht der Fluch der Sünde, ganz wie er sagte.

Als ich in unsere Räume kam, empfing mich Zenobia mit einer langen Rede über die Arroganz dieses Atheners, um sich dann mit Feuereifer an ihre Schriftrollen zu setzen. Ich blieb alleine und starrte auf das Fußbodenmosaik, von wo die leblosen Augen der neun Musen aus ihren blumenumkränzten Medaillons zurückblickten. Ach Odu, ich weiß nicht einmal ihre Namen! Die Wände meines Schlafgemachs schmücken Szenen eines griechischen Romans (sagt Zenobia), den ich nicht kenne. Und er ist ein gebildeter Mann!

Während der Unterrichtsstunden sitze ich abseits über einer Handarbeit. Ich verstehe ihre Scherze und Wortgefechte nicht immer, aber ich sehe doch, was zwischen ihnen vorgeht, jedes vertrauliche Vortasten, jeden verärgerten Rückzug. Sie selbst wissen kaum, wann sie sich nahe sind und wann fremd und werden nie die Schilde zur gleichen Zeit senken. Vielleicht sind sie sich nicht einmal bewußt, daß sie schon längst Feuer füreinander gefangen haben, aber ich weiß es. Ich kenne die wahre Natur der Flammen, die Zenobias Zorn auf ihn so heftig lodern lassen; und die Leidenschaft, mit der Longinos sie zuweilen betrachtet, wenn sie es nicht merkt, ist mir eine Qual.

In den Nächten, die Zenobia bei Odaenathos liegt, bin auch ich nicht auf unserem Lager. Ich laufe durch die Gänge, und manchmal ..., manchmal stehe ich vor seiner Tür und weiß, daß er ebenfalls nicht schlafen kann. Er arbeitet im Schein der Lampe; vielleicht versucht er, sich mit Hilfe der Mathematik von der Liebe zu heilen. Oft höre ich ihn auch ruhelos auf- und abwandern. Und einmal, wenn mein Mut groß genug ist, werde ich hineingehen und die Lampe löschen. Ich werde meinen Namen nicht nennen. Möge Gott mir gnädig sein, möge Zenobia mir den doppelten Verrat verzeihen. Verzeih du mir, Odu, ich werde nicht mehr schreiben. Leb wohl, und Gott gebe dir Frieden.«

Sie unterzeichnete und löschte das Licht.

* * *

Odu zählte nochmals die heil gebliebenen Seidenballen, prüfte ihre Siegel und trug die Zahl dann auf einem Wachstäfelchen ein, das er sorgfältig zu den anderen Unterlagen legte, die hier auf den neuen Besitzer warteten. Dann sah er sich ein letztes Mal im Lager um. Die umgestürzten Regale waren weggeräumt oder repariert worden, und den Boden hatte er selbst gründlich gefegt. Trotzdem lag noch ein Hauch Kameldung in der Luft. Die beschmutzten Seidenvorräte waren alle gleich neben der Tür aufgestapelt und boten ein trauriges Bild, die leuchtenden Farben verstaubt und beschmiert. Einer plötzlichen Idee nachgebend, suchte und fand er an einem türkisfarbenen Ballen noch einen unverschmutzten Meter. Der dünne Stoff riß mit einem bösen Geräusch. Odu steckte ihn ein; bevor er Clemens und Julia packen half, hatte er noch etwas zu erledigen.

Er wählte den Weg auf die nördliche Stadtgrenze zu, um dem Trubel unter den Kolonnaden heute zu entgehen. Bei der ersten Gelegenheit bog er nach Westen ab und ging langsam durch das ruhige Viertel. Manche der Wohnungen hier standen leer. Seit die Pöbeleien gegen alles Römische in der Stadt schlimmer geworden waren, brachten die Offiziere und Beamte ihre Familien an die Küste. Und ihr Geschäft war nicht das einzige, das verwüstet worden war.

Als er sich dem Platz vor der Taverne näherte, wurde er langsamer, dann, als hätte er sich ermahnt, schritt er zügig aus. Dennoch konnte er sich einen schnellen Seitenblick nicht verkneifen auf das stille weiße Haus mit dem »Cave Canem«-Schild. Doch es war kein Blut mehr im Sand davor zu sehen, niemand stand auf dem Platz herum. Balbus, fiel ihm ein, hatte er seit dem Tag nirgendwo mehr gesehen. War das wirklich er selbst gewesen, der »Tötet ihn!« geschrien hatte? Er hätte Clemens und Julia damit schwer enttäuscht. Aber die Götter, tröstete er sich, richteten es ja so ein, daß der Zenturio nicht gefunden wurde. Wer weiß, wann und wo ich ihn wiedersehe? Er sah die kleine Kolonnade vor sich und schritt schneller aus.

Sich durch das nachmittägliche Gewühl zum Palast vorzuschlängeln war kein Problem. Dort angekommen, kaufte er sich eine Handvoll Feigen, kauerte sich in den Schatten einer Säule gegenüber dem Eingangsportal und wartete. Bald kam, was er suchte: eine junge Sklavin, die zum fürstlichen Haushalt gehörte. Er sprach sie an und wenig später durchschritt sie das Tor mit einem leuchtend türkisfarbenen Bündel und einem Brief, den sie abends Clelia übergab. Und diese las:

»Liebste Clelia, ich schreibe dies in Eile. Ich bitte Dich, sei nicht traurig. Es macht mich verzweifelt, Dich unglücklich zu wissen, wo ich Dir doch nicht helfen kann. Denn ich muß fort aus Palmyra.

Aber laß Dir noch sagen: Es ist Unsinn, daß Deine Gefühle Sünde sein sollen. Ich finde gar nicht sündhaft, was wir miteinander getan haben. Es ist vielleicht einfach eine Gabe von Dir, eine, für die Dein Mann keinen Sinn hat. Bei meinem Volk gab es, wenn ich mich recht erinnere, Frauen wie Dich. Sie wählten ihre Männer frei und waren angesehen. Auch die Götter hier sehen das nicht so streng; und dein Christengott ist doch der Gott der Liebe?

Clemens und Julia wollen zurück nach Rom, seit ihr Lager verwüstet wurde. Sie vertrauen dem neuen Osten nicht mehr. Also werden wir in wenigen Tagen mit einer Karawane nach Tyros aufbrechen und dort ein Schiff suchen. Ach Liebste, was soll ich sagen? Vielleicht kann ich mich ja eines Tages loskaufen und zurückkommen und dann, wenn Du auf mich wartest ... Aber was rede ich da, verzeih.

Ich danke Dir für alles, was Du mich gelehrt hast und dafür, daß ich eine Freundin an Zenobias Seite weiß, die sie nicht so enttäuschen wird wie ich. Ich schließe euch in all meine Gedanken ein, leb wohl.«

## Lateinstunde

»... an dieser Stelle sollte der Konjunktiv stehen ... Hier ist die Zeitenfolge falsch, das muß Plusquamperfekt sein. Das Gerundiv da ist fehl am Platz, ... hm, mehrmals falscher Gebrauch von Präpositionen – tja. Einige unpassende Metaphern, und insgesamt läßt der logische Aufbau zu wünschen übrig.« Longinos hob den Kopf. »Aber davon abgesehen ist es nicht schlecht.«

Zenobia reagierte, wie er erwartet hatte: kratzbürstig. »Ihr habt also mindestens zwei Dutzend massiver Fehler entdeckt, aber davon abgesehen, ist es nicht schlecht«, ahmte sie seinen Tonfall nach, »könnt Ihr mir bitte sagen, was daran noch gut sein soll?«

Longinos hatte sie eine lateinische Abhandlung über die Aquädukte der Römer schreiben lassen und saß ihr nun gegenüber, um das Ergebnis zu korrigieren.

»Ihr schreibt sehr lebendig«, erklärte er, »und man merkt, daß Ihr Euch gründlich mit dem Thema befaßt habt. Die Grammatikfehler lassen sich leicht ausmerzen. Aber Ihr müßt lernen, den Text besser zu strukturieren. An sich habt Ihr die Fähigkeit, klar zu denken; Ihr müßt sie nur richtig einsetzen – und das werde ich Euch noch beibringen.«

»Oh gewiß werdet Ihr das«, gab Zenobia spitz zurück, »bei Euren Anlagen.«

Er fuhr fort, ohne auf ihren Spott einzugehen, ganz von seinem Vortrag in Anspruch genommen: »Überlegt Euch bei jedem Wort, ob es wirklich nötig ist. Wenn nicht, dann werft es hinaus. Der klassische Stil zeichnet sich durch elegante Einfachheit aus, nicht durch blumige Redensarten.«

»Ja, Herr Lehrer«, antwortete Zenobia.

Sie sah ihm zu, wie er mit der Rohrfeder in ihren Sätzen herumfuhrwerkte, und erinnerte sich mit Schaudern an die ersten Unterrichtsstunden, in denen er sie unbarmherzig gequält hatte – stets in ruhigem Ton und mit erlesener Höflichkeit, was seine Unverfrorenheit allerdings eher noch verschärfte.

Von Anfang an traktierte er sie mit schwierigen Problemen, ließ sie politische Reden ausarbeiten, stellte ihr komplizierte Geometrieaufgaben oder verlangte von ihr fundierte Kommentare zu philosophischen Diskursen. Einwände wischte er kurzerhand vom Tisch:

»Gebraucht Euren Verstand!« Offensichtlich wollte er sie auf die Probe stellen, sehen, ob sie seines Unterrichts überhaupt würdig war. Wofür hielt sie dieser eingebildete Kerl eigentlich? Für beschränkt, launisch, vergnügungssüchtig? Es war nicht schwer zu erraten, und der Gedanke reichte ihr schon, um sich zähneknirschend und wild entschlossen in den Kampf zu stürzen.

Inzwischen schien sich seine Meinung über sie gebessert zu haben – was aber nichts daran änderte, daß sie häufig miteinander stritten. Allein schon Zenobias Widerspruchsgeist erlaubte ihr nicht, seine Kommentare ohne weiteres hinzunehmen. Zuweilen genoß sie die intellektuelle Auseinandersetzung, oft genug aber fauchte sie wie eine wütende Katze, wenn sie wieder den kürzeren gezogen hatte. Dann haßte sie ihn geradezu; sein Hochmut, seine Unnahbarkeit – und seine Überlegenheit – reizten sie bis zur Weißglut.

Dennoch, gestand sie sich ein, waren ihr die Unterrichtsstunden inzwischen unentbehrlich geworden. Fasziniert nahm sie das Wissen in sich auf, das er vor ihr ausbreitete wie kostbare Schätze aus allen Ländern der bekannten Welt. Er schärfte ihr Bewußtsein für die Grundfragen der griechischen Philosophie, analysierte römische Verwaltung, Wirtschaft und Heeresorganisation oder erörterte mit ihr Probleme der Landvermessung und Wasserversorgung.

Longinos sprach frei, fließend, ungezwungen, und sein Wissensvorrat schien unerschöpflich. Seine Sarkasmen würzten zudem jeden Vortrag aufs pikanteste. Und stets hatte sie dabei den Eindruck, als könnte es hinter dieser unbewegten Miene keine Gefühlsregung geben.

Der Mann war ihr ein Rätsel. Sie hatte noch nie einen derart verschlossenen Menschen getroffen, und manchmal packte sie die Lust, die kühle Fassade zu durchbrechen und zu sehen, was dahinter war. Er bot allerdings keinerlei Angriffsfläche. Es gab keine saftigen Klatsch- und Tratschgeschichten über ihn. Einladungen zu Trinkgelagen pflegte er fast immer abzulehnen. Sie wußte nicht, ob er eine Geliebte hatte (nicht, daß sie das interessiert hätte). Die Frauen betrachteten ihn mit Wohlwollen, und – zugegeben – er sah wirklich gut aus: keine klassische Schönheit, die Nase etwas zu lang, der Mund zu groß, aber insgesamt ein fesselndes Gesicht. Mit dunklen Augen, die einen intensiven Ausdruck annahmen, wenn sie sich auf jemanden richteten.

Eine Episode fiel ihr wieder ein, von einem der seltenen Gastmähler, zu denen er erschienen war. Er hatte der Tischgesellschaft anfangs höflich zugehört, sich im Laufe des Abends aber immer weniger Mühe gegeben, seine Langeweile zu verbergen. Die Flirtversuche der Dame, die links von ihm lagerte, ignorierte er vollständig. Zenobia bemerkte, wie sein Blick allmählich wegglitt, und sie wußte, daß es jetzt in seinem Gehirn auf Hochtouren arbeitete. Plötzlich richtete er sich auf, winkte einen Sklaven herbei und ließ sich Schreibzeug bringen. Unter den verblüfften Blicken der übrigen Gäste fing er an, Notizen zu machen; der Stilus flog über die Wachstafel, hinterließ Formeln und Skizzen. Odaenathos sah ihm mit wachsendem Groll zu, dann schickte er seinen Mundschenk zu ihm:

»Der Fürst läßt fragen, ob Euch seine Gesellschaft mißfällt?«

Longinos schaute nicht einmal auf. »Es gibt Schlimmeres«, erwiderte er geistesabwesend, eine Aussage, die seiner Ansicht nach immer passend war. »Stör mich nicht.«

Die Erinnerung daran belustigte Zenobia von neuem. Und zum ersten Mal fiel ihr auf, daß ihre Gedanken nun oft bei dem Philosophen selbst verweilten, nicht allein bei seinem Lehrstoff. Hatte das etwas zu bedeuten? Unsinn, wies sie sich zurecht, es lag nur an seiner unausstehlichen Art, mit der sie sich ständig herumschlagen mußte. Sie wollte von ihm nur eins: sein Wissen; ansonsten war er ihr herzlich gleichgültig!

Inzwischen hatte Longinos seine Korrekturen beendet und schob die Papyrusbögen zur Seite. Er wandte den Blick wieder seiner Schülerin zu, die mit erwartungsvollem Gesicht vor ihm saß. Sie trug ein schlichtes, weißes Gewand aus ägyptischem Leinen, die Taille von blaugoldenen Bändern umschnürt. Die gleichen Bänder waren auch in ihr Haar geflochten, das hochgesteckt und vielfach ineinander verschlungen war; nur eine einzelne längere Locke hing frei herab und ringelte sich über Nacken und Schulter. Geschmückt war sie eher zurückhaltend, nur einfache goldene Ringe an den Ohren und einen breiten Goldreifen am Oberarm. Longinos prägte sich ihr Bild ein, als müßte er es für alle Zeiten in seinem Kopf bewahren. Dann zwang er seine Gedanken zum Unterricht zurück.

»Ich habe Euch letztes Mal von Sulla und der Krise der römischen Republik erzählt«, begann er auf lateinisch, und fuhr fort, ihr die Probleme auseinanderzusetzen, die das alte politische System Roms zerstört und den Boden für die Alleinherrschaft der Kaiser vorbereitet hatten.

»Ehrlich gesagt wundert es mich, wie ein derart schwerfälliges Regierungssystem überhaupt funktionieren konnte«, warf Zenobia ein.

Longinos musterte sie streng. »Schwerfälliges Regierungssystem? Bei aller Kritik an Rom: die Republik war eine überaus intelligente Machtbalance und zu hervorragenden Leistungen imstande. Die Tatsache, daß sie nach einer langen Blütezeit irgendwann nicht mehr funktionierte, hängt von einer Reihe unterschiedlicher Faktoren ab und ist keineswegs eine Widerlegung des Systems an sich. Auch Monarchien sind nicht unbegrenzt haltbar, meine Königin.«

»Aber weitaus effektiver, mein Herr Republikaner.«

»Wenn Ihr schon polemisieren wollt, solltet Ihr Euch dabei auf objektive Argumente stützen, nicht auf bloße Behauptungen. Beweist mir, daß die Monarchie die bessere Herrschaftsform ist.«

»Das wäre ja, als sollte ich meine eigene Daseinsberechtigung beweisen«, muckte Zenobia auf.

»Vielleicht sollten Monarchen das grundsätzlich«, sagte Longinos gelassen, »also, strengt Euch an.«

Sie murmelte etwas über diktatorische Lehrmethoden – und dann strengte sie sich an. »Ein König ist in der Lage, seine Vorhaben langfristig zu planen und durchzuführen …«, begann sie.

»… falls er nicht vorher ermordet wird.«

Sie beschloß, den Einwurf zu ignorieren. »Die römischen Konsuln hingegen waren nur ein Jahr im Amt. Wie soll man in so kurzer Zeit etwas Dauerhaftes zustande bringen?«

»Ihr seht die Rolle der Konsuln etwas zu monarchisch. Nicht sie waren die höchste Instanz des Staates, sondern der Senat; er sicherte die Kontinuität der römischen Politik über längere Zeiträume hinweg.«

»Wie umständlich und langwierig, sich erst mit Hunderten von Senatoren herumstreiten zu müssen, ehe eine Entscheidung gefällt wird. In dieser Zeit kann ein Monarch zahlreiche Beschlüsse fassen.«

»Laßt uns hoffen, daß wenigstens ein paar davon brauchbar sind. Um ein Reich gut zu regieren, bedarf es gründlicher Kenntnisse in den unterschiedlichsten Bereichen, und kein Mensch ist so allwissend, daß er …«

»… nicht einmal Ihr?« unterbrach ihn Zenobia mit gespieltem Erstaunen.

Er runzelte die Stirn. »In diesem Fall würde ich wohl kaum hier sitzen und mich mit Euch herumärgern«, erwiderte er trocken. »Auch ein Monarch tut also gut daran, sich mit kompetenten Beratern zu umgeben. Bedauerlicherweise ziehen viele Herrscher die Gesellschaft von Höflingen vor, deren Begabung sich in Schmeicheleien erschöpft. Das scheint der menschlichen Natur näher zu liegen als Ehrlichkeit und Selbstdisziplin.«

»Was für ein Glück, daß ich dieser Gefahr entkommen bin«, konstatierte Zenobia liebenswürdig. »In puncto Ehrlichkeit seid Ihr unübertroffen – anderen gegenüber. Und es erfordert viel Disziplin, Euren Unterricht auszuhalten.«

»Danke.«

»Nun, andere Herrscher kommen zwar nicht in den Genuß Eurer Schulung«, fuhr sie beflügelt fort, »dennoch werden sie von Kindheit an gründlich auf ihre Aufgabe vorbereitet.«

Longinos hob eine makellos gewölbte Augenbraue. »Ihr geht von einer recht idealen Prinzenerziehung aus – und von einem Thronfolger, der die nötigen Qualitäten besitzt. Leider trifft häufig das Gegenteil zu; ein eklatanter Risikofaktor der Erbmonarchie.«

»Die Qualitäten republikanischer Beamter hingegen scheinen für Euch über jeden Zweifel erhaben zu sein. Dabei wurden sie oft von nichts anderem angetrieben als von persönlichem Ehrgeiz und Raffsucht«, parierte Zenobia sofort.

»Sagt mir, auf wen das nicht zutrifft. Trotzdem haben die meisten von ihnen gute Arbeit geleistet. Sie hatten nämlich viel Gelegenheit zu praktischen Erfahrungen und wurden dabei auch mit Problemen konfrontiert, wie sie ein Kronprinz in der Abgeschiedenheit eines Palastes niemals kennenlernt.«

»Fassen wir also zusammen: Wir Monarchen sind nach Eurer Meinung nichts als hoffnungslose Schwachköpfe. Darf ich fragen, weshalb Ihr dann überhaupt hier seid?«

»Es war ein reizvoller Gedanke, einmal ein orientalisches Despotenpaar kennenzulernen.«

»Ich verstehe; der Herr Philosoph erhoffte sich ein unterhaltsames Schauspiel!«

»So könnte man es ausdrücken, wenn ich auch selbst mehr von zeitgeschichtlichem Interesse gesprochen hätte.«

Zenobia schnaubte. »Was seid Ihr doch für ein unerträglicher, arroganter...«

»Bitte keine Beleidigungen«, sagte Longinos sanft. »Ihr müßt noch mehr an Eurer Selbstbeherrschung arbeiten.« Er erhob sich, ging mit seinem leicht schleppenden Schritt um den Tisch herum und blieb neben ihr stehen.

»Eure Argumente haben mich nicht überzeugt.«

Sie riß das Kinn hoch: »Dafür fangen Eure Spielchen allmählich an, mir auf die Nerven zu gehen. Ihr werdet dafür bezahlt, mir etwas beizubringen. Also tut es!«

»Wie Ihr befehlt, Gebieterin.« Höhnischer hätte es nicht klingen können. »Die kleine Debatte sollte Euch eigentlich darin schulen, Euren Standpunkt gut zu vertreten, aber wenn Ihr nicht wollt... Ihr habt mir auch so etwas Interessantes gezeigt.«

»Was?«

Longinos beugte sich herab und sah ihr direkt in die Augen: »Euren Machthunger.«

Zenobia sprang auf. »Paßt auf, was Ihr sagt!« fauchte sie wütend. »Eure Unverschämtheiten übersteigen allmählich jedes Maß.«

Er nickte, als hätte er soeben eine Theorie bestätigt gefunden. »Deshalb braucht Ihr Euren Lehrer, nicht wahr?« Seine Stimme war unverändert gelassen. »Um zu lernen, was Euch eines Tages womöglich von Nutzen sein wird. Ihr seid nicht an Erkenntnis um ihrer selbst willen interessiert. Ihr wollt herrschen, Zenobia.«

Erregt begann sie, im Zimmer auf- und abzuwandern. Die ungewöhnliche Anrede hatte sie überhört.

»Und was wäre falsch daran?« platzte sie heraus. »Der einzige Weg, sich keiner Macht zu unterwerfen, ist der, sie selber auszuüben. Ich möchte so vieles verändern, aber ich habe keine Möglichkeit dazu. Ich hasse es, mich herumkommandieren zu lassen, aber ich muß mich fügen, immer wieder.« Noch während sie sprach, hatte sie bereits das Gefühl, sich zu weit vorgewagt zu haben.

Longinos bemerkte ihr Unbehagen. »Keine Sorge, Ihr könnt offen mit mir sprechen.« Er betrachtete sie voller Anteilnahme. »Glaubt Ihr, das alles ist mir nicht bekannt? Ihr würdet zwar bald feststellen, daß auch die Macht keine wirkliche Freiheit bedeutet, aber ich verstehe Euch gut.« Nach einer kurzen Pause fügte er hinzu: »Ihr hättet die Fähigkeiten dafür, mehr als Euer Mann.«

Nun war es ihm endgültig gelungen, sie aus der Fassung zu bringen. Sie sah ihn an, dann löste sich ihre Anspannung in Gelächter. »Manchmal finde ich Euch fast ein bißchen sympathisch, Longinos.«

»Wie schön.« Sein Lächeln legte einen Strahlenkranz winziger Fältchen um seine Augen und verlieh seinem Gesicht verblüffenden Charme.

»Sah ich soeben tatsächlich ein Lächeln Euer Gesicht verschönern?« Zenobia mimte Begeisterung. »Ihr Götter, Longinos hat gelächelt! Solltet Ihr vielleicht gar ein paar menschliche Gefühle haben?«

»Menschliche Gefühle?«

»Nun, so etwas wie Freude, Haß, Liebe ...«, half sie ihm weiter.

Longinos schien angestrengt nachzudenken. »Doch, davon habe ich gelegentlich schon gehört.« In seinen Augen begannen mutwillige Funken zu tanzen. »Begriffe wie diese sind erfahrungsgemäß äußerst definitionsbedürftig«, fuhr er in belehrendem Ton fort. »Erklärt mir, was Ihr unter…, zum Beispiel Liebe, versteht. Aber bitte auf Latein und in wohlgesetzten Worten.«

Zenobia funkelte ihn an. »Ich hasse Euch«, knurrte sie.

»Ihr dürft auch Haß definieren, wenn Euch das mehr zusagt.« Er lehnte sich an den Tisch und wartete gespannt. »Ich gebe Euch gern ein paar Tage Zeit, damit Ihr Eure Gedanken schriftlich ausarbeiten könnt«, schlug er vor. »Oh, das ist überhaupt eine wunderbare Idee: Schreibt einen lateinischen Aufsatz über das reiche Feld menschlicher Gefühle.«

Sie sah ihn ein Weile schweigend an.

»Natürlich streng wissenschaftlich und vollkommen logisch.« Ihr Ton war ebenso ironisch wie seiner.

»Natürlich! Aber auch ein wenig poetisch, es ist dem Thema angemessen… ach ja, und zum Einstimmen empfehle ich Euch die Gedichte Catulls.«

»Lingua sed torpet, tenuis sub artus, flamma demanat…«, zitierte Zenobia und brachte es fertig, dabei absolut ernst dreinzuschauen.

»Genau. Ihr wißt wahrscheinlich, daß diese Verse ursprünglich auf griechisch geschrieben wurden – von Sappho. Catull hat lediglich eine Nachdichtung geschaffen.«

»Wie überhaupt die griechische Sprache der lateinischen an Schönheit und Ausdruckskraft weit überlegen ist«, setzte Zenobia noch eins drauf.

Longinos unterdrückte ein Lächeln. »Ihr habt schon viel gelernt.«

»Oh ja, mein Lehrer ist unerbittlich pflichtbewußt.« Sie sah das Zucken um seine Mundwinkel und konnte der Versuchung, ihn weiter zu provozieren, nicht widerstehen. »Er hat nichts als Weisheit im Sinn und blickt verächtlich auf das frivole Treiben anderer herab. Die Frauen, die vergeblich nach ihm schmachten, wissen davon ein trauriges Lied zu singen.« Sie seufzte dramatisch.

»So? Wer denn zum Beispiel?«

»Zum Beispiel Aziza, die Kurtisane. Sie soll bis über beide Ohren in

Euch verliebt sein. Es heißt sogar, daß sie es kostenlos für Euch machen würde.«

Longinos' Gesicht war eine einzige spöttische Maske. »Die Dame hat Geschmack«, urteilte er anerkennend.

Ein merkwürdiges Gefühl breitete sich in ihr aus, aggressiv und zärtlich zugleich. Es zuckte ihr in den Fingerspitzen, ihn – entweder zu schlagen oder zu streicheln, in jedem Fall aber, ihn zu berühren. Ärgerlich schüttelte sie den Wunsch ab und setzte gezielt den nächsten Stich: »Oder bevorzugt Ihr Knaben? Ihr seid schließlich Grieche.«

»Oh, was Homoerotik angeht, habt Ihr sicher größere Erfahrungen als ich«, wehrte Longinos mit Unschuldsmiene ab.

Zenobia hörte, wie Clelia, die etwas entfernt über ihre Stickerei gebeugt saß, scharf die Luft einzog. Sie fand seine Bemerkung reichlich frech, mußte aber einräumen, daß sie selbst mit dem Thema angefangen hatte. Im übrigen hielt sie es für unter ihrer Würde, Unverständnis oder Entrüstung zu heucheln und kehrte die Abgebrühte heraus: »Schockiert?«

»Nein, ich lasse jede Variante gelten. Davon abgesehen fallen Fragen dieser Art nicht in mein Fachgebiet. Wenn Ihr etwas über den Begriff der Sünde und die Abtötung der Leidenschaften erfahren wollt, müßt Ihr bei den Kollegen von der christlichen Fraktion anklopfen. Teilt Ihr mir das Ergebnis Eurer Nachforschungen dann bitte mit? Ich lerne immer gern dazu.«

»Ihr seid ein wahres Vorbild«, lobte ihn Zenobia. »Und wie steht es um Eure Leidenschaften?«

»Bestens.«

Sie wartete eine Weile, aber es kam nichts mehr. »Das war ja nun wirklich eine erschöpfende Auskunft. Hm… vermutlich ist das einzige, was Euch erregen kann, ein gut gebauter Satz, eine überzeugende philosophische These oder die elegante Lösung eines mathematischen Problems.«

»Vermutlich.« Er legte den Kopf zur Seite. »Nachdem das alles nun hinreichend geklärt ist, können wir ja zur römischen Geschichte zurückkehren.«

»Das ist auch mein Wunsch. Ich höre.«

Longinos konzentrierte sich einen Augenblick und setzte dann seine

Ausführungen über das Ende der römischen Republik fort, als hätte es nie eine Unterbrechung gegeben.

Eine halbe Stunde später beendete er den Unterricht mit den Worten: »Lest bitte als nächstes das siebte Buch in Caesars ›Bellum Gallicum‹; achtet dabei vor allem auf die Entscheidungsschlacht bei Alesia. Ich möchte mit Euch einige strategische Fragen behandeln.«

Zenobia erhob sich. Er sah der schlanken, aufrechten Gestalt nach, die der Tür zustrebte. »Und vergeßt nicht, die Abhandlung zu schreiben, über die wir gesprochen haben«, rief er ihr hinterher. Sie warf ihm einen letzten vernichtenden Blick zu und verließ gemeinsam mit Clelia den Raum.

Longinos blieb alleine zurück, in Gedanken versunken. Seine Hand berührte wie zufällig den liegengebliebenen Papyrus, auf dem sich ihre beiden Schriften vermischten, und erneut spielte ein Lächeln um seine Lippen.

## Der Anschlag

»Du kannst aufstehen, Fürstin, gratuliere.« Ume tätschelte mit ihren mächtigen schwarzen Händen liebevoll Zenobias Hüfte, während die sich von der Liege erhob und ihre Kleider zurechtzupfte. »Du bist ganz sicher schwanger.« Zenobia strahlte.

»Habe ich's dir nicht gesagt, Clelia. Oh, ich wußte es, ich wußte es.«

Die Königin von Palmyra tanzte wie ein junges Mädchen, das sie ja auch war, durch das Zimmer und umarmte abwechselnd die riesige Gestalt der nubischen Badefrau und Clelias schmale Schultern, die über ihre Stickarbeit gebeugt blieben. Sie war so glücklich, daß sie meinte, die flötenspielenden Knaben auf den Wandfresken tatsächlich zu hören. Und was sie spielten, war ein süßes Lied der Freiheit.

»Man muß sofort den König benachrichtigen! Jetzt bin ich ihn los, mindestens bis zum Ende der Stillzeit. Und wenn es ein Junge wird, vielleicht sogar für immer, da fällt mir schon was ein. Ume sag, kannst du sehen, was es wird?« Mit diesen Worten hielt sie der Nubierin ihre Handflächen hin. Ume nahm sie in ihre Hände, legte sie zusammen und versicherte ihr, daß es keines Blickes bedürfe, um zu wissen, daß sie eine Söhnegebärerin war. Dessen war sie sich gewiß seit Zenobias Traum, den sie damals auf Wunsch ihrer Eltern gedeutet hatte. Zenobia würde zweifellos Könige gebären, ja, sie würde selbst Königin sein. Aber das sagte sie ihr nicht.

Zenobia hatte ihre Wechselschritte durch das Zimmer wieder aufgenommen und trällerte vor sich hin. Sie würde dem König schon genug Gespielinnen zuführen, um selbst nicht mehr in sein Bett zu müssen, da war sie zuversichtlich. Warum sollte er darauf bestehen, wenn der Thronfolger erst da war. Im Grunde war sie für seinen Geschmack doch schon immer zu mager gewesen. Sie griff sich den polierten Bronzespiegel von ihrem Schminktisch, raffte die Tunika um ihre schmale Taille und versuchte, einen Blick auf ihren Bauch im Profil zu werfen, der aber unter den darüberstreifenden Händen noch völlig flach war.

»Wirst du mich noch lieben, wenn ich erst dick bin, Clelia?« Geistesabwesend umarmte sie die Freundin erneut. »Es wird wunderbar werden. Keine Ehepflichten, essen, was ich mag, oh, und viel Zeit für Unterricht. Longinos ist in den letzten Wochen richtig nett zu mir gewesen.« Sie griff sich Trauben aus der Schale, stopfte Clelia einige in den Mund und tanzte davon. Sie bemerkte nicht, wie ihre Freundin unter dieser Bemerkung zusammengezuckt war. Gleich morgen würde sie im Tempel der Allath für eine leichte Geburt opfern gehen und dabei mal wieder einen schönen langen Umweg über den Markt machen. Zufrieden sah sie zu, wie der Springbrunnen im angrenzenden Garten Lichtreflexe über den Boden und ihre nackten braunen Füße warf. Sie wackelte mit den Zehen. Ach, es lag so viel Schönes vor ihr.

Als Longinos sich melden ließ, um sie an die heutige Mathematikstunde zu erinnern, mußte sie ihm sofort von der guten Nachricht erzählen. Offen und ohne jede Verlegenheit lächelte sie in ihrem Glück zu ihm auf. Der Philosoph reagierte herzlicher, als sie es sich vorgestellt hätte. Ein wenig verblüfft sah sie, wie seine Augen sich jäh weiteten, dann ergriff er ihre beiden Hände zum traditionellen Segensspruch.

»Das ist wirklich eine wunderbare Neuigkeit«, setzte er hinzu. Zenobia strahlte, ohne ihre Hände aus den seinen zu lösen. »Nicht wahr?«

Keiner bemerkte, wie Clelia still die Tür zu ihrer Schlafkammer hinter sich schloß.

»Wenn Ihr erlaubt, lasse ich die Stunde heute, aber nur heute, ausfallen. Ich möchte sofort gehen und es meinem Mann sagen.«

Longinos' Miene bewölkte sich. »Ja, das muß wohl sein. Ganz wie Ihr wünscht, Königin.«

Als er gegangen war, wandte Zenobia sich zu Ume um und zuckte die Schultern.

»So ist er immer, einmal freundlich, dann gleich wieder kühl. Ich verstehe den Mann nicht.« Doch auch das vergaß sie wieder, während Ume ihr die Verhaltensregeln für schwangere Frauen erläuterte und ihr einen Tee gegen die Übelkeit der nächsten Zeit zusammenstellte. Außerdem nahm sie ein ägyptisches Udjat-Auge aus Bronze und blauem Glas als Schutz vor dem bösen Blick in Empfang, das Ume mit einigen Sprüchen zum Segen der Gebärenden belegt hatte. Sie würde es um den Hals tragen und später ihrem Kind in die Haare flechten. Dann holte sie tief Luft:

»So, und jetzt werde ich zu Odaenathos gehen, was ziehe ich bloß an? Vielleicht das grüne Seidenkleid mit den violetten Brokatblumen? Das sieht doch sehr fruchtbar aus.« Ume sah Zenobia tadelnd an, die angeregt in einer Truhe zu wühlen begann. Es war die Mutter des Mannes, die ihren Sohn davon in Kenntnis setzen mußte, daß er Vater wurde. Und wenn diese nicht mehr lebte, wie in Odaenathos' Fall, dann war das die Aufgabe der Mutter der Frau. Aber Zenobia lehnte es gegen alle Vorhaltungen der Badefrau ab, zu Sime zu gehen. Seit ihre Mutter im Palast wohnte, hatte sie keine anderen als die offiziellen Begrüßungsworte an sie gerichtet. Genau genommen hatte sie, seit sie aus ihrer Gefangenschaft in den Bergen zurück war, nicht mehr als das nötigste mit ihr gesprochen. Und das sollte so bleiben, wenn es ihr auch nicht schien, als leide Sime sehr darunter. Jedenfalls nicht mehr als sie.

»Du kannst Sime ja Bescheid geben, wenn sie dir zuhört. Es ist so schwierig, bei der Plauderei meiner Mutter einmal zu Wort zu kommen. Wirklich, wenn ich sie zu Odaenathos schickte, würde sie ihm ihre ganze

Krankengeschichte erzählen und vergessen, weswegen sie eigentlich kommen wollte.«

Ume schüttelte den Kopf über diese Leichtfertigkeiten, aber sie konnte Zenobia nicht umstimmen, die inzwischen in vollem Ornat vor ihr stand, gewillt, ihren Gatten nicht nur über seine kommende Vaterschaft aufzuklären, sondern sich endgültig die Adäration der Steuerschulden ihres Stammes gleich als Kindbettgabe dazu gewähren zu lassen. Das war heute ihr Tag. Ihr leuchtendes Kleid wie ein Segel des Triumphes gehißt, schwebte sie durch die Korridore, daß alles die Köpfe nach ihr umdrehte. Und selbst Ume mußte lächeln, als sie ihr nachsah.

Ume selbst ging, die Familie des Septimius Zenobios aufzusuchen, die in einem entfernten Flügel des Palastes residierte. Sie traf sie in einem luftigen Zimmer, das nur durch einige Sandelholzgitter von einem kleinen Garten abgetrennt war. Phantasielandschaften an den Wänden und ein grüner Seidenteppich mit Blütenstickerei verstärkten das Gefühl, daß man sich im Freien befinde. Und in einem kleinen Bassin zuckten Zierfische wie rote Blitze zwischen den Schatten der Seerosen hindurch. Die Masse herumliegenden Spielzeugs, halb geknabberter Süßigkeiten und schmutziger Wäsche allerdings minderte den Gesamteindruck etwas.

Der ehemalige Stadtkommandant nahm von dem Besuch für seine Frauen so wenig Notiz, wie er das zu anderen Zeiten getan hätte. Er saß ausdruckslosen Blickes in einem Ledersessel in der Zimmerecke, eine Kamelhaardecke über den Knien und einen Sklaven an seiner Seite, der darauf achtete, daß die Krabbelkinder, die beim Spielen über seine Pantoffeln stolperten und an seinen Hosensäumen zerrten, ihn nicht umkippten.

Die meisten der Kleinen gehörten Oyat, inzwischen fünf an der Zahl. Die Nebenfrau des ehemals großen Zenobios war auch entsprechend begeistert von der Neuigkeit und nahm sich sofort vor, Zenobia einen Solidaritätsbesuch zu machen. Eifrig kramte sie alte Säuglingskleidung und Erinnerungen an ihre Geburten hervor.

»Wem erzählst du das, Oyat«, unterbrach Ume den Redeschwall schließlich, »ich war doch bei allen dabei.« Dann wandte sie sich an Sime. »So wie ich bei Zenobias Geburt geholfen habe. Es war ein schweres Stück

Arbeit damals, nicht wahr, Herrin? Freut Ihr Euch, Großmutter zu werden?« Sime griff seufzend nach einer kandierten Rosenknospe.

»Hach Gott, es klingt so alt. Aber jetzt wird das Mädchen wohl einsehen, daß wir alles ganz richtig gemacht haben, jetzt, wo sich der Erfolg einstellt und sie ihren Platz als erste Frau gesichert hat. Denn ein Sohn wird es doch wohl, das ist das mindeste, was sie uns schuldet, bei all der Mühe, die wir mit ihr hatten. Sie sollte mir dankbar sein.« Ume zog es vor, die Schultern zu zucken und zu versichern, Zenobia mache einen glücklichen Eindruck. Sime nickte versonnen.

»Ja, das muß sie wohl, bei so einer Position. Königin von Palmyra und Mutter des Thronerben!« Sie seufzte erneut. »Meine Tochter! Doch, es hat sich gelohnt. Ach, die Gute.« Sie hörte nicht ungern, daß Zenobia ihr die Mühe abgenommen hatte, Odaenathos zu unterrichten. Das Kind war eben modern. Und seit ihre Figur so aus den Fugen war, verließ sie ihre Gemächer ohnehin nur noch ungern. Was sie nicht daran hinderte, in der Schüssel mit den Näschereien nach einer weiteren Zuckerrose zu fischen. Nur eine schien mit all dem unzufrieden, das war Yasemin.

Grimmig hatte sie zugehört, während sie aus den Augenwinkeln beobachtete, wie Zenobios' Körper unter dem Ansturm der spielenden Kinder umsackte und aus dem Sessel rutschte, ehe sein Diener ihn noch halten konnte. Eine erschrockene Zweijährige schlug plärrend mit ihrer Puppe auf den reglos Daliegenden ein. Yasemin rief ihre Tochter zu sich und trug sie in der allgemeinen Aufregung unbemerkt hinaus. Dort drückte sie die Kleine einer Sklavin in die Hand, zog ihren Schleier vors Gesicht und ging entschlossenen Schrittes davon.

»Yasemin? Ich hab' dir doch gesagt, du sollst hier nicht tagsüber herkommen.« Verärgert sah Septimius Hairanes von seinen Papieren auf. Er glich in nichts seinem Vater Odaenathos. Die hellen, beweglichen Augen, fast zu groß für das magere Gesicht, und der breite, schmallippige Mund mit dem vorgeschobenen Oberkiefer verliehen ihm das Aussehen einer Eidechse. Dies und seine reizbare Art, die ihn im Streit mit ruckendem Kopf Bosheiten hervorzischen ließ, hatte ihm den Spitznamen Feuersalamander eingebracht. »Es ist viel zu gefährlich. Außerdem habe ich zu tun.« Er machte Anstalten, sich wieder seiner Arbeit zuzuwenden, doch Yasemin nahm die Lesegewichte von der Schriftrolle, so daß sie zusammenschnurrte, und zog den Widerstrebenden hinter eine große tönerne Urne, deren Podest sie gegen die neugierigen Blicke Vorbeikommender abschirmen würde.

»Ich dachte, es interessiert dich, daß du soeben deinen Thron losgeworden bist.« Hairanes packte sie fest bei den Schultern und schüttelte sie:

»Bist du verrückt, Weib? Was soll das?« Aber Yasemin schmiegte sich nur schlangengleich an ihn. »Faß nur zu, so fest du kannst, mein harter Mann, aber dein Erbe entgeht dir doch – ohne mich.« Sie sah ihn schwanken zwischen Zorn und Gier und beeilte sich, ihm zu erzählen, was Ume zu berichten hatte.

»... und es ist sicher, daß es ein Junge wird.«

»Hokuspokus!« Hairanes war nicht gewillt, sich von Weiberklatsch beunruhigen zu lassen.

»Nein«, widersprach Yasemin », Ume weiß, wovon sie spricht. Die alte Hexe sieht mehr als du und ich. Es ist jetzt an der Zeit zu handeln. Hairanes, Liebster.« Ihre Hände verschwanden unter seinen Kleidern. Er ließ es sich gefallen. Dabei dachte er laut nach:

»Das wird nicht so einfach werden. Sie hat einen Vorkoster. Und sie unauffällig in ihrem Bett zu ersticken, geht auch nicht, solange sie mit diesem blonden Flittchen zusammenliegt.«

»Liebst du mich denn, Hairanes?« gurrte sie ihm ins Ohr.

»Was soll das, Yasemin. Natürlich, aber ich habe jetzt...«

»Denn wenn du mich liebst«, ihr heißer Mund kam noch näher an sein Ohr, »und mich zu deiner Gemahlin machst«, sie biß ihn, »dann kann ich das für dich erledigen.« Entgeistert starrte er abwechselnd auf den Blutstropfen, den er sich von seinem Ohrläppchen gewischt hatte und auf ihr lächelndes Gesicht. Dann grinste er.

»Du bist eine Hexe.«

»Und die künftige Königin von Palmyra?«

»Mein Schatz. Was hast du vor?« Provozierend langsam zog sie einen Papyrus aus ihrem Ausschnitt und gab ihn ihm zu lesen, während sie ihr Dekolleté zurechtzupfte.

»Das ist ein Liebesgedicht.« Fragend sah er auf.

»Ja, und zwar auf Zenobia. Ziemlich eindeutig, findest du nicht? Da: ›... gefesselt von deinem Haar, versinken, vergehen in dir, meine Geliebte, meine Königin‹. Rate, wer es geschrieben hat.«

Er hob die geöffneten Hände zum Zeichen, daß er aufgab.

»Longinos«, schnurrte sie. »Unser guter, asketischer, hinkender Longinos. Oh, sie hat schon als Kind zu gerne verletzte Tiere gepflegt.«

»Aber«, er schlug mit der Handkante gegen die Schriftrolle, »daraus kann man dem Mann doch keinen Strick drehen. Geschweige denn ihr.«

Yasemins Augenbrauen stiegen zu sichelscharfen Bögen empor: »Auch nicht, wenn Longinos' Schreibsklave ...«

»He, Moment, woher auf einmal der Sklave? Ist das wieder eines deiner Dienstbotenverhältnisse?«

Sie knurrte spielerisch: »Immerhin habe ich meinen göttlichen Goten damals für dich mit der nächsten Karawane verschickt. Also hör mir gefälligst zu. Wie also, wenn der Sklave seit einigen Nächten eine tiefverschleierte Frau in seines Herrn Schlafzimmer verschwinden sieht – ich sagte tiefverschleiert und schweigend –, die aus Zenobias Räumen kommt?« Langsam begriff er.

»Schwanger oder nicht, Odaenathos wird sie steinigen lassen, wenn er sie erwischt.« Sie grinsten sich an.

»Dann sollte man ihn schnellstmöglich aufklären.« Er preßte sie stürmisch mit seinem Leib an die Wand und ihre Zähne stießen hart aufeinander, als sie sich küßten.

* * *

Longinos lag wach auf seinem Bett. Die Arme hinter dem Kopf verschränkt, sah er zu, wie der Mond über die dunklen Silhouetten der Grabtürme wanderte. Ein Pfau schrie heiser in einem der Innenhöfe, doch sonst war der Palast still. Noch immer schien ihm das, was geschehen war, eher ein Traum zu sein als Wirklichkeit.

Sie war zu ihm gekommen, einige Wochen zuvor. Er hatte bis spät in die Nacht gearbeitet, zu vertieft, um irgend etwas in seiner Umgebung wahrzunehmen. Daß er nicht mehr alleine war, merkte er erst, als sie bereits neben ihm stand, sich über den Tisch neigte, die Lampe löschte. Undurchdringliches Dunkel umgab sie beide; er hörte nur das Rascheln ihrer Kleider und atmete den Duft ihres Parfüms, unverkennbar und berauschend: »Zen…« »Schsch…« Ihre Fingerspitzen suchten sein Gesicht, legten sich sanft auf seine Lippen. Er hatte die Innenflächen ihrer Hand geküßt, ihre Taille umfaßt und sie an sich gezogen…

Und dann, am nächsten Tag, eine unveränderte Zenobia, unbefangen und streitlustig wie eh und je. Mit keinem Wort und keinem Blick gab sie zu erkennen, was sich in der Nacht davor ereignet hatte. Trotz einer leisen Enttäuschung empfand er darüber fast etwas wie Erleichterung; es ermöglichte ihm, den Unterricht wie gewohnt abzuhalten. In gewisser Weise erregte ihn der Gegensatz zwischen ihren wilden, hemmungslosen Nächten und der Distanz, mit der sie sich am Tag gegenübertraten. Die Nachricht von ihrer Schwangerschaft heute hatte die Situation allerdings entscheidend verändert. War das Kind womöglich von ihm?

Er richtete sich auf, als endlich die ledernen Türangeln knarzten, und sie eintrat, eine wie immer tief verschleierte Gestalt, die im flackernden Schatten des Türflügels stehenblieb. Ihr verhülltes Gesicht schien anklagend der kleinen Öllampe zugewandt, die auf seinem Nachttisch brannte. Er nahm den Bronzeleuchter in die Hand und ging auf sie zu. Sie wich zurück.

»Also noch immer Dunkel zwischen uns, Herrin? Noch immer Schweigen? Liebste! Ich soll dein Gesicht nicht sehen und deine Stimme nicht hören, immer noch nicht?« Er war bei diesen Worten näher an sie herangetreten und suchte in dem unruhig tanzenden Licht durch ihre Schleier zu sehen. »Hat zwischen uns nicht eine ganz andere Flamme noch viel heller gebrannt? Willst du leugnen, daß dein Körper dem meinen heiße Liebeslieder sang? Und nun…« Er legte sacht die Hand auf ihren Leib, spürte, wie sie erzitterte und seufzte, doch als er den Stoff vor ihrem Gesicht anheben wollte, schlug sie ihm in panischer Abwehr die Lampe aus der Hand. Sie fiel scheppernd zu Boden, wo sie kreiselnd liegenblieb, ohne zu verlöschen. Longinos rieb sich die verbrannten Finger.

»Verdammt, Zenobia. Ich schweige unsere Schulstunden hindurch. Zugegeben, das fällt mir nicht so schwer, die Rolle des Anbeters liegt mir nicht besonders. Ich bin also der brave Lehrer, diskret bei den Gastmahlen, unsichtbar, wenn dein Mann kommt. Aber beim Zeus, ist das hier nicht etwas zu viel der Diskretion?« Er bemerkte, daß er sich in Rage redete und hielt inne. Die Gestalt vor ihm hatte sich noch immer nicht gerührt.

»Ich will dich doch nicht in Gefahr bringen«, versuchte er es erneut. Er trat näher und zog sie an sich. »Aber über das, was heute geschehen ist, müssen wir reden. Findest du nicht?« Seine Hände wanderten über ihren Rücken, ihr Gesäß, kehrten zu ihrem Nacken zurück und glitten unter ihr Kleid, das er über die rechte Schulter herabzog. Verhüllt und entblößt zugleich stand sie vor ihm, und ihre nackte Haut schimmerte im rotgoldenen Licht der Flamme. Er küßte die anmutige Rundung ihrer Schulter. Sie regte sich nicht, da ließ er von ihr ab.

»Zenobia…« Er zögerte einen Augenblick, dann fuhr er leise fort: »Ich liebe dich. Ich…«

Harte Schritte vieler Füße auf dem Gang unterbrachen ihn. Eine Stimme rief dumpf »Öffnet!«, da krachten auch schon die Türflügel unter den Schlägen der Eindringlinge. Allen voran brach Hairanes ins Zimmer, schwenkte seine Fackel, schrie volltönend »Ha, Ehebrecherin!« und riß der stummen Gestalt den Schleier vom Kopf. Es wurde still.

Longinos sah in Clelias leidverzerrtes Gesicht. Gedankenverloren drehte er das Ende ihres leuchtend goldenen Zopfes um seine Finger. Sie öffnete den Mund, doch brachte sie noch immer kein Wort heraus. Aufschluchzend riß sie ihr Haar an sich und rannte davon. Longinos sah ihr nach, dann wanderte sein Blick zu Hairanes, der völlig entgeistert zwischen den Trümmern der Tür stand. Die mitgekommenen Palastwachen scharrten verlegen mit ihren Stiefeln. Unbehaglich sahen sie auf das sarkastische Lächeln, das Longinos' Mund zu umspielen begann.

»Edle Herren, ich gebe Euch mein Wort: Ich wußte nicht, daß die Dame verheiratet ist. Ich bin sicher, wir können die Sache, die Euch so am Herzen zu liegen scheint, einvernehmlich regeln. Und auch meine Tür…«

»Die Tür am Arsch!« knurrte Hairanes, winkte seinen Männern und war verschwunden.

Langsam sank Longinos auf sein Bett und starrte bewegungslos vor sich hin. Der Pfau im Garten schrie erneut. Clelia! Nicht Zenobia, oh nein. Die Dienerin, nicht die Herrin, die Dienerin! Was hattest du erwartet, armer verliebter Narr, dachte er spöttisch. Ob Zenobia Bescheid wußte? Zweifellos. Es mußte ihre Idee gewesen sein – die Revanche für alle Niederlagen des Unterrichts. Mal sehen, wie leicht sich der ach so kluge Philosoph an der Nase herumführen läßt. Longinos als heimlicher Liebhaber – ein köstlicher kleiner Spaß für die beiden.

Bei dem Gedanken, wie sie wohl darüber gelacht hatten, krampfte sich seine Hand ins Kissen, und seine Augen wurden schmal. Er wußte nicht, was am heftigsten in ihm tobte: der Schmerz, die Wut – oder das Entsetzen darüber, daß er sich wie ein Idiot benommen hatte.

Nach einer Weile löste sich sein Griff, er atmete tief, versuchte, sich wieder unter Kontrolle zu bekommen. Was tat er auch in Palmyra, als Fürstenlakai. Warum war er nicht in Athen und leitete seine Akademie statt hier bei Hofe zu dienern? Hatte er es Platon gleichtun wollen, der dreimal dem Ruf des Tyrannen von Syrakus gefolgt war, um ihn zu unterrichten? Dreimal war Platon dabei nur knapp mit dem Leben davongekommen. Nun, auch ihn hatte sein Ausflug in die Gefilde der Macht nicht das Leben gekostet. Das Leben nicht.

Mit brennenden Augen starrte er in die Dunkelheit, als die Lampe schon lange erloschen war, und dachte an Zenobia.

Zenobia wurde durch Clelias leises Weinen neben sich wach. Der Himmel begann schon heller zu werden, und die Vögel regten sich im Gebüsch der Gärten. Sie tastete nach einem Lämpchen und entzündete mühsam den ölgetränkten Wergdocht, ehe sie begann, beruhigend über Clelias zuckenden Rücken zu streicheln. Sie löste der Freundin die zerzausten Haare und glättete sie, strich sie ihr aus der Stirn und dem erhitzten Nacken, den sie zärtlich küßte, bevor sie die noch immer Weinende an der Schulter zu sich herdrehte und das Kissen, das sie sich vors Gesicht hielt, aus ihren verkrampften Fingern wand. Clelias Augen blickten wie die eines Hundes, der

Prügel erwartet, und etwas wie Angst beschlich Zenobia. Dennoch murmelte sie beruhigend mit ihr wie mit Kindern, während Clelias verkrampfter Brustkorb von lauten Schluchzern gerüttelt wurde.

»Hairanes«, stieß sie schließlich mühsam zwischen zwei Atemzügen hervor. »Hairanes ...«

»Hat der Kerl dich etwa angefaßt? Du Armes. Oh, ich werde ...«

»Nein!« Clelia zog die Luft ein wie eine Ertrinkende. Schließlich brachte sie heraus: »Er, er will dich töten lassen.« Sie schluchzte erneut. Aber nicht aus Angst um dich, flüsterte es in ihr. Nein, aus Angst vor dir. Und sie verhöhnte sich: Nun spiel hier nicht das Opfer, sag es ihr nur, sag ihr, was du ihr angetan hast. Sie schniefte und fuhr fort: »Er hat heute nacht mit der Palastwache Longinos' Zimmer gestürmt, weil er dachte, du wärst dort.« Zenobia schüttelte ungläubig den Kopf:

»Wie kam er denn auf die Idee? Nein, das glaube ich nicht, Clelia. Wo hast du das her?« Dann stutzte sie. »Clelia!« Zenobia schrie den Namen fast und schüttelte die Freundin. Noch wollte sie nicht ganz begreifen, was ihr da erzählt wurde.

»Ich weiß es, weil ich da war.« Heftig wand sie ihre Handgelenke frei. »Du tust mir weh. Sie wollten dich beim Ehebruch ertappen, sie haben mich für dich gehalten, verstehst du.«

»Wer hat mich für dich gehalten?«

Clelia senkte die Augen. »Hairanes«, flüsterte sie nach einer langen Pause. Zenobia saß erstarrt neben ihr.

»Du warst bei Longinos.« Es klang tonlos. »Wie lange geht das schon?«

»Zenobia, du mußt dich vorsehen, hörst du. Er will dich umbringen. Hörst du mich?« Erneut brach Clelia weinend zusammen. Dann antwortete sie ganz leise:

»Ein paar Wochen.« Zenobia sagte nichts mehr. Ein paar Wochen. Betrogen von ihrer Geliebten, ihrer einzigen Freundin. Seit ein paar Wochen. In der Morgenkühle draußen stiegen die ersten verschlafenen Vogellieder auf. Die Rufe der Diener hallten in den Gängen. Verwundert fragte sie sich, warum es so weh tat, daß es gerade Longinos war. Er bedeutete ihr doch gar nichts, dachte sie. Geistesabwesend streichelte sie noch einmal über Clelias Rücken, dann stand sie auf.

»Es ist vielleicht besser, wenn du dein eigenes Zimmer bekommst. Ich werde den Kammerfrauen Bescheid geben.« Clelias Aufschluchzen schnürte ihr den Hals zu.

»Und danke … danke für die Warnung.« Die Tür schloß sich hinter ihr.

* * *

Longinos schloß die geschnitzten Türflügel hinter sich und hinkte durch den Raum in Richtung Tafel. Er wußte, daß er Zenobia hier treffen würde, die Stunde des täglichen Unterrichts war fast angebrochen. Nun hieß es also, auf die unvermeidliche Begegnung zu warten. Während der vergangenen Nacht hatte er sich überlegt, einfach seine Sachen zu packen und aus dem Palast zu verschwinden, vielleicht in Richtung Damaskus oder Samosata. Bestimmt würde ihn niemand verfolgen. Es war gewiß nicht Stolz, der ihn davon abhielt, doch was es war, das konnte er sich selbst nicht erklären.

Zeit seines Lebens hatte er nichts so sehr gehaßt, wie der Macht eines anderen Menschen unterworfen zu sein, seiner Dummheit und seinen unberechenbaren Gelüsten. In Athen hatte er seinerzeit genügend Erfahrungen damit gemacht, verstrickt in die nie enden wollenden Grabenkämpfe an der Akademie, die wenig mit Wahrheit und Weisheit, dafür aber viel mit Eitelkeit, Neid und Mißgunst zu tun gehabt hatten.

Zenobias Ruf hatte ihn damals davor bewahrt, ihnen zum Opfer zu fallen. Denn die Zeiten waren gegen ihn; was das Publikum hören wollte, waren keine rationalen philosophischen Diskurse, sondern mystische Pfade ins Reich der Seele.

Longinos, der entschlossen an der aristotelischen Logik und den Naturlehren eines Thales oder Heraklit festhielt, konnte und wollte der weihrauchhungrigen Jüngerschaft nichts dergleichen bieten. Außerdem machte ihn sein beißender Zynismus und der Spott, mit dem er den ekstatischen Heilshoffnungen mancher neuplatonischer Modeheiliger begegnete, nach kurzer Zeit unbeliebt.

Im übrigen betrachtete er sich als Skeptiker. Das war eine Haltung, die, wie er fand, einem Krüppel gut anstand. Der hinkende Philosoph hatte es zeit seines Lebens klug vermieden, einem anderen Menschen jemals Liebe zu schenken, und selbst nie auf welche gehofft.

Erst Zenobia hatte seinen in Jahren errichteten Schutzwall durchbrochen. Und wozu hatte sie ihre Macht benutzt? Doch nur dazu, ihn so wirksam wie möglich zu verletzen. Dummheit und Gier. Die Spiellust brutaler Kinder hatte ihn gebraucht und verworfen. Diesen Schmerz würde er weder Zenobia noch sich selbst verzeihen.

Der Schwung, mit dem die Königin den Raum betrat, der als ihr Schulzimmer eingerichtet war, wurde jäh gebremst, als sie sah, daß Lonignos sie bereits erwartete. An der Tafel gegenüber war noch die Karte Ägyptens zu sehen, die er ihr tags zuvor skizziert hatte, daneben der Ausschnitt vom Grenzgebiet zu Arabien. Ein mit roter Kreide markierter Kanal verband Clysma am Heropolitischen Meerbusen mit den Bitterseen und dem östlichsten Flußarm des Nildelta. Bis hinauf nach Pelusium an der Nilmündung bildeten diese Gewässer eine natürliche Grenze für jeden Eroberer, der die arabische Wüste hinter sich gebracht hatte. Firmus' Briefe regten sie immer wieder an, sich in ihrer Phantasie mit diesem Problem zu beschäftigen: Wo und wie würde sie ihre Reiter am günstigsten über den Fluß bringen?

Zenobia starrte einige Sekunden irritiert auf das Gewirr von Linien und Pfeilen. Inzwischen kannte sie es so gut, daß sie vermutlich auch nachts ihren Weg durch die Wüste gefunden hätte. Sie legte die Hand auf Arabien und zog mit den Fingern, die Zeichnung zerstörend, eine breite Linie nach Alexandria. Achtlos wischte sie den Kreidestaub an ihrem Umhang ab.

Sie betrachtete Longinos aus den Augenwinkeln, er erschien ihr blaß und übermüdet. Sein hageres Profil besaß die Schärfe eines Schattenrisses. Doch darüber hatte sich eine Unruhe gelegt, die nicht zu der üblichen Strenge des Philosophen paßte. Stumm standen sie einander gegenüber, gefangen von der Peinlichkeit der Situation. Dann holte Zenobia Luft. Er schien ihr angeschlagen, und man sollte den Feind angreifen, wenn er schwach war, das hatte er selbst sie gelehrt.

»Clelia hat mir alles erzählt«, sagte sie schließlich. Nicht eben eine brillante Attacke, ermahnte sie sich, weiter, Zenobia, weiter. Longinos rührte sich nicht, er blickte nur geradewegs in die mandelförmigen Augen seiner Peinigerin, diese wunderbaren Augen – und erwartete die unvermeidliche Demütigung.

»Sie hat mir alles gesagt«, wiederholte Zenobia einen Ton schriller.

Longinos hob die Brauen.

»Natürlich hat sie das, Herrin.« Er musterte sie kurz, ohne dieser Feststellung etwas hinzuzufügen. Dann schob er zerstreut die Wachstäfelchen auf der Tischplatte zusammen, die Zenobia für ihre lateinischen Grammatikübungen verwendet hatte und sortierte mechanisch einige fehlerhafte Konjugationen aus.

»Ich werde auf keinen Fall zulassen, daß Clelia die Leidtragende dieses Vorfalls wird«, fuhr Zenobia tapfer fort. »Sie ist schließlich nicht irgendeine Sklavin, mit der man sich nach Belieben amüsieren kann. Ihr werdet umgehend sämtliche Gerüchte aus der Welt schaffen und sie zu Eurer Frau machen. Damit bestätigt Ihr zugleich, daß sie es war, die Euch besucht hat. Ich kann es mir meinem Mann und dem palmyrenischen Volk gegenüber nicht leisten, daß über diesen Punkt auch nur der leiseste Zweifel besteht. Euch beide wird das ja wohl nicht allzu viel Überwindung kosten.«

Die Bitterkeit, die in ihren letzten Worten lag, überraschte sie selbst. Aber war sie nicht auch großzügig genug, wenn sie den beiden gestattete, sich offiziell zu einer Affäre zu bekennen, die ihre Person so demütigend hinterging? Es gab wohl kaum jemanden bei Hofe, der nicht zumindest mutmaßte, daß Clelia ihre Geliebte war – gewesen war, korrigierte sie sich grimmig.

Zenobia schob das Kinn vor und versuchte, ihr Gegenüber möglichst kühl zu mustern, doch verfehlte sie den angestrebten Effekt. Longinos hatte sich hinter dem Panzer seiner Ironie verschanzt und begegnete ihrem Blick mit zynischer Belustigung:

»Nicht übel: Eure Hure mit einer wohlanständigen Ehe dafür zu belohnen, daß sie sich willig in mein Bett legen ließ.« Er lachte kurz auf. »Aber nein danke. Ich werde sie nicht heiraten.«

Zenobia hatte ihm mit wachsendem Ärger zugehört. »Was soll das heißen?« fragte sie scharf.

»Das soll heißen«, präzisierte er, »daß ich keine Lust habe, bei Eurem hübschen Spielchen noch länger mitzumachen. Ich hoffe, meine Königin hat sich dabei wenigstens gut amüsiert.« Mühsam unterdrückter Zorn schwang in seiner Stimme mit, als er fortfuhr: »Hat sie Euch jeden Morgen Bericht erstattet, ja? Euch erzählt, was ihr der liebeskranke Philosoph wieder für verrücktes Zeug ins Ohr geflüstert hat? Zu komisch, wie? Allerdings nicht weiter ernst gemeint. Betrachtet es einfach als literarische Stilübung.«

Sie starrte ihn völlig verwirrt an: »Ich verstehe immer noch nicht. Wovon redet Ihr überhaupt?«

»Von der Rolle, die Clelia gespielt hat: Euch«, stieß er zwischen den Zähnen hervor. »Es war ein gelungener Scherz. Herzlichen Glückwunsch!«

Zenobia schnappte nach Luft. Sie erinnerte sich an Clelias kurzes verräterisches Zögern, ehe sie »Hairanes« geantwortet hatte. Es war nur die halbe, die unbedeutendere Wahrheit gewesen. Longinos hatte ebenfalls geglaubt, daß sie ... Der Gedanke daran ließ sie erzittern. Und mit einem Mal spürte sie es wieder, wie zuweilen während des Unterrichts, dieses warme, süße, sehnsuchtsvolle Gefühl in ihrem Magen, wie eine Schwäche, wie ein Fallen durch warme Luft. Voller Erregung betrachtete sie das Gesicht des abweisenden Mannes, der ihr das Leben so lange schwergemacht hatte. Sie sah sich nachts heimlich in sein Zimmer treten, und ihr Herz klopfte bei dem Gedanken. Und eine Sekunde der Wunsch: das Kind. Wenn alles nur wahr gewesen wäre, wenn sie das mit ihm teilen könnte, mit ihm. Die plötzliche Intensität ihrer Gefühle überwältigten sie fast. Sie hob die Hand, um ihn zu berühren, zuckte zurück, zog sie unverrichteter Dinge wieder an sich, sprach statt dessen:

»Ich habe nichts davon gewußt«, sagte sie sanft, bemüht, alle Liebe in ihre Stimme zu legen. »Und ich würde niemals, ich meine, ich will nicht, daß Ihr denkt ...«

Aber Longinos hörte nur Mitleid darin. Mitleid mit seiner Schwäche, auf das er nicht den geringsten Wert legte. Maßlose Wut packte ihn, daß er sie, die offenbar ahnungslos gewesen war, selbst auf diese Schwäche gestoßen hatte, daß er sich soeben durch eigene Schuld restlos vor ihr entblößt hatte. Und diese Wut weckte in ihm den Wunsch, ihr weh zu tun. Er hob den Kopf, den Mund zu einem leichten Lächeln verzogen.

»Oh nein, Herrin, ich denke niemals in diese Richtung. Und sollte ich doch – nun, dann verzeiht, daß ich Euch für so …«, er machte eine Pause, um in einer anzüglichen Geste ihre Finger zu küssen, »… so wenig tugendhaft hielt.«

»Wenig … was? Tugendhaft?« echote Zenobia. Sie riß die Finger aus seiner Hand, die keinen Widerstand leistete. Ihre Wut wuchs mit jedem ihrer Worte. »Soll das heißen, das war alles, worum es ging? Und es ist Euch egal, mit welcher Frau Ihr letztlich das Bett geteilt habt?« Ein vielsagendes Schweigen folgte. Aus ihrem Gesicht war jegliche Farbe gewichen. Wie hatte sie nur eine Sekunde lang irgendein freundliches Gefühl für dieses abscheulichen Menschen aufbringen können. Der nun vielleicht auch noch erraten hatte, daß sie bedauerte, nicht selbst an Clelias Stelle gewesen zu sein.

Bevor sie sich besinnen konnte, war es bereits zu spät. Blind vor Wut hatte sie zugeschlagen, so stark, daß ihr die eigene Handfläche brannte. In Longinos' Augen glaubte sie etwas wie Haß aufflackern zu sehen; er packte ihre Schultern mit hartem Griff, beugte sich über sie. Sie sah sein Gesicht dicht vor sich, sah die rote Spur, die ihre Hand auf seiner linken Wange hinterlassen hatte. Und empfand ein böses Vergnügen darüber, ihn endlich aus der Reserve gelockt zu haben. Als sie sich noch fragte, was er jetzt wohl mit ihr tun würde, ließ er sie abrupt los, ging ohne ein weiteres Wort zur Tür und war im nächsten Moment verschwunden.

In der Halle ging er geistesabwesend an Clelia vorbei, die ihm einige Augenblicke nachsah und dann entschlossen eintrat, als etwas krachte. Leicht verlegen schob Zenobia die Scherben einer teuren alexandrinischen Keramik mit dem Fuß beiseite.

»Oh, Clelia.« Dann gewann ihr Ärger wieder die Oberhand. »Sag, wie konntest du nur mit diesem Kerl etwas anfangen, diesem überheblichen, hinkenden, verdorbenen …« Clelia unterbrach sie sanft. Sie hatte den ersten Schreck verwunden und suchte die Versöhnung. Sie ahnte, daß Zenobias Wut mehr durch verletzte Eitelkeit als durch Eifersucht verursacht war. Das gab ihr den Mut zu einem ersten Schritt.

»Du tust ihm unrecht, das weißt du. Es war meine Schuld. Ich mußte ihn einfach haben. Er ist so gutaussehend und so gebildet und dabei so rührend – ich mußte ihn einfach haben, verstehst du?« Sie hob in einer gleichsam entschuldigenden Geste die Schultern. »Und ich konnte ihn nur bekommen, wenn ich ihn glauben ließ… er liebt dich über alles. Das hast du doch gemerkt, oder etwa nicht?«

Zenobia wich ihrem Blick aus. Dann schüttelte sie den Kopf.

»Nein, ich wußte es nicht. Er hat jedenfalls alles getan, um es vor mir zu verbergen.« Wie betäubt saß sie da, nach so vielen Gefühlsschwankungen völlig verwirrt. Er liebte sie also doch? Nun wenn, dann hatte er ihr keinen Weg zu sich gelassen, oder? Das bohrende Gefühl, etwas versäumt zu haben, durchzuckte sie schmerzhaft, und sie verbot es sich. Ihre Gedanken glitten. Und, nach einer langen Pause, fragte sie:

»Hat es sich wenigstens gelohnt?«

Erstaunt sah Clelia sie an, doch da war nichts Selbstquälerisches in ihrem Gesicht, nur eine leicht boshafte Heiterkeit. Der Sturm war vorbei. Sie antwortete enthusiastisch. Und lachte über Zenobias Erstaunen.

»Aber ja. Ist das so unvorstellbar? Er ist erfahren, zärtlich, ausdauernd und besitzt genau das richtige Maß an Entschiedenheit im rechten Moment, wenn du verstehst, was ich meine.«

»Ah ja?« Zenobia hob die Brauen und fragte spöttisch:

»Und flüstert er dir viele schöne Dinge ins Ohr, wenn er dich umarmt?« Diesmal war Clelia die Verblüffte.

»Woher weißt du…?«

»Intuition. Erzähl mir davon, los.« Und Clelia begann zu flüstern, fast widerwillig zuerst, dann mehr und mehr begeistert.

»Er sagte, mein Leib sei wie eine Zeder, die sich in der Abendluft wiegt, er sagte, er wolle mich im Netz seines Atems fangen, er wolle wie ein Schauer über mir sein, er sagte, er wolle jeden Winkel meines Körpers berühren.« So flüsterte und wisperte sie Longinos' berauschte, berauschende Worte. Zenobias Puls pochte. Sie sah, wie die Spitzen von Clelias Brüsten unter dem Stoff ihres Kleides sichtbar wurden und fuhr wie zufällig darüber hin. Clelia schloß die Augen und flüsterte weiter.

Zenobias Hand schob sich dabei unter ihr Kleid und umschloß fest ihre Scham. So zog sie die Freundin zu sich her, die auf ihren Schoß sank, seufzend unter der sachten Bewegung von Zenobias Fingern und fort und fort wispernd, ihr mit ihrem heißen Atem den Hals, die Schultern, die Brüste versengend. Schließlich glitt sie hinunter zu Zenobias Schenkeln, streifte sie mit ihren murmelnden Lippen und glitt verstummend zu ihrem Schoß. Zenobia ließ ihre Beine auseinandersinken, legte den Kopf zurück und lauschte ihrer sich steigernden Erregung. Ihr Blick glitt über die Schultafel, die Schreibgriffel auf dem Arbeitstisch, gegen den sie ihren nackten Fuß in der goldenen Sandale stemmte. Und sie genoß schaudernd die Obszönität ihrer Pose, während Longinos' Worte über ihnen im Raum vibrierten.

## Verrat!

Erschöpft tauchte Zenobia aus grauen Träumen auf. Sie rollte sich auf die Seite, stemmte sich hoch und blieb auf der Bettkante sitzen. Ihr Rücken schmerzte, und das verschwitzte Schlafgewand klebte unangenehm an ihrem Körper. Ohne die undeutlichen Traumbilder der Nacht ganz abschütteln zu können, betrachtete sie ihre baumelnden nackten Füße über dem Steinboden. Eine farblose Eidechse verharrte mit klopfendem Hals, floh dann lautlos in den Innenhof, aus dem die letzten kühlen Schauer der Nachtluft ins Zimmer drangen.

Zenobia schüttelte, nachdem sie eine Weile vor sich hin gestarrt hatte, den Kopf, dehnte sich, streichelte flüchtig ihren harten runden Bauch, murmelte »Also gut, mein Sohn, laß uns aufstehen« und zog sich an den Widderköpfen auf den Eckpfosten ihrer Liege hoch. Steif schlurfte sie zum Waschtisch, wo ihr aus der bronzenen Wasserschüssel ihr Spiegelbild matt und verschwommen entgegensah. Als sie die Hände eintauchte, zerfloß es. Nur widerwillig netzte sie ihre schlafwarme Haut, das Gesicht, das sich aufgedunsen anfühlte, den Hals, die ungewohnt großen Brüste. Erleichtert stellte sie fest, daß die Haut über der riesigen Kugel ihres Leibes noch makellos war. Langsam gewann sie, während sie sich säuberte, ihre Beweglichkeit zurück.

Dennoch fühlte sich Zenobia gerade so müde und glanzlos, wie es ihr das Wasser vorhin gezeigt hatte. Daran war nicht so sehr die Schwangerschaft schuld, die, obwohl jetzt im neunten Monat angelangt, noch immer wie ein fremdes Gewand für sie war, das ihr nicht passen wollte. Es lag vielmehr an der Angst, die sie nach Clelias Geständnis vor vielen Wochen überfallen hatte, und die nicht mehr von ihr weichen wollte: der Angst vor Hairanes und Yasemin, die ihr nach dem Leben trachteten. Diese Furcht begleitete sie überall hin; inzwischen war eine Art Taubheit daraus geworden, eine dunkle Stelle in ihrem Alltag, aus der die Alpträume stiegen, die Mutlosigkeit und bisweilen fröstelndes Selbstmitleid.

Die Zofe kam herein, geweckt von den morgendlichen Geräuschen ihrer Herrin, nahm ihr den Schwamm aus der Hand und führte die Waschung zu Ende. Wortlos ließ Zenobia sich ankleiden und hing weiter ihren Gedanken nach. Herzklopfen hatte sie nur einmal gehabt, als sie in den Gemächern ihrer Familie zu Besuch gewesen war, um das förmliche Beileid zum Tod ihres Vaters auszusprechen. Dort hatte dasselbe Durcheinander wie stets geherrscht, in dem die drei Frauen in ihren Trauergewändern wie fette weiße Vögel hockten, völlig ungerührt. Sime hatte mit Oyat Klatsch ausgetauscht, und die Kinder tobten, da bot Yasemin ihnen allen Mandelplätzchen an.

»Diese hier sind ganz besonders köstlich, Zenobia.« Sie starrte auf das Backwerk, das Yasemin ihr auf einem kleinen Tablett hinhielt. Es war das einzige mit einer kandierten Kirsche. Sie hörte Yasemins freundliches Drängen, sie zögerte. Yasemins kleine Tochter, die nach dem köstlich aussehenden roten Ding greifen wollte, wurde von ihrer Mutter wortlos beiseite geschoben. Zenobia sah der Frau in das lächelnde Gesicht und das Unausgesprochene durchsickerte sie eiskalt.

»Nein danke,« brachte sie hervor »die Übelkeit…« Es würgte sie tatsächlich. Zitternd stand sie auf. Der nur schwer verhohlene Haß in Yasemins Augen jagte sie aus dem Zimmer.

»Soll ich Clelia wecken gehen?« fragte die Zofe.

»Wie? Nein, nein. Ich will heute zum Tempel der Allath, um zu beten.

Dorthin braucht sie mich nicht zu begleiten.« Zenobia fand nur schwer in die Gegenwart zurück. Damals, nach diesem Vergiftungsversuch, war es Clelia gewesen, die sie angstgeschüttelt auf ihrer Liege gefunden hatte. Zenobia hatte daraufhin alle Bediensteten bis auf die gemeinsame Zofe aus ihrem Trakt entlassen und sich zwei Leibwächter sowie einen neuen Vorkoster gekauft, einen kleinen dunkelhäutigen Ägypter, der ihr von Firmus empfohlen worden war.

»Du kannst gehen.« Sie entließ das Mädchen und winkte auch den beiden Sklaven an der Tür ab, die ihr folgen wollten. Sie war es müde, sich zu fürchten.

Niemand begegnete ihr so früh auf ihrem Weg zum Tor, doch die Stadt unter dem grünen Morgenhimmel war schon erfüllt von geschäftigem Verkehr. Die Bauern mit ihren Karren kamen herein zum Markt, die Planen über den Ständen wurden aufgespannt, und die Geschäftsleute fegten ihre Läden aus. Ein Zug Kamele kam ihr hochbeinig schwankend aus der Karawanserei entgegen. Ihr Blöken legte sich über das Hämmern und Rufen in den Gassen. Es waren dieselben Straßen, die sie vor ihrer Ehe so lebenshungrig durchstreift hatte. Jetzt, mit der Last ihres Kindes, war sie frei, sie wieder zu besuchen. Doch ihr lag nichts mehr daran.

Nur in ein schlichtes Baumwollgewand gehüllt, wurde Zenobia doch von vielen erkannt und gegrüßt. Junge Frauen baten um den Segen der Schwangeren und berührten schüchtern lächelnd ihren Bauch. Kinder liefen ihr nach. Erst als sie den Tempel der Allath betrat, hatte sie Ruhe. Sie kaufte bei den Gehilfen des Priesters ein weißes Huhn, sah zu, wie es am Altar vorschriftsmäßig geopfert wurde und blieb dann vor den glimmenden Kohlen des Opferfeuers allein im Dunkeln zurück.

Zenobia saß einfach nur da; sie wußte nicht, wofür sie beten sollte. Sie war einsam und fühlte sich außerstande, etwas an diesem Zustand zu verändern. Firmus war in weiter Ferne, zu Clelia hatte sie nicht mehr so viel Vertrauen wie früher. Und Longinos?

In den ersten Wochen nach dem Skandal hatten sie einander gemieden, unfähig, sich gegenüberzutreten, Worte zu wechseln. Dann hatte sie eines Tages ihren ganzen Mut zusammengerafft und ihn zum Unterricht in den gewohnten Studienraum bestellt. Er war pünktlich erschienen, in düsterer

Stimmung und zu bösestem Sarkasmus aufgelegt. Voller Hohn hatte er die Anwesenheit dreier würdiger arabischer Matronen zur Kenntnis genommen, die Zenobias Gefolgschaft bildeten. Odaenathos hatte die wirren Gerüchte, die im Umlauf waren, zwar offiziell für gegenstandslos befunden, aber eine kleine Vorsichtsmaßnahme konnte seiner Meinung nach offenbar auch nicht schaden.

Longinos' Unterricht war seither für Zenobia eine tagtägliche harte Prüfung gewesen. Gnadenlos kritisierte er ihre Arbeiten und zermürbte ihr Selbstbewußtsein, als wollte er sie zu der Einsicht zwingen, daß es besser wäre, ihn nach Hause zu schicken.

Inzwischen war sie zu der Überzeugung gelangt, daß er die Ohrfeige damals vollauf verdient hatte – wenn sie doch nur häufiger zugeschlagen hätte –, eines aber stand fest: sie würde nicht kapitulieren, niemals, mochte er sie noch so plagen. Also verbarg sie ihre Ängste und Zweifel hinter einer arroganten Miene und setzte ihren ganzen Ehrgeiz daran, ihm keine Entgegnung schuldig zu bleiben und zurückzubeißen, so gut sie konnte. Zuweilen fand sie es geradezu befreiend, ihn rücksichtslos zu attackieren, oft aber war sie des anstrengenden Spieles auch sehr, sehr müde.

Und künftig sollte sie auch noch für ein Kind sorgen, dachte sie und tastete nach einer Bewegung in ihrem Bauch, es beschützen vor Hairanes' Nachstellungen. Sie mußte um Kraft bitten. Zenobia hob den Kopf, atmete tief den Geruch nach Holz und verbranntem Fett ein, doch dann liefen ihre Gedanken wieder davon, und sie starrte vor sich hin. Das Knirschen von Schritten brachte sie endlich zu Bewußtsein. Vor ihr im Halbdunkel stand Nesa und beobachtete sie.

»Möge die Göttin dich segnen«, murmelte sie abwesend die Begrüßungsformel, doch ihr Onkel war nicht bereit, ihre Andacht zu respektieren.

»Ich habe dich gesucht, Nichte, ich muß mit dir sprechen.« Sie nickte nur. »Dein Mann macht eine gefährliche Politik, Nichte, sehr gefährlich.« Zenobia sah ihn an; der wortgewandte Nesa machte selten so wenig Umschweife. Sie antwortete vorsichtig.

»Er pflegt mich nicht dabei zu Rate zu ziehen.« Er ignorierte den Einwand und setzte sich neben sie.

»Es ist eine Politik, die den Interessen wichtiger Leute in Palmyra zuwiderläuft. Ja«, fing er ihren Einwand ab, »zum Beispiel meinen, denen aller Kaufleute in der Stadt. Wir brauchen Frieden für unseren Handel. Und keine hohen Steuern, um ein Heer zu unterhalten, das niemand braucht und das sich in unnötige Abenteuer einläßt. Niemand in Palmyra versteht das. Was sollen wir in Armenien? Roms Ruhm vermehren statt unsere Habe? Wo ist Armenien? Ja, wenn es ein anderes Land wäre, reich und in der Nähe unserer Handelsrouten, wie etwa ...«

»Ägypten«, fiel sie ihm ins Wort. Nesa grinste.

»Du bist ein kluges Kind. Ich wußte es schon, als ich dich bei Odaenathos über die Steuern reden hörte.«

»Was willst du, Onkel?« Sie wandte ihm ihr Gesicht voll zu.

»Wie gesagt, dein Mann hat viele Leute vor den Kopf gestoßen, und das wird ihn schon bald den seinen kosten.« Er zuckte die Schultern. »Das ist das Gesetz von Angebot und Nachfrage. Die Nachfrage nach Odaenathos' edlem Haupt wird immer größer, also ...«. Nesa hob in einer hilflosen Geste die Hände, ließ sie in seinen Schoß sinken und sah sie mit Unschuldsmiene an.

Zenobias Puls hatte begonnen, schneller zu schlagen. Tot, Odaenathos tot. Doch es war keine Angst, die sie da verspürte, es waren Schauer der Erregung. Etwas geschah. Die schwarze Mauer, die vor ihrer Zukunft stand, begann sich zu bewegen. Schnell, sie mußte denken, sie mußte begreifen. Laut sagte sie:

»Also willst du mir ein Angebot machen.« Und nach einer Pause fügte sie hinzu: »Ich kenne dich als guten Geschäftsmann, Onkel. Ich bin interessiert.«

»Gut«, setzte er ohne weitere Umschweife an, »wir bieten dir dein Leben und das deines Kindes. Ist es ein Junge, wird er unter meiner Vormundschaft auf den Thron kommen. Du bleibst als Königinmutter mit im Palast, das Volk liebt dich. Und wir sollten uns nicht schlecht verstehen.« Er lächelte sie an. Zenobia überlegte nur kurz.

»Ich will mehr, Nesa. Ich will, daß Hairanes und seine Geliebte Yasemin ebenfalls sterben.« Er zog die Augenbrauen hoch. Als sie ihn nur schweigend ansah, nickte er.

»An Hairanes hatten wir ohnehin gedacht.«

»Und ich will Freiheit. Longinos bleibt, auch Clelia. Nein, sag nichts, ich weiß, daß du seit Monaten die Leute hier gegen alles Römische aufhetzt, aber Clelia mußt du mir lassen. Und ich will mich frei in der Stadt bewegen können.«

Nesa lachte laut: »Willst du wieder streunen gehen?«

»Das hast du gewußt?« Sie schwiegen beide. Zenobia dachte an die alten Tage der Freiheit. Ihr schwindelte, ihr Puls raste. Sie versuchte, durch einen Scherz ihrer Aufregung Herr zu werden.

»Erwartest du, daß ich ihn im Schlaf ersteche?«

Nesa betrachtete sie amüsiert.

»Du würdest es sogar tun, nicht wahr? Ist das das Ergebnis deiner philosophischen Erziehung durch diesen Logiker? Was hätte erst ein Kyniker an dir vermocht. Nein, Kind«, er tätschelte ihren Arm, »nicht in deinem Zustand. Seine Leibgarde wird sich seiner annehmen, nachdem er zu seinem neuen Lieblingskrieg aufgebrochen ist. Besser, wir vergießen sein Blut nicht auf palmyrenischem Boden.«

»Die Leibgarde? Also sogar Zabdas!«

»Der Senat, die Stämme, warum nicht auch Zabdas? Auch ein alter Hund bezieht nicht gerne Prügel. Wir konnten Zabdas überzeugen, daß Odaenathos Palmyra ruiniert und alles, wofür er je gekämpft hat. So was mögen Generäle gar nicht.« Selbstgefällig streichelte er seinen Bart.

»Und die Stämme ...«, setzte Zenobia erneut an, »... werden dich akzeptieren«, vollendete er ihren Satz.

»Woher weißt du das?« Nesa winkte knapp. Hinter einer Säule trat ein zweiter Mann vor. Er mußte sie die ganze Zeit belauscht haben.

»Zenobia, darf ich dir Nerbul von den Bene Kamra vorstellen? Seit dem plötzlichen Tod seines Vaters ist er der junge, manche meinen allzu junge Führer im neuen Rat der Stämme. Nerbul, dies ist Aurelia Septimia Zenobia, Fürstin von Palmyra.«

Zenobia starrte ihn fassungslos an. Die schmale Nase und die Brauen wie Flügel, ein kühnes Lachen, das die Welt herausforderte. Wie damals, vor ewigen Zeiten, beim Pferdemarkt. Zum Glück war in dem Dämmerlicht des Tempels die brennende Röte ihrer Wangen nicht zu erkennen.

Unwillkürlich straffte sie den Rücken, bis ihr einfiel, daß wohl nichts ihren Bauch verbergen konnte, und sie sich schämte, bei einer eitlen Geste ertappt worden zu sein. Doch die Erregung, die dieser Jüngling in ihr ausgelöst hatte, blieb. Noch immer hatte sie kein Wort herausgebracht, und es war ihr, als müßte er sie im nächsten Moment fragen ›Möchtest du mein Pferd sehen?‹

»Fürstin?«

Nein, nein, rief sie sich zur Ordnung, er wäre viel älter heute, er ist tot. Dennoch kämpften die widersprüchlichsten Erinnerungen in ihr, die Panik, die Süße, und sie konnte nicht verhindern, daß sich für einen Moment ein Ausdruck von Sehnsucht in ihr Gesicht stahl. Nerbul schien daran gewöhnt zu sein, diese Reaktion bei Frauen hervorzurufen; er lächelte selbstgefällig. Dann kniete er pathetisch vor ihr nieder und huldigte ihr im Namen seines Volkes. Zenobia brachte mühsam einige Dankesworte hervor. Darauf strahlte er sie unverschämt an, hielt ihren Blick ein wenig zu lange mit dem seinen fest und verschwand, nachdem sie hilflos die Wimpern gesenkt hatte, beschwingten Schrittes durch das gleißende Rechteck Tageslicht, das im Türrahmen stand. Zenobia sah ihm völlig versunken nach.

»Ich sagte doch, sie verehren dich«, riß Nesa sie aus ihren Träumen. »Wenn du mich nun auch entschuldigst, liebste Nichte. Es gibt noch viel zu tun.« Mit einer übertrieben tiefen Verbeugung ließ er sie im Halbdunkel zurück.

Zenobia kam erst einige Zeit später heraus ins Freie. Wie berauscht hielt sie sich an der steinernen Pforte fest, als die Wärme ihr entgegenschlug, und blinzelte in den Lärm und das Treiben der Stadt. Eine Handvoll Schwalben stieg von einem der Simse über ihr auf in den Himmel, das rosige Licht des Morgens unter den Flügeln. Noch faßte sie nicht ganz, was eben mit ihr geschehen war. Doch sie fühlte, sie begann nun wieder zu leben. Ihr Blick fiel auf einen Stapel leuchtend gelber Melonen, und Freude durchrann sie. Wie schön das alles war. Und wie herrlich die Aussicht, wieder ein selbstbestimmter Mensch zu werden. Sie breitete die Arme aus, legte den Kopf in den Nacken und drehte sich mit vorsichtigen Schritten, losgelöst und selig, wie damals als kleines Mädchen. Doch ihr wurde schwindlig dabei, und sie taumelte zurück an die Mauer. Ihre Hand suchte Halt, Übelkeit würgte sie. Verschwommen nahm sie einige Frauen wahr, die besorgt zu ihr hersahen, untereinander murmelten und schließlich zögernd näher kamen. Da fiel ihr ein, daß sie die wichtigste Frage zu stellen vergessen hatte: Was, wenn es ein Mädchen wurde?

## »Bath Zabbai«

»Geh nur ohne mich. Es ist ja doch niemand da, mit dem ich mich unterhalten könnte«, sträubte sich Clelia. Zenobia stand vor offenen Truhen, um sie beide für Odaenathos' Abschiedsbankett anzukleiden. Am nächsten Tag wollte er aufbrechen, um die Truppen in seinen armenischen Feldzug zu führen. Sie war nicht gewillt, Clelia nachzugeben, denn es schauderte sie bei dem Gedanken, ihrem Mann allein unter die Augen treten zu müssen. Ihr schlechtes Gewissen trieb sie zu hektischer Aktivität.

Ohne auf Clelias Widerspruch zu achten, verwandelte sie sie mittels eines honiggelben Seidenkleides und eines goldenen Schleiers in eine Lichtgestalt. Goldene Schulterspangen hielten zwei dicke Goldkordeln, die sich zwischen den Brüsten kreuzten, mehrfach den Leib ihrer Freundin umwanden und so ihre zarte Figur betonten. Dann küßte sie die Verblüffte, die unsicher vor dem Spiegel die Konturen ihrer Hüfte mit den Händen nachfuhr und beim Knistern des feinen Stoffs unter ihren Fingern eine Gänsehaut bekam.

»Ein bißchen gewagt ist es schon.«

»Du kannst es dir wenigstens leisten. Ich muß erst mal suchen, bei meinem Umfang.« Und sie wühlte mit einer Hand – die andere hielt sie um ihren Bauch geschlungen – so gut sie konnte in ihrer Truhe.

»Sieht das Rouge nicht zu grell aus zusammen mit dem Gold?«

»Wie, was hast du gesagt?« Zenobia tauchte kurz auf. »Nein, finde ich nicht. Leg doch noch Puder drüber, wenn du meinst. Hör mal, findest du, ich sollte mir Katzenaugen schminken?« Clelia zuckte hilflos die Schultern.

»Ich weiß nicht.«

»Vielleicht wenn ich dazu das Ägyptische hier trage? Das hat Firmus mir geschickt.« Sie hielt es sich vor und kaute nachdenklich auf ihrer Lippe herum. »Nein, indiskutabel. Nichts Transparentes bei meinem Bauch.« Damit grub sie weiter. Eine Art Euphorie hatte von ihr Besitz ergriffen.

Schließlich wählte sie ein brennend rotes persisches Gewand mit weiten Ärmeln, dazu ein Stirnband mit viereckig geschliffenen Rubinen, dessen feinziselierte Goldperlenschnüre bei jeder Bewegung um ihre Stirn und Schläfen spielten. Sie setzte sich und bat Clelia, ihr die Haare aufzustecken. Ein Blick auf ihr Spiegelbild weckte eine vage Erinnerung in ihr an den letzten Abend, als Attay sie kämmte. Damals wollte sie mit einem Beduinen in die Wüste fliehen, heute flüchtete sie in ein Komplott. Meine Methoden werden erwachsener, dachte sie bitter. Sie sah die Angst in ihren Augen flackern, während sie sie mit Khol umrahmte. Als sie aufbrachen, ergriff Zenobia unsichtbar unter dem Stoff Clelias Hand und hielt sie den ganzen Weg durch die Gänge des Palastes umklammert. Ihr Vorkoster Senefer in seiner ägyptischen Hoftracht, bestehend aus einem Lendenschurz, besticktem Brokatkragen und gestreiftem Kopftuch, schritt ihnen voran. So traten sie ein.

Sie erregten kein geringes Aufsehen in dem festlichen Garten. Odaenathos hatte den größten der bepflanzten Innenhöfte für das Bankett herrichten lassen. Öllampen hingen wie glühende Früchte in den Bäumen und von den blumenumwundenen Seilen, die die Tische überspannten. Flammen züngelten auch in den aus Muschel und Perlmutt gefügten Blüten, die über die Teiche zitterten. Zwischen den Tischen wandelten Menschen durch das unruhige Licht. Sie plauderten und warteten auf den Fürsten, um sich zum Essen niederlegen zu können. Durch das Halbdunkel jenseits der Bäume huschten die Sklaven hin und her.

Zenobia nickte und grüßte bei jedem Schritt, während das Stimmengewirr um sie herum zunahm. Umhänge raschelten, Ohrringe blitzten auf. Man flüsterte sich sein Erstaunen zu, daß sie in ihrem Zustand überhaupt noch öffentlich auftrat, andere konnten nicht umhin zuzugeben, wie gut sie dabei aussah. Vorsichtiges Zischen folgte der »römischen Hure«, gedämpfter Applaus der Königin an ihrer Seite. Zwei bekränzte Sklavenmädchen mit Parfumflakons in den Händen hüllten sie in eine Wolke aus Jasminduft. Dann trat Nesa auf sie zu und führte Zenobia zu Tisch.

Clelia suchte sich, so plötzlich allein geblieben, hastig ein freies Liegesofa gegenüber den beiden – und fand sich wenige Minuten später zu ihrem Entsetzen zwischen Zabdas und Longinos wieder. Die Nähe ihres ehemaligen Liebhabers trieb ihr die Röte ins Gesicht, sie wickelte sich die Serviette um die Hände und vermied ängstlich jede Berührung auf dem gemeinsamen Lager. Unauffällig sog sie sein Aroma ein und schluckte im selben Moment die Tränen hinunter.

Wie sie mich liebt, dachte er bei einem Seitenblick auf ihre zitternden Nasenflügel fast mitleidig. Longinos war in heiterer Stimmung an diesem Abend, was jedoch nichts mit dem Wein zu tun hatte, dem er wie gewöhnlich nur in Maßen zusprach. Zenobia hatte gestern im Unterricht die Mauer aus Eis durchbrochen, die seit Monaten zwischen ihnen bestand. Er glaubte seinen Ohren nicht trauen zu dürfen, als sie während der Diskussion über eine Textstelle der Historia Naturalis unvermittelt sagte:

»Longinos, ich brauche einen Freund.« Sie versuchte ein Lächeln, und nun fiel ihm erst auf, wie blaß sie war. »Ihr seid zwar ein Scheusal, aber dennoch der einzige Mensch, dem ich vertrauen kann.« Er warf einen flüchtigen Blick auf die drei Hüterinnen von Sitte und Anstand, die ihren Unterricht nun stets begleiteten, und registrierte in ihren stumpfen Mienen nichts als die übliche, kaum verhehlte Langeweile. Zenobia hatte seinen Blick bemerkt.

»Keine Sorge, sie verstehen kein Latein.«

»Worum geht es?« fragte er ruhig.

»Um Verrat, Umsturz und Königsmord.«

Longinos sah drein, als hätte sie ihn soeben auf einen besonders interessanten Aspekt im respektablen Werk Plinius' des Älteren hingewiesen. »Darüber sollten wir vielleicht doch nicht hier reden. Geht heute abend im Garten spazieren. Ich werde Euch zufällig am Springbrunnen begegnen.«

Und dort, wo das Plätschern des Wassers ihre leisen Worte nahezu übertönte, hatte sie ihm dann erzählt, was im Tempel geschehen war. Er hatte ihr aufmerksam zugehört und das Problem anschließend zergliedert, wie er es stets zu tun pflegte.

»Und wenn es ein Mädchen wird? Sie werden Euch vermutlich meistbietend verheiraten. Euer neuer Beduinenfreund scheint mir da ein ernsthafter Aspirant, nach allem, was Ihr erzählt habt. Aber auch wenn nicht: Ich glaube kaum, daß Nesa Euch mehr als die Rolle einer Marionette zugesteht. Noch könnt Ihr zurück.« Zenobia hatte den Kopf geschüttelt.

»Mein Einfluß auf Odaenathos ist nicht groß. Selbst wenn er mir Nesas Verrat glauben würde, Hairanes' Attacken gegen mich täte er als Hirngespinste oder Eifersüchteleien ab. Und wenn er erst fort ist, werden Hairanes und Yasemin nicht lange brauchen, bis sie einen Weg gefunden haben, mich endgültig loszuwerden. So hätte ich doch wenigstens eine Chance. Und mit einem Freund an meiner Seite«, sie hatte ihn bittend angesehen, »der mich ehrlich berät und mir hilft, könnte ich fast ein freies Leben führen.«

Longinos' Herz klopfte noch immer, wenn er daran zurückdachte. Selbst jetzt, wo sie prächtig und unnahbar zwischen Nesa und ihrem eben hinzugekommenen Gatten lagerte, fühlte er sich ihr vertraut.

Er prostete ihr mit einem Glas Falerner zu und war glücklich über das kleine Lächeln, mit dem sie ihm antwortete. Die Sklaven, die den zweiten Gang brachten, rissen Longinos aus seinen Gedanken. Seine Artischocken mit Ei ließ er unberührt zurückgehen. Diese römischen Eiergerichte, denen Odaenathos mit der gleichen Begeisterung wie allem Römischen huldigte, waren nicht nach seinem Geschmack. Doch nahm er sich von der Pfefferleber mit Wachtel und von den alexandrinischen Kürbissen.

Während er an seinem Wachtelbein nagte, betrachtete er Odaenathos, der, wie er wußte, so gut wie eine Leiche war, mit dem angeregten Interesse eines Wissenschaftlers, der einem Phänomen zum ersten Mal begegnet. Er hatte noch nie einen lebenden Toten gesehen. Der ganze Mann schien ihm mit einem Mal verständlich. Wie überhaupt ihm, dem Außenseiter, dank Zenobias Eröffnungen erstmals die unsichtbaren Fäden zwischen den Personen am Hofe sichtbar zu werden begannen. Nesas betonter Gleichmut war ihm nun kein Rätsel mehr. In Zabdas' düsterem Brüten erkannte er jetzt mehr als nur eine greise Marotte. Der alte Mann, der aus

Pflichtbewußtsein zum Verschwörer geworden war, fühlte sich doch nicht wohl in dieser Rolle. Schon sein schlechtes Gewissen, dachte Longinos, würde den Veteranen dazu treiben, seinem nächsten Herrn mit unbedingter Treue zu dienen. Zenobia als Mutter des legitimen Erben könnte sich in ihm einen treuen Diener verpflichten, wenn es gelänge, ihn dem Einfluß Nesas zu entziehen.

Longinos bereitete es Vergnügen, in Gedanken die Spiele der Macht zu spielen. Die Tafel schien vor ihm zu liegen wie ein kompliziertes Spielbrett, auf dem er sich zutraute, seine Figuren zu ziehen. Nicht unmöglich, daß er über Zenobia einen gewissen Einfluß auf die Geschicke der Stadt erhielte, wenn sie taktisch klug vorgingen.

Den provozierenden Gruß, mit dem Yasemin sich neben ihm niederließ, beantwortete er mit einer spöttischen Geste. Er wußte alles über sie, die eben unter Odaenathos' Stirnrunzeln trotzig die Lippen vorschob. Da Sime dem Gastmahl fernblieb, hätte es sich für sie als Nebenfrau geschickt, in ihren Räumen zu bleiben, doch keine Etikette konnte Yasemin von einem Vergnügen abhalten. Schon gar nicht so kurz vor ihrem Triumph über die bald schutzlose Zenobia. Bewußt lasziv rekelte sie sich auf ihrer Liege und angelte sich einen der gegrillten Schneckenspieße, um daran zu knabbern.

Als jetzt in dezentem Abstand auch Hairanes eintraf, um gesenkten Kopfes auf den verbliebenen Platz neben seinem Vater zu schlüpfen, konnte Longinos wissend lächeln. Der junge Mann hatte nicht das Format seiner intriganten Gefährtin.

»Schmeckt Euch das Essen nicht?« unterbrach ihn Yasemins gespielt besorgte Stimme in seinen Betrachtungen. Das überlegene Gehabe dieses Griechen ging ihr schon lange auf die Nerven. Mit dem Kinn wies sie auf den Teller mit gedämpftem Kuheuter mit Seeigelfüllung vor ihm. »Ihr Philosophen übt Euch ja darin, die Triebe zu zähmen, die uns Normalsterbliche beherrschen. Gewiß wäre Euch etwas hartes Brot mit Öl und Zwiebeln lieber. Ihr haltet ja auch sonst stets an Euch und nehmt mit dem Einfachen vorlieb.« Die Richtung ihres Blicks und ihr maliziöses Lächeln waren eindeutig, und Clelia versank in Wogen der Scham. Zenobia blitzte zornig herüber, doch bevor sie etwas sagen konnte, erwiderte Longinos selbst:

»Ihr verwechselt mich mit einem Asketen. Wir Philosophen disziplinieren den Geist, nicht den Körper. Unsere Bußübung ist es nicht zu fasten, sondern die menschliche Dummheit zu ertragen.« Zenobia lachte. Hairanes knurrte leise:

»Dem Kerl sollte mal jemand das Maul stopfen.«

»Was sagtet Ihr, lieber Stiefsohn?« erkundigte sich Zenobia ohne jede Liebenswürdigkeit in der Stimme. Und sie zischte fast, als sie fortfuhr:

»Ihr habt ganz recht, Yasemin zu verteidigen, wo ihr beide euch doch in eurer Vorliebe für das Zweitbeste so hervorragend ergänzt.« Nesa legte ihr in einer begütigenden Geste die Hand auf den zitternden Unterarm, drückte ihn aber unnachgiebig, während er mit ungerührtem Gesicht in die Runde lächelte. Zenobia preßte die Lippen zusammen und verbiß sich den Schmerz, der ihren Unterleib durchzuckte.

»Bei meinen Leuten ist Brotessen kein Zeichen von Askese, sondern der Verbundenheit. Wir brechen es gemeinsam«, sagte Clelia schüchtern in die Stille und deutete eine entsprechende Handbewegung an. Sie hoffte die Wogen zu glätten. Zabdas schnaubte, ohne den Kopf vom Teller zu heben, und Clelia versank in ihrer Liege.

»Ein schöner Brauch«, nickte Nesa ihr auf einen mahnenden Seitenblick Zenobias hin zu und sah dem überrascht aufschauenden Zabdas anhaltend in die Augen.

»Ja, ganz reizend«, gähnte Yasemin. Dann war für einige Zeit nur das Geklapper des Geschirrs zu hören, während die Sklaven den Hirschbraten auftrugen. Jetzt wurde Odaenathos munter, der sich während der »Weiberdebatten« mit Leib und Seele dem Essen gewidmet hatte.

»War ein kapitaler Bursche, dieser Hirsch. Hab' ich schon erzählt, wie ich dieses großartige Tier erlegte? Es war wahrhaft ein Zweikampf der Könige.« Dann ergoß sich der Strom seiner Rede über die Anwesenden. Zenobia rührte in der Gewürzsoße und sah zu, wie sich die zähe Flüssigkeit langsam wieder über den freigekratzten Linien auf dem Tellerboden schloß. Sie malte eine Fratze, die sofort wieder verschwand. Odaenathos preschte unterdessen jagend durchs Gestrüpp. Zenobia knetete Kügelchen aus ihrem Fladenbrot.

»War es nicht auch ›im Sonnenuntergang, genau vor dem Wasserfall‹, als du damals dieses ›unglaubliche Wildschwein‹ erlegt hast?« warf sie gelangweilt ein.

Odaenathos stutzte einen Moment, doch dann lachte er und klopfte kräftig auf ihre Schulter.

»Schwangere Frauen, reizbar wie nichts sonst. Da sträubt mein Täubchen seine Federn.«

»Laß das«, wehrte sie mit dem Ellenbogen sein Tätscheln ab.

»Ach was, jedes Rassepferd muß einmal am Tag gestriegelt werden«, dröhnte er gut gelaunt. Zenobia fand ihn jeden Todes würdig. Sie hätte ihn eigenhändig hier am Tisch erdolchen können, vor allem als sie in Yasemins amüsiertes Gesicht sah. Dieses Miststück und Hairanes lachten am lautesten über den guten Witz.

»Nun, nun, nicht schlecht gelaunt sein. Wenn ich wiederkomme, mache ich dir den Kopf eines armenischen Usurpators zum Geschenk«, verkündete Odaenathos.

»Eine dieser reizenden Kleinigkeiten, die man zu nichts gebrauchen kann«, murmelte Nesa in seinen Bart. Zenobia verschluckte sich fast.

»Habe ich da richtig gehört, Nesa? Armenien wieder in die Hände seines rechtmäßigen Königs zu geben ist die Pflicht Roms, also meine, als Ordnungsmacht im Osten.« Odaenathos hob seinen Löffel mit so viel Schwung, daß die Eiercreme daran auf den Tisch klatschte. Er ereiferte sich über seinem Lieblingsthema, der historischen Größe. »Aber was versteht einer wie du schon davon, der nur auf die Ordnung in seinen Kassenbüchern achtet.« Nach dieser Provokation lehnte er sich demonstrativ kauend zurück.

Jetzt war es an Nesa, wütend zu werden. Mit rotem Gesicht wandte er sich dem Fürsten zu, doch dann fing er sich wieder, fischte elegant einen Brocken Zimtrinde aus seinem Pfirsichkompott und sah grinsend auf:

»Und ich werde auch das gut zu verwalten wissen, was Rom Euch für dieses Abenteuer bezahlt. Auf den gerissensten Halsabschneider, den ich kenne.«

Damit hob er seinen Becher Rosenwein. Odaenathos lachte und lachte, doch seine Augen, die fest auf Nesa geheftet blieben, sagten ›Alter Fuchs, ich hab dich am Schwanz‹. Nach seiner Rückkehr würde er auf den Verwandten seiner Frau ein wenig aufpassen müssen. Bis dahin könnte Gash das für ihn erledigen, fiel ihm ein, als er seinen jungen Stadtkommandanten hereinkommen sah.

»Edler Gash, treuer Wächter der Heimat, nun, wie sieht es aus in den Straßen unseres geliebten Palmyra?« prostete er dem Zuspätgekommenen entgegen. Zugleich wies er die Sklaven an, ihm aufzutischen und einzuschenken. »Irgendwo muß noch etwas von diesem herrlichen Fischauflauf sein.«

»Alles ist ruhig, Herr. Nur ein paar Soldaten feiern Abschied.« Gash, der lieber in Armenien General geworden wäre als zurückzubleiben, warf sich mißmutig in eine Liege, dankte für den Toast mit erhobenem Becher und begann mit düsterer Miene, Wein in sich hineinzuschütten. Nesa betrachtete ihn interessiert, doch Zenobia klopfte leicht mit dem Finger auf seinen Handrücken und schüttelte den Kopf. Odaenathos umfaßte mit einem Arm ihre Schultern, zog sie an sich und rief über den Tisch:

»Mein kostbarstes Gut, Gash. Ich vertraue es dir an, hüte es gut.« Gash streifte seine Schwester nur mit einem flüchtigen Blick. Dann trank er Odaenathos erneut zu und bereitete sich vor, den Rest des Abends in Alkohol zu ertränken.

Zenobia befreite sich aus der weinseligen Umarmung ihres Gatten und ordnete mit zitternden Fingern die Perlschnüre ihres Stirnbandes. Ein weiterer Krampf in ihrem Bauch ließ eben nach, und sie atmete vorsichtig. Als sie sich vorbeugte, um sich noch etwas von den Feigen in Pfefferhonig zu nehmen, hörte sie einen knackenden Laut aus ihrem Körper. Kurz darauf fühlte sie einen heißen Schwall an ihren Schenkeln, der in ihren Kleidern versickerte. Zenobia legte die Feige weg, als röche sie schlecht, ihr Hals war wie zugeschnürt. Hieß das, es ging jetzt los?

Longinos hatte begonnen, Nesa die Grundzüge der innenpolitischen Entwicklung in Armenien zu erläutern und den römischen Standpunkt dazu zu verdeutlichen. Es fiel ihm schwer, da der neben ihm sitzende Zabdas sich offenbar unauffällig betrunken hatte und ein Soldatenlied anstimmte, das von Strophe zu Strophe lauter wurde. Odaenathos orderte Wein und fiel in den vertrauten Refrain ein.

Unauffällig tastete sie nach ihrem feuchten Untergewand und schielte dann auf ihre Finger. Allath sei Dank, es war kein Blut. Zenobia konnte sich gar nicht vorstellen, daß sie in Kürze wirklich ihr Kind in Händen halten sollte. Die nächste Wehe überrollte sie, schmerzhafter als alle zuvor. Sie krümmte sich auf ihrer Liege zwischen den beiden Männern. Wenn das so weiterging, mußte sie hier heraus. Yasemin lachte kreischend über einen obszönen Witz von Nesa. Zenobia versuchte, Blickkontakt mit der stumm dasitzenden Clelia zu bekommen. Ein Adliger erhob sich, um Odaenathos eine Huldigung auszubringen. Alle standen auf, die Weinkaraffen kreisten, Heil-Rufe ertönten. Dann strömten auf ein Signal hin die Tänzerinnen herein, die Flöten und Trommeln setzten ein. Niemand achtete auf Zenobia, die von Clelia unterstützt zwischen den Bäumen verschwand.

* * *

Im Eilschritt hasteten die beiden Frauen durch die Gänge. Jedesmal, wenn eine neue Wehe angerollt kam, hielt Zenobia an und klammerte sich schwer atmend an einen Türstock oder eine Statue.

»Das habe ich mir einfacher vorgestellt«, keuchte sie und preßte das Gesicht gegen den kühlen Schenkel einer marmornen Diana. Clelia massierte sanft ihre Schultern.

»Atmen, tief atmen. Wie hast du es dir denn vorgestellt?«

»Ich hab nicht groß drüber nachgedacht. Ich dachte, es ist ein natürlicher Vorgang, verdammt.« Mit zitternden Knien stand sie da. »Jetzt ist sie vorbei. Komm weiter.« Und Clelia nahm die Freundin am Arm und führte sie weg. Durch den Schmerz der nächsten Wehe versuchte Zenobia hindurchzugehen. Sie marschierte einfach weiter, Schritt für Schritt und stieß die Luft mit einem klagenden Ton aus. Endlich erreichten sie ihr Zimmer. Doch vor den Schmerzen gab es keine Zuflucht. Wehe für Wehe kam wie Wellen, eine immer größer als die nächste und rissen sie mit sich.

Clelia wies die älteren Sklavinnen nicht ab, die begannen, sich im Zimmer der Gebärenden zu sammeln. Sie setzten sich in einer Ecke zusammen und unterhielten sich leise über die Dinge des Tages. Von Zeit zu Zeit stand eine auf und reichte der mit geschlossenen Augen daliegenden Fürstin ein Glas Wasser oder tupfte ihr die verschwitzte Stirn ab. Dann kehrte sie in den Kreis der Freundinnen zurück.

»Wie können sie nur so gleichgültig sein«, klagte Zenobia in einer Ruhepause. »Ihr Götter, mir tut alles weh, und die handarbeiten.«

»Was sollen sie denn sonst tun, Zenobia.« Clelia strich ihr begütigend über die verschwitzte Stirn. »Liebes, du bekommst eben ein Kind.«

»Wenn ihr den Schmerz sehen könntet, er ist wie eine riesenhafte rotglühende Kugel, die unaufhaltsam am Horizont einer viel zu kleinen Welt aufsteigt. Und so viel wir auch rennen und schreien, sie verglüht uns.«

Mit einem letzten Streicheln entzog Clelia ihr ihre Hand. Zenobia schloß die Augen und rollte sich auf ihrer Liege auf die Seite. Jede neue Wehe preßte den Atem mit einem langgezogenen Schrei durch ihre Kehle. Sie lauschte ihnen, als kämen sie von einer Fremden und war sich sicher, den jeweils nächsten Ansturm nicht mehr ertragen zu können. Dann versank sie wieder im Frieden der kurzen Pausen. Sie wußte nicht, wie lange sie schon dalag, wie lange das Frauengrüppchen neben ihr leise sprach im Lichtkreis der Öllampe. Doch es vergingen Stunden. Da nahm sie um sich Bewegung wahr.

»Zenobiostochter, du jaulst wie eine liebeskranke Katze.« Ume stand plötzlich am Fußende ihrer Liege. Sie begann sofort, Zenobias Kleider hochzustreifen.

»Ume. Endlich bist du da. Ume, gib mir etwas gegen die Schmerzen, bitte«, bettelte Zenobia die Badefrau an. »Bitte Ume, bitte, bitte, bitte. Ich weiß, du hast etwas.«

»Wozu, Kindchen, wozu, du hast es gleich hinter dir. Jetzt steh auf oder knie dich hin und presse.«

»Aufstehen?« Eine weitere Wehe unterbrach Zenobia. »Ich kann nicht aufstehen, Ume, ich kann mich nicht einmal bewegen, bitte bitte.« Doch die Nubierin hatte schon Clelia und eine weitere Frau angewiesen, Zenobia unter den Achseln zu fassen. Gemeinsam zogen sie die Gebärende in eine hockende Haltung. Umes Hand ertastete auf Zenobias Bauch die nächste Kontraktion.

»Pressen«, kommandierte sie, und Zenobia preßte, preßte dahin, wo es am wehesten tat, weil man ihr versprach, daß es bald aufhören würde. Sie hatte kein einziges Mal an das Kind gedacht, nur aufhören sollte es, endlich aufhören.

Und dann war Stille in ihrem Körper. Irgendwo entfernt von ihr waren Frauenstimmen, die sprachen. Jemand wusch sie mit lauwarmem Wasser. Ein erstaunlich dünnes Quäken in einem Bündel Tücher, das man ihr zeigte. Die roten Felder auf der Holzdecke über ihr. Zenobia driftete dem Schlaf entgegen.

Als Ume den Garten betrat, um Odaenathos die Nachricht von seiner Vaterschaft zu überbringen, fand sie ein sterbendes Gelage vor. Zahllose Sklaven waren mit Eimer und Lappen dabei, die Verwüstungen zu beseitigen, während hier und dort noch singende Zechergruppen beieinander lagerten. Die Musiker packten ihre Instrumente ein, Leibdiener suchten zwischen den Schlafenden nach ihren Herren. Hilflos zappelnde Fische bewegten das Wasser des Teichs, das blutdunkel war vom hineingeschütteten Wein. Die Flammen der Öllämpchen standen wie flüssige Glut vor dem rosafarbenen Morgenhimmel und aus den Vorhöfen drang Gewieher und der Lärm der aufbrechenden Truppen.

Ume stieg über Scherben und Möbeltrümmer. Sie umrundete die Pfützen von Erbrochenem ebenso sorgfältig wie die lüstern auf sie zutaumelnden Betrunkenen und fand schließlich Odaenathos auf seiner Liege hingestreckt, wie er der eingeschlafenen Gespielin neben sich Wein zwischen die Brüste schüttete, den er vergeblich dort aufzuschlürfen suchte. Grunzend schob sie seinen Arm beiseite, worauf er sie auf den Fußboden kippte. Sie erwachte nicht. Nesa, der aufrecht vor seinem halbleeren Becher hockte, zog ihr das Tischtuch als Decke über und übermittelte Odaenathos Umes Botschaft.

»He!« brüllte er ihm ins Ohr und rüttelte ihn kräftig, »he, du widerlicher alter Säufer, sie sagt, du hast einen Sohn.«

»Jawohl«, grölte Odaenathos, »einen Sohn. Er wird Julius Aurelius Armenicus heißen, ja.« Dann schlief er ein. Nesa wandte sich an Ume:

»Ich denke, Ihr habt getan, was Ihr konntet. Geht zu Eurer Herrin und bringt ihr meine Grüße. Sagt ihr, ich halte mein Wort. Sie weiß, was ich meine.« Damit winkte er einigen Männern der Palastwache, die herbeieilten und ihren Fürsten zu der Sänfte im Vorhof schleppten, die ihn bald dem Troß seiner Truppen und seinem Schicksal zutragen würde.

Nesa trat hinter ihnen heraus. Er sah zu, wie die Soldaten sich unter den Kommandos von Zabdas' Offizieren formierten. Der alte General selbst saß reglos auf seinem Pferd und gab dennoch jedem einzelnen Rekruten das Gefühl, gerade ihn genau im Auge zu haben. Die verhängte Sänfte streifte er mit keinem Blick. Schließlich war alles bereit. Kalt und hohl klackten die Hufe über das Marmorpflaster und durch das Tor. Die Panzerreiter, die den Schluß des Zuges bildeten, wandten sich noch einmal in den Sätteln um und salutierten vor Nesa, ehe auch sie in den morgenleeren Straßen der Stadt verschwanden.

Die Sonne weckte Zenobia auf ihrem Lager. Sie rekelte sich vorsichtig, doch meldete sich nur ein leiser Schmerz, fast wohlig, zwischen ihren Beinen. Da lehnte sie sich zurück in ihre Kissen und genoß es, wie die Erinnerung an gestern versank. Ein kleines Keuchen ließ sie wenig später erneut die Augen öffnen. Erst jetzt bemerkte sie Ume, Clelia und einige Dienerinnen nahe der Balkontür. Und neben ihnen saß mit übergeschlagenen Beinen eine Frau in einem leuchtendblauen syrischen Gewand und stillte ein Kind. Schmatzend und keuchend sog es an ihrer nackten Brust. Sie hielt es reglos, nur ihr Silberohrring blitzte vor und zurückbaumelnd in einem Sonnenstrahl, als sie sich über den Säugling neigte.

»Das ist Tarsis aus Petra, deine Amme. Guten Morgen, Herrin«, sagte Ume, als sie Zenobias Blick bemerkte. Tarsis hob den Kopf und zeigte alle ihre Zähne in einem strahlenden Lächeln.

»Ist das mein Kind?« fragte Zenobia, und es gab ihr einen Stich, als sie es in den fülligen braunen Armen liegen sah. »Gebt es mir«, verlangte sie eifersüchtig. Gehorsam nahm Tarsis es von der Brust, worauf er sofort protestierend quäkte, wischte ihm die weißen Milchtropfen von dem suchenden Mäulchen und legte es ihr in den Schoß.

»Ein prächtiger Junge«, versicherte sie. Unsicher zog Zenobia das Tuch auseinander, in das er eingeschlagen war. Sofort nuckelte er sich an ihrer Handkante fest. Zenobia schluckte gerührt, dann erschrak sie.

»Bei allen Göttern, Ume. Er sieht genau so aus wie sein Vater.« Die Badefrau lachte:

»Sie sehen anfangs alle aus wie alte Männer, glaub mir, Fürstin, das gibt sich. Und dieser hier hat deine Haut und deine Haare. Er wird sicher wunderhübsch werden.«

»Du bist meiner«, flüsterte Zenobia dem Säugling zu, der mit nur spaltbreit geöffneten, schimmernden Augen ins Leere sah, »meiner ganz allein. Du hast gar keinen Vater.« Laut sagte sie: »Er soll Vaballathos heißen, Geschenk der Allath.«

»Odaenathos nannte einen anderen Namen«, wandte Ume ein, doch Zenobia reckte den Hals und sagte bestimmt: »Es ist ganz und gar gegenstandslos, was Odaenathos will.« Und leiser zu sich selbst: »Vielleicht sogar jetzt schon? Oh Allath, steh uns bei.«

»Was ist das für ein Lärm?« Poltern und Geschrei drang plötzlich aus den Gängen zu ihnen herein und das Schlagen von Schwertern auf Schwerter. Pferdehufe dröhnten aus dem friedlichen Innenhof herauf, und sie konnten die Blumentöpfe zersplittern hören. Eine ferne Kommandostimme rief etwas, ein Klirren antwortete dicht bei ihnen, und viele Füße trabten an ihrer Tür vorbei. Sie schauten angsterstarrt auf die geschlossenen Türflügel, die sich jedoch nicht öffneten. Ein kehliger Kriegsruf vom Ende des Korridors ließ sie erneut zusammenzucken. Wieder rannte jemand vorbei, ein fernes Kreischen erstarb. Es wurde still. Eine Dienerin, die hinausgelaufen war, um nachzusehen, stürzte schreckensbleich ins Zimmer zurück.

»Alles ist voller Beduinenreiter, und sie stehen auch unten, bei der Treppe. Der Herr Nesa war bei ihnen und redete etwas mit den Wachen. Und, und ein paar Wachen lagen da ganz verdreht auf dem Fußboden und waren tot. Und im Hof sind noch mehr und all die schönen Statuen sind kaputt. Ach, und sie reißen die Vorhänge herunter.« Sie schluchzte.

»So beruhigt euch doch«, versuchte Zenobia die Frauen zu beschwichtigen, die aufgeregt aufgesprungen waren, »uns droht überhaupt keine Gefahr. Das ist nur ...« Doch sie kam nicht dazu, ihnen zu erklären, daß es sich nur um einen wohlorganisierten Putsch handelte, an dem jedermann außer der Gash unterstellten Stadtwache beteiligt war, einschließlich sie selbst. Sie hätte noch hinzugefügt, daß Odaenathos – und auch Hairanes – vermutlich tot, aber ansonsten alles in Ordnung war, weil Nesa gleich hereinkommen und den kleinen Vaballathos zum Herrscher erklären würde. Denn aus dem Nebenzimmer, wohin Clelia gelaufen war, kam ein gellender Schrei.

Zenobia schrak hoch, drückte Ume das Kind in die Hand und hastete vornübergebeugt zu der Tür, hinter der Kampflärm und die Hilferufe ihrer Freundin zu hören waren. Sie stieß sie auf und sah ihn, ihren goldenen Prinzen, den Jungen, der ihr im Tempel so unverschämt strahlend das Treuegelöbnis gegeben hatte. Er preßte die nunmehr nur noch wimmernde Clelia mit einer Hand gegen die Wand und riß ihr mit der anderen ungerührt die Kleider herunter. Er lächelte auch noch, als er weit ausholte und Clelia mit dem Handrücken so heftig ins Gesicht schlug, daß sie in eine Zimmerecke geschleudert wurde. Sofort stellte er sich über sie. Seine Fürstin, die im Nachthemd an den Türpfosten geklammert stand, bemerkte er nicht, da er zu beschäftigt war, seine Hosen zu öffnen.

Mit der Wut kam Leben in Zenobia. Oh, sie kannte diese Sorte Ohrfeigen, kannte sie von ihrem Vater, ihrem Bruder und von ihrem Mann. So schlug man nur Frauen. Ohne langes Nachdenken griff sie sich den Bronzeleuchter neben der Tür und hieb ihn mit aller Kraft gegen den Hinterkopf von Clelias Peiniger. Der Leuchterfuß blieb dort stecken und zog Zenobia mit, als der Mann langsam vornübersank. In Panik robbte Clelia von dem reglosen Körper fort und starrte auf die Freundin, die fassungslos noch immer die Metallstange umklammert hielt. Als sie sie freirüttelte, floß lautlos ein wenig dunkles Blut aus seinem Haar auf das Fußbodenmosaik, ein kleiner Fleck, mehr nicht. Die offenen Augen des Toten schienen ihn voller Staunen zu betrachten.

»Nun, mir scheint, wir haben da ein Problem.« Es war Nesa, der die Frauen beiseite schob und zu ihnen trat. Er nahm Zenobia den Leuchter ab und wog ihn in der Hand. Dann sah er auf seinen toten Verbündeten hinunter. »Das war ein wenig unüberlegt, liebe Nichte. Aber keine Sorge, ich werde das regeln.« Er machte eine Pause, in der sie hören konnten, wie das Trampeln und Rufen der aufständischen Soldaten näher kam. Dann verbeugte er sich vor Zenobia: »Ich würde diesem Mob doch nicht meine Braut überlassen.«

»Braut?« keuchte Zenobia. Sie durchbohrte ihn fast mit ihrem Blick. Unwillkürlich zuckten ihre nun leeren Hände. »Du Bastard.«

»Ich schreibe diese Entgleisung einer Wochenbettdepression zu«, bemerkte er milde, während er beiseite trat, um den hereindrängenden Kriegern den Blick auf die Leiche ihres Anführers freizugeben. Sie starrte ihn wütend an. Das Bild einer fernen Erinnerung stand mit einem Male vor Zenobia: dumpfe Luft, das Halbdunkel in ihrem und Odus Tempelversteck, in das ein Fenster ein gleißendes Stück Himmel schnitt. Und davor der nackte Hintern eines Mannes, der auf und ab pumpte, auf und ab über dem Körper einer unsichtbaren Frau. Eine absurde Miniatur, die sie damals so erregend berührt hatte. Sie sah die Frau sich erheben, die Decken glitten von ihr, das Haar rauschte an ihr herab und gab ihr Gesicht frei. Ihres, Zenobias. ›Nein‹, hätte sie fast laut geschrien. Da kam sie wieder zu sich.

Sie stand inmitten eines Kreises schweigender, bedrohlich schweigender Männer mit der sonnenverbrannten Haut und den weiten Gewändern der Beduinen. Und wieder kam die Wut über sie. Nein, sie war nicht bereit, sich einschüchtern zu lassen. Am ganzen Körper zitternd vor Empörung, versuchte sie, ihre Stimme wiederzufinden. Sie sah Nesa fest in die Augen, während sie neben dem Toten in die Knie ging.

»Er hat es getan«, rief sie deutlich und wies auf Nesa, der den blutbefleckten Leuchter noch immer in seinen Händen hielt. Dann hob sie mit regloser Miene den zertrümmerten Kopf an und legte ihn in ihren Schoß. Es war totenstill um sie herum. »Er hat es getan. Aus Eifersucht.« Sie schaute Nesa noch immer unverwandt an.

»Du Hure«, schrie er, »du gottverdammte Hure, du ...« Sein Schreien erstickte unter dem Griff der Beduinen, die ihn hinausschleiften, irgendwo in den Korridoren. Das letzte, was sie von ihm sah, waren seine zuckenden nackten Füße zwischen den Burnussen der Krieger. Er muß seine Pantoffeln verloren haben, dachte sie zerstreut, als sie inmitten der Krieger zurückblieb, auf dem Fußboden kniend, ihr Nachthemd um sich gebauscht. Der Anführer der Gruppe salutierte vor der schönen Frau mit dem Toten im Schoß. Zenobia taxierte ihn kurz. Er sah ehrerbietig genug aus. Und in seinen Augen stand eine gewisse bewundernde Rührung, die sie hoffen ließ.

»Wie heißt du?« fragte Zenobia. Sie war auf einmal wieder sehr müde

»Bounur, Herrin.«

»Gut«, seufzte sie. Am liebsten hätte sie ihn gebeten, sie nur einfach wie ein Kind in ihr Bett zu tragen, wo Ume sie dann hätte bemuttern können. Aber sie mußte sich zusammenreißen, es gab einiges zu tun, wenn sie nicht in den nächsten Stunden in diesem Bett sterben wollte.

»Bounur, geh zu deinen Männern, sie sollen die Palasttore halten und niemanden hereinlassen. Dann nimm ein paar Leute und besetz die Stadttore und die Kasernen der Stadtwache. Wenn ihr dort meinen Bruder findet, bringt ihn unter Bewachung her. Sagt ihm, ich wolle mit ihm verhandeln. Vielleicht können wir einen Kampf mit der Stadtwache so vermeiden. Wer ist nun euer Anführer, nachdem er ...« Sie strich dem Toten vage über die Stirn.

»Tamarsu, Herrin, sein Onkel. Er hat sich nicht gegen uns gestellt, aber er wollte auch nicht mit uns reiten.«

»Vielleicht ist Tamarsu ein kluger Mann. Schick einen Boten und sag ihm, seine Fürstin will ihn sehen. Und nun geh.« Müde senkte sie den Kopf. Als sie wieder aufsah, waren sie allein. Zenobia wandte sich zu Clelia, Tarsis und den anderen, die sich eng um Ume geschart hatten und keinen Ton sprachen.

»Seht mich nicht so an. Ihr hättet ihn schließlich nicht heiraten müssen.« Mühsam stand sie auf und wischte sich die Finger an ihrem Nachthemd ab. »Tragt ihn hinaus. Und bring mir einen Becher Wein, Ume. Oder nein, besser, bring mir zwei.«

Zenobia wollte sich in einen Sessel sinken lassen, mußte aber feststellen, daß sie so bald nach der Geburt noch nicht wieder sitzen konnte. Also trat sie ans Fenster. Es war auch nicht die Zeit auszuruhen, sagte sie sich, während sie auf den Hof sah, wo Sklaven die Leichen einiger Soldaten wegzuschaffen suchten. Sie packten eine bei den Füßen, und schleiften sie, die mit offenen Augen und ausgebreiteten Armen in den Himmel glotzte, auf das Tor zu. Doch das Schwertgehänge des toten Mannes verfing sich in einem der letzten heil gebliebenen irdenen Blumentöpfe, der umkippte und zerbrach.

Zerstreut sah Zenobia auf die Aufregung, die das neue Unglück verursacht hatte, und nahm ein paar kräftige Schlucke von ihrem Wein.

Sie war die einzige Hinterbliebene einer Verschwörung, mit deren Ergebnissen vorerst niemand etwas anzufangen wußte. Zumindest solange Zabdas nicht zurück war, solange sie Gash unter Kontrolle halten konnte. Und was kam dann? Zabdas war kein Usurpator, von ihm würde ihr keine Gefahr drohen, aber Gash? Ihr ewig eifersüchtiger Bruder, der schon als Kind so gern die Hand gegen sie erhoben hatte. Er würde sie lieber heute totschlagen als morgen. Nein, ihm gönnte sie gewiß keinen Thron. Sie hatte die verwaiste Macht nun in Händen, es lag an ihr, sie zu behalten, wenn sie wollte. Zenobia zögerte in der entstandenen Stille, den nächsten Schritt zu tun. Sie schenkte erneut ein.

Wie Longinos einmal festgestellt hatte, war es genau das gewesen, wofür sie sich von ihm hatte ausbilden lassen. Allerdings hatte es mehr dem Zweck gedient, die Demütigungen durch Odaenathos zu vergessen, als wirklich selbst die Staatsgeschäfte zu lenken. Und war es nicht die Erfüllung ihrer Mädchenträume: zu herrschen, zu herrschen wie Kleopatra?

Drunten fegten sie die verschüttete Blumenerde von dem toten Gardisten. Träume, sagte sie sich bitter. Schon einmal war sie von einem Traum enttäuscht worden. Sie tat einen tiefen Zug und wandte sich unwillig um, als sie Schritte hinter sich hörte.

»Mutter! Was willst du denn hier?« Unwillkürlich verbarg sie den Weinbecher. Sime bebte bis in die Spitzen ihrer Ohrringe. Sie hatte nie ihre Zimmer verlassen, aber das war zuviel gewesen. Überall das Getöse, und dann Yasemin tot im Goldfischteich. Sie hatte ihre Kammerfrauen angewiesen zu packen. Sime wollte vorerst zu den Zelten ihrer Familie zurück, und sie war gewillt, ihre Tochter mit sich zu nehmen.

»Bis Odaenathos wiederkommt, werden wir dort sicher sein.«

»Er kommt nicht wieder, Mutter.« Ärgerlich über sich selbst zog sie den Becher hervor und nippte offen daran.

»Wie kannst du da so sicher sein?«

»Weil ich ihn habe umbringen lassen.« Es entsprach nicht ganz den Tatsachen, doch Zenobia verspürte eine tiefe Befriedigung, als sie den Satz aussprach. Sie fühlte ihre Lebensgeister wieder erwachen und faßte ihren Entschluß. Ihre Mutter brach in die Knie und erhob jammernd die Hände:

»Ihr Götter, vergebt mir, dieses Kind, dieses verworfene Kind. Ich wußte, es würde schlimm enden mit dir. Oh, was soll nur geschehen, was?«

Zenobia wühlte derweil in ihrer Kleidertruhe. »Ich werde im Namen meines Sohnes den Thron besteigen, das wird geschehen.« Dann hatte sie gefunden, was sie suchte, ein leuchtendbuntes Gewand im Stil der Stämme, aber viel kostbarer in Stoff und Verarbeitung. Damit konnte sie vor das Volk von Palmyra treten, wenn sie ihren Anspruch erhob.

»Ume«, rief sie nach Hilfe zum Ankleiden. Ihre Mutter kreischte derweilen, noch immer auf den Knien.

»Du bist verrückt«, schrie sie, »du bist nur eine Frau. Gattenmörderin. Sie werden dich steinigen. Steinigen, hörst du? Was glaubst du, wer du bist!« Zenobia antwortete nicht.

»General Zabdas ist eben gekommen und will dich sehen«, sagte Ume, als sie eintrat. Zenobia drückte ihr das Kleid in die Hand.

»Besorg mir passenden Schmuck und ein Diadem. Ach, und hol das Kind, es wird alles noch besser aussehen, wenn ich ihn auf dem Arm habe. Und bring sie zum Schweigen«, fügte sie mit einem Blick auf Sime hinzu, die schluchzend vor hilflosem Haß auf dem Boden saß.

Als sie auf Zabdas zuging, war ihr nichts mehr von den Selbstzweifeln anzusehen. Longinos begleitete den Alten, der voller Hast seine Soldaten zurückgeführt und an den strategisch wichtigen Punkten der Stadt postiert hatte. Die Leichen Odaenathos' und Hairanes' hatte er unter Bewachung bei den Grabtürmen zurückgelassen, um die Gemüter nicht durch einen Leichenzug aufzuwühlen. Er deutete an, daß ihr Mann im Schlaf gestorben sei.

In der Tat hatte der Fürst noch immer laut geschnarcht, als Soldaten die Vorhänge seiner Sänfte herunterrissen und ihm den Dolch in den Hals rammten. Blut floß über die Wein- und Soßeflecken seines Festgewandes, während er röchelte. Er tat die Augen nicht mehr auf. Hairanes hingegen hatte den Anschlag erahnt. Als die Mörder auf ihn zukamen, ritt er noch einen kleinen Vorsprung heraus, ehe sie ihn einholten. Und er wand und krümmte sich unter ihren zahllosen Stichen, bis er zuletzt mit offenem Mund im Sand lag.

Zenobia senkte züchtig die Augen, als Zabdas so zu ihr von Gewalt sprach, und machte den alten Mann damit noch besorgter um die zarte Frau vor sich. Doch auf seine Frage, ob sie Odaenathos noch einmal sehen wolle, schüttelte Zenobia nur schnell den Kopf und unterdrückte einen Schluckauf. Das mußte der Wein sein, dachte sie verärgert.

Zabdas schien über Nesas Tod beinahe erleichtert zu sein, soweit hatte sich Longinos am gestrigen Abend nicht in ihm getäuscht. Es schien ihm ausgleichende Gerechtigkeit zu sein, daß er wieder einem Odaenathen huldigen sollte. Und da auch Gash als Stadtkommandant nach Einsicht in die Machtverhältnisse zum Palast gekommen und ihnen sein Einverständnis signalisiert hatte, konnte er nun vor seinen neuen, wenige Stunden alten Herrn treten, um seinen Eid abzulegen. Tarsis legte ihn vor aller Augen in Zenobias Arme.

»Vaballathos, König von Palmyra, Oberbefehlshaber des Ostens.«

»Ich danke Euch«, sagte Zenobia mit schüchterner Stimme. »Ich weiß, ohne Eure Erfahrung sind mein Sohn und ich verloren. Ihr werdet ihm ein guter Lehrer sein, wenn er erst alt genug ist, ihn in Eure Obhut zu geben. Ich hoffe, Ihr seid bis dahin auch mein Berater und lenkt die Schritte einer unerfahrenen Frau. So werden wir Palmyra als das bewahren, was es ist.«

Zabdas räusperte sich, dankte ergebenst und wandte den Kopf verlegen zur Seite. Noch nie hatte ihm eine Frau so in die Augen gesehen.

Longinos hatte die Szene anerkennend beobachtet und trat nun näher, um vor Zenobia respektvoll den Kopf zu neigen. Sie reichte ihm mit einem strahlenden Lächeln die Hand. Dann kam Gash. Zenobia legte unwillkürlich die Arme um ihren Sohn, als ihr Bruder sich näherte. Seine zusammengepreßten Lippen waren eine so kalte Linie wie das Schwert, das er ihr zum Zeichen der Treue hinhielt. Doch Gash hatte beschlossen, sich vorerst in das offenbar Unvermeidliche zu fügen.

Zabdas verkündete für sie alle, daß sie Zenobia in ihrer Regentschaft bis zur Mündigkeit des Jungen beistehen wollten. Dann bat er sie zum Palasttor, das Volk müsse sie sehen.

Zenobia ging sich umkleiden. Sime trat dazwischen und zeterte, daß sie sie nicht mit all den fremden Männern gehen lassen würde, es schicke sich nicht. Eher wolle sie sich töten, als diese Unehre zu erleben. Sie schrie und drohte und zerrte am Kleid ihrer Tochter, die sich ungerührt losmachte.

»Mach dich nicht lächerlich, Mutter.« Sie ergriff Longinos' Arm und ging ohne ein weiteres Wort hinaus. Es war Ume, die Sime vorschlug, doch mitzukommen. Jedes Mädchen dürfe schließlich in Begleitung seiner Mutter ausgehen. Sanft zog sie die verwirrte Frau mit sich fort.

Die Hitze ergriff sie alle mit glühender Faust, als sie ins Freie traten und den blendendweißen Marmor des Palastes hinter sich ließen. Schwitzend durchschritten sie den Torbogen, der auf die kleine Kolonnade hinunterführte. Als sie oben auf der Tortreppe standen, benahm ihnen das Brausen der Mengen aus den Straßen fast den Atem, und ihre Herzen schlugen schneller. Selbst Gashs düsteres Gesicht hellte sich auf. Er reckte das Kinn und trat an die Seite seiner Schwester.

Zenobia setzte die Füße breit, ließ sich Vaballathos reichen und hielt ihn hoch über alles Volk. Doch es war ihr Name, nicht der ihres Sohnes, der ihr aus Hunderten von Kehlen entgegenschallte, ihr alter syrischer Name, der von den Säulen widerhallte und dessen Echo sich in den Wandelgängen brach.

»Bath Zabbai! Bath Zabbai!« riefen die Menschen.

»Bath Zabbai«, murmelte Longinos ergriffen, und Zabdas nickte. Gash trat zurück in den Torschatten.

Zenobias Gedanken rauschten auf. Sie sah sich hinausschwingen, weit über alle Köpfe hinweg, und ihre Hände waren goldene Adlerkrallen, die in den Himmel griffen. Alle ihre Träume erfüllten sich.

Ein heller Ruf stieg aus ihrer Kehle, und sie spürte den Wind an ihren Schläfen, als etwas an ihr vorbeisirrte. Hinter ihr brach Sime mit einem Pfeil in der Brust lautlos zusammen. Ein Aufschrei ging durch die Menge.

Fluchend versuchte Vorodes auf dem Dach des gegenüberliegenden Hauses, einen zweiten Pfeil auf die Sehne zu legen. Der düstere Parther, der Reitergeneral, wollte seinen Herrn rächen. Doch von der Lanze einer Wache getroffen, brach er stöhnend zusammen. Dann fand ihn die Menge und zerriß seinen Leib.

»Bath Zabbai!« ertönte es in neuem Triumph. Zenobia breitete noch einmal die Arme aus, um zu zeigen, daß sie unverletzt war.

»Ich lebe«, rief sie über die Köpfe der Menge. »Ich lebe«, tönte das Echo aus den Säulengängen. »Ich lebe für meine Stadt.« Der Jubel unterbrach sie. »Meine Stadt, für die ich sorgen werde. Aber nicht auf fernen Kriegspfaden.« Hier mußte sie die Stimme nochmals erheben, denn der Freudenlärm war ungeheuer, als die Menschen begriffen, daß der armenische Feldzug nicht stattfinden würde. »Die Karawanenstraßen sind unsere Pfade. Sie werden wir gehen und auch schützen. So denken wir an uns. Und erst dann, dann denken wir an Rom.« Hier wurden die Geräusche feindselig, einzelne Rufe peitschten hoch, die nicht zu verstehen waren. Doch Zenobia fuhr fort:

»Wir werden Rom das Seine geben: seine Steuern – mit seinen Sesterzen.« Die Palmyrener rasten vor Begeisterung, ein Rausch ergriff sie, der tagelang anhalten sollte. Sie würden künftig Rom sein wertloses Geld zurückgeben und ihre wertvollen Waren behalten! In der Stadt würde diese Nacht in allen Schenken gefeiert werden.

Zenobia hob ein letztes Mal die Arme, ehe sie zurücktrat in den kühlen Schatten. Sie hatte ihnen genug hingeworfen. Zabdas, endgültig erleichtert, eilte zu Vorodes' Überresten, Longinos betrachtete sie mit einer Mischung aus Stolz und Zärtlichkeit, als wollte er sagen »meine Schülerin«; dann ging er, Simes Leiche wegbringen zu lassen. Ume versorgte das Kind. So stand sie einen Moment alleine, als Gash plötzlich da war:

»Das hast du schlau angestellt, kleine Intrigantin«, zischte er ihr ins Ohr »Deinen Mann und Nesa ermordet, den Alten um den Finger gewickelt und den blöden Pöbel eingelullt. Aber mich, mich wirst du so schnell nicht los.« Mit zornigen Schritten ging er davon. Zenobia sah ihm nach, mit einem Mal schmerzte ihr Kopf. Das mußte der Wein sein, dachte sie und lehnte die Stirn an den kühlen Stein der Torsäulen. Das kann nur der Wein sein. Sie verschluckte ein paar Tränen, dann warf sie trotzig den Kopf zurück. An den gleißenden Marmor draußen brandeten noch immer die Rufe »Bath Zabbai! Bath Zabbai!«

*Weiß steht mir, Odu, und so machte ich auf der Beerdigung meines Mannes und meines Stiefsohnes eine hervorragende Figur. Es schauderte mich kein bißchen, als ich in das kühle Innere des Grabturms trat, in dem die Gesänge der Priester widerhallten. Aufrecht stand ich zwischen den Weihrauchschwaden und erwiderte den toten Blick der beiden Marmorgesichter, die die Nachwelt an Odaenathos und Hairanes erinnern sollten. Muß ich dir sagen, daß sie den Verstorbenen nicht sehr ähnelten? Wer im Dämmer der Begräbnisstätte der Odaenathen jemals in dieses steingewordene edle Herrscherantlitz schaut, der möge sich an meine Worte erinnern, daß er ein Schwein war und sich im Dreck wälzte.*

*Als sie meine Mutter und Vaters Nebenfrau in den Turm trugen, fehlte ich. Ich sehe Yasemin noch immer in dem Becken liegen, wie ihr blasses Gesicht durch das grüne Wasser heraufdämmerte. Und ihr Haar, durch das die Fische schwammen, blühte wie kupferrote Korallen. Seither haben allen Teiche für mich Augen, die mich still und aufmerksam betrachten. Es ist nicht einmal ein Vorwurf darin, aber auch kein Vergessen.*

*Odu, du hättest hier sein müssen, bei mir. Ich arbeitete, ich arbeitete Tag und Nacht, aber wie berauschend war es, diese Stadt leben zu sehen durch mich.*

*Nachdem Rom meinen kleinen Sohn als Nachfolger seines Vaters und Corrector totius orientis bestätigt hatte, nahm ich ihn vor mir in den Sattel und zeigte ihn den Truppen. Die ganze Ebene vor Palmyra schien mit Reitern gefüllt zu sein. Als ich Vaballathos hochhob, schlugen sie an ihre Schilde, daß der Himmel dröhnte und schrien meinen Namen: Bath Zabbai! Er flog wie ein Falke über die Wüste. Bath Zabbai, Odu, das war ich, Zenobia, und ich war lange Jahre vollkommen glücklich. Nach allem, was kam, war mir diese Zeit fast in Vergessenheit geraten, doch hier in diesem stillen Hain ist Raum für friedvolle Erinnerungen.*

*Du hörst es nicht, aber die Bienen summen im Lavendel. Es ist das einzige Geräusch, als summte die Luft selbst, die warm zwischen den Bäumen steht, erfüllt von einem honigsatten Leuchten.*

III.

# *Das Reich*

# Das Landgut

Lucius Cornelius Poeta richtete sich vorsichtig auf, als sein Verwalter Laertes näherkam und ihm die Ankunft der edlen Aelia Drusilla ankündigte. Mochte der Sklave das leichte Ächzen, das er sich dabei erlaubte, den Rückenschmerzen zuschreiben, die den Senator häufig bei der Gartenarbeit plagten und ihn seit einem Aufenthalt im rauhen Klima Helvetiens nie mehr ganz verließen.

Von der Pflege seiner exotischen Lieblinge ließ Poeta sich dadurch allerdings nicht abhalten. Der eigens für sie abgezäunte Garten an der Südmauer der Kelteranlagen war sein liebster Aufenthaltsort auf dem Gut. Hier wuchsen unter seiner Obhut zahlreiche, in Italien sonst nicht heimische Büsche und Blumen. Und obwohl keine Nutzpflanzen darunter waren, widmete der Senator ihnen viel von seiner Zeit, erforschte ihre Vorlieben für bestimmte Böden, Wassermengen und Temperaturen, ihre Wachstums- und Blütezeiten. Er diktierte diese Erkenntnisse einem Sekretär, der sie zusammenfaßte und diese Abhandlungen zu den Abschriften von Plinius' Naturgeschichte legte.

Poeta überreichte Laertes Harke und Handschaufel und klopfte sich die Erde von den Knien. Mit einem bedauernden Blick verabschiedete er sich von dem gelbblütigen Hibiscus, mit dem er eben beschäftigt gewesen war. Ein auswärtiger Freund hatte um seine Vorliebe für fremdländische Gewächse gewußt und ihm einen blühenden Busch aus Syrien geschenkt, aus dessen fleischigen gelben Blütenbechern es vom Grunde her purpurn leuchtete. Neben dem helvetischen Edelweiß, einem Andenken an seine Militärzeit, die er mit viel Mühe in einem eigenen Steingarten angesiedelt hatte, war dieser Hibiscus sein besonderer Stolz. Anders als die südägyptischen Malven hielt er dem rauheren italienischen Winter stand und mußte nicht in einem Topf ins Atrium gebracht werden.

Poeta hing an all diesen Fremdlingen, und das mit einer Passion, die ihm niemand zugetraut hätte, der nur den nüchternen, zurückhaltenden Senator kannte. Sie offenbarte eine Neigung zum Außergewöhnlichen, die völlig überrascht hätte, wäre da nicht sein Spitzname, Poeta, der auf seine höchst unpatrizische Tugend verwies, heimlich Verse zu schreiben. Aber diese im Freundeskreis vorgetragenen Gedichte handelten vom glücklichen Landleben, in guter römischer Tradition, untermischt mit einigen gereimten Lehrsätzen zu Weinbau und Geflügelzucht. Da war nichts, was Extravaganz oder Leidenschaft in anderer Form verraten hätte als im Klagen der Schäfer und Nymphen, die auf den schicklichen Füßen vergilscher Verse durch die Haine wandelten.

»Gib ihm noch etwas Wasser, aber nur wenig, es darf nicht zwischen den Wurzeln stehen, hörst du?« wies er Laertes noch an, der ihm im Gegenzug versicherte, alle Anordnungen zur Bequemlichkeit seines Gastes getroffen zu haben.

Poeta wandte sich dem Hause zu und seufzte noch einmal. Schuldbewußt mimte er Rückenstechen, doch Laertes, der als Sklave auf diesem Landgut geboren und aufgewachsen war, hätte sein bedrücktes Gesicht ohnehin nicht dem Rheuma zugeschrieben. Aelia Drusillas Ankunft übte stets diese Wirkung auf seinen Herrn aus. Zuweilen versuchte Poeta sich vergeblich zu erinnern, wer die reiche Witwe in ihren Kreis eingeführt hatte, doch war ihr Bleiberecht nach so vielen Monaten unbestreitbar geworden. Sie galt unter seinen Freunden als geistreiche und kultivierte Frau. Wenn er nur den Verdacht in sich hätte beschwichtigen können, daß sie ihren Witwenstand an seiner Seite zu beenden gedachte.

Er erinnerte sich mit Schaudern an das Loch, das der überstürzte Kauf des benachbarten Gutes in seine Kasse gerissen hatte. Aber als Drusilla plötzlich begann, von der Landluft zu schwärmen, und daß der Erbe des verstorbenen Besitzers den »reizenden Flecken« nicht übernehmen wolle, war ihm alles besser erschienen als ihr drohender Einzug dort. Und nun betrieb Laertes auf dem Gelände eine Zucht von Edelgeflügel für die städtischen Festtafeln mit beträchtlichem Gewinn, so daß auch dies zum Guten ausschlug. Poeta sah sich nicht berechtigt, Drusilla gegenüber irgendwelchen Groll zu hegen. Dennoch wäre er lieber nicht hineingegangen.

Über den nahen Prenester Bergen türmten sich die Wolken in makellosem Weiß. Der Himmel darüber lud ein, sich in ihm zu verlieren. Poeta empfand ein unsinniges Glücksgefühl beim Anblick einer Zypresse, die schlank und grün in diese unendliche Bläue aufstieg. Die Sonne hatte noch genügend Kraft, sich ihm warm um die Schultern zu legen, und er hob ihr dankbar das Gesicht entgegen.

Poeta hatte im Gehen den Strohhut abgenommen, den er nun seinem Türhüter überreichte, als er eintrat. Er bedachte den bekümmert blickenden Mann mit einem aufmunternden Schulterklopfen. Kein Zweifel, sie war da.

»Nein, ich werde meinen Türsteher nicht anketten«, knurrte er, während er den Gästeraum betrat, in dem Drusilla ihn erwartete. Er knurrte es leise, dennoch mußte sie ihn gehört haben. Sie war gerade damit beschäftigt, zweien seiner Sklaven Anweisungen zum Verrücken der Möbel zu geben. Mit einem schuldbewußten Blick auf ihren Herrn setzten sie das Liegesofa ab und huschten aus dem Zimmer. Aelia hob mit einer scharfen Bewegung den Kopf. Dann besann sie sich jedoch, stellte unauffällig die kleine Bronzeplastik zurück, für die sie einen neuen Platz gesucht hatte und legte ein Lächeln auf.

»Keiner kennt mich so gut wie Ihr, Senator«, gurrte sie ihm entgegen, »und wüßte ich nicht, daß Ihr ein Mann von Grundsätzen seid, ich müßte Eure Weichherzigkeit schelten. Doch da seht Ihr mich vorwurfsvoll an …«, ließ sie den Satz mit scherzhaft erhobenem Finger enden, der andeuten sollte, wie sehr sie diesen alten kleinen Streit zwischen ihnen beiden genösse.

Poeta begrüßte sie höflich und bot ihr Platz an. Er blinzelte tapfer in die Nachmittagssonne und stimmte ihr zu, daß die Möbel so weit harmonischer stünden als zuvor. Sie lobte den ungewöhnlich warmen Herbst, und er erörterte die Aussichten, die das für die Qualität des neuen Weines verhieß, während sie lauschte, den Kopf ihrem Gastgeber zuvorkommend zugeneigt. Ihr leicht gesenkter Blick jedoch schweifte und fixierte plötzlich das aufwartende Sklavenmädchen, das Früchte für sie arrangierte. Unvermittelt fiel sie Poeta ins Wort:

»Wie ich höre, habt Ihr Laertes die Heirat erlaubt. Ihr wißt, was ich davon halte, zu großzügig mit Sklaven zu sein. Es macht sie träge und unwirtschaftlich.«

»Da sind meine Erfahrungen anders, werte Drusilla«, erwiderte Poeta unbehaglich. »Laertes ist ein hervorragender Verwalter und hat sich das Heiratsrecht verdient. Ich kenne auch die Frau, die er im Auge hat, eine Zofe aus dem Haushalt meines Onkels Aurelius Plautus. Sie soll sehr tüchtig sein; ich werde sie gerne kaufen.« Sein Ton verriet Drusilla deutlich, daß er den Gegenstand nicht weiter zu verfolgen wünschte, und sie lenkte nach einem letzten Seitenhieb ein. Sie sei eine hilflose Frau, die es nicht besser verstehe, als ihre Sklaven nach den ehrwürdigen Prinzipien des edlen Cato zu behandeln. Es sei ihr großer Kummer, daß ihr »offenes, impulsives Wesen«, wie sie es nannte, oftmals zu »Mißverständnissen« führte, die sie zwischen guten Freunden doch so gerne vermied. Denn wem bedeutete wahre Freundschaft mehr als ihr?

Es fanden sich stets genügend Stimmen, die ihr versicherten, daß niemand zartere Seelenbande zu schlingen vermöge als sie, Aelia Drusilla. Auch Poeta mußte sich eingestehen, manchmal so schwach gewesen zu sein. Doch vorsichtiger geworden, neigte er nun als Antwort nurmehr den Kopf. Sie war mit diesem Erfolg durchaus nicht zufrieden; unwillig zupfte sie an den Weintrauben herum.

»Nun, vielleicht könnt Ihr an den Kindern noch ganz gut verdienen«, fuhr sie dann fort. »Aber es ist eine eigene Sache mit den Sklaven, sie haben keinen Anteil an der Seele, wie ich schon meinem verehrten Meister Plotin bescheiden versucht habe darzulegen. Sie sind ganz Leib und ›soma, sema‹, wie Ihr wißt: Der Leib ist das Grab der Seele. Das hat schon Platon gesagt.« Sie hielt eingedenkend inne. »Obwohl Plotin ihn meiner Ansicht nach natürlich weit übertraf, so fein, so vergeistigt, und dabei so bescheiden. Hättet Ihr wohl noch ein paar Trauben da?«

Poeta ließ Nachschub heranschaffen, und sie fuhr kauend fort: »Er war einer der großen Geister unseres Zeitalters. Ich bekomme eine richtige Gänsehaut, wenn ich daran denke, daß ich es war, die ihn in seinen letzten Tagen beherbergen durfte. Es ist ein wahres Wunder.« Es war weit weniger verwunderlich, wenn man bedachte, wie geschwächt der alte Mann nach seinem zweiten Schlaganfall gewesen war. Niemand hätte in seinem

Zustand dem Werben einer Aelia Drusilla widerstanden. Und so konnte sie im Triumph vor den Augen der römischen Gesellschaft ihre Beute heimführen.

»Wenige haben diesen großen Geist so gut verstanden wie ich, wir waren uns in seinen letzten Tagen sehr nahe«, schwärmte sie. Poeta bezweifelte nicht, daß sie ihn keine Minute allein gelassen hatte, und bestellte vermischten Wein, Brot und Käse, um die unvermeidliche Fortsetzung in guter Verfassung zu überstehen. Drusilla ihrerseits orderte Eier, Würstchen und Oliven und wies das Mädchen wegen einiger Flecken auf seinem Gewand zurecht, ehe sie es in die Küche schickte. Dann wandte sie sich wieder Poeta zu, der in seinem Sessel etwas tiefer gerutscht war. Ihre Pose war schwärmerisch wie immer, wenn sie in Gesellschaft von Plotin sprach, was sie häufig und mit großem Erfolg tat.

»Ach, der Geist der Versenkung ins eigene Innere, den er predigte, hat bei unseren römischen Freunden nie Fuß fassen können«, seufzte sie. »Ich weiß, Ihr versteht das, der Ihr die Zurückgezogenheit, die heilige Stille dieses gesegneten Ortes hier allem Trubel der Stadt vorzieht.« Poeta fiel keine passende Erwiderung ein, also lauschten sie gemeinsam ins Atrium, bis er ihr sacht seine Hand entzog, die sie im Geiste der innigen Gemeinschaft mit der ihren zärtlich zu bedecken versucht hatte.

Dann fuhr sie fort. »Wie heilsam wäre es für unsere ganze Kultur gewesen – ah, da kommt das Essen –, hätte er seinen letzten Plan verwirklichen können: Platonopolis.« Hier hielt sie inne, um einen Olivenkern auszuspukken. »Wie gerne wäre ich ihm dabei zur Seite gestanden.« Ein Leuchten trat in ihre Augen, als sie vom Bau dieser Philosophenstadt sprach. Ein Leuchten, das nur der richtig deuten konnte, der wußte, daß sie ihr ungeheures Vermögen mit Ziegeleien erworben hatte.

»Nur leider war Plotin völlig verarmt«, bedauerte Poeta sie pflichtschuldig.

»Oh ja, leider«, stimmte Drusilla obenhin zu, die nicht im Traum daran gedacht hätte, das Unternehmen selbst zu finanzieren, »aber ich hätte uns schon Sponsoren verschafft. Wenn er nur nicht so bald gestorben wäre. Die Fischsoße ist köstlich.« Den Exklusivvertrag zur Errichtung einer ganzen Stadt hatte die Gastfreundschaft für den sterbenden Philosophen ihr leider nicht eingebracht. Aber als Plotins Gönnerin hatte Drusilla in hohen gesellschaftlichen Kreisen Fuß gefaßt, deren Verbindungen ihr unter anderem einen Auftrag beim Ausbau der römischen Stadtmauer verschafft hatten.

Poeta lauschte, wie so oft schon, Drusillas ergreifendem Bericht von Plotins letzten Tagen, und begann in Gedanken, einen Plan für die Traubenlese aufzustellen, die in den nächsten Wochen beginnen würde.

Sie hatte wohl schon eine Weile geschwiegen, als er die Stille im Raum wahrnahm. Er konnte sich beim besten Willen nicht erinnern, was sie zuletzt gesagt hatte, und suchte verzweifelt nach einer unverfänglichen Bemerkung.

Dabei entdeckte er zum ersten Mal einen jungen Sklaven, den Drusilla offenbar mitgebracht hatte. Mit melancholischem Gesicht saß er auf dem Boden und lehnte an der grünen Marmorwand, die dicht über seinem blonden Lockenkopf von Fresken mit Erntebildern abgelöst wurde. Er trug ein plissiertes, rosafarbenes Phantasiegewand im griechischen Stil, in dem er sich äußerst unwohl zu fühlen schien, soviel konnte Poeta zu seinen Gunsten sagen. Auf seinem Knie ruhte wie vergessen eine große vergoldete Lyra.

»Kann Euer Musiker uns nicht etwas vorspielen?« griff Poeta dankbar die Anregung auf, die sein herumirrender Blick ihm beschert hatte. Und er wies mit dem Kinn zu dem Jungen, der, wie ihm jetzt auffiel, so jung unter seiner kindischen Aufmachung nicht mehr sein mochte. Seine langen Haare und die großen blauen Augen täuschten den Betrachter darüber, daß er in Wahrheit einen jungen Mann vor sich hatte.

»Oh, das Instrument ist nur eine Attrappe«, erwiderte Drusilla. »Ich wollte ihm das Spielen beibringen lassen, aber es war hoffnungslos. Und er sieht ja auch so sehr gut aus damit, findet Ihr nicht? Wie ein kleiner Genius. Ich wünschte, Plotin hätte ihn noch kennengelernt, er scheint mir die Verkörperung seelenhafter Innigkeit zu sein.«

»Aber«, wendete Poeta ein, der Unklarheiten haßte, »habt Ihr nicht vorhin selbst gesagt, daß Sklaven keinen Anteil an dieser unendlichen Seele hätten?«

Doch Drusilla ließ das nicht gelten: »unsterblichen Seele«, korrigierte sie. Dann fuhr sie fort. »Er ist ein Bild, sage ich, ein Bild der Seele, wie es auch eine Statue sein könnte. Habt Ihr diese herrlich traurigen Augen gesehen? Wie zwei Teiche, die eine Göttin mit salzigen Tränen geweint, wenn Ihr mir dieses mythologische Bild gestattet. Oder vielmehr, wie der Blick einer Seele, die auf dem Rad der ewigen Wiederkehr verloren ist.«

Poeta vermutete, daß die unverkennbare Schwermut des Sklaven durch eine andere Kleidung und vernünftige Arbeit vielleicht zu lindern gewesen wäre. Er erwog kurz, den armen Kerl zu kaufen, doch schien sie so vernarrt in ihn zu sein, daß der Preis unangemessen hoch ausfallen würde. Und ich kann ihn ja, schalt er sich selbst, schlecht in meinen Garten stellen.

»Kann er uns verstehen?« fragte er statt dessen.

»Keine Ahnung.« Sie zuckte die Achseln und griff nach einem neuen Stück Brot. »Ist das wichtig? Ich bin nicht Pygmalion, ich verlange nicht, daß er spricht. Es ist ein Gote, den ich von einem griechischen Händler habe. Der meinte, er stamme von einem der Seeräubermärkte im östlichen Mittelmeer und komme wohl aus den asiatischen Provinzen.«

Ein wohliger Schauer durchrann sie bei dieser Vorstellung. »Ach Asien, Welt der großen Mystiker! Plotin, mein verehrter Meister, hat sich stets danach gesehnt, aus den unerschöpflichen Weisheitsquellen des Ostens zu schlürfen. Hätte er seine Füße auf diesen Boden setzen dürfen!« Sie schlug die Augen zur Decke auf. Poeta schüttelte sich innerlich. Seine Vorliebe für das Asiatische galt seinen Pflanzen und keinesfalls irgendwelchen wirren, unvernünftigen religiösen Vorstellungen, von denen Rom schon mehr als genug importiert hatte. Plotins Philosophie war ihm immer schon als das typische Trostmittel für unruhige Witwen erschienen. Und diese asiatische Geheimbündelei ließ sie ihm als durchaus unappetitlich erscheinen. Er erwog, einen Spaziergang vorzuschlagen, um sie auf elegante Weise wieder in die Nähe ihrer Sänfte zu bugsieren, als sie hinzufügte:

»Und jetzt sitzt dort das verfluchte Katzentier, diese syrische Hure, und spreizt sich geil.« Sie redete sich in Rage. Er horchte auf. Einige Stimmen im Senat hatten sich ganz ähnlich zu der palmyrenischen Königin geäußert. Demnach schien die neue Innerlichkeit unter den Senatoren eine große Anhängerschaft zu besitzen. Nun, über mehr als ihre Innerlichkeit konnten seine Kollegen auch kaum noch verfügen, um ihre politische Ohnmacht zu kompensieren. Er durfte nicht klagen, er schrieb Gedichte. Was ihn erstaunte, war nur, daß die Vergeistigung so ordinäre Phantasien hervorbrachte.

Selbst Drusillas platonischer Lustknabe wurde rot beim Anhören der begangenen Untaten der syrischen Regentin: Mutter-, Vater- und Gattenmord, Inzest, Unaussprechliches mit Tieren, das Drusilla unbefangen aussprach, Orgien in sämtlichen Tempeln, auf, neben und unter dem Altarstein, Hexerei, Verrat und Kannibalismus. Poeta staunte, zu welchem Ruf es eine Frau bringen konnte, die wußte, was sie wollte.

»Es ist allgemein bekannt, daß allein sie es war, die Valerian an die Perser verriet, so daß er gefangengenommen wurde«, geiferte Drusilla gerade.

»Ich rechne eben nach«, erwiderte Poeta ruhig, »sie kann damals kaum älter als zwölf gewesen sein.«

»Oh, Ihr wißt doch, wie frühreif diese Asiatinnen sind. Außerdem schwindelt sie bei ihrem Alter bestimmt, wie alle Frauen.« Sein interessierter Blick auf ihr Gesicht machte ihr ihren Fauxpas bewußt, so daß sie schnell ablenkte:

»Sie soll von Schapur Valerians Haut verlangt haben und sie noch heute in einem Tempel ausstellen. Sie hat magische Formeln daraufgemalt und so auch seinen Sohn Gallienus verhext. Kein Wunder, daß er seinen Vater vergaß und anfing, griechischen Geheimkulten anzuhängen und in Frauenkleidern herumzulaufen.« Ihre Empörung verdoppelte ihren Appetit, und Poeta winkte nach einer weiteren Platte Eiern mit Fischsoße.

»Unseren neuen Kaiser wird sie jedenfalls nicht verzaubern können«, wiegelte er das krause Gerede ab. »Ich bezweifle, daß er überhaupt eine Seele hat, nur Muskeln und Sportsgeist.« Er bedauerte diesen Ausrutscher sofort. Es war nicht ratsam, jemandem wie Drusilla seine Gedanken anzuvertrauen. Schnell fuhr er fort: »Und die Götter wissen, daß wir einen starken Mann brauchen.«

Und das entsprach Poetas fester Überzeugung. Gallien war vom Reich abgefallen, der Osten verloren, und Gotenbanden wüteten im Norden Italiens; wer wußte, wieviele nachdrängen würden. In dieser Lage waren die Offiziere, die einer nach dem anderen auf den Kaiserthron gelangten, die Männer der Stunde, energiegeladen und entschlossen. Wenn sie sich nur länger im allgemeinen Machtgerangel halten könnten; doch es fehlte ihnen zumeist die Hausmacht im etablierten römischen Politklüngel. Es war erst der rasche Wechsel, der das Imperium wirklich destabilisierte. Poeta war konservativ, aber kein Snob, er hütete sich daher, sich dem jetzigen Kaiser entgegenzustellen und sich an den Intrigen der Senatoren gegen ihn zu beteiligen. Seine eigene seelische Konstitution war wohl nicht das, was Rom im Moment brauchte. Er würde sein Landgut pflegen, der Vernunft im Senat nicht im Wege stehen, so sie sich dorthin einmal verirrte und darüber hinaus das Bewahrenswerte bewahren für eine Zeit nach dieser Zeit. Drusillas Gedanken gingen in eine andere Richtung.

»Ich hoffe, er wird dieses Flittchen im Triumph durch unsere heiligen Straßen schleifen. Sie gehört öffentlich gekreuzigt. Oder was würdet Ihr an seiner Stelle mit ihr tun?«

»Heiraten, vermutlich.« Drusilla sah ihn an, als zweifelte sie an seinem Verstand.

»Ihr würdet sie heiraten?« wiederholte sie ungläubig.

»Was würde den Osten schneller befrieden?« fragte Poeta zurück, doch darauf ging sie nicht ein.

»Heiraten, diese verruchte Hure, wo sie schon einen Gatten ermordet hat? Jeder Mann mit Ehre würde sich lieber ins Schwert stürzen als in den ekeligen Pfühlen ihres Schandlagers zu versinken, auf daß er nicht Schaden nimmt an seiner Seele. Allein der Gedanke an all die Unzucht, die diese weißen Glieder schon getrieben haben. Sie soll sich bei verwerflichen Riten Hunden darbieten!« Drusillas Atem ging schneller.

Poeta verzichtete auf jeden Kommentar. All das schienen ihm überhitzte Phantasien, doch fiel ihm auch nichts ein, was er zur Verteidigung der unbekannten Syrerin, zu der ihn sein Unwille gegen Drusilla drängte, hätte vorbringen können. Was wußte er über sie außer, daß sie eine höchst geschickte Regentin zu sein schien? Sagenhafte Schönheit, sagenhafte Verworfenheit, das waren obligate Attribute einer orientalischen Königin in den Köpfen der Römer. Flüchtig dachte er an seinen Hibiskus: Ob es diese Sorte auch in den Palasthöfen Palmyras gab? Ein sehnsüchtiger Blick aus dem Fenster zeigte ihm nur seine Weinberge, die im goldenen Dunst des Spätnachmittags lagen. Er würde morgen mit der Ernte beginnen lassen.

Nachdem Drusilla aufgebrochen war, hatte er das Bedürfnis nach einem langen Spaziergang. Erst im Dunkeln kehrte er zurück, als die Luft kühl um seine Beine strich und Musik aus den Sklavenunterkünften herüberklang. Laertes erwartete ihn, zwischen den wieder an ihren alten Platz gerückten Möbeln, mit einem warmen Würzwein und einigen Rechnungen, die sie gemeinsam durchgingen. Dann zog er sich in sein Schlafzimmer zurück und ließ sich Schreibzeug bringen. Poeta tunkte die Feder ein und begann einen Brief an seinen Freund in Syrien. Er dankte für den Hibiscus, fügte einige sehr persönliche Betrachtungen über sein Leben an und endete:

»Ich hatte einen Traum vor wenigen Nächten, der noch immer ganz deutlich vor meinen Augen steht. Ich war in meinem Garten, den deine Gabe so geschmückt hat, und arbeitete in der Sonne, den Strohhut auf dem Kopf. Da kam plötzlich ein junges Mädchen auf mich zugelaufen, mit einem Löwen an der Seite. Sie rief einen Namen und blieb vor mir stehen. Ich kann ihr Gesicht nicht vergessen: Es war schön und seltsam, umrahmt von Dutzenden zerzauster Zöpfe, ein kindliches Medusenhaupt. Freund, ich fühle deutlich, daß dieses Traumbild eine Bedeutung für mich hat. Seitdem rätsele ich, welche unserer Göttinnen sich in dieser Form offenbaren würde. Und warum mir? Wenn deine Studien dich jemals etwas über ein Kind mit einem Löwen erfahren ließen, so berichte mir davon. Ich grüße dich und wünsche dir und den deinen Wohlergehen.«

## Regierungsgeschäfte

Die Schwertklinge blitzte silbern auf, als sie durch die Luft auf Zenobia herabzischte. Sie fing sie mit ihrer eigenen Waffe ab, wich ein Stück aus der Gefahrenzone und parierte geschickt den nächsten Stoß. »Gut!«

Zebida, ein Cousin aus der Familie ihrer Mutter und Offizier in Zabdas' Stab, attackierte sie von neuem, stets bemüht, seine Kraft wohldosiert einzusetzen und den Hieb notfalls kurz vor der Königin abzubremsen. Nicht auszudenken, wenn er sie tatsächlich verletzen würde. Sie reagierte blitzschnell, fegte sein Schwert zur Seite und setzte energisch noch einen Angriffsstoß hinterher. Er wehrte ihn ab und ging zurück in die Ausgangsstellung.

Zu seiner eigenen Überraschung machte ihm die Sache Spaß. Dabei glaubte er, nicht richtig gehört zu haben, als Zabdas ihn vor einigen Monaten zu sich rief und ihm befahl, der Königin Unterricht im Fechten und Bogenschießen zu erteilen. Sie wünsche es. Er hatte den alten General entgeistert angestarrt: »Bei allen Göttern, warum denn das? Sie hat doch uns zu ihrer Verteidigung.«

Zabdas' grimmige Miene verriet deutlich genug, was er von der ganzen Angelegenheit hielt. »Befehl der Königin«, sagte er kurz, »also tut, was sie will, damit ich mich endlich wieder mit anderen Dingen befassen kann.«

Seitdem gab der Offizier Zenobia regelmäßig Schieß- und Fechtstunden, wobei es ihn immer wieder verblüffte, daß eine so zarte Person das Schwert überhaupt längere Zeit führen konnte. Sie hatte sich als gelehrige Schülerin erwiesen, die es rasch verstand, ihre geringere Körperkraft durch Wendigkeit und Geschicklichkeit wettzumachen. Und genau darauf bauten die Techniken und Finten auf, die er ihr beibrachte, wie etwa, die Stoßkraft des Gegners zu ihrem eigenen Vorteil auszunutzen, um ihn ins Leere prallen zu lassen.

»Schlagt ruhig stärker zu«, ermunterte sie Zebida. »Ich bin schließlich kein Tonfigürchen.« In den nächsten Minuten hatte sie genügend Gelegenheit, ihre Worte zu bereuen. Nur unter Aufbietung ihrer ganzen Konzentration konnte sie den Hieben standhalten, die auf sie herunterprasselten. Die Entscheidung fiel, als Zebida einen Ausfallschritt machte und eine ungedeckte Stelle an ihrer Seite anvisierte. Zenobia fuhr herum und erwischte die Klinge gerade noch, stand aber zu ungünstig, um sie wirksam zu stoppen. Ihr Schwert rutschte ab. Im Ernstfall, wußte sie, wäre das jetzt ihr Ende gewesen.

»Ihr hättet nach hinten ausweichen und von links unten parieren sollen«, sagte jemand in ihrem Rücken. Zenobia blickte Zebida fragend an:

»War das nicht die Stimme unseres edlen Philosophen?«

»Sieht ganz so aus«, bestätigte er. Sie drehte sich betont langsam herum. »Seit wann versteht Ihr etwas vom Fechten, Longinos?«

»Es ist nur logisch, Fürstin«, erklärte er beiläufig, »Euer Arm befindet sich dadurch in einem günstigeren Winkel, und aufgrund der Hebelwirkung…«

Sie setzte ihm mit einer raschen Bewegung die Schwertspitze auf die Brust. »Vorsicht, mein Freund, Ihr spielt mit Eurem Leben.«

Als würde er eine Fliege fortwedeln, schob er die Klinge lässig mit einer Schriftrolle zur Seite, die er in der Hand hielt.

»Der römische Senat schickt Euch dieses Schreiben.«

Zenobia legte seufzend das Schwert auf den Tisch. »Danke, Zebida, das wär's für heute.« Sie nahm ein Tuch und rieb sich das Gesicht ab. »Lest es mir bitte vor, nein wartet, faßt lieber die wesentlichen Punkte zusammen. Es dauert immer so lange, bis die Herren in solch offiziellen Schreiben zur Sache kommen.«

Sie schlugen den Weg zu ihren Arbeitsräumen ein, während Longinos das Schriftstück entrollte und ihr den Willen des Senats kundtat:

»Den weisen Vätern ist zu Ohren gekommen, daß Ihr seit einiger Zeit einen Befestigungswall um Palmyra errichten laßt…«

»Hört, hört.« Zenobia zügelte ihr Tempo und paßte es dem seinen an. Longinos ging nie anders als gemessenen Schrittes, was seinem Hinken eine Art gravitätischer Würde verlieh.

»…ein unerlaubter Akt, den sie mit Erstaunen und Befremden zur Kenntnis genommen haben. Ihr werdet aufgefordert, ihnen die Gründe Eures eigenmächtiges Handelns zu erklären. Sie befehlen Euch, die Bauarbeiten sofort einzustellen und die fertigen Abschnitte zu zerstören.«

»Glauben sie wirklich, daß sie mir etwas zu befehlen haben?«

»Zweitens: die Steuerfrage. Sie verlangen zum wiederholten Male, daß Palmyra die Steuern in Naturalien entrichtet, wie es früher üblich war.«

Zenobia gab ein verächtliches Schnauben von sich. »Die können mich mal.«

»Eure Ausdrucksweise läßt sehr zu wünschen übrig. Drittens: Sie protestieren gegen die Übergriffe, denen die Römer in Palmyra nach wie vor ausgesetzt sind. In diesem Punkt gebe ich ihnen recht.«

»Ach. Ihr seid ja rührend besorgt um diese paar römischen Garnisonssoldaten.«

»Es gibt auch noch einige Zivilisten hier. Und ich finde es beschämend, daß sie sich kaum mehr auf die Straße wagen.« Er hatte ihr nie erzählt, daß er selbst einmal – es war schon eine Weile her, noch zu Nesas Zeiten – beinahe dem Volkszorn zum Opfer gefallen wäre. Man hatte ihn aufgrund seines fremden Äußeren, des helleren Teints und glattrasierten Gesichts für einen Römer gehalten. Zwar trug er keine Toga, sondern war griechisch gekleidet, aber auf solche Feinheiten zu achten, war von der aufgepeitschten Menge zweifellos zuviel verlangt gewesen. Daß er mit heiler Haut davongekommen war, verdankte er lediglich einigen besonnenen Geistern, die ihn als Lehrer der Königin erkannt hatten.

»Eigentlich ist es die Aufgabe der Stadtwache, für Ruhe und Ordnung zu sorgen.«

»Ihr meint doch nicht etwa Gash? Auf ihn komme ich übrigens noch. Nein, in dieser Sache seid Ihr es, die ein deutliches Wort sprechen muß. Wenn Eure aufmüpfigen Palmyrener auf jemanden hören, dann auf Euch.«

»Ist ja recht, Longinos, ich kümmere mich darum. Und was die beiden anderen Punkte betrifft, nun, wir werden es dem Senat erklären. Ihr erledigt das, nicht wahr? Schön höflich, aber mit subtiler Ironie – das könnt Ihr doch so gut.« Sie wandte ihm den Kopf zu und versuchte, seine undurchdringliche Miene zu erforschen. »Und was berichten unsere inoffiziellen Quellen aus Rom?«

Longinos rümpfte seine lange, feingeformte Nase. »Nur geschmackloses Zeug. Wollt Ihr es wirklich hören?«

»Heraus damit! Seid doch nicht immer so vornehm, Longinos.«

»Bitte sehr. Man hält Euch für ein grausames, intrigantes, blutrünstiges Ungeheuer. Wenn Ihr Euch gerade nicht mit politischen Schandtaten beschäftigt, gebt Ihr Euch unsäglichen Ausschweifungen hin, et cetera et cetera.«

»Was denn für Ausschweifungen? Nun erzählt schon.«

»Ich weiß wirklich nicht, was ich von Eurer ungebührlichen Neugier halten soll. Es heißt zum Beispiel, daß Ihr Euch jede Nacht mit einem anderen Mann vergnügt und ihn am nächsten Tag ermorden laßt.«

Zenobia war beeindruckt. »Eine interessante Anregung. Darüber sollte ich mal nachdenken.«

»Alles in allem ist es ein überaus schmeichelhaftes Porträt«, schloß Longinos ungerührt.

»Nicht wahr? Wenn man bedenkt, daß ich noch nicht einmal ein Jahr im Amt bin, habe ich es schon zu einem hübschen Ruf gebracht.« Sie schien sehr mit sich zufrieden zu sein.

Inzwischen hatten sie das Arbeitszimmer erreicht, und Zenobia ließ sich von einer Dienerin aus dem schuppenartig gearbeiteten Panzer helfen, der ihren Oberkörper umschloß. Mit einem erleichterten Aufatmen warf sie sich in einen Sessel.

»Ich habe schrecklichen Durst. Bring uns Tee, Aicha.« Sie rieb sich den rechten Oberarm und die Schulter. »Anstrengend«, gab sie zu.

»Selber schuld«, entgegnete Longinos mitleidslos. »Wozu macht Ihr das auch?«

»Oh, mein erster Totschlag war so stillos: mit einer Lampe. Den nächsten möchte ich ein wenig eleganter gestalten.«

»Das leuchtet ein«, nickte er. Leider war es so gut wie unmöglich, Longinos aus der Fassung zu bringen.

»Nein, im Ernst, ich will einfach alles lernen, was wichtig ist. Nicht daß ich die Absicht habe, mich je in eine Schlacht zu stürzen wie Penthesilea«, sie grinste bei der Vorstellung, »ich möchte nur ein Gefühl für Waffen entwickeln. Und wer weiß, vielleicht erweist es sich eines Tages mal als sehr nützlich.« Ihre Stimme bekam einen ironischen Klang. »Schließlich muß eine orientalische Despotin dauernd damit rechnen, ermordet zu werden. Was wolltet Ihr noch über meinen Bruder Gash sagen?«

»Da Ihr Euch ständig weigert, ihn zu empfangen – nebenbei bemerkt unter den fadenscheinigsten Ausreden –, war er so gnädig, mit mir zu sprechen. Übrigens scheint er allen Ernstes zu glauben, daß ich hier das Sagen habe – was ich doch ziemlich lustig fand. Offensichtlich kann er nicht begreifen, daß eine Frau tatsächlich selber regiert.«

»Nun ja, seine Fähigkeit, etwas zu begreifen, war schon immer ein wenig unterentwickelt. Habt Ihr eigentlich keine Probleme mit der Herrschaft einer Frau, Longinos?«

»Mich interessiert nur, was jemand im Kopf hat. Und davon habt Ihr eine ganze Menge. Daß Ihr darüber hinaus auch eine Frau seid, ist mir noch gar nicht richtig aufgefallen.«

So, nun hatte sie es. Zenobia zuckte mit keiner Wimper, obwohl sie innerlich wütete. Widerlicher Kerl! Er brachte es doch immer wieder fertig, sie tief zu kränken.

»Und was will Gash?« fragte sie schroff.

»Mehr Leute unter seinem Kommando. Er behauptete, Palmyras Bevölkerung sei in den letzten Jahren so stark angewachsen, daß seine kleine Truppe nicht mehr ausreiche; er brauche dringend Verstärkung.«

Zenobia runzelte die Stirn. »Das gefällt mir ganz und gar nicht. Sieht so aus, als wolle er sich eine kleine Privatarmee aufbauen.«

»Ihr bringt Eurem Bruder nicht gerade übermäßiges Vertrauen entgegen«, stellte Longinos fest.

»Sehr richtig bemerkt, verehrter Lehrer. Ich traue ihm ungefähr so, wie ich einer Viper trauen würde.«

»Es ehrt Euch, daß Ihr noch nicht zur naheliegenden Lösung gegriffen habt.«

»Ihn umzubringen, meint Ihr? Würdet Ihr mir dazu raten?«

»Selbstverständlich nicht! Solange Ihr ihm keine verräterischen Aktivitäten nachweisen könnt, wäre es ...« Longinos schien zu einer flammenden Rede über Tyrannenwillkür ansetzen zu wollen. Zenobia winkte ab. »Schon gut, ich weiß: immer anständig bleiben. Von mir aus soll er sogar seine Verstärkung haben; ich will ihm keinen Grund geben, sich ungerecht behandelt zu fühlen und finstere Pläne zu schmieden. Zabdas wird schon aufpassen, daß die richtigen Männer eingeschleust werden. Er hat ohnehin eigene Leute in der Wache, die uns über alles auf dem laufenden halten. – Sonst noch was?«

»Ja. Hier ist der Entwurf für die Steuerreform.« Longinos legte mehrere Papyrusbögen vor sie hin.

»Aah, sehr schön.« Zenobia angelte danach und war in den nächsten Minuten nicht mehr ansprechbar.

Während sie las, goß Longinos Tee in seine Tasse und vertiefte sich in die Betrachtung der dunkelgoldenen, aromatisch duftenden Flüssigkeit, als würde ihm daraus die ganze Weisheit der Welt offenbart. Zumindest hinderte es ihn daran, ihre Beine anzustarren, die sie behaglich von sich gestreckt hatte. Daß die kniekurze Tunika, die sie bei ihren Übungen zu tragen pflegte, im Augenblick nicht mehr allzu viel davon verbarg, schien ihr gleichgültig zu sein, falls es ihr überhaupt auffiel. Kleine Bestie, dachte er verärgert, würde das denn nie aufhören?

Er war seit einiger Zeit fest entschlossen, sich von dieser Besessenheit zu befreien, und hatte endlich den Verführungskünsten jener syrischen Kurtisane nachgegeben, die Zenobia im Unterricht einmal erwähnt hatte. Die Talente der Dame waren zwar bemerkenswert, geholfen hatte es bisher jedoch nichts. Egal, er würde das Experiment trotzdem fortsetzen. Mit wissenschaftlicher Gründlichkeit.

Wie schon so oft fragte er sich auch jetzt wieder, warum er gerade in Zenobia über alle Maßen vernarrt war: in dieses eigenwillige Weib mit dem Temperament einer Wildkatze, scharfzüngig, dickschädlig und entsetzlich anstrengend. Wahrscheinlich eben deshalb. Er war nie zuvor einer Frau begegnet, die nicht nur seinen Körper, sondern auch seinen Geist zu entflammen vermochte; und noch nie hatte er sich so gut amüsiert wie bei ihren atemberaubenden Wortgefechten.

Dabei schienen sie Welten zu trennen. Im Vergleich mit ihr wurde er sich deutlich bewußt, daß er das Produkt einer jahrhundertealten Zivilisation war, die hauptsächlich von den Errungenschaften vergangener Zeiten zehrte. Wogegen sie – kraftvoll und unbezähmbar, wie sie war – die Zukunft zu verkörpern schien. Er musterte seine schmalen, sensiblen Hände, die die Teetasse umfaßt hielten, und dachte über die unleugbare Tatsache nach, daß die große Zeit Griechenlands schon lange vorüber war und daß auch diejenige Roms sich allmählich dem Ende zuneigte. Was würde folgen? Diese arabischen Stämme hier? Oder wer sonst? Die Germanen kamen ihm in den Sinn, und er hätte fast aufgelacht.

»Es ist exzellent, Longinos«, riß ihn Zenobia aus seinen kulturphilosophischen Betrachtungen, »obwohl ich Euch das gar nicht sagen sollte, Ihr seid wahrhaftig schon eingebildet genug.«

»Nein, nein«, wehrte er bescheiden ab. »Ich habe lediglich Eure Ideen aufgegriffen.«

»Die waren zum Teil aber noch recht vage. Ihr habt sie erst richtig entwickelt und in ein durchdachtes System gebracht.« Sie legte die Schriftstücke auf den Tisch zurück und schenkte sich Tee nach. »Ich würde Euch meinen Dank gerne einmal etwas deutlicher zeigen. Habt Ihr irgendeinen Wunsch? Möchtet Ihr ein luxuriöses Landhaus? Eine Beteiligung an staatlichen Unternehmungen? Oder soll ich Euch mit Gold überschütten?«

Longinos versuchte sich vorzustellen, wie sie ihn mit Gold überschüttete, und fand es ziemlich erheiternd. »Ohne Euch beleidigen zu wollen, aber das alles interessiert mich nicht besonders.«

»Ein Philosoph par excellence! Dabei hätte ich schwören können, daß Euch Geld zur Zeit durchaus willkommen ist. Man erzählt sich, Ihr habt eine neue, sehr kostspielige Freizeitbeschäftigung. Oder macht sie es für Euch wirklich gratis?«

Er schob sofort den Riegel vor. »Geht Euch überhaupt nichts an.«

»Ist mir auch völlig gleich!« schnappte sie zurück. »Treibt es meinetwegen, mit wem Ihr wollt – solange Ihr darüber nicht Eure Pflichten vernachlässigt!«

Longinos hob beschwörend die Hand. »Niemals!« versicherte er mit ironisch gefärbtem Pathos. Er stand auf und nahm Rednerpose an wie ein römischer Tribun. »Dem Staate zu dienen ist mein einziger Wunsch«, rief er einer imaginären Volksversammlung mit erhabener Gebärde zu und setzte sich wieder.

Zenobia applaudierte lachend. »So ist's brav.«

»Ich habe noch etwas für Euch«, fuhr er in normalem Ton fort.

»Mmh, heute werde ich aber verwöhnt.«

Er rollte einen größeren Bogen auseinander, der sich als Stadtplan von Palmyra entpuppte. »Die Stadtmauer ist in einem weiteren Abschnitt fertiggestellt. Sie reicht inzwischen von hier«, sein Finger legte sich auf einen Punkt im Nordosten der Stadt, »bis hier.« Er zog eine Linie nach, die sich in weitem Bogen nach Süden erstreckte. Sie beugten beide die Köpfe darüber und stellten fest, daß Palmyra schon zu einem Viertel von der neuen Befestigungsanlage umgeben war.

»Das muß ich mir unbedingt ansehen. Wir reiten gleich hin, ja?«

Longinos rieb sich nachdenklich das Kinn. »Vielleicht solltet Ihr Euch vorher noch umziehen.« Zenobia blickte amüsiert an sich hinunter. »War das als Vorwurf gemeint? Im alten Sparta haben die Mädchen auch an militärischen Übungen teilgenommen – in sehr kurzen Röcken.«

»Die Spartaner hatten in mancherlei Hinsicht kuriose Sitten.«

»... sprach der Athener und schüttelte verwundert sein weises Haupt. In Athen dagegen pflegte man die Ehefrauen daheim einzusperren, um dann mit Hetären Orgien zu feiern.« Sie redete schnell weiter, um ihm keine Gelegenheit zu geben, den Begriff Orgie kritisch zu hinterfragen. »Apropos feiern: Vergeßt nicht unser Abschiedsessen für Firmus heute abend.« Boshaft registrierte sie den leicht gequälten Ausdruck, der über Longinos' Gesicht huschte.

»Ich fürchte, ich bin leider verhindert.«

»Ich fürchte, das seid Ihr nicht, mein Freund. Ihr werdet kommen und nett zu Firmus sein. Königlicher Befehl.«

»Er wird wieder davon anfangen, daß Ihr unbedingt Ägypten erobern müßt. Ich kann es schon nicht mehr hören.«

»Es spricht eine Menge dafür.«

»Möglich. Aber Firmus' Vorschläge dienen stets nur seinem eigenen Profit. Auf jeden Fall sollten wir sie gründlich überprüfen, ehe wir uns darauf einlassen.«

»Dafür habe ich ja Euch. Wenn Ihr mich nun bitte entschuldigt, ich muß mir etwas Züchtiges überziehen.« Er hatte den Klang ihres hellen, spöttischen Lachens noch im Ohr, als sie den Raum schon verlassen hatte.

## Es regnet in Rom

Über der Hauptstadt des römischen Weltreiches ballten sich düstere, blauschwarze Regenwolken. Von einem heftigen Wind getrieben, zogen sie über das Forum hinweg, das derselbe Wind mit seinen kühlen Böen menschenleer gefegt hatte. Statt des üblichen regen Lebens sah man nur einige verspätete Senatoren auf den Eingang der Kurie zuhasten, die flatternden Falten ihrer leuchtend weißen Togen fest um den Leib gezogen, die Waden schutzlos dem ungnädig kühlen Wetter ausgesetzt. Die Aussicht auf einen baldigen Guß erhöhte ihren Eifer, der laufenden Sitzung noch beizuwohnen. Doch auch drinnen war das Klima kaum angenehmer, in den erhitzten Gemütern tobte ebenfalls ein Sturm.

Decimus Pomponius Balbus besah sich das turbulente Treiben im Senat mit düsterer Miene. Er lehnte am Sockel einer Bronzefigur, die römische Wölfin darstellend, wie sie Romulus und Remus säugte, und strich mit den Fingern gelangweilt über den Hintern eines der beiden Knaben. Schräg vor ihm, auf dem Platz für die Redner, bemühte sich der junge Senator Verberius gerade vergeblich, die Aufmerksamkeit seiner hohen Zuhörerschaft für die Vorgänge im nahen Osten zu gewinnen.

Aus den Zu- und Buhrufen von den linken Sitzreihen herüber konnte Balbus schließen, daß Verberius wohl gerade in einen innerstädtischen Bauskandal verwickelt war, was sein öffentliches politisches Auftreten in den Augen einiger seiner Kollegen offenbar höchst deplaziert erscheinen ließ und die allgemeine Aufmerksamkeit stark von Palmyra ablenkte.

Allerdings litt Verberius' Image offenbar nur in den Augen einiger Senatoren, andere schrien lautstarke Unterstützungs-Slogans für den jungen Senator mit dem glatten Gesicht. Die Erregung war allgemein. Balbus zweifelte nicht daran, daß er in der Bauaffäre mit gutem Gewinn davonkommen würde, die Ostpolitik allerdings drohte in dem Tumult vollständig unterzugehen.

Ein paar Hinterbänkler zogen einander sogar an den Togen und drohten, aufeinander loszugehen. Doch es sah aus, als würden sie von einem älteren Mitglied der Kurie angewiesen, ihre Differenzen draußen auszutragen. Jedenfalls verließen sie grimmigen Blickes den Raum, gefolgt von ihrem Ermahner, der sich ihnen offenbar anschloß, um den Schiedsrichter zu spielen. Balbus verlor das Interesse und wandte das Gesicht wieder Verberius zu. Die zwei Streithähne waren nicht die einzigen, die gingen; es herrschte überhaupt eine erstaunlich hohe Fluktuation in dem ehrwürdigen Gremium, nicht ganz so erstaunlich wiederum, wenn man bedachte, daß nun schon fünf Stunden ohne Pause getagt wurde. Allein Verberius'

Vorredner hatte seinen Standpunkt in einer zweieinhalb Stunden dauernden Ansprache zum Ausdruck gebracht. Wenn Balbus ihn richtig verstanden hatte, fand er die Tatsache, daß Roms östliche Provinzen sich unter der Führung oder den Drohungen Palmyras selbständig machen könnten, schlicht empörend und eine Beleidigung für die Größe Roms. Und so weiter. Balbus gab Romulus – oder war es Remus? – einen abschließenden Klaps und gähnte. Ein Paar Würstchen wäre jetzt nicht schlecht. Vor ihm öffnete und schloß Verberius nach wie vor den Mund, ohne daß in dem allgemeinen Lärm ein Wort zu hören war von dem, was er sagte. Nur Satzfetzen drangen zu Balbus durch. »... nationalistische Bewegung ... antirömische Affekte ... Terror ... Sicherheit unserer Mitbürger«, konnte er verstehen. »Spekulant!« kreischte es von links dazwischen. Das genügte Balbus; er war militärischer Sonderbeauftragter des Kaisers für den Osten, er hatte seine Zeit verdammt noch mal nicht gestohlen. Entschlossen hob er seine leere Schwertscheide und schlug sie mit Schwung gegen den hohlen Bronzeleib der Wölfin.

Ein erstaunlich wohlklingendes »Dong« ertönte, laut, lang anhaltend und schwingend. Er sah, wie die Adamsäpfel der Näherstitzenden sich hoben, als sie schluckend versuchten, den Druck auf ihren Ohren zu lösen. Der Tumult verstummte. »... steht das Reich zweifellos vor der Gefahr, entscheidende Teile seiner Ostprovinzen zu verlieren«, dröhnte da plötzlich Verberius' Stimme in der unerwarteten Stille. »Meine Herren«, nutzte dieser die Pause geschickt für einen ehrenvollen Abgang, »ich danke Euch für Eure Aufmerksamkeit.« Mit maliziösem Lächeln verbeugte er sich knapp und schritt hinter Balbus hinaus. Das Stimmengewirr erhob sich erneut.

Draußen blieb Balbus zwischen den Säulen stehen; dick und grau rauschte inzwischen der Regen herunter und schäumte in Bächen über das Pflaster. Zwischen den Säulen des Septimiusbogens gegenüber drängte sich ein unentschlossenes Häuflein fröstelnder Passanten. Kein Lichtstrahl wollte heute den prächtigen weißen Marmor der Fassaden aufleuchten lassen, die sich nur feucht und fleckig unter dem Herbsthimmel duckten. Das kalte Plätschern ließ Balbus erschauern. Fast dachte er auf einmal mit Wehmut an das syrische Klima zurück, an die staubigen Steinwüsten der

Ebene um Palmyra, die schmachtend unter einem gnadenlos blauen Himmel lag und über die der Wüstenwind wie glühender Atem hinwegfuhr.

Doch es half nichts. Noch einmal schüttelte er sich, zog den Mantel über den Kopf und spurtete los, daß das Wasser der Pfützen unter ihm aufspritzte. Die Regenwand verschluckte ihn. Als er nach wenigen hundert Metern das öffentliche Pissoir erreicht hatte, war er bereits bis auf die Haut durchnäßt.

Balbus wrang fröstelnd den Wollmantel aus und trat zum Springbrunnen in der Mitte der kleinen Bedürfnishalle, um sich das schlammige Spritzwasser von den Beinen zu waschen, ehe er sich einen Sitz suchte. Aus den Augenwinkeln sah er, daß eine der Toiletten bereits besetzt war. Dort thronte nun der Mann, der vorhin in der Kurie die jungen Kampfhähne getrennt hatte. Groß und schlank, die schwarzen Haare von ersten Silberfäden durchzogen. Die großen dunklen Augen in dem streng geschnittenen Gelehrtengesicht blickten melancholisch, aber das mochte an seiner Verdauung liegen. Jede seiner Hände ruhte auf einem der vergoldeten Delphine, die die Mäuerchen zwischen den Sitznischen in Brusthöhe krönten. Jetzt drehte er den Kopf weg. Nein, stellte Balbus fest, er kannte den Mann nicht.

Zur Begrüßung nickte er knapp hinüber und suchte dann die Nische links neben dem Mann auf. Die Hand auf dem Delphin zwischen ihnen wurde still zurückgezogen. Eine Weile war nichts zu hören als Balbus' gepreßtes Atmen. »Ah«, eröffnete er schließlich die Konversation, »das nenne ich leben.« Er deutete mit dem Kinn auf die üppige Deckenbemalung, die Nymphen und Satyrn bei einer Art Picknick zeigte. »Gold unterm Arsch und die Götter sehen dir beim Scheißen zu. Das ist Rom!« Und er seufzte genüßlich. Aus der Nebennische kam kein Laut.

»Das ist schon etwas anderes als in Syrien«, fuhr er fort, »nichts als ein Loch im Boden und um einen die leere Wüste. Verdirbt einem alles, kann ich Euch sagen.«

Nach einer Pause ließ sich sein Nachbar doch noch vernehmen:

»Das muß doch sehr«, ein kurzes Zögern, »entspannend gewesen sein. So allein.« Balbus nahm das Stichwort sofort auf und ruckte seinen Hintern für eine gemütliche Plauderei zurecht. »Hah, gemütlich, wenn einem die Skorpione um die Zehen kriechen, saugiftig, die Viecher. Und man muß ständig aufpassen, daß nicht hinter der nächsten Düne einer von diesen Drecksnomaden auftaucht und einem sein Messer quer über die Kehle zieht. Wart Ihr schon mal in Syrien?«

Sein Nachbar verneinte.

»Brandgefährliche Gegend«, fuhr Balbus fort, »ich kenn' mich da aus, ich hab' die jetzige Königin schon als Kind gekannt, tückisches kleines Luder, trieb sich mit dem Pöbel auf den Straßen rum. Wär' besser gewesen, ich hätt' ihr den Hals umgedreht, als ich damals die Gelegenheit dazu hatte. Jetzt wird sie uns Ärger machen, denkt an meine Worte. Da hilft nur hartes Durchgreifen, eisenhart. Legionen marsch, und dann in Schutt und Asche. Kennt Ihr vielleicht die Königin Zenobia?«

Sein Gesprächspartner verneinte wiederum, stumm den Kopf schüttelnd.

»Sie sieht aus wie«, mit zusammengekniffenen Augen musterte Balbus die Nymphen über ihnen. »Na etwa wie die da, seht Ihr, die zierliche neben dem Baumstumpf. Nur dunkler ist sie, nicht wirklich hübsch, versteht Ihr? Zu dunkel im Teint und die Augenbrauen fast zusammengewachsen, brrr. Aber Mann, was für Augen! Gute Figur, wenn man's nicht üppig mag, und Haare, daß man einen armdicken Strick draus flechten könnte.« Er ballte die Faust und hob den Unterarm. »Und an dem werde ich sie eines Tages durch Roms Straßen schleifen, da könnt Ihr Euren Arsch drauf wetten.«

Der Mann nebenan nickte nur, oder schlief er ein und sein Kopf sank auf die Brust? Balbus achtete nicht mehr darauf. Mit neuer Tatkraft sprang er von der Schüssel und ordnete, munter ein Marschlied vor sich hinpfeifend, seine Kleidung. Sein Nachbar blieb sitzen mit dem Gesicht eines Mannes, der seine Hämorrhoiden stoisch erträgt. Balbus trat erneut an den Springbrunnen und wusch seine Hände.

»Das ist Rom«, wiederholte er noch einmal zum Abschied, das Ambiente mit einer Geste umfassend, dann ließ er seinen Gesprächspartner in dem Saal mit dem verhallenden Echo seiner Schritte allein. Lucius Cornelius Poeta seufzte. Seine Eingeweide waren wie versteinert. Solche Männer regieren heute unser geliebtes Rom, dachte er und erschrak: Hatte nicht sein Vater diesen Satz immer gesagt? Und wie hatte er es gehaßt, dieses ewige ›Und solche Männer regieren heute Rom‹-Gejammere. »Leb' nicht immer nur in der Vergangenheit!« hatte er seinem Vater damals entgegengehalten. Jetzt war er selber soweit. War er wirklich schon so alt?

Zweifelnd sah er auf seine nackten Beine unter der hochgeschobenen Tunika. Sie schienen ihm noch straff zu sein, ohne blaue Adern, die Haut über den harten Muskeln noch keinesfalls welk. Prüfend strich er darüber und dachte an die hageren gelben Greisenbeine seines Vaters zurück. Nein, soweit war er noch lange nicht, aber die rheumatischen Schmerzen saßen ihm an Tagen wie heute in allen Knochen.

Melancholisch schaute Poeta hinaus in den Regen, der von der Türschwelle abprallte und fast kniehoch hinaufspritzte. Das war Rom. Er beschloß spontan, noch diesen Abend nach seinem Landgut aufzubrechen. In der Luft der Prenester Berge würden er und seine Verdauung sich von diesem Erlebnis hoffentlich erholen.

Sein letzter Blick galt der zierlichen Nymphe neben dem Baumstumpf. Sie schien stolz und doch etwas verlegen neben ihren Kolleginnen zu stehen, umgeben von einer Flut von Haar, das wie Tentakeln um sie herumwogte. Ein wenig ähnelte sie seinem Traumgesicht von dem Löwenmädchen. Die Ärmste, dachte Poeta, als er sich an die Drohungen des fremden Offiziers erinnerte, sie ahnte ja nicht im geringsten, was ihr bevorstand.

## Ein Fest für Alexandria

Firmus inspizierte den Festsaal, in dem das Bankett stattfinden sollte. Genaugenommen, stellte er erstaunt fest, war es eine Dachterrasse. Zenobia mochte den römisch-imperialen Stil nicht, dem Odaenathos beim Bau des Palastes den Vorzug gegeben hatte, und mied die zahllosen pompösen Hallen, wo sie nur konnte. Die Terrasse hatte ebenfalls großzügige Ausmaße, war aber durch Wasserbecken und üppige Bepflanzung in überschaubare Nischen aufgeteilt, die einen fast intimen Charakter hatten.

Wie stets waren riesige Sonnensegel aufgespannt, die tagsüber vor der flirrenden Hitze schützten und jetzt die Sitzecken abschirmten, die aus Teppichen, Polstern, Kissen und niedrigen, feinziselierten Bronzetischchen bestanden.

Das Ganze erinnerte ihn an Beduinenzelte, und auch bei den Gästen, die zum größten Teil schon eingetroffen waren, überwog arabische Kleidung. Aus dem Stimmengewirr, das ihn umgab, konnte Firmus aramäische, griechische und persische Laute heraushören, jedoch kein Latein. Palmyra hatte sich eindeutig verändert, es war orientalischer geworden, und dabei womöglich noch anziehender, bunter und lebhafter. Die Stadt sprühte geradezu vor Vitalität und Unternehmergeist, als wäre sie von der jungen, schwungvollen Persönlichkeit ihrer Königin zusätzlich angespornt worden.

Zenobia hatte Stil, stellte Firmus zufrieden fest, während er sich zu seinem Ehrenplatz geleiten ließ. Sie bewies viel Geschick im Umgang mit der Macht und verstand es offenbar, Menschen mühelos für sich einzunehmen. Er dachte an die Reiterspiele zurück, die sie vor einigen Tagen veranstaltet hatte: Wettrennen, militärische Manöver ihrer heißgeliebten Kavallerie und Akrobatikstückchen, für die man vermutlich mit einem Pferd zwischen den Beinen geboren sein mußte. Alle hatten sich überschlagen vor Begeisterung und den Eindruck gemacht, als würden sie ausschließlich für die Königin ihr Bestes geben.

Auch ihre engsten Mitarbeiter hatte sie völlig um den Finger gewickelt, konstatierte er. Der bärbeißige alte General würde sich für sie vermutlich in Stücke hauen lassen, und ihr Philosoph, der arrogante Grieche mit dem Gesicht einer Grabfigur, war ihr ganz offensichtlich absolut ergeben.

Firmus fand ihn ziemlich ungemütlich, diesen Longinos, obwohl es seine eigene Initiative gewesen war, die ihn an Zenobias Hof geholt hatte. Man mußte allerdings zugeben, daß er ein brillanter Kopf war. Damals in Athen hatte er einen beachtlichen Ruf genossen, war jedoch seiner ätzenden Bemerkungen wegen von seinen Kollegen auch reichlich gefürchtet worden. Daß er Zenobia so sehr schätzte, bedeutete eine hohe Anerkennung ihrer geistigen Fähigkeiten.

Doch was Firmus an der Königin am allermeisten gefiel, war das Verständnis, das sie seinen Geschäften entgegenbrachte. Inzwischen hatte er sie auch schon einigermaßen davon überzeugt, daß ein Ägyptenfeldzug ganz in ihrem Interesse wäre. Völlig neu war ihr der Gedanke ohnehin nicht gewesen. Palmyra würde dadurch die Kornkammer Roms kontrollieren und mehr Reichtümer denn je anhäufen. Und er selbst hätte endlich die römische Garnison vom Hals und könnte fortan in Alexandria schalten und walten, wie es ihm beliebte. Ganz zu schweigen vom Seidenmonopol, das ihm Zenobia mit Sicherheit bewilligen würde… Zufrieden lächelnd betrachtete er die Szenerie. Wie es aussah, hatte er mal wieder aufs richtige Pferd gesetzt.

In bester Laune wandelte er über die Dachterrasse, wechselte einige Worte mit Bekannten und sah sich weiter neugierig um. Lichter, die auf den Wasserbecken schwammen, und knisternde Fackeln beleuchteten die Szenerie auf geradezu magische Weise, und der klare Sternenhimmel, der sich darüber wölbte, vollendete die märchenhafte Atmosphäre. Fremdartige Musik kam von irgendwoher, stark rhythmisierter Trommelklang und ein zarter, unbeschreiblich reiner Flötenton; es klang wehmütig und tröstlich zugleich. Nur wenige Statuen fanden sich hier, doch jede von ihnen war ein exquisites Kunstwerk. Firmus schritt an den heiter lächelnden Göttern vorbei und fühlte sich fast wie einer von ihnen.

Er befand sich in so gehobener Stimmung, daß er beinahe mit einer weißen, reglosen Gestalt zusammengestoßen wäre, die unvermittelt vor ihm aufragte.

»Oh, Ihr seid ja echt«, bemerkte er etwas verwirrt. Longinos zeigte nur die Andeutung eines Lächelns und begrüßte ihn mit tadelloser Höflichkeit. In diesem Augenblick ertönte ein hingerissenes »Aaah«, und beide drehten sich um: Die Königin war eingetroffen.

Sie kam angerauscht wie ein Schiff unter vollen Segeln. Meergrüne Seide wogte in duftigen Kaskaden hinter ihr her, Perlenschnüre wanden sich durch ihr blauschwarz schimmerndes Haar, das nur am Oberkopf zusammengehalten wurde und dann in ungebändigter Fülle herabfluten durfte. Lange Perlenketten waren auch um ihren Hals und die Hüften geschlungen. Mit raschen Schritten bewegte sie sich über die Dachterrasse, nach beiden Seiten grüßend, und ihre Haare und Gewandfalten wehten in dem leichten Nachtwind wie ein triumphierend erhobenes Banner.

Firmus seufzte. Prachtvolles Geschöpf! Was für ein Unterschied zu der mageren Heuschrecke, die er vor drei Jahren – oder waren es schon vier? – kennengelernt hatte. Jetzt, wo sie sich endlich frei entfalten durfte, wirkte sie fast beängstigend stark und strahlend. Er trat ihr entgegen und verneigte sich tief.

»Majestät, Ihr seid wie Aphrodite, die den Wellen des Meeres entsteigt. Ich bin vollkommen überwältigt.«

Zenobia lachte übermütig. »Wenn ich mich nicht irre, hatte sie dabei entschieden weniger an, oder?«

Er führte sie zu dem Platz, wo Clelia bereits auf sie wartete. Longinos' Blick verweilte lange auf dem breiten, purpurumhüllten Rücken des Alexandriners, dann schloß er sich ihnen an. Zenobia plauderte unbeschwert mit ihrem Gast.

»... und wie gefällt Euch unser Fest?«

Firmus drehte versonnen den Weinpokal zwischen seinen Fingern. »Es ist sehr charmant, vielleicht ein bißchen ... schlicht. Wenn Ihr nach Alexandria kommt, werde ich Euch zeigen, wie man so etwas in ganz großem Stil aufzieht.«

Obwohl sie nicht hinsah, wußte Zenobia, daß Longinos gerade einen beredten Blick zum Sternenhimmel emporsandte.

»Übrigens habe ich Euch ein kleines Abschiedsgeschenk mitgebracht«, fuhr Firmus fort und gab einem Bediensteten ein Zeichen. Kurz darauf erschienen zwei Sklaven, die eine bronzebeschlagene, reich mit Schnitzereien verzierte Truhe aus feinstem Zedernholz trugen. Angefüllt war sie bis obenhin mit Schriftrollen. Ihre Griffe bestanden aus vergilbtem Elfenbein, und das Pergament war vom Alter dunkel verfärbt. Die griechischen Schriftzeichen, die es bedeckten, waren sicherlich vor Hunderten von Jahren geschrieben worden.

»Da ich Eure Vorliebe für seltene Schriftrollen kenne, dachte ich, daß Euch das hier bestimmt zusagt. Es handelt sich um die Septuaginta, die griechische Fassung des heiligen Buches der Hebräer. Und dies ist eine der ältesten Niederschriften. Die fünf Bücher Mose sollen sogar Originale sein, also von einem der 72 Gelehrten stammen, die unter Ptolemaios dem Zweiten die Texte übersetzt haben.«

Zenobia hatte sich bereits über den Inhalt der Truhe hergemacht. Sie kannte die Geschichte: Der ägyptische König hatte 72 Übersetzern die Übertragung des Pentateuch vom Hebräischen ins Griechische befohlen. Sie wurden auf der Insel Pharos bei Alexandria eingeschlossen, ohne Möglichkeit, miteinander Kontakt aufzunehmen. Als man hinterher die 72 Übersetzungen miteinander verglich, stellte man fest, daß sie aufs Wort genau übereinstimmten.

Longinos hatte ebenfalls die Nase in die Schriftrollen gesteckt.

»Faszinierend«, murmelte er. Firmus betrachtete die beiden gerührt. Womit man doch den Menschen eine Freude machen konnte.

Zenobia wandte ihm ihr strahlendes Gesicht zu. »Das ist wunderbar. Ich danke Euch, Firmus.«

Er grinste. »Stets zu Diensten. Freut mich, daß es Euch gefällt.«

»Ich möchte Euch ebenfalls etwas zum Abschied schenken.« Sie winkte einem Sklaven zu, der sofort verschwand und mit einer zierlichen Gestalt zurückkehrte. Firmus blickte staunend in ein fremdartiges, exquisites Gesicht mit Augen, wie er sie noch nie gesehen hatte: schwarz, seltsam schräg geschnitten und nicht zu ergründen. Sie wirkte zart, wie ein perfekt geschnitztes Spielzeug aus Elfenbein, und doch schien in ihr eine stählerne Härte zu liegen.

»Was ist das?« flüsterte er ehrfurchtsvoll.

»Ein Mädchen aus dem Land der Serer. Sie wurde von Sklavenhändlern quer durch Asien hierhergebracht – von Karawane zu Karawane. Ihr Name ist Jinlian, das bedeutet in ihrer Heimatsprache Goldlotos.«

»Sie kommt von dort, wo Seide hergestellt wird«, sinnierte er. »Wie überaus passend. Spricht sie Griechisch?«

»Ein wenig. Seid gut zu ihr, teurer Pirat. Sie ist unser Freundschaftspfand.«

Firmus zwinkerte. »Ich bin immer gut zu Frauen, mein Täubchen. Wollt Ihr mehr darüber wissen?« Zenobia blinzelte gutmütig zurück. »Nicht nötig. Ich glaube es auch so.«

Er dankte »Euer Majestät« überschwenglich und holte dann mit einem Fingerschnippen seinen Diener herbei. »Bring diese Kostbarkeit in meine Gemächer und lies ihr jeden Wunsch von den herrlichen Augen ab.«

Von da an wurde der Abend allmählich feuchtfröhlich. Allen voran rief Firmus nach Wein. Er becherte herzhaft, jedoch nicht zuviel, was er jedoch routiniert zu verbergen wußte. Wer ihm zusah, glaubte, einen heftig betrunkenen Lebemann vor sich zu haben, der sich prächtig amüsierte. Und zumindest letzteres tat Firmus auch.

Ungeniert flirtete er mit Zenobia, sie lachten, scherzten und wurden immer übermütiger. Die beiden Falten zwischen Longinos' Brauen vertieften sich unterdessen. Er beugte sich zu Zenobia hinüber und zischte ihr ins Ohr:

»Euer Majestät scheint sich heute wahrhaft königlich zu amüsieren. Ihr liebt es wohl, Euch Honig um den Mund schmieren zu lassen?«

»Das ist zur Abwechslung mal ganz angenehm«, gab sie leise zurück, »von Euch bekommt man ja nur Essig ins Gesicht geklatscht.«

»Warum schaut Euer Philosoph so streng?« wollte Firmus wissen. »Da kriegt man ja Angst.« Zenobia warf einen spöttischen Blick auf Longinos. »Keine Bange, er ist im großen und ganzen ungefährlich«, flüsterte sie ihrem Gast vertraulich zu. »Man darf nur keinen Grammatikfehler machen, sonst wird er furchtbar wie der blitzeschleudernde Zeus.«

Firmus begutachtete nachdenklich den nächsten Gang, der aufgetragen wurde: eine raffiniert gewürzte Pastete, mit zartem Taubenfleisch gefüllt.

»Griechische Philosophen sind alle verrückt«, erklärte er tiefsinnig. »Platon zum Beispiel hat in seinem Leben kein einziges Mal gelacht. Diogenes hat sich durch Luftanhalten umgebracht. Empedokles glaubte, er sei ein Gott, und ist schließlich in den Ätna gesprungen. Und Pythagoras war sowieso völlig übergeschnappt. Sein harmlosester Tick war noch der mit den Bohnen. Übrigens kann ich Bohnen auch nicht ausstehen.« Er schüttelte sich. »Machen scheußliche Blähungen.« Dann fiel er mit gesegnetem Appetit über seinen Teller her. »Nicht schlecht«, kaute er. Ein mächtiger Schluck aus seinem Pokal folgte. Er hievte sich vom Polster hoch und erwischte Clelia, die sich gerade hinter ihm davonmachen wollte. »Goldmäuschen, du bist ja auch noch da.« Er pflanzte zwei feuchte Küsse auf ihre Wangen, ohne auf ihr Sträuben zu achten. »Dich mag ich auch. Ich mag euch alle«, rief er in die Runde und hob seinen Weinpokal. Clelia floh eilig aus seiner Reichweite; Firmus war viel zu sehr mit seinem dionysischen Anfall beschäftigt, um es zu bemerken.

»Aber am meisten mag ich dich«, wandte er sich an Zenobia. »›Bist du der Göttinnen eine, die ringsum bewohnen den Himmel?‹ – War das jetzt Homer?« Er grübelte. »Ist ja egal..., Frauen sind überhaupt alle göttlich!« rief er begeistert. »Und dieser Wein auch!« Er leerte den Pokal auf einen Zug und streckte ihn dem Mundschenk entgegen: »Mehr Wein!« Dann ließ er sich auf Zenobias Ruhelager nieder und fing an, jeden einzelnen ihrer Finger zu küssen.

Longinos' Hand schloß sich fest um sein Messer. Merkte sie denn nicht, weshalb dieser Kerl so aufdringlich um sie herumbalzte? Beunruhigt registrierte er, wie seine philosophische Ruhe bedrohlich dahinschwand. Nur weg von hier, ehe ein Unglück geschehen würde. Er stand abrupt auf, warf den beiden noch einen eisigen Blick zu und verschwand.

Zenobia sah ihm verblüfft nach. Firmus reagierte nur mit einem befriedigten Lächeln. »Eifersucht«, diagnostizierte er genüßlich.

Sie gähnte. »Longinos? Machst du Witze?« Er schüttelte den Kopf. »Der ist scharf wie ein Rasiermesser.« Er tätschelte vertraulich ihren Arm. »Glaub's dem alten Firmus. Der traut sich bloß nicht.«

»Ach was, besonders schüchtern ist er nicht gerade.« Zenobia spürte allmählich die Wirkung des schweren Weins. Sie hatte mit einem Mal große Mühe, die Buchstaben richtig hintereinander aufzufädeln. »Weißt du, was er heute zu mir gesagt hat? Ihm ist noch gar nicht richtig aufgefallen, daß ich eine Frau bin.« Sie gähnte.

»Was? So häßliche Sachen sagt er zu dir?« Firmus gab sich empört. »Ich muß wohl mal ein ernstes Wörtchen mit ihm reden. Niemand darf zu meiner Lieblingskönigin so gemein sein.« Er streichelte ihr tröstend die Wange und sah sie betont nachdenklich an. »Du solltest dir mal einen Liebhaber zulegen, Mädchen. Aber nicht Longinos – der theoretisiert zu viel. Philosophen...«, knurrte er verächtlich, »... können über Eros nur diskutieren. Ha! Darüber redet man nicht, das lebt man!«

Zenobia ringelte sich in den Kissen zusammen. »Für so was hab' ich überhaupt keine Zeit«, murmelte sie und gähnte wieder. »Außerdem bin ich müde...«

Firmus betrachtete sie mit Erstaunen. »Du wirst doch nicht schon schlapp machen, Kleines? Jetzt fangen wir erst richtig an. Schau mal, der dort, der in Blau. Wär' das nichts für dich? Oder dieser da, neben der Hermesstatue, interessanter Typ, markante Nase, magst du so was?«

Er wandte sich ihr wieder zu und mußte feststellen, daß sie tatsächlich eingeschlafen war. Arbeitete wohl wirklich zu viel, das arme Kind; es wurde Zeit, daß sie richtig genießen lernte. Laßt sie nur erst nach Ägypten kommen, dachte er, dann würde er ihr die Freuden des Lebens schon zeigen – und nebenbei dafür sorgen, daß sie ihm aus der Hand fraß.

Der Gedanke an die Möglichkeiten, die sich ihm dadurch bieten mochten, zauberte ein geradezu visionäres Leuchten in seine Augen.

# Nomaden

Über der Ebene nördlich Palmyras standen riesige Staubwolken in der Luft. Die Stämme hatten sich aufgemacht zu ihrer jährlichen Wanderung nach den Sommerweiden im nordwestlichen Gebirge. Widerspenstig stoben die Ziegen und Schafe hierhin und dorthin, von ihren Hirten mit Stöcken getrieben, jungen Burschen, die über den glühenden Sand der Wüste ebenso barfüßig gingen wie über den Boden der Steppe, der ihre harten Sohlen rot färbte.

Wiegend und blinzelnd zogen die Kamelherden vorbei, mit wippenden roten Wolltroddeln am Saumzeug, manche Tiere hochbeladen mit klapperndem Hausrat. Teekannen aus Metall baumelten im Takt ihrer Schritte, daneben Schwerter und Messer. Darüber ragten Zeltstangen, Teppiche und schwarze Filzbahnen für den Bau ihrer Zelte. Das alles war bedeckt mit demselben roten Staub wie die Besitzer.

Frauen im besten Feststaat und behängt mit all ihrem Schmuck schritten da, ihre Besitztümer auf dem Rücken und Säuglinge vor der Brust, die träge auf die klingenden Schauer aus Silbermünzen schauten, mit denen ihre braungebrannten Mütter sich geschmückt hatten. Die Krieger umkreisten zu Pferde ihre wandernde Habe, in knielangen Umhängen und voller Bewaffnung. Flatternde Tücher zum Schutz gegen die Sonne vor den Gesichtern riefen ihren Hirten Befehle zu und nahmen zuweilen eins ihrer Kinder zu sich in den Sattel. Sie waren die Wachen und Jäger des Trecks. Sie ritten voraus zu den Wasserstellen des Weges, an denen die Frauen die Lederschläuche füllen und die Kinder das Vieh tränken würden, um sie gegen wilde Tiere zu sichern.

Mit den hellen Schreien der Hirten stieg zuweilen ein Lied auf, manchmal blieb ein Tier sterbend zurück. Ein Schaf brach abgemagert und verdurstend in die Knie. Der Hütejunge hob ihr Lamm auf und reichte es einer Frau auf einem Dromedar empor, damit sie es säugte. Als das kleine Tier satt war, gab sie es dem Kind hinter sich zum Halten. Die Geier begleiteten den Zug, kreisende schwarze Punkte im hohen Blau.

Zenobias Augen folgten gedankenverloren ihrem Flug, als sie von der Dachterrasse aus hinübersah. Nichts erinnerte mehr an das rauschende Fest, das sie Firmus hier vor einigen Monaten gegeben hatte. Nur ihr Sohn Vaballathos, Clelia und Tarsis spielten hinter ihr friedlich zusammen an einem der Wasserbecken und genossen den lauen Windhauch, der unter den bunten Sonnensegeln hindurchstrich.

Zenobia konnte lediglich eine rote Wolke erkennen, die wie Dunst am Horizont hing. Sie sah nicht, wie sie sich als Patina auf Stoff, Haar und Haut der Menschen setzte, die dort zogen, nicht, wie bedächtig diese Menschen und ihre Tiere gingen, Schritt für Schritt, wie sie in dem Rhythmus wanderten, dem sie seit Ewigkeiten folgten. Sie konnte nicht die weißen Zähne aufblitzen sehen, wenn die Nomaden lachten oder sangen. Kein Laut drang zu ihr auf die Dachterrasse, und auch nicht die Ausdünstung der Tiere. Alles war zu fern.

Dennoch sog sie die Luft ein, als könne sie ein Aroma auffangen, und es war Zenobia, als spüre sie eine Bewegung, ein Vibrieren des Bodens, das ausging von den Füßen der Wandernden und den Hufen ihrer Tiere, ein großes Beben, das sich fortpflanzte bis in ihren Körper. Und sie sehnte sich danach, auszuschreiten und den Wind zu spüren.

Langsam drehte sie das schwere Silberband an ihrem Handgelenk, das sie von ihrer Mutter geerbt hatte. Es war schon als Kind ihr liebstes Spielzeug gewesen und zeigte eine Reihe einander an Händen haltender Gestalten, gesichtslos, uralt. Sie strich über ihre abgewetzten Konturen, dann schaute sie wieder auf den verschwommenen Zug am Rand der Ebene zurück, wo Mensch an Mensch vorüberzog, auf Wanderschaft seit Jahrhunderten.

Sie konnte sich nicht unter ihnen einreihen, doch bald würde sie zu ihrem eigenen Zug aufbrechen. Ihr Herz klopfte heftig, wenn sie daran dachte. Nicht nur würde sie Firmus bald wiedersehen, nein, sie würde vor allem unterwegs sein.

Clelia kam heran und blickte ihrer Freundin über die Schulter. Zenobia schmiegte ihr Gesicht an ihres und so standen sie aneinandergelehnt und schauten über die Ebene zu den Nomaden. Sie wanderten auf denselben unsichtbaren Wegen, die schon ihre Vorfahren gegangen waren, von Wasserloch zu Wasserloch, ihren geheimen Brunnen, die sie seit alters her pflegten und deren Kenntnis sie als ihr kostbarstes Erbe weitergaben. Der Sommer trieb sie in die Berge, im Winter hielt sie nichts, bis sie wieder in der Wüste waren, kein Acker, keine Grenze ließ sie von ihrem Weg abweichen. Selbst aus den Mauern der Stadt zog die große Wanderung die Stammesangehörigen an.

Angesehene Kaufleute und Senatoren, die in luxuriösen Häusern mit eigenen Thermen lebten und einen Abonnentenplatz im Theater hatten, holten um diese Zeit ihre Pferde aus dem Stall und gingen damit zum Shech ihres Stammes, um sie ihm wenigstens zur Verfügung zu stellen. Wenn ihre zarte Haut sie nicht davon abhielt, die Reise selbst im Sattel mitzumachen, was nicht wenige noch taten.

Und mancher junge Mann der Stämme, der selbst die kurzen Zwischenzeiten der Seßhaftigkeit nicht ertrug, brach auf über die Straßen, die nach Osten führen, um Jahre nicht zurückzukehren, Straßen nach Indien und Asien, von denen die beiden jungen Frauen am Fenster nicht mehr kannten als die ersten Meter hinter den Stadttoren Palmyras.

»Freust du dich schon auf unsere Reise nach Ägypten?« fragte Zenobia verträumt. Clelia wußte, woran ihre Freundin gedacht hatte. Und sie teilte deren Fernweh keineswegs.

»Es ist keine Reise, es ist ein Feldzug, Zenobia. Das kann doch kein Grund zur Freude für dich sein?«

»Ach, Firmus hat alles vorbereitet, Alexandria wartet quasi auf uns, und habe ich Alexandria, so habe ich das Land, alle Macht ist dort konzentriert. Wir werden kaum kämpfen müssen. Hier ist sein letzter Brief.« Zenobia zuckte die Achseln. Firmus hatte ihre Partei dort seit Jahren gepflegt und gehätschelt. Er versicherte, daß der römische Militärpräfekt niemanden mehr hinter sich hatte als seine Garnison. Und die würde kein wirklich gefährlicher Gegner werden für die 30.000 Krieger, die Zabdas für sie aufbot. Wie hatte Firmus gesagt? Es würde ein einziger großer Einkaufsbummel werden.

»Zenobia, ich gehe nur ungern mit. Wenn es nicht noch viel schrecklicher wäre, hier ohne dich zurückzubleiben, würde ich sagen: Laß mich da.« Clelia lehnte den Kopf an den heißen Stein der Säulenbalustrade. Sonne fiel auf ihren Scheitel, und sie genoß mit geschlossenen Augen die Wärme, die sich wie eine Hand auf ihren Kopf legte. Ein lauter Kuß Zenobias auf ihre Wange schreckte sie wieder auf.

»Ach was, du mußt einfach mit«, rief Zenobia ohne eine Spur von Bedauern. Ihre Augen glänzten vor Erregung. Seit jeher hatte sich ihr Leben innerhalb der Stadtgrenzen abgespielt. Nun bot sich ihr endlich die Gelegenheit auszubrechen, Neues zu erleben, die Welt zu durchstreifen. Um keinen Preis würde sie sich diese Chance entgehen lassen.

»Stell dir vor, wir werden den Nil sehen. Wenn es irgendwie möglich ist, soll Firmus uns im Palast der Kleopatra einquartieren. Hab' ich dir schon erzählt, wie meine alte Kinderfrau mir immer dieselbe Geschichte über sie vortragen mußte?« Attay, dachte Zenobia wehmütig. Attay, die mich immer beschützt hat, wenn ich mich in den Straßen herumtrieb. Auffordernd sah Clelia sie von der Seite an, als wartete sie darauf, daß Zenobia sie weiter für die Wunder Ägyptens zu begeistern suchte. Aber ihre Freundin durchstreifte die Wege ihrer Kindheit und entfernte sich immer weiter. Und so standen sie Seite an Seite und sahen in das Nachmittagslicht, das reif und gelb wurde.

»Du wirst deinen eigenen Wagen bekommen, wie Longinos …«, fuhr sie schließlich unvermittelt fort.

»Longinos wird auch dabei sein?« unterbrach Clelia sie, unangenehm berührt.

»Ich brauche ihn für die Umbesetzung der Verwaltung, die ich in Alexandria plane. Man darf nicht alles Firmus überlassen, diesem Wegelagerer. Er wird sich ohnehin ein Seidenmonopol sichern. Longinos soll mir helfen, die anderen Konzessionen zu verteilen. Aber keine Sorge«, beruhigend streichelte Zenobia Clelias Arm, »du wirst ihn wenig sehen, wenn du nicht willst. So ein Heer mit Troß ist eine wandernde Stadt. Ich selbst werde reiten, damit Zabdas das Vertrauen in mich nicht verliert.«

Zenobia lächelte leise, als sie an das Entsetzen des alten Mannes dachte bei der Eröffnung, daß eine Frau einen Feldzug leiten würde.

Er und die Senatoren hatten all ihren Ausführungen aufmerksam gelauscht. Einmütig nickten sie mit dem Kopf, als sie erklärte, daß jetzt, da Rom von allen Seiten von Barbarenhorden bedrängt sei, ihnen der Orient und das reiche Ägypten offenstünden. Wie ein Mann grinsten sie, als sie die hilflose Panik ausmalte, die in Rom herrschen würde, wenn bekannt wurde, daß Ägypten, die Kornkammer des Reiches, verloren war. Und der Gedanke, den Römern ihr Getreide durchaus zu überlassen, zu gesalzenen Preisen allerdings, brachte ihr einhelligen Applaus. Sie konnte all die gespitzten Lippen förmlich leise zählen hören, was der Feldzug einbringen würde. Alle Köpfe wandten sich nach Süden, als sie dorthin zeigte und rief: Dort warten Ägyptens Reichtümer auf uns. Doch als sie begann, ihre Strategie zu erläutern, wurden die werten Senatoren unruhig, Gemurmel setzte ein, unsichere Blicke trafen Zabdas, der schließlich aufstand und andeutete, daß sie sich über dieses Thema keine Gedanken zu machen brauche.

»Aber genau das habe ich vor«, entgegnete sie. »Ich werde an der Spitze meiner Truppen nach Ägypten ziehen.« Augenblicklich schnellten alle Köpfe zu ihr hinüber, erstarrt in einmütigem Entsetzen.

Sie lachte boshaft, als sie sich an die Szene im Senat erinnerte. Doch Clelia wirkte weiterhin bedrückt. Um sie abzulenken, wog Zenobia mit gespielt ernster Miene ihre Brüste.

»Meinst du, ich soll mir hier zwei Bronzeschalen umbinden, so als Harnisch?« Gegen ihren Willen prustete Clelia los, um im nächsten Augenblick im gleichen Ton zu entgegnen:

»Wenn du deine Männer richtig motivieren willst…« Sie kicherten haltlos und versuchten sich in verschiedenen Entwürfen weiblicher Uniformmode für den bevorstehenden Kriegszug.

»… am besten nackt mit einem Leopardenfell!« rief Clelia schließlich übermütig.

»Und lederne Schnürstiefel bis über die Knie«, ergänzte Zenobia, ehe sie einander lachend in die Arme fielen.

Da kam Vaballathos an der Hand seiner Amme Tarsis, die sich ihrer Heiterkeit anschloß. Sie forderte den Beifall der beiden Frauen ein für die wackelnden Schritte des Kleinen. Zenobia nahm ihn hoch und schwang ihn einmal durch die Luft, ehe sie den vor Freude Kreischenden an sich drückte. Glucksend wand er sich auf dem Arm seiner Mutter, auf der Suche nach einem Spielzeug und griff schließlich nach ihrer Nase.

»Auauau, was für ein Griff.« Sie jammerte lauthals, zu seinem großen Entzücken, dann stellte sie ihn mit seinen strammen Beinchen auf die Brüstung und versuchte, seine Aufmerksamkeit auf den fernen Nomadenzug zu lenken.

»Willst du ihn etwa auch mitnehmen?« fragte Clelia leise. Zenobia hielt inne. Sie hatte noch nicht darüber entschieden. Sicher, es war unsinnig, ein Kind dieses Alters mit auf einen Kriegszug zu nehmen. Doch konnte sie ihn auch nicht unbeschützt im Palast zurücklassen, dazu hatte sie zu viele Feinde. Zwar hatte sie ihren Bruder Gash nach langen Verhandlungen dazu zwingen können, mit nach Ägypten zu gehen – somit würde sie ihn gut im Auge haben. Doch wen mochte er hier in Palmyra zurücklassen?

Um die Stadt selbst machte sie sich weit weniger Sorgen; ihre Geschicke würden bei den Dekaproten und Senatoren in besten Händen liegen. Den meisten davon konnte sie vertrauen, solange sie in Ägypten siegreich blieb. Aber Vaballathos?

»Mama, schau!« Aufgeregt fuchtelte Vaballathos mit seinen Händchen. Er hatte die Staubwolke in der Ebene endlich bemerkt. Alle wandten ihre Aufmerksamkeit nun dorthin, zeigten auf dies und das, erklärten und lobten ihn. Und Zenobia hatte eine Idee.

»Tarsis, geh und sag dem Hofmeister, man soll einen Boten schicken und feststellen, ob die Nomaden dort tatsächlich die Bene Mattabol sind. Falls ja, soll man ihnen Brot und Gemüse schicken. Und ein saftiges Zicklein für den Shech. Sagt ihm, Bath Zabbai, Tochter der Sime von den Bene Mattabol, die Tochter des Shech Azizu war, Fürstin von Palmyra, möchte ihn heute abend besuchen und für das Abendessen des Stammes sorgen.«

Als es eben dunkel geworden war, schob Zenobia die Karten auf dem Tisch zusammen und verabschiedete Zabdas und seine Kommandeure. Im Hof erwartete sie Tarsis schon zu Pferd. Sie war in Reisekleidung und trug das schlafende Kind in einem Tuch auf ihren Rücken gebunden, als wäre es nie anders gewesen. Zwei Leibwächter ritten mit ihnen, an Stangen zwischen sich die Truhe mit Vaballathos' und Tarsis' Habe tragend. Zenobia zügelte ihren unruhigen Hengst, der die Nachtluft durch die Nüstern schnob und das Abenteuer schon zu wittern schien. Sie brachte ihn mit Mühe dazu, hinter den anderen zu gehen und betrachtete im schwachen Sternenlicht das Gesicht ihres Sohnes, ein heller Fleck zwischen den dunklen Kleiderfalten, der im Takt des Trabes auf und ab nickte. Er schlief fest, als sei er schon eingewiegt in den Takt seines künftigen Lebens.

Als erstes empfingen sie die Hunde, die hochbeinigen dünnen Tiere der Nomaden, die sie kläffend umkreisten und in die Fesseln ihrer Pferde zu beißen suchten. Dann rannten ihnen die Kinder schreiend entgegen. Halbnackt und schmutzig, doch mit blendendem Lachen umtollten sie die unruhigen Pferde, deren zitternde Flanken sie zu streicheln suchten. Aufgeregt schnatterten sie in ihrem arabischen Dialekt. Bald waren Zenobia und ihre Begleiter umringt von Menschen, die sie lachend und schwatzend in unverstelltem Interesse anstarrten.

Ein junger Mann, lässig auf seinen Speer gestützt, warf ihr einen hingebungsvollen Blick zu, als sie vorbeiritt. Seine weniger mutigen Freunde spornten ihn dafür von weitem an. Bei den Feuern saßen die Frauen im Schneidersitz, die Hände weiß bemehlt vom Fladenbrotkneten, und zeigten einander die Fremden. Die Mutigen unter ihnen winkten ihnen zu mit den Stöckchen, die sie benutzten, um die Glut zur Seite zu schieben, ehe sie die Teigfladen in den heißen Sand legten.

Jemand holte Scheite aus den Herdfeuern, rotes Licht erhellte ihren Weg zwischen den schwarzen Haarzelten hindurch, der silberne Schläfenschmuck der Frauen blitzte im Fackellicht. Niemand schien hier heute zu schlafen, schon gar nicht die Kinder, die nackt bis auf einen Lendenschurz und zahlreiche an Hals und Ohr hängende Talismane zwischen den Zelten herumturnten.

Am Ende ihres Weges durch den Lärm erwartete sie der Shech des Stammes sitzend vor seinem Zelt. Er hatte lange überlegt, wie er sie empfangen sollte. Sie war eine Königin, aber als Frau brauchte er sie nicht einmal wahrzunehmen, dazu hatte sie sich selbst eingeladen! Er und die Ältesten waren schließlich nach vielem Hin und Her zu dem Schluß gekommen, diesen Bruch der guten Sitten zu übersehen. Die Stadtleute waren eben alle verrückt, das hatte man schon immer gewußt. Und Verrückte behandelte man milde, vor allem, wenn sie mächtig waren. So konnte er dieser Frau gelassen entgegentreten. Er ging ihr nicht entgegen, aber er blieb auch nicht im Zelt, als Ausdruck des Kompromisses, zu dem er gefunden hatte. Nie hätte er sich seine Neugier anmerken lassen.

Er saß, als sie kamen, doch der Anblick von Zenobias Reitpferd trieb ihn auf die Beine.

»Was für ein Hengst!« entfuhr es ihm, während er dem Prachttier den Hals klopfte. Zenobia stieg ab.

»Er gehört meinem kleinen Sohn«, erklärte sie beiläufig. »Ihr habt recht. Er ist ein großer Läufer und wird herrliche Fohlen zeugen.« Der Shech fiel von einem Erstaunen ins nächste. Sie hatte ihren Sohn mit, den Herrn Palmyras! Da nahm ihn die Amme eben aus dem Tragetuch. Nun, man würde sehen, was das zu bedeuten hatte, man würde sehen. Bedauernd trennte er sich von dem Tier und geleitete sie hinein.

Im Inneren des Zeltes roch es intensiv nach Kamel, Milch und den Duftkräutern, die in einer Bronzepfanne glühten. Der Gastraum war leer bis auf mehrere bunte Teppiche, die übereinander auf dem nackten Boden lagen, und einen geschnitzten Tischfuß aus Zedernholz. Auf der zugehörigen bronzenen Platte wurde wohl gerade draußen das Essen zubereitet. Zenobia hörte Stimmen aus einem mit bunten Wandteppichen abgetrennten Nebenbereich und konnte einen flüchtigen Blick auf eine Gruppe Frauen unterschiedlichsten Alters werfen, die dort zusammenhockten. Ein Gesicht, die Haut runzlig und stumpf unter den schweren silbernen Schläfengehängen, war ihr zugewandt und Zenobia ahnte, daß sie die Herrin dieses Zeltes vor sich hatte.

Eine silberne Hängeampel beleuchtete die Szenerie. Der Shech ordnete mit einem Griff die Dolche und Schwerter an seinem Gürtel und ließ sich ihr gegenüber nieder. Er sprach über dieses und jenes, während zwei Jungen ihre Hände wuschen und junge Krieger das Fleisch hereintrugen, das über dem Holzfeuer vor dem Zelt gedreht worden war. Zenobia nahm von dem Zicklein, starrte auf die verhornten Zehen ihres Gegenüber und nickte anerkennend zu der Aufzählung seiner Herden und Söhne. Zur Geschichte seiner Vorfahren tunkte sie die würzige Soße mit Brotfladen auf. Ein Mann, der noch keine Karawane angeführt hatte, erfuhr sie außerdem, war kein richtiger Mann. Schließlich kam der Tee: starker Schwarztee mit einem Stengel frischer Minze und einem zähen Bodensatz aus Honig.

»Trinkt, Fürstin, er ist, wie er sein muß: heiß wie der Tod und süß wie die Liebe.«

Zenobia lächelte höflich. Dann kam sie endlich auf ihr Anliegen zu sprechen: Sie suchte ein Asyl für ihr Kind. Den Wunsch, Vaballathos im Geist seiner Vorfahren erzogen zu sehen, strich sie dabei mehr heraus als ihre Angst um sein Leben. Sie zählte darauf, daß des Shechs Abscheu vor den Sitten der Stadt und der Römer, die sie aus tiefstem Herzen teilte, ohne doch auf sie verzichten zu können, ihm ihren Wunsch plausibel genug machen würde.

Der Shech staunte. Nicht, daß man ihm das angesehen hätte. Niemals hätte er sich vor einer Frau eine Gefühlsregung anmerken lassen. Das Kind war ein Bene Mattabol aus Azizus Sippe, der ein Onkel seines Vaters gewesen war, zweifellos, und wo sollte es besser aufgehoben sein als bei den Seinen? Es ließ sich wenig vorbringen gegen das, was die Frau da sagte, und doch …

Während er noch den Kopf wiegte, erklang hinter den Teppichen ein schnarrender Laut. Der Shech schien ihn nicht zu beachten. Doch Zenobia atmete auf. Sie wußte Vaballathos in diesen alten, erfahrenen Händen völlig sicher.

»Ich wäre Euch dankbar, wenn Ihr auch sein Pferd gut für ihn pflegen würdet«, fügte sie noch hinzu, als sie ihren Teebecher mit abschließender Geste auf das Tablett zurückstellte. Diesmal konnte man dem Mann am

Gesicht ablesen, daß er im Geiste bereits die Stuten zählte, die in nächster Zeit brünstig sein würden. Diese Frau hatte recht, was würde der Hengst für Fohlen zeugen!

Zenobia ritt auf Tarsis' Pferd zurück, zwei stumme Schatten als Begleiter. Sie hatte die Amme und ihr Kind nicht noch einmal gesehen, bevor sie aufbrach. Es war besser so gewesen, und sie grübelte noch darüber nach, wie leicht ihr der Abschied gefallen war, als es sie wie ein Stich in den Leib durchfuhr: Sie roch den milchsüßen Duft seiner Haut. Ein Wimmern würgte sie in der Kehle, und sie hielt die Zügel fester und trieb das Pferd weiter. Sie atmete tief; es war nur ein mildes Aroma von Früchten und Holzrauch, das in der lauen Nachtluft hing.

Die Sehnsucht nach ihrem Kind zog an ihr, doch es war wie ein langgezogener Faden, der mit jedem Schritt, den sie tat, dünner und dünner wurde. Die nächsten Tage vor dem Aufbruch waren angefüllt mit Arbeit. Den Moment, in dem der Faden riß, bemerkte sie schon nicht mehr.

## Der Feldzug

»Gash!« Zenobia preschte heran, daß ihr roter Mantel wehte. Sand stäubte auf, als sie ihr Pferd die Düne hinauftrieb und neben ihrem Bruder zu stehen kam. Sie nahm den Helm ab und hielt das Gesicht in den Wind, der trotz der fast unerträglichen Hitze das Aroma des Meeres herantrug. Wenn sie die Augen beschattete, konnte sie es als ein flirrendes, gleißendes Band am Horizont ausmachen. Es war dasselbe Meer, dachte sie mit einem leisen Lächeln, auf dem der römische Präfekt Ägyptens mit seinen Truppen gerade gotische Seeräuber jagte, während sie sich anschickte, den Fuß auf ägyptischen Boden zu setzen. Es war das Meer, dem der Nilarm unter ihnen die Toten zuspülte.

Ein träger brauner Fluß, dieser Nil. Schmale Streifen Fruchtlands säumten ihn – ein bunter Teppich, nur wenige Dutzend Meter breit, der die gelbe Wüste durchzog. Doch hier an dieser Stelle hatte ihr Heer und das entschlossene Häuflein römischer Verteidiger am anderen Ufer die grünen Gärten zu Schlamm zertrampelt. Die wenigen Palmen waren gefällt worden, damit sie neben dem mitgebrachten Holz zum Bau schwimmender Brücken dienten. Die Soldaten hatten die Früchte gepflückt und das, was sie nicht brauchten, unter den Hufen ihrer Pferde zerstampft. Die grüne Getreidesaat lag zerdrückt unter den Rädern der schweren Troßwagen. Längst waren die Enten und Reiher in Panik geflohen. Rauch stieg aus den Schilfgürteln, kämpfende Leiber wühlten das Wasser auf, wo um die Brükken gestritten wurde, Schreie und Kommandos hallten. Selbst die Krokodile waren fortgezogen. Erst weit flußabwärts warteten sie im ruhigen Strom auf die Leichen, die dem silbernen Horizont zutrieben.

Zenobia schaute atemlos auf das Getümmel zu ihren Füßen. Ihre Soldaten versuchten eben, eine weitere Reihe verbundener Flöße zu Wasser zu lassen, nachdem die erste qualmend und zerschlagen abdriftete. Fieberhaft arbeiteten die Techniker, geschützt vor den römischen Feuerpfeilen durch große bewegliche Wände aus Holz und locker hängenden Häuten, die dem Feind zugleich verbergen sollten, wie wenigen Angreifern er hier gegenüberstand. Die Hauptstreitmacht unter Zabdas hatte die kleine römische Verteidigertruppe umgangen und den Nil einen Tag flußaufwärts überquert, um ihr in den Rücken zu fallen. Zenobia wollte kein Risiko eingehen. Jetzt sah sie grimmig zu, wie auf Befehl ihres Bruders die zweite Brücke an das Ufer gezogen wurde und die römischen Pfeile die verzweifelt erhobenen Schilde der Palmyrener spickten. Kommando auf Kommando hallte herüber, gefolgt von Geschoßsalven, um die eigenen Leute zu decken, die knietief im Wasser stehend die Flöße über die Bohlen zogen. Doch einer nach dem anderen taumelte in den sich rötenden Fluß.

»Du opferst zu viele«, wies sie ihren Bruder auf die Szene hin. »Es ist nur ein Scheinangriff. Hast du das vergessen?«

Gash verbarg seinen Ärger kaum. »Was verstehst du denn schon davon?« herrschte er seine Schwester an. »Wenn du kein Blut sehen kannst, geh in dein Zelt und versteck dich hinter ein paar Seidenkissen.« Zornig parierte er sein unruhig tänzelndes Pferd durch und beachtete sie nicht weiter. Doch ruhig erwiderte sie:

»Deine Königin fragt, warum du diesen sinnlosen Angriff befiehlst. Gib Antwort, Offizier.« Sie wich seinem Blick nicht aus, bis er schließlich knurrte:

»Wenn wir eine Brücke anlanden, ehe Zabdas kommt, und wir sie drauflocken können, ersparen wir ihm viel Arbeit.« Er biß die Zähne zusammen. Sie sollte nicht zu weit gehen, das Miststück. Am liebsten hätte er sie geschlagen, wie früher zu Hause, wenn keiner zusah. Aber noch hatte er zu wenig Freunde in ihrem Stab, nur einige Männer, hier und da, ohne entscheidenden Einfluß, die sich niemals offen gegen ihre Königin auflehnen würden. Er begriff nicht, warum, aber die altgedienten Offiziere fraßen ihr aus der Hand, und die Soldaten vergötterten sie geradezu. Zenobia die Amazone, pah, er spie in den Sand. Aber er mußte es hinnehmen, daß sie ihn wie einen grünen Jungen zurechtwies:

»Und wenn du sie zu früh anlandest, überrennen sie uns noch«, antwortete sie. Nachdenklich sah sie auf das Geschehen hinunter, dann entschied sie: »Wir sind nur hier, um sie abzulenken. Brich den Angriff sofort ab.«

»Ich werde doch hier nicht untätig herumsitzen…«, brauste er wütend auf.

»Brich ihn ab!« fiel sie ihm ins Wort. Sie machte gerade Anstalten, wieder hinunterzureiten, als Gashs Worte sie veranlaßten, sich noch einmal umzuwenden.

»Sei nicht zu tapfer, Schwester, meide lieber die Front. Geh ins Lager, wo du hingehörst. Und misch dich nicht in meine Angelegenheiten.«

»Du drohst mir, Bruder?« Sie fragte es fast freundlich, obwohl ihr mit Schrecken bewußt wurde, wie einsam sie beide hier am Rande des Geschehens waren.

»Ich warne dich nur, wie leicht ist einer Frau im Getümmel etwas zugestoßen.« Sie verließ ihn ohne Kommentar und hielt sich sehr aufrecht im Sattel, bis er sie nicht mehr sehen konnte. Er sollte nicht merken, wie erfolgreich sein Einschüchterungsversuch gewesen war. Wie leicht wäre es für Gash, sie dem rückkehrenden Zabdas mit einem römischen Pfeil im Rücken zu präsentieren! Es lagen ja genug davon herum. Nicht weit von ihr bohrte sich erneut einer in den Boden.

Sie blieb stehen, plötzlich wurde ihr bewußt, daß der Tod warten konnte an dem nächsten Ort, den sie aufsuchte. Ein weiterer Pfeil schwirrte heran; nirgends war Sicherheit. Verzagt sah sie sich um, konnte sich nicht entschließen, den nächsten Schritt zu tun. Doch dann riß sie sich zusammen. Der Pfeilhagel hat mich doch den ganzen Tag noch nicht gestört, nur er macht mir Angst, nur Gash, sprach sie sich Mut zu. Ich muß es einfach ignorieren.

Eilig suchte sie Zebida, um ihm die Anweisungen zu geben, die Gash nicht ausführen wollte. Erst in Gesellschaft fühlte sie sich wieder wohl, als könnten die gewechselten Worte die feindlichen Pfeile dazu bestimmen, anderswohin zu fliegen.

Dann sammelte sie einen Trupp Bogenschützen, um flußabwärts eine Scheinattacke zu reiten, bei der sie sich in ihrer königlichen Rüstung dem Feind zeigen wollte. Er sollte den purpurnen Federbusch an ihrem Helm wehen sehen und dadurch in dem Glauben bleiben, daß er es hier mit ihrer Hauptstreitmacht zu tun hatte. Doch in ihren Aufbruch hinein ertönte Siegesgeschrei: Eine Staubwolke verkündete Zabdas' Panzerreiter, die nun wie ein Sandsturm über die verwirrten Römer herfielen. Sie sah die Formationen unter dem Anprall der heranpreschenden Araber sich auflösen zu einem wüsten Knäuel. Ohne großen Widerstand brachten sie nun ihre Brücken ans gegenüberliegende Ufer, dumpf tönte das Holz unter den Hufen der Pferde, als ihre Krieger hinüberdrängten. Kein Römer war mehr am Leben, bevor es Abend wurde.

* * *

Bis ins Lager war diese Nacht das Heulen der Schakale zu hören, die zu den Leichenfeldern riefen. Die Beduinenkrieger am Rande des Lagers horchten voll Unbehagen auf die klagenden Töne aus der Schwärze. Auch die Gesellschaft um Zenobia lauschte. Verstummt saßen sie im Lampenschein auf ihren lederbespannten Klappsesseln im Zelt der Königin. Selbst Timagenes, der Ägypter, der ihr als Vertreter der Stadt Alexandria seine Aufwartung machte, schwieg nun. Seine kajalummalten Augen wanderten durch den großen, mit militärischer Schlichtheit eingerichteten Raum. Er betrachtete den Kartentisch, der mit Landkarten überhäuft und von Zenobias Helm gekrönt war, einen weiteren Tisch mit Papyrusbögen, Tintenfässern und Rohrfedern. Auf jedem freien Stuhl lagen Schriftrollen, und auch die Truhe schien nichts anderes zu enthalten. Von den Verstrebungen des Zeltes hingen Schwert, Bogen und Pfeilköcher herab.

Alles in allem war es nicht die Art von Quartier, die man bei einer Königin erwartete. Sie selbst saß mit ihrem Lehrer ein wenig abseits über einem Schachspiel, wirkte jedoch nicht besonders konzentriert. Die offenen Zeltbahnen hinter ihr blähten sich im Nachtwind und ließen hier und da die Sterne sehen.

Longinos, dessen rationale Grundhaltung offensichtlich durch nichts zu erschüttern war, nahm eine Spielfigur und zog. Zufrieden überblickte er das Brett.

»Ihr seid dran«, holte er Zenobia aus ihren Gedanken. »Und paßt auf, sonst werdet Ihr diese Schlacht hier verlieren.« Zerstreut sah sie auf, als erneut das langgezogene Jaulen erklang. Eines der seltsam großohrigen Tiere verirrte sich in die Nähe ihres Zeltes, wo es am Rande der Dunkelheit zögernd hin und her strich. Blakendes Fackellicht ließ seine Augen aufleuchten, und auch ein Steinwurf vertrieb es nicht.

»Anubis«, flüsterte der ägyptische Gesandte schaudernd. »Anubis, Gott der Toten.« Und er murmelte ein Gebet in seiner Sprache, um die Herrscher der Unterwelt zu besänftigen.

»Na, die Römer können sich bei so viel göttlichem Geleit jedenfalls nicht beklagen«, witzelte Zabdas unbehaglich über das vielstimmige Gebell vom Fluß her und griff heimlich nach seinem Amulett. Er war abergläubisch wie alle Soldaten. Clelia schauderte und suchte Zenobias Hand. Die besah sich das Tier interessiert und wandte sich dann an Timagenes.

»Longinos hat mir von Eurem schakalköpfigen Gott berichtet. Ich möchte sein Heiligtum in der Nekropole besuchen, wenn wir in Alexandria sind.«

Timagenes verneigte sich zustimmend vor der fremden Königin. Ihr Wunsch, mit den religiösen Bräuchen seines Landes vertraut zu werden, schien ihm ein gutes Zeichen zu sein, wenn er auch die rechte Ehrfurcht darin noch vermißte.

»Die Priesterschaft wird Euch erwarten, wie es ganz Alexandria tut, Herrin«, antwortete er diplomatisch und schien seine vorige Beredsamkeit wiederzugewinnen. Er unterhielt sie mit Märchen seines Landes und Geschichten über alte Königsgeschlechter, bis Zenobia zu Bett zu gehen wünschte und ihn entließ. Zum Abschied überreichte er ihr ein schweres goldenes Amulett mit einem Geier und einer Schlange, den Göttern Ober- und Unterägyptens, die auch die Krone des Landes zierten. Zenobia verstand die Geste wohl und dankte ihm.

»Mystik, nichts als Mystik«, schüttelte Longinos den Kopf, als er gegangen war. »Kein Wunder, daß Plotin sich hier so wohl gefühlt hat. Kein Wunder auch, daß sie seit Jahrhunderten nur noch von fremden Eroberern beherrscht werden. So kann man nun mal keinen Staat lenken«, lautete sein abfälliges Urteil.

»Glaubst du, er hat eine Perücke getragen?« fragte Clelia neugierig. »Geschminkt war er bestimmt.«

»Bestimmt.« Zenobia gähnte. »Das tun die Männer von Adel hier angeblich alle. In Rhakotis wirst du es noch oft sehen, das ist das ägyptische Viertel von Alexandria. Vielleicht auch in Bruchium, wo Timagenes' antirömische Partei sich die letzten Jahre verschanzt hatte. Falls die Römer dort einen Stein auf dem anderen gelassen haben. Ich werde wohl eine Stiftung machen müssen…« Sie räkelte sich. »Aber zuerst werden wir natürlich den Leuchtturm von Pharos besichtigen, unser erstes Weltwunder.«

»Herrin, ich erlaube nicht, daß Ihr den Hafen betretet, ehe ich nicht sicher weiß, wo die Flotte des Präfekten Probus liegt«, mischte Zabdas sich ein. Longinos hob spöttisch die Brauen.

»Unsere hochverehrte Königin hungert nach Bildung. Ihr wollt sie ihr doch nicht verweigern?«

»Ach, Longinos«, beschwichtigte Zenobia ungewohnt sanft, »verspottet uns nicht. Ihr habt natürlich recht, General«, wandte sie sich an Zabdas, »die Sicherheit geht vor.« Um dann entschlossen hinzuzufügen: »Aber sehen will ich ihn doch.«

* * *

»Willkommen, Wüstenprinzessin, willkommen.« Ein begeisterter Firmus drückte Tage später die glückliche Zenobia und dann auch ihre Begleiter an sich. Clelia verzog jedoch nur höflich das Gesicht, Longinos seinerseits ignorierte die Umarmung.

Er tat, als betrachte er angelegentlich die ägyptischen Grabmonumente, die die östliche Zufahrtsstraße nach Alexandria säumten. Widderköpfige Sphinxen wechselten ab mit alten ägyptischen Scheintüren aus Sandstein, vor denen Opfergaben für die heraustretende Seele des Verstorbenen abgelegt waren, Tonschalen mit Granatäpfeln, Feigen und Lotosblüten, ein Krug Bier oder Wein. Hier und da stand auch ein griechisches Grab, von dem herab die Reliefportraits der Verstorbenen ernst auf die Vorbeireisenden blickten.

Dazwischen blühten dichter Oleander, mehr als mannshoch, und Hibiscusbüsche mit fetten, leuchtenden Blüten. Weiter hinten wiesen gepflegte Baumwipfel und Säulen und hier und da aufragende kleinere Obelisken auf die große Nekropole hin, die Totenstadt, die sich rechts und links der Straße erstreckte. Entgegen ihres düsteren Namens jedoch war sie ein nächtlicher Treffpunkt für Liebespaare und tagsüber ein beliebtes Familienausflugsziel. Auch jetzt grüßte sie nach der Wüste und dem Fruchtland des Deltas als eine besonders liebliche Parklandschaft.

Firmus wies auf ihre Schönheiten, als führe er sie durch seinen eigenen Garten, ganz in der Rolle des stolzen Hausherren und keinesfalls wie der Emissionär einer eroberten Stadt vor dem feindlichen Fürsten.

Er hatte seinen womöglich noch massiger gewordenen Leib in pflaumenfarbene Seide und einen Umhang von düstersmaragdfarbener Pracht gehüllt. Seinen mächtigen Schädel schmückte ein Golddiadem in Form eines Laubkranzes. Er war einer der wenigen Männer, dachte Zenobia, die es in einer solchen Garderobe fertigbrachten, nicht lächerlich auszusehen. Auch seine heitere, entspannte Art konnte niemanden darüber hinwegtäuschen, daß er einen entschlossenen Mann vor sich hatte. Zenobia traute ihm einfach alles zu, und sie liebte ihn dafür.

Firmus trat derweil einige Schritte zurück und betrachtete sie alle mit schiefgelegtem Gesicht in gespieltem Ernst.

»Laßt euch ansehen. Ich dachte es mir: verstaubt, zerlumpt, mausegrau.

Merkt euch: Wenn ihr durch die Tore dieser Stadt hier hinter mir gehen und auch nur bemerkt werden wollt«, er wies auf Alexandrias Stadttore hinter sich, »dann müßt ihr euch etwas Besseres einfallen lassen als eine Horde Schwerbewaffneter und einen hübschen Federbusch auf dem Helm. Diese Stadt«, schwärmte er, »ist Wunder gewohnt, das Exotische ist ihr Alltag, der Superlativ ihre Gewohnheit. Sie ist keine derart selbstgenügsame Insel im Sandmeer wie euer Palmyra. Na, zum Glück habe ich bereits vorgesorgt.«

Er klatschte in die Hände, offenbar das Zeichen für seine Sklaven, loszuspringen und einen ganzen Troß von Menschen, Tieren und Wagen heranzuwinken. Tänzerinnen mit nichts als Schleiern und Juwelen am Leib, Muskelmänner aller Hautfarben, Akrobaten, Feuerspucker und Dompteure mit ihren fauchenden Tieren nahmen Aufstellung zwischen den verstaubten Soldaten. Zenobia und ihr Hofstaat staunten.

Seit Odaenathos' Tod hatte sie das Leben im Palast meist bewußt einfach gehalten, eine Maßnahme, bei der Longinos sie eifrig unterstützt hatte. Sie hätte auch nicht gewußt, was für ein Vergnügen sie in den Verrenkungen eingeölter nubischer Tänzerinnen hätte finden sollen, und ihr Geld lieber für wertvolle Bücher ausgegeben. Zenobias Reform des palmyrenischen Gerichtswesens war von bestechender Eleganz, ihre Abendgesellschaften dagegen eher zwanglos als prunkvoll. Sie hatte mehr Sorgfalt auf den Bau der neuen Stadtmauer verwendet als auf den modischen Stand ihrer Garderobe. Und sie war es zufrieden gewesen.

Doch angesichts der von Firmus herbeigezauberten Prachtentfaltung kam sie sich auf einmal vor wie eine zurückgebliebene Provinzlerin. Das üppige Schauspiel vor ihr packte sie und stieß sie ab zugleich. Fasziniert betrachtete sie die vollkommenen Körper der jungen Sklavinnen und Sklaven, die Sicherheit, mit der sich Gold und Edelsteine zu Schmuckstücken von vollendeter Form zusammenfügten, die bezwingende Eleganz in den Bewegungen der Artisten, die geheimnisvolle Schönheit in den Masken, die die Schminke auf alle Gesichter legte. Blumen, Menschen, Kunstwerke, wie üppig war das alles ausgestreut! Wie voller Lebensfreude, wie sicherheitsverheißend. Als könnte dem, der über diese Teppiche schritt, niemals etwas Grobes geschehen.

Viel stärker als in der geistklärenden, nomadischen Kargheit ihrer Räume in Palmyra hatte sie hier das Gefühl, sich anlehnen und gehenlassen zu dürfen. Sie lächelte Firmus dankbar und glücklich an.

Zabdas' und Gashs verärgerte Gesichter und Longinos' demonstrativ gelassene Miene übersah sie. Das kichernde und rippenstoßende Gerangel der Mannschaften ebenso wie ihr teilweise wütender Protest wurde schnell von den Offizieren zum Schweigen gebracht.

Eine Gruppe buntbemalter ägyptischer Gottheiten, übermannshoch, mit ernsten Gesichtern, wurde auf Podesten in Aufstellung gebracht. Zenobia nannte ihre Namen und ließ sich dafür loben, daß sie ihre Hausaufgaben so gut gemacht hatte. Eine Wagenladung kostbarer vergoldeter Rüstungen ratterte heran. Entzückt griff Zenobia danach, doch Firmus schlug ihr scherzhaft auf die Finger: Die waren nur für ihre Offiziere. Bekränzte Jünglinge trugen große Bildtafeln, auf denen Zenobias Sieg über Rom dargestellt war. Firmus hatte sie auf Vorrat herstellen lassen, und sie lachte nachsichtig darüber. Eine Gruppe Sklaven in Ketten mimte dank römischer Uniformteile die Kriegsgefangenen. Für Clelia und Longinos kam eine riesige, von zwei Dutzend Nubiern getragene Sänfte, die alle Reiter an Höhe weit überragte.

Longinos starrte mißtrauisch auf das goldüberkrustete, mit leuchtend lilafarbener Seide ausgeschlagene Gerät. Vier bunte ägyptische Säulen, gekrönt vom gehörnten Gesicht der Göttin Hathor, trugen das Dach, auf dem sich lebensechte, emaillierte Pfaue spreizten.

»Was ist, Philosoph«, ermunterte Firmus ihn. »Einen Mann Eurer Geistesgröße muß soviel Erhebung doch reizen.« Ohne eine Antwort stieg Longinos ein. Clelia kletterte an der Hand zweier Zofen die Treppe hinter ihm hinauf.

»Und jetzt zu dir«, wandte Firmus sich an Zenobia. Damit zauberte er hinter seinem Rücken einen Gegenstand hervor und hielt ihn ihr erwartungsvoll hin. Es sah aus wie ein Kegel, der in einem Nachttopf steckt.

»Was ...«, setzte Zenobia an.

»Das ist die Doppelkrone Ägyptens, garantiert echt, ich habe sie aus einem Königsgrab aus einem Tal weiter im Süden. Mach den Mund zu. Und dann noch das hier ...« Er breitete einen Umhang aus purpurfarbener

Seide aus, so schwer bestickt, daß er fast von alleine stand. Die Stickereien zeigten rundumlaufend das naturgetreue Panorama der Stadt Alexandria. Es war kostbar, es war prunkvoll, es war schauerlich. Zenobia verschlug es den Atem angesichts von so viel Kitsch.

»Firmus, das, das ist, es ist... außergewöhnlich.« Er strahlte zufrieden.

»Nun leg es schon um, man soll dich schließlich da oben noch sehen können.«

»Wo oben?« fragte sie in aufsteigender Besorgnis.

»Da oben!« rief Firmus und winkte. Was nun heranrollte, offenbarte sich als eine etwa fünfzehn Meter hohe Sphinx in Gold und Lapislazuli. Ihre großen eingelegten Glasaugen starrten hoheitsvoll in die Ferne. Roter Teppich legte die Stufen zwischen ihren Pfoten aus, auf denen unter ihrem Kinn ein Thron stand, überragt von einem Sonnendach in Form von Lotosblüten. Eine Unzahl Sklaven in blauweißgestreiften Kopftüchern und weißen Lendenschurzen zogen sie. Ihre Maße waren genau auf die Via Kanopis berechnet, die Hauptstraße, die der Triumphzug entlangkommen sollte, bis er zum Serapeion abbog, um dort im Heiligtum der von den Ptolemäern geschaffenen obersten Gottheit zu opfern.

Zenobia zögerte, das Ding zu betreten, bis sie zu Füßen des Thrones sich etwas regen sah.

»Löwen«, entfuhr es ihr hingerissen. Sie rannte fast die Stufen hoch. Firmus wollte ihr noch zurufen: ›Keine Angst, sie sind zahm‹, doch da kniete sie schon zwischen den Tieren und kraulte ihr goldenes Fell.

»Löwen«, murmelte sie ihnen ins Ohr. »Ihr müßt wissen, ich habe schon vor Jahren von euch geträumt.« Sie setzte sich, die Hände auf den Köpfen der Tiere. Hoheitsvoll gab sie das Zeichen zum Aufbruch, und der bunte Zug setzte sich in Bewegung Richtung Stadt.

Von allen Generälen des großen Alexander, die sein Erbe antraten, war Ptolemaios zweifellos der klügste, dachte Zenobia. Denn er hatte sich Ägypten ausgesucht, das dank seiner natürlichen Lage leicht zu halten war. Nur vom Meer oder vom Sinai konnten Feinde kommen. Eine jahrhundertealte, ausgefeilte und in der Hauptstadt gebündelte Verwaltungsmaschinerie machte Ägypten leicht regierbar. Und es war reich. Fast alles Land, sofern es nicht

Tempelland war, gehörte dem Pharao. Es wurde von den Bauern nur gepachtet, ebenso wie ihr Saatgetreide, ja oft selbst ihre Pflugochsen. So floß das Korn unter den Blicken der Aufseher wie von selbst in die königlichen Kornkammern. Auch die Getreide- und Ölmühlen, die Spinnereien und Leinenwebereien, die berühmten Glas- und Metallwerkstätten Alexandrias arbeiteten auf staatliche Konzession oder in staatlicher Pacht.

Ptolemaios brauchte also nur zu tun, was nach ihm auch die Römer taten und Zenobia ebenso zu halten gedachte: die obersten Verwaltungsspitzen mit den eigenen Leuten zu besetzen und die Ägypter ansonsten nicht weiter zu belästigen. Er ließ ihnen ihr Rechtssystem, ihre Währung und ihre Götter, unter die er sich und seine Nachkommen einreihte. Seinen Veteranen gab er Landparzellen und Gymnasien, und so lebte jeder für sich. Das war unter Roms Herrschaft nicht anders geworden. Nur in Alexandria, der Metropole, wuchs all dies, Ägypter, Makedonen, Griechen, Juden, Römer und Reisende aus aller Welt zusammen zu einem lebendigen, unruhigen, unberechenbaren Gequirle aus über zwei Millionen Menschen.

Die rechtwinkligen Straßen, durch die die Palmyrener zogen, hätten den Charakter dieser Stadt nicht falscher widerspiegeln können. Eine labyrinthartige Anordnung wäre ihrer bunten, aufregenden Mischung vielleicht angemessener gewesen; aber auch in ihrem Ebenmaß war sie von unwiderstehlicher Anziehungskraft. Sie erinnerte an eine klassisch schöne, weltgewandte Kurtisane, charmant, sehr teuer und vollkommen skrupellos. Und Zenobia war angetreten, sie für sich zu erobern.

Die junge Königin saß glücklich und versunken auf ihrem hohen Thron. Das Volk hatte sein Schauspiel und sie ihre Löwen. Alles war richtig so, wie es war. Nicht einmal der Gedanke, daß der viele Jubel in den Straßen genauso von Firmus gekauft sein könnte wie der Umzug selbst, schreckte sie sonderlich. Politik war ein einziges Maskenspiel. Sie würde mit Longinos zusammen solide arbeiten, um ihrer Herrschaft hier eine Grundlage zu verleihen. Doch das sollte am Schreibtisch geschehen und nicht in der Öffentlichkeit. Jetzt würde sie repräsentieren. Und sie würde es genießen. Sie sah auf den Gleichklang der Bewegungen der ziehenden Sklaven vor ihr; es war wie ein Tanz. Sie streichelte die kostbaren Intarsien auf den Lehnen ihres Thrones. Überall war Schönheit, sogar die Stadt hatte sich für ihre Ankunft geschmückt. Jedes Haus an der Via Kanopis war blumenbekränzt, und soweit sie in die rechtwinklig abgehenden Seitenstraßen hineinblicken konnte, schimmerte ihr weißer Marmor entgegen, zwischen dem sich die festlich gekleideten Massen drängten.

Alexandria hatte beschlossen, aus seiner Eroberung ein Volksfest zu machen. Die einziehenden palmyrenischen Soldaten wurden von Tänzern und Mädchen förmlich bedrängt. Musikanten tummelten sich ausgelassen zwischen den Marschreihen und ließen ihre Zimbeln und Flöten zwischen den Häusern grell aufspielen.

Als Zenobia den Tempel des Serapis betrat, führte sie ihre beiden Löwen an der Leine, als hätte sie nie etwas anderes getan. Ihr Gefolge blieb im Innenhof zurück. Nur Longinos ging mit ihr, von den Priestern begleitet, in das fensterlose Innere des Heiligtums. Das eindringende Tageslicht fällte eine goldene Schneise voll tanzenden Staubs zwischen die mächtigen Säulen des dunklen Raumes. Hieroglyphen traten auf ihren gewölbten Steinleibern hervor, Gesichter schauten von den Kapitellen. Von der Decke, unsichtbar in der Finsternis, kam der körperlose Schrei der Fledermäuse, deren fast unerträglich strenger Geruch alle Räume erfüllte und den Besuchern den Atem nahm. Ins Allerheiligste selbst drang niemals Tageslicht. Im Schein der Fackeln wurde der Gott vor ihnen sichtbar, ein bärtiger Mann mit mildem Gesicht, einen Fruchtkorb auf dem Kopf, den Zerberus zu Füßen. Zenobias Löwen fauchten ihn wütend an.

»Ein großes Kompliment für den Bildhauer, nicht wahr?« flüsterte sie Longinos amüsiert zu. »Wie hieß er doch noch?«

»Bryaxis«, wisperte er zurück.

»Aha.« Sie schwiegen eine Weile.

»Früchte und Höllenhund, Ernte und Unterwelt, paßt das denn zusammen?« wandte sie sich schließlich in sorgfältig artikuliertem Ägyptisch an einen der Priester. Der verneigte sich ehrerbietig, ehe er antwortete:

»Leben und Tod, Heilung und Zerstörung, alles gehört zusammen, eines erwächst aus dem anderen. Serapis hält beides in seinen Händen, und er tut es lächelnd, da er weiß, daß eines so willkommen geheißen werden muß wie das andere, denn vor ihm ist alles eins.«

Zenobia schüttelte den Kopf: »Es soll mir eins sein, ob ich lebe oder sterbe? Ob etwas wird oder kaputtgeht? Als ob ich nichts zu entscheiden hätte?«

»Der hohe Priester meint vielleicht, es ist nur der Leib, der vergeht«, warf Longinos ein, »während unsere unsterbliche Seele weiterbesteht.« Der Priester hielt nur demütig den Kopf gesenkt. Sein Gesichtsausdruck war nicht zu enträtseln.

»Etwas stirbt, etwas wird geboren. Es ist die Wiederkehr des Lebens, die ewig ist.« Seine Worte hallten in der Dunkelheit nach. Zenobia schaute skeptisch in das selig lächelnde Antlitz des Serapis und den Hund der Unterwelt an seiner Seite. Nein, sie war nicht bereit, mit dem Tod zu Füßen so zu lächeln. Dann opferte sie in der vorgeschriebenen Form, verbrannte Räucherwerk, verneigte sich und ging hinaus. Freudig sprangen ihre Löwen ans Licht.

»Woran glaubt Ihr eigentlich, Longinos?« fragte sie ihren Begleiter, als sie wieder im gleißenden Sonnenlicht vor dem Tempel standen.

»An den Satz des Pythagoras«, kam es prompt zurück. »Und Ihr?«

Zenobia lachte leise. »Ich glaube, daß das verrottete Steuersystem hier dringend saniert werden muß.« So viel Materialismus strafte selbst Longinos mit Schweigen.

»Als Ihr eben von der unsterblichen Seele spracht«, hakte Zenobia nach, »kam es mir für einen Moment so vor, als hättet Ihr bei Plotin studiert.«

Longinos zögerte einen Augenblick. »Ich habe bei Plotin studiert«, sagte er dann kurz.

Sie musterte ihn mit belustigtem Erstaunen. »Sagt bloß, Ihr seid Neuplatoniker? Warum habe ich das bisher nicht bemerkt?«

»Vielleicht war ich es mal, aber das ist lange her.«

»Erzählt mir davon.«

Er ließ den Blick über den Innenhof des Tempels schweifen, über die mächtig gewölbten, bunt bemalten Säulen mit den hieratischen Schriftzeichen des alten Ägypten. Dann sah er wieder seine Königin an, die den Ornat der Pharaonen mit schönster Selbstverständlichkeit trug.

»Die Doppelkrone steht Euch gut«, bemerkte er.

»Der ausweichende Ton Euch dagegen weniger. Wie seid Ihr zu Plotin gekommen?«

»Ganz einfach: Ich bin auf einem Schiff nach Rom gereist«, klärte er sie auf.

»Ach, Longinos, nun antwortet schon. Warum habt Ihr ausgerechnet bei ihm studiert?«

»Weil er der größte Philosoph unserer Zeit gewesen ist, von hohem intellektuellem Rang – im Gegensatz zu so vielen Heilsverkündigern und Erlösungspredigern, die jetzt seinen Namen mißbrauchen.« Longinos machte eine Pause, ehe er fortfuhr. »Ich mußte jedoch bald feststellen, daß Welten zwischen uns lagen.« Er zuckte die Schultern. »Für mystische Offenbarungen bin ich einfach zu skeptisch.«

»Und spöttisch«, ergänzte sie. »Der Arme, habt Ihr ihm sehr zugesetzt?«

»Nicht sehr, er wirkte so durchgeistigt, daß sich scharfe Bemerkungen fast von selbst verboten. Man bekam Angst, er würde sich dann völlig verflüchtigen.« Longinos lächelte.

»Das war das erste Mal, daß Ihr mir etwas aus Eurem Leben erzählt habt«, bemerkte Zenobia erstaunt.

»Es war auch das letzte Mal, verlaßt Euch drauf.«

Da teilte sich Zenobias Gefolge wie die Wogen des Meeres, und Firmus kam hereingesegelt.

»Was ist denn hier los?« Er war erzürnt. »Da draußen schreit eine Stadt nach dir, und du stehst hier und philosophierst. Der Kultururlaub hat bis morgen Zeit. Die Leute wollen ihr Spektakel haben, also gib es Ihnen.«

»Jeder zurück auf seinen Platz und an die Arbeit«, imitierte Longinos perfekt seinen Tonfall. Zenobia streichelte liebevoll die borstigen Mähnen ihrer Löwen.

»Hört ihr diese beiden Quälgeister? Wenn ihr hungrig seid, dürft ihr sie auffressen, das verspreche ich euch.«

Wieder säumten Neugierige die Straßen, als Zenobias monströses Gefährt erneut anrückte. Blüten wurden unter die Hufe der Pferde gestreut, und die Begeisterungsstürme der vergnügungswütigen Massen brandeten erneut auf. Auf einmal aber löste sich aus der Menge eine zerlumpte Gestalt und rannte auf Zenobias Sphinx zu. Der Mann war die Stufen schon halb hinauf, als zwei Soldaten ihn endlich packten. Sich unter ihrem Griff heftig windend, stieß er mit schriller Stimme Verwünschungen aus.

»Hure Babylon!« kreischte er, »Hure Babylon! Es steht aber geschrieben, daß kommen wird das scharlachfarbene Tier. Wiegen wird sie sich in Gier und mit ihr ist der Untergang.« Seine Stimme überschlug sich. Angeekelt sah Zenobia in das blasse, unrasierte Gesicht, aus dem zwei dunkle Augen sie fanatisch anglühten. Gash kam dazu, hob das Messer auf, warf einen Blick auf den Tobenden und herrschte die Wachen an, ihn wegzuschaffen. Sie mußten ihn jede Stufe einzeln hinunterzerren, während er immer weiterschrie.

»Hure!« klang es in Zenobias verstörten Ohren »Hure Babylon! Ich werde dich töten, und es wird Gott wohlgefällig sein. Ich werde dich töten.«

Dann war er fort, der Zug setzte sich wieder in Bewegung. Außer den Nächststehenden hatte niemand etwas mitbekommen. Gash aber trieb sein Pferd neben das seines Freundes Arzu, einen jungen Offizier der Reiterei.

»Töte den Mann noch nicht«, befahl er, »laß ihn in mein Quartier bringen. Ich muß wissen, ob er Hintermänner hat. Und Arzu«, rief er den Freund zurück, der mit einem zustimmenden Nicken sein Pferd wieder antrieb. »Nimm zuverlässige Männer dafür und sprich mit niemandem davon.« Arzu nickte langsam. Dann mußten sie vor der rollenden Sphinx zur Seite weichen, und während sie am Straßenrand standen, zog Zenobia auf ihrem Thron groß an ihnen vorbei.

## Wo steckt bloß …?

»Wo steckt der Bengel nur jetzt schon wieder?« rief Tarsis wie schon so oft und schlug die Zeltbahnen zur Seite. »Keinen Augenblick kann man ihn aus den Augen lassen.«

Zenobias kleiner Sohn Vaballathos genoß den Aufenthalt in den Zelten seiner Verwandten in vollen Zügen. Er hatte sehr spät für sein Alter Laufen gelernt, doch rasche Fortschritte gemacht, seit sie in der Wüste lebten, wo es überall so aufregende Dinge zu sehen gab. Jauchzend sauste er auf seinen noch immer speckigen Kinderbeinchen hinter den Ziegen her, wenn sie zum Wasserloch getrieben wurden und patschte den Tieren in ungelenker Zärtlichkeit auf die Flanken. Die Hirtenjungen, selbst noch halbe Kinder, sahen es mit Wohlwollen und machten sich einen Spaß daraus, den Kleinen mitzunehmen und ihn manchmal ein wenig auf einem Ziegenbock reiten zu lassen.

Wenn sie sich dem Wasserloch näherten, flogen Vögel mit schwirrenden Flügeln auf und manchmal preschte auch eine säumige Gazelle in plötzlichem Erschrecken davon.

»Große Ziege«, rief Vaballathos hinter ihr her und klatschte in die Hände, um sie anzutreiben. Für ihn war alles hier draußen gleichermaßen zum Entzücken. Am liebsten hatte er die mageren, hochbeinigen gelben Hunde der Beduinen, die er mit ungebetener Zuneigung verfolgte. Die unabhängigen, halbwilden Tiere begegneten seinen Umarmungsversuchen meist mit einem bedrohlichen Knurren, das Tarsis dazu veranlaßte, ihn sofort aus der Reichweite dieser, wie sie sagte, unberechenbaren Bestien zu ziehen.

Die Bene Mattabol reagierten mit einem gelassenen Schulterzucken auf ihr Ansinnen, die Hunde anzuleinen. Kind der Fürstin hin oder her, Hunde mit Schnüren festbinden, was für eine dumme Idee war das. Eine dieser Ideen, wie sie sich nur die Städter ausdenken konnten.

Tarsis fand keinen rechten Anschluß unter den Nomaden, und die Abneigung war durchaus gegenseitig. Tarsis hielt nicht hinter dem Berg mit ihren Ansichten über das Essen, die Bequemlichkeit der Betten und vor allem die Hygiene des Lebens in den Zelten. Ihre verschwenderische Angewohnheit, Vaballathos abends in einer kleinen Bronzewanne voll klaren Wassers zu baden, hatte ihr viele böse Blicke der Wüstenbewohner eingebracht, die sie ihrerseits mit einem Achselzucken übersah.

Tarsis trug ihren Kopf hoch erhoben, im Vollbewußtsein ihrer eigenen kulturellen Überlegenheit. Sie hielt und pflegte sich so stolz, als verkehrte sie noch täglich im luxuriösen Palast Palmyras und schritte über kühlen Marmor, statt über heißen Sand. Nur mit spitzen Fingern schüttelte sie jeden Morgen ihre und Vaballathos Kleider aus, wie es ihr gezeigt worden war, damit sich keine Skorpione darin versteckten.

Als eines Tages tatsächlich eines der unscheinbaren kleinen Tierchen herausfiel und seinen Stachel wölbte, trieb ihr hoher Schrei das Lager zusammen. Doch keine Hand rührte sich, ihr zu helfen. Die Beduinenfrauen weideten sich an der Angst der Städterin, und es mußte der Shech selbst dazukommen und den Skorpion unter seiner Ledersandale zertreten. Ärgerlich scheuchte er die Frauen auseinander und wandte sich wieder zum Gehen.

Vaballathos kümmerten die Spannungen dagegen wenig, zu ihm waren alle freundlich, der allgegenwärtige Sand, über den Tarsis beständig klagte, war für ihn ein wunderbares Spielzeug, und das Lager, mit seinen höhlenartigen Zelten tags und seinen flackernden Kochfeuern am Abend überhaupt ein einziger wunderbarer Spielplatz.

»Wo steckt der Bengel nur schon wieder? Vaballathos!« rief sie, »Vaballathos! Komm zu Nanna, mein Schätzchen. Verflucht«, murmelte sie dann leiser, als der heiße Sand ihre empfindlichen Füße verbrannte. Wenn der Junge nur nicht wieder zu dieser gefährlichen Wasserstelle gelaufen war, wo all die wilden Tiere lauerten. Von den unerzogenen Nomadenbengeln, die dort herumlungerten, konnte man ja kaum erwarten, daß sie sich ordentlich um ihn kümmerten. Am Ende ließen sie ihn noch im Wasserloch ertrinken! Ach was, ertrinken. Von dieser braunen Schlammpfütze auch nur zu trinken, würde sie früher oder später alle krank machen.

»Vaballathos!« Widerwillig trat sie hinaus in die pralle Sonne zwischen den schwarzen Zelten. Was für eine Hitze; sie zog den Schleier tiefer in die Stirne. Als ob eine Riesenfaust einen zu Boden drückte. Sie sah zu, daß sie schnell in Saidas Zelt hinüberkam. Die Alte nahm den Kleinen gerne zu sich, um ihn zu hätscheln, ihm Märchen zu erzählen und ihn mit Datteln zu füttern; vielleicht fand sie ihn auch heute dort.

Tatsächlich kam ihr Vaballathos schon im Vorzelt entgegengestapft und streckte ihr triumphierend die weiß bemehlten Händchen hin. Ein paar Frauen, die im Schneidersitz im Kreis saßen und auf flachen Steinen Teigfladen auszogen, lachten zu ihnen auf. Als Tarsis begann, ihrem Schützling energisch die Finger sauberzumachen, ohne in die Scherze über ihren kleinen Küchenhelfer einzustimmen, senkten sie die Köpfe wieder über ihre Arbeit und bearbeiteten weiter den schlichten Teig aus Mehl und Wasser. Eine begann leise ein altes Arbeitslied zu singen, in dessen Rhythmus die knetenden Hände einfielen. Tarsis und Vaballathos waren aus dem Kreis ausgeschlossen. Sie zog den Jungen hinter sich her.

Zurück in ihrem eigenen Zelt setzte sie ihn mit ein paar Holzfigürchen auf einen Teppich und ermahnte ihn, schön dazubleiben, bis sie wiederkäme. Das Lächeln auf ihren Lippen verflüchtigte sich, sowie sie den Raum verlassen hatte. Es gelang ihr gerade noch, nach einer bronzenen Waschschüssel zu greifen, da mußte sie dem Würgen in ihrem Hals auch schon nachgeben und erbrach sich. Schweißgebadet sank sie einen Moment auf ihr Bett. Das war jetzt bereits das dritte Mal, daß ihr das passierte. Sie war doch nicht ernsthaft krank, oder?

Da fiel ihr die Stille im Zelt auf. Als sie sich nebenan eilig Erbrochenes und klebrigen Schweiß von Hals und Gesicht gewaschen hatte und wieder in den Hauptraum trat, fand sie diesen leer. Vaballathos war erneut verschwunden.

Tarsis hob verzweifelt die Hände und biß sich auf die Lippen. Wenn sie sich nur nicht immer so müde fühlen würde in letzter Zeit, dann fiele es ihr leichter, dem lebhaften Kind auf den Fersen zu bleiben. Es mußte die Hitze sein, die sie immer öfter schwindeln machte. Sie schniefte. Wie ein Sack voller Flöhe war er, ihr kleiner Liebling. Dann wischte sie sich noch einmal energisch das Gesicht und hob stolz den Kopf. Dieses Nomadenpack sollte sie nicht weinen sehen.

»Vaballathos!« Sie trat erneut in die Sonne.

* * *

»Wo zum Hades stecken sie nur?« Probus, Präfekt des römischen Kaisers in Ägypten, stellte sich diese Frage wohl zum hundertsten Male, während er mit den Augen den Horizont über einer ruhigen, fast allzu friedlichen See absuchte. Die Flotte war vor einer Woche voller Enthusiasmus aufgebrochen, als einer seiner Informanten ihm die Nachricht gebracht hatte, daß die gotischen Piratenbanden, die sie seit Monaten plagten, sich in einer Bucht bei Pelusion sammelten. Es schien der Schlüssel zum Erfolg zu sein. Endlich bot sich ihnen die Chance, dieses verdammte Pack, das inzwischen schon fast die Stärke einer Armee hatte, ein für alle Mal zu besiegen. Es würde ein perfekter Überraschungsangriff werden, leichtes Spiel. Das hatte er jedenfalls vor einer Woche geglaubt.

Doch bei Pelusion wiegten sich nur ein paar Fischerboote friedlich in der Dünung. Und am Strand liefen die Kinder zusammen, um die prächtige imperiale Flotte zu bestaunen, mit ihren bunten Segeln und den funkelnden bronzebeschlagenen Rammspornen, die da so plötzlich aus dem Nichts in ihrer bescheidenen Ecke der Welt aufgetaucht war.

Einige Seevögel schrien heiser; von unten drangen die Kommandos der Mannschaft nach oben. Mit dumpfen Schlägen gab die Trommel den Sklaven den Rudertakt vor. Die Ruderhölzer schnitten gleichmäßig durch das Wasser und die Sonne glitzerte auf den Tropfen, die bei jedem Schlag von ihnen herabfielen. Einige Delphine hatten sich dem Zug der Galeeren angeschlossen und schwammen neben seinem Flaggschiff her.

Probus sah ihnen zu. Die Tiere tauchten spielerisch unter dem Bauch des Schiffes hindurch, nahmen Geschwindigkeit auf, kehrten um und schienen mit platschenden, bewundernswert hohen Sprüngen seine Aufmerksamkeit erregen zu wollen. Ein Laut, fast wie ein Lachen, war zu hören.

Recht habt ihr, dachte Probus, daß wir hier seit Tagen vergeblich kreuzen, ist wirklich lächerlich, beim Neptun. Die Tiere waren jetzt so nahe, daß er ihre Gesichter sehen konnte. Es kam ihm vor, als ob sie ihn neckend ansähen.

»He, ihr«, rief Probus ihnen zu, »ihr kommt doch herum. Habt ihr nicht ein paar gotische Seeräuber gesehen? Habt ihr nicht, was? Ach, verflucht.« Er spuckte in die See.

»Präfekt?« Der Kapitän des Schiffes stand vor ihm, ein schon ergrauter Mann von mächtigem Umfang, dessen Stimme mühelos bis in den letzten Winkel seines Schiffes drang.

»Ach, nichts, Tigellinus. Ich habe nur mit den Delphinen geplaudert.« Mißmutig stützte er sich auf die Reling. Der weite Himmel über ihnen war wolkenlos blau. Probus nahm den schweren Helm ab und erlaubte der leichten Brise, seine verschwitzten dunklen Locken zu kühlen. »Ich hasse dieses Nichtstun. Langsam beginne ich mich zu fragen, ob uns da nicht jemand einen ganz üblen Scherz gespielt hat.«

»Einen Scherz, Präfekt?« Tigellinus dachte nach. »Ihr meint Timagenes? Er war bisher ein sehr zuverlässiger Informant.«

»Oh, ich würde mir keine Illusionen über Timagenes machen, Tigellinus. Er ist so zuverlässig, wie der Preis hoch ist, den man für ihn bezahlt. Und ich habe ihn gut bezahlt.« Probus sah dem Kapitän direkt ins Gesicht. Die Augen des Präfekten waren so azurblau, wie das Meer ringsum, ein seltsamer Kontrast zu seinen dichten schwarzen Haaren. Sie gaben seinem Blick eine Intensität, der sich niemand entziehen konnte, auch der autoritätsgewohnte Seebär an seiner Seite nicht. Tigellinus wartete gebannt auf Probus' nächste Worte.

»Ich habe ihn gut bezahlt«, wiederholte Probus nur. Und das war ihm nicht immer leicht gefallen, seit die Banken in Alexandria die römischen Silbermünzen nicht mehr akzeptierten. Zu wenig Silber drin, sagten sie. Zu wenig Silber, nun ja, im Grunde hatten sie Recht; genau genommen waren es nur schwach versilberte Kupfermünzen, die sein Kaiser ihm da sandte. Als Etat kaum genug, den schwelenden Bürgerkrieg im Lande zu kontrollieren. Er dachte nach.

»Die Frage ist doch: Wer kann es sich leisten, mehr zu bezahlen? Und warum?« Kaum war die Frage, die ihn seit Tagen gequält hatte, endlich ausgesprochen, da wußte er die Antwort, und er sah in Tigellinus' Gesicht, daß dieser sie auch kannte. Er schlug mit der Faust auf die Reling.

»Verdammt! Wir müssen zurück, Tigellinus, sofort. Kurs nehmen auf Alexandria!«

»Kurs nehmen auf Alexandria!« nahm Tigellinus den Ruf auf; dann hallten seine Befehle über das Schiff. In die dösenden Seeleute kam Leben. Der Trommelschlag unter den Decks wurde schneller, und das Flaggschiff von Probus' Flotte begann langsam, seinen Rammsporn nach Westen zu drehen. Nach Alexandria. Die Wellen am Bug rauschten auf.

Sie hatten wenig später den Ausgang der Bucht erreicht und sich südwestlich gewandt, als ein Ruf aus dem Mastkorb kam.

»Segel am Horizont!«

»Was?« Probus stürzte an die Reling; seine Finger klammerten sich um das Holz, daß die Muskeln unter seiner braunen Haut hervortraten. »Verdammt sollen sie sein, beim Hades. Seht Ihr das, Tigellinus?«

»Ja, Herr«, stellte der Kapitän, der wieder zu ihm getreten war, ruhig fest. »Sie versperren uns den Weg nach Alexandria.«

»Sie wollen die Schlacht«, knurrte Probus, »dieses gotische Ungeziefer wagt es, uns anzugreifen. Na schön, sie sollen ihren Kampf haben. Schlachtformation!« Sein Kommando wurde weitergetragen. Backbord schloß die »Nereide« mit ihrem Nixenkopf am Bug auf, steuerbord kam die »Kleopatra« näher, ein prächtiges weiß, blau und gold bemaltes Schiff aus der ehemals ptolemäischen Flotte, dessen Vordersteven Schilfbüschel und Lotosblüten nachahmte und von keinem Sporn geschützt war. Doch auf dem Achterdeck ragte das unerbittliche Viereck eines neuerrichteten römischen Gefechtsturmes auf, in dem die Bogenschützen darauf lauerten, den ausschwärmenden Entermannschaften Deckung zu geben. Die Enterbrücken über der vergoldeten Reling waren aufgezogen und bereit, herunterzuschlagen und sich mit ihren bronzebewehrten Spitzen in das Deckholz der Gegner zu bohren.

Die Schiffe richteten sich keilförmig aus, der Ruderschlag beschleunigte sich erneut. Mit ächzenden Riemen nahmen die Galeeren Fahrt auf, wurden schneller und schneller. Die Piratenschiffe rückten heran. Bald sah man die Helme und Streitäxte der gotischen Krieger hinter den Bordwänden aufblinken. Darüber ragten bedrohlich die Arme der Katapulte. Ein erstes Geschoß wurde losgeschleudert; sirrend drehten sich die Kettenkugeln durch die Luft, verfehlten knapp die Takelage von Probus' Schiff und klatschten ins Meer.

»Feuerflöße bereit?« rief Probus.

»Feuerflöße bereit!« kam die Antwort vom Achterdeck.

»Wie steht der Wind?«

»Wind zum Feind!«

»Dann los jetzt!«

Flammen schossen züngelnd neben den Schiffen auf, als die mit Werg und Steinöl präparierten Flöße durch Brandpfeile entzündet wurden. Mit langen Stangen wurden sie auf Abstand gehalten und in die Strömung geschoben, die sie auf den Feind zutreiben sollte. Der gotische Schiffsverband verschwand binnen weniger Minuten hinter einer Wolke von schwarzem Rauch, die in den bis dahin makellos blauen Himmel quoll.

»Mal sehen, wie ihnen das schmeckt«, brummte Probus befriedigt. Dann gab er den nächsten Befehl: »Ausschwärmen zur Umfassungsbewegung und langsam hinterher. Wir werden sie zusammendrücken.« Diesen letzten Satz richtete er an Tigellinus, der bei diesen Worten ein breites Grinsen sehen ließ.

Da kam ein neuer Ruf aus dem Mastkorb:

»Wind dreht! Wind dreht!«

»Verdammt!« Kurz darauf trieb den Römern der Qualm ihrer eigenen Feuer in die Augen. Die brennende Front der Flöße rückte langsam näher.

»Ausweichen!« brüllte Tigellinus. »Ausweichen! Hart Backbord!« Der Feind war inmitten von Ruß und Rauch für lange Momente nicht deutlich auszumachen. Da durchbrach ein glühender Schweif die Wolken, blieb im buntgestreiften Segel von Probus' Schiff hängen und flammte auf. Ein Brandpfeil hatte ihr Hauptsegel getroffen; schnell fraß sich das Feuer durch den gestreiften Stoff, der römische Adler darauf wurde zu Asche.

»Wo verdammt...« Probus konnte den Satz nicht zu Ende sprechen. Das Knirschen von Holz auf Holz war zu hören, und das schreckliche Bersten, mit dem ein Rammsporn sich tief in die Flanke des gegnerischen Schiffes bohrte. Splitter flogen, Menschen schrien. Mit knallenden Peitschen versuchten die Aufseher, die Sklaven wieder an die Riemen zu treiben, die in panischer Angst davor, zu ertrinken, sich von ihren Ketten loszumachen suchten. Waren sie getroffen? Oder hatte ihr Sporn den Gegner erreicht?

»Zurück, zurück! Treibt die Ruderer an! Zurück, wir müssen uns lösen. Wie schlimm ist es, Tigellinus?« Doch der Kapitän war mit einem Brandpfeil in der Gurgel zusammengesunken. Ein erneuter Pfeilhagel ging nieder. Probus duckte sich und zog sein Schwert; es stank nach verbranntem Fleisch.

»Zurück!« kommandierte er erneut, und sein Befehl wurde weitergegeben. Nur langsam und ächzend wie ein verwundetes Wild, löste sich das römische Schiff von seinem Gegner. Das Holz stöhnte auf, als die Haltedorne der feindlichen Enterbrücken herunterschlugen und sich tief in die Planken bohrten. Mit einem Hieb schlug Probus den ersten Mann nieder, der über diese schmalen Stege drängte, weitere stürzten nach, überall griffen Hände über die Reling und zogen sich hoch. Schwerter klirrten, Bronzeäxte zogen schwirrend ihre tödlichen Kreise, spalteten Schädel und Helme. Der rauhe Kampfschrei der Goten stieg über den Decks auf.

Dann ging ein Ruck durch die Galeere, und zwischen den Schiffen erschien ein schnell breiter werdender Streifen Wasser; die Enterbrücken lösten sich krachend und stürzten ins Meer. In einem gnadenlosen Handgemenge wurden die Piraten an die Bordwand zurückgedrängt. Einer nach dem anderen fiel unter den Schwerthieben der römischen Übermacht. Bald war der letzte Gegner tot über Bord geworfen und Probus konnte innehalten. Mit einem Zipfel seines purpurgesäumten Umhangs wischte er sich den Schweiß aus den Augen und suchte, einen Überblick über das Kampfgeschehen zu gewinnen.

Der Gegner, stellte er voll grimmiger Genugtuung fest, war weit schlimmer getroffen, als sie selbst. Das Piratenschiff, das sie so überraschend aus der Rauchwand heraus angegriffen hatte, blieb mit zerfetzter Flanke zurück, Wasser drang ein dort, wo der römische Rammsporn es getroffen hatte. Mit brennenden Segeln sank es rasch inmitten von Strudeln weißschäumenden Wassers.

Probus sah sich weiter um. Neben ihm havarierte das Nachbarschiff, die »Nereide«, eng verkeilt mit ihrem Gegner; die Ruderreihen abgebrochen. Zwischen den Rauchschwaden sah man auf Deck die wimmelnden Figuren der Kämpfenden, Legionäre und Piraten, auf die die brennende Takellage herabstürzte. Flammen blakten aus den Decks. Hier war keine Hilfe mehr möglich. Da kam ein neues Schiff auf sie zu, wild aufgerissene Augen auf den meerblauen Bug gemalt, der sich bedrohlich auf sie richtete. Er fühlte die Kampfeslust in sich aufwallen.

»Kurs halten!« schrie Probus, »Geschwindigkeit aufnehmen! Ausweichen nach links auf mein Kommando. Wir rasieren sie!« Wieder tauchten die Ruder ein. Das Schiff schwenkte auf seinen Ruf nach links, kurz bevor die Piraten heran waren, und sprang fast voran.

»Ruder rechts einziehen!« Da trafen die Holzleiber aufeinander. Krachend brachen die Ruderreihen der Piraten ab, und Holz prasselte in die Wogen. Schreie tönten herüber.

»Wenden und rammen!« brüllte Probus nun. Mit erhobenem Schwert kommandierte er das Wendemanöver. »Sie sind manövrierunfähig.«

Er lachte, der Rest war einfach. Sie wendeten und rammten das hilflose Schiff voll in die Seite. Die Deckmannschaften schickte Brandpfeil um Brandpfeil hinüber, bis sich der Rammsporn rüttelnd wieder aus dem Leib des Gegners gelöst hatte, und sie rückwärts aus dem Chaos aus Feuer, stürzenden Masten und Geschrei hinausglitten in die noch immer ruhige See.

»Sie ziehen sich zurück!« kam der Ruf vom Ausguck. Probus wischte sich schweratmend Ruß und Blut aus der Stirn, seine blauen Augen glühten. Er warf einen Blick dahin, wo Alexandria hinter dem Horizont lag, dann einen auf seine einst so stolzen Schiffe.

Die »Nereide« neben ihm war gesunken; Trümmer, bedeckt mit Überlebenden wie mit Ameisen, trieben auf den Wellen. Die »Kleopatra«, weitgehend unversehrt bis auf ein Loch in ihrer Flanke, lag harmlos über der Wasserlinie. Noch immer stieg Qualm auf und biß ihm in die tränenden Augen. Piraten, nichts weiter als eine Bande von Piraten, dachte er bitter. Probus gab der »Pegasus« Befehl, die Schwimmenden aufzusammeln.

Mit Timagenes und seinen Auftraggebern, wer immer sie waren, würde er später abrechnen. Wenn sie geglaubt hatten, sie könnten sich mit den Piraten verbinden und sie in einen Hinterhalt locken, dann hatten sie sich geirrt. So einfach war Rom nicht zu besiegen. Nicht, solange er noch ein Kommando führen konnte. Er hatte nicht mehr als ein Schiff verloren. In seinem Mund schmeckte er Blut; er spuckte es ins Meer.

»Verfolgt sie!« Sein Entschluß stand fest. »Wir werden sie uns holen! Soll Alexandria ihre Köpfe auf unserer Bordwand aufgespießt bewundern.«

# Hure Babylon

Weder Longinos noch Clelia hatten in ihrer Sänfte etwas von den Ereignissen des Nachmittags mitbekommen, und so nahm Zenobia kurze Zeit später allein und in aller Stille von Gash die Nachricht entgegen, daß er den Attentäter hatte hinrichten und auf einem der Armenfriedhöfe Alexandrias verscharren lassen. Er sei das Mitglied irgendeiner monotheistischen Sekte gewesen, erklärte Gash, doch habe keiner seiner Glaubensbrüder Anspruch auf die Leiche erhoben. Vermutlich weil er, wie Nachforschungen ergeben hatten, ein stadtbekannter Verrückter war, der die Hafenkneipen durchstreifte und haßerfüllte Predigten voll grausigster Prophezeihungen hielt, während er anderer Leute Geld vertrank und dabei immer mehr verkam.

Einige hatten ihm zugetraut, am Tod mehrerer blonder Prostituierter schuld zu sein, die man in den letzten Monaten auf immer dieselbe Weise erdrosselt gefunden hatte. Aber andere hielten ihn nur für einen harmlosen Spinner, der glaubte, das Ende der Welt stünde bevor, und niemand wußte am Ende etwas Genaues.

Zenobia gab sich damit zufrieden. Auch ihr war der Mann letztlich wie ein Wahnsinniger vorgekommen. Tatsächlich hatte er ihr kaum die gute Stimmung verdorben. Sie wollte daher auch niemanden unnötig aufregen oder gar das Bankett verderben, das Firmus heute abend für sie alle veranstalten wollte.

Ihre Laune hob sich noch, als sie in die Prachträume geführt wurde, die während ihres Aufenthalts in Alexandria ihr Zuhause sein sollten. Firmus hatte ihr zuliebe eine riesige Zimmerflucht im ehemaligen Palast der Kleopatra anmieten und mit allen Kostbarkeiten ausstatten lassen, für die das reiche Land berühmt war.

Während sich Zenobia kaum von der gutbestückten Bibliothek losreißen konnte, war Clelia schon weitergeeilt.

»Sieh dir mal das Bad an«, war von irgendwoher zu hören, gefolgt von einem Plätschern. Und dieses Bad stellte sich als Halle heraus, in deren

Mitte einige Stufen zu einer riesigen, kreisrunden Wanne emporführten. Ihre Freundin aalte sich vergnügt in dem mit Rosenblättern bestreuten Wasser. Behagliche Nischen mit Diwanen luden zum Verweilen ein; die Geräte und Tiegel auf den Toilettentischen kündeten von den uralten Schönheitsgeheimnissen Ägyptens. Noch mehr Wasserbecken, Säulen mit korinthischen Kapitellen, Dampfräume … alles war aus blaßgelbem Marmor und verschwenderisch verziert. Zahlreiche Pflanzkübel mit Palmen und Mandelbäumchen gaben einem das Gefühl, in einem Garten umherzuwandeln. Zenobia lief übermütig auf die große Badewanne zu, streifte noch unterwegs die Kleidung ab und ließ sich neben Clelia in das warme, duftende Wasser gleiten. Sie plantschten eine Weile herum, dann setzten sie, in Laken gehüllt und mit nassen Füßen, ihre Erkundungstour fort.

Den Gipfel stellte zweifellos das Schlafzimmer dar, obwohl es im Vergleich zu den anderen Räumen geradezu menschliche Dimensionen hatte. Seine Wände aber waren vollständig mit Seide verhüllt. Wirklich und wahrhaftig Seide! Das halbe Vermögen eines östlichen Potentaten hätte man für einen derart aberwitzigen Luxus aufbieten müssen. Die Bahnen waren an einem Punkt in der Mitte der Decke befestigt und hingen zeltartig herab. Sollte das eine Reverenz an ihre nomadische Herkunft sein? Oder wollte sich Firmus ein wenig über sie lustig machen? Vermutlich beides. Der duftige Stoff schimmerte in einem pastellzarten Ton, der an die Morgenröte erinnerte und durch den das Sonnenlicht raffiniert gefiltert wurde. Auch das Bett war von seinen Schleiern umgeben, und selbst die Kissen hatte man damit bezogen.

Zenobia stand und staunte mit offenem Mund. Sie drehte sich zu Clelia herum und fing ihren Blick auf. Dann brachen beide wie auf Kommando in schallendes Gelächter aus. Kichernd rollten sie über das unbezahlbare Bett, strampelten mit den Beinen in der Luft und schrien ihre Freude heraus.

»Oh, rosenfingrige Eos«, prustete Zenobia, »deine Haut hat in diesem Licht eine noch schönere Farbe als sonst.« Sie liebkoste mit den Lippen einen rosig-goldenen Sonnenkringel auf Clelias Bauch, züngelte spielerisch in ihren Nabel und glitt dann langsam zu ihren Brüsten hoch, die sie sanft mit der Nase anstupste, bevor sie Küsse auf die beiden Knospen hauchte. Clelia räkelte sich genüßlich in den Kissen und schien geneigt, den restlichen Nachmittag auf diese Weise zu verbringen, doch Zenobia richtete sich auf.

»Zu schade, daß ich keine Zeit habe. Ich muß noch ein paar Besprechungen abhalten und mich dann fürs Fest umziehen lassen.« Sie lächelte entschuldigend. »Nicht traurig sein, Liebes, wir werden in den nächsten Tagen alles nachholen.«

Firmus hatte sich alle Mühe gegeben, das Fest zum Ereignis der Saison werden zu lassen und die Organisation selbst in die Hand genommen. Nicht umsonst hatte er seine Karriere vor zehn Jahren unter anderem mit einem Ein-Mann-Orgien-Unternehmen begonnen.

Die Ausstattung der Bankettäume war ganz im ägyptischen Stil gehalten. Bunte Fresken zeigten Damen in durchsichtig gefältelten Kleidern, mit Perücken und Duftkegeln auf dem Kopf, wie sie Musikern lauschten, Lotosblumen in den schlanken braunen Händen, die Profile einander zugeneigt. Jäger warfen ihre Netze nach Scharen von Wasservögeln im blühenden Schilf, die Füße in Schrittstellung auf ein Binsenboot gestemmt, unter dem zwischen weißen und blauen Wellen die Fische leuchteten. Auch sie zeigten über den frontal dargestellten Oberkörpern ihre Gesichter in strengem Profil, aus dem wiederum die schwarzummalten Augen den Betrachter direkt anblickten. Die Himmelsgöttin Nut bog ihren Leib über die blaue, goldbestirnte Decke und stützte sich zu beiden Seiten mit Armen und Beinen am Boden auf, den Mund geöffnet, die Sonne zu verschlucken, um sie am nächsten Morgen neu zu gebären.

Sämtliche Säulen waren mit echten Palmen umstellt, in deren frischen Kronen Papageien schaukelten. Auch eine Gruppe kleiner Äffchen turnte umher, reizende Tiere mit farbigen Halsbändern; nur leider bewarfen sie die umhereilenden Sklaven mit Datteln. Firmus arbeitete noch an diesem Problem. Als Bedienung hatte er nur ägyptische Mädchen ausgesucht und sie in die traditionelle, ausladende Perücke, den breiten Schmuckkragen und einen passenden Lendenschurz aus Juwelenschnüren gekleidet. Die Männer waren ausnahmslos tiefschwarze Afrikaner, die geölten Körper dekorativ mit goldenen Ketten behängt. Die Küchensklaven probten eben den Auftritt des Hauptgerichts, das auf einem von Panthern gezogenen

Wagen hereingebracht werden sollte, als Zenobia hereinspazierte und sich umsah. Firmus sah sie etwas sagen. Er wedelte mit den Armen:

»Wie?« rief er ihr entgegen. Ärgerlich bedeutete er den Musikern, die Probe abzubrechen. »Willst du das etwa anbehalten?« begrüßte er sie dann. Zenobia trug ein weites Gewand aus feinstem ägyptischen Leinen in ungebrochenem Weiß. Sie lachte:

»In dieser Umgebung hier ist das wohl die einzige Möglichkeit, noch aufzufallen. Nein, nein, keine Sorge, ich habe ein pharaonisches Wunderkleid für heute abend. Ich komme nur eben von einer Unterredung mit dem Vizepräfekten.«

»Und was sagt er?« wollte Firmus wissen. Sein Ton war beiläufig, aber seine Aufmerksamkeit gespannt. Zugleich waren seine Augen überall und überwachten das Chaos um sie herum.

»Die lebenden Statuen vor die Fontäne«, unterbrach er Zenobia, die eben zu einer Antwort ansetzte, und dirigierte eine Gruppe goldbepuderter Körper an ihren Platz. Sie sollten während des Essens Szenen aus dem ägyptischen Götterleben spielen.

»Nun«, setzte Zenobia noch einmal an, »er stimmte schließlich mit mir überein, daß wir es den Kaiser entscheiden lassen wollen, ob ich als Corrector totius orientis befugt bin, einem Hilferuf aus Ägypten zu folgen, wenn der hiesige Präfekt nicht mit seinem Amt fertig wird. Und er überläßt es mir, den Kaiser zu fragen. Er ist ein kluger Mann.«

»Offensichtlich. Halt, das sind genug Rosenblätter. Man soll die Hand ja noch vor Augen sehen können.« Firmus winkte zustimmend zu den Balkonen hoch, worauf das Blütengeriesel aufhörte. »Hast du schon irgendetwas unternommen?«, fragte er dann betont obenhin.

»Du meinst, außer die römischen Beamten zu entlassen und unter Hausarrest zu stellen?« Sie genoß es, ihn auf die Folter zu spannen. In ihre Kunstpause hinein krachte irgendwo hinter ihnen scheppernd ein Stapel Bronzegeschirr zu Boden. Hohes Kreischen folgte, und eine gelassenere Stimme aus derselben Richtung rief:

»Loris, Süße, ich glaube, hier ist die Python, die du vermißt.« Keiner von beiden drehte sich nach dem Geschehen um, sie sahen sich angespannt in die Augen.

»Na ja«, meinte Zenobia schließlich gedehnt, »zum Beispiel habe ich die Steuern gesenkt.« Firmus fiel die Kinnlade herunter, seine Augen wurden schmal.

»Du hast bitteschön was? Die Steuern, ja bist du denn…, autsch verflucht noch mal. Holt mir sofort diese Affen da runter, oder ich vergesse mich«, tobte er los, während Zenobia schallend lachte.

»Nein im Ernst, Firmus«, legte sie ihm dann begütigend die Hand auf die Schulter. »Ich will Frieden in den Provinzen. Ein Hungeraufstand der Bauern im Süden ist jetzt das letzte, was ich gebrauchen könnte. Wir werden weniger Weizen von Ägypten fordern als Rom. Dafür besteuern wir den Handel.«

»Das hat dir dieser Philosoph eingeblasen, stimmt's? Der gerechte Staat…« Firmus schüttelte angewidert den Kopf. »Meinen Freunden hier wird das nicht gefallen«, orakelte er düster, und Zenobia wußte, was er meinte.

Timagenes hatte ob der Nachricht gejubelt, aber er und seine Parteigänger waren nur unbedeutende Revolutionäre, die von Ägyptens vergangener Größe träumten und Laufburschendienste leisteten. Ihren betuchten Unterstützern hier in der Kaufmannschaft Alexandrias dagegen, die das ganze Abenteuer finanzierten, mußte diese Maßnahme als Ärgernis erscheinen. Sie würde den meisten von ihnen heute abend gegenübertreten. Firmus sah auf all den Prunk, als bedauerte er die Ausgaben.

»Im Gleichschritt, ihr Hundesöhne, das ist schließlich kein Mehlsack, den ihr da tragt, das ist mein Omelette surprise!« ertönte es plötzlich hinter ihnen. »Und jetzt absetzen, ja, gut so, präsentieren. Und her mit der Flamme. Buff!« Zufrieden mit dem Effekt trat der Küchenchef zurück. Das Flambieren jedenfalls würde heute abend klappen. Firmus hatte für sein lobsuchendes Lächeln nur ein ungeduldiges Kopfnicken übrig. Der Mann hob die Augenbrauen und trieb seine Untergebenen hinaus: »Und daß mir niemand seinen Kopfputz abfackelt!«

Zenobia wandte sich wieder an Firmus:

»Wenn du nicht zu beschäftigt bist, werde ich dir gerne erläutern, wie ich mir die Neuorganisation dieses Staates vorstelle.« Mit spöttischer Geste wies sie auf das Tohuwabohu um sie herum. Aber Firmus arbeitete gelassen weiter und gab ihr mit einer großzügigen Handbewegung zu verstehen, daß sie mit ihrem Vortrag beginnen möge. Zenobia runzelte erst die Stirn, dann lächelte sie, schnappte sich eine kandierte Kirsche von einem vorbeigetragenen Tablett und begann:

»Ich werde auf die bestehenden Gilden zurückgreifen, ihnen aber neue Vorsteher geben, mit denen ich in direkten Kontakt treten kann, und die weitreichende Kompetenzen...«

»Herr, Herr«, unterbrach sie ein aufgeregter Gemüsekoch, der atemlos auf Firmus zustürzte. »Der Gemüseschnitzer ist krank, er hat Durchfall und...«

»Zum Hades mit dem Gemüseschnitzer«, knurrte Firmus und schob den Mann beiseite. »Das verspricht interessant zu werden. Sprich weiter.«

»Nun«, führte Zenobia aus, »sie werden mir dafür verantwortlich sein, daß ihre Gilde mir die geforderte Steuersumme zahlt. Wie sie aufgebracht wird, bestimmen sie selbst. Außerdem sollte unter ihrem Vorsitz entschieden werden, wer was, wieviel und zu welchem Preis produziert. Kurzum,« sie hob die Hände, »das alte pharaonische System.«

»Das alte pharaonische System!« Firmus gurrte es fast, »und in privater Hand.« Er grinste: »Das kommt einer Monopolstellung gleich.« Sein Grinsen wurde mit jeder Sekunde breiter.

»Lauf zu Jinlian«, wandte er sich plötzlich an den Koch, »sie ist hervorragend im Schnitzen. Sag ihr, ich würde sie darum bitten. Und sag ihr, sie hat einen Wunsch bei mir frei. So ein kluges Kind!« Herzhaft küßte er Zenobia auf beide Wangen. »Und die Importwaren, um das auch noch schnell zu klären...«

»...werden an einen Großimporteur zum Weiterverkauf abgegeben. Wie zum Beispiel die Seide.« Sie machte eine Pause. Firmus hob fragend eine Augenbraue. Zenobia nickte: »Gratuliere, alter Freund, du bist soeben zum Alleinvertreter von Seide im Mittelmeerraum geworden.«

Sie lachte und ging, beschwingten Schrittes, glücklich wie ein Kind über ihre gelungene Überraschung. Firmus sah ihr nach und schüttelte nachsichtig den Kopf; diese Königin, so klug und energisch sie war: Sie erfüllte ihre politischen Pflichten zuweilen, als spielte sie ein Spiel. Diese Haltung war ihm unverständlich, er war ein Händler und Geld eine todernste Sache.

Aber warum nicht, dachte er schließlich, laß sie spielen, solange sie gewinnt, und ich dazu. Ich muß dieses Spiel nur im Auge behalten.

Er zuckte die Achseln, atmete tief und zufrieden aus und schaute sich noch einmal im Durcheinander des Bankettsaals um.

»Die Schwänze für die Seejungfrauen? Hier herüber, junger Freund. Immer her damit.« Und er führte den jungen Sklaven persönlich zum Bassin mit den nackten Schwimmerinnen, während er ein Liedchen pfiff.

* * *

In dieser Nacht sorgte Firmus dafür, daß Zenobias Neuigkeiten die Runde unter seinen Gästen machten. Die gesamte Riege der Kaufmannschaft, die die jüngsten politischen Ereignisse finanziert hatte, war anwesend, somit auch der Großteil der künftigen Gildenvorstände und Alleinimporteure. Sie feierten die palmyrenische Königin frenetisch. Es wurde ein wahrhaft unvergeßliches Bankett. Zenobia schwamm auf einer Welle allgemeinen Wohlwollens und genoß jede Minute. Diese Menschen hatten keine Schwierigkeiten mit einer Frau als Königin, wie ihre zurückhaltenden Araber zu Hause bisweilen. Trinksprüche lobten sie als neue Kleopatra, als neue Hatschepsut; und der Wein floß in Strömen.

Zenobia lachte und scherzte, während die Unterhaltungsdarbietungen in bunter Folge an ihr vorüberglitten. Sie staunte über jeden Zaubertrick, folgte jeder kulinarischen Verlockung. Eine Suppe mit »magischen« Pilzen aus der Heimat von Jinlian, serviert in massiv goldenen Schalen, bildete den Höhepunkt der ersten Speisefolge. Das Gericht sorgte dafür, daß Zenobia sich fühlte, als schwebte sie über den Tischen. Die Musik verursachte mit einem Mal herrliche farbige Wirbel in der Luft, hinter denen die Gesichter der Gäste wogten wie die weißen Seidentücher in den buntschillernden Wassern der Färbebecken ihrer palmyrenischen Heimat, über die sie sich als Kind oft gebeugt hatte. Sie legte den Kopf in den Nacken, streckte die Arme aus und drehte sich, selbstvergessen, glücklich.

»Sieh nur die Farben, Odu«, flüsterte es in ihr, »wie schön, wie schön.«

Ihr war so leicht zumute wie dem Mädchen damals, das in der Färbergasse über die Straße getanzt war. Firmus' Gesicht tauchte undeutlich über ihr auf, sein sinnlicher Mund bewegte sich, und sie sank ihm zu einem langen, feuchten Kuß entgegen. Dann mußte sie laut über sich selbst lachen. Es war einfach zu lustig, was sie heute alles tat. Alles war heute lustig. Zenobia bemerkte nicht, wie Clelia sich von der Tafel verabschiedete.

Eine Gruppe von Mädchen und Jungen wirbelte herein, und ein traditionelles Festlied erklang:

»Leg Myrrhen auf dein Haupt, kleide dich in feines Linnen,
in dem du gesalbt bist mit den echten Wundern Gottes.
Schmücke dich so schön du kannst.
Feiere den frohen Tag, und ruhe nicht an ihm.
Denn niemand hat seine Habe mit sich genommen,
ja, niemand ist zurückgekehrt, der dahingegangen ist.«

So sangen sie mit hellen Stimmen, während sie Kränze auf den Häuptern der Gäste verteilten und Duftwässer über sie sprengten. Ein Bankier sprang begeistert auf und begann, mit dem Ausruf »Feiere den frohen Tag« die Mädchen um den Tisch zu jagen. Ihr Gesang löste sich in fröhliches Kreischen und einige nicht jugendfreie Szenen auf.

Doch alle wurden aufmerksam, als plötzlich der langsame, hypnotische Baß einer Trommel ertönte, und eine Tänzerin in ihre Mitte trat. Von einem fast durchsichtigen Schleier und ihren Juwelen abgesehen trug sie nichts zur Schau als ihren Stolz und die Anmut ihrer Bewegungen. Wieder erklang die Trommel mit ihrem fordernden Rhythmus. Die Tänzerin setzte einen Fuß vor und hob die Arme; ihre Finger mit den gefärbten Spitzen malten rätselhafte Figuren in die Luft. Ihr Körper erbebte; eine fließende Bewegung durchlief ihn wie ein Schauer, als hätte sie keinen Knochen im Leib. Der Trommelrhythmus wurde schneller und ihre Füße folgten ihm, während ihre Arme sich schlangengleich in einem Spiel der Verführung umkreisten.

Die Zuschauer starrten die Tanzende atemlos an, vollkommen fasziniert von der Kühnheit ihrer Bewegungen, die sich mehr und mehr steigerte – bis sie sich mit einem letzten ekstatischen Aufbäumen das zarte Schleiergewebe vom Körper riß und zu Boden sank. Als hätte ihre laszive Darbietung jegliche Hemmung beiseite gefegt, wurde sie zum Auftakt kulthaft zelebrierter Ausschweifungen.

Eine Kaufmannsgattin, Zenobia gegenüber sitzend, hob ihren Pokal so überschwenglich zu einem Trinkspruch, daß ihr die hohe Perücke samt Blumenschmuck und Parfumtalgkegel vom Kopf stürzte. Sie starrte das Ding mit erhobenem Arm an, als hätte sie noch nie etwas Erstaunlicheres gesehen, dann schleuderte sie es von sich und zog statt dessen einen der Jünglinge mit den Blütenkränzen an sich. Viele taten es ihr nach, als wollten sie Aphrodite durch besondere Hingabe ehren, andere dagegen hielten es eher mit dem Gott des Weins und wurden zunehmend berauschter.

Longinos betrachtete das Treiben mit gelassener Melancholie. Nicht einmal der Anblick von Zenobia, wie sie dort drüben mit Firmus schäkerte, konnte ihn heute aus der Ruhe bringen. Sagte er sich zumindest. Nachdenklich zitierte er einen ägyptischen Klassiker in dessen Heimatsprache:

»Der weise Ani aber spricht: Übernimm dich nicht damit, daß du einen großen Krug Bier trinkst. Wenn du sprichst, so kommt ein anderer als der gewollte Satz aus deinem Munde. Du fällst hin, zerbrichst die Glieder, und niemand reicht dir die Hand. Deine Trinkgenossen stehen auf und sagen: ›Weg mit diesem, wenn er trinkt!‹ Wenn man dann kommt, dich zu suchen, um von dir Rat zu holen, so findet man dich auf dem Boden liegen, und du bist wie ein kleines Kind.«

Die bedienende Sklavin wich ob dieses Orakelspruchs schreckensbleich zurück und ging anderweitig einschenken. Longinos' Tischnachbar, offenbar nicht vertraut mit dem philosophischen Kanon des eigenen Landes, lauschte dem Klang dieser Worte lange nach, dann griff er wieder zum Glas. Vermutlich war er darauf gekommen, daß heute kein Bier ausgeschenkt wurde.

»So ein Gesprächsbremser ist mir noch nicht untergekommen«, murmelte Firmus Jinlian grimmig zu.

Ein neues Spektakel kündigte sich an: der Mythos von Isis und Osiris, pantomimisch dargeboten von einer Gruppe goldbemalter Schauspieler. Ihre Gestik war hochstilisiert und dabei von eigenwilliger Poesie; sie vermochten es, das Liebesglück von Isis und Osiris ebenso überzeugend zu verkörpern wie den bösartigen Neid und die verdorrte Welt des Wüstengottes Seth. Als Isis allerdings mit dem ermordeten Osiris den Horusknaben zeugte, wurde die Darstellung vielleicht ein wenig zu detailfreudig. Longinos hatte das Schauspiel zunächst mit ironischer Distanz verfolgt, dann aber jegliches Interesse verloren.

Er seufzte, es wäre besser gewesen, die Nacht in der Bibliothek des Museions zu verbringen und sich in Eratosthenes' Berechnung des Erdumfangs zu vertiefen. Oder sich mit der faszinierenden Theorie des Aristarchos von Samos auseinanderzusetzen, der behauptet hatte, daß es die Erde sei, die sich um die Sonne drehe, nicht umgekehrt. Was für ein faszinierender Gedanke!

Longinos versuchte, die Argumente des Aristarchos aus dem Gedächtnis zu rekonstruieren; schließlich erhob er sich und strebte ungeduldig dem Gegenstand seiner Sehnsucht entgegen. Sich zu verabschieden vergaß er, bereits völlig in die Welt des Universums eingetaucht. Zenobia sah undeutlich seinen Rücken in der Tür verschwinden, während sie Firmus ihren Hals für einen langen saugenden Kuß überließ.

»Wein her, mehr Wein«, grölte er. Einige pflichtbewußte Sklavinnen versuchten, sich mit ihrer Amphore unter den schweren Leibern der männlichen Festgäste hervorzuwinden, doch gelang es keiner. Firmus vergaß seinen Durst und neigte sich offenen Mundes wieder Zenobia zu. Aber die saß nicht mehr an ihrem Platz.

Drei Männer hatten den Saal betreten, Kraftakrobaten mit ihrer Darbietung, und die junge Königin war wie gebannt vor die Tische getreten. Es waren germanische Sklaven, die dort ihr Können zeigten. Die beinahe goldenen Haare fielen ihnen in ungebändigten Kaskaden über den Rücken, ihre athletischen Körper hatte die ägyptische Sonne bronziert, ihre Augen leuchteten hell wie seichte Meere. Nach jeder Nummer lachten sie mit blendenden Zähnen ihr Raubtierlächeln. Zenobia war hingerissen.

»So stelle ich mir das Lachen der Götter vor«, flüsterte sie andächtig, als Firmus nähertrat.

»Was?« fragte er durch den Festlärm hindurch.

»Diese drei«, Zenobia deutete mit ausgestrecktem Arm auf sie wie ein Kind, das seiner Mutter etwas zeigt, »sie sind dem Lachen eines Gottes entsprungen.«

Firmus grinste. »Möchtest du mit ihnen den beschneiten Sonnengipfel des Olymp ersteigen? Willst du mit ihnen in hellen Winden liegen, hm?« Er machte eine große Geste. »Ich schenke sie dir, jawohl!« Er war ganz begeistert von der eigenen Idee.

Jinlian, die dem Geschehen wie immer aufmerksam gefolgt war, hatte bereits in die Hände geklatscht und eine ihrer unauffälligen Anweisungen gegeben, noch ehe Zenobia etwas antworten konnte. Die Männer kamen, hoben sie hoch und trugen sie auf ihren Schultern liegend hinaus wie eine aufgebahrte Tote. Zufrieden schlang Jinlian ihre Arme um Firmus, der sie an sich drückte.

Zenobia sah die bemalten Decken des Palastes über ihrem Gesicht vorbeiziehen. Einem Teil von ihr gelang es, sich zu wundern, doch stieg immer wieder dieses Kichern in ihr auf und verlangte nach Befreiung. Dann versank sie in Wirbeln von Schweiß und duftender Haut.

* * *

Im Keller des Palastes öffnete ein Mann eine Tür. Die palmyrenischen Wachen vor seiner Zelle waren fort, dem Versprechen des Offiziers gemäß, der ihn den ganzen Nachmittag über verhört hatte. Er sah einen feuchten Steingang entlang, beleuchtet von Fackeln, die in Eisenringen an der Wand steckten, und versuchte, sich an seine Anweisungen zu erinnern: Über die Holzleiter, dann dem ansteigenden Gang folgend und die Treppen hinauf, zwei Stockwerke hoch. Dort würde er im Erdgeschoß einer Zimmerflucht stehen, die die Römer dem Jupiter als Tempel geweiht hatten. Niemand würde dort sein, hieß es, und so war es auch.

Grimmig spuckte er nach dem einsamen Götzenbild im Dunkeln. Bald würde die ewige Nacht kommen, die es in den finsteren Schlund der Hölle stieß, wenn die Erde sich auftun würde und alles verschlingen, wenn Heulen war und Zähneklappern und das Blut in Strömen floß und nur die Gerechten aufwärts fuhren gen Himmel. Denn es gab nur einen Gott.

Er trat hinaus in den weiten Innenhof. Die Festmusik und beleuchteten

Räume waren links von ihm, wie ihm gesagt worden war. Nahes Wasserplätschern von einem Brunnen mischte sich in die fernen Töne und Palmen raschelten im Nachtwind. Er mußte sich rechts halten, der Reihe der Papyrus-Säulen folgend bis zu dem Eingang in der Mitte des Gebäudeflügels, den er offen finden würde. Zwei Sphinxen mit Widderköpfen flankierten ihn; ihre vergoldeten Hörner schimmerten matt im Mondlicht.

Er nickte bei sich: Dies waren die Satanstiere, die rechte Begleitung für das Höllenweib, das hier wohnte, da war die Tür, ein schwarzes Viereck im milden Dunkel der Nacht. Er mußte in den zweiten Stock, an das Ende des linken Ganges. Er wollte schon zwischen den Säulen hervortreten, da hielt ein Geräusch ihn zurück. Er duckte sich. Eine Frau kam allein von dem Fest herüber, blieb am Springbrunnen stehen, um sich zu kühlen und ging dann nahe an dem Verborgenen vorbei. Doch sie nahm eine andere Tür, ihre Schritte verhallten in einem entfernteren Hof. Der Mann trat wieder ins Mondlicht. Noch immer gähnte ihm die Türöffnung entgegen. Er faßte nach seinem Messer und trat ein.

Clelia konnte nicht einschlafen, obwohl der Teil des Palastes, in dem das seidenverhüllte Schlafzimmer lag, ruhig, fast wie ausgestorben war, und die wilde Musik des Gelages nur sehr gedämpft herüberklang. Sie lag mit offenen Augen in dem zartrosenfarbenen Bett, auf weichen Daunenkissen, und starrte in die Flamme einer Lampe. Wie lange es wohl dauern würde, bis ihre Freundin erschiene? Und ob sie von diesem widerlichen Firmus kam? Sie konnte Zenobias Zuneigung zu diesem Mann nicht verstehen, der doch so offensichtlich ganz Berechnung war, und dessen protziger Geschmack sie nur noch mehr abstieß. Clelia blies in die kleine Flamme und beobachtete ihr Flackern. Sie selbst würde …

Ein Geräusch an der Tür lenkte sie ab.

»Zenobia, bist du das?« Momentan geblendet schaute sie angestrengt in die Dunkelheit jenseits der Lampe. Schritte kamen näher.

»Zenobia?« fragte sie noch einmal ängstlich. Ihre eigene Stimme kam ihr unangemessen laut vor.

»Clelia«, vernahm sie ein Flüstern. Erleichtert entspannte sie sich, es war jemand, den sie kennen mußte. Aber die Stimme war ihr unvertraut, so rauh und tonlos.

»Wer...«, setzte sie an, als die Schritte wieder zu hören waren. Sie richtete sich auf, noch immer konnte sie nichts erkennen. Da trat eine fremde Gestalt ins Licht, ein bleicher, unrasierter Mann in verwahrloster Kleidung. Seine brennenden schwarzen Augen bohrten sich in ihre, als er sie heiser fragte:

»Was tust du hier im Bett der Hure, Clelia?«

»Thomas!« Sie schrie es in fassungslosem Entsetzen. Ihr Mann, ihr verschwundener, totgeglaubter Mann stand wieder vor ihr. Sein Blick war der des alten Fanatikers, aber nun böse und glühend, als hätte er persönlich in alle Höllen der Unterwelt geblickt. Instinktiv zog sie die Decke über sich. Er bemerkte die Geste und riß sie ihr fort. Dann schlug er ihr ins Gesicht, zögernd erst, wie um die Wirkung zu testen, dann steigerte sich seine Erregung. Immer heftiger prasselten seine Schläge auf die Nackte, die sich wimmernd vor ihm zusammenrollte. Auf ihr Gesicht, ihren Leib, ihre Brüste schlug er, während er sie wüst beschimpfte im Namen des Einzigen.

»Hure«, geiferte er, »läufige Hündin einer Hure! Muß ich dich hier finden, du lästerliches, gottvergessenes Weib! Seuchenspucknapf einer geilen Buhlerin! Was ist aus dir geworden, du Auswurf? Meine Frau eine blonde Hure, wie die anderen alle! Habe ich dich nichts Besseres gelehrt? Kotsack, ekeliger Wurm! Verflucht seist du in die ewige Verdammnis!« Er hielt mit erhobenen Armen inne, als widerte ihn die Berührung mit ihrer Haut plötzlich an. Seine Hände, so schien ihm, brannten wie im lodernden Fegefeuer vom Kontakt mit der Unreinen. Er mußte sie strafen, dieses Stück Aas, das sein Weib gewesen war, sich und die Welt von ihr reinigen. Er durfte sich nicht mehr mit ihr besudeln.

Mit einem schnellen Griff nahm er die Bettdecke und riß einen breiten Streifen davon herunter. Der böse Laut, den die Seide dabei von sich gab, veranlaßte Clelia dazu, den Kopf zu heben. Sie sah, wie er das Band zwischen seinen Fäusten straffte, und schrie auf. Ihr Schrei hallte wider in den leeren Fluren des Palastes, in denen die fremden Götterbilder ins Dunkel starrten.

Der einzige Mensch, der ihn hörte, kauerte unruhig am Ende des Korridors und wartete. Nervös schaute er den Gang hinauf und hinunter; es war wichtig, daß niemand ihn hier sah. Ein zweiter Schrei ließ ihn zusammenzucken. Ärgerlich schüttelte er die Spannung ab. Was sollte die Empfindlichkeit, seine Schwester bekam dort drinnen nur, was sie verdiente. Verächtlich spuckte er auf den Fußboden. Da, die Tür öffnete sich.

Gash zog vorsichtig und ohne ein Geräusch zu verursachen sein kurzes Schwert. Der Mann kam im Dunkeln auf ihn zu. Jetzt! Mit einer Bewegung hieb er den Ankömmling nieder, der zu Boden sank, ohne einen Laut von sich zu geben. Er beugte sich über ihn, um sicherzugehen, daß es der Verrückte war. Dann hob er ihn sich über die Schulter; er war leichter, als er gedacht hatte. Es würde ein Kinderspiel sein, ihn zum Nilkanal zu tragen, der den Palastbezirk ganz in der Nähe durchschnitt. Möge Bel es geben, dachte er, daß sie alle nach dem Gelage gründlich ihren Rausch ausschliefen. Es mußte bald hell werden. Gash zog einen dunklen Umhang über sich und seine Last und machte sich auf den Weg.

* * *

Zenobia schlenderte barfuß durch die Innenhöfe, in die das erste Morgenlicht fiel. Der weiße Marmor war noch kühl unter ihren Schritten, und vom Meer her wehte ein frischer Wind. Sie trug ein einfaches Leinengewand, das eine Dienerin ihr besorgt hatte; die Prachtrobe vom Vorabend, ein Gewand wie ein Fischleib, aus goldenen und silbernen Plättchen, hatte sie sich über den Arm gelegt. Es glitzerte in der aufgehenden Sonne wie ein frischer Fang.

Zenobia trällerte ein Lied, während sie an den bunten Fassaden entlangging. Was für ein Tag würde das werden! Was für eine Nacht war das gewesen! Gar nicht gewillt, an Einzelheiten zurückzudenken, genoß sie nur das Gefühl, völlig verschwitzt, zerschlagen und zufrieden zu sein, die Erinnerung an einen Taumel ohne Kontrolle und den Nachgeschmack herber Aromen auf ihrer Zunge. Ihr Gesicht war der Sonne zugewandt.

Der Sklave, den Firmus ihr entgegenschickte, hatte Mühe, ihr seine schlimme Botschaft verständlich zu machen. Sie lächelte noch, als sie sich die im Morgenwind flatternden schwarzen Haarsträhnen aus dem Gesicht strich und ihn bat, sie hinzuführen. Ihr Schritt war nicht schwerer geworden.

Dann, vor Clelias Bett, klappte sie in die Knie wie geschlagen. Störrisch wehrte sie Firmus' Hände ab, die ihr Gesicht gnädig zur Seite drehen wollten. Die Freundin lag ausgestreckt auf dem zerwühlten Laken, blaue Flecke am ganzen Körper, um den Hals den dunklen Striemen, den Thomas' Stoffstreifen dort hinterlassen hatte. Das angelaufene Gesicht war furchtentstellt. Die aufgerissenen, hervorgetretenen Augen waren zur Stirn hin verdreht, als wollten sie betrachten, was der Mörder dort hinterlassen hatte: ein blutig in die Haut geritztes Kreuz. Der Anblick wirkte umso grauenvoller in dieser bezaubernden Umgebung und dem heiteren Licht des Morgens, das durch die Seidenbahnen flutete.

»Bei den Tränen der Isis«, flüsterte eine Stimme hinter ihnen, »genau wie bei den Huren.« Firmus drehte sich um und versetzte dem Sklaven, der gesprochen hatte, eine schallende Ohrfeige.

»Was redest du da für lästerliches Zeug!«

»Verzeiht, Herr«, murmelte der Mann, der das Temperament seines Herrn kannte und wußte, daß er noch immer zugehört hatte, wenn man ihm etwas Bedenkenswertes vorbrachte. Deshalb fuhr er fort:

»Es ist nur, wir hatten ein paar Morde im Hafen in den letzten Monaten, alles äh… Prostituierte. Es gab eine mächtige Aufregung, weil niemand verhaftet wurde. Und alle Toten waren blond und hatten so ein Kreuz auf der Stirn, wie die erlauchte Freundin unserer Königin. Das war es nur, was ich meinte.« Firmus runzelte die Stirn. Dieses groteske Symbol in Clelias Gesicht sagte ihm, daß es einen Zusammenhang geben mußte, nur wo war er zu suchen? Auch in Zenobias Kopf tauchte eine vage Erinnerung auf.

»Na, wenigstens daran ist der arme Teufel unschuldig«, murmelte sie.

»Was sagst du?« erkundigte Firmus sich liebevoll und half ihr, sich in einen Sessel zu setzen. »Rede nur weiter, reden ist gut gegen den Schock. Möchtest du irgend etwas? Vielleicht einen Schluck Wein?«

»Nein, danke Firmus«, sagte sie, und dann, gehorsam, fuhr sie fort: »Mir ging nur eben etwas durch den Sinn, was Gash mir gestern erzählte. Der Mann, der auf mich losging, du erinnerst dich? Er wurde offenbar von einigen verdächtigt, die Frauenmorde begangen zu haben. Nichts Eindeutiges, nur Gerüchte. Und jetzt haben wir den Beweis, daß es jemand anderes gewesen sein muß, denn er liegt seit gestern auf dem Friedhof, und Clelia...« Ihre Stimme kippte, und sie schluckte mühsam, »Clelia liegt hier. Kann man sie denn nicht zudecken, verdammt noch mal. Es muß sie doch nicht jeder nackt sehen.« Sie begann zu weinen.

Longinos trat ein und betrachtete die Tote. Er und Zenobia wagten einander nicht anzusehen. Schuldbewußt strich er ein letztes Mal über die kalte Wange, dann zog er das Laken über sie. Du hättest bei ihr sein können, klagte Zenobias stummer Blick ihn hinter seinem Rücken an. Ich hätte bei ihr sein müssen, wütete sie zugleich in ihrem Inneren gegen sich selbst. Sie schämte sich bis zur Übelkeit.

»Longinos...«, ihre Stimme brach.

»Wird der Priester bald hier sein?« fragte Longinos dagegen mit sachlicher Stimme, und sie haßte ihn für seine Ruhe. Firmus nickte nur statt einer Antwort. Schritte ließen sie die Köpfe erwartungsvoll zur Tür drehen. Doch statt des Priesters kam ein Offizier ins Zimmer. Er salutierte unbeholfen, bemüht, das pietätlos laute Klirren seines Schwertgehänges in dem kleinen Raum zu dämpfen. Er hatte einen zweiten Mord innerhalb der Palastmauern zu melden.

Sofort begann es in der Trauergemeinde hinter Zenobia aufgeregt zu wispern. Ein Mann war erschlagen im Nilkanal gefunden worden, verfangen in einem überhängenden Busch, der verhindert hatte, daß er ins Meer hinaustrieb. Seiner schäbigen Kleidung nach gehörte er nicht zu den Bediensteten, doch mußte er hier in der Nähe ins Wasser geworfen worden sein, und das vor nicht allzu langer Zeit, denn sein Körper war noch warm. Ob er ein Kreuz auf der Stirn getragen hatte, wußte der Offizier nicht zu sagen.

»Ich werde ihn mir ansehen«, beschloß Firmus und stand auf. Vielleicht gehörte der Mann zu dem umfangreichen Gauklertroß oder dem Orgienservice, den er selbst angeheuert hatte.

»Warte, ich komme mit«, sagte Zenobia und ergriff Firmus' Hand wie ein Kind. Begütigend legte er den Arm um sie.

»Hast du für heute denn nicht genug Leichen gesehen?« fragte er.

»Ich will hier nicht alleine bleiben.«

»Ihr solltet lieber auf den Priester warten«, mahnte Longinos mit ruhiger Stimme. »Es wäre besser, Ihr wärt hier, wenn er eintrifft.«

»Ach ja?« fauchte Zenobia. »Nun, ich übergebe dieses schöne Amt an Euch. Harrt Ihr doch aus – als Ausgleich dafür, daß Ihr Euch gestern nacht hinter Euren Büchern versecktet, als…« Die Stimme versagte ihr. Sie schloß die Augen.

Nur Firmus sah die Röte, die bei diesem Ausbruch Longinos ins Gesicht stieg. Er war zutiefst befriedigt, seufzte jedoch, als gäbe er einer lästigen Bettelei nach, und führte »seine« Königin hinaus. Es konnte nicht schaden, sie allmählich dem Einfluß ihres Lehrers zu entziehen. Der Mann mochte ja auf dem Gebiet der Wissenschaften eine Koryphäe sein, aber von Regierungsgeschäften sollte er besser die Finger lassen. Als ob man einen Staat tatsächlich nach den Vorstellungen eines Philosophen lenken könnte! Außerdem war ihm Longinos einfach nicht geheuer: ein Mann, der nicht zu leben verstand.

»Gut, daß du ihm die richtige Antwort gegeben hast, meine Kleine. Diese Typen muß man von Zeit zu Zeit zurechtstutzen.«

»Ich war im Unrecht«, murmelte Zenobia spröde, »und er im Recht. Wie meistens.« Der Satz gab Firmus zu denken und in unerfreulichem Schweigen gingen sie weiter.

»Nein, nie gesehen«, meinte er wenig später, über die nasse Leiche des Unbekannten gebeugt, die auf einer Marmorbank am Ufer des Kanals aufgebahrt lag. Der noch immer frische Morgenwind rauschte im Schilf und trug das Schnattern der Enten herüber. Ein Fisch sprang klatschend. Es duftete betäubend nach Jasmin.

»Aber ich kenne ihn«, kam es da von Zenobia, auf die niemand geachtet hatte. Firmus, der Offizier und die Wachen drehten sich erstaunt zu der Königin um. Sollte dieser zerlumpte Kerl zu ihrem Gefolge gehört haben? Statt einer Antwort schlug sie die Hände vors Gesicht. Ungeduldig strich Firmus ihr übers Haar.

»Ach Firmus, ich hätte zu Hause bleiben sollen heute nacht.«

»Na, na, na«, tröstete er hastig die Weinende, während die Soldaten peinlich berührt zur Seite schauten. Selbstvorwürfe waren Firmus fremd und unangenehm. So etwas führte doch zu nichts! Aber ehe er etwas in dieser Art zu ihr sagen konnte, preßte sie heraus:

»Firmus, das ist der Mann, der mich gestern umbringen wollte. Der Mann, der seit gestern Mittag tot auf einem Gräberfeld vor der Stadt liegen sollte, verstehst du?« Firmus verstand.

»Es scheint, als hätte jemand ihm einen zweiten Versuch gegönnt«, sagte er nachdenklich. Fast mitleidig sah er auf den toten Thomas hinab, »bevor er ihn dann wirklich hingerichtet hat.« Daran war wenig Verwunderliches für Firmus, die ägyptische Geschichte war voll von Geschwistern, die in tödlicher Fehde um den Thron lagen.

»Donnerwetter«, entfuhr es ihm. »So einen subtilen Versuch hätte ich deinem ewig mit zusammengebissenen Zähnen herumlaufenden Bruder gar nicht zugetraut. Und dennoch alles in allem ein stümperhaftes Unterfangen.« Firmus schüttelte den Kopf.

»Freut mich, daß du es so konstruktiv siehst«, entgegnete Zenobia frostig. Firmus ließ sich davon nicht stören:

»Jeder halbwegs Vernünftige hätte versucht, die Leiche im Teich der heiligen Krokodile loszuwerden, anstatt sie hierherzuschleppen. Von deinem Zimmer aus wäre der Weg sogar kürzer gewesen. Reine Stümperei!«

Die heiligen Krokodile! Die Worte blieben in Zenobias Gedanken hängen. Das Bild eines kleinen braunen Sees stellte sich ein, träge und riedgesäumt, mit großblättrigen gelben Seerosen, die reif herüberleuchteten und nicht verrieten, welch kalte Kraft das Wasser manchmal um sie kräuselte. Lange, rauhe Körper verwandten Brauns, unschuldig wie Baumstämme, dösten fern auf dem Sandbogen einer Insel und beunruhigten nicht einmal die langbeinigen weißen Vögel, die zwischen ihnen umherstakten.

»Er kannte den Teich nicht, Firmus«, sagte Zenobia bitter, »er war nicht dabei, als du uns durch die Tempelanlagen führtest, er mußte ja seinen Gefangenen verhören.« Sie wandte sich Firmus zu und sah ihn voll an: »Ich finde, er hat da etwas Großartiges versäumt, meinst du nicht auch?« Ganz nahe trat sie an ihn heran.

»Sorge dafür, daß er den Teich kennenlernt, Firmus!« Sie legte sich die Finger auf den Mund, aber Firmus wußte nicht, ob sie ihm damit Schweigen gebot, oder ob eine Art Aberglauben dahintersteckte, als könnte sie das Unglück, das mit ihren Worten unabwendbar in die Welt gekommen war, oder zumindest die Schuld daran, durch diese Geste abwenden.

Er nickte stumm. Zenobia ging unter der heißer werdenden Sonne davon. Sie hörte das Rascheln des Windes im Jasmin hinter ihr leiser werden. Dort blieben ein kalter Körper zurück und ein Freund, der ihr fremd zu werden begann. Und sie wußte, wenn sie Ägypten den Rücken kehrte, würde es für immer sein.

»Regel Nummer eins, meine Königin«, sprach Firmus zu sich selbst und schaute auf den toten Thomas hinunter. »Wenn du etwas ordentlich getan haben willst, dann tu es selbst.« Er lächelte.

## Heimkehr

Firmus' Spione stöberten Gash nach kurzer Zeit im Christenviertel Alexandrias auf, wo er sich in den armseligen Zimmern verbarg, die sein Opfer Thomas bei der Witwe eines Weinhändlers gemietet hatte. Es war der Ort, wo Firmus auch zuerst nach ihm hatte suchen lassen. Einsam in der ihm fremden Stadt, deprimiert und voll Zorn über seine Niederlage, nahm er gerne das Pferd und die Börse an, die Firmus ihm anbot.

Der alte Stratege hatte sich schon vor langem die Überzeugung zu eigen gemacht, daß man nie ein Gift verwenden sollte, ohne ein Gegengift dazu in der Hand zu haben. War es ihm doch selbst in den letzten Tagen manchmal so erschienen, als könnte Zenobia sich langfristig als eine gefährliche Investition erweisen: unberechenbar, eigensinnig und immer schwerer zu kontrollieren. Gut möglich, daß er eines Tages eine Alternative für Palmyra brauchte.

Daher gab er Gash persönlich ein Empfehlungsschreiben für den Hof eines befreundeten Monarchen und geleitete ihn heimlich nachts durch die von Palmyrenern bewachten Tore Alexandrias hinaus in die Freiheit.

Zenobia erfuhr nichts von all dem; sie grub sich in dem fremden Palast ein, wobei sie das Schlafzimmer mied, in dem Clelia ermordet worden war. Stattdessen hatte sie sich das einfache Klappbett eines Soldaten ins Arbeitszimmer stellen lassen und betäubte ihren Schmerz und ihr schlechtes Gewissen durch unausgesetzte Aktivitäten. Verbissen unterzeichnete sie Erlasse, Ernennungen und Steuerbescheide. In der restlichen Zeit widmete sie sich mit vermehrtem Eifer dem Unterricht oder vervollkommnete ihre Fähigkeiten im Bogenschießen zu Pferd – bis Zabdas ihr meldete, daß das Heer marschbereit war.

* * *

Zenobia wachte schweißgebadet auf. Ihr Hals schmerzte, als hätte sie laut geschrien. Hatte sie? Noch immer zitternd von dem bereits verflüchtigten Alptraum strich sie sich die wirren Haare aus der Stirne. Niemand lag neben ihr im Bett, den sie hätte fragen können, wie sie Clelia sonst zu fragen pflegte:

»Habe ich gesprochen im Schlaf? Was habe ich gesagt?« Aber vor ihrem Zelt war alles ruhig, die Wache ging mit gleichmäßigen Tritten vorbei, ohne hereinzusehen. Die Nachtstille dröhnte in ihren Ohren. Zenobia legte sich wieder hin. Sie wimmerte leise und lauschte dem menschlichen Laut trostsuchend nach. Dann zog sie die Beine an den Körper und drückte das Gesicht gegen ihren lebendig pochenden Puls.

Die meiste Zeit der Reise verbrachte sie diesmal im Sattel, an der Spitze ihrer Soldaten. In der Sänfte wurde ihr ihre traurige Einsamkeit zu deutlich bewußt. Hätte sie Clelia in jener Nacht doch nur nicht allein gelassen – bloß um eines flüchtigen Vergnügens willen. Noch immer schämte sie sich zu sehr, um Longinos' Nähe zu suchen. Und was sie brauchte, das glaubte sie bei ihm nicht zu finden: Trost. Zenobia sehnte sich danach, getröstet zu werden, wie ein Kind. Und ein Kind zu sein, das würde er ihr niemals erlauben. Die dunklen Ringe unter seinen Augen, die sie der Trauer um Clelia zuschrieb, gaben ihr einen Stich, auch wenn sie sich für die lächerliche Eifersucht auf eine Tote schalt, die sie doch selbst geliebt hatte. Zumal sie gar keinen Anspruch auf Longinos' Zuneigung erhob.

Verwirrt stürzte sich Zenobia in die Arbeit. Sie war es, die den Befehl zum morgendlichen Aufbruch gab. Sie überwachte persönlich das Aufbauen des Lagers in der Dämmerung. Sie teilte alle Strapazen mit den Soldaten, ihr Essen und die groben Scherze abends an den Lagerfeuern der Offiziere. Es schien ihr, als brauche sie den Lärm und die Fröhlichkeit ihrer siegreichen Truppen, um mit ihrer Verzweiflung fertig zu werden. Langsam übte die rauhe, unbeschwerte Umgebung des Heerzuges ihre heilende Wirkung auf sie aus.

Und die Männer vergötterten sie geradezu. Zenobias Gestalt im leichten Lederharnisch, mit dem purpurnen Federbusch am Helm, wurde von ihnen verehrt wie die kriegerische Allath selbst. Abends am Feuer saß sie still dabei, wenn die alten Veteranen ihres Offizierscorps sich gegenseitig mit den alten Geschichten ihrer Stämme unterhielten.

Wieder hörte sie dort die Erzählung von Taimoamad und dem Mädchen, mit der Attay sie früher so oft getröstet hatte. Einmal erzählte sie den ehrerbietig lauschenden Männern selbst, wie das erste Bair einst zu den Kriegern der Stämme kam, als Arzu und Azizu noch zuweilen auf der Erde wandelten. Und über ihnen spannte sich der hohe Sternenhimmel der Wüste, dessen Strahlen nirgends so hell war wie hier draußen, in der Einsamkeit zwischen den Dünen.

Ein allgemeiner Wutschrei ging durch die Kolonnen, als bekannt wurde, daß Probus, der römische Präfekt, schließlich doch nach Alexandria heimgekehrt war. Die verbündeten Piraten hatten ihn nicht endlos mit Scheingefechten weiterlocken können und sich nach schweren Verlusten schließlich Richtung Zypern zurückgezogen.

Probus war wutentbrannt und entschlossen vorgegangen und hatte die in Ägypten zurückgelassene palmyrenische Garnison ganz unerwartet schnell besiegt. Alexandria war gleich im ersten Gegenangriff wieder gefallen, und die Besatzer im Straßenkampf aufgerieben worden.

Die überlebenden palmyrenischen Truppen flohen in kleinen Verbänden Richtung arabische Halbinsel. Firmus war untergetaucht, und der Überbringer der schlechten Botschaft in Zenobias Lager hatte keine Nachricht von ihm. Erste kleine Flüchtlingstrupps trafen ein und schürten die Kampfeslust. Die Soldaten waren empört.

Allein Zenobia blieb gelassen in der allgemeinen Erregung. Nach knapper Beratung mit ihren Generälen bestimmte sie die Truppenzahl, die unter Zabdas umkehren und die Schlacht mit dem Gegner suchen sollte. Longinos und sie entwarfen einen Tag und eine Nacht lang den erneuten Angriffsplan. Ohne Pause und Schlaf brüteten sie über den Karten und besprachen sich immer wieder mit Zabdas, der darauf brannte, die Schande vom Schild seiner Königin zu tilgen.

»Probus ist der Heißsporn. Wir müssen kaltes Blut bewahren«, ermahnte sie den Alten, und Longinos nickte beifällig.

»Wir sollten ihn zum Angriff reizen und die Schlacht da schlagen, wo wir sie wünschen.« Er deutete mit dem Finger auf eine Stelle im westlichen Delta. Zabdas wiegte bedenklich den Kopf. Die Wachen vor dem Eingang wechselten dreimal, ohne daß jemand das Zelt verließ. Das fürsorglich herbeigeholte Essen wurde kalt auf den Tabletts. Nur vom heißen Würzwein nippten die Arbeitenden, um in der Kühle vor dem Morgengrauen, als die Müdigkeit nach ihnen griff, die Augen offen zu behalten. Als die Männer endlich gegangen waren und die Zofen ins Zelt zu ihrer Königin eilten, fanden sie sie eingeschlafen am Kartentisch. Sie lächelte im Schlaf.

Wenige Wochen später konnte Zabdas den erneuten Sieg melden. Und er brachte einen Brief des bereits verloren gegebenen Firmus mit.

»Teuerste Wüstenprinzessin,

Dein ergebener ägyptischer Vasall wünscht Dir Heil. Leider war mein Aufenthalt in den letzten Wochen ein wenig unbequem, der Komfort schon beinahe nomadisch zu nennen, daher verzeih, wenn ich erst jetzt dazu komme, Dir ein paar Zeilen zu senden. Das sind die lästigen Folgen der Politik, die mir wohl sagen sollen: Schuster, bleib bei deinen Leisten.

Und das habe ich getan, Fürstin der Fernstraßen, ich griff auf eines meiner alten Metiers zurück; du weißt ja, mein Vorleben war... sagen wir bewegt, wenn auch einige Leute, was mich betrifft, zu starken Übertreibungen neigen. Daß ausgerechnet ich Kaiser Valerian seinerzeit an Schapur verraten haben soll, gehört jedenfalls größtenteils ins Reich der Märchen. Ein so vielseitig engagierter Mann wie ich hat eben viele Feinde. Aber zurück zum Thema.

Einer meiner Feinde war in jedem Fall unser geschätzter Präfekt Probus. Die Tatsache, daß wir ihn in den letzten Wochen ein wenig übergangen haben, hatte ihn doch ein wenig erzürnt. Und auch die lange Seereise auf unsere Kosten scheint ihn nicht erfreut zu haben. Jedenfalls war es nicht sehr schmeichelhaft, was er in Alexandria alles über mich erzählen ließ, während seine Legionäre auch noch die schäbigsten Mietshäuser auf der Suche nach mir durchkämmten. Selbst das Bordell, in dem ich mich eine Weile versteckt hielt – ich war dort Teilhaber, ein wirklich vornehmes, distinguiertes Etablissement –, ließ er durchsuchen.

Es war ein glücklicher Umstand, daß Timagenes und ich weiterhin auf derselben Seite standen. So konnte ich zunächst in Rhakotis untertauchen und dann, als ägyptischer Landarbeiter verkleidet, mit seiner Hilfe in den Süden entkommen, was Dich hoffentlich erfreut.«

An dieser Stelle lachte Zenobia zum ersten Mal. Firmus war zweifellos der dickste Landarbeiter gewesen, der je auf den staubigen Straßen Unterägyptens gewandelt war. Sie zeigte den Papyrusbogen Longinos, der mit hochgezogenen Augenbrauen weiterlas.

»Leider, muß man für Präfekt Probus sagen, war der ägyptische Dorfschreiber, der ihn wenige Tage später täppisch aufsuchte, um die auf meinen Kopf ausgesetzte Belohnung zu kassieren, auch nicht ganz das, was er zu sein schien. Und daß Probus darauf einging, sich persönlich mit einem Mann zu treffen, der ihn zu meinem Aufenthalt führen könnte, war, gelinde gesagt, unklug.« Longinos schnaubte.

»Für einen Mann, der eben noch barfuß durch Kameldung marschieren mußte, ist er mit Kritik nicht eben zurückhaltend. Was hätten ihm all seine Winkelzüge ohne unsere militärischen Erfolge am Ende genützt. Wenn er nicht immer auf einen gutmütigen Idioten träfe …«

»Wie mich, meint Ihr wohl«, ergänzte Zenobia.

»… der ihn aus der Klemme holt, dann wäre er immer noch der kleine

Zuhälter und Betrüger, als der er einmal angefangen hat«, vollendete Longinos seinen Satz.

»Ihr seid hart in Eurem Urteil, Longinos.«

»Glaubt mir, lange nicht so hart wie Euer zwielichtiger Freund sein kann. Ihr wärt nicht der erste Geschäftsfreund, den er...«

»Ich weiß, ich weiß«, unterbrach Zenobia ihn gelangweilt und ahmte seinen Tonfall nach, als sie fortfuhr: »Ich traue ihm nicht, ich habe ihm nie getraut. Nun, falls er Ägypten demnächst an die Römer zurückverkaufen sollte, könnt Ihr wenigstens sagen, Ihr hättet es schon immer gewußt. Lest weiter, oder besser, gebt her.« Sie nahm das Manuskript wieder an sich.

»Da Probus darauf bestand, das Schicksal herauszufordern, schlug es auch zu, und die heiligen Krokodile erhielten wieder einmal kräftige Nahrung. Longinos mag Dir erklären, welche Lehre der Präfekt daraus ableiten sollte, so der arme Kerl noch könnte. Denn wenn ich nicht irre, ist ja auch Dein Philosoph ein Mann, der nicht kann. Oder nicht zu können glaubt. Setzt er jetzt gerade wieder sein undurchdringliches Maskengesicht auf, während er das liest?«

Zenobia lachte erneut amüsiert und sah zu Longinos hinüber, der ihrem Vortrag tatsächlich mit ungerührter Miene gelauscht hatte.

»Er kennt Euch, Longinos. Das müßt Ihr zugeben.«

»Nicht so gut, wie ich ihn, Fürstin. Aber jemanden mit so wenig Menschenkenntnis wie Ihr mag seine kleine Vorhersage wohl beeindrucken. Um Eure Worte von vorhin aufzugreifen: Lest weiter.«

»Oh, es kommt nicht mehr viel, er schreibt nur noch: ›Ich, Schönste der Wüste, versichere Dir hingegen, alles zu können, was Deinen Ruhm künftig über Ägypten strahlen lassen wird. Ich residiere wieder im Palast, den Göttern sei Dank für die dortigen Baderäume, und all Deine Wünsche werden mir Befehl sein...‹ und so weiter, und so fort«, übersprang sie den Rest, »›Dein Diener Firmus.‹ Das war's.« Sie legte den Bogen beiseite, verlangte Schreibzeug und stellte Firmus eine Ernennung zum Präfekten aus. Longinos sah ihr beim Schreiben über die Schulter und reichte ihr das Siegelwachs.

»Was hat er übrigens damit gemeint, daß diese Krokodile ›wieder einmal‹ kräftig gefüttert wurden?« fragte er beiläufig. Zenobia tropfte sich flüssiges Wachs auf die Hand und fluchte.

»Keine Ahnung, au verdammt, ist das heiß. Vermutlich ein alter ägyptischer Brauch, Krokodile zu füttern.«

»Zweifellos. Ihr füttert in Firmus ja auch eines.« Mit zusammengezogenen Brauen sah sie zu ihm auf, eine scharfe Erwiderung auf den Lippen. Doch um seinen Mund spielte fast so etwas wie ein Lächeln. Erleichtert ging sie zu einem anderen Thema über. Und Gash erwähnte sie mit keinem Ton. Als sie Wochen später unter Jubel durch Palmyras Tore ritten, galt der Bruder der Königin als verschollen.

Die Stadt feierte ihre Rückkehr nächtelang, in allen Tempeln wurden Bankette abgehalten, und die Tesserae dazu zeigten Zenobia als Augusta, die Erhabene, einen Titel, den römische Imperatoren bei ihrem Machtantritt anzunehmen pflegten. Eine persische Gesandschaft übermittelte die Hoffnungen ihres Königs Schapur, zwischen den beiden Reichen möge auch künftig ein gutes Einvernehmen bestehen. Und die tributpflichtigen Städte aus dem Norden sandten Geschenke und Segenswünsche. Zenobias Macht reichte nunmehr von Ägypten bis über den Tauros. Ihr Einflußgebiet bis ans Schwarze Meer auszudehnen, war der nächste logische Schritt. Sie hatte darüber mit Longinos bereits ausführliche Gespräche geführt. Doch die unmittelbare Gegenwart galt den Siegesfeierlichkeiten.

Die ägyptischen Beute-Prunkstücke wurden in einer grandiosen Prozession zum Beltempel überführt und dort im Vorhof ausgestellt. Hochbeladene Kamele drängten sich dabei stundenlang durch die menschenbelagerte Säulenpromenade. Hochrufe stiegen mit den Essensdämpfen der zahllosen Garküchen auf. Zenobia war auf dem Höhepunkt ihrer Popularität.

Doch im Palast warteten schlechte Nachrichten auf sie. Tarsis, die Amme, wurde gefesselt vor sie geführt und kniete angstzitternd, mit gesenktem Kopf, vor ihrem Thron. Sie wagte nicht zu sprechen. Zenobia sah ausdrucklos von ihrem Löwensessel auf sie hinab.

Tarsis hatte, da sie sich anhaltend schlecht fühlte, beschlossen, nicht länger in den Zelten der Beduinen zu bleiben, sondern sich an einen Arzt in der Stadt zu wenden. Den Jungen hatte sie nicht allein zurücklassen wollen, schließlich war sie für ihn verantwortlich. Ihr Vertrauen zu den Bene Mattabol war denkbar gering, und so hatte sie das weinende, sich heftig wehrende Kleinkind vor sich in den Sattel gehoben und war in Richtung Zivilisation aufgebrochen.

Vaballathos vermißte aber die Freiheiten, die er bei dem Stamm genossen hatte, wo jedes Zelt ihm offenstand und er mit den Ziegenhirten und ihren Herden weit in die Ebene hinausziehen durfte. Kühn für sein Alter, unternahm er in dem ihm nach der langen Abwesenheit fremd gewordenen Palast oft Streifzüge, bei denen Tarsis ihn stundenlang nicht finden konnte. Deshalb wußte auch keiner, wo er sich das heftige Fieber geholt hatte, mit dem er plötzlich lag.

Die Ärzte hatten tagelang um sein Leben gefürchtet. Nun schien er gerettet, die Temperatur war gesunken und die Krämpfe fort. Das Kind schwitzte nicht mehr, schlief ruhig und hatte sogar wieder Appetit. Es hatte das Bewußtsein wiedererlangt, nicht jedoch seinen Geist. Das waren jedenfalls die Worte, die der königliche Leibarzt gebrauchte.

»Gab es Anzeichen von ...«, wollte sie fragen, doch die Stimme des alten Mannes unterbrach sie:

»Kein Gift, nein«, sagte er. Zenobia nickte, kein Gift. Also einfach nur ein Unglück. Ein himmelschreiend ungerechtes, tödlich schmerzendes Unglück. Haßerfüllt starrte sie Tarsis an, die den Kopf noch immer nicht hob. Sie holte tief Luft und stieß zitternd den Atem aus. Doch es hätte nicht Longinos' beruhigender Hand auf ihrem Arm bedurft, um ihren Beschluß zu festigen.

»Laßt sie los«, befahl sie den Wachen. »Sie soll fort aus Palmyra und allen Städten, die unter unserem Gesetz stehen. Jetzt sofort, und ohne etwas anderes mitzunehmen als das, was sie auf dem Leib trägt. So befehlen wir.« Es war ein mildes Urteil.

Zenobia wurde darauf in ein stilles Zimmer geführt, in dem ihr Sohn lag. Sein Bett stand am Fenster, doch er sah nicht hinaus. Vaballathos lag auf dem Rücken, die Hände spielten mit einer Feder, die er selbstvergessen lächelnd betrachtete. Er schaute nicht auf, als sie kamen, erkannte niemanden außer der Sklavin, die ihn hütete, und sprach auch nicht. Nur sein Körper schaukelte leise auf der Liege.

Das täte er den ganzen Tag, berichtete die neue Kindfrau, sich wiegen, summen oder still etwas betrachten. Er sei ein guter Junge.

Zenobia ließ sich langsam am Bett ihres Sohnes nieder. Sie blickte in seine Augen, die an einem Ort zu verweilen schienen, zu dem sie ihm nicht folgen konnte, und die Verzweiflung legte sich auf sie wie ein Mantel aus Blei.

»Vaballathos«, flüsterte sie, »komm zu mir zurück, bitte.« Sanft strich sie über sein Haar und kämpfte die Tränen nieder, die ihr in die Augen stiegen. Dann richtete sie sich entschlossen auf. Es mußte Hilfe geben, es mußte.

»Holt Ume«, ordnete sie an. »Rasch!«

Als die alte Badefrau kurz darauf erschien, sah sie ihr entgegen als dem einzigen Menschen, von dem sie noch Rettung erwarten konnte. Ume trat neben sie, betrachtete erst den Sohn, dann die Mutter und schüttelte mitleidig den Kopf.

»Ich habe von der Krankheit Eures Sohnes gehört, Königin«, sagte sie behutsam, »und glaubt mir, wenn es Heilung für ihn gäbe, hätte ich es längst versucht. Was erwartet Ihr von einer schlichten Badefrau? Ein Wunder?«

Nach einem weiteren Blick in Zenobias Gesicht setzte sie sich zwanglos neben sie aufs Bett, barg den stolzen Kopf an ihrer Schulter und ging wieder zum vertrauten Ton vergangener Zeiten über.

»Nein, ihm kann ich nicht helfen, aber vielleicht dir, mein Kleines.« Sie fühlte den Körper der jungen Frau in ihren Armen erzittern, als das Weinen endlich kam.

»Clelia wurde an meiner Stelle ermordet«, flüsterte Zenobia nach einer Weile, die Stimme rauh vor Tränen, »und mein Sohn ist nur noch eine leere Hülle. Was nützt mir meine ganze Macht, wenn ich nicht einmal die Menschen beschützen kann, die ich am meisten liebe?«

Ume wiegte die Königin in ihren Armen, als wäre sie noch das kleine Mädchen von früher.

»Wer hat dir gesagt, daß das Leben leicht ist? Und daß du vom Leid verschont bleibst, nur weil du die mächtigste Frau weit und breit bist? Ich habe vor langer Zeit meinen Mann verloren und drei von meinen fünf Kindern begraben. Trotzdem habe ich wieder gelernt, zu lachen und fröhlich zu sein. Gib nicht dir die Schuld an dem, was geschehen ist, du kannst nicht immerzu auf andere aufpassen. Sieh dir deinen Sohn an, sein Lächeln und den Ausdruck in seinen Augen, und glaub' mir: Er ist glücklich. Bei weitem glücklicher vielleicht als viele, die sich mühsam durch dieses Leben plagen.«

Zenobia hatte ihr schweigend gelauscht, nun löste sie sich von ihr und stand auf. Dieses Hinnehmen des Schicksals war ihre Sache nicht, schon damals nicht, als Ume ihren Kindertraum gedeutet hatte. Dennoch hatte Ume die einzigen Worte gefunden, die ihre Qual ein wenig lindern konnten.

Von da an verbrachte Zenobia täglich eine kurze Zeit bei Vaballathos, saß in einem Stuhl mit hoher Lehne, lauschte seinen Tönen und sah seinen kleinen Fingern zu, wie sie irgendetwas, ein Stück Faden, ein Blatt, entzückt ergriffen und wendeten, als könnten sie unendlich viel von ihm erfahren, worauf das leer gewordene Gesicht mit friedlichem Lächeln lauschte. Anfangs nannte sie ihm die Namen dessen, was er hielt: Stein, Blume, Haar. Aber nie entdeckte sie in seiner Miene einen Schatten des Begreifens oder Wiedererkennens, und so ließ sie es bald und begnügte sich damit, zart seine Finger wieder auseinanderzuflechten, wann immer sie sich zu fest um einen Gegenstand gewunden hatten.

Seltsamerweise machten sie diese Stunden mit ihrem Sohn nicht verzweifelter, sondern ruhig. Sein Anblick löste nach einer Weile keinen wilden Schmerz mehr in ihr aus, im Gegenteil: Es schien ihr dabei, als könnte auch sie mit ihrem verwundeten Leben zufrieden werden. Und bei aller geschäftigen Tätigkeit in diesen Monaten gab es für sie nichts Wichtigeres, als ihren kleinen Sohn zu betrachten.

* * *

Die Botschaft aus Rom traf ein, als Zenobia gerade die neuerrichtete Stadtmauer inspizierte und mit dem Baumeister über einige ihrer Verbesserungswünsche an den ebenfalls neu befestigten Toren diskutierte.

Ihr Blick schweifte prüfend über das mächtige und unüberwindlich wirkende Bauwerk, dann drehte sie sich um und sah in die Wüste hinaus. In der Ferne waren die Salinen zu erkennen, die ein Freigelassener von ihr seit Jahren bewirtschaftete. Sie lagen in der flirrenden Hitze der roten Ebenen südlich von Palmyra, in der Nähe der Handelsstraße nach Damaskus.

Es waren breite, flache Salzpfannen eines ehemaligen großen Sees, übereinander geschobene Terrassen in schmutzigen Grau- und Ockertönen, deren Ränder hier und da glitzerten. Dort schien die Sonne die Luft zu glühendem Metall verflüssigt zu haben, und das grelle Licht trieb einem die Tränen in die Augen.

Dann lenkte etwas anderes ihre Aufmerksamkeit auf sich: ein Reiter, der in scharfem Galopp auf sie zujagte. Als er näherkam, erkannte sie zu ihrem Erstaunen Longinos. Sein Mantel, nach Soldatenart um die Schulter geschlungen und an der rechten Achsel mit einer Agraffe geschlossen, flatterte im Wind. Er sprang vom Pferd, grüßte sie mit einer knappen Kopfbewegung und hielt ihr ein Schriftstück unter die Nase.

»Der römische Senat«, erklärte er auf ihren fragenden Blick hin, »verurteilt den Überfall auf Ägypten und entzieht Euch den Oberbefehl über den Osten.«

Zenobia blieb ruhig. »Damit war zu rechnen«, stellte sie fest. »Wir wußten, daß der Ägyptenfeldzug einen direkten Angriff auf das römische Reich bedeutete.«

Sie wandte sich dem Baumeister zu und trug ihm auf, die besprochenen Änderungen durchzuführen, dann suchte sie mit Longinos einen schattigen Platz zwischen den Bäumen: hohe, schlankstämmige Dattelpalmen mit schweren Fruchtrispen.

Longinos bat einen der erstaunten Bauern, die in der Nähe arbeiteten und bereits neugierig herübergesehen hatten, um etwas Wasser und Früchte. Er wurde eifrig bedient; bald lagen auch Brotfladen und würziger Käse vor ihnen.

So versorgt berieten sie über die Situation. War die Drohung aus dem fernen Italien wirklich ernst zu nehmen? Beide bezweifelten es. Zwischen ihnen und Rom lagen Tausende von Meilen Gebietes, die seit Jahrzehnten von Barbarenvölkern berannt wurden und in denen Roms Macht oft nicht mehr als eine Erinnerung war. Der jetzige Kaiser hieß nicht umsonst Claudius Gothicus; es würden zweifelsohne auch die in immer größerer Zahl über die Grenzen drängenden Goten sein, die Roms Schicksal besiegelten, befand Zenobia. Auch Longinos meinte:

»Er würde nicht einmal bis zum Hellespont kommen.«

»Jedenfalls nicht, ohne daß sich in Rom sofort ein Gegenkaiser erheben würde, kaum daß er mit seinen Truppen den Fuß über die Grenze gesetzt hat«, fügte Zenobia hinzu. »Der römische Thron ist doch weiter nichts mehr als ein Spielball ehrgeiziger Generäle. Generäle ohne Siege.«

Keiner von ihnen glaubte, daß das römische Imperium tatsächlich eine Chance hätte, sich noch einmal von den vergangenen Niederlagen zu erholen.

»Sie werden von den Barbarenstämmen aus dem Norden weggeschwemmt werden«, führte Longinos aus und biß in den bröseligen Käse. Zenobia lachte, als das Stück ihm in der Hand zerfiel.

»Ceterum censeo, verehrte Senatoren, Rom wird zerfallen wie dieser Käse in meiner Hand«, intonierte sie in pompösem Tonfall. »Lacht nicht, Longinos, meine Worte werden noch als Käsegleichnis in die Geschichte eingehen.« Sie legte sich zurück und sah an einer Palme entlang in den Himmel.

›Ceterum censeo‹, das waren die Dinge, die der Nachwelt überliefert wurden, und nicht zum Beispiel, wie der Blick an diesem Stamm hinaufgeschleudert wurde ins Blaue, als flöge man. Oder wie nah und lebendig die wenigen Geräusche durchs Fenster kamen, wenn sie mittags im Zimmer ihres Kindes saß, ein Fliegensurren, ein sandiger Tritt auf dem Marmorboden und dazu Vaballathos' ruhige Züge, als atmete der Augenblick.

Sie hatte lange nichts gesagt. Longinos sah von seinem Essen auf. Da lag sie und träumte, entspannt, wie sie es in ihren gemeinsamen Unterrichtsstunden nie war. Der Moment erschien ihm seltsam intim, beängstigend intim geradezu. Sein Herz begann wie wild zu schlagen. Er ließ sich langsam neben sie zu Boden sinken und stützte den Kopf auf den Ellenbogen. Ihre Blicke trafen sich. Einen Augenblick lang spielte er mit dem verrückten Gedanken, sich über sie zu beugen und … Allein schon die Vorstellung stürzte ihn in schwindelerregende Abgründe.

»Die Markomannen haben Italien damals bis Ravenna geplündert«, sagte sie leise.

Longinos räusperte sich energisch und kehrte in die Wirklichkeit zurück. »Der vorige Kaiser Gallienus hatte ihnen Land abgeben und eine ihrer Häuptlingstöchter heiraten müssen«, setzte er ihren Gedankengang fort. »Und jetzt folgt ihnen der Stamm der Juthungen auf demselben Pfad. Er wird Krieg und Plünderung auf italienischen Boden tragen. Das wäre erstens.«

Er ritzte einen Strich in den Sand, dann setzte er einen zweiten daneben: »Gotenbanden in Pannonien drängen die römischen Siedler und die verbündeten Stämme zurück über die Donau. Dort steht ein Gemetzel bevor, und ich bin sicher, sie werden die Provinz verlieren.«

Zenobia nickte zustimmend.

Er dachte kurz nach und fuhr fort: »Gallien ist noch immer verloren, und Aufstände in Germanien drohen.« Ein dritter und vierter Strich. Zenobias Blick glitt von den Kerben zu einer wimmelnden Gruppe Ameisen, die die Käsebrocken wegschleppten. Sie waren nicht schwarz, sondern glänzend silbern. Wie Krieger in Rüstungen, dachte sie.

»Fünftens«, ergänzte sie, »wir haben Ägypten. Wenn wir uns jetzt selbständig machen, werden sie sich davon nicht mehr erholen. Die anderen Provinzen im Osten haben nur die Wahl zwischen uns und Schapur. Also wird uns niemand in den Rücken fallen.«

Beide waren sich einig, daß niemand Palmyra seine Stellung im Osten streitig machen konnte.

»Ist es nicht seltsam?« wunderte sich Zenobia. »Vor unseren Augen verfällt das größte Staatsgebilde aller Zeiten, und kein Laut ist zu hören.« Longinos zog fragend die Brauen hoch. »Ich meine«, erklärte sie, »würde man nicht ein lautes Krachen erwarten, ein Dröhnen wie von Schilden auf Schilde, den Aufschrei ganzer Völker? Statt dessen – hört doch nur.«

Eine Weile sagte keiner von ihnen einen Ton, und das leise Zischen des Sandes über die Schilfmattenzäune war das einzige Geräusch. Dann sprach Longinos wieder:

»Die Frage ist nur, geben wir ihnen eine ausweichende Antwort oder eine deutliche?« Auffordernd sah er sie an. Zenobia zuckte die Schultern.

»Die Dinge sind bereits, wie sie sind. Sprechen wir es aus.« Longinos hatte nichts einzuwenden. Er würde einen entsprechenden Brief aufsetzen.

Vorsichtig erhob er sich und stakste erneut zu dem Brunnen hinüber. Zenobia sah, wie der Bauer dort ihn ansprach und beide gemeinsam zurückkamen.

»Fürstin, dieser freundliche Mann hat eine Bitte«, wies Longinos auf seinen Begleiter. Zenobia hob fragend das Kinn.

»Er möchte«, erklärte Longinos mit unmerklichem Grinsen, »daß Ihr seinen Ochsen segnet.«

Die Nachricht vom Tod des römischen Imperators Claudius Gothicus kam wenig später, wie ein letztes Zeichen der Bestätigung, und die Botschaft an den Senat ging auf die Reise. Dann verbreitete es sich wie ein Lauffeuer längs der Karawanenstraßen, daß der illyrische Feldherr Aurelian zum neuen Kaiser erhoben worden sei. Longinos kam in Vaballathos' Zimmer, um Zenobia zu erklären, daß dies ein Mann war, dessen Gegnerschaft nicht mutwillig gesucht werden durfte. Doch noch waren beide nicht ernsthaft besorgt. Der Brief an den Senat war abgeschickt, die Rom zustehenden Steuern einbehalten, die Entscheidung gefällt.

Trotzdem wies sie Firmus an, die diesjährige Getreideflotte aus Ägypten – mit taktischer Verspätung – nach Rom abzuschicken. Sollte der neue Kaiser sehen, was ein gutes Verhältnis zu Palmyra wert war, wenn der Plebs auf den Straßen nach Korn schrie – und sie es ihm lieferte. Auch ließ sie Münzen mit dem Bild des Aurelian als Imperator schlagen. Falls er den Krieg nicht selbst suchte, und Zenobia konnte sich nicht vorstellen, daß er das würde, mochte er sich und den aufgebrachten Senat mit diesem Zeichen ihrer Ergebenheit beruhigen.

Es wurde ein friedlicher Sommer. Zenobia befragte wie jedes Jahr öffentlich das Quellorakel nach dem Schicksal der Stadt. Diesmal fehlte beim vorherigen Opfer auch das Gold nicht, und die Zeichen standen besonders günstig, wie die Priester ihr versicherten. Die Ernten in den Gärten waren gut, der Pferdemarkt einer der prächtigsten überhaupt, und die Karawanen brachten mehr Seide und Sklaven als je zuvor aus Asien in das zerfallende Imperium und trugen unentwegt Reichtum in die Stadt. Dann kam die Nachricht: Aurelian marschierte.

*Ein Schock war es nicht, als ich die Nachricht erfuhr, daß es Rom noch gab. Und daß es sich mir nachhaltig ins Gedächtnis rufen wollte. Auch verging mehr als ein Jahr, in dem uns nur spärliche Nachrichten vom Vordringen der Römer nach Osten erreichten. Sie waren lange Zeit fern, so fern, womöglich würden sie, müde und abgekämpft vom Marsch durch ihr zerfallendes Reich, überall umgeben von Feinden, niemals bis zu uns vordringen. Heute, Odu, wo Rom so real für mich geworden ist, frage ich mich, wie ich damals nur so naiv sein konnte. Und doch hatten wir uns alles, was wir taten, gut überlegt, Longinos und ich. Wie waren wir zuversichtlich.*

*Natürlich ergriff ich Maßnahmen; eine diplomatische Delegation, die von Longinos instruiert wurde, ging nach Persien ab; ich schrieb selbst nach Ägypten. Die Bauarbeiten an der Stadtmauer wurden beschleunigt und die Befestigung versprach auch im ungünstigsten Fall noch lange vor der Ankunft der Römer fertig zu sein.*

*Meine Armeen wurden besser ausgebildet denn je. Ich machte es mir zur Gewohnheit, sie in meiner Gegenwart regelmäßig Reiterspiele abhalten zu lassen, denen ich auf einer Balustrade beiwohnte, in voller Rüstung und mit wehenden Zöpfen. Die Sieger erhielten aus keiner anderen Hand als meiner ihre Prämie.*

*Sag nicht, daß Frauen romantisch wären, Odu, sie sind nichts im Gegensatz zu Soldaten. Wie sie mich verehrten. Und es war jene Zeit, da ich als Amazone zur Legende wurde.*

IV.

# *Die Liebe*

# Die Frau in der Sänfte

Über Rom hing einer jener blassen Vorfrühlingstage, an denen die Sonne fast jeden aus dem Haus lockte, obwohl sie die Straßen nur schüchtern wärmte und der Wind noch frisch blies. Und doch verhieß das Licht schon die Nähe des Sommers. Der Verkehr war daher noch lebhafter als sonst, freudig erregt drängten sich die Menschen in den Straßen, und die Kaufleute und Budenbesitzer machten gute Geschäfte.

Die beiden jungen Sklaven, die Aelia Drusilla zu den Antoninianischen Thermen begleitet hatten, wo sie sich wie jeden Mittwoch vormittag mit einer Gruppe Freundinnen zu exklusiver Schönheitspflege traf, traten fröstelnd vor die Säulen des riesigen Gebäudes. Sie hatten die Sorge um die Kleider ihrer Herrin für ein paar Kupfermünzen an das Badepersonal abgetreten und zogen nun die kurzen Mäntel fest über ihren plissierten rosa Tuniken zusammen. Der junge Mann mit den blonden Locken steckte seine vergoldete Spielzeuglyra weg und legte den Arm um das ebenfalls blonde Mädchen, das ihrerseits eine versilberte Flöte in den Gürtel stopfte. Gemeinsam blinzelten sie in die weiße Sonne. An einer Bude zwischen den Säulen der Thermen kauften sie heiße Würstchen und etwas Würzwein und spazierten schlendernd die Via Ardeatina entlang auf die Stadtmauer zu. Auf einem durchsonnten Plätzchen unter einem Rundbogen des Aquädukts zu ihrer Linken ließen sie sich schließlich nieder.

Zögernd sah das Mädchen auf die dampfende Wurst, während ihr Begleiter mit gespreizten Fingern aß, von denen das Fett triefte.

»Hier Odu, du kannst meine auch haben.« Sie reichte ihm schließlich ihren Anteil.

»Keinen Hunger?« Odu kaute noch. »Danke, Paula.« Er benutzte ebenso selbstverständlich ihren richtigen Namen wie sie den seinen, seit sie ein Liebespaar waren. Aelia Drusilla nannte sie Phaidon und Psyche.

»Geht's dir auch gut?« erkundigte er sich, nachdem er den ersten Hunger gestillt hatte. Aber Paula schüttelte nur den Kopf. Sie ließ den Blick über die staubige Grasnarbe gleiten, auf der sie lagerten. Ein paar Tonscherben lagen zwischen den braunen Halmen, weiter vorne war ein Haufen Bauschutt aufgetürmt. Die Insula, von der er stammte, schien erst vor kurzer Zeit zusammengebrochen zu sein, denn die Ruine war noch nicht vollständig von den Bautrupps abgebrochen worden. Die Rückwand stand noch, und an ihr hingen die Reste von Fußböden und Trennwänden; es sah aus, als hätte jemand die Zimmer aufgeschnitten. Gemalte Weinranken, Reste eines schlichten Freskos, bleichten neben bröselndem Putz, daneben der dunkle, fettige Fleck, wo jemandes Kopf regelmäßig an der Wand gescheuert haben mußte, vielleicht hatte dort ein Bett gestanden. Ob die Bewohner in den Trümmern umgekommen waren? Es roch nach Urin. Unwillkürlich zog Paula den Umhang sorgfältiger um ihr leuchtend rosa Kleidchen, damit es nicht schmutzig wurde und ihren Ausflug verriet. Sie sah in dieser Umgebung ebenso deplaziert aus wie ein Schmetterling auf der Abflußrinne einer öffentlichen Bedürfnisanstalt.

»Ich verstehe gar nicht, warum du so niedergeschlagen bist«, begann Odu erneut. Heftig fiel Paula ihm ins Wort:

»Das verstehst du nicht? Hast du jedes Gefühl dafür verloren, wie lächerlich wir in unseren Puppenkleidern aussehen? Findest du es auf einmal in Ordnung, das Spielzeug einer halbverrückten Alten zu sein? Schau uns doch an mit unseren Goldsandälchen und den Löckchen. Wie der Badewannen-Traum eines Päderasten. Findest du es nicht weiter schlimm, als lebende Attrappe rumzulaufen, nur weil es jeden Mittwoch Würstchen gibt und jeden Montag Sex beim Putzen der Baderäume?« Sie begann zu weinen.

Odu kaute verlegen die Reste hinunter. Daß Paula auch immer gleich so heftig werden mußte. Ihr niedlicher Aufzug täuschte selbst ihn, der es besser wissen müßte, immer wieder über ihr energisches Wesen hinweg. Nicht, daß er sie deswegen weniger gemocht hätte. Ihre aufbrausende Art erinnerte ihn sogar ein wenig an seine vergötterte Kinderfreundin Zenobia, das hochmütige junge Mädchen, mit dem er damals durch Palmyras Straßen zu streifen pflegte. Wie lange war das nun her.

Doch, doch, Paulas Worte beschämten ihn. Er hatte tatsächlich angefangen, sein Leben in einem rosigeren Licht zu sehen. Seit das Schiff, das ihn mit Clemens und Julia von Antiochia nach Italien hätte bringen sollen, von Piraten aufgebracht worden war, hatte man ihn wie ein Stück Vieh verladen und über die Sklavenmärkte geschleift. Auf Rhodos schließlich kaufte ihn ein Weingroßhändler, der ihn wegen seiner Kenntnisse in Geschäften als Sekretär mit auf Reisen nahm.

Der Mann war jähzornig, brutal und leider selbst sein bester Kunde. Als er sich binnen kurzem zu Tode gesoffen hatte, wurde Odu mit der Konkursmasse versteigert. Er landete als Gehilfe bei einem Gerber in Benevent, der aber durch die heftigen Neigungen seiner Gattin dazu bewegt wurde, ihn wieder abzugeben. Er reichte Odu als Gelegenheitskauf an einen befreundeten Geschäftsmann weiter. Im Kontor von dessen Ziegelei entdeckte ihn schließlich Aelia Drusilla, die den Betrieb eben aufkaufte und Odu sofort mitnahm.

Seine ersten Befürchtungen, die Matrone könnte sich in ihn verliebt haben, bewahrheiteten sich zwar nicht, dennoch wurde er in dem neuen Haushalt nicht glücklich. Aelia Drusilla benötigte keines seiner vielen geschäftlichen Talente, sie brauchte für ihre Zwecke nichts als sein hübsches Gesicht. Seine Rolle als lebendes Kunstwerk langweilte Odu, sie machte ihn stumpf und apathisch. Drusilla, die nie etwas anderes als ihre eigenen Wünsche wahrnahm, nannte es voll Entzücken »Melancholie«. Die Hausgenossen hetzten gegen das neue »Schoßhündchen«. Er wurde nicht vertraut mit ihnen, war bald einsam und gerade so blaß und durchsichtig, wie seine Herrin es schätzte.

Das änderte sich erst, als Paula in den Haushalt kam und ihm als Psyche an die Seite gegeben wurde. Odu verliebte sich wie selbstverständlich in das zart aussehende Mädchen. Er blühte geradezu auf, begann, sich das Leben einzurichten und Pläne zu machen, zu sparen, um sie beide freizukaufen. Paula war zwar spröder, als er es erwartet hatte, doch hatte sie nie Einwände erhoben, im Gegenteil: Sie verwahrte und verwaltete ihr gemeinsames Geld und war ihm eine strenge Haushälterin. Und jetzt saß sie hier und beschimpfte ihn schluchzend. Er hatte noch immer nichts erwidert, als sie Atem holte und hinzufügte:

»Ich bin schwanger, verflucht noch mal.«

Odu wußte dazu nichts zu sagen. Sorgfältig wischte er die Finger an seinem Umhang ab und nahm die Weinende dann unsicher in den Arm. Er merkte, daß auch er traurig war, und daß er sich über so eine wichtige Nachricht nicht freuen durfte, erschien ihm als das allertraurigste daran.

»Sie wird mir den Kopf abreißen«, schniefte Paula, als sie sich ein wenig beruhigt hatte, »sie wird mich in die Bergwerke verkaufen, weil ich ihr ihre schöne Inszenierung versaut habe. Phaidon und Psyche! Lebende Bilder werden nun einmal nicht schwanger.«

»Nun, nun«, beruhigte Odu sie und wiegte sie versuchsweise ein wenig. »So schlimm wird es nicht werden.«

»Glaubst du vielleicht, sie will mich mit Kugelbauch in Rosa vor ihrer Sänfte herwatscheln sehen und Wiegenlieder auf der Flöte üben? Sie war stolzer auf uns als dieser Senator auf seine Hibiscusbüsche.« Paula begann erneut zu schluchzen. »Das wird sie mir nicht verzeihen.«

Odu dachte kurz nach; er war da anderer Ansicht. Sicher würde Aelia Drusilla wütend darüber sein, ihr Genien-Gespann auseinandergerissen zu sehen, aber sie würde Paula nie verkaufen, da war er sicher, zumal wenn er die Vaterschaft zugäbe. Das Kind zweier blondlockiger, blauäugiger Schönheiten wie sie beide wäre eine zu kostbare Vermehrung ihres Besitzes. Aelia Drusillas erster Charakterzug war nun einmal nicht der Idealismus, sondern die Geldgier. Paula hörte ruhiger werdend zu. Sie dachte nach.

»Vermutlich hast du recht. Oh Götter«, murmelte sie mehr zu sich selbst, »sie wird eine Zucht aufmachen und dich immer bei Vollmond zu mir schicken.«

»Paula!« Er schüttelte sie vorsichtig. »Das ist geschmacklos, hör auf damit.«

»Schon gut, Odu, ich versuche nur, realistisch zu sein.« Sie schob seine Hand zur Seite, dann versank sie wieder in ihre Gedanken. Odu plauderte, um sie abzulenken.

»Es wird nicht mehr passieren, als daß sie dich auf ihr neues Landgut schickt, damit niemand die verunstaltete Psyche sieht. Und ich werde eben schneller sparen, damit wir alle drei möglichst bald wieder zusammen sind.«

Paula schüttelte den Kopf. Was war der Junge doch für ein Tagträumer. »Du wirst nicht nur schneller sparen müssen, sondern vor allem noch viel mehr. Der entscheidende Punkt ist doch, daß drei mehr kosten als zwei. Und wenn sie wirklich Geschmack an blondem Nachwuchs findet, wie du sagst, dann wird es vielleicht nicht bei einem Kind bleiben. Odu, wir brauchen mehr Geld, sehr viel mehr Geld. Oh, ihr Götter!«

Odu nickte, natürlich hatte sie recht. Und zugleich begann er sich ihre gemeinsame Zukunft auszumalen, er sah sich und Paula und das Kind... Sie begann inzwischen zu rechnen.

»Laß uns sehen, was wir haben.« Sie hob eine herumliegende Scherbe auf. »Da ist unser Dienst im Haushalt.« Sie kratzte einen ersten Strich in den Boden. »Die wenigen Prämien von Aelia Drusilla reichen keinesfalls aus. Und deine Buchfälscherei« – sie zog einen zweiten Strich – »wirft auch nicht genug ab.«

Odu zuckte zusammen. Er half einigen kleinen Geschäftsleuten bei ganz legalen Winkelzügen in ihrer Buchführung, das war alles. Einer davon allerdings, Plautus, war ein Stoffhändler, der häufig Piratenware abnahm und sich von Fall zu Fall an Odu wandte, um sich über die Qualität der ihm angebotenen Seide beraten zu lassen. Er bezahlte ihn großzügig dafür, benötigte seine Dienste aber eher selten.

»Vielleicht könnte ich Plautus fragen, ob er etwas für mich hat.«

»Plautus, richtig.« Ein dritter Strich wurde hinzugefügt. »Jammerschade, daß du nur etwas von Seide verstehst.« Odu senkte schuldbewußt den Kopf. »Du solltest es wie Polybios machen, der neue Türsteher. Er hat da einen kleinen Handel mit einem befreundeten Sklaven, der in einem Gewürzlager arbeitet. Sie werden dort nach Arbeitsschluß bei Verlassen des Lagers streng durchsucht, aber sie machen es anders, sagt er: Sein Freund zweigt kleine Mengen Pfeffer ab und schiebt sie durch ein kleines Fenster, vor dem Polybios schon wartet. Er bringt die Beute dann zu einem Händler in dem großen halbrunden Ziegelbau am Hadriansforum. Der soll fantastisch dafür bezahlen.« Ihr Gesicht strahlte bei dem Gedanken.

»Das hat er dir erzählt? Ich wußte gar nicht, daß du mit Polybios so gut befreundet bist«, erwiderte Odu verwirrt.

»Lenk doch jetzt bitte nicht vom Thema ab, Odu. Ich glaube, der Händler hieß Celer. Wir sollten ihn gleich aufsuchen.« Mit diesen Worten sprang sie auf, warf die Scherbe fort und klopfte sich die Hände ab. Dann gab sie Odu einen flüchtigen Kuß und zog ihn mit sich.

Bald standen sie vor dem beeindruckenden Bau, hinter dem sich der Markt bis zum nahen Hügel des Quirinal und in die Subura hinein erstreckte. Seine Front aber sah auf die Säulengänge des Hadriansforums und die bronzene Reiterstatue des Kaisers in der Tiefe des Platzes. Odu und Paula hatten für die Architektur keinen Blick. Sie suchten ihren Weg durch das Gedränge am Eingang, wo zwischen den Säulen Friseure ihr Geschäft betrieben und ihren Kunden zusammen mit der Rasur die aktuellsten Neuigkeiten zukommen ließen. Körbe voll Obst und Blumen und kunstvoll um die ehrwürdigen Marmorsockel der Säulen arrangierte Berge von Weinamphoren behinderten das Fortkommen.

Im Erdgeschoß des Baus waren die Obst- und Gemüsehändler untergebracht. Die zweiflügeligen Holztore weit geöffnet, sahen ihre Läden einer neben dem anderen auf die Straße hinaus. Zarter Pfirsichgeruch lag in der Luft, als sie die Steintreppe zwischen zwei solchen Tabernen nach oben stiegen. Aus dem dunklen Inneren des Hauses drang sofort ein schärferes Aroma in ihre Nasen. Weindunst verriet ihnen, daß im ersten Stockwerk die Wein- und Ölhändler residierten, noch ehe sie die Stufen ganz erklommen hatten. Sie warfen einen flüchtigen Blick auf dunkle Fässer und stiegen rasch höher.

Die nächsten beiden Etagen gehörten den Gewürzgroßhändlern und ihrer betäubend duftenden Ware, die in großen flachen Körben ausgestellt war. Männer standen herum, rieben kennerisch Pulver zwischen den Fingern, schnupperten und kosteten und kalkulierten auf ihren Wachstäfelchen. Sie fragten mehrfach nach Celer, doch er war nicht zu finden, im dritten Stock so wenig wie im vierten. Er sei am Hafen, nachmittags vielleicht, so wurden sie beschieden. Paula war enttäuscht.

»Was ist das eigentlich für ein Gedränge auf der Treppe?« fragte Odu noch, den die Menschenmassen wunderten, die hier aus und ein gingen. Er erfuhr, daß über ihnen die Räume der kaiserlichen Unterstützungsämter untergebracht seien. Wer von den Bürgern Roms Anspruch auf Getreide-

und Geldzuwendungen erhob, konnte sie dort anmelden. Der Zudrang war so stark, daß Paula in dem engen Treppenhaus wieder übel wurde. Odu versuchte vergeblich, ihnen einen Weg nach unten freizudrängeln und ließ sich mit Paula im Arm schließlich einfach mittreiben.

Im fünften Stock wurde es dann ruhiger. Hier waren die Becken des Fischmarktes. Fasziniert starrte Odu auf diese faszinierende Welt, wo so hoch über dem Boden träge, dunkel glänzende Fischleiber im Wasser plätscherten.

»Schau, Paula, der große schwarze dort, dessen Rücken gerade den Wasserspiegel durchstößt, das ist ein Wels. Siehst du die Tentakeln um sein Maul? Und hier, sieh nur!« Er zog sie zu einem Becken, auf das durch die offenen Fenster ein Streifen Sonnenlicht fiel. Schuppen flirrten silbern auf bei jeder Bewegung. Durchsichtig schimmerte es rot, gelb und blau auf den Flossen, die das Wasser fächelten wie Damenschleier. Es waren Regenbogenforellen.

»Sind sie nicht wunderschön?«

Aber Paula ertrug die feuchte, nach Tang riechende Luft der Räume schlecht, deshalb brachte Odu sie noch weiter nach oben, auf das Dach. Sie atmeten durch und traten im kühlen Wind ganz an den Rand zwischen die Zinnen, wo sie auf den säulenumkränzten Platz hinuntersehen konnten. Rechts vor ihnen erhob sich die imposante, hundertsechzig Meter lange Fassade der Basilika Ulpia und dahinter die Hadrianssäule mit dem Standbild des Kaisers darauf, dem sie fast auf gleicher Höhe gegenüberstanden. Die Frühjahrssonne goß einen silbrigen, fröstelnden Glanz über die Pracht.

»Wir gehen wieder hinunter, wenn die Versorgungsämter geschlossen haben«, versprach Odu. »Es muß gleich soweit sein, es ist schon Mittag vorbei. Schau, dahinten ist das Virgo-Aquädukt, von da werden wohl die Fischbecken unten versorgt«, erläuterte er, um sie abzulenken. »Ist es nicht phantastisch? Ich glaube, ich habe keine lebende Forelle mehr gesehen, seit ich ein Kind war und in der Donau fischte. Und jetzt schwimmen sie unter unseren Füßen, hoch über Rom, als könnten sie in den blauen Himmel davonziehen.«

Paula nahm seine Hand. »Versprich mir, daß du morgen wieder herkommst, Odu.«

»Ich weiß nicht, Paula, es ist immerhin Diebstahl«, wandte er ein.

»Fürchtest du dich?« Paula preßte verächtlich die Lippen zusammen. Nach einer Weile sagte sie:

»Ich werde es ihr heute abend sagen. Bald werde ich fort sein.« Sie wartete. Odu nahm sie in den Arm.

»Du hast recht. Ich werde alles tun, was du willst, Paula, ich verspreche es.« Da sie den Kopf wegdrehte, streifte sein Kuß ihre Wange.

»Ich vermisse dich jetzt schon«, sagte er.

Sie kamen gerade noch rechtzeitig zurück zu den Thermen. Aelia Drusilla verließ gerade das Bad, gemeinsam mit einer Freundin, deren Sänfte sie bestieg. Sie wollte nicht vor dem Abend zurück sein und entließ sie beide nach Hause. Odu schickte die frierende Paula heim und beschloß, es gleich noch einmal bei Celer, dem Gewürzhändler, zu versuchen.

Langsam ging er den Clivus Orbius entlang und sah in die engen Gassen der Subura hinein, wo die Wäsche, die zwischen den Balkonen zum Trocknen aufgespannt war, ein Dämmerlicht verbreitete. Fast vor jedem Fenster standen Tonscherben mit Rosmarin und Lavendel, deren Duft beinahe den stechenden Geruch des Urins überwältigte, der auf dem schlammigen Boden in Pfützen faulte. Aus unzähligen Vogelkäfigen pfiff und gurrte es in allen Tonlagen hinter Odu her, als ginge er durch einen Wald.

Greisinnen saßen reglos, in ihre lumpigen Umhänge gewickelt, auf den Balkonen in der Sonne und beobachteten, ebenfalls mit Vogelaugen, die Nachbarschaft. Die Holzläden der Fenster waren weit geöffnet und zeigten die Hausfrauen über den Kochfeuern. Ein dreckiger gelber Köter mit einer Schnur Scherben an seinem Schwanz rannte aus so einer Seitengasse quiekend vor Odus Füße. Hinter ihm her schwärmte eine Horde ebenso schmutziger Kinder und rannte Odu beinahe um.

»Aurelia!« gellte ein Schrei aus einem der Fenster, »komm sofort her.« Aber die Kinder jagten weiter und verschwanden zwischen den Säulen des Forum Augusti. Odu sah ihnen wehmütig nach und verwünschte seine Sorgen.

Ihm war nicht wohl bei dem Gedanken, sich an derart zwielichtigen Geschäften zu beteiligen, wie Paula sie ihm vorschlug. Er hielt sich lieber fern von Gefahren, zu oft schon war er aus einem friedlichen Leben in die nächste Ungewißheit gestoßen worden, als daß er leichtfertig riskieren würde, was er jetzt besaß. Andererseits, was war sein Leben hier ohne Paula wert? Und wie kam sie dazu, so vertrauliche Dinge von Polybios zu erfahren? Er war doch erst wenige Wochen im Hause. Odu bog auf das Trajansforum ein.

Er war so in Gedanken vertieft, daß er am Marktgebäude vorbeilief und schon fast vor den Stufen der Basilika Ulpia stand. So übersah er zunächst auch das dezente Winken zwischen den Vorhängen einer geschlossenen Sänfte, die dort am Eck des Gebäudes zwischen den Säulen stand. Die Frau, die darin saß, beugte sich schließlich ungeduldig heraus und pfiff einmal kräftig auf beiden Fingern nach ihm. Als er endlich aufschaute, war aber wiederum nur eine beringte Hand zu sehen, die den Finger lockend krümmte.

Sein erster Impuls war, weiterzugehen. Er hatte schon viele derartige Angebote erhalten, das blieb bei seinem Aussehen nicht aus. An den Saturnalien, wenn die Sklaven einen Tag lang die Herren spielen durften und die Standesschranken fielen, blieb Odu sogar lieber zu Hause, als durch die Straßen zu tanzen. Zu viele enthemmte Patrizierinnen taumelten gewöhnlich seines Weges, und sie pflegten es nicht zu vergessen, wenn man sie einer hübschen jungen Sklavin wegen einfach übersah, Saturnalien hin oder her.

Odu wollte daher gerade weitergehen, als ihm sein Geldproblem einfiel und ihn zum Stehenbleiben veranlaßte. Es ist ja für Paula, dachte er vage und trat näher. Besser als Diebstahl mochte es immerhin sein. Mit einem halbherzigen Lächeln beugte er sich vor, um zwischen die Vorhänge zu spähen.

Doch das Gesicht im Inneren der Sänfte erfüllte seine schlimmsten Befürchtungen: eine faltige Hexenmaske mit boshaft funkelnden kleinen Augen. Er prallte förmlich zurück.

»Starr gefälligst nicht so, du Flegel! Wenn du meiner Herrrin auch auf den zweiten Blick gefallen willst, solltest du dir bessere Manieren angewöhnen«, fauchte das alte Weib ihn an und weidete sich an seinem Schrekken.

Trotz der ruppigen Anrede seufzte Odu erleichtert. »Ihr seid für Eure Herrin unterwegs?«

»Ha, wie er aufatmet«, kicherte die Alte und kniff ihn prüfend in die Wange. Dann stieß sie ihn zurück. »Ein Ohrfeigengesicht, es bleibt dabei«, knurrte sie schließlich. »Ja, für meine Herrin. Oder erwartest du, daß sie dich persönlich auf dem Forum abholt? Los, steig ein.«

»Ich habe nicht gesagt, daß ich mitkomme«, wandte Odu ein. Diese Frau war danach, ihm dunkle Vorahnungen einzuflößen.

»Du wirst schon, Junge, du wirst schon.« Sie gab Odu einen Beutel mit Münzen und kicherte böse, als sie sein fassungsloses Gesicht sah. Odu zählte und zählte.

»Ist sie so alt?« fragte er, fast flüsternd vor Schrecken. Seine neue Bekannte kreischte vor Vergnügen so laut, daß er zusammenzuckte.

»Alt? Nein, so alt ist sie nicht. Auch nicht dick. Es ist schlimmer, Jungchen, viel schlimmer.« Odu überlegte, während die Münzen durch seine Finger glitten. Dann schnürte er den Beutel wieder zu, gab sich einen Ruck und stieg ein. Sie lachte noch, als die Sänfte mit ihnen beiden in den Clivus Argentarius einbog.

## Der Krieg rückt näher

Die gekreuzten Speere der Wachen glitten auseinander, die Türflügel öffneten sich, und Gaius Livius Aemilianus, Gesandter des römischen Kaisers, betrat zusammen mit seinem Gefolge den Thronsaal von Palmyra. Mit festen Schritten durchquerte er die riesige Halle, ohne sich von ihren Dimensionen oder der kostbaren Ausstattung beeindrucken zu lassen. Er übersah auch angelegentlich das betont militärische Gepräge des Hofstaats, durch dessen Reihen er hindurchschritt.

Neben den schimmernden Rüstungen orientalischen Stils war vielfach die Tracht arabischer Reitervölker zu sehen. Alle mit Schwertern und Dolchen am Gürtel, die Hosen – ein Kleidungsstück, das ein Römer nicht anders als barbarisch bezeichnen konnte – lässig in die Stiefel gesteckt, kniekurze, seitlich geschlitzte Obergewänder, die Köpfe mit langen, schmalen Tüchern umwunden. Ernste, von der Wüstensonne tiefbraun gebrannte Gesichter, schwarzglühende Augen, die ihn abschätzig musterten, harte sehnige Hände, die im Sekundenbruchteil das Schwert gezogen haben würden. Sie kamen ihm vor wie ein Rudel Löwen, bereit, sich beim ersten Anzeichen von Schwäche auf ihn zu stürzen.

Ein passendes Bild, fand er, als er sich dem Thron näherte und die imposanten Löwenfiguren sah, die seine Armlehnen darstellten. Er hob den Kopf und blickte direkt in das Gesicht der Königin von Palmyra. Erstaunt bemerkte er, wie jung sie war. Und versuchte vergeblich, in diesen ebenmäßigen Zügen den bösartigen weiblichen Dämon zu entdecken, als den man sie ihm geschildert hatte. Nicht einmal ihre Aufmachung entsprach seinen Vorstellungen. Über einem blütenweißen Leinengewand trug sie lediglich einen purpurfarbenen, goldbestickten Mantel, der an beiden Schultern befestigt war und dessen Schleppe noch die Stufen des Throns bedeckte. Ihre Haut wirkte dunkler, als eine vornehme Römerin es an sich dulden würde, aber Aemilian mußte zugeben, daß dieser mattgoldene Teint seinen Reiz hatte. Das blauschwarze Haar war in verschlungenen Zöpfen hochgesteckt, und ein breites, schweres Diadem aus Gold, an eine Helmzier erinnernd, funkelte über ihrer Stirn. Was hatte er eigentlich erwartet? Daß sie ihn in einer Badewanne voll Eselsmilch empfangen würde, wie es vor dreihundert Jahren von Kleopatra berichtet worden war?

»Seid willkommen in Palmyra, Botschafter«, begrüßte sie ihn gelassen. »Was habt Ihr vorzubringen?« Makelloses Latein, stellte er fest, perfekte Artikulation, klangvolle Stimme, eindeutig rhetorisch geschult.

»Kaiser Aurelianus, Herrscher des Römischen Reiches, hat in nur einem Jahr die Juthungen, Vandalen, Markomannen, Alemannen und Goten besiegt. In disem Augenblick befindet er sich mit seinen Legionen bereits in Griechenland; bald wird er hier sein, um seine abtrünnige syrische Provinz zu strafen. Krieg und Vernichtung stehen Euch bevor. Doch noch ist er bereit, Euch Frieden zu gewähren – unter gewissen Bedingungen.«

Zenobia hatte sich seine Ausführungen mit emporgezogener Braue angehört. Jetzt beugte sie sich vor, die Hände auf den Löwenköpfen ihres Throns.

»Unter welchen Bedingungen?« fragte sie eindringlich.

»Ihr werdet alle Gebiete abtreten, die Palmyra in den letzten Jahren erobert hat. Euer Herrschaftsgebiet wird sich allein auf die Stadt beschränken, und auch hier werdet Ihr Euch der Oberhoheit des neuen, von Rom eingesetzten Syndicus unterwerfen.« Er ignorierte das zornige Gemurmel, das sich allmählich im Saal erhob; offensichtlich verstanden viele hier Latein. »Für die bislang ungesühnte Ermordung seines Vorgängers verlangen wir von Euch ein Bußgeld sowie die Bestrafung der Schuldigen. Wir werden die Höhe der Steuern neu festsetzen, die Palmyra in Zukunft entrichten wird …«

»Schweigt«, unterbrach sie ihn mit einer herrischen Geste. »Das ist kein Friedensangebot, sondern eine Beleidigung. Solche Bedingungen stellt man einem besiegten Feind.«

»Genau das werdet Ihr bald sein.« Er sprach es aus wie eine schlichte Feststellung.

»Im Prahlen seid Ihr wahrhaftig nicht zu übertreffen«, gab sie in schneidendem Ton zurück. »Wir werden sehen, ob das auch für die Kriegführung gilt. Ich bezweifle es. Palmyra ist ein anderer Gegner als die ungeordneten Barbarenhorden, mit denen Ihr bisher zu tun hattet.« Sie erhob sich von ihrem Thron und blickte hoheitsvoll auf ihn hinunter. »Sagt Eurem Kaiser, daß seine lächerliche Drohgebärde ihren Zweck verfehlt hat. Sagt ihm, er täte besser daran, in die illyrischen Wälder zurückzukehren, aus denen er gekommen ist. Und sagt ihm, daß er es bereuen wird, falls er tatsächlich wagen sollte, den Fuß auf palmyrenischen Boden zu setzen.« Ihre Stimme hatte sich von Satz zu Satz gesteigert und vibrierte nun vor unterdrücktem Zorn, aber noch immer klang jedes Wort klar und präzise.

Aemilian hielt ihren finster drohenden Augen eine Weile stand, dann ließ er den Blick über ihre Gefolgsleute schweifen, die den Thron umgaben. Einer davon setzte inmitten der kriegerischen Pracht der Offiziere einen ungewöhnlichen Akzent: Er hatte eher das Aussehen eines Gelehrten, betrachtete jedoch die römische Gesandtschaft mit der gleichen kalten Arroganz wie die anderen.

»Ihr seid entlassen«, sagte Zenobia kurz und wandte sich zum Gehen.

Der Botschafter deutete eine ironische Verbeugung an. »Es war mir ein Vergnügen, die berühmte Königin von Palmyra kennenzulernen. Man hat wirklich nicht übertrieben, was Eure Schönheit angeht. Ihr werdet auf Aurelians Triumphzug einen wundervollen Anblick biet…« Schon spürte er die Schwertspitze an seinem Hals. Eines dieser raubtierhaften Geschöpfe war blitzschnell und völlig lautlos vorgesprungen, sichtlich entschlossen, ihn auf der Stelle zu töten. Zenobia drehte sich noch einmal um und rief einen Befehl in einer Sprache, die er nicht verstand. Die Klinge wurde sofort zurückgezogen.

»Laßt ihn«, wiederholte sie auf Latein. »Von jemandem wie ihm darf man keine Manieren erwarten.« Sie sprach wie eine Mutter, die liebevoll ihre Kinder belehrt, aber der beißende Spott war nicht zu überhören. »Er ist schließlich ein Römer«, warf sie der Versammlung über die Schulter hinweg noch zu, ehe sie die Halle endgültig verließ, dabei die Schleppe ihres Mantels anmutig hinter sich herziehend.

Und Aemilian hatte nicht gewußt, daß man dieses Wort mit einer solch abgrundtiefen Verachtung aussprechen konnte. Wirklich eine ausgezeichnete rhetorische Schulung. Er würde seinem Kaiser eine Menge zu berichten haben.

* * *

Die braune Zeltplane flappte träge im leichten Wind. Sie umrahmte den Ausblick auf die Salinen, über deren rötlichen Terrassen die Luft zitterte und flirrte. Zebida sah die kleinen Gestalten der Sklaven, die lautlos in der Ferne ihre Holzwerkzeuge schwangen, um Schollen von Salz und Staub vom Rand der roten Stufen zu schlagen, sie in die Transportkörbe luden, aufschulterten und in einer langen, dünnen Karawane herantrugen, die vor seinem Unterstand endete. Die Sklaven luden wortlos ab und taumelten auf ihren fetzenumwickelten Füßen wieder hinaus in den Glutofen. Fliegen surrten. Zebida wedelte sich mit einem Palmfächer träge etwas Luft zu und seufzte.

Ein Schreiber neben ihm prüfte die Qualität der Schollen, zählte und befahl, sie zu Kamelladungen zusammenzuschnüren. Das Ergebnis seiner Berechnungen teilte er Dionysios mit, dem Mann, der vor Zebida stand. Er war vielleicht sechzig Jahre alt, mit einem schmalen, hakennasigen Gesicht und spärlichem Haar. Der bitter zusammengepreßte Mund zeugte von einem Magenleiden, das er der Landesküche verdankte, und von wenig Humor. Faltig und trocken sah er aus, als hätte er oft und ausgiebig von seiner Ware gekostet.

»Du siehst«, wandte Zebida sich an den alten Griechen, »die georderte Menge ist da. Auch die Transportkarawane, die du bestellt hast, wird jeden Moment hier eintreffen. Du solltest also gleich zahlen, wenn du willst, daß wir noch Zeit für einen guten Schluck übrigbehalten.« Dionysios seufzte und zog umständlich seine Börse:

»Ware, Transport, Begleitschutz, alles aus einer Hand, und teurer als eine alexandrinische Hure. Ihr Monopolisten macht mich zum armen Mann.« Dann begann er, die Münzen laut auf den Tisch zu zählen. Zebida grinste, winkte den Schreiber hinaus und drehte sich um, um nach dem Schlauch mit samischem Wein zu angeln, den Dionysios ihm zum Kaltstellen übergeben hatte, bevor er die Salinen inspizieren ging. Es gehörte zu seinem Anteil am Geschäft, dafür, daß er die besten Kamele und Wächter bei den Stämmen für Dionysios aussuchte. Der kleine, aber feine Teil eines Geschäfts, das ihm außerdem noch eine gute Summe Bares einbrachte. Dionysios legte es für ihn außerhalb Syriens an, als kleine Sicherheit.

Sie machten schon lange zusammen Geschäfte, der griechische Händler und er, und wenn sie auch keine Freunde waren, so kamen sie dem Gefühl doch so nahe wie möglich mit der Freude, die sie beim profitverheißenden Anblick des anderen immer wieder empfanden. Etwas klirrte, und Münzen rollten über den Tisch. Zebida drehte sich um.

»Dir bekommt wohl neuerdings die Wüste nicht mehr, alter Mann...«, setzte er gerade an zu sagen, als er erstarrte: Dionysios war vornüber auf den Tisch zwischen ihnen gefallen. Das Gesicht lag auf der kleinen Goldwaage und starrte mit weit geöffneten Augen an ihm vorbei. In seinem Rücken steckte ein Dolch, und dahinter stand der Mann, dem er gehörte und grinste Zebida an, ein stämmiger Beduine mit einer Narbe vom linken Mundwinkel zur Schläfe hoch.

»Was, was…«, Zebida erhielt keine Antwort. Der andere schnitt mit einer energischen Bewegung die prall gefüllte Börse von Dionysios' Gürtel, wies mit einem Pfiff und einem Wink seine Begleiter an, die salzgefüllten Körbe auf die Kamele zu laden, die von ihnen herangetrieben wurden, und schob Zebida mit dem Fuß die Münzen zu, die in den Staub gefallen waren.

»Da, dein Anteil.«

»Maklay, was soll das«, legte Zebida los, als er seine Stimme wiederfand, und rang die Hände. »Der Mann war euer Auftraggeber, ihr solltet Salz für ihn an die Küste bringen, ich….«, er wußte nicht weiter. Hastig goß er sich einen Schluck Wein ein und trank.

»Genau das werden wir tun«, antwortete Maklay, »das Salz zur Küste bringen. Und dort verkaufen wir es dann auf unsere Rechnung.«

»Ja, aber…«

Maklay spuckte aus. »Es gibt nicht eben viel zu verdienen in diesen Zeiten. Seit Wochen ist das hier die einzige Karawane, die Palmyra passiert, du weißt das. Meine Männer hängen herum. Keine Seide, keine Sklaven, keine Gewürze.« Er nahm Dionysios den Schlauch aus der Hand und ließ sich den lauwarmen Wein in die Kehle laufen. Dann rülpste er, wischte sich den Mund mit dem Handrücken und grinste Dionysios an.

»Meine Kinder verlangen zu essen, Zebida. Deshalb nehme ich mir jetzt dieses Salz.«

»Ja, aber es gehört unserer Königin«, wandte Zebida zunehmend zornig ein.

»Sie hat uns da hineingeritten, also soll sie auch bezahlen«, antwortete Maklay, »wie hört sich das an?« Er rülpste erneut mit viel Kunst und lauschte dem feuchten Geräusch nach. »Soll sie machen, daß wieder Kamele auf unseren Straßen ziehen«, fuhr er fort, »voll beladen mit Gold und Parfümen. Oder sie soll sich zurückverkriechen in das dreckige Zelt, aus dem ihre jämmerlichen Mattabol-Vorfahren gekrochen sind. Das sagen ihr die Bene Maitai.«

Er spuckte noch einmal aus und verließ dann das Zelt. Draußen wirbelten die unruhigen Kamele Staub auf, der sich wie ein Schleier vor den Blick auf die Salzterrassen legte. Dort arbeiteten noch immer die fernen Figürchen im Gleichmaß, als wäre nichts geschehen. Die Schreie der Kamele, das Schnalzen und die »Hathathat«-Rufe der Treiber verklangen in der Ferne.

Zebida ließ sich schwer zurück in den Sessel fallen, aus dem der Schreck ihn hochgerissen hatte. Er tastete nach dem Weinschlauch, leer, verfluchte Maitai. Dionysios' Leichnam starrte noch immer mit zunehmend milchigerem Blick ins Nichts. Fliegen surrten aufgebracht um dunkle Blutklümpchen im Sand. Zebida wurde klar, daß er für seine griechischen Guthaben einen neuen Bankier brauchte. Er blinzelte in den Himmel. Noch gut vier Stunden Sonne, doch es half nichts: Er mußte seine Arbeitgeberin von den Vorfällen unterrichten.

»Was?« Zenobia sprang von ihrem Sessel auf. Mit nervösen Schritten ging sie im Zimmer auf und ab, trat ans Fenster und schaute auf die nördliche Ebene hinaus. Langsam ließ ihre Wut nach, und sie begann zu überlegen. Von dort irgendwo würden sie kommen. Irgendwann. Dort würden sich die römischen Banner aufpflanzen, und die Kriegstrompeten würden blasen. Noch war dort nichts zu sehen als die vertrauten grünbraunen Ausläufer des Gebirges, denen sich die weiten Schotterfelder anschlossen, die bis an die Stadt heranreichten. Zwischen den Grabtürmen wand sich die Straße nach links, heran zum Nordtor der neuen Mauer, ihrer Mauer, die sie gebaut hatte und nun bitter nötig haben würde. Fast mußte sie lächeln.

Von den Berghängen herab zogen, wie dünne schwarze Fäden in der Ferne, die Herden der Stämme. Sie kamen zum jährlichen Markt, und sie kamen, das bemerkte Zenobia mit Genugtuung, in Scharen, so wie jedes Jahr. Auch die Bene Maitai würden darunter sein.

»Sie wissen, wie dringend wir Pferde brauchen!« knurrte sie. Ein Pferdemarkt, das war alles, was übrig geblieben war von der großen politischen Union der Stämme. Dann wandte sie sich wieder an Zebida.

»Wo sagtest du noch, steht Zabdas mit unseren Reitern derzeit?«

Zebida sah sie erstaunt an, der Themenwechsel irritierte ihn.

»Herrin, ich wüßte nicht, wie Zabdas uns das Salz wiederbesorgen …« Sie sah ihn an.

»Am Euphrat, nördlich von Nicephorium«, beantwortete er schnell ihre Frage. Als sie nichts darauf erwiderte, begann er erneut:

»Aber Herrin, wollt Ihr denn gar nichts gegen diesen Frevel unternehmen? Die Maitai hätten schon damals Strafe verdient, als ihre Vorfahren unseren Ahnen, den heldenhaften Taimoamad beschimpften und …«

»Verschon mich mit den alten Geschichten, Zebida!« fauchte sie nervös. »Ich habe andere Sorgen. Sie haben also unsere Salinen überfallen. Was soll ich tun: Zabdas herbeiordern, damit er sie in die Wüste verfolgt?« Zenobia schüttelte den Kopf. Mehr zu sich selbst als zu Zebida fuhr sie fort:

»Sie spüren, daß meine Macht schwindet, Zebida, sie spüren es, wie ein Kamel Wasser wittert, und haben sie nicht recht? Sie sehen, daß die Straßen leer sind, die Karawanserai verödet. Die Handelszüge weichen nach Apameia im Norden aus, und uns bleibt nichts, keine Seide, kein Weihrauch, kein Edelstein und keine Sklaven. Das macht der Schatten Roms, der auf uns gefallen ist.« Sie drehte sich wieder zum Fenster um und schlug mit der Hand auf den Rahmen.

»Aber wir sind nicht so einfach zu besiegen, das wird Aurelian lernen, wenn er in die syrische Ebene kommt. Unsere Reiterei wird ihm zeigen, wie es kam, daß wir uns den Osten unterwarfen. Und dafür brauche ich noch mehr Pferde, Zebida, verstehst du, Pferde, soviele ich kriegen kann.« Zebida nickte zögernd. Was er da hörte, bedeutete für ihn, daß er vermutlich nicht genug von seinem Vermögen in Griechenland angelegt hatte.

Zenobia mißverstand sein besorgtes Gesicht.

»Rechte meinethalben mit den Maitai, löse eine Stammesfehde aus, aber: nach dem Pferdemarkt.« Sie lächelte ihn ermutigend an. »Wir werden im Gegenteil morgen großzügig und versöhnlich sein, wir werden gut zahlen und Wein in Strömen fließen lassen. Und in jedem Bordell und jedem Ausschank will ich unsere Werber sehen. Du kannst deine Rachegelüste damit befriedigen, mit Schnaps und Sprüchen die Söhne der Maitai für unsere Armeen zu rekrutieren. Wer immer unterschreibt, wird sofort aus der Stadt nach Norden gebracht, zusammen mit den Pferden. Zabdas wird die Neuen dort in seinem Camp ausbilden.«

Als sie alleine war, verflog die Hochstimmung wieder, in die ihre eigene Rede sie versetzt hatte. Diese verdammten Bastarde, Aasgeier waren sie, die sich auf sie stürzten.

»Sucht Ihr etwas zum Werfen?« Sie sah auf und blickte in Longinos' spöttisches Gesicht. Er hielt ihr einen Weinkrug hin. »So wie Ihr auf- und abgewandert seid, dachte ich, Ihr solltet Euch vielleicht etwas handfeste Erleichterung verschaffen.«

Zögernd nahm sie den Krug aus seiner Hand. Wie schaffte er es nur immer, daß sie sich völlig lächerlich vorkam, sobald er das Zimmer betrat. Oh, sie hatte es so satt, ständig vor allen die Starke spielen zu müssen: Deckung hoch und bereit zur Verteidigung! Doch in seiner Gegenwart durfte sie sich am allerwenigsten eine Blöße geben. Lieber hätte sie sich die Zunge herausschneiden lassen als zuzugeben, daß sie sich nach einem persönlichen Wort von ihm sehnte, einer Geste der Zuwendung, der Andeutung eines Gefühls…

Halbherzig holte sie aus; eigentlich sollte sie ihm das Gefäß in sein gleichmütiges Gesicht knallen, sie…, und überhaupt, warum sollte sie nicht, nur weil er… Mit Schwung donnerte sie den Krug aus dem Fenster und trat heran, um seine Flugbahn zu verfolgen. Er schlug mit einer kleinen Staubwolke neben dem Priester an der Spitze eines Beerdigungszuges auf, der sich auf die Grabtürme zuschlängelte. Dutzende von Köpfen wandten sich zum Himmel. Zenobia duckte sich und lehnte sich mit klopfendem Herzen an die Wand unter der Fensterbank. Die Szene erinnerte sie an eine ähnliche aus ihrer Kindheit; sie unterdrückte ein Kichern.

Dann sah sie an Longinos hoch, der mit skeptischer Miene an das Fenster herangetreten war und die Weite abzuschätzen schien.

»Daneben, fürchte ich. Der Mann lebt«, beurteilte er ihren Wurf.

Fast mußte sie lachen. Dann sagte sie: »Ihr seid doch nicht zum Spielen hergekommen.«

»Ich habe einen Brief für Euch«, bestätigte Longinos, »aus Alexandria.«

»Einen Brief?« Zenobia riß ihm die Rolle fast aus der Hand. »Wozu denn jetzt noch einen Brief? Er wollte doch morgen zur Markteröffnung selbst dasein.« Hastig entrollte sie den Papyrus und las mit wachsender Erregung.

»Laßt mich raten«, kommentierte Longinos ihre Lektüre, »er ist leider verhindert, weil er ein Geschäftsessen mit dem neuen römischen Präfekten hat.« Zenobia antwortete nicht. »Nun kommt«, fuhr Longinos fort,

»wir wissen doch beide, daß Firmus ein wenig egoman veranlagt ist.« Und fast sanft fragte er: »Habt Ihr wirklich geglaubt, er käme persönlich, um Euch zu erklären, warum er all seine Geschäfte aus Palmyra abgezogen hat?«

»Er war mein Freund«, antwortete Zenobia knapp.

»In den guten Zeiten zweifellos.« Longinos' Stimme war voll Verachtung.

»Und was seid Ihr für mich? Oder was bin ich für Euch?« Zenobia sah ihn voll an. »Firmus würde bei meiner Hinrichtung sagen ›Pech gehabt, Mädel‹ und feiern gehen. Euer Urteil dagegen wäre ›Sie hätte etwas mehr Würde zeigen sollen‹, mit einem Kopfschütteln über mein unpassendes Verhalten, wie zu Lebzeiten. Und glaubt mir, davor graut mir mehr als vor dem Tod.« Sie funkelte ihn verzweifelt an.

Longinos beherrschte sich.

»Ihr habt nicht viel gelernt«, antwortete er achselzuckend, »wenn Ihr Verrat und eine nette Party der Treue vorzieht.«

»Oh, ich weiß Eure Treue durchaus zu schätzen«, fauchte sie zurück. »Es ließ sich immer genau ausrechnen, was sie wert war, an Steuern, Provisionen, Rekruten. Deshalb seid es ja Ihr, dem ich jetzt den Befehl gebe, loszugehen und die Rekrutierungstrupps zusammenzustellen. Na los, verschwindet und fangt an. Das wird dann Euch etwas Erleichterung verschaffen.« Sie wandte sich abrupt von ihm ab und starrte erneut aus dem Fenster. Erst als er gegangen war, zerriß sie den Brief in viele kleine Stücke und ließ sie einzeln vom Wind davontragen.

## Belagert

Zenobia blinzelte und hob die Hand vor die geblendeten Augen. Vor ihr gleißte das Besucherrund des Theaters leer und weiß in der Mittagssonne. Sie war allein mit der Stille unter einem tiefblauen Himmel. Da meinte sie, am Rande eine Bewegung wahrzunehmen, ein lautloses Vorbeiwischen von Kleidung, als verließe eine Person die oberen rechten Ränge.

»Firmus«, rief sie, »warte auf mich«. Und sie hetzte hinter ihm her, die heißen Marmorstufen hinauf. Doch als sie oben angekommen war und das Keuchen ihres Atems nachließ, war da wieder kein Geräusch, kein Schritt auf der Treppe verabschiedete sich eilig. Sie stand mit hängenden Armen da und sah sich um.

Aber nun, auf der Bühne, war nicht eben jemand in der linken Seitentür verschwunden? Zenobia hastete wieder hinunter, die Stufen schwankten ihr in der Hitze entgegen. Doch auf der Bühne war niemand, die Tür, fiel ihr ein, war ja eine Scheintür, natürlich, sie war nichts als ein Relief, eine architektonische Täuschung, die nirgendwohin führte. Wie hatte sie das nur vergessen können? Verwirrt ließ sie die Finger über die Rillen im Stein gleiten, die die Türritze andeuteten und wunderte sich über sich selbst. Sie begann eine Melodie zu summen. Dabei war ihr plötzlich, als stünde jemand hinter ihr. Sie drehte sich um. Die verlassenen Sitze starrten ihr entgegen. Zur Sicherheit warf sie einen schnellen Blick nach rechts und links, unauffällig, so als könne sich jemand über ihr Suchen lustig machen. Doch da war niemand, nichts als der sauber gefegte Marmor. Dennoch starrten diese Marmorstufen sie an, sie fühlte es deutlich. Die Stille glotzte mit lähmender Macht auf sie, selbst die Sonne war ein schmutziges Auge und lachte donnernd auf sie hinunter.

»Es ist nur ein leeres Theater«, schrie sie verzweifelt. »Es ist nur ein leeres Theater.«

Doch als sie gehen wollte, hielt ein dünner Flötenton sie zurück. Sie lauschte, und immer deutlicher hörte sie eine schüchterne Melodie, die sie zu sich zog. Sie folgte ihr, quer über den ganzen Bühnenraum und hinter die Seitenkulissen. Dort fand sie, mit verschränkten Beinen auf dem Boden sitzend und eine Hirtenflöte am Mund, Odu. Zenobia kam näher, gar nicht erstaunt, ihn wiederzusehen.

»Was tust du da?« sprach sie ihn an. »Du kannst doch gar nicht spielen.«

Er spielte die Melodie zu Ende, ehe er aufsah.

»Da irrst du dich aber«, sagte er nur und hob das Instrument wieder an die Lippen.

Plötzlich wurde sein Spiel von einem immer lauteren Getöse übertönt, dessen Quelle Zenobia nirgends entdecken konnte. Sie verließ Odu, um danach zu suchen, doch der Lärm nahm zu, wohin sie sich auch wandte. Schließlich dröhnte es ihr in den Ohren. Da erkannte sie, daß er hinter der Scheintür hervorkam. Tatsächlich bebte der behauene Stein, die Akanthusranken, die den Türrahmen schmückten, bröckelten ab und stürzten zu Boden; gleich würde die Tür zusammenfallen und den Weg freigeben für das, was sich dahinter näherte. Es regnete Steine um Zenobia, während sie rückwärts ging und die Tür anstarrte. Sie wiederholte beständig einen Satz, wieder und wieder.

»Dann komm doch«, murmelte sie, »dann komm doch endlich. Komm doch.« Sie schrie.

»Zenobia!« Longinos hielt sie an den Schultern gepackt und sah besorgt auf sie hinunter.

»Was, was ist?« gab sie zurück und sah sich verwirrt um. Sie befand sich in ihrem Schulzimmer, ja natürlich. Da war die Tafel mit der Zeichnung einer Belagerungsmaschine, dort ihr unberührtes Mittagessen. Die Sonne schickte ihre letzten Strahlen durch das gegenüberliegende Fenster. Sie saß noch immer am Tisch, Pläne der palmyrenischen Stadtmauern vor sich ausgebreitet. Ihr Hals schmerzte, als hätte sie laut geschrien. »Ich, ich muß eingeschlafen sein. Ist irgend etwas passiert?«

»Ihr habt geächzt und unverständliches Zeug gemurmelt, da habe ich Euch geweckt.«

Longinos drehte ihr Gesicht zu sich her und betrachtete es prüfend; seine Fingerspitzen legten sich sanft auf ihre Wange, dorthin, wo die Schreibtafel, über der sie eingeschlafen war, eine Furche in ihre Haut gegraben hatte.

Zenobia erstarrte. Schon diese flüchtige Berührung genügte, in ihr Gefühle wachzurufen, die sie vor vielen Jahren aus ihrem Bewußtsein verbannt und nie wieder zugelassen hatte. Das Verlangen überkam sie, sich in seine Arme zu werfen und in einem endlosen Sinnesrausch alles außer ihm zu vergessen. Sie schüttelte den Kopf, als könnte sie damit derartige Vorstellungen aus ihrem Gehirn vertreiben.

»Es war nur ein Traum«, murmelte sie, ohne zu wissen, worauf genau sich ihre Worte bezogen. Und über Träume zu reden, lohnte sich nicht mehr.

Sie wandte sich ab. Das Essen war kalt, doch das Wasser im Becher noch genießbar. Ein Schluck befeuchtete ihren ausgetrockneten Mund. Dann machte sie sich auf den Weg zu ihrem allabendlichen Rundgang auf der Stadtmauer.

Longinos begleitete sie wie stets. Er erläuterte ihr, wie sie die neuen gepanzerten Belagerungstürme der Römer an der Westmauer auszuschalten gedachten. Es war dieselbe Lektion, erinnerte sie sich, die er ihr schon diesen Morgen an der Tafel gehalten hatte. Nur zerstreut nickte sie, als er im Vorbeigehen auf Pech und Feuerpfeile wies. Sie wollte weiter zu dem Turm, von dem aus man das römische Feldlager draußen in der Ebene sehen konnte.

Spielzeugklein war es in der Entfernung, und so harmlos das Gewimmel davor. Verbittert starrte sie auf die geometrische Ordnung der Zelte, auf Gräben, Palisaden und Tore, die dort aus dem Boden gewachsen waren. Anderthalb Jahre waren vergangen, seit sie mit Longinos draußen im Palmenhain gesessen war und geglaubt hatte, Rom, das sei eine ferne Stadt, eine Stadt, wie so viele andere. Jetzt war Rom zu ihr gekommen.

In nur einem Jahr war Kaiser Aurelian gelungen, was keiner von ihm erwartet hatte: Er stand in Asien, und er war als Sieger dort angekommen. Der Gotenhäuptling Cannabaudes, der mit seinen Stämmen über die Donau gedrängt hatte, war besiegt, die römische Grenze an die Donau zurückverlegt und gesichert. Aurelians Rücken war frei und Roms Macht stabil wie nie, als er über den Bosporus ging. Und dann fiel Stadt um Stadt in seine Hände. Bis er auf Zenobias Heere stieß. Sie biß sich auf die Lippen, als sie daran dachte. Vor Immae hätte das Feld beinahe ihnen gehört, da fielen sie auf die vorgetäuschte Flucht der römischen Reiterei herein und rieben sich in einer sinnlosen Verfolgung auf. Die Erinnerung daran ließ die Wut erneut in ihr auflodern. Wie hatte sie nur so dumm sein können, so voreilig und siegessicher!

Vor Emesa, wohin sie sich in großer Eile zurückgezogen hatten, war ihre Kavallerie wieder ungeschlagen, und neue Hoffnung keimte auf, doch da griff das Fußvolk Aurelians aus dem Hinterhalt an und drückte ihre palmyrenischen Reiter so zusammen, daß sie ihre Angriffskraft nicht mehr entfalten konnten. Sie mußte aus der schon sicher geglaubten Stadt nach Palmyra fliehen. Ihr durch die Wüste hierher zu folgen, kostete Aurelian große Verluste; die Trockenheit und die geschickten Übergriffe der Beduinen zeigten ihre verheerende Wirkung. Zenobia wußte nicht genau, wie viele römische Soldaten ihr jetzt noch gegenüberstanden. Viel zu viele, schien es ihr. Wie hatte er es nur bis hierher schaffen können?

»Schaut sie Euch an, Longinos. Da haben sie ihre Mauer gezogen und dort die Gräben ausgehoben, zwei Tore, genau einander gegenüber und die Wege im rechten Winkel. Hier haben sie die Getreidemühlen aufgestellt, da die Lohnbüros und, nicht zu vergessen, dort hinten die Latrinen, alles an seinem Platz, alles genau nach Plan. Ach, es kotzt mich an, das täglich zu sehen.«

Longinos hob nur stumm die Augenbrauen und verzichtete darauf, ihre Ausdrucksweise zu kommentieren. Auch in ihm kroch zuweilen die Verzweiflung hoch, wenn er stundenlang auf die Belagerer in der hitzeflirrenden Ebene hinuntersah. Doch beunruhigte ihn weniger die unbeirrbare Präzision, mit der sie ihre Stellungen eingenommen hatten, als vielmehr die Zahl, die riesige Zahl Soldaten, die sich vor den Mauern Palmyras sammelten und gegen die Stadt anrannten. Drei Legionen konnte er anhand ihrer Feld- und Ehrenzeichen identifizieren, die Dritte Gallica, die Vierte Scythica und die Sechzehnte Flavica. Wenn sie mit uns hier fertig sind, dachte er, werden sie den Ehrennamen Palmyrenica hinzufügen können.

Lärm vom Südteil der Mauer ließ sie hinüberschauen. Unter dem Jubel der Palmyrener oben auf den Befestigungen brach dort eine römische Schildkrötenformation unter dem Steinhagel der Belagerten zusammen. Wo eben noch eine eherne Festung lückenlos aneinandergefügter Schilde gestanden hatte, wälzte sich nun ein Durcheinander aus verwundeten Leibern und Metall. Der Rammbock, den sie geschützt hatten, zersplitterte und kippte in den Sand. Doch schon trieb ein Hagel Bleigeschosse von den römischen Katapulten die Jubelnden hinter die Brustwehr zurück. Unwillkürlich stellte Longinos sich vor Zenobia, obwohl in dem Abschnitt, auf dem sie standen, alles ruhig war. Zenobia schob ihn beiseite und nahm den Bericht eines Offiziers entgegen.

Er bestätigte, was sie eben mit eigenen Augen gesehen hatten: Die römischen Rammen waren bisher erfolglos, die Schildkröten zerbarsten, die hölzernen Laufhallen, die auf Rollen herangeschoben wurden, gingen regelmäßig in Rauch auf, ehe die darunter verborgenen Maschinen ihr Vernichtungswerk beginnen konnten.

»Sie schoben eine Holzrampe an das Westtor und setzten zum Sturm an. Doch wir schützten die Türen mit doppelten Weidengeflechten gegen die Stöße und konnten sie schließlich zurückschlagen«, erklärte der Mann voll Stolz, denn es war sein Kommando gewesen, das das Tor gehalten hatte. Zenobia sandte ihn mit einem Lob zurück auf seinen Posten. Sie wandte sich an Longinos.

»Wir halten uns gut, wie es scheint.«

»Ja.« Longinos war noch immer in Gedanken, seine Augen wanderten über die roten Mäntel der römischen Offiziere, die im Abendwind wehten. So viele rote Flecke dort draußen. »Aber wir können nichts gegen ihre Mineure tun. Sie wühlen unter uns, und wir kommen nicht an sie heran.«

»Sollen sie graben«, erwiderte Zenobia, »der lockere Sandboden wird ihnen zusammenrutschen. Ich kann nicht glauben, daß es ihnen gelingen wird, einen Gang bis unter unsere Mauern vorzutreiben. Sollen sie graben, sollen sie Sand fressen.« Und sie spuckte auf den Boden.

Longinos, der eben etwas hatte erwidern wollen, klappte den Mund zu. Heftig wandte sie sich ab und war zugleich wütend auf sich selbst, daß sie die Beherrschung verloren hatte. Du hast Angst, Zenobia, wies sie sich zurecht, du fluchst wie eine Hafenhure, fauchst und drohst, als könnte irgend jemand das noch mit Courage verwechseln. Du benimmst dich wie ein kleiner Junge, der mit seinem Spielzeugschwert herumwedelt, um den Großen zu zeigen, was für ein schrecklicher Krieger er ist. Zunächst lachen alle großzügig und ermuntern ihn in seinem Spiel, aber dann fällt er sehr schnell lästig und, eben noch Mittelpunkt, wird er plötzlich von einer groben Hand aus dem Zimmer geschoben, während die andern zur Tagesordnung übergehen.

So werde ich dastehen, wenn das hier zu Ende ist. Wie wird es sein, wenn die Hand nach mir faßt? Werde ich mir wieder in die Hosen machen vor Angst wie damals als Kind, als der Zenturio mich schüttelte? Oder besitze ich genug Haltung, um wie Kleopatra nach der Schlange im Fruchtkorb zu greifen? Mit einem Satz für die Nachwelt auf den Lippen? Sie schnaubte bitter, um sofort darauf an Tränen des Selbstmitleids zu schlucken. In Gedanken tastete sie nach einem Trost, doch da war kein Name. Hilf mir, dachte sie, hilf mir, ich will nicht durch jemanden sterben, der mich nicht liebt.

Longinos betrachtete die Abwesende irritiert. Er hatte die ganze Zeit über geredet, aber es war ganz offensichtlich, daß Zenobia nicht zugehört hatte. Jetzt sah sie ihn mit einem Mal an, nur schien sie nicht an das zu denken, was er ihr gesagt hatte. Sie sah ihn an, als warte sie angstvoll auf etwas. Oder schaute sie noch immer durch ihn hindurch? Longinos räusperte sich und wiederholte seinen letzten Satz:

»Unsere Hoffnung ist, daß sie sich demnächst aufteilen müssen, um Verpflegung zu organisieren«, sagte er langsam und mit Betonung. »Sie haben bald nichts mehr für ihre Mühlen.«

»Ja«, antwortete Zenobia, noch immer wie in Trance, dann holte sie tief Luft. »Die Bene Mattabol fangen seit einem Monat ihren gesamten Nachschub ab. Vielleicht wird sie das zermürben.« Es war ein mechanisch gesprochener Satz, eine Rolle. Meine Rolle, dachte sie mit selbstquälerischer Genugtuung und kämpfte die Panik nieder.

Longinos' Blick wanderte abschätzend über das Zeltdorf der Händler und Marketender, das sich vor den Toren des römischen Feldlagers gebildet hatte. Es schien ruhig dort zu sein, nicht lebhaft wie auf einem reichbestückten Markt. Und er dachte grimmig an schimmelnden Speck und Reste wurmstichiger Datteln, während er hinüberschaute, an ausgeweidete Ratten, für die Höchstpreise gezahlt wurden und ausgemergelte Legionäre, die mit entzündeten Augen auf Palmyra starrten, hinter dessen Mauern die einzige Quelle im Umkreis sprudelte. Eine unsinnige Freude stieg dabei in ihm auf.

Ich werde kindisch, dachte er. Wie ein Verdurstender beim Anblick einer Fata Morgana, flüsterte eine andere Stimme in seinem Kopf. Er brachte sie zum Schweigen. Zenobia folgte seinem Blick.

»Die dort«, knurrte sie haßerfüllt, »verdienen an unserem Elend. Aber ich habe mit Azizu gesprochen, er wird seine Bene Maitai gegen diesen Abschaum führen. Wenn Ihr in einer der nächsten Nächte dort Feuerschein seht, haben sie das Dorf in Brand gesteckt.«

»Er wagt viel«, meinte Longinos.

»Er hat viel zu verlieren,« entgegnete sie, »ich habe seine Familie hier bei uns in der Stadt. Außerdem kann er sich nach dem Überraschungsangriff in die Wüste zurückziehen. Ich glaube nicht, daß sie ihm dorthin folgen werden. Die Römer halten sie nur für vagabundierende Banditen; sie wissen nicht, was die Stämme sind.« Zenobias Stimme klang trotzig bei diesen Worten. Und wenn Longinos die Meinung der Römer über die ihnen verbündeten Stammesverbände teilte, so schwieg er jetzt.

»Das dort, glaubt Ihr, das ist er?« rief Zenobia plötzlich erregt und zeigte auf etwas. Longinos kniff die Augen zusammen und sah an ihrem ausgestreckten Arm entlang. Dort stand ein Mann mit purpurnem Helmbusch neben einem Aquilifer, dem Träger des Legionsadlers. Sein goldener Brustpanzer glühte in den letzten Sonnenstrahlen des Tages. Er sah zur Stadt herüber und schien ebenfalls etwas zu beobachten.

»Aurelian?« meinte Longinos skeptisch. »Möglich wär's, warum fragt Ihr?« Zenobia ließ kein Auge von der Gestalt.

»Ich möchte endlich sein Gesicht sehen«, murmelte sie.

»Was hättet Ihr davon?« fragte Longinos, doch sie entgegnete nichts. Wortlos standen sie da, während um sie der Kampflärm mit steigender Dunkelheit erstarb. Zenobia kam es vor, als legte sich bereits die Finsternis des Grabes über sie, und das Grauen schnürte ihr von neuem die Kehle zu. Sie verachtete sich selbst, weil sie ihre Furcht nicht mehr bezähmen konnte, und haßte gleichzeitig den Mann neben sich, dessen Gelassenheit offensichtlich durch nichts zu erschüttern war. Und daran würde sich nie etwas ändern, so wenig wie an seiner geraden Haltung oder dem eleganten Faltenwurf seines griechischen Gewandes.

Was ist, Zenobia, höhnte sie in Gedanken, erwartest du Mitgefühl von einer Marmorstatue? Er hatte es leicht, gleichmütig zu sein! Was bedeutete ihm schon Palmyra? Was bedeutete sie ihm schon? Im selben Augenblick spürte sie, wie sich eine Hand auf ihre Schulter legte.

»Ich habe auch Angst«, sagte Longinos ruhig. Mühsam biß sie die Zähne zusammen, um ihre Verzweiflung nicht hinauszuschreien. »Aber ich werde sie niemandem zeigen, nicht einmal Euch«, fuhr er leichthin fort. »Und Ihr könnt das auch, meine wunderschöne, unausstehliche, über alles geliebte Königin. Ihr seid viel stärker, als Ihr glaubt. Was auch kommen mag, Niederlage, Demütigung oder Tod, Ihr habt die Kraft, ihm erhobenen Hauptes entgegenzutreten.«

Das ist doch wahrhaftig ein Trost, dachte sie ironisch, aber seltsamerweise übten seine Worte tatsächlich eine beruhigende Wirkung auf sie aus. »Soll ich Euch noch eine Philosophenweisheit verraten?« Wie immer schien er zugleich mit ihr auch sich selbst zu verspotten. »Verschließt die Angst und das Leid tief in Eurem Inneren, treibt Scherze mit dem Leben und lächelt, wenn das Ende kommt.«

Zenobia straffte sich. »Unsinn!« fertigte sie ihn mit frisch erwachter Angriffslust ab. »Euch möchte ich lächeln sehen, wenn Euch ein Schwert in den Leib gerammt wird. Aber Ihr wärt wahrscheinlich auch noch dazu imstande – nur um recht zu behalten.«

Longinos lauschte ihr hingerissen. »Ah, gut so«, stellte er befriedigt fest, »endlich erkenne ich Euch wieder.«

Ihr wurde klar, daß er sie wieder einmal genau dahin geführt hatte, wo er sie haben wollte.

»... und hört auf, mich wie eine verdammte Mathematikaufgabe zu behandeln, die Ihr von vorne bis hinten berechnen könnt.« Plötzlich hielt sie inne. »Was habt Ihr da vorhin noch gesagt?«

»Königin«, erklang in diesem Moment hinter ihnen eine Stimme, »ein Bote des persischen Königs ist eingetroffen und will Euch sprechen.« Der Diener mit der Fackel verneigte sich tief zu diesen Worten, während sich Zenobia in aufsteigender Freude umwandte.

»Endlich, Longinos, hört Ihr, endlich. Schapurs Antwort. Wo ist der Mann? Bringt ihn zu ...« Ihre Stimme erstarb, als die Gestalt des Boten aus dem Abendschatten ins Licht der Flamme trat. Ein Frösteln schüttelte sie.

»Heil dir, Königin«, sagte der Fremde leise. »Und Grüße von meinem Herrn. Leider spricht mein Herr, der König der Könige, Liebling der Götter, daß es ihm nicht möglich ist, zu helfen. Traurig, aber wahr. Tja, ich dachte, das sollte dir ein Verwandter mitteilen.« Zenobia starrte ihn noch immer an. Sein linker Sandalenriemen, bemerkte sie, hing lose.

»Freust du dich denn kein bißchen, mich zu sehen, nach all der Zeit?«

Longinos, selbst starr vor Staunen, fand als erster seine Stimme wieder. »Aber … wir dachten, Ihr seid tot.« Er bemerkte das geschmeidige, eidechsenschnelle Lächeln, das bei dieser Bemerkung um den Mund des Neuankömmlings spielte ebenso wie Zenobias Schaudern. Er wußte weder das eine noch das andere zu deuten, schob sich aber instinktiv zwischen die beiden.

»Was willst du hier, Gash?« fragte sie. Der Abscheu in ihrer Stimme war so heftig, daß Longinos sie überrascht ansah.

»Was ich hier will?« Gash hob die Augenbrauen. »Ist das nicht die falsche Frage? Solltest du mich nicht viel eher fragen: Wo kommst du her, Gash? Was hast du nur die ganze Zeit getrieben, Gash? Oder noch besser: Geht es dir gut, Gash?« Er schüttelte den Kopf und stieß einen theatralischen Seufzer aus. »Und ich habe mich so darauf gefreut, nach Hause zu kommen, in die Arme einer Schwester, die mich liebt!«

Longinos betrachtete ihn mißbilligend, während Zenobia hinter ihm schwieg und sich nicht rührte. Er wußte, sie hatte ihren Bruder nie sonderlich gemocht, aber das, was nun von ihr ausging, was er förmlich riechen konnte, das war mehr als Antipathie, sogar mehr als Angst, es war nacktes Entsetzen.

Da sie nicht reagierte, tat er es. »Laßt dieses Theater!« sagte er schroff. »Antwortet der Königin!«

Gash deutete lächelnd an, daß er der Unvernunft nachzugeben bereit sei.

»Es ist die Heimat«, erklärte er, »die Heimat, verstehst du? Ich bin in Babylon, und meine Schwester ruft um Hilfe. Der Großkönig kommt nicht, aber ich komme, Gash. Ist das nicht naheliegend?«

Er tut, als wären wir Idioten, dachte Longinos verärgert. Und meiner ungeduldigen, aufbrausenden Zenobia ist die ganze Vorstellung keine einzige schnippische Bemerkung wert?

Gash starrte weiterhin ausschließlich seine Schwester an, während er fortfuhr:

»Ich werde meinen alten Posten als Kommandant der Stadtgarde wieder einnehmen – und dann sehen, was hier noch zu retten ist. Aber diesmal wirst du mir nicht im Gefecht dazwischenreden, das hier ist kein Operettenfeldzug. Jetzt geht es nämlich um deine Haut, Schwester, um die deines Philosophen und um meine, die Haut deines teuren Bruders Gash, der ein wenig auf uns alle achten wird.«

Damit schulterte er sein Reisebündel und verschwand in der Dunkelheit. Seine fremdländische Uniform klirrte bei jedem unsichtbaren Schritt.

Longinos sah ihm nach. Da ging zweifelsohne ein erfahrener Soldat und Patriot, dachte er ein wenig spöttisch und stellte fest, daß ihn Gashs Ankunft dennoch eher beunruhigte. Was wohl damals in Alexandria geschehen sein mochte?

Ihm blieb keine Zeit, Zenobia darüber zu befragen, denn sie wandte sich wortlos ab, stürmte die Treppe hinunter und bog in die Kolonnade ein. Ihre schmale Gestalt in dem hellen Tuch verschwand schnell zwischen den vielen Menschen, die sich im Licht der Fackeln und Kochfeuer drängten. Longinos fluchte, als er ihr zu folgen versuchte. Bei jedem Schritt stolperte er über Flüchtlinge aus den umliegenden Dörfern. Ganze Stammesverbände suchten mittlerweile in den Straßen Palmyras Zuflucht vor den römischen Truppen. Ihre Ziegen drängten sich meckernd zwischen den Statuen des Forums und hinterließen ihren Unrat. Familien lagerten in den Vorhöfen der Heiligtümer und im Theater. Unter den Kolonnaden der Hauptstraße, wo früher die Buden der Kaufleute Luxuswaren angeboten hatten, lagerte armseliger Hausrat und hingen Kochtöpfe über offenen Flammen, die den Marmor schwärzten. Frauen und Kinder in bunten Lumpen scharten sich darum, während die Männer an den Säulen lehnten und die Vorübergehenden drohend anstarrten.

Beinahe wäre sie ihm endgültig entwischt, als sie sich ohne Vorwarnung in eine Seitengasse schlug, die kaum breiter war als die Armspanne eines Jungen. Sein Bein begann zu schmerzen, während er versuchte, ihr Tempo zu halten. Längst hatte er die Orientierung in dem Gewirr aus Gassen und Winkeln verloren. Zenobia hingegen schien zielbewußt ein Muster zu verfolgen, das nur in ihrem Kopf bestand.

Überraschend schnell waren sie an der anderen Seite des Stadtmauerrings angelangt. Die Wachttürme im Südwesten Palmyras waren nur spärlich besetzt, da man nicht damit rechnete, daß die Römer ausgerechnet über die gut gesicherte Karawanenstraße angreifen würden. Mit einem kurzen Nicken passierte Zenobia die Posten am Fuße des Turms und begann den Aufstieg, ohne sich nach Longinos umzudrehen. Mühsam zog dieser sein störrisches Bein die steile Holztreppe empor. Mildes klares Sternenlicht empfing ihn, als er, ein paar schwere Atemzüge unterdrückend, die Plattform erreichte. Er schickte den überraschten Turmwächter mit einer Handbewegung hinaus und näherte sich langsam der Königin. Zenobia hatte sich von Kopf bis Fuß in ihren Beduinenschal gewickelt, der nur ihr Gesicht dem trockenen Wüstenwind preisgab.

»Herrin.«

»Was wollt Ihr?«

»Mit Euch sprechen.«

»Die Stunde fällt heute aus. Es gibt nichts, was Ihr mir beibringen könntet. Mögt Ihr auch meinetwegen klüger sein als ich und es für immer bleiben. Es hat mir am Ende doch nichts genützt, wie Ihr seht.« Ihre Stimme klang müde.

Longinos erwiderte nichts darauf. Er stützte sich auf die Ummauerung und versuchte, die Schmerzen in seinem Bein zu ignorieren.

»Bei der Rückkehr Eures Bruders vorhin wirktet Ihr, als hättet Ihr einen Geist gesehen. Könnt Ihr Euch vorstellen, wo er die ganze letzte Zeit gesteckt hat?«

»Ich weiß es nicht.«

»Aber Ihr sagtet doch, er sei tot. Woher hattet Ihr diese Nachricht?«

Zenobias Stimme war zu einem Flüstern herabgesunken. »Ich hatte sie sozusagen aus erster Hand. Ich habe ihn nämlich selbst töten lassen..., dachte ich wenigstens. Firmus hat...«

Longinos schnaubte verächtlich. »Firmus hat vor allem immer seinen eigenen Vorteil im Sinn. Das solltet Ihr mittlerweile eigentlich wissen.« Lange unterdrückte Eifersucht brannte in ihm auf. Die drohende Niederlage der Stadt, die auch zu seinem Zuhause geworden war, durchbrach die Barrieren seiner gewohnten Beherrschung. »Wenn Ihr schon unbedingt Familienmitglieder umbringen müßt, um Eure Ziele zu erreichen, solltet

Ihr wenigstens den Mut haben, die Sache selbst in die Hand zu nehmen.«

Ihr Kopf fuhr zu ihm herum. »Ich pfeife auf Eure Ratschläge zum Thema ›Wie morde ich richtig‹. Wenn Ihr sie unbedingt loswerden wollt, schreibt eine gelehrte Abhandlung darüber, verdammter Klugscheißer!«

Longinos setzte seine Schulmeistermiene auf: kühl, hochnäsig, tadelnd. »Ihr vergreift Euch im Ton«, wies er sie zurecht. »Benehmt Euch, wie man es von einer Königin erwartet.«

Das genügte, um Zenobia endgültig explodieren zu lassen.

»Seid still! Ich kann Euch nicht mehr ertragen! Ich brauche niemanden, der mir ständig erzählt, was eine Herrscherin tun darf und was nicht. Habt Ihr mir jemals Mut gemacht, mir jemals den Rücken gestärkt? Nein! Von Euch bekomme ich nur zu hören, daß ich die Folgen meiner Entscheidungen verantworten muß! Daß ich diesen Krieg ohnehin nicht mehr gewinnen kann! Daß wir für eine verlorene Sache kämpfen! Elender Feigling!«

Sie hielt schweratmend inne.

Longinos hatte sich ihren Ausbruch hochaufgerichtet und unbewegt angehört. Keiner ihrer Vorwürfe hatte in seinem Gesicht auch nur einen Muskel in Bewegung gesetzt, und als er jetzt sprach, klang seine Stimme frostiger denn je:

»Wenn Ihr Euch mit Heuchlern zu umgeben wünscht, die Euch nur das erzählen, was Ihr hören wollt, dann bin ich hier offensichtlich fehl am Platz. Da draußen«, er wies auf die jetzt dunkel und still daliegende Ebene, »sterben Eure Soldaten zu Tausenden. Und wir werden auch bald an der Reihe sein. Aber Ihr möchtet immer noch in gnädige Lügengespinste eingehüllt werden, weil Ihr nicht den Mut habt, die Wahrheit zu …«

»Sprecht nicht weiter!« knirschte sie, und die Wut schüttelte sie so sehr, daß sie ihn am liebsten umgebracht hätte. »Ich verbiete es Euch, hört Ihr?«

Longinos sah sie an, als ob sie plötzlich übergeschnappt wäre.

»Ihr verbietet es mir, ach ja?« höhnte er. »Und bei Zuwiderhandlung laßt Ihr mich hinrichten, oder was? Daß ich nicht lache! Seht endlich den Tatsachen ins Gesicht – und gewöhnt Euch an den Gedanken, daß die Niederlage nicht mehr fern ist. Ihr habt mit hohem Einsatz gespielt und verloren. Nun tragt es wenigstens mit Haltung.«

Sie schlug zu. Erst der Schmerz, der sich langsam bis zu ihrem Ellbogen ausbreitete, ließ sie die Wucht ihres eigenen Schlages spüren. Voller Scham wurde ihr bewußt, daß sie ihrem Widersacher soeben recht gegeben hatte: Sie fürchtete sich in der Tat vor nichts mehr als vor dem Eingeständnis ihrer eigenen Niederlage. Und Longinos würde kaum darauf verzichten, ihr das sogleich unter die Nase zu reiben. Longinos, der ihr keine Chance ließ mit seinem kalten Verstand, seiner Verachtung…

Von seiner Hand voll getroffen, taumelte sie, verlor fast das Gleichgewicht. Er hatte zurückgeschlagen! Er hatte es gewagt, sie zu schlagen…! Noch bevor sie sich wieder fangen konnte, war er schon bei ihr und drückte ihren Körper gegen die Wand. Der plötzliche Schreck lähmte ihre Gedanken, ließ nichts zurück als fassungsloses Erstaunen. Sie erinnerte sich an eine ähnliche Szene aus vergangenen Zeiten: er und sie im Studierzimmer, der Schlag in sein Gesicht. Da begriff sie: Er hätte es damals schon tun können, jederzeit. Sie hatte nur Respekt mit Schwäche verwechselt.

Zwei starke Hände hielten ihre Schultern in eisernem Griff, während sich Longinos' zorniges Gesicht langsam dem ihren näherte, ihren Mund mit einer fast unwilligen Bewegung streifte und dann in ihrer Halsbeuge vergrub. Erst als sie ihren Körper zwingen wollte, ihm Widerstand zu leisten, wurde ihr die Kraft bewußt, die sich in der stets ruhigen und zurückhaltenden Gestalt ihres Gegners verborgen hatte.

»Laßt mich los! Ihr tut mir weh…«, sie wand sich, mehr aus Unwillen über die Inbesitznahme ihres Körpers als aus Abneigung, erreichte jedoch nur, daß er sie noch fester an sich preßte. Sein Gesicht wanderte tiefer, schob sich in den Ausschnitt ihres Kleides und von dort aus seitwärts, bis sein Mund ihre Brust berührte. Sie stöhnte, befreite einen Arm und griff in seinen Nacken, krallte mit den Nägeln kleine Furchen in seinen Rükken.

Sinnlos der Versuch, ihn zurückzustoßen, ihr Körper war bereits zum Verräter geworden, war mit fliegenden Fahnen zum Feind übergelaufen, süchtig nach seinem Duft, der Glätte seiner Haut. Kein Widerstand mehr gegen seine Hände, die vergeblich an den Fibeln ihres Kleides zerrten und schließlich ungeduldig in ihren Ausschnitt griffen, um das zarte Gewebe mit einem Ruck zu zerreißen. Seine Lippen waren auf ihren Brüsten, ihrem

Bauch, glitten weiter nach unten, wobei er mehr und mehr in die Knie sank, eine Geste der Anbetung, in der er verharrte.

Sie hatte den Kopf zurückgeworfen, die Finger in seinem Haar vergraben, ihr Herz hämmerte, und sie überließ sich den Händen, die ihre Schenkel sanft, aber unnachgiebig auseinanderzwangen...

Er richtete sich auf und lachte leise, als er ihren Gesichtsausdruck sah. Dann zog er mit einer raschen Bewegung den Chiton aus, befreite sie von den Resten ihres zerrissenen Kleides und begann von neuem.

Nur kurz wurde es Zenobia bewußt, wie ungeheuerlich es war, daß die Königin von Palmyra, mit nichts als ihren Armreifen bekleidet, in einem Wachtturm stand und sich nehmen ließ, als wäre sie ein Mädchen von der Gasse, und sie öffnete den Mund zu einem letzten Protest:

»Genug jetzt! Ihr...« »Still!« Er verschloß ihre Lippen mit einem Kuß, den sie als Demütigung empfand und der gleichzeitig Fieberströme durch ihren Körper jagte, während seine Hände magische Linien über ihre Haut zu ziehen schienen, gebieterisch fordernd, aufreizend, abwechselnd zart und brutal.

Sie nahm kaum wahr, daß das grobe Gemäuer ihren Rücken wundrieb, und wenn sie es spürte, so steigerte der Schmerz ihre Lust nur noch, peitschte sie auf bis zur Raserei. Als längst jede Faser ihres Körpers wild nach mehr verlangte, drang er langsam in sie ein, zog sich noch einmal zurück, kam wieder, bewegte sich, erst behutsam, dann immer rücksichtsloser... und der Schrei, der sich irgendwann aus ihrer Kehle lösen wollte, war nur ein Röcheln, erstickt von seiner Schulter, in die sie ihre Zähne vergraben hatte.

Die Wand war das einzige, was ihr Halt bot; ihre Beine zitterten zu sehr – und er, er stand neben ihr an die Mauer gelehnt und kam erst langsam wieder zur Besinnung. Sie fixierte ihn aus halbgeschlossenen Augen und versuchte zu begreifen, daß der zügellose Liebhaber von eben ihr kalter, unnahbarer Philosoph war.

»Longinos!« Ihre Stimme klang heiser.

Er wandte ihr das Gesicht zu, strich sich die Haare aus der Stirn. »Fürstin.« Auch er brachte nicht mehr als ein rauhes Flüstern zuwege.

»Ihr seid entlassen!«

»Wie Ihr wünscht.«

Ihr Blick wanderte über seinen schlanken, muskulösen Körper. »... zumindest als Hauslehrer. Und was das übrige betrifft: Kommt her, wenn Ihr noch könnt!«

Zenobia wußte nicht, wieviel Zeit vergangen war, als sie endlich erschöpft am Boden lagen, in Longinos' Mantel gewickelt. Sie erinnerte sich nur an verschlungene Arme, an Beine, die seinen Rücken umklammerten, den lauen Wüstenwind auf ihrer Haut. Gewärmt von der Glut des Tages, die die steinernen Bodenplatten langsam an die Nacht verströmten, schliefen sie ein.

# Tragt mir was Hübsches vor

Durch die Luft des Raumes zog ein mildes Aroma von Orangen und Zimt, immer wieder belebt von dem feinen Luftzug, der seinen Weg vom Fluß durch die Vorhänge des Ruheraumes fand. Nur wenige, verstreute Öllampen erhellten matt die bemalten Wände. Ein Betrachter hätte wohl Mühe, auf den ersten Blick das Dargestellte genau zu erkennen, obwohl die Mühe sich durchaus lohnen würde: Der Künstler hatte seinerzeit die Gelegenheit, die ihm sein Auftraggeber bot, gerne ergriffen und alles, was vermögende Privatleute sonst nur in ihren geheimen Privatsammlungen en miniature oder als flüchtig hingeworfene Bordell-Graffiti zu betrachten pflegten, hier im Massageraum des Firmus von Alexandria in Lebensgröße, und in manchen Details auch in Überlebensgröße, sich abspielen lassen. Das Ergebnis war so prall wie Firmus' Geschmack.

Dieser, obwohl direkt zu Füßen einer Gruppe liebevoll miteinander beschäftigter Mädchen ausgestreckt, hatte keinen Blick für das abwechslungsreiche Geschehen vor ihm. Sein Gesicht in ein seidenes Kissen vergraben, stöhnte er unter dem festen Druck, mit dem Jinlians Finger seine Schultern und seinen Rücken bearbeiteten. Nicht zum ersten Mal staunte er, wieviel Kraft in diesen kleinen Händen steckte. Gut halb so groß wie er selbst, verbarg der Körper seiner Lieblingssklavin ein Maß an Härte und Ausdauer, das ihn nicht nur bei dieser Gelegenheit verzauberte.

Jinlian griff hinter sich, zog ein Leintuch aus dem Korb mit vorgewärmten Ziegeln und hüllte Firmus' massigen Leib in den weichen Stoff. Blitzschnell griff eine fleischige Hand nach ihrer Taille und hielt sie fest. Das Mädchen kicherte und wand sich verspielt in seinem Griff.

»Ihr werdet Euch verspäten, Herr.«

»Lassen wir sie warten.«

»Es ist Euer letztes Bankett, Herr. Wollt Ihr die Gäste ausgerechnet heute enttäuschen?«

»Es ist auch unsere letzte Gelegenheit, Jinlian. Nie wieder werde ich dich hier in meine Arme schließen können, denk daran. Keiner wird uns das Warten in diesem Leben mehr vergelten können. Sollen die anderen sich gedulden. Komm zu mir, komm schon.«

Jinlians Sorge erwies sich als unbegründet. Es waren kaum die letzten Gäste angekommen, als sie beide eintraten, und die Anwesenden unterhielten sich auch ohne ihren Gastgeber großartig. Firmus' Einladungen, scheinbar launisch aber stets sehr gezielt ausgesprochen, waren in Alexandria noch immer außerordentlich begehrt, obwohl das politische Glück sich schließlich von ihm gewandt zu haben schien. Palmyra, so sagte man allgemein, würde ein zweites Karthago werden, in jeder Hinsicht. Und alle, die sich an seiner Seite zu weit vorgewagt hatten, waren nicht mehr wert als Palmyra selbst: Staub in der Wüste.

Doch das war morgen, und Firmus war nun einmal Firmus. Die Exzentrizität, die er in der Auswahl seiner Gäste bewies und den opulenten, aber sicheren Geschmack, mit dem er die Speisenfolge und die Weine auswählte, machten diesen Mangel an Fortüne leicht wett. Und warum sollte man sich von solchen Genüssen zurückhalten, wenn nicht einmal der neue römische Gesandte in Alexandria, Publius Quintus Afer, der Firmus von Rechts wegen als Staatsfeind zu behandeln hatte, dessen Charme und

Küche widerstehen konnte? Wie immer kam er seiner Einladung auch heute gerne nach.

Es würde ohnehin bald ein Ende damit haben: Mit der nahe bevorstehenden Eroberung Palmyras saß Firmus' Kopf nur noch sehr locker auf seinen Schultern, sie wußten es beide. Ihre Blicke bestätigten es einander, mit einem müden Lächeln, als sie sich über die Köpfe der Anwesenden hinweg für einige Sekunden kreuzten.

In der Villa am Hafen war die übliche bunte Mischung zusammengekommen, um sich bei einem der reichsten Kaufleute des Imperiums die Ehre zu geben. Geschäftsleute, die auf der Durchreise nach Norden wegen der unsicheren militärischen Lage gerne noch eine Nacht in der Stadt blieben, Kapitäne von Handelsflotten, die einen Abend bei Firmus gerne dazu benutzten, neue Aufträge an Land zu ziehen, ägyptische Honoratioren, die »inoffiziell« anwesend zu sein wünschten. Auch die eine oder andere berühmte Hetäre war zu sehen sowie mehrere Mitglieder der römischen Militärverwaltung, die »die Stimmung in der Stadt peilen« wollten, wie sie sich angesichts von Afers gerunzelter Stirn zu rechtfertigen suchten.

»Immerhin ist Firmus ein offiziell Geächteter«, ermahnte Afer seine Untergebenen.

»Na klar«, murmelte einer der Gescholtenen seinem Kameraden ins Ohr, »und Rom wird vom Senat und dem römischen Volk regiert. Wer's glaubt.«

Der Küchenchef hatte sich mit dem heutigen Menü offenbar selbst ein Denkmal setzen wollen. Das Hühnergericht brannte den Gästen auf der Zunge, mit einem seltsam exotischen Aroma, das keiner von ihnen zuvor gekostet hatte. Zart orangefarben, würzig und feurig zugleich ließ es den Wein genußvoll die Kehlen hinunterrinnen. Der Name des Gewürzes, Kurkuma, wie Jinlian es bescheiden jedem ins Ohr lispelte, der danach fragte, war niemandem bekannt.

»Kurkuma? Ein seltsamer Name, mein Freund. Klingt wie der Name einer Frau, die ich mal kannte. Die war auch nicht ohne Feuer … allerdings brannte es da hinterher ganz woanders.« Afer fühlte sich wohl wie immer bei Firmus. Er wußte, hier brauchte er sich keinen Zwang aufzuerlegen.

Wenn Firmus inoffiziell einlud, dann war das inoffiziell, nie ohne Hintergedanken, aber niemals eine plumpe Falle. »Wo wird es denn angebaut, Euer Kurkuma? Illyrien, Persien?«

Behaglich lächelnd drehte Firmus sein Weinglas in den Händen.

»Falsch geraten, mein Bester. Dieses Pulver muß selbst Schapur von weit her einführen und mit Gold aufwiegen. Angebaut wird es noch viel, viel weiter im Osten, in Indien, Ihr werdet wohl schon davon gehört haben.«

»So wie jeder, der die Feldzüge Alexanders studiert hat. Ich habe aber noch niemanden getroffen, der schon dort gewesen wäre.« Er lächelte melancholisch. »Sie sollen dort auf Elefanten reiten wie die Punier und Kühe anbeten. Aber die Frauen, so hört man, sind märchenhaft schön, ganz golden und zart, wie Elfenbein und Ambra. Ihr werdet mir eine mitbringen müssen, wenn Ihr das nächste Mal ein Schiff dorthin ausrüstet, alter Pirat.« Er zwinkerte verschwörerisch dazu.

Doch Firmus gab keine Antwort mehr. Er hatte Jinlians Zeichen erhalten, daß der Bote bereitstand und erhob sich, um einen Trinkspruch auszubringen.

»Ihr lieben Freunde...« Weiter kam er nicht, denn die Angesprochenen nahmen sofort die Gelegenheit wahr, ihrem Gastgeber lautstark zu versichern, daß auch sie ihn, Firmus, als ganz besonders lieben Freund betrachteten.

Zugleich verdoppelten die gut instruierten Sklaven ihre Anstrengungen, die erhobenen Gläser stets in gefülltem Zustand zu erhalten.

»Ihr lieben, lieben Freunde!« setzte Firmus erneut an, als es ruhiger wurde, »alle seid ihr meine Freunde, und alle seid ihr glücklich. Warum seid ihr glücklich?« Er machte eine Pause. Niemand antwortete. Alles sah ihn nur erwartungsvoll lächelnd an. Mach uns glücklich, Firmus, schienen sie zu sagen. Firmus ließ seinen Blick langsam über all die verheißungsvoll geröteten Gesichter schweifen.

»Weil ihr wißt, wieviel es mir bedeutet, daß ihr heute abend bei mir seid«, fuhr er fort. »Wer Freunde hat, ist glücklich. Darum bin auch ich ein sehr, sehr glücklicher Mann.« Nochmals gönnte er sich eine Pause, damit alle Anwesenden Gelegenheit fanden, ausgiebig auf sein Wohl zu trinken. Dann hub er erneut an.

»Um so mehr bedeutet mir euer Hiersein gerade heute. Denn ihr, meine Freunde, die ihr mich so lange in meinen glücklicheren Tagen begleitet habt, sollt nun auch in meinen letzten Stunden bei mir sein.« Aus den Augenwinkeln heraus und über das allgemeine Gemurmel der Verwunderung hinweg beobachtete er, wie der Bote in der Uniform eines syrischen Grenzsoldaten, die Firmus viel Geld gekostet hatte, auf sein Stichwort hin Afer das Schreiben überreichte.

Fast unmerklich nickte der Mann ihm und Jinlian zu. Firmus senkte zustimmend die Lider. Er gab Afer noch einige Sekunden Zeit, die Botschaft zu entsiegeln und zu überfliegen, und fuhr dann fort:

»Ich möchte euren Langmut nicht auf die Probe stellen und euch einen vollendet schulmäßigen Vortrag über die Glücksgöttin Fortuna halten und die Art, wie sie ihre Günstlinge früher oder später zu behandeln pflegt. Wie ihr alle wißt, bete ich nur zu einem Gott, und der heißt Hermes, der Händler. Laßt uns unser Glas erheben auf Hermes, den Händler.« Befriedigt nahm Firmus die Bestürzung im Gesicht des Römers zur Kenntnis, der gerade lesen durfte, und zwar früher als sein eigener Kaiser, der auf echte römische Boten angewiesen war, daß Palmyra, Hauptsitz der Aufständischen um die Königin Zenobia, eingenommen, die Königin gefangen und ihr Freund, der Kaufmann Firmus, sofort zu verhaften sei. Zweifelnd sah Afer zur Tür, wo er seine Eskorte bei Wein und Bewirtung durch die Haussklaven zurückgelassen hatte. Firmus bemerkte mit Amüsement, wie er in hilfloser Wut den Brief zerknüllte, und wich seinem Blick aus.

»Wie oft haben wir miteinander gewürfelt, wie oft auf den Sieg eines edlen Pferdes oder eines kühnen Gladiators gewettet. Firmus den Glücklichen habt ihr mich genannt, der ich zum Schaden eurer Börsen meistens gewann, der stets auf den Sieger setzte, mit dem niemand gerechnet hatte.« Lächelnd wartete er ab, bis sich die beifälligen Stimmen wieder legten. Wein wurde nachgeschenkt.

»Wer auf einen Außenseiter setzt, streicht einen hohen Gewinn ein. Aber warum ist der Gewinn so hoch?« Eine rhetorische Frage, die Firmus Zeit genug gab, sich vor aller Augen von Jinlian eine Phiole mit einer bläulich schimmernden Flüssigkeit reichen zu lassen. »Er ist so hoch«, Firmus schüttelte die Phiole, entkorkte sie und goß ihren Inhalt in eine Weinkaraffe, »weil die Gefahr zu verlieren ebenfalls hoch ist.« Firmus teilte den Inhalt der Karaffe in zwei kupferne Becher und reichte einen an Jinlian weiter. Sie trank daraus und verhüllte ihr Haupt mit einem durchsichtigen Schleier. Niemand wagte über das seltsame Schauspiel zu lachen, es wurde ganz still im Saal, als auch Firmus seinen Becher leerte und beide sich auf das erhöhte, rotseidene Ruhebett des Gastgebers legten. Ein letztes Mal hob Firmus seinen Becher.

»Ich habe hoch gewettet und hoch verloren, Freunde. Und der Preis, um den es diesmal geht, ist nicht mit Gold zu bezahlen. Doch jeder, der mich kennt, weiß: Firmus bezahlt. Immer.« Mit diesen Worten schenkte Firmus ein zweites Mal ein, und beide, Herr und Dienerin, hoben ihren Becher an die Lippen und tranken den Inhalt, ohne abzusetzen.

Niemand wagte, die atemlose Stille zu durchbrechen, als das Paar seine Becher zurückstellte und stumm in die Runde lächelte. Dann brach der Tumult los. Einige der Anwesenden, die immer noch relativ klar im Kopf geblieben waren, riefen nach einem Arzt, andere versuchten, zu Firmus auf die Tribüne zu gelangen, wohl in der Absicht, ihm eine Pfauenfeder oder den eigenen Finger in den Hals zu stecken. Doch sie wurden von stämmigen Wächtern zurückgehalten. Manche legten den Kopf in die Arme und brachen in Tränen aus.

Die Ursache des Aufruhrs schien das Ganze mit nachsichtigem Gleichmut zu verfolgen. Als er sah, daß Publius Afer versuchte, zu ihm vorzudringen, winkte er ihn zu sich heran.

»Ihr möchtet mich doch nicht etwa auch aufhalten, mein Freund? Würdet Ihr mich lieber verhaften? Es wäre nicht in Eurem Interesse, glaubt mir.«

»Ich weiß jedenfalls, was im Interesse Roms wäre, du bocksfüßiger alter …« Afer hielt inne, ein Stöhnen Firmus' machte ihm bewußt, daß er zu einem Sterbenden sprach. Die Tränen liefen ihm herunter. »Ich weiß nicht«, fuhr er sanfter fort, »ob ich Euch für ein anständiges Begräbnis garantieren kann. Ihr seid kein römischer Bürger, wißt Ihr, und im Augenblick nicht eben beliebt.« Firmus, der sich auf die Ruhebank hatte zurücksinken lassen, grinste zu seinem Freund empor. »Seid bedankt für Eure Sorge, Römer. Aber sie ist unnötig. Wir werden auf einer Barke den Nil hinuntertreiben, denn wir sind Geschöpfe ohne Heimat und Religion. Wir bekommen, was wir verdienen. Lebe wohl und bleib glücklich, Freund.« Unsanft wurde Publius von dem Ruhebett weggedrängt, um das sich alle scharten, um ebenfalls ein letztes Lebewohl zu sagen.

In allem Trubel richtete sich Firmus, dessen Bewegungen schon merklich schlaffer wurden, noch ein letztes Mal auf. Wie ein Prophet breitete er seine Arme aus, wartete, bis ein wenig Ruhe eingekehrt war, und sprach dann jene Worte aus dem Gastmahl des Trimalchio, die ihren Autor, Petronius Arbiter, der ebenfalls im Kreise seiner Freunde freiwillig aus dem Leben geschieden war, so berühmt gemacht hatten:

»Fingite me mortuum esse. Dicite aliquid belli.« Dann ließ er sich endgültig auf das Lager zurücksinken, wo Jinlian bereits zusammengerollt wie eine Katze scheinbar eingeschlafen war. Firmus mußte sich um nichts mehr sorgen; die Sklaven hatten klare Anweisungen, wie sie das Haus endgültig schließen sollten.

In den frühen Morgenstunden trugen ein paar kräftige Gestalten zwei in Leintücher gewickelte Körper hinunter zum Fluß. Niemand begleitete sie als ein Arzt und ein römischer Gesandter, der seinem Kaiser über die Beisetzung des in Abwesenheit Verurteilten Bericht erstatten mußte. Nach sorgfältiger Prüfung wurden die Leiber in einer Schilfbarke verstaut und auf den Fluß hinaufgeschoben. Kein Gebet, nur ein stiller Gruß begleitete sie auf ihrer letzten Reise.

Als sie sich der ersten Krümmung des Nils näherten, hob sich der Rand der ägyptischen Sonne blutrot über den Horizont. Publius Quintus Afer, der Sentimentalität nicht für angebracht hielt, wischte sich verstohlen eine Träne aus dem Augenwinkel. Nun, die res publica war wieder einmal gerettet, die Welt um einen besonderen Menschen ärmer. Er wandte sich ab und machte sich auf den Weg in die Stadt, ohne noch einmal zurückzublicken.

Hinter der Biegung des Flußes wartete eine phönizische Galeere auf Treibgut. Schnell und lautlos wurde die Barke geborgen und ihr Inhalt unter Deck gebracht, wo sich ein versierter jüdischer Medicus sofort an die Wiederbelebung der Betäubten machte. Als Jinlian zum ersten Mal ihre schlanken, sehnigen Arme streckte und kätzchenhaft den neuen Tag angähnte, lag die Küste Afrikas bereits weit hinter ihnen. Bald würden sie den neuen Erdteil erreichen, auf dem Firmus gedachte, den Handel mit Kurkuma ein wenig in Schwung zu bringen: Indien. Hatte er doch selber dafür Sorge getragen, das Gewürz auf eine unvergeßliche Art im römischen Reich einzuführen.

# Gefangen

Am nächsten Tag schon wußte es der Hof, ach was, die ganze Stadt sprach davon: die Fürstin und der Philosoph! Noch in derselben Nacht mußte es der Turmwächter überall erzählen, der nicht gewagt hatte, auf seinen Posten zurückzukehren. Was der alles gesehen haben wollte, als er unschlüssig auf den Stufen des Turmes herumstand, das wollte man in den Kneipen Palmyras kaum glauben, aber immer wieder hören. Stets fand sich einer, der die Wirtin heranwinkte, um den Krug des Soldaten neu zu füllen. Man stelle sich vor: die Fürstin und der Philosoph!

Früh morgens dann berichteten die Sklavinnen Neues, die Zenobia und Longinos nach ihrer Heimkehr gebadet hatten. Kratzer, Bisse, Schürfwunden, blaue Flecken, einfach unglaublich, so schnatterte es über die Höfe. Wie die Tiere, da war man sich einig, wie die Tiere trieben sie es. Die belagerte Stadt, in der es wenig neue Nachrichten gab, die nichts mit dem Tod zu tun hatten, saugte den herrlichen Skandal auf wie ein trockener Schwamm das Wasser.

Die Generäle, allen voran der gute alte Zabdas, wiesen derartige Zumutungen weit von sich. Nicht ihre züchtige Herrin, die ritt wie ein Mann, focht wie ein Soldat und alle Entbehrungen kannte, nicht die aufopferungsvolle junge Mutter, der sie mit Freuden dienten.

Dann trat ihnen Zenobia zur Stabsbesprechung gewohnt gelassen entgegen, mit einem leuchtend roten Mal am Hals, das von einem gewalttätigen Kuß stammen mochte. Keiner der alten Soldaten wandte ein Auge von dem obszönen Zeichen, das unglaubliche Phantasiebilder vor ihren Augen zum Tanzen brachte. Sie begannen zu schwitzen, während Zenobia tat, als gäbe es nicht das geringste zu sehen und wie üblich mit ihren militärischen Ausführungen zur Situation des Tages begann.

Als dann auch noch Longinos mit seiner üblichen verschlossenen Miene hereinkam und seinen Platz einnahm, wurde das Schweigen absolut. Ohne ein Räuspern begann Zenobia über den Fortgang der Mineursarbeiten zu sprechen. Mit trockenen Lippen hörten ihr die Generäle zu, beantworteten Zenobias Fragen, zeichneten Pläne und nahmen die Tagesbefehle entgegen. Als sie gingen, wußten sie nicht mehr, was sie glauben sollten. Doch sie hätten nicht für möglich gehalten, was geschah, nachdem Zenobia sie entlassen und nur Longinos zurückbehalten hatte. Er trat auf sie zu und sagte herrisch:

»Zieh dich aus!«.

Keiner von beiden fragte danach, was die Umwelt von der offenen Liaison der Königin mit ihrem Hauslehrer dachte. Es war ihnen egal, als der Gärtner hinter dem Springbrunnen über sie stolperte, und es kümmerte sie nicht, wenn sie nächtens mit den Pfauen in den Höfen um die Wette schrien. Sie fielen übereinander her, wo immer sich ihnen eine Möglichkeit dazu bot; die täglichen Unterrichtsstunden wandelten sich zu Orgien, in denen Zenobia sich ihrem ehemaligen Lehrer in einem Rausch der Selbsterniedrigung auf immer neue Weise anbot, sich wehrte, um seinen Zorn herauszufordern und sich dann ganz seiner Gewalt ergeben zu können. Die Wunden, die sie sich gegenseitig schlugen, hatten kaum noch Gelegenheit zu verheilen, und auch das war ihnen vollkommen gleichgültig. Sie genossen jede schmerzende Bewegung wie eine süße Erinnerung, die die Erregung in ihnen wachhielt, bis sie sich ihr wieder ganz ergeben konnten.

Sie lebten mit einer Unbekümmertheit im Heute, die ihnen mehr über ihre Erwartungen an das Morgen hätte verraten können als ihre bewußten Handlungen. Denn sie führten ihre Stabsbesprechungen und Rundgänge fort und schlugen die Römer täglich von ihren Mauern, als wären sie immer schon belagert worden und als wäre nie eine Entscheidung zu erwarten, die diesen Zustand änderte. Der Krieg, so schien es, hielt die Zeit für sie an. Er war ein Zustand der dauernden Erregung, der es ihnen erlaubte, in immer neuem Fieber sich im Fleisch des anderen zu vergraben.

Dann kam der Bote mit der lange erwarteten und doch nie für möglich gehaltenen, der fürchterlichen, unausweichlichen Nachricht. Er meldete, daß die Römer das Westtor gestürmt hatten und in die Stadt drängten.

Zenobia saß gerade mit Zebida zusammen, der ihr erklärte, wo es ihren eigenen Mineuren gelungen war, sich unter diejenigen des Gegners zu graben. Sie war so vertieft in die komplizierte Karte, die Zebida ihr aufmalte, daß sie die Botschaft nur langsam aufnahm. Ihr erster undeutlicher Gedanke galt Longinos.

Dann kam Gash hereingestürzt, keuchend und mit Blut an seinem Schwert.

»Schnell«, rief er dem Offizier zu, »sie rücken vor. Bring die Königin zum Osttor. Dort wartet eine Eskorte.« Und er zerrte sie selbst zur Tür.

»Bist du verrückt?« schrie sie und versuchte sich loszureißen. »Ich muß …, die Truppen ….« Sie wand sich unter seinem Griff. Gash schob sie Zebida zu und gab ihm mit einem ernsten Blick zu verstehen, welch große Verantwortung ihm da auferlegt wurde.

»Zabdas kümmert sich um alles«, sagte er mehr zu ihm als zu seiner Schwester. » Wichtig ist jetzt vor allem, daß sie nicht in Gefangenschaft gerät. Und nun los, es gibt keine Zeit mehr zu verlieren.« Zebida schleppte die Widerstrebende ohne Zögern mit sich. Mit ehrerbietigem Gesicht ertrug er ihre Tritte und Bisse.

»Vaballathos! Mein Kind, ihr Schweinehunde!« fauchte sie dabei. Gash sah sich suchend um und entdeckte eine verschreckte Sklavin, die sich an ihren Pfauenfederfächer klammerte und mechanisch vor sich hin wedelte.

»He!«, blaffte er, daß sie außer sich vor Furcht das Gerät fallenließ. »Du! Hol das Balg und lauf ihr nach. Damit sie das Maul hält.« Die Sklavin hastete hinaus.

Noch immer war Zenobias Geschrei zu hören, hoch und schrill. Gash meinte, »Longinos« zu hören. Zufrieden knurrte er:

»Um den werde ich mich kümmern.«

Er mußte nicht lange suchen. Longinos saß im Schulzimmer, in die Proviantaufstellungen vertieft und die Panik um sich herum ignorierend. Der Lärm dieses Krieges war ja der schützende Raum, der Zenobia und ihn umgab, er war ihre Heimat. Als Gash ihm Meldung über den Einbruch der Römer machte, legte er ruhig die Listen zur Seite und sagte gar nichts. Die grausame, vertraute Kulisse ihres gemeinsamen Alltags brach lautlos zusammen.

»Sie mußte in Sicherheit gebracht werden«, hörte er Gash sprechen.

»Wenn sie den Euphrat erreicht, wird Persien sie aufnehmen. Der persische König wollte nicht mit uns kämpfen, aber er wird sie nicht ausliefern.« Longinos glaubte zu nicken, doch er saß reglos. Dann stand er auf. Gash trat beiläufig zwischen ihn und die Tür.

»General Zabdas will Euch sprechen. Er versucht, die Truppen geordnet durch das Osttor abzuziehen und am alten Limes mit den Nomadenreitern zu vereinigen.« Mißtrauisch beobachtete Gash den Philosophen. Er schien nicht zu reagieren. Hatte er ihm überhaupt zugehört? Und er fügte mit Nachdruck hinzu: »Er braucht Eure Hilfe, Longinos.«

Longinos dachte nach. Was der Mann sagte, klang logisch. Nur mußte er sich beeilen damit, unbedingt beeilen und dann Zenobia suchen. Als er ihren Namen gedacht hatte, hielt er sich daran fest wie an einem Baum im Sturm. Er kam wieder zu sich.

Knapp erkundigte er sich, wo sie den General finden würden, während er schon zu packen begann. Fieberhaft wühlte er zwischen seinen Schriftrollen. Welche sollte er retten, welche zurücklassen? All die kostbaren, unersetzlichen Stücke. Er sah nichts von dem beinahe mitleidigen Lächeln, mit dem Gash seinen Rücken betrachtete.

»Zabdas hat einen Verteidigungsriegel vor dem Palast aufgebaut und hält die Römer jenseits des Theaters zurück«, erläuterte dieser. »Nehmt den Weg über die Haupttreppe und über die kleine Kolonnade, dann könnt Ihr ihn nicht verfehlen.«

»Ihr kommt nicht mit?«

»Ich muß auf meinen Posten.« Noch ehe Longinos aufschauen konnte, war auch Gash fort. Schweren Herzens legte er die Abschrift eines späten Platon-Dialogs wieder zurück ins Regal, sein Bündel war voll. Einer plötzlichen Eingebung folgend, kippte er noch Zenobias Schmuck darüber und rüttelte ihn in die verbliebenen Ritzen. Von seinem Wert konnte man fast eine Stadt erwerben. Er rasselte wie ein Haufen Schlangen, als er zwischen den Papyrusrollen verschwand. Das Geräusch kam ihm laut vor, es war das einzige, fiel ihm auf, das noch zu hören war. Er rannte leere Gänge entlang zum Ausgang, vorbei an geplünderten Zimmern, zerwühlten Betten, aufgerissenen Schränken, begleitet nur vom Hall seiner Schritte.

Im Vorhof des Palastes blendete ihn das grelle Sonnenlicht des Spätnachmittags. Longinos schirmte die Augen mit der Hand ab. Er schaute sich um und erwog, durch den Küchentrakt und an der Nordmauer entlang zum Osttor und zu Zenobia zu gelangen. Zu ihr! Der Gedanke war einen Augenblick lang übermächtig, dann ermahnte er sich und hielt auf den Hauptausgang zu, wo Zabdas ihn erwarten mochte. Er begann zu schwitzen. Angespannt versuchte er, die Stille jenseits des Tores zu deuten. Hieß das, die Römer sammelten sich zum letzten Angriff in den Straßen des Marktviertels?

Er war erst halb über den offenen Platz auf das Palasttor zugegangen, als ihm eine Gruppe von Menschen entgegenkam. Die Sonne stand ihnen im Rücken, so daß er sie nicht sofort erkennen konnte. Wieder hob er die Hand über die Augen und blinzelte. Die Gruppe blieb stehen. Das erste, was Longinos sah, war Zabdas' erstauntes Gesicht hoch über sich. Es steckte auf einer Lanze, und geronnenes Blut verklebte seinen weit aufgerissenen Mund mit dem grauen Bart. Ein römischer Soldat hielt den Speer, eine Gruppe Offiziere stand um ihn geschart. Longinos konnte jetzt ganz deutlich den Purpur ihrer kurzen Mäntel sehen. Sie wehten in der Sonne und leuchteten blutrot. Ihre Beinschienen funkelten.

Zenobia nahm kaum bewußt wahr, wie sie quer durch die wie ein Hexenkessel quirlende Stadt geschleppt und auf einen Wagen geworfen wurde. Jemand drückte ihr ihren Sohn in den Arm, und sie preßte ihn an sich. Ihr gegenüber, in eine Ecke des rumpelnden Karrens gedrückt, jammerte die Dienerin laut vor sich hin. Zenobia hörte es nicht. Während sie ungeschützt durch den heißen Staub schaukelten, starrte sie unverwandt über

Vaballathos' Kopf hinweg zurück zur Stadt, dahin, von wo Longinos kommen mußte.

Longinos' Gedanken versuchten, sie zu erreichen wie ein treuer Hund, der seinen Herrn abreisen sieht, aber sie prallten von den Mauern des Vorhofs ab. Sie konnten diesem Steingeviert nicht mehr entkommen. Doch wurden sie ganz ruhig, als der Römer nach ihm griff.

»Wo ist sie?« knurrte eine Stimme. »Wo ist das Weib, das es wagt, unserem Kaiser solche Briefe zu schreiben?« Longinos sah ein Schriftstück, das auf einem weiteren Spieß im Wind flatterte, blutig und zerfetzt, wie ein Feldzeichen nach langem Krieg auszusehen pflegte. Dennoch erkannte er den Brief an den Senat, mit dem sie sich einst von Rom losgesagt hatten. Einen Moment lang stand ihm jenes Bild vor Augen, von dem friedlichen Picknick im Palmenhain, als sie ihn entwarfen, Zenobia und er. Sie schaute versonnen in die Palmenwipfel und knabberte an einem Käse. Und er sah sie an, glücklich, ihr so nahe sein zu können.

»Wenn ihr den Schreiber sucht«, er lächelte fast, »das bin ich. Longinos. Ich bin ihr Berater.«

»Dachte ich mir doch, daß so was nicht von einer Frau kommt. Schöner Ratgeber. Hängt den Kerl auf«, wandte der Zenturio sich an seine Soldaten. Eine Schlinge fiel über den nächsten Querpfeiler und baumelte harmlos und fremd zwischen den bunten Blumenornamenten.

»Oder«, drehte er sich nochmals zu Longinos um, »bist du etwa römischer Bürger, wie so viel Gesocks heutzutage?«

Longinos schüttelte ruhig den Kopf: »So tief bin ich nie gesunken.«

»Nicht unser Niveau, was? Na, dann werden wir dafür sorgen, daß du endgültig über uns schwebst. Zieht ihn hoch.« Das taten sie.

In seinem baumelnden Schatten teilten sie Zenobias Schmuck unter sich auf und zertraten seine Schriftrollen.

Als Zenobia aufwachte, sah sie, daß sie alleine war. Ihr Sohn lag neben ihr auf dem nackten Karrenboden, aber sonst war niemand zu sehen, keine Eskorte, keine Wagenlenker, selbst die Dienerin war verschwunden. Fluchend richtete sie sich auf.

»Au!« Vaballathos ließ erschrocken die lange schwarze Haarsträhne los, mit der er gespielt hatte und begann zu greinen.

»Ist ja gut, mein Schatz.« Sie küßte die sorgenvolle Kerbe über seiner Nase. »Du hast es ja nicht mit Absicht getan.« Zenobia strich sacht über seine Stirn, bis er sich beruhigt hatte und die Maserung der Bodenplanken zu erkunden begann. Dann stieg sie aus dem Wagen. Ihr Rücken, merkte sie, war steif. Sie stellte fest, daß ihre Eskorte auch die letzte Nacht über rücksichtslos geritten sein mußte, denn vor ihr lag der Euphrat. Breit und braun und überraschend schnell floß er dahin. Das Ufer, auf dem sie stand, war steil und kahl; vorgewölbt wie die nackte Stirn eines Elefanten hing es über dem Strom. Dies war sicherlich keine Furt. Und wo waren die anderen? Zenobia ging zurück zum Ende des Fuhrwerks, dabei stolperte sie über etwas, das sich als eine Hand erwies. Sie zog daran, es war Zebidas Hand; jemand hatte seine Leiche notdürftig unter den Wagen geschoben.

Da bewegte sich etwas stromaufwärts; eine Reihe Männer führte ihre Pferde am Zügel aus einem Ufergestrüpp. Sie gingen langsam und sicher, wie Leute, die wußten, worauf sie zuhielten. Und es waren römische Legionäre.

»Verraten. Sie haben uns verraten, verdammt noch mal.« Hastig richtete sie sich auf. Gash! war ihr nächster Gedanke. Diese Römer hatten hier auf sie gewartet, und er hatte sie hierhergelockt. Die ganze Eskorte hatte aus Verrätern bestanden. Bis auf Zebida. Und um das hier inszenieren zu können, mußte Gash Palmyra an die Römer verkauft haben.

Zenobia warf einen panikerfüllten Blick auf die Näherkommenden, dann einen zweiten auf den schlammigen Strom. Odu fiel ihr plötzlich ein und ihre gemeinsamen Nachmittage am Fluß, ein fernes, präzises Bild. Der kleine Odu, der schwamm wie ein Krokodil, während sie unter dem schwerduftenden Hibiskus saß und sich weigerte, auch nur ihre Füße ins Wasser zu hängen. Aber sie dachte nicht weiter darüber nach, nahm das ihr zunächst stehende Pferd am Zügel, riß ihm den müde hängenden Kopf hoch und begann, es den Abhang hinunterzutreiben.

Die Tiere wieherten und bockten und schoben steif die Hufe vor. Als ihnen der Karren in die Hinterhand rutschte, machten sie einen erschrockenen Satz, der Zenobia fast von den Füßen riß. Alle zusammen stolperten sie in den Euphrat. Er war erstaunlich kalt.

»Eja!« schrie sie. »Eja!« Sie zerrte die beiden Schritt für Schritt weiter in das strudelnde Wasser, das an ihren Schenkeln zog. Zenobia preßte sich an den warmen Pferdekörper und flocht die Finger fest in das lederne Kopfgeschirr, bereit, sich so mit hinüberziehen zu lassen, wenn sie Grund verlor. Da sah sie Vaballathos, der neugierig über den Rand des Karrens auf das unbekannte Element starrte. Entzückt patschte er mit beiden Händen auf die Wellen. Sie hörte ihn lachen.

»Vaballathos, kriech zurück, hörst du mich, Schatz, kriech zurück.« Voller Angst versuchte sie, sich nach hinten zu hangeln, ohne den schützenden Halt des Tieres zu verlieren. Da kamen sie ins tiefe Wasser. Die Pferde warfen die Köpfe hoch und begannen mit panikverdrehten Augen zu schwimmen. Der Wagen ruckte und sackte tiefer. Vaballathos rollte heraus.

Zenobia hörte sich schreien. Ohne nachzudenken stieß sie sich ab, auf die Stelle zu, wo der Kopf ihres Sohnes verschwunden war. Sie schluckte Wasser, hustete und schlug um sich. Weiter stromabwärts tauchte sein Gesichtchen noch einmal auf, ein weißer Fleck in den braunen Schlammfluten. Noch immer zeigte sich keine Angst darin vor dem neuen Unbekannten. Er lächelte. Dann war er fort.

Zenobia sah dieses Lächeln und wurde ruhig dabei, wie schon viele Male zuvor, wenn sie ihn so lächeln gesehen hatte. Sie hörte auf zu strampeln. Warum nicht, dachte sie. Er hatte keine Angst. Es kann so schwer nicht sein. Und sie spürte sich versinken. Dann nichts mehr.

Eine große Hand griff nach ihr und zog sie aus dem Wasser. Nachdenklich sah der Mann auf die ohnmächtige Frau mit den schlammverschmierten Haaren.

»Das soll die große Zenobia sein, die Sirene des Orients, die neue Kleopatra?« fragte ein Zenturio zweifelnd, der an seine Seite getreten war. Dies war nicht der Gegenstand der glühenden Leidenschaft, ob Haß oder Liebe wußte er nicht so genau, die er seit einem Jahr für die dämonisch schöne Amazonenkönigin hegte, gegen die er ritt.

Der andere fuhr sich mit den nassen Fingern durch die staub- und schweißverklebten roten Haare und räkelte sich.

»Aaah, so ein kühles Bad war schon lange einmal fällig.« Er befahl, Zenobia quer auf ein Pferd zu binden, dann saß er selber auf und führte seinen Zug zurück zur Stadt. Er hatte es nicht eilig, er hatte nun gesiegt. Zufrieden überschaute er die öde Schotterwüste, die sich bald hinter dem Strom ausdehnte.

»Weißt du, Vigilius«, meinte er schließlich. »In gewisser Weise ist das einer meiner erfolgreichsten Feldzüge. Tatsächlich hatte ich keinen Heuschnupfen mehr, seit wir vor einem Jahr anfingen, in dieser verdammten Wüste zu kampieren.«

Vigilius sah ihn an, die athletische, gedrungene Gestalt mit dem dichten Kupferbart und dem offenen, schlichten Blick. Er dachte an die eroberte Stadt, den Ruhm und die reiche Beute und blieb seinem vom Sieg verwöhnten Kaiser die Antwort schuldig.

# Livia

Odu seufzte. Ein Blick auf den Ausschnitt Himmel in dem hochgelegenen Fensterschlitz sagte ihm, daß es bald dunkel werden würde. Er mußte gehen, wenn man ihn nicht um eine Zeit sehen sollte, zu der Besucher in diesem Teil des Tempeltraktes höchst selten wurden, und er Gefahr lief, angehalten und befragt zu werden. Also schob er den Arm der neben ihm eingeschlafenen Frau sanft von seiner Schulter, rollte sich leise aus dem Bett und griff nach seinen Kleidern oder genauer, nach den Kleidern, die Poppaea, die alte Dienerin, wie stets für ihn bereitgelegt hatte, der bescheidenen Tunika einer römischen Matrone.

Er hörte Poppaea böse kichern, als er sich anzog, konnte sie aber nirgends entdecken. Erneut seufzte er. Seit sie ihn an jenem kalten Tag vor der Basilika Ulpia angesprochen und zu ihrer Herrin geführt hatte, überwachte sie ihn derart. Er war sicher, daß Livia sich von ihr über jeden seiner Schritte in Rom berichten ließ. Poppaea war das Auge Livias, die selbst nur selten den Tempel verließ. Und sie brachte Odu stets zu diesen heimlichen Treffen mit ihrer Herrin. Gleich würde sie ihn wie immer hinausgeleiten.

Odu richtete nervös die Frauenperücke, die seinen Aufzug komplettierte. Der Gedanke an die fortschreitende Zeit beunruhigte ihn. Als Livia sich im Schlaf bewegte, zuckte er zusammen. Leise beugte er sich zu einem Abschiedskuß über sie.

Livia war eine attraktive Frau. Ihr honigbraunes Haar floß üppig über die Laken, die Formen ihres reifen Körpers waren von verführerischer Weichheit, ihre Haut nicht mehr blank wie die eines Mädchens, aber warm und samtig. Und die dunklen Augen in ihrem Aristokratinnengesicht vermochten nicht nur den Gläubigen beim Gottesdienst Schauer über den Rücken zu jagen. Odu zog sacht mit dem Finger die beiden energischen Linien nach, die von den Mundwinkeln nach unten führten. Für ihn waren es weniger Falten als die Zeichen ihres bewundernswerten Eigenwillens.

Unter seiner Berührung wachte sie auf und zog ihn an sich, aber Odu machte sich los.

»Livia, ich muß gehen. Meine Herrin gibt heute abend ein Fest, bei dem ich zur Unterhaltung beitragen muß.« Livia räkelte sich und betrachtete ihn amüsiert.

»Bis dahin sind es sicher noch zwei Stunden. Soll ich raten, woher dein Pflichteifer stammt? Du hast wieder einmal Angst, mein armer Kleiner.« Sie ließ sich auf ihre Seite des Bettes gleiten und angelte nach einem Kästchen aus Elfenbein, dem sie ein paar welke Blätter entnahm. Geschickt rollte sie diese, während sie sich zurücklehnte, zu schmalen Röllchen, von denen sie eines dem noch immer stehenden Odu hinhielt. Als er zögerte, klopfte sie energisch mit der flachen Hand auf das Bett.

»Setz dich her und kau; es kommt aus Arabien und hat eine ungemein entspannende Wirkung.« Odu nahm widerstrebend Platz, alles in ihm wollte fort aus diesem Zimmer.

»Livia, wenn sie mich am Tor anhalten …«

»Liebst du mich denn gar nicht mehr?« fragte sie mit theatralisch vibrierender Stimme.

»Livia«, rief Odu gequält aus. Sie lachte und schob sich ein Röllchen in den Mund.

»Schon gut, es war nur ein Scherz, armer Odu. Es ist sicher nicht leicht, der Geliebte einer Vestalin zu sein.« Und sie küßte ihn beinahe mütterlich auf die Wange.

»Livia, es tut mir leid, es ist bestimmt nicht als Beleidigung gedacht, aber der Gedanke daran, was mit uns geschieht, wenn wir entdeckt werden, läßt mich nie ganz los.«

»Oh, keine Sorge«, erwiderte sie trocken, »ich bin Realistin genug, um nicht zu erwarten, daß du darauf brennst, aus Liebe zu mir in den Tod zu gehen.« Sie warf ihm einen unauffälligen Seitenblick zu, den Odu nicht bemerkte. »Schon gar nicht in einen derart unangenehmen«, konnte sie sich nicht verkneifen hinzuzusetzen. Odu schauderte.

»Lebendig begraben«, flüsterte er.

»Auf einem Feld vor den Toren der Stadt«, ergänzte Livia. »Unsere Köpfe würden allerdings noch heraussehen, so daß wir genug Zeit hätten, uns gegenseitig die Verdammnis an die erdumschlossenen Hälse zu wünschen, ehe wir krepieren. Ich gebe gerne zu, daß das etwas viel Dramatik ist für ein paar lumpige Sesterzen die Woche.«

Odu nahm ihre Hand und bat sie, nicht so zu reden. Er nahm ihr Geld aus Poppaeas Händen, für Paula und das gemeinsame Kind, doch zugleich war er auch gerne bei ihr. Damit war es ihm durchaus ernst, und das sagte er ihr auch. Sie war stark, hoheitsvoll und schön und sogar etwas wie eine Zuflucht in seinem Leben. Wäre da nicht die Angst gewesen. Livia unterbrach ihn und winkte ab. Das entscheidende Wort, das, das sie hören wollte, »Liebe«, war nicht dabei gewesen, und sie hätte sich lieber tatsächlich lebendig begraben lassen als Odu zu gestehen, daß sie darauf wartete. Sie lachte nur trocken.

»Du bist so hart«, stellte Odu verwundert fest.

»Oh, das macht die Übung im Umgang mit Hasenfüßen, Odu. Laß gut sein, deine Vorgänger waren auch nicht viel tapferer. Einer erschrak dermaßen, als wir hier beieinander lagen und plötzlich die Tür aufging, daß seine ganze Manneskraft einschrumpelte wie eine Weintraube in der Sonne. Und ich schwöre dir, er hat es nie wieder geschafft, Saft in sie einschießen zu lassen bis ans Ende seines Lebens. Dabei war es nur meine gute alte Poppaea gewesen, die hereingekommen war, ohne anzuklopfen. Aber er war nicht davon abzubringen, daß Vesta persönlich ihm diese Rosine angehext hätte zur Strafe für seine Sünden.« Sie lachte wiederum.

»Ich bin nicht der erste?« Odu war entgeistert.

»Hast du das erwartet?« Sie zog beide Brauen in die Höhe. »Nein, du bist nicht der erste. Nicht bei mir, mein Schatz, und nicht in diesem Tempel. Wer, glaubst du, ist die alte Vettel, die Amata jeden Freitag ihre Kräutermedizin bringt?« Odu wagte kaum zu raten:

»Ein Mann?«

»Ein Senator, wenn ich recht unterrichtet bin. Er kommt schon seit fünfzehn Jahren, und das Mädchen, das er als Sklavin mitbringt, ist ihre gemeinsame Tochter. Rührend, nicht wahr? Die beiden lieben sich wirklich.«

Er konnte es nicht fassen.

»Ja, aber die Strafe«, wandte er ein, »haben sie denn gar keine Angst? Und fürchten sie die Göttin nicht?«

»Meine Güte, seit Domitian wurde niemand mehr hingerichtet. Das ist jetzt fast zweihundert Jahre her und schon gar nicht mehr wahr. Und die Göttin?« Livia fischte sich ein neues Blatt aus dem Kästchen. Sie bot Odu die Hälfte an. »Ich gehe täglich mit den anderen ›Jungfrauen‹ zur Quelle im Camena-Tal und hole, ohne zu fragen warum, in den vorgeschriebenen spitzzulaufenden Behältern, die sich nicht abstellen lassen, das Wasser zur Reinigung des Tempels, ganz wie es die Sitte befiehlt. Du kennst die Prozedur? Sie ist auf Dutzenden von Fresken verewigt. Ich reite mit den anderen am Festtag der Vesta auf einem bekränzten Esel durch die Stadt, auch wenn er Zecken hat und stinkt, backe zur festgelegten Zeit die Mola, das Opferbrot für die anderen Tempel, und ich hüte einmal die Woche nachts die ewige Flamme, die ich übrigens schon so oft wieder angezündet habe, daß ich es gar nicht mehr zählen kann.«

»Aber es ist doch eine Riesenprozedur nötig, mit Gottesdienst, Reinigungsritual und heiligem Spiegel, um die immerwährende Flamme wieder zu entfachen?«

Livia zuckte die Achseln und kaute: »Nur, wenn du es jemandem sagst. Ich habe einfach die nächste Öllampe genommen. Was ist? Schau mich nicht so an, Odu. Das sind alles nur hohle Rituale, verstehst du? Da ist keine Göttin, nur gut gemachtes Theater, das die Leute beim Gottesdienst beeindruckt. Und ich gehöre zu den besten, das kannst du mir glauben. Wenn ich an den Fordicidia den Kalbsfötus am Altar verbrenne, dann hängen sie an jeder meiner Gesten.« Sie sah tatsächlich sehr zufrieden aus. Odu konnte es gar nicht fassen. Warum übte sie dieses Amt dann aus, wozu?

»Nun, es ist besser, als an irgend jemanden verheiratet zu werden.« Odu nickte langsam. Er mußte an Zenobia denken, das junge Mädchen Zenobia, das er gekannt hatte. Ob sie damals auch lieber Priesterin geworden wäre als Odaenathos Frau, wenn sie eine Wahl gehabt hätte? Er konnte sich vorstellen, daß sie diesen Weg gewählt hätte.

»Und daß die Lust, auch den einen oder anderen zweibeinigen Esel zu reiten, so groß wird, konnte ich vorher ja nicht wissen. Das ist Berufsrisiko«, fügte sie burschikos hinzu. Als sie sein verletztes Gesicht sah, hätte sie sich auf die Lippen beißen können. Spontan tastete sie nach seiner Hand, ließ sie aber sofort wieder los. Lieber wollte sie ihn ablenken.

»Was wundert dich das alles so? Erzähl mir nicht, daß du an Vesta glaubst und dich vor mehr fürchtest als einem höchst irdischen Henker.«

Odu schüttelte den Kopf. Nein, er glaubte tatsächlich nicht, daß sie ein Sakrileg begingen. Daß die römische Priesterin selbst das auch nicht glaubte, war allerdings noch einmal eine andere Sache. Er war ja nur ein Barbar und glaubte – ja, woran glaubte er eigentlich? Livias Frage machte ihn tatsächlich nachdenklich.

Das Christentum Clemens' und Julias war nicht recht in seinem Fühlen haften geblieben und an die Götter seines Volkes hatte er keine Erinnerung mehr; er war zu jung gewesen, als die römischen Legionäre ihn von dort weggeschleppt hatten. Einzig die Hasenkönigin war ihm im Gedächtnis geblieben, und die war seit jenem längstvergangenen Tag in Palmyra: Zenobia. Sich an die Tage ihrer gemeinsamen Kindheit zu erinnern und zu wissen, daß sie in dieser fernen Wüstenstadt lebte und umherging und vielleicht glücklich war, das war in gewisser Weise seine Religion. Unsicher versuchte er, Livia das zu erklären. Doch seltsamerweise hatte er keine Angst, daß sie ihn nicht verstehen könnte. Die Vestalin riß die Augen auf.

»Zenobia?« platzte sie heraus, »*die* Zenobia? Die ›Löwin von Syrien‹, das

›Hexenweib‹ oder wie sie sie noch nennen, die kennst du? Erzähl mir keinen Unsinn, Odu. Sie ist die Herrin des römischen Ostens. Poppaea hat mir erzählt, seit Aurelian in diesen Feldzug gezogen ist, spielen die Kinder nicht mehr ›Fangt den Nero‹, sondern ›Aurelian und Zenobia‹, wenn sie einander nachjagen.«

Odu mußte lächeln. »Wir haben damals ›Fisch‹ gespielt, Zenobia und ich. Dabei mußt du wie eine Forelle durch die Menge gleiten, es ist wie ein Tanz, und Zenobia war immer schneller als ich am Bel-Tempel.« Livia schaute ihn verständnislos an, und er erklärte es ihr, erzählte von seiner Kindheit in Palmyra, der Wüste, den Karawanen und der vornehmen Ausreißerin, der er einst in der Gasse der Goldschmiede begegnet war.

»Sie war zerzaust und auch ein bißchen schmutzig, aber jeder Zoll eine Königin, schon damals, deshalb hat kein Händler es gewagt, sie anzufahren, wenn sie an seinen Stand trat und mit Feilschen begann. Und sie feilschte so unverschämt wie ein Fischweib. Ich sah ihr lange zu. Und als dann die Stadtwache vorbeikam und sie hinter einen Stapel Körbe hechtete, weil sie Angst hatte, ihr Vater könnte dabei sein und sie sehen, kroch ich auch dorthin und lächelte sie an. Da wurden wir Freunde. Ich war vielleicht zehn Jahre alt damals, und sie etwas älter. Ich habe sie verehrt wie eine Göttin, und sie fand mich wahrscheinlich ein wenig lästig.«

»Hast du sie geliebt?«

»Ja. Nein.« Er dachte nach. »Ich war ein Kind. Und sie war so schön und mutig. Sie konnte wunderbare Märchen erzählen, und sie traute sich sogar, in das leere Amphitheater einzubrechen und dort Gedichte zu deklamieren. Ich hatte Angst und wollte nicht, aber sie hatte ihren eigenen Kopf. Dabei mußte sie ständig fürchten, daß ihr Vater sie schwer bestrafen würde.« Er sah Livia an und bemerkte plötzlich: »Sie ist ein wenig wie du. Ja, tatsächlich.« Er betrachtete sie, als sähe er sie zum ersten Mal. Livias Herz klopfte schneller. Es entstand eine Pause. Keiner von beiden regte sich.

»So«, hörte sie sich schließlich trocken sagen. »Nun, vielleicht ist das ein Kompliment.« Da unterbrach sie Poppaea, die mit einer Öllampe hereinkam und einer Geldbörse mit dem heutigen Lohn, die sie Odu zuwarf. Dann erinnerte sie ihre Herrin daran, daß sie heute die Nachtwache bei der heiligen Flamme zu leisten hatte und stellte die Lampe auf das Frisiertischchen. Es war ein Bronze-Eselchen, das heilige Tier der Vesta, das die Flamme auf seinem geduldigen Rücken trug.

Livia ging hinüber und ließ sich die Haare richten, während Odu scheinbar in Erinnerungen versunken auf dem Bett zurückblieb.

Poppaea flocht Livias üppiges Haar in sechs Zöpfe: die traditionelle Frisur der Vestalinnen. Und die der Bräute, dachte Livia, was für ein Hohn im Grunde. Ihr Blick ging im Spiegel an ihrem Gesicht vorbei zu Odu. Sie sah ihn etwas aufs Bett legen, dann stand er auf, kam zu ihr und küßte sie zart auf den Hals.

»Danke, daß du zugehört hast.« Sie nickte mit einem traurigen Lächeln. »Poppaea wird dich hinausbringen.«

Als er gegangen war, ging sie zum Bett und sah nach, was Odu dort hingelegt hatte. Es war die Geldbörse. Livia setzte sich.

»Ich glaube«, sagte sie laut, »ich werde hysterisch.« Dann warf sie sich aufs Bett und lachte und weinte zugleich.

Ihre Schritte hallten durch das leere Atrium, als Poppaea Odu zum Portal des Hauses der Vestalinnen brachte, doch sie begegneten niemandem. Im öffentlichen Pissoir gegenüber zog er sich um und gab das Kleiderbündel der draußen wartenden Popaea in die Hand, die es bis zum nächsten Mal verwalten würde. Als er hinaustrat, glaubte er, aus dem runden Bau des Vesta-Tempels einen schwachen Lichtschimmer fallen zu sehen. Dort würde Livia bald neben ihrer Flamme sitzen. Er lächelte.

Dann fiel ihm Aelias Abendeinladung wieder ein. Er beschleunigte seine Schritte. Bald war er in der Birnbaumstraße auf dem Quirinal, wo Aelia Drusilla eines ihrer Mietshäuser hatte. Sie residierte prunkvoll im Erdgeschoß, dem einzigen Stockwerk solcher Gebäude, das fließend Wasser und Abwasserleitungen zu besitzen pflegte. Nur die Reichsten konnten sich eine derartige Stadtwohnung leisten.

Polybios stand an der Tür, mit goldenen Ketten am Türstock befestigt, den blumenumkränzten Körper eingeölt, daß er bronzefarben leuchtete. Er begrüßte ihn mit einem wissenden Grinsen.

»Na, ich hab' mit Celer gesprochen. Hab's Paula schon gesagt, ich glaub' nicht, daß er mit solchen Würstchen wie dir arbeitet.« Odu mußte einen Moment überlegen, wovon der andere sprach. Dann winkte er wortlos ab und ging hinein.

»He«, rief Polybios ihm nach, »vielleicht hab' ich das Geld für Paula ja vor dir zusammen.«

Die Hausherrin hatte das ungebührlich lange Ausbleiben ihres Harfenträgers noch gar nicht bemerkt. Sie plauderte angeregt mit ihren Gästen, darunter der Senator Poeta, dem ihre ganze Aufmerksamkeit gehörte. Und dazu gab es so wunderbare Neuigkeiten zu berichten. Sie hatte es sich nicht nehmen lassen, im Atrium eine Büste des Kaisers Aurelian aufstellen zu lassen, die sie eigenhändig vor den Augen der Anwesenden mit goldenem Lorbeer krönte. Die Gesellschaft applaudierte, begeisterte Hochrufe auf den Imperator wurden ausgebracht.

Gäste und Einrichtung verschwanden fast in dem verschwenderisch arrangierten Blumenschmuck der Räume, der einen so betäubenden Duft verströmte, daß selbst das üppige Parfum der edlen Damen überdeckt wurde. Nur die Aromen der Festtafel behaupteten sich daneben auf das appetitanregendste. Man war sich allgemein einig, daß nur Aelia Drusilla es verstand, so zu feiern.

»Es ist vollbracht«, rezitierte sie gerade und wandte sich mit strahlendem Lächeln Poeta zu. »Ist es nicht ergreifend?«

»Eine wahre Heldentat«, schwärmte Quintus Vivius Gax, Unternehmer in Sachen Import und Export, und trat mit einem schnellen Schritt zwischen sie und den Senator. Doch Aelias Hand, die die Weinschale umklammert hielt, schob ihn ohne Umstände zur Seite. Die Flecken, die sie dabei auf seiner Tunika hinterließ, beachtete sie nicht.

»Es ist fast zuviel für eine empfindsame Seele«, setzte sie ihren Angriff auf den Senator fort.

»Es ist in der Tat mehr, als wir zu hoffen wagen durften«, bestätigte Poeta vorsichtig.

»Oh ja, mehr als das, so viel mehr«, äußerte bebend eine füllige Fünfzigerin mit blondgefärbten Haaren, die als Witwe eines Prokonsuls von Numidien ihren Platz in diesem erlesenen Kreise behauptete.

»Immerhin hat Aurelian nicht nur die Goten zurückgeschlagen und die Donauprovinzen befriedet…«, holte Gax zu einer Erläuterung aus, um Aelias Aufmerksamkeit erneut auf sich zu ziehen.

»Oh, diese Stadt, die er da gegründet hat, Serdica, soll sich ja zu einer wunderbaren Metropole entwickelt haben«, warf die Blonde ein. Gax bedachte sie mit einem ärgerlichen Seitenblick.

»… sondern er hat auch das treulose Palmyra wieder in den Schoß des Reiches zurückgeführt«, beendete er seinen Satz.

»Ja, er ist ein großer Kämpfer, dieser Aurelian«, nickte ein alter General versonnen. »Kühn und voll Zuversicht, wie ich damals, als…« Niemand beachtete ihn weiter.

»Den Gotenhäuptling Cannabaudes soll er ja im Zweikampf getötet haben, Mann gegen Mann und nichts als eine Ölschicht auf dem Körper.« Der Sprecherin versagte die Stimme, und auch Aelia Drusilla zitterte.

»Und die syrische Hure hat er an den Haaren durch den Sand geschleift«, fügte sie fast flüsternd hinzu. »Oh dieser herrliche Mann, so der Versuchung das Knie in den Nacken zu setzen. Ach, ich möchte ihn an meinen Busen pressen«, sie erhob die Stimme, »wie einen Sohn.« Poeta räusperte sich und nahm einen Schluck aus seiner Weinschale.

Drusilla bemerkte seine Zurückhaltung.

»Selten hat ein Kaiser so sehr einen Triumphzug verdient wie Aurelian«, verkündete sie daher schnell in sachlicherem Ton. »Der Senat muß ihm unbedingt einen Triumph gewähren. Nicht wahr, lieber Poeta«, sie tätschelte seine Hand, »Ihr werdet dafür sorgen?« Ihr Blick in die Runde erheischte allgemeine Beachtung für ihren einflußreichen Freund.

Poeta antwortete mit etwas, was sie seinethalben als Nicken auslegen mochte. Sicherlich würde der Senat Aurelian einen Triumph gewähren, der Senat hatte Aurelian noch nie etwas verweigert, wie sollte er auch. Und ebenso sicher gab es nichts, was er dazu oder dagegen tun könnte. Das Gespräch nahm vorübergehend eine andere Richtung, und er schlenderte seitab und setzte sich in einen Sessel gegenüber dem ausgedehnten Seerosen-Bassin im Atrium.

Wasser sprühte aus einer Natursteingrotte, hinter der vorsichtig ein Bronzereh hervorlugte. Ein zweites hatte das Maul bereits ins Becken getaucht, um zu trinken. Es waren hervorragende Arbeiten, beide Tiere schienen vor unterdrückter Spannung förmlich zu zittern, wach und fluchtbereit. Dem dauerhaften Material spottend, aus dem sie gemacht waren, schienen sie wirklich nur für diesen Augenblick anwesend. Und sie haben recht, in dieser Umgebung wachsam zu sein, sagte er sich und fragte sich zugleich, warum zum Hades er eigentlich nichts Besseres zu tun hatte, als immer wieder hierher zu kommen.

»Stimmt es, daß er Palmyra in Schutt und Asche gelegt hat?« fragte laut ein Gast in der plaudernden Gruppe hinter ihm. »Ich habe gestern im Palast gehört, die Stadt sei dem Erdboden gleichgemacht worden.« In diesem Augenblick kam Odu mit den Pfefferfeigen in Honig herein. Er spitzte sofort aufgeregt die Ohren, und die Antwort, die dem Frager von Seiten Gax' zuteil wurde, traf ihn wie eine unerwartete Ohrfeige:

»Dort liegt kein Stein mehr auf dem anderen.«

Palmyra vernichtet! Wie war das möglich? Verwirrt präsentierte er den Gästen sein Tablett und versuchte, im allgemeinen Stimmengewirr die Antwort mitzubekommen. So erfuhr er, daß ein Usurpator namens Gash – oh, er kannte den Namen nur zu gut – nach der Niederlage der Königin den Thron an sich gerissen hatte. Zunächst hätte er mit Aurelian Frieden gemacht, nur um sich kurz nach seinem Abzug zum Imperator orientis auszurufen. Daraufhin war Aurelian mit allen Truppen noch einmal umgekehrt und hatte die bis dahin verschonte Stadt vollständig zerstören lassen.

»Dort weiden jetzt die Ziegen auf dem Forum«, vollendete Gax zufrieden seinen Vortrag. Odu versuchte sich vorzustellen, die Triumphbögen, der Beltempel und seine mächtigen Mauern sollten zerstörbar sein. Es gelang ihm nicht. Und die bunten Arkaden, in deren Schatten er auf Zenobia zu warten pflegte, der Markt voller Menschen und Leben, all das wäre nur noch eine Wüste? Und die Palmengärten, die Ephtaquelle?

Die Erinnerung überwältigte ihn plötzlich und er sah die Stadt so deutlich vor sich, wie seit Jahren nicht mehr. Der Nachmittag im Theater fiel ihm ein, die Stille, schwer wie der Himmel selbst, in die hinein plötzlich laut Zenobias Stimme deklamierte: »Sterne waren wir, und er der Mond, die Nacht erleuchtend...« Zenobia! Was war aus Zenobia geworden?

Er hätte es beinahe laut gefragt. Und als wollte sie ihm antworten, erzählte nun Aelia Drusilla, die von ihrem Lieblingsthema nicht abwich, wie der Kaiser selbst sie gefangengenommen und in Fesseln gelegt hätte. Sie endete feierlich:

»Sie wird als Beute in seinem Triumphzug gehen, ein Schmuck für Roms Größe und eine Warnung an seine Feinde. So wird ihr verruchtes Leben doch noch edlen Zwecken dienen, ehe sie es in den Mamertinischen Kerkern verliert. Möge das ihre unsterbliche Seele retten«, fügte sie fromm hinzu. »Ihr werdet mir doch die Freude machen, neben mir auf der Tribüne zu sitzen, wenn es soweit ist?« wandte sie sich an Poeta. Erstaunt stellte sie fest, daß er nicht mehr an ihrer Seite war; sie mußte die Stimme erheben, um seine Aufmerksamkeit zu erwecken und rief quer durch den Raum: »Ich habe eine private Estrade direkt am Forum vor dem Vesta-Tempel bestellt, nur für mich und ganz besonders liebe Freunde.«

Seine Zustimmung tröstete sie darüber hinweg, daß ihr Lieblingssklave mitten in diese aufwühlende Szene hinein laut scheppernd sein Tablett fallenließ. Sie ohrfeigte ihn lediglich milde und jagte ihn in die Küche.

Wenige Minuten später war Odu wieder auf der Straße, in einem Umhang, für den er der Küchensklavin einen nicht unerheblichen Teil seiner Ersparnisse ausgehändigt hatte. Eine mit hoher Stimme vorgetragene Lüge am Tor des Vesta-Tempels verschaffte ihm Zutritt zu Poppaea, die ihn aufgebracht ob seines Leichtsinns beschimpfte. Doch er achtete nicht auf ihre Besorgnis und bestürmte sie solange, bis sie ihn fluchend und schimpfend in das Heiligtum des Tempels führte.

Es war ein leerer, marmorverkleideter Raum, rund wie das Bauwerk selbst, ohne Bildschmuck; denn von der Göttin durfte man sich keine Bilder machen. Nur die Kapitelle der Säulen waren vergoldet. Golden glänzte auch die Schale, vor der Livia am Boden kauerte, und in der die ewige Flamme brannte und ihr Gesicht in der Dunkelheit leuchten ließ. Sie sah Odu an, als hätte sie ihn erwartet. Es schien sie nicht im geringsten zu überraschen, daß er an einen Ort kam, der keinem Mann zu betreten erlaubt war. Mit einer Handbewegung hieß sie Poppaea schweigen und schickte sie fort. Die Flamme blakte und knisterte leise.

»Livia, ich brauche deine Hilfe«, flüsterte Odu. Sie schaute in sein aufgewühltes Gesicht. Dann nickte sie.

»Du weißt, daß ich dir immer helfen werde?« Es war eigentlich keine Frage. »Und du weißt auch, warum, nicht wahr?« Er nahm statt einer Antwort ihre Hand und zog sie an sich. Das Feuer ließ ihre Haut erglühen, als er ihr die Tunika abstreifte. Wie gut, heimatlich und tröstlich war es, ihren weichen Körper zu spüren. Sie sanken auf das Podest vor dem Altarstein.

# Der Triumphzug

Nachdem Zenobia aus dem Wasser gezogen und unter die Beutestücke der heimziehenden Legionen eingereiht worden war, hatte sie lange krank gelegen. Es schien, als versuchte sie trotz der unerbetenen Rettung noch zu sterben. Wochen um Wochen wälzte sie sich im Fieber. Sie nahm wenig wahr von dem Ochsenkarren, in dem sie Rom entgegenschaukelte. Nur ein Loch in der Lederbespannung des Daches weckte in den wenigen Phasen des Wachseins ihre Aufmerksamkeit, da es ein Stück hellen Himmels freigab, in den bisweilen mit dem Rütteln und Poltern des Karrens eine Sonne schwankte. Unstete Lichtflecken sprangen dann über ihre Stirne wie flüchtige Gedanken. Und ihr war, als brannten sie Löcher in ihre Träume, durch die hindurch sie etwas anderes als diese sah – einen engen Raum, Lampenschein auf einem fremden, rotbärtigen Männergesicht, ein feuchtes Tuch auf ihren Lippen –, ehe sie wieder in Schlaf versank.

Sie träumte von Palmyra, das längst zerstört war und wieder der Wüste gehörte. Aber sie träumte nicht von Vaballathos oder Longinos, auch nicht von Odaenathos. Zenobia war das Kind von damals und streifte durch die Marktgassen der Stadt. Die zum Trocknen aufgehängten Seidenbahnen der Färber blähten sich wieder über ihr im Wind, und jemand ging an ihrer Seite, ohne Gesicht, während sie sich tanzend drehte, den Kopf in den Nacken gelegt, selig. Doch der da neben ihr ging, entglitt ihr. Sehnsüchtig streckte sie die Hände aus, die Häuser hörten nicht auf sich zu drehen, sie griff nach ihm. Aber ihre Finger schlossen sich nicht, so sehr sie es auch versuchte, wieder und wieder, sie hatte keine Kraft darin. Sie schrie, Dunkelheit rannte die Mauern entlang und kam näher, und unter ihren Fingern rutschte Zoll für Zoll der Stoff seines Gewandes fort.

Jede Nacht verlor sie etwas auf diese Weise. Dann träumte sie nichts mehr; dann wachte Zenobia auf.

Aurelians heimkehrende Legionen durchquerten gerade das neubefriedete Illyrien, ein Land voll endloser Wälder und Dickichte, die alle Wege überwucherten. Manche Soldaten erinnerten sich noch mit Schaudern an den Feldzug hier, als sie in langen Reihen durchs Gestrüpp stapften, Wasser in den Stiefeln und immer gewärtig des Angriffs, der aus dem dichten grünen Filz hervorbrach, wo vorher nichts zu sehen gewesen war, und nichts zu hören als die fragende Stimme eines Vogels. Sie hatten noch das Schlachtgebrüll in Ohren, Namen barbarischer Götter und den Ruf »Tötet!«, der über ihre dünnen Linien hereinbrach. Aber nur die Amseln sangen heute, empörte Eichhörnchen keckerten auf die marschierenden Römer herunter, und Zweige krachten unter den stetig rollenden Rädern der Ochsenkarren.

Sie lagerten auf einer Waldwiese, als Zenobia zum ersten Mal hinaussah. Es war ein Schock für sie. Trotz des dichten Morgennebels, der einen feuchten Schleier über die nächsten Bäume und den Grund legte, waren alle Farben dunkel, satt und fett. Ohne Nuancen standen da Schwarz, Gelb und Grün und starrten sie trotzig an, dinglicher, wirklicher als die zarten Pastelltöne ihrer Heimat. Alles hier schien feucht zu sein, der weiche Boden mit seinem dicken Vegetationspolster, die tropfenden Blätter und glänzenden Stämme, selbst die Luft, alles hatte sich mit Wasser vollgesogen wie ein Schwamm und leuchtete.

Als die Sonne zwischen dichten Wolken herauskam und das Licht unter den Bäumen grün und golden schimmern ließ, als die Schattenflecken ihren Tanz mit dem Laub begannen und Strahlenvorhänge schräg zwischen die dunklen Rindenstämme fielen, war Zenobia bezaubert. Man sah fast die jungen Blätter sich entfalten, die runden Leiber der Bäume schienen zu vibrieren vor innerer Kraft.

Odus Erzählungen kamen ihr plötzlich in den Sinn, Geschichten, die er ihr in ihren Verstecken am Fluß oder in der vergessenen Rumpelkammer des Beltempels anvertraut hatte. Sie handelten von seinen Kindheitserlebnissen in den Wäldern bei der Donau, wo er mit seinen Freunden jagte. Und abends saßen sie dort in ihrem geheimen Unterschlupf am Feuer und erzählten sich Geschichten.

Zenobia sah sich um, betrachtete die dunstige, schwellende Landschaft. Es mußte so wie hier ausgesehen haben. Fast erwartete sie, zwischen den letzten Dunstschwaden eine Hütte aus Moos und Laub auftauchen zu sehen, geschmückt mit einem Geweih, an dem Talismane hingen, kleine schillernde Vogelflügel, Blumen und Hasenpfoten. Sie schritt unwillkürlich darauf zu. War dort nicht ein Umriß, eine Bewegung? Es sah aus, als stünde dort ein Mensch, ja, oder war es nur ein Busch? Eine Frau mit Felljacke und zottigen Haaren. Ein weißer Dunstfetzen segelte vorüber und verwischte das Bild.

»Die Hasenkönigin«, murmelte Zenobia. Was hatte Odu von ihr erzählt? Eine Warnerin war sie, die wenigen erschien, eine einsame Wanderin durch die Wälder. Sie zu sehen konnte großes Glück bedeuten, oder aber:

»Den Tod«, flüsterte sie lautlos. Der Nebel hob sich und zeigte ihr nichts als ein Haselgebüsch, von dessen fetten Blättern der Tau tropfte. Zenobia ging zurück zum Wagen und verließ ihn nicht mehr. Draußen brachten schwarze Böen neuen Regen.

Rom kam ihr mit wimmelndem Leben entgegen. Das siegreiche Heer Aurelians sollte nach dem Willen des Senats vor den Toren auf freiem Feld lagern, bis die Vorbereitungen zum Triumphzug des Kaisers abgeschlossen waren, und erst dann in die Stadt marschieren. Aurelian fügte sich in diesem Detail dem Senat, um ihn bei Laune zu halten. Er selbst eilte natürlich sofort in den Palast, und nahm die Zügel der Politik wieder selbst in die Hand. Aber sein Purpurzelt wurde gut sichtbar jenseits der Mauern aufgeschlagen; mochte das Volk glauben, er warte dort auf seinen großen Tag, und ihn für seine Demut vor »Senatus populusque romanus« preisen. Seinen Soldaten verbot er die Stadt.

Also eilten deren Familien vor die Tore, und auch die Händler, Kräuterärzte, Würstchenverkäufer, Huren und Wahrsager, die ihren Teil vom frischverdienten Sold der Heimkehrer einheimsen wollten. Im Handumdrehen entstand eine riesige Zeltstadt, deren Kern, das Militärlager, an seiner quadratischen Ausrichtung zu erkennen war. Ringsherum sammelten sich die bunten Fetzen der zahllosen Marketender. Es war ein einziger großer Jahrmarkt, auf dem Musik und Geschrei keinen Augenblick verstummten.

Nach einer weiteren schlaflosen Nacht, wie sie viele hatte, seit sie am Ziel ihrer Reise angelangt war, öffnete Zenobia zum ersten Mal ihren Zelteingang. Der Morgen war noch lauter als gewöhnlich, und sie wollte den Grund dafür erfahren und ihre Ängste bestätigt sehen. Zwei Lanzen kreuzten sich sofort vor ihrer Brust, doch da niemand sie anfaßte oder ansprach, als sie keinen weiteren Schritt tat, blieb sie stehen, wo sie war, und blinzelte in den staubigen römischen Morgen hinaus.

Es war, wie sie befürchtet hatte: Die Organisationsarbeiten für den Umzug waren in vollem Gange. Aufseher mit langen Peitschen trieben die Kriegsgefangenen nach Ethnien sortiert zu Gruppen und gaben ihnen große Plakate mit den Namen ihrer Volksgruppe zu halten. »Juthungen«, konnte Zenobia lesen, »Sarmaten«, »Markomannen« und auf einem noch liegenden Plakat: »Quallen«. »Quaden muß das heißen, du Idiot«, wies ein bärbeißiger Optio den Maler zurecht. »Oder glaubst du, wir gehören zur Marine?«

Weiter hinten wurden schwere Lasten abgestellt: riesige Gemälde, die später durch die Menge getragen werden sollten. Sie illustrierten in noch feuchten Farben die siegreichen Schlachten des Kaisers. Sein Konterfei leuchtete mit scharlachrotem Bart aus all den in beeindruckender, lebensnaher Detailfülle dargestellten Gemetzeln. Veteranen sammelten sich in kleinen Grüppchen vor den bunten Prospekten und bekrittelten mit ausgestrecktem Zeigefinger historische Ungenauigkeiten, während andere sich wiederzuerkennen meinten.

Der Euphrat sei von Palmyra aus nicht zu sehen gewesen, aber war das nicht Petronius, der dort unter den Hufen des gepanzerten Pferdes starb? Und der Kaiser habe Cannabaudes im Zweikampf das linke Ohr abgehauen, nicht das rechte, ganz gewiß. Doch die Maler zuckten die Schultern. Sie hatten auf Befehl des Senats schon Tage vor dem Eintreffen des Heeres zu arbeiten begonnen. Auf die spärlichen Informationen aus den Siegdepeschen des Kaisers angewiesen, hatten sie vor allem ihre Phantasie spielen lassen.

Zenobia sah auf einer ihr zugewandten Leinwand eine üppige Amazone auf einem Streitwagen in vollem Galopp, die offenbar sie selbst darstellen sollte. Am Leib trug sie nichts als einen Helm und ein Leopardenfell. Sie wehrte mit erhobenem Arm einem sie verfolgenden Krieger mit rotem Bart und rollte die Augen. Fast hätte sie darüber lachen mögen.

›Oder halbnackt mit einem Leopardenfell‹, kicherte da eine amüsierte Frauenstimme in ihrer Erinnerung, Clelias Stimme. Plötzlich stand ihr jener Nachmittag in Palmyra wieder vor Augen. Clelia und sie hatten an der Balustrade gelehnt, den Nomaden nachgesehen und dabei unbeschwert über ihre Garderobe für den bevorstehenden Alexandria-Feldzug gealbert, während der warme Wind ihnen die Haare aus der Stirn geweht hatte. Auch Vaballathos war bei ihnen gewesen. Sie schloß vor Schmerz die Augen. Hinter dem Zelt krachte es.

Auf Schilden wurden dort Stilleben aus erbeuteten Waffen aufgerichtet, die den Römern ebenfalls präsentiert werden sollten. Schwerter und Panzer der Anführer wurden poliert und auf Wagen gebunden, ganze Bündel von Speeren und Pfeilen, Wurfäxten und Dolchen um sie herum arrangiert. Ihr Scheppern und Rasseln hatte Zenobia an diesem Morgen geweckt.

Doch es sollte noch lauter werden. Tiere aller Arten schrien in der Hitze des reifenden Tages nach Wasser. Das Grollen der Löwen rollte wie Donner über das Lager und ließ die Pferde scheuen. Nahebei versuchten einige Wagenlenker verzweifelt, eine Gruppe Hirsche mit breiten, silberbeschlagenen Geweihen vor einen Streitwagen zu spannen. Die Waldtiere scheuten und keilten in namenloser Panik nach allen Seiten und suchten den edelsteingeschmückten Zäumen auszuweichen, die sie nicht kannten. Sie waren noch nie im Geschirr gegangen. Aber da alle Welt in Rom wußte, daß Häuptling Cannabaudes seinen Streitwagen von diesen Hirschen hatte ziehen lassen, gaben sich die Männer alle Mühe.

Weiter vorne herrschte ein anderer Tumult. Ein Zenturio schrie sich die Kehle heiser bei dem Versuch, Ordnung in das Truppengewimmel zu bringen.

»Jetzt zur fünften Zenturie. Ist kein Vertreter der fünften Zenturie da? Also los, du Idiot, komm her. Das sind eure Anweisungen: Ihr seid um zwölf am Tor, formiert euch links und reiht euch nach dem Wagen mit den Goldbarren ein, klar? Steht alles hier drauf. Und komm mir nicht mehr mit Fragen und so.« Er sah wieder auf seine Schreibtafeln hinunter. »Sechste Zenturie?«

»Hier!«

»Na bitte! Oh, salve Claudius, hier ist euer Wisch. Hast Glück, ihr kommt gleich nach den gefangenen Jungfrauen, knackige Aussicht. Aber denk daran, das einzige, was ihr dem Publikum stramm präsentieren sollt, sind eure Speere, was alter Saubeutel? Hähähähä.« Er räusperte sich: »Neunte Zenturie?« Der Mann kam Zenobia vage bekannt vor, eine längst vergessene Beunruhigung stieg erneut in ihr auf. Als ein Aufseher ihn holte, kam er ganz nahe an ihr vorbei; sie konnte sogar seinen Knoblauchatem riechen, als er sie angrinste. Da drehte er sich zu ihr hin. Die Wachen an ihrem Zelteingang hielten ihm die gekreuzten Speere entgegen. Aber er schnauzte sie an:

»Zenturio Decimus Pomponius Balbus, privater Adjudant des Kaisers und Sonderbeauftragter für die Durchführung des Triumphzugs.« Sie salutierten, doch er winkte ab. »Will nur mal gucken. Keine Sorge, ich kenn' die Kleine.« Und dann an Zenobia gewandt: »Hätte dir damals wohl doch gleich den zarten Hals umdrehen sollen, dir und deinem Bruder.« Er ballte die Faust, als er an den Toten dachte. Einige Narben vom Kampf mit Gash trug er noch immer am Hals. Und die Schande würde er nie vergessen. »Hätte dem Kaiser viel Arbeit erspart. Aber es hat euch ja doch erwischt. Keine Sorge, ich tu' dir nichts, muß doch auf meine Requisiten achten.« Er öffnete seine rote Pranke wieder und tätschelte ihr die Wange.

Zenobia spuckte kräftig, spontan, voller Abscheu und ohne nachzudenken. Sie traf nur seine Schulter, doch es genügte, ihn beängstigend wütend zu machen. Es war den Wachen anzusehen, daß sie in einen Gewissenskonflikt gerieten. Balbus machte aber wider Erwarten keine Anstalten, sie zu schlagen. Er wischte den Fleck auf seinem Panzer mit einem Zipfel seines Mantels ab, funkelte Zenobia noch einmal an und ging wortlos weiter. Zenobia zog mit einem Ruck den Vorhang vor. Zitternd stand sie da und hörte seine Schritte sich entfernen. Bald drang nur noch der fröhliche Tumult der Vorbereitungen zu ihr herein. Panik stieg in ihr auf bei der Erkenntnis, daß tatsächlich sie es war, die in wenigen Stunden dort hinaus sollte.

Ein Erinnerungsfetzen flatterte durch ihr Gehirn, eine inzwischen verstummte Stimme:

»Was auch kommen mag, Niederlage, Demütigung oder Tod, Ihr habt die Kraft, ihm erhobenen Hauptes entgegenzutreten.« Longinos. Der Schmerz schnitt in sie wie ein scharfes Messer, zwang sie auf die Knie, beugte ihren Nacken.

»Nein, ich kann es nicht«, flüsterte sie, »in diesem Fall hast du dich geirrt, Liebster, ist das zu fassen?« Ein hysterisches Lachen mischte sich unter ihr Schluchzen. Longinos. In den zurückliegenden Monaten hatte sie sich jeden Gedanken an ihn verboten, um nicht wahnsinnig zu werden. Nun sah sie ihn plötzlich mit aller Deutlichkeit vor sich: sein waches, intelligentes Gesicht, die Spottlust in seinen Augen und die überlegene Ruhe, die sie stets so sehr gereizt hatte. Longinos. Was hatte er noch gesagt? »Wenn man sich in einer scheinbar ausweglosen Situation befindet und weiß, daß man ganz auf sich alleine gestellt ist, dann entdeckt man Fähigkeiten in sich, die man niemals vermutet hätte. Das ist die Reserve für den Notfall.«

Zenobia richtete sich auf. »Dann wollen wir mal sehen, ob du nicht doch auch diesmal recht behältst, mein Philosoph«, murmelte sie zwischen den Zähnen. »Ich wünsche es uns beiden.«

Wenig später warf ihr jemand ein Kleiderbündel herein und befahl ihr barsch, sich anzuziehen. Zenobia ging hin und entfaltete es. Es war ein flammendrotes Seidengewand, dick mit Goldstickerei verziert, ehemals ein Geschenk Schapurs. Sie hatte einst ein Granatstirnband dazu getragen. Verzweifelt drückte sie das wiedergefundene Stück Vergangenheit an sich. Selbst der Duft, der aus den Falten stieg, schien noch der altvertraute zu sein.

Es war schon fast Mittag, und sie hatte eine unerträglich lange Zeit gewartet, als Balbus erneut mit ein paar Sklavinnen ihr Zelt betrat. Er taxierte sie und entschied voller Schadenfreude, daß sie dem römischen Volk noch nicht das gebührende Schauspiel böte.

»Da muß noch was rauf«, kommandierte er und winkte ein Bronzebecken heran, bis zum Rand mit blitzendem Schmuck gefüllt. Manches davon glaubte Zenobia wiederzuerkennen. Er wühlte darin und angelte kurzentschlossen die dicksten Stücke heraus. Zenobia ließ die groben Griffe reglos über sich ergehen. Die scharfen Ränder der Ketten schnitten in ihren Hals; sie biß die Zähne zusammen, er sollte sie nicht noch einmal aus der Fassung bringen.

»Das da, und das, und noch was auf den Kopf, Perlen in die Haare. Na, und so weiter, halt.« Er fuchtelte herum, um anzudeuten, was er meinte. »Los Beeilung, sie ist bald dran.« Zu Zenobias Erleichterung wandte er sich damit zum Gehen. Aber er drehte sich noch einmal um.

»Und piß dich nicht wieder ein, wenn dich jemand hart anfaßt, wie bei unserem ersten Treffen, das macht sich nicht gut vor den Leuten.« Sein zufriedenes Lachen verklang.

Die Frauen arbeiteten stumm und effektiv. Spange um Spange schloß sich kühl und schwer um ihre Arme, selbst ihre Fußgelenke wurden so geschmückt. Goldketten bedeckten ihre Brust so dicht wie ein Panzer und umschlangen vielfach ihre Hüften. Ihre schwarzen Haare bedeckte ein breites Diadem, Perlschnüre und juwelenbesetzte Amulette zogen daran, daß es schmerzte. Sie protestierte:

»Ich kann mich nicht bewegen. Wie soll ich mit dieser Last auch noch gehen?« Aber sie bekam keine Antwort.

Nachdem die Prozedur schließlich beendet und das Becken fast leer war, fiel ihr Blick auf einen unscheinbaren Armreifen, eine schlichte, plumpe Arbeit, die fremd zwischen den anderen Juwelen lag. Sie erkannte sie sofort wieder: Männchen, gesichts- und geschlechtslos, angedeutet nur und doch seltsam eindringlich, die einander an den Händen hielten. Das Armband ihrer Mutter! Sie griff danach. Niemand hinderte sie daran, ihn überzustreifen. Erzähl mir eine Geschichte, Attay, dachte sie, der letzte Schlaf kommt bald, aber die Zeit bis dahin wird mir lang werden.

Als die Eskorte kam, stolperte sie goldüberkrustet wie ein Götterstandbild nach draußen ins Licht. Die Edelsteine flammten in der Sonne auf wie entzündet. Sie mußte einer Erscheinung gleichen, gleißend und blitzend, denn es wurde stumm um sie. Zenobia sah in die Gesichter, gleichgültige, neugierige, bewundernde und verbissene. Niemand achtete darauf, daß sie unerträglich schwitzte und die Ketten sie schon jetzt blutig scheuerten. Und niemanden würde es kümmern. Die Frau, der Mensch Zenobia war schon vor Monaten gestorben. Sie war nur das stolz geschmückte Opfertier, das zum Altar geführt werden mußte. Es würde, das kam ihr plötzlich schmerzlich zu Bewußtsein, kein sehr persönlicher Tod werden.

Mit goldenen Ketten wurde sie an einen blumengeschmückten Streitwagen gebunden. Sie wankte schon einige Meter hinter ihm her, als sie bemerkte, daß auf dieselbe Art gefesselt ein Mann neben ihr ging. Sie sah ihn an, er verneigte sich leicht:

»Gestatten, Tetricus, Usurpator des Westens.«

»Zenobia«, murmelte sie erschöpft, »Usurpatorin des Ostens.«

»Mir scheint«, bemerkte Tetricus mit müder Galanterie, »wir haben eine Menge gemeinsam. Ich bedauere es sehr, daß wir unsere Bekanntschaft nicht über den heutigen Nachmittag hinaus werden fortsetzen können.« Zenobia antwortete nicht; sie kamen durch die Porta Salaria.

Zenobia hatte erwartet, Rom zu sehen, doch sie sah statt dessen die Römer. Schon hier, vor den ausgedehnten Gärten des Sallust, standen die Menschen dicht verkeilt. Sie hockten auf Bäumen, Mauern, Gerüsten und hingen aus den Fenstern der Insulae, wie Aussatz. Es stank nach Schweiß, Urin und billigem Fett. Die Römer feierten ein Volksfest. Sie drängelten, lachten und schrien, kämpften um bessere Plätze, winkten vergebens nach den Verkäufern von saurem Wein und Würstchen, packten ihr mitgebrachtes Essen aus, plauderten mit ihren Nachbarn und hielten kleine Kinder zum Pinkeln ab. Das Chaos in den Straßen war entsetzlich, aber die Bürger hielten aus in den Gassen und auf den Tribünen: Sie wollten sie sehen, Zenobia, die sagenumwobene Amazonenkönigin, die böse Zauberin aus dem Osten.

Zenobia starrte zurück in die tausendgesichtige Fratze Roms, unmöglich, ihrem Blick auszuweichen. Immer wieder sprang aus dem verschwommenen bunten Teppich der Gesichter eines heraus und wurde kurz deutlich: amüsiert, erregt, gleichgültig, dumm. Sie aßen, tranken, lachten und sangen und starrten sie an.

Diese ekelerregende Orgie, dachte Zenobia in steigender Panik, ist mein Begräbnis? Nein, sie wollte nicht unter ihren Augen sterben, sie wollte nicht sterben. Ohne einen anderen klaren Gedanken fassen zu können als diesen, stolperte sie durch die Mauern aus Lärm, einzig darauf konzentriert, daß sie noch am Leben war. Sie wollte nicht sterben!

»Wie sehe ich aus?« Nervös zupfte Livia an ihrem blendend weißen Priesterinnenornat und reckte zugleich den Hals nach dem Triumphzug. Sie standen an der Sacra Via neben dem Vesta-Tempel, nahe dem Triumphbogen des Augustus, wo der Zug würde langsamer werden müssen. Poppaea hatte sich weiter vorne als Späherin postiert, Odu verdeckte, so gut er konnte, Livia selbst, die sich zwischen den Holzbalken einer Tribüne hielt, ausreichend vor den Augen der daraufsitzenden Prominenz versteckt, damit es später so aussah, als wäre sie eben aus dem Atrium Vestae gekommen und den Gefangenen quasi zufällig vor die Füße gelaufen.

»Es kommt nicht aufs Aussehen an, sondern aufs Hinsehen«, gab Odu ihr nicht weniger nervös zurück. Er drückte sie an sich und fühlte, wie sie zitterte. »Zieh den Schleier nicht soweit vor. Du hast sowas doch schon mal gemacht, oder?« Er konnte kaum stillstehen.

»Bist du verrückt, wozu gibt es Gerichte? Damit ich ihnen ins Urteil pfusche? Göttliche Gnadenerweise sind aus der Mode, mein Lieber. Ich muß verrückt sein, das hier mitzumachen. ›Durch den Blick der Vestalin vom Todesurteil erlöst‹, ha! Aurelian wird erst mich hinrichten lassen, weil ich ihm in die Quere komme, und dann sie. Du hättest einfachere Wege finden können, mich loszuwerden.« Odu nahm ihre Hände in seine und schaute sie an.

»Ich danke dir, daß du das tust,« sagte er, »ich werde es dir mit Freuden mein Leben lang danken, Liebste. Und es tut mir leid, daß ich dich um das hier bitten muß.« Er sah ihr tief in die Augen. Aber sie machte sich los und rückte betont geziert ihren Schleier zurecht.

»Oh, du weißt, wie wir Frauen es lieben, gebraucht zu wer…«

»Willst du mich heiraten?«, flüsterte er ihr ins Ohr. Sie starrte ihn an.

»Bist du verrückt?« keuchte sie »ich muß noch zehn Jahre als Ausbilderin im Tempel bleiben.« Einige Leute sahen zu ihnen hin, und sie schauten eiligst geradeaus, als gehörten sie nicht zusammen.

»Ja und?« zischte Odu aus dem Mundwinkel, »solange muß ich mindestens sparen, um freizukommen.«

»Aber bis dahin bin ich eine alte Frau und…«

Sie kam nicht zu Ende, denn Poppaea knuffte sich durch die Menge und schrie »Sie kommt! Sie kommt!« Auch über ihnen auf der Tribüne wurde es lauter, Füße pochten auf Holz, als die Sitzenden aufsprangen, und die hohe Stimme Aelia Drusillas, die sich weit über das Geländer lehnte, kreischte über alle Köpfe hinweg.

»Sie kommt, die Hexe, sie kommt!« Selbst Poeta, der seine Zusage bereits bedauert hatte, trat nach vorne, während Odu verzweifelt sich und Livia durch die brodelnde Menge zu keilen versuchte.

»Platz!« schrie er, »Platz für die Priesterin der Vesta!«

Die Menschen in unmittelbarer Nähe verstummten, als Livia sich vom Rand der Zuschauermasse löste und in den Weg der fremden Frau trat. Sie wandte all den atemlos Schauenden ihr Gesicht zu, als präsentiere sie eine heilige Schale, und drehte es langsam Zenobia zu, vorbei an Tetricus, der stöhnend, mit erhobenen Händen, in die Knie sank, doch vergeblich. Livia ignorierte ihn. Auf ihr, der Syrerin, verharrte ihr dunkel glühender Blick, gebieterisch und unübersehbar. Die Menge stöhnte, die Menge flüsterte, Odu lachte hysterisch. Den Tränen nahe umarmte er Poppaea und drückte ihr einen Kuß auf die faltige Wange.

»Ist sie nicht wunderbar?« schrie er außer sich, »ist sie nicht großartig?« Und sie machte es tatsächlich großartig. Livia war ein wahrhaftiger Profi. Niemand würde den Gnadenerweis der Göttin Vesta übersehen können.

Während die Depeschenläufer mit der sensationellen Nachricht zum Kaiser sprinteten und der allgemeine Tumult seinen Höhepunkt erreichte, erlebte der Senator Poeta einen gänzlich unerwarteten Moment der Entrückung. Inmitten der tobenden Menge, verdeckt vom überbordenden Zierat barbarischen Schmucks, entdeckte er ein Gesicht, das er kannte wie kaum ein anderes. Aus seinen Träumen war es aufgestiegen, und hier fand er es wieder, wie eine Offenbarung, eine Vision. Diese Zenobia, diese fremde Herrscherin, die dort prächtig wie ein Idol vor ihm stand – sie war das Mädchen, das er gesehen hatte, daran gab es keinen Zweifel. Unwillkürlich trat er nach vorn, um sie näher zu betrachten. Er hörte den Lärm ringsum nicht mehr, er nahm das Gedränge nicht mehr wahr. Es gab nichts anderes mehr als nur sie. Ihm war, als könnte er sie zwingen, zu ihm herzusehen und ihn ebenfalls zu erkennen.

Poeta bemerkte nicht, wie Aelia Drusilla ihn ansprach, wie sie seinem Blick verwundert folgte, wieder sein Gesicht musterte und die Verklärung darin instinktiv richtig zu deuten wußte. Zu der Empörung, die sie bis dahin erfüllt hatte, trat brennender Haß, als sie den Ausdruck seiner Augen sah, der alle ihre Hoffnungen auf immer zerstörte.

Sie besann sich nicht lange. Ihr verzweifelter Schrei stieg über die Köpfe, ein gellendes, langgezogenes »Nein!«

Die Feindin durfte nicht im Moment des Todes noch siegen. Die Zauberin sollte nicht ungestraft bleiben und die Rechtschaffenen berauben, ihr den Mann stehlen. Das durfte nicht sein, das durfte nicht geschehen. Ehe Poeta sie halten konnte, war sie über das Geländer gesprungen und stürzte sich auf die Vestalin.

»Sieh sie nicht an!« kreischte sie wie von Sinnen, »schau das Miststück nicht an!« Die beiden Frauen verkrallten sich ineinander, bevor Odu dazwischentreten konnte. Vergeblich zerrte er an den Kleidern seiner Herrin, die um sich schlug, ihn aber zum Glück in ihrer Raserei nicht erkannte. Helfer eilten dazu, sie zu trennen. Eilig setzten die Aufseher den Zug wieder in Bewegung, ehe er sich völlig aufzulösen drohte. Ein Hirsch des Cannabaudes, dem der Tumult zuviel geworden war, riß sich los und preschte röhrend davon. Zeugen sahen ihn in den Gassen der Subura verschwinden, wo er vermutlich in einer Garküche endete. Vielleicht hatte ihn das Gezwitscher der Vogelkäfige an seinen heimatlichen Wald erinnert.

Zenobia, Schweiß und Schminke in den Augen und mit unter der Schmucklast fast auf die Brust gesunkenem Kopf, hatte nichts von dem begriffen, was um sie herum vorging. Sie wollte nur aufrecht an das Ende dieses Marsches gelangen. Als die Peitschen knallten, schlurfte sie weiter wie in Trance. Andere Sensationen folgten ihr.

Nur Poeta sah ihr nach. Er vergaß völlig, Aelia Drusilla zu Hilfe zu eilen, und wandte keinen Blick von ihrem Rücken, bis sie im Schatten des Triumphbogens verschwunden war. Er vergaß auch, sich zu fragen, was er hier eigentlich wollte, wie er es den ganzen Nachmittag über angesichts des in seinen Augen primitiven Schauspiels getan hatte. Es war, so schien es ihm, zweifellos Bestimmung gewesen, daß er hier saß, genau hier und neben Aelia Drusilla, wo der Triumphzug so lange stockte. Denn nur deshalb hatte er die syrische Königin so genau betrachten können, wie es die Götter gewollt hatten. Das Mädchen mit den wirren Zöpfen aus seinem Traum; er hatte es gefunden.

Beunruhigt stand er da, als hätte er vergessen, was er als nächstes hatte tun wollen. Er rief sich zur Ordnung: Ein Traumgesicht, nichts weiter. Oder doch? Nach einigen Minuten stieg er von der Tribüne und machte sich auf den Weg zum Palast. Er durfte sie nicht wieder verlieren; er mußte unbedingt erfahren, was mit ihr geschah.

## Wie einst Kleopatra

Zenobia saß in einem Raum des aurelianischen Palastes auf dem Palatin und starrte in einen Bronzespiegel. Die kostbare Ausstattung der Räume war ihr keinen Blick wert. Weder der grüne Marmor an den Wänden, noch die feinen Fußbodenmosaike, die spielende Nymphen und Satyrn zeigten, die badende Venus im Waldquell oder der Prätorinaer, der sie beobachtete, beeindruckten sie. Sie dachte keinen Augenblick daran, wie seltsam es war, eine zum Tode Verurteilte in solchem Luxus einzuquartieren. Und sie wußte nicht, daß sie bei normalem Verlauf der Dinge gerade in den unterirdischen Zellen des mamertinischen Kerkers erdrosselt worden wäre, so wie Tetricus in diesem Augenblick.

Statt dessen kamen einige Sklavinnen, die ihr unter den Augen des Prätorianers den Schmuck abnahmen, Lage für Lage, als deckten sie eine verwüstete Festtafel ab. Eine üppig gedrehte Perlenschnur, die sie ihr ohne Feingefühl aus den Haaren zerrten, riß, und die Perlen klackerten über den Boden. Zenobia fühlte einige in ihren Ausschnitt gleiten und zog das Kleid unmerklich fester um sich, während die Mädchen auf den Knien herumrutschten, um auch noch die letzte verlorene Perle wieder einzusammeln. Der Prätorianer trieb sie ungeduldig an. Bald waren auch Zenobias Hals und Arme bloß.

Als sie ihr das Armband aus dem Brautschatz ihrer Mutter abnahmen, griff Zenobia stumm danach und hielt es fest. Die ältere Sklavin zog halbherzig daran. Der Prätorianer schnob ungeduldig, als sie sich hilfesuchend nach ihm umwandte. Da ließen sie ihr den wertlosen Bronzereif. Auch das Kleid durfte sie behalten, es war am Saum ohnehin hoffnungslos verschmutzt und zerfetzt. Die Waschschüssel, um die sie gebeten hatte, kam wenig später. Dann blieb sie allein zurück.

Schnell zog sie die stinkende Ruine des Kleides aus und klaubte alle Perlen auf, die sie in den Falten finden konnte. Auch in ihrem verschwitzten und verfilzten Haar fand sie noch einige, die sie mit vor Aufregung zitternden Fingern herausnestelte. Sie betrachtete ihren Schatz, den Gegenwert einiger guter Haussklaven; für eine kleine Bestechung mochte er reichen. Mit klopfendem Herzen versteckte sie ihn zwischen den Kissen des Ruhebettes. Dann erst wusch sie sich gründlich. Es durfte kein Schmutz oder Gestank an ihr zurückbleiben.

Rosig gerubbelt und mit nassen Haaren setzte sie sich wenig später erneut vor den Spiegel und schaute in ihr aufgeregtes Gesicht. Ihr Plan war simpel: Aurelian aufsuchen und sich ihm anbieten, im Austausch für ihr Leben. Das sollte nicht so schwer sein, Kleopatra hatte von Caesar ganz Ägypten dafür erhalten, was dagegen forderte sie schon. Der Gedanke war ihr auf ihrem Martergang durch Rom gekommen und beherrschte sie in ihrer Verzweiflung so vollständig, daß sie seine Erfolgsaussichten keine Sekunde in Zweifel zog. Und wenn auch, was hatte sie schon für Alternativen?

Ihr einziges Problem im Augenblick, so schien ihr, war: Sie hatte nichts anzuziehen. Verzweifelt hob sie das schmutzstarrende Seidengewand hoch und ließ es angeekelt wieder sinken. Es war aussichtslos, daraus eine verführerische Robe basteln zu wollen. Ihr Blick begann herumzuschweifen, sie stand auf und prüfte das Leinen der Bettwäsche, dann sah sie eine Truhe neben der Tür.

Was Zenobia ebenfalls nicht wußte, war, daß einige Korridore weiter der ansonsten unerschütterliche Kaiser verärgert vor den Nasen seiner Mitarbeiter auf und ab ging und auf Vorschläge wartete, was mit dieser gefährlichen Frau zu tun sei, die man nun nach göttlichem Ratschluß nicht töten durfte. Der Kommandant der Prätorianer war dort, auch die oberste Vestalin, würdevoll schweigend, um nicht eher für oder gegen ihre Priesterin Livia Partei zu ergreifen, als bis deutlich wäre, wohin des Kaisers Wille neigte. Zwei Privatsekretäre des Aurelian blätterten in alten Akten mit Präzedenzfällen, ohne zu einem anderen Schluß zu kommen als dem, daß ein solches Gottesurteil noch niemals von menschlicher Hand aufgehoben worden war.

»Wenn doch nur der Blitz sie träfe«, schnaubte Aurelian, »oder etwas anderes Unmenschliches.«

»Laßt sie doch in irgendeinem Kerker verrotten«, warf ein Offizier ein. »Wir könnten sie einmauern, gleich da wo sie jetzt ist. Keines Menschen Hand wäre damit an sie gelegt.« Der Kaiser machte eine erschrockene Gebärde zur Abwehr des bösen Blicks, auch seine Sekretäre wiegten bedenklich die Köpfe.

Poeta hörte die voll Sarkasmus gesprochenen Worte, als er eintrat, die Geste Aurelians hingegen sah er nicht. Er faßte den Sprecher ins Auge: Kannte er diesen Offizier nicht von einer Senatssitzung, in der er über Palmyra referiert hatte? Ein alter Veteran, Balbus, wenn er sich richtig an den Namen erinnerte. Energisch, aber wenig wortgewandt.

»Treibt keinen Scherz mit den Göttern, Zenturio. Denn ihr Humor ist uns Sterblichen wenig bekömmlich«, sagte er daher nähertretend, und sah erleichtert den Kaiser schmunzeln.

»Mein guter Poeta«, rief Aurelian, der bei seinem Anblick sichtlich auflebte, »die Stimme der Tradition. Gesellt Euch zu uns in dieser heiklen Beratung.« Poeta verneigte sich und entbot sich als beratender Vertreter des Senats, der ihn entsende, um überdies zu erfahren, was mit der Königin Palmyras nun geschehen solle.

Das war nur halb gelogen. Er war Gaius Septimius Severus, dem Abgesandten des Senats, auf den Eingangsstufen des Palastes begegnet und hatte vorsichtig vorgeschlagen, ihm, Poeta, diese heikle Mission zu überlassen. Severus sollte ihn dafür auf dem Fest vertreten, das Aelia Drusilla anläßlich des Triumphes heute abend gab. Severus war ein Mann, der ihre zu Recht stadtbekannte Küche zu schätzen wußte, daher zögerte er keine Sekunde und stimmte dem Tausch zu.

»Ich will Euch des Vergnügens nicht berauben«, tat er der Höflichkeit Genüge, doch die Vorfreude war ihm deutlich anzusehen.

»Um nichts in der Welt, bester Poeta, wollte ich mir diesen Abend entgehen lassen. Es wird sicher herrlich skandalös. Ich habe schon von Aelias Tobsuchtsanfall auf dem Forum gehört. Hat sie tatsächlich eine Vestalin geohrfeigt?« Poeta antwortete nicht, doch der Redestrom des Senators riß ohnehin nicht ab. »Sie wäre imstande, diese Syrerin persönlich zu ermorden, die Götter wissen, weswegen, sie ist doch eigentlich eine ganz bemerkenswerte Frau. Bringt uns Nachricht, sobald Ihr mehr wißt. Kein Bote wird je sehnlicher erwartet werden als Ihr, quasi mit dem Blut Zenobias auf Euren Lippen, verzeiht«, er kicherte über seinen kleinen Scherz, »denn töten wird er sie ja wohl, nur allerdings wie?« Hier versank Severus in Grübelei. Poeta verabschiedete sich höflich:

»Auch der Kaiser und seine Clique ist geladen und hat sein Kommen zugesagt. Falls die Sitzung rechtzeitig endet, begleite ich ihn zu Drusilla, und Ihr werdet uns beide noch heute dort sehen.«

»Ach, heh«, rief der andere ihm nach, »stimmt es, daß Aelia heute abend Eure Verlobung bekanntgeben will?« Doch Poeta hörte ihn schon nicht mehr.

»Vielleicht solltet Ihr sie heiraten.« Es war Glaukos, einer der Sekretäre, der soeben diesen Vorschlag machte. Aurelian verzog das Gesicht. In seinen Augen war das die typische Idee eines höfischen Intriganten. Er ging auf und ab wie ein Tiger im Käfig, die ganze Angelegenheit ärgerte ihn. Er hatte diese Frau auf dem Schlachtfeld besiegt, ein hart erkämpfter, ehrlicher Sieg. Sie hatte einfach nicht das Recht, ihm jetzt noch Ärger zu machen. Hilfesuchend sah er zu Poeta, der ihm aber nur erklärte, daß auch er diese Heirat im privaten Kreise als durchaus wünschenswert erörtert hätte.

»Dann macht sie eben zu Eurer Geliebten«, beharrte Glaukos auf seiner Idee. Doch Balbus baute sich bedrohlich vor ihm auf:

»Die Dame ist nicht sein Typ, kapierst du das nicht?« Dann wandte er sich wieder an den Kaiser. »Schickt sie auf eine Insel ohne Wasser – mit ganz wenig Wasser«, verbesserte er sich, als er Aurelians strengen Blick sah, doch er senkte die Augen nicht; er wollte die Kleine sterben sehen.

»Balbus, wir haben das abgehakt«, beschied Aurelian ihn. Dann nahm er wortlos seinen Tigergang wieder auf. »Verdammte Politik!« Er trat wütend nach dem Lampenfuß, einem grinsenden Delphin. Die Sekretäre runzelten besorgt die Stirn. Es würde ein langer Abend werden.

Zenobia in ihrem Zimmer drehte sich erneut vor dem Spiegel. Sie hatte schließlich einen durchsichtigen, brennend rosafarbenen Schleier gefunden, der nach billigem Parfüm roch und verriet, daß es sich bei ihrem Refugium um eine Art Gästezimmer zu Vergnügungszwecken handeln dürfte. Er verhüllte absolut nichts und verlieh ihrem Fleisch einen flammend purpurnen Schimmer. Warum nicht, dachte sie, direkt zum Kern der Sache und ein wenig ordinär, vermutlich ist genau das sein Geschmack. Sie schaute sich tief in die Augen, schürzte die Lippen zu einem verführerischen Lächeln und kicherte nervös, als es verrutschte.

Mit zitternden Fingern bürstete sie ihr Haar, bis es knisterte, wie Attay es früher getan hatte. Fast war ihr, als müsse die alte Amme auf einmal hinter ihr eintreten, ihr die Bürste aus der Hand nehmen und unter besorgten Schmeicheleien zu erfahren suchen, was im Kopf ihres Lieblings vorging. Wieder starrte sie sich selbst in die Augen und war erstaunt, daß nichts darin zu lesen stand, nichts von dem, was sie erlitten hatte, und nichts von der Unruhe, die jetzt in ihr wühlte. Sie konnte in ihrem Gesicht nichts über die Zukunft sehen.

»Nein Attay«, murmelte sie, »du wärst wieder nicht einverstanden mit dem, was ich vorhabe. Ich werde wieder zu einem Mann gehen. Nur diesmal ohne Illusionen, glaub mir, Amme, ich weiß, was mich dort erwartet. Aber ich will leben, verstehst du? Und das Bett des Kaisers ist vielleicht meine einzige Chance dazu. Bist du mir böse, Attay?« Nur zu gerne hätte sie ihren Kopf diesmal in den Schoß der Alten gelegt und wie ein Kind geweint. Aber das Zimmer hinter ihr war leer. Zenobia wischte die trüben Gedanken beiseite und konzentrierte sich wieder ganz auf ihr Vorhaben.

»Ich werde ihn verführen«, sagte sie sich vor, »ich werde ihn umgarnen, wie Kleopatra Caesar umgarnte. Er soll gar nicht mehr zu Atem kommen.« Und plötzlich hatte sie die Eingebung: Hinter ihr auf dem Boden lag ein Teppich, groß genug. Sie würde es genau wie Kleopatra machen und sich in einem Teppich eingewickelt zum Kaiser tragen lassen, direkt in sein Schlafgemach, ehe es jemand verhindern konnte. Die Wachen vor ihrer Tür würden sich bestechen lassen, sie mußten einfach. Sie bedeckte sich so gut es ging mit ihrem Haar und öffnete den schweren hölzernen Türflügel. Doch zu ihrer Überraschung stand dort niemand, die Todgeweihte zu bewachen. Nur weiter vorne im Korridor sah sie zwei Sklaven. Hastig kehrte sie zurück ins Zimmer, hängte sich den Beutel mit Perlen um, hob den Saum des Teppichs hoch, der sie in eine Staubwolke hüllte und zerrte ihn mühsam durch die Tür und den Gang entlang.

»Hallo«, rief sie. »He, ihr!« Als sie die Gesichter der neugierig heranschlendernden Männer sah, drapierte sie ihr hüftlanges Haar schleunigst so, daß es das Notwendigste verdeckte. Die beiden hatten sich noch nicht von ihrem Staunen darüber erholt, in den Fluren des Palastes eine fast nackte Frau anzutreffen, die einen Teppich hinter sich herzog, da traf sie schon der nächste Schock. Die Frau verlangte, von ihnen in diesen Teppich eingewickelt und ins Schlafzimmer des Kaisers getragen zu werden.

»Ja, aber wieso denn«, fragte der eine völlig verdattert.

»Na wieso wohl«, höhnte der andere und ließ seinen Blick demonstrativ an ihr auf und ab gleiten.

»Ach so«, meinte der andere und lachte dreckig, »klar, versteh ich, deshalb, na klar.« Und er kicherte, als hätte er einen ausnehmend gelungenen Witz gemacht. Doch dann brach es plötzlich aus ihm heraus:

»Und wieso braucht sie dazu 'nen Teppich?« Noch ehe sein Kollege ihm seine diesbezüglichen Vermutungen mitteilen konnte, hatte Zenobia eine Perle gezückt und hielt sie zwischen ihren Fingern hoch, rund und schimmernd. Einem unwillkürlichen Zupacken des ersten Mannes kam sie zuvor und verbarg die Kostbarkeit wieder in der Hand.

»Na, sie wird ihre guten Gründe haben«, grinste der erste und stieß seinen Kollegen in die Rippen. »Halt's Maul!« Darauf gingen die Verhandlungen zügig voran.

»Zwei für jeden.«

»Zwanzig!« sagte der erste, worauf sein Begleiter begann, an seinen Fingern abzuzählen.

»Fünf«, setzte Zenobia dagegen. Sie einigten sich schließlich auf acht Perlen für jeden und Zenobia übergab ihnen den Beutel und legte sich auf die Kante des Teppichs.

»Aber warum läuft sie denn nicht?« hörte sie den zweiten Mann noch fragen, dann dämpfte das dicke Gewebe um sie jeden Laut. Sie fühlte sich hochgehoben und spürte den Schrittrhythmus der Männer, doch zu hören war nur das Rauschen des Blutes in ihren Ohren. Dann hielten sie an. Zenobia spürte einen Schlag und dann nichts mehr.

»Wozu habe ich euch zwei Idioten eigentlich in die Küche geschickt«, herrschte der Aufseher die beiden an, »damit ihr jetzt hier Teppiche herumschleppt? Augenblicklich meldet ihr euch bei Clodius, oder ich gerbe euch das Fell. Aber Zackzack.« Die beiden huschten ängstlich unter seinem erhobenem Arm hindurch Richtung Küchentrakt.

»Aber wir können sie doch nicht da liegenlassen«, flüsterte der eine erregt.

»Wieso nicht, die wird schon weiterkommen, so wie sie aussieht«, knurrte sein Freund. »Und jetzt halt's Maul, die Perlen haben wir.«

»Wenn sie aber merkt, daß wir sie nur in ein leeres Gästezimmer geschmissen haben, wird sie ihre Perlen dann nicht wiederhaben wollen, hä?« Alles, was er erntete, war eine Ohrfeige. »Au, wieso ...«

»Frag mich nie wieder, wieso, hörst du?« fauchte sein Kollege und stürmte Richtung Küche.

»He, Gnaeus, warte auf mich. Wieso rennst du denn davon? Gnaeus!«

Das Gästezimmer, in das die beiden ihre Last in aller Eile geworfen hatten, stand durchaus nicht leer. Nach langer und ergebnisloser Beratung hatte Poeta das Anerbieten angenommen, im Palast zu übernachten und trat abgespannt ein. Er fluchte, als er über das Hindernis stolperte, entzündete die bronzenen Tischlampen im Gemach und besah sich das Paket genauer. Poeta war nicht so überrascht, wie er es hätte sein können, als ihm die palmyrenische Königin nackt und bewußtlos entgegenrollte. Er hob die Flamme näher: Jetzt, wo ihr Gesicht ungeschminkt und im Schlaf wieder kindlich geworden war, sah er es ganz deutlich und ohne jeden Zweifel: Sie war das junge Mädchen aus seinem Traum. Sogar ihr Haar war annähernd so zerzaust wie damals. Vorsichtig streichelte er es ihr aus dem Gesicht, dann trug er sie aufs Bett und deckte sie zu. Er dachte nicht darüber nach, wie sie hierhergekommen sein mochte, sie war da und er genoß das unverhoffte Glück, sie ansehen zu dürfen.

Über seine Gefühle dabei hätte er niemandem Rechenschaft geben mögen. Er war aufgeregt, gewiß, aber das dürfte, so versicherte er sich, beim Anblick einer schönen nackten Frau wohl nur natürlich sein? Irritierender war schon, daß ihm ihre Gegenwart zugleich überaus vertraut erschien. Und daß er sich im Grunde schon entschlossen hatte, sie nie wieder herzugeben, war etwas, was er sich gar nicht erst eingestand.

»Dabei habe ich noch nicht einmal ein Wort mit ihr gesprochen«, murmelte er. Dann löschte er die Lampen und schlief neben ihr ein.

Zenobia erwachte im Dunkeln. Es dauerte eine Weile, bis sie die Umrisse einzelner Gegenstände erkennen konnte. Neben ihr atmete ein Mann. Zenobia rührte sich nicht und dachte nach. Sie mußte in ihrer Teppichhülle ohnmächtig geworden sein, wahrscheinlich aus Sauerstoffmangel. Und diese fürsorglichen Idioten hatten sie ohnmächtig neben den schlafenden Kaiser gelegt. Eine Weile lauschte sie unentschlossen seinen Atemzügen und schnupperte vorsichtig nach seinem Aroma; es war nicht unangenehm. Sie beugte sich über ihn und konnte sein scharfes Profil erkennen, als sie sich schließlich an die Dunkelheit gewöhnt hatte; es erinnerte sie schmerzlich und süß zugleich an Longinos.

Als ihre Lippen die seinen berührten, zuckte er zusammen und erwachte mit einem leisen Aufschrei. Aber erstaunlich schnell schmolz sein Mund unter ihrem in einem Kuß, der länger und länger dauerte. Zenobia vergaß, was sie als nächstes hatte tun wollen. Sie fühlte seine Arme um sich und ergab sich willig ihrem Schwindelgefühl. Wer hätte das gedacht, war das einem Gedanken ähnlichste, das ihr durch den Kopf ging.

# Wenn die Schläfer erwachen

Es war eine unruhige Nacht für Rom. Nicht wegen der Lastkarren, die sämtliche Läden und Märkte der Innenstadt zu bestücken hatten und wie üblich ab drei Uhr früh durch die Straßen ratterten, von denen sie tagsüber verbannt waren. Schon eher wegen der ungewöhnlich zahlreichen Nachtschwärmer, die heute unterwegs waren. Der Himmel wurde schon durchsichtig, da tobten noch immer die letzten Fetzen des Umzuges zwischen den Häusern, der nach alter Sitte parodierend hinter dem echten Triumphzug des Kaisers hergezogen war.

Ein Metzger aus der Subura, ein fetter Koloß mit einem künstlichen Bart aus feuerroter Ziegenwolle und einem mächtigen Lorbeerkranz auf dem Schädel, goß mit gewaltiger Geste Wein auf seine Begleiter, die, mit den Abfällen einer Gerberei behängt, als wilde Goten um seinen Triumphwagen herumdrängten. Es war ein fahrbarer Abortus, gezogen von einem Esel mit Hirschgeweih. Mit offenen Mündern reckten die »Goten« sich nach dem Weinschlauch, den der schreckliche Kaiser mit betrunkener Geste über ihnen baumeln ließ, und suchten den roten Regen aufzulecken. Er schmiß ihnen die leere Haut in die Gesichter und taumelte auf seinen Thron zurück, der krachend unter ihm zerbrach. Der Esel quiekte auf und ging durch; nur Flüche folgten dem gequälten Tier.

Mnester, ein alter Schauspieler, der mit rasierten Beinen und einem Busen aus Schweinsblasen, aus dem er Wein in die Menge zu spritzen pflegte, die Zenobia gegeben hatte, tänzelte kichernd heran und bohrte der gefallenen Majestät seine Theaterabsätze in den wabbernden Bauch. Mit einem letzten Furz streckte der Metzger Arme und Beine von sich. Da hievten sie sich johlend ihren Kaiser auf die Schultern. Er starrte leer über ihnen in den blassen Himmel, die Zunge leuchtete ihm grell aus dem rotgeschminkten Gesicht.

Die Gruppe fand bald eine Taverne, so viele hatten heute noch auf. Die Musiker spielten, die Gäste kreischten und achteten nicht auf den Protest der schlaflosen Mieter in den Stockwerken gegenüber. Gelegentlich brach ein randvoller Nachttopf durch das weinbewachsene Dach einer Pergola, geworfen von empörter Bürgershand, um dem ehrlichen Wunsch nach Ruhe Nachdruck zu verleihen. Das gute Stück zerschellte auf einem Tisch und besudelte ein paar Trinker, die lautstark den Wirt dafür lobten, nun endlich doch noch einen guten Tropfen auf den Tisch zu bringen.

Die Huren unter den Bögen der Amphitheatren sehnten das Tageslicht herbei, um ihre wundgescheuerten Rücken endlich schlafenlegen zu können, und die Beamten des Ädilen rollten müde die Pergamente mit den langen Zahlenkolonnen auf, in denen sie die Schätze aufgelistet hatten, die Aurelian mit nach Hause brachte. Die ganze Nacht hatten Soldaten sie Korb um Korb an ihnen vorbei in die Keller des Ceres-Tempel getragen, die Münzen, den Schmuck, die Waffen. Die ganze Nacht waren im Fackelschein die langen Reihen klirrend vorbeigezogen. Nun ruhten die Berge wohlnotiert dort unten, und die Beamten konnten ihre Sklaven wecken, die draußen auf den Treppen geduldig auf sie gewartet hatten, und endlich heimgehen. Die Fackeln würden sie nicht mehr brauchen, doch ohne Begleitung sollte sich auch in der Dämmerung kein Mann von vornehmem Stand alleine durch das Straßenlabyrinth wagen, wenn er seine Ringe und die Finger, an denen sie steckten, behalten wollte.

In der Birnbaumstraße war solche Gefahr diese Nacht fern, Aelia Drusilla hatte den Weg zu ihrem Haus für ihre Gäste beleuchten lassen. Jetzt leckten die unruhigen Flammen orangefarben in einen rosigen Horizont. Das erste Tageslicht ließ die Weinpfützen vor der Türe sichtbar werden. Die Musik drinnen verstummte, und der zögernde Widerhall einzelner heimwärtsgerichteter Schritte verklang zwischen den Häusern. Dann rollten nur noch die Karren.

Es war schon Tag, und Sonnenlicht flutete über den Steinboden, als Zenobia aufwachte. Sie räkelte sich in den Kissen, blinzelte in den Staub, der über einem zerknüllten Teppich in den Lichtstrahlen tanzte und kicherte vergnügt in sich hinein. Es war, so schien es ihr, ein Genuß zu leben. Ein frivoles Liedchen summend, rutschte sie tiefer in die Matratzenkuhle und wieder in den Schlafdunst zurück. Sie sog begierig das Aroma des neben ihr liegenden Männerkörpers ein. Ein wenig verschwitzt, aber sie liebte es trotzdem.

Mit geschlossenen Augen schob sie ihre Nase an seinem Arm entlang nach oben und schnoberte sich in seine Halsmulde. Der Arm legte sich um sie, und Zenobia brummte zufrieden und schmiegte sich näher. Es war unglaublich, aber die Arme des Kaisers von Rom waren wie für sie gemacht. Spielerisch fuhr sie mit den Fingern über sein schwarzes Brusthaar. Irgendetwas irritierte sie, sie öffnete die Augen endgültig: schwarz, das Haar war schwarz! Zenobia saß aufrecht im Bett und schaute entsetzt in zwei liebevoll blickende braune Augen in einem völlig fremden Gesicht.

»Du, du hast keine blauen Augen«, stotterte sie entsetzt. Der Mann vor ihr war keinesfalls der Kaiser.

»Nein,« erwiderte Poeta lächelnd, »sollte ich das?« Und er beugte sich vor, um sie wieder an sich zu ziehen. Aber Zenobia war schon aus dem Bett. Oh Allath, Götter, der falsche Mann. Voll Panik sah sie sich nach ihren Kleidern um und ergriff schließlich eine sorgfältig zusammengelegte Toga, die sie sich hastig umwickelte. Während sie noch mit dem Stoff kämpfte, wandte sie sich zurück zu dem Fremden, zischte ihm ein »Wehe, Ihr sagt irgend jemandem ein Wort davon« zu, stolperte, schlug sich heftig das Schienbein an einem Bronzeleuchter an und war auch schon aus der Tür, ehe Poeta ein Wort erwidern konnte.

So schnell sie konnte, hinkte sie durch die Gänge, sie hätte heulen können vor Wut und Angst: der falsche Mann, nicht der Kaiser. Wie sollte sie so ihr Leben retten? Zenobia dachte keine Minute darüber nach, wie sie in dieses fremde Bett geraten war und warum und mit wem sie die letzte Nacht verbracht hatte. Ihre Träger mußten einen Fehler gemacht haben. Sie haßte die Sklaven, die sie dort hingetragen hatten, haßte sie glühend und sinnlos, während sie weiterhetzte. Wo war das kaiserliche Schlafzimmer, irgendwo mußte es doch sein, bei allen bösen Geistern? Sie mußte einfach zu Aurelian. Sie herrschte einen Sklaven um Auskunft an und lief in die angewiesene Richtung, schließlich brach sie fast mit Gewalt zwischen zwei verdutzten Türstehern durch eine reichvergoldete Holztür und stand vor einem Bett.

Verschlafen hob Aurelian den Kopf. Die Frau in seinem linken Arm drehte sich grunzend von ihm weg. Zenobia starrte sie an, sie und die beiden anderen, deren nacktes schwarzes Fleisch eng an den blassen Kaiser geschmiegt war. Ihr krauses Haar hing über Aurelians schlafgedunsenem Gesicht, er nieste.

Zenobia machte kehrt und rannte. In irgendeinem Korridor sank sie gegen die Wand und weinte hemmungslos, glühend vor Scham, eingewickelt in die fremde Toga, unter der sie nackt war. Zwei Wachen fanden sie und brachten sie zurück in ihr Zimmer.

Poetas Erwachen hatte sich weniger dramatisch vollzogen, seit gestern nacht hatten sich die Grenzen zwischen Leben und Traum für ihn ohnehin verwischt. Er konnte sich Zenobias plötzlichen Aufbruch nicht ganz deuten, doch er schob das auf seine mangelnde Erfahrung mit Frauen. Standhaft verdrängte er den Verdacht, zurückgewiesen worden zu sein und überließ sich lieber der Erinnerung an ihre nächtliche Hingabe. An ihre Motive wollte er nicht rühren. War die Nacht nicht der Beweis für ihre Zusammengehörigkeit, hatte sie nicht alle Versprechen jenes seltsamen Traumes eingelöst, die er damals nicht hatte deuten können? Poeta lehnte sich in die Kissen zurück und suchte sich zu erinnern:

Dieses Mädchen in seinem Traum, die junge Zenobia, auch sie hatte einen Namen gerufen, doch es war nicht seiner gewesen. Er sah wieder deutlich das Erstaunen in ihren Augen, als er sein Gesicht hob. Aber der Klang jenes anderen Namens fiel ihm nicht mehr ein. Vielleicht hatte es aber auch nichts zu bedeuten: Sie war zu ihm gekommen, im Traum wie im Leben. Und er würde sie halten. Er fühlte, wie dieser Entschluß seine Stimmung hob. Vielleicht war er nicht der, den sie gesucht hatte, aber er war das, was sie nach dem Willen der Götter finden sollte, die sie ihm geschickt hatten. Sein Traum gab ihm das Recht dazu, die letzte Nacht gab ihm das Recht, so zu denken. Wie hätte es sich deutlicher erweisen sollen, daß sie zusammengehörten? War es dagegen nicht gleichgültig, was sie suchte? Blaue Augen …

Nachdenklich strich er mit der Hand über die Kissen, an denen noch Zenobias Wärme haftete. Die Erinnerung wühlte ihn auf bis zu einem Punkt, an dem er jedes Denken einstellte. Er mußte diese Frau wieder in seinen Armen spüren, sich wieder an ihrer Ekstase berauschen, sich … Ungewohnte, unkontrollierte, unsagbare Bilder fluteten sein Bewußtsein.

Poeta schwang sich aus dem Bett um den Kaiser zu suchen. Er hatte ihm eine Lösung der aktuellen Staatskrise anzubieten.

Balbus erwachte an diesem Morgen mit dröhnendem Kopf, und seine Zunge lag trocken in seinem Mund. Doch seine Hand, die nach dem Weinschlauch angelte, griff ins Leere, der gewohnte Morgenschluck lag nicht an seinem angestammten Platz. Ein lautes Schnarchen ließ ihn herumfahren. Neben ihm lag ein Mann, lag mit offenem Mund auf dem Rücken, das Gesicht schminkeverwüstet, Arme und Beine wie Stöcke abgespreizt von einem magerem Körper, unter dessem aufgedunsenem Leib ein dürres Büschel ergrauenden Schamhaars in die Luft stand. Balbus ließ sich stöhnend in die Kissen zurückfallen. Das war einer jener Morgen, die er fürchtete, wie keine Schlacht. Warum mußte er auch soviel saufen?

Er erinnerte sich nur noch dunkel an den gestrigen Abend. Weder der Kaiser noch dieser Senator hatten am Ende der Besprechung Lust bekundet, zu der gerüchteumwobenen Siegesparty zu gehen, die diese römische Matrone ausrichtete, wie hatte sie doch geheißen? Drusilla? Aelia Drusilla! Schlagartig kam die Erinnerung zurück; er hatte etwas Wichtiges zu erledigen.

Ein verschlafenes Grunzen unterbrach seine Gedankengänge. Balbus hielt die Luft an, bis er sicher war, daß die Atemzüge des Mannes wieder regelmäßig wurden, dann stand er vorsichtig auf und sah sich nach seinen Kleidern um. Wie hatte er dieses Wrack nur für einen Jüngling halten können? Kopfschüttelnd zog er sich an. Vergossene Milch, was sollte es. Aber was für ein Abend war es doch gewesen!

Auch ihn hatte am gestrigen Abend Aelia Drusillas Feier angezogen; nach allem Ärger bot sie zumindest die Aussicht auf ein kostenloses Besäufnis. Sie waren Idioten, allesamt, nicht auf ihn zu hören und das Hexenweib am Leben zu lassen. Dieser Senator, Lucius Cornelius Poeta, erinnerte Balbus mit seinem vornehmen Getue an Domitian, seinen palmyrenischen Vorgesetzten, auch so ein feiner Herr mit feinen Methoden. Und schlug er sich nicht ganz genauso auf die Seite der kleinen syrischen Kröte? Die wußten ja nicht, was sie taten. Nun, Domitian war tot und er, Balbus, lebte, was die Gültigkeit seiner Ansichten wohl hinreichend bewies. Und dieses Flittchen Zenobia brauchte nicht zu glauben, daß man sie auch hier in Rom mit Samthandschuhen anfassen würde. Dafür wollte er schon sorgen. Sie sollte ihn nicht umsonst angespuckt haben. Er war kein kleiner Zenturio ohne Einfluß mehr, oh, sie würden sich noch wundern.

Unter derartig düsteren Gedanken schritt Balbus nach seiner Ankunft auf Aelia Drusillas Fest zunächst einmal zu Tisch. Er nahm auch jede Menge besten Falerners zu sich. Der Wein war gar nicht so übel, so recht in Stimmung brachte er ihn allerdings nicht. Die Gesellschaft war einfach nicht danach. Zu vornehm und gespreizt für Balbus' Geschmack. Und so viele hochnäsige Weiber.

Balbus hatte zwar auf Aurelians Feldzügen ein kleines Vermögen an Beute gemacht und trug nun den purpurgesäumten Mantel der Ritterschaft, aber zur römischen Gesellschaft hatte er noch keinen Zugang gesucht oder gefunden; wie sein Kaiser selbst war er dazu viel zu selten in Rom anwesend. Und die wenigen geselligen Gelegenheiten verliefen ähnlich unbefriedigend wie heute, da er alleine auf seinem Speisesofa lag und von der Konversation ausgeschlossen war. Sie konnten ihm auch gestohlen bleiben, wenn er sich so umsah. Kein Soldat war zu sehen, mit dem er ordentlich hätte Erfahrungen austauschen können. Überhaupt war kaum ein junger Mann da. Der einzige knackige Arsch im Raum gehörte einem blonden Sklaven, der auf einem versilberten Sockel saß und sich an einer Lyra festklammerte. Unmöglich, ihn da unauffällig anzusprechen.

Ein Sklave mit einer Platte Pfauenpasteten kam vorbei und bot ihm etwas an. Balbus griff zu und legte sich umstandslos mit der Hand eines der mit den Originalfedern des Vogels geschmückten Pastetenstücke auf den Teller. Das Kunstwerk zerbrach dabei unter seinen Fingern, was einige seiner Tischnachbarinnen dazu veranlaßte, ihn kühl zu mustern.

Dann plätscherte der Bach ihrer Klatschgeschichten munter weiter wie zuvor. Erstmals fing er ein paar Worte davon auf. Was hörte er da, die Hausherrin hätte sich also heute Abend mit dem Senator Lucius Cornelius Poeta verloben sollen? Das war doch eben der, der sich so für Zenobia einsetzte. Hah, und der Kerl erschien nicht. Er hatte doch gewußt, daß das ein Weichei war. Eine reiche Witwe auszuschlagen! Neugierig geworden, spitzte er weiter die Ohren.

»... aber ja, meine Liebe, wenn ich es dir doch sage, sie tobt. Was glaubst du wohl, warum sie noch nicht bei Tisch erschienen ist. Wo sie doch sonst, wir wollen ja ehrlich sein, keine Gelegenheit ausläßt, öffentlich zu glänzen.« Die Sprecherin unterbrach sich für ein paar Bissen Pastete.

»Wie meinst du? Zu streng? Nein, ich bin keineswegs zu streng mit der guten Drusilla, im Gegenteil. Jemand mußte einmal energisch mit ihr sprechen, und das habe ich vorhin getan. Stell dir vor, sie hatte sogar eine Fahne! Erzähl das bloß nicht weiter, bitte. Du weißt ja, wie schnell der Ruf einer alleinstehenden Frau leidet. Ich habe sie jedenfalls zum Ausnüchtern ins Atrium geschickt.« Ihre Zuhörerin wiegte bedenklich den Kopf und meinte:

»Ich habe ihr ja immer gesagt, sie soll sich nicht so auf diese Sache mit der Syrerin versteifen. So viel politischer Eifer gefällt den Männern nicht. Und dann noch ein Senator, der Gedichte schreibt, ich bitte dich. Na, wenn er diese Scharte auswetzen will, wird er ihr schon den Kopf der Syrerin auf einem Tablett servieren müssen, um sie wieder friedlich zu stimmen.«

»Ich bezweifle, daß er das tun wird,« erwiderte ihre Freundin mit vielsagender Stimme, »denk an meine Worte.«

»Wißt ihr eigentlich, warum sie diese Palmyrenerin so haßt?« mischte sich da eine üppige Brünette vom Nebentisch her ein. »Ich habe gehört, sie soll sie heute beim Triumphzug sogar persönlich mit Eiern beworfen haben.« Sofort wandte sich ihr die allgemeine Aufmerksamkeit zu. Auch Balbus hing mittlerweile an den Lippen der Damen. Begierig stand er auf und trat so dicht an die tuschelnde Gruppe heran, daß er alles verstehen konnte. Das war doch einmal ein Gesprächsthema, das ihn etwas anging. Er hatte in den letzten Stunden wenig Ermunterndes gehört. Fast schien es, als besäße er eine Seelenverwandte. Er bemerkte gar nicht, wie sich die Brünette unmerklich seiner plötzlichen Nähe zu entziehen suchte.

»Mein Herr«, sprach ihn da ein älterer Senator an, »ich wäre ihnen dankbar, wenn sie meiner Frau nicht derart naherückten.«

Balbus kippte den Rest seines Weines hinunter und stand auf. Durch die kleine Gruppe seiner Tischnachbarn ging eine unruhige Bewegung. Der Senator erhob sich ebenfalls und straffte die Schultern. Balbus packte ihn an seiner Toga und hob ihn von den Füßen.

»Die Titten deiner Alten geschenkt, du Arschgesicht. Die sind so ranzig wie eingelegte Oliven. Die Hausherrin suche ich, das ist ein Weib nach meinem Geschmack, und kein aristokratisches …« Das schockierte Schweigen ringsum ließ ihn innehalten. Er stellte seinen Gegner behutsam wieder auf die Füße. Erleichtert setzte der allgemeine Redestrom wieder ein.

»Die Hausherrin«, wandte Balbus sich an den besorgt herbeigeeilten Hofmeister, »wo ist sie? Ich will sie begrüßen.« Der Sklave deutete auf eine Tür. Balbus schob ihn beiseite und machte sich auf den Weg ins Atrium des Hauses.

Dort saß Aelia Drusilla am Wasserbecken und starrte auf die Rehe. Sie hatte außer einer Überdosis Wein auch eine Vielzahl von Ausnüchterungsmittelchen zu sich genommen, und ihre Kopfschmerzen waren unerträglich. Das Schlimmste aber war, daß sich unter der Last des Schmerzes ihre ganze Wut in klebriges Selbstmitleid verwandelt hatte. Mit Tränen in den Augen betrachtete sie die bronzenen Rehe.

»Hier pflegte er zu sitzen«, sagte sie pathetisch zu sich selbst, »an diesem heiteren, friedvollen Ort. Und jetzt hat ihn die purpurne Sünde in ihren Fängen. Ach, gäbe es noch Helden wie meinen Vater, ihn mir zu retten.« Ein Geräusch unterbrach sie in ihren noch immer nicht ganz nüchternen Selbstbetrachtungen. Sie blickte unwillig auf.

Was sie jenseits des Beckens stehen sah, kam, trotz der umgebundenen Serviette, einem echten Helden recht nahe, mit seinem funkelnden Brustpanzer und dem wettergegerbten Narbengesicht.

Aelia Drusilla wußte in ihrem Herzen, wie Helden auszusehen hatten, nicht von ihrem Lehrer Plotinos, sondern vielmehr von ihrer Mutter. Diese von ihr zeitlebens verleugnete Frau hatte in ihrem langen Berufsleben bei der Armee viele solcher Helden in ihrem Bett gehabt. Und sie hatte sie alle geliebt, die vielen Väter ihrer Tochter. Seltsam, wie die Erinnerung an diese verdrängte Zeit in ihr aufstieg. Und doch: Hatte sie nicht auch in Poeta stets den rätischen Veteranen gesehen? Zerstreut nahm sie Balbus die soßenbefleckte Serviette ab.

»Decimus Pomponius Balbus«, stellte er sich vor, »militärischer Sonderbeauftragter des Kaisers für den Osten. Und Palmyra«, setzte er hinzu, um die Bedeutung seiner Position für einen Laien zu unterstreichen. Aelia Drusilla lebte auf.

»Bringt ihr mir Nachricht von den Beratungen des Kaisers? Wird er endlich ein Einsehen haben?« Habt ihr Poeta gesehen, hätte sie beinahe hinzugefügt, besann sich aber gerade noch. Balbus verneinte.

»Es ist ein Jammer, daß der Kaiser in dieser Sache ganz verbohrt ist«, erwiderte Balbus. »Ich kenne diese Frau, glaubt mir, niemand weiß besser als ich, daß sie unschädlich gemacht werden muß.« Aelia Drusillas Kopfschmerz war mit einem Mal völlig verflogen.

Sie kamen sich schnell näher. Balbus erzählte von seiner Palmyrener Zeit, als er einsam die Grenzen des Imperiums abschritt, ein tapferer Reiter, darbend in Hitze und Sturm. Seine Gastgeberin erwies sich als verständnisvolle Zuhörerin. Also berichtete er ausführlich, wie er die verlorenen römischen Krieger in den Kastellen am Ende der Welt aufsuchte. Wie er im orientalischen Intrigensumpf für diese Männer kämpfte. Wie er zum Wohle des Reiches Zenobias sexuelle Verderbtheit aufzudecken suchte. Wie er, der Sehende, gegen die Blindheit der nachsichtigen römischen Behörden anrannte, doch vergebens, und wie sein edler, aber ahnungsloser Vorgesetzter darum in seinen Armen starb.

Aelia Drusilla hing an seinen Lippen, also erwähnte er auch noch, wie er Gash, den ebenso starken wie tückischen Bruder der syrischen Zauberin, im Zweikampf besiegte, und wie er danach als Häuptling bei den Nomaden lebte, um den Nachstellungen der Palmyrener zu entgehen, bis Rom ihn wieder brauchte. Und wie er dann neben Aurelian vor Palmyras Mauern focht und die Königin in Ketten legte, die ihn um ihr Leben anwinselte. Wie sie sich ihm anbot und ihn umgarnte, und wie er sie zurückwies im Namen Mithras', denn es gab Recht und Unrecht auf Erden, und die Kinder des Rechtes wandelten im Licht und die Kinder des Unrechts waren vom Stoff der Finsternis und des ungestalten Chaos. Gut und Böse, donnerte er, und nahm einen tiefen Schluck des inzwischen herbeigebrachten Weines. Etwa da hängte Aelia Drusilla sich schwer an seinen Arm.

»Die Kinder der Finsternis«, seufzte sie, »mein Lehrer Plotin hat mir oft davon gesprochen. Wahrlich, das Licht des einen Geistes erreicht nicht alle.« Sie sah ihn bewundernd an. »Aber euch hat es erreicht. Ein Mann der Uniform – und doch von solcher Weisheit…« Sie streichelte versonnen seine Hand. »Gut und Böse, ja. Euch konnte diese Schlange nicht bezwingen.«

Balbus lehnte sich zufrieden grunzend zurück und ließ die Beine locker.

»Einen Löwen des Mithras täuscht man nicht mit bösen Künsten. Ahh, ich hätt' sie haben können, aber ich hab' sie durchschaut.« Balbus begann sich wohlzufühlen. »Ich bin kein Gimpel, wie dieser Kerl, der jetzt beim Kaiser um ihr Leben winselt. Der ist wahrscheinlich richtig scharf auf sie. Nein, mich kriegt sie nicht, mit ihren Hexenaugen, wie diesen Poeta.«

»Lucius Vigilius Poeta?« Aelia Drusilla ballte die Fäuste. »Poeta, seid ihr sicher?«

Balbus schnalzte bedauernd mit der Zunge und wiegte den Kopf. »Sie hat ihn völlig umgarnt, den Armen; traurig, so was mitansehen zu müssen, vor allem bei einem alten Offizier.« Aus den Augen beobachtete er die Wirkung seiner Worte auf die Frau neben sich. Sie hätte nicht befriedigender ausfallen können. In Aelia Drusillas Gesicht fand sich kein Tropfen Blutes mehr, ihre Augen waren dunkel vor Wut, und ihre Hände umklammerten die Lehne ihres Sessels. Und jetzt setze ich noch eins drauf, dachte Balbus.

»Der Kaiser war ja anfangs noch unsicher, bis dann der Senator Poeta ihn mit seinem Gerede vom unaufhebbaren Gottesurteil ganz irre machte. Und sie«, fabulierte er wild drauf los, »hat sich dabei vor den beiden gewunden und gespreizt und ihnen mit ihrer Zunge…«

Weiter kam er nicht. Aelia Drusillas Wutschrei und das Krachen, mit dem sie ihren Sessel in das Bassin warf, unterbrach ihn.

»Der Mistkerl, der Dreckskerl, das Schwein!« Sie holte tief Luft. Balbus sah auf die Füße des Stuhls, die zwischen den Seerosen hervorragten. Kleine Wellen schwappten gegen die Rehe.

»Kein netter Zug euch gegenüber, was?« fragte er in die momentane Stille.

»Dieses Weib muß sterben!« Aelia Drusilla konnte nur flüstern, dann kehrte ihr Jähzorn mit voller Macht zurück. »Sie muß sterben, hört Ihr?« brüllte sie und packte Balbus an seinem Mantel.

»Mit ihren Lippen wird sie an seiner Zunge saugen, sie wird ihre lüsternen Schenkel für ihn spreizen und ihre schweißfeuchten Brüste in seine Hände pressen.« Sie keuchte. »Sie wird ihre Nägel in seinen Rücken graben bei jedem Stoß, oh, ich höre das Gelächter der Hölle.« Sie riß ihm die verbliebenen Fetzen seiner Toga ab und presste sich an ihn. »Ihr könnt das verhindern, nicht wahr? Ihr könnt etwas dagegen tun, sagt es!«

Balbus hielt sie sich energisch vom Leib. Was Weiber doch für eine Energie entwickeln konnten. Aber diese aufgebrachte Alte hier mochte tatsächlich die Lösung all seiner Probleme sein. Sie wäre glatt imstande, ihre Drohungen wahr zu machen, wenn man nur das Feuer am Kochen hielt. Balbus beglückwünschte sich zu seinem guten Riecher.

»Jetzt haltet doch mal still.« Er schüttelte sie. »Habt Ihr ein paar kräftige junge Kerle unter Euren Sklaven? Solche, um die es nicht schade ist?« Aelia starrte ihn voll seligen Grauens an. Ihre Pupillen weiteten sich.

»Ja«, flüsterte sie. Und dann immer wieder »Ja. Ja. Ja.«

»Gut«, erwiderte Balbus. »Ich werde sie anführen.« Er grinste innerlich, es war einfach perfekt. Weder der Kaiser noch er würden sich die Hände schmutzig machen. Er konnte sich im Hintergrund halten und wenn etwas schiefging, war alles nur die Idee dieser verrückten Matrone, von der ganz Rom wußte, wie sehr sie Zenobia haßte. Balbus schnurrte förmlich. Er würde auf jeden Fall diesen blonden Knackarsch mit der Leier mitnehmen, der ihm im Speisesaal aufgefallen war. So eine gemeinsame Unternehmung verband Männer ungemein. Zwei Fliegen mit einer Klappe schlagen, nannte man das wohl.

Aelia in seinem Griff schluchzte noch immer rhythmisch »Ja. Ja. Ja.« Ihre Hände fanden den Weg zu seiner Erektion. In Gedanken schon ganz bei der Planung seines Unternehmens, schob er sie von sich.

»Ich komme morgen in der Sache zu Euch«, raunzte er. »Sorgt dafür, daß ihr allein seid. Völlig weggetreten«, murmelte er für sich, und verließ Aelia Drusillas Fest.

Seine Gastgeberin sank gegen die Wand des Bassins. Noch als er fort war, flüsterte sie unaufhörlich, mit weit geöffneten Augen: »Töte sie, töte sie, töte sie, töte sie …«

# Das letzte Gefecht

Balbus' Laune hatte sich mit der wiederkehrenden Erinnerung schlagartig gebessert. Was für ein Abend war das gestern gewesen! Er mußte sofort den Kaiser aufsuchen mit dieser neuen grandiosen Idee. Pfeifend schritt er aus durch die morgendlich belebten Gassen. Es war eine Lust zu leben an diesem geschäftigen Nabel der Welt, der Stadt der tausend Möglichkeiten. Wenn man der Mann war, sie zu ergreifen. Er nahm sich im Vorbeigehen einen Apfel vom Stand eines Bauern, warf dem Mann ohne anzuhalten eine Kupfermünze hin und biß krachend in die Frucht. Sie war süß und saftig.

Doch im Palast erfuhr er, daß Aurelian bereits im Senat war, um das Gremium offiziell über den Erfolg seiner Feldzüge zu informieren. Balbus fluchte und setzte sich in Trab, er mußte unbedingt mit Aurelian reden, bevor der sich bezüglich Zenobias Schicksal öffentlich festlegte. Der Vormittagsbetrieb in der Innenstadt war inzwischen erheblich dichter geworden, und Balbus' Laune erheblich gedämpfter. Er wich den Ellenbogen der Friseure aus, die auf offener Straße ihre Kunden bedienten, schob plaudernde Hausfrauen zur Seite und wischte mit seinem wehenden Mantel sorgsam aufgetürmte Fruchtpyramiden von den Tischen der Obsthändler. Auf die Verwünschungen, die ihm folgten, achtete er nicht.

Schon von weitem konnte er sehen, daß die Kurie zu diesem besonderen Anlaß gut besucht war. Wer von den fast sechshundert Senatoren, die zu diesem besonderen Anlaß gekommen waren, dem Gedränge drinnen entgehen wollten, der flanierte vor dem Gebäude auf und ab. Es war ein ständiges Kommen und Gehen auf den Treppen. Wie Möwen über einem Fischkopf drängten sich die Männer in den leuchtend weißen Togen unruhig um den Eingang. Und in zahlreichen Gesprächen wurde mit den Flügeln geschlagen und die Schnäbel gewetzt. Einige entfernten sich debattierend, andere schlenderten grüppchenweise, kauend und mit kleinen Erfrischungen in den Händen, wieder zurück, um sich erneut ins Getümmel zu wagen. Vor dem Zugang standen Schlangen. Balbus stürmte die

Treppen hinauf zur Tür und preßte sich ohne Rücksicht durch die Reihen der dicht zusammengedrängt Stehenden. Er gelangte fast bis an das Geländer vor den Sitzstufen. Dann blieb er stecken.

In einem Raum, der für dreihundert Menschen gebaut war, drängten sich nun schon seit Stunden fast doppelt so viele. Die Luft war schwer, es stank nach feuchter Wolle und Knoblauch, irgendwo unter der hohen Holzdecke mochte noch ein Rest Sauerstoff sein, hier unten atmete man den schlechten Atem seines Nachbarn. Angeregte Gespräche der Umstehenden machten es ihm unmöglich, ein Wort von dem aufzufangen, was Aurelian vorne verkündete. Balbus sah nur zwischen den Köpfen den Kaiser auf- und abtigern, wie es beim Reden seine Art war. Er sprach, die Hände auf dem Rücken verschränkt. Dann trat dieser Poeta vor. Was konnte er wollen? Eine Bewegung ging durch die Reihen der Sitzenden, und einzelne Überraschungsrufe stiegen auf. Jemand pfiff gellend; die vorderen Reihen der Senatoren schienen zu applaudieren. Jetzt sprach wieder Aurelian; zum Hades, man verstand ja keinen Ton.

Balbus schlug seinem Nebenmann aufs Ohr und herrschte ihn an, er solle ihn mit seinem Gerede über die kalabresische Rübenernte verschonen, doch vergeblich, kein Ton des vorne Gesagten drang bis zu ihm. Es schien niemanden sonst zu stören. Hinter ihm begann es, nach heißen Würstchen zu duften. Jetzt legte der Kaiser Poeta eine Hand auf die Schulter, nochmaliger Applaus brandete auf, und ein allgemeines Gedränge nach dem Ausgang setzte ein. Die im folgenden zu verhandelnden Themen waren zweifellos von geringerer Attraktivität.

Balbus wurde mit hinausgespült und konnte sich erst im Porticus ein Plätzchen zum Warten hinter einer Säule sichern. Er trat vor, als Aurelian herauskam, umgeben von Schmeichlern und Bittstellern. Schnell nahm er ihn beiseite.

»Salve, mein guter Balbus«, grüßte ihn der Kaiser, erleichtert über die Unterbrechung. Politische Auftritte dieser Art gehörten nicht zu seinen Lieblingsbeschäftigungen. Er haßte Unverbindlichkeiten, und schon der Anblick einer Uniform inmitten des weißen Gewoges tat ihm gut. »Ich habe Euch heute morgen vermißt. Wo wart Ihr?« Balbus verneigte sich militärisch knapp.

»Ich war auf der Suche nach der Lösung unserer Probleme, mein Kaiser und Herr, und ich habe sie gefunden.« Aurelian runzelte die Stirn, so viel Zeremoniell verhieß nichts Gutes, doch Balbus trat noch einen Schritt näher und fuhr mit leiser, drängender Stimme fort:

»Ich habe eine Frau gefunden, sie haßt die Syrerin, versteht Ihr, sie sähe sie am liebsten tot und will Mörder anheuern.« Er sah sich noch einmal um, ob keiner der Speichellecker in ihrer Umgebung die Ohren spitzte. Dann brachte er seine Pointe: »Nun braucht man ihr nur Ort und Zeit zuzuspielen, nicht wahr, man muß ja nicht wissen, wozu, und dann hat jemand ganz anderes Zenobia ermordet, und man ist es nicht gewesen, versteht Ihr: kein Blut an Euren Händen. Ihr müßtet sie nicht einmal kennen, alles, was Ihr tun müßtet, wäre, mir zu erlauben, ...«

»Balbus! Balbus«, unterbrach ihn der Kaiser, »ich habe eben dem Senat verkündet, daß Senator Lucius Cornelius die Königin heiraten wird. Er wird sich dann von seinen Ämtern zurückziehen und auf seine Güter in Sizilien gehen. Wir sehen sie nicht wieder.«

Balbus stand wie vom Donner gerührt. Der Dreckskerl war tatsächlich scharf auf die Syrerin gewesen, er hatte es doch gewußt. Und er war schlauer als gedacht. Doch bei Mithras, die beiden sollten ihm nicht davonkommen.

»Um so besser«, wandte er daher sofort ein, »dann fällt auch nicht der kleinste Verdacht auf Euch, denn ...« Aurelian unterbrach ihn abermals. Er hatte aus den Augenwinkeln jemanden näherkommen sehen.

»Ich weiß Eure Treue zu schätzen«, sagte er betont laut und deutlich, »aber durch Lucius Cornelius' selbstlosen Einsatz sind wir jeder Sorge enthoben, nicht wahr?«

Er sprach den letzten Satz mit einem Kopfnicken zu Poeta, der eben zu ihnen trat, sah dabei aber Balbus in die Augen. Der nickte zögernd, dann wandte er sich mit einer zweiten Verneigung an Poeta:

»Ein wunderbarer Morgen, Senator. Ich höre eben, es ist Euer Hochzeitsmorgen?« Sollte er sie doch im Hades feiern, seine Hochzeit. Poeta lächelte, er konnte nicht anders. Noch die verlogenste Gratulation, und er hatte an diesem Morgen eine Menge von der übelsten Sorte erhalten, erinnerte ihn an sein bevorstehendes Glück. Schafsgesicht, schimpfte er sich, mit deinem ewigen Grinsen. Aber was für ein glückliches Schaf er doch war, selbst unter diesen Wölfen.

»Ich gratuliere«, fuhr Balbus fort. »Wollt Ihr mit Eurer Braut Rom heute schon verlassen?«

»Ich reite jetzt zu meinem Landgut in den Prenester Bergen, » erwiderte Poeta, »um die nötigen Vorbereitungen zu treffen. Meine«, er machte eine Pause und wiederholte dann voller Stolz: »Meine Braut wird heute abend dorthin eskortiert werden.« Aurelian begann, nervös von einem Fuß auf den anderen zu treten. Balbus räusperte sich:

»Es wäre mir eine Ehre, diese Aufgabe zu übernehmen.« Doch der Kaiser warf schnell ein:

»Nein. Nein, Ihr nicht, Balbus. Euch brauche ich heute abend vielleicht noch.« Dabei zeigte er Poeta sein breitestes Soldatenlächeln.

»Wie Ihr wünscht, Imperator. Senator.« Balbus verneigte sich erneut vor Poeta und ging, schnell und verwirrt. Was, beim Mithras, erwartete der Kaiser nun von ihm?

Balbus wartete den ganzen Tag in seinem Quartier. Am späten Nachmittag war er perfekt darin, ein hochgeworfenes Messer unverletzt am Griff wieder aufzufangen, aber es kam noch immer kein Befehl, der ihn zum Kaiser rief. Erneut sah Balbus aus dem Fenster: Doch niemand, der aussah wie ein kaiserlicher Bote auf dem Weg zu ihm, drängte sich unten durch den Verkehr. Aber Gewitterwolken schoben sich über der Stadt zusammen und drohten, es früh dunkel werden zu lassen. Schon fielen erste Tropfen, kalt und laut.

Mißmutig zog Balbus den Kopf zurück. Es schien, als hätte Aurelian doch keinen Auftrag für ihn an diesem Abend. Jedenfalls keinen, dachte Balbus und nahm einen tiefen Schluck aus dem Weinschlauch an seinem Bettpfosten, den er mir mit Worten erteilen will. Was soll's.

Er genehmigte sich noch einen zweiten Schluck, dann öffnete er entschlossen die dunkle Ledertruhe, die neben dem Bett stand und sein privates Waffenarsenal enthielt. Es waren zumeist Andenken aus seinen zahlreichen Feldzügen, Kriegsbeute: eine skythische Axt, eine bronzebeschlagene Keule mit langen Dornen, ein Dolch mit gewellter Klinge, ein persischer Bogen, die Sporen eines parthischen Reiters, aber auch Gebrauchsgegenstände des römischen Alltags: der Dreizack eines Gladiators, ein eisenverstärkter Handschuh für den Faustkampf, verschiedene Messer, die in Stiefel paßten, und natürlich seine Armee-Ausrüstung.

Er suchte Kurzschwert und Dolch heraus, die er sorgfältig in einen alten Mantel einwickelte. Die Wachen durften ihn innerhalb der Stadtmauern nicht mit Waffen antreffen. Aber bei diesem Regen würde ein gut verschnürtes Paket wohl nicht weiter auffallen. Dann machte er sich auf den Weg in die Birnbaumstraße. Nun sollte Aelia Drusilla Wort halten und ihm eine Mannschaft besorgen.

Knackarsch, ich komme, dachte er, Zenobia, ich komme. Wartet ihr, Balbus kommt. Sein Schritt war federnd, als er durch die von dem Regenguß leergefegten Straßen ging. Und er begann ein Lied zu pfeifen.

Zenobia schaute durch die dünnen Scheiben aus Glimmer, mit denen die Fenster der Sänfte verschlossen waren. Sie verzerrten die Landschaft und rückten sie fern, als sähe man durch eine sturmgekräuselte Oberfläche auf eine Unterwasserwelt. Einzelne Tropfen des abendlichen Gewitters, das vor kurzem niedergegangen war, rannen noch daran herab. Die Schritte der Träger auf dem nassen Straßenpflaster klangen besonders laut und nah. Ein grüner Fleck, wohl ein Baum, sickerte über die Scheibe, dehnte und wölbte sich zwischen den Körnchen des Kristalls durch und war vorüber. Der Himmel schickte ein zähes gelbes Licht herein, dicke Wolkenpolster beschleunigten noch die Dämmerung.

Zenobia ließ sich zurück in die Polster sinken und richtete sich sofort wieder auf. Was, wenn er…? Sie preßte fest die Augen zu, um den Aufruhr in ihrem Kopf zu beruhigen. Ruhe, sagte sie sich, konzentriere dich, sonst drehst du dich immer im Kreis. Aber ihre Gedanken stoben sofort wieder auseinander. Sie wagten nicht einmal vage an das zu ruhren, was in diesem Landgut auf sie warten mochte. Nur die Fragen tanzten durch ihren armen Kopf.

Wie würde er sein? Der Name, der ihr genannt worden war, hatte ihr nichts gesagt. Geschenkter Gaul, ermahnte sie sich, geschenkter Gaul, Zenobia, gestern ging es noch um dein Leben. Was ist da schon ein dicker

Bauch, oder ein unliebenswürdiges Wesen? Oder ein verdorbener Charakter. Sie schauderte, dann schüttelte sie die Vorstellung wieder ab.

Der Mann von gestern nacht fiel ihr ein. Wer war er gewesen? Und was war nur aus ihrem Leben geworden, daß sie herumirrte wie ein Komet, der aus seiner Bahn geschleudert war? Irgendwo in der fremden Stadt hinter ihr blieb ein Mensch zurück, dem sie sich rückhaltlos hingegeben hatte – und sie kannte ihn nicht einmal! Ein Schemen, eine Traumgestalt fast nur, und das war ihre ganze Erinnerung an den vielleicht letzten Moment von Wärme und Zärtlichkeit in ihrem Leben. Was mochte er zurückbehalten haben?

Gewonnen, verloren. Der nächste Mann in ihrem Leben hieß dem kaiserlichen Gebot zufolge... verdammt, sie hatte den Namen vergessen! Was würde sie ihm sagen? Wie die Verbindung knüpfen? Ohne es zu wollen, redete sie schon seit Stunden mit dem namenlosen Unbekannten. Ihre wandernden Gedanken entwarfen, sobald sie außer Aufsicht waren, wortreich ihr Leben für diesen gesichtslosen Partner, mal als Romanze, mal als Tragödie, als Anekdote, als Treppenwitz. Sie formte und formte in einem endlosen Redestrom ihr Bild immer wieder neu. Wer war sie eigentlich? Was konnte sie in Zukunft sein?

Dann wieder sah sie sich von ferne als Frau Senatorin durch ein vornehmes Atrium schreiten, wie im Traum. Würdevoll trug sie die Schlüssel am Gürtel, energisch wies sie die Dienerschaft an. Es waren Szenen ohne Worte. Sie würde sich aufgeben, sich vergessen, wie eine Schlafwandlerin die Gesten ihrer neuen Tage ausführen, unerreichbar für Erinnerungen, unerreichbar für Schmerzen. Sie würde nie mehr laut sprechen, nie mehr schnell gehen.

Wie eine Statue, dachte sie, wie die Statue, die ich als kleines Mädchen sein wollte. Die Marmorgestalten aus der Totenstadt Palmyras, halbversunken im heißen Sand der Wüste. Ein kleines Lächeln kräuselte ihren Mund. Ich weiß noch, wie ich dasaß und den warmen Wind spürte, als ich mir das vorstellte, ein romantischer Kindskopf. Wann war das noch? Ach ja, ich wartete auf Odu, vor der Karawanserei saß ich am Rand des großen leeren Platzes. Der Wächter hatte sich in seine Dschellabah eingewickelt und sah mich an. Und Odu kam nicht. Ich hatte Aprikosen dabei für ihn.

Seltsam eigentlich, daß er damals nicht aufgetaucht war. Seltsam, daß mir jetzt solche Lappalien durch den Kopf gehen. Was würde wohl Longinos sagen, wenn er mich so verwirrt sähe. Der gleichmäßige Schritt der Träger schläferte sie ein.

Odu kauerte in dem noch regennassen Oleandergebüsch neben Balbus und wartete. Aus den Lücken zwischen den Wolken klaffte noch einmal gelbliches Tageslicht. Vom Boden unter seinen Füßen stieg feuchte Wärme auf und machte das Atmen schwer. Es duftete stark nach Lavendel.

Ein Stück vor ihnen, hinter einem Stein nahe der Straße, lümmelten die fünf Bewaffneten, die Aelia Drusilla aufgetrieben hatte. Vier davon waren zernarbte Totschlägertypen, die Odu nicht kannte, der fünfte aber war ihm nur allzu vertraut: Polybios, der Türhüter. Er kaute auf einem Grashalm und sah ganz zufrieden aus. Vermutlich kam ihm die Prämie recht, die ihre Herrin ihnen allen in Aussicht gestellt hatte.

Dabei ist es wenig wahrscheinlich, dachte Odu, daß wir Gelegenheit haben werden, sie auch entgegenzunehmen. Paula hatte wirklich keinen Geschmack bewiesen, als sie sich in diesen brutalen Idioten verguckte. Er schüttelte den Kopf: Kaum zu glauben, daß er ausgerechnet jetzt über Paula herziehen mußte. Als ob nicht sein größtes Problem wäre, daß er überhaupt hier war.

Odu zitterte vor Angst und Aufregung. Nur mit Mühe unterdrückte er ein nervöses Kichern. Er war Teil eines Mordkommandos für Zenobia! Es war ein Witz, ein bitterböser, hundsgemeiner Witz des Schicksals. Einer, den sie vermutlich beide nicht überleben würden. Gehetzt schlug er Balbus' Hand zur Seite, die über seine Hüfte zu wandern begann.

»Laß das!« Er ignorierte das spöttische Gelächter des alten Soldaten und starrte angestrengt in die Richtung, aus der die Sänfte kommen mußte. Ihn fröstelte trotz der Wärme. Wie hatte Aelia Drusilla nur so weit gehen können! Die Frau mußte verrückt sein.

Seine Zähne mahlten unablässig aneinander. Er bemerkte es und versuchte, den Unterkiefer zu entspannen, begann aber bald von neuem. Dann kniff er die Augen zusammen. Verdammt, es war lange her, daß er zuletzt in einem Wald gehockt war. Aber da, da vorne war etwas. Livia, dachte

Odu, du bist mutig vorgetreten, als die Reihe an dir war. Ich werde nicht feiger sein. Alle Götter, sandte er einen letzten Stoßseufzer, seid gnädig und schützt Livia!

»Das sind sie!« Balbus spuckte den Grashalm aus, auf dem er herumgekaut hatte und zog sein Schwert. Er schwenkte es einmal über dem Kopf, zum Zeichen für seine Helfer, die sofort aufsprangen und auf die Straße zuliefen. Die Sänfte hielt. Schon hörte man das Klirren von Waffen.

Zu ihrer Überraschung stießen die Mörder jedoch auf entschlossenen Widerstand. Die Eskorte war, wie angekündigt, nur klein: Haussklaven des Lucius Cornelius, ohne militärische Ausbildung und den professionellen Angreifern nicht gewachsen. Doch statt beim ersten Anzeichen von Gewalt davonzulaufen, hatten sie mutig zu den Waffen gegriffen. Selbst die beiden Sänftenträger zogen ihre Schwerter und verteidigten sich und ihre Insassin mit unerwarteter Hartnäckigkeit.

»He, wo willst du hin?« rief Balbus erstaunt, als der junge Sklave neben ihm unerwartet aufsprang und auf die Kämpfenden zurannte. »Die schaffen das schon ohne uns. Bleib hier!« Was wollte der Knackarsch da unten? Zögernd, mit einem vage aufsteigenden Mißtrauen, setzte Balbus sich in Trab und folgte ihm.

Odu kam mit großem Vorsprung bei dem ersten der verbissen ringenden Paare neben der Sänfte an und stieß dem Mann, der den Träger zu überwältigen drohte, sein kurzes Schwert in den Rücken. Den anderen konnte er damit nicht mehr retten.

»Zenobia!« schrie er. Polybios hatte unterdessen die Sänftentür aufgerissen und eine kratzende, beißende und um sich schlagende Frau herausgezerrt. Als Odu sich auf ihn stürzte, fuhr er herum und wehrte den ungeschickten Angriff lässig ab.

»Sieh an, das blonde Schoßhündchen«, grinste er, »hast wohl nicht kapiert, wen wir hier umbringen sollen?« Sein nächster Hieb schlug dem jungen Goten das Schwert aus der Hand; dann schickte er sich an, ihm den Rest zu geben. Er ließ sich Zeit bei diesem Vergnügen.

Daß er damit einen tödlichen Fehler begangen hatte, merkte er erst, als Zenobia, die er zu Boden geschleudert und nicht weiter beachtet hatte, sich mit Odus Waffe dazwischenwarf. Sie blockte seinen Angriff mühsam ab, führte eine Scheinattacke auf seinen Hals, und als er instinktiv den Schwertarm hochriß, rammte sie ihm blitzschnell die Klinge in den Bauch. Noch im Niederfallen hatte er diesen ungläubigen Gesichtsausdruck: von einer Frau zur Strecke gebracht.

»Odu!« Sie erkannte ihn sofort wieder. Odu war gekommen…

Der andere der gedungenen Mörder löste sich von dem schwer verwundeten Sänftenträger und lief auf sie zu. Zenobia schnappte sich Polybios' Schwert, da die andere Waffe bis zum Heft in dem toten Körper steckte, und stellte sich ihrem neuen Gegner.

»Odu, nein! Oh Allath!« Aus dem Augenwinkel nahm sie wahr, wie Balbus auf sie zurannte und Odu ihm entgegenlief. Er konnte doch nicht versuchen, ihn mit bloßen Händen aufzuhalten! Der Römer stieß den Jungen beiseite und kam mit gezücktem Schwert näher. Odu hängte sich an sein Bein, bekam einen Tritt gegen die Schläfe, ließ sich aber nicht abschütteln. Fluchend schleppte sich Balbus Schritt für Schritt mit seiner Last auf Zenobia zu, die noch immer verzweifelt um ihr Leben kämpfte.

Er hörte das Hufgetrappel zuerst. Eine Gruppe Reiter kündigte sich an. Nervös drehte er sich um.

»Bei Mithras, du Kröte, laß los!« Er zog seinen Dolch.

»Oduuuu!« Es war Zenobia, die diesen Schrei ausstieß. Ihr Widersacher und ein weiterer Überlebender des Mordkommandos ergriffen die Flucht, als die Reiter heranpreschten. Einige von ihnen machten sich sofort an ihre Verfolgung, Balbus dagegen schien spurlos verschwunden.

Zenobia sank neben ihrem sterbenden Freund zu Boden.

»Odu, Odu!« Sie bettete seinen Kopf in ihren Schoß und streichelte mechanisch immer wieder über seine Stirn. Ihre andere Hand preßte sich auf die Wunde an der linken Seite seines Brustkorbs, doch das Blut floß hellrot und schäumend zwischen ihren Fingern hindurch.

Odu hielt ihr Handgelenk so fest umspannt wie zuvor Balbus' Fuß. Sein ganzer Körper bebte, als stemme er sich gegen ein schweres Gewicht. Die Lippen arbeiteten.

»Was, Odu, was? Ich verstehe nicht.« Beruhigend beugte sie sich über ihn und griff nun auch nach seiner zweiten Hand, die unentwegt an seinem Gewand nestelte, und hielt sie fest.

»Livia«, flüsterte er.

»Livia«, bestätigte Zenobia. »Das habe ich verstanden. Was ist mit Livia?«

»Livia«, wiederholte Odu nur. Nichts sonst. Dann löste sich sein Griff. Zenobia behielt seine leblosen Hände fest in ihren. Sie weinte hemmungslos. Von den Männern, die um sie herumstanden, bemerkte sie nichts, bis einer von ihnen sprach.

»Ich erkennte ihn! Das ist Aelia Drusillas Lieblingssklave. War er unter den Angreifern?« fragte die fremde Stimme.

»Ja«, hörte Zenobia den verletzten Sänftenträger antworten. »Aber er kam uns zu Hilfe. Ich verstehe auch nicht, warum.« Zenobia hob den Kopf und sah eine Gruppe Leute, an ihrer Spitze den Mann, in dessen Armen sie an diesem Morgen aufgewacht war. Erschöpfung überkam sie bei seinem Anblick. Sie hatte absolut nicht mehr die Kraft, irgendetwas zu empfinden. Verstört betrachtete sie das Schlachtfeld mit den toten oder verwundeten Männern.

»Er war ein Freund von mir.« Sie flüsterte es nur. »Ein Freund aus alten Tagen.« Und sie würde ihn rächen, irgendwie. Dann räusperte sie sich. »Der Anführer der Attentäter hieß Balbus. Ein Offizier. Ich, ich habe ihn beim Triumphzug gesehen.«

»Balbus!« Poeta überlegte. Er sah auf seine zukünftige Frau hinunter, die einen toten Sklaven im Schoß hatte, dessen Blut ihren Schleier so rot färbte, wie es der Anlaß eigentlich erforderte. Ein blutiger Hochzeitschleier, dachte er. Das Erbe der Welt, aus der sie kommt. Aber nein, korrigierte er sich, ich bin ungerecht. Sie kann nichts dafür. Entschieden wandte er sich an seinen Begleiter.

»Reite sofort in die Stadt. Teile dem Kaiser mit, Aelia Drusilla und Balbus hätten sich verschworen, meine Gemahlin zu ermorden. Ich werde Anklage erheben.« Er gab ihm die Namen der Advokaten und Beamten, die er aufzusuchen hatte und schärfte ihm ein, baldmöglichst Bericht zu bringen.

»Und du, meine Liebe, brauchst jetzt vor allem ein warmes Bad und ein Bett.«

Damit hob er Zenobia ohne Umstände auf und trug sie zu seinem Pferd. Er war selbst erstaunt, wie leicht das ging. Gerührt drückte er sie an sich. Ihr bereits so vertrauter Duft stieg ihm in die Nase. Poeta ritt heim. Von seinem Rheuma war nichts mehr zu spüren.

# Zukunft

Der neu einsetzende Regen durchnäßte sie beide bis auf die Haut, während sie langsam auf das Landgut zuritten. Zugleich kam die Sonne dicht über dem Horizont noch einmal heraus und umschloß die dunklen Wolken mit einem Rand aus flüssigem Gold. Der Himmel leuchtete blaßgrün.

Zenobia saß reglos und müde vor Poeta im Sattel, dankbar, daß sie sich anlehnen durfte. Sie nahm die Villa kaum wahr, die schließlich mit ihren roten Dächern hinter einer Allee aus Zypressen und Olivenbäumen auftauchte. Das Tor in der hohen weißen Mauer war geöffnet. Laut klackten die Hufe des Pferdes über das Cave-Canem-Mosaik. Drinnen liefen Hunde und Kinder von den Wirtschaftsgebäuden herüber und rannten ihnen lärmend bis zum Haus voran.

Durchgefroren und steif vom Ausharren in der unbequemen Lage, stieg Zenobia schließlich ab, das heißt, Poeta legte sie vorsichtig wie einen Ballen Rohseide in Pallas' Arme. Dann humpelte sie am Arm des alten Sklaven ins Haus. Eine Frau kam dazu und wies Pallas aufgeregt und energisch an, Zenobia in ein bestimmtes Schlafzimmer zu führen. Mit lauter Stimme scheuchte sie das neugierige Kindervolk von den Fenstern, schloß die schweren Holzläden vor der aufziehenden Nacht und zündete Lampen an. Ein Kohlebecken, das in der Ecke vor sich hin glomm, verbreitete langsam seine wohltuende Wärme.

Wortlos zog die Alte sie aus; das Knistern der trockenen Greisinnenhände auf ihrer Haut ließ Zenobia erschauern. Dann wurde sie in mehrere Lagen weicher Leinentücher eingewickelt und auf eine Liege gesetzt, wo sie auf das Badewasser wartete. In dampfenden Kupfereimern wurde es hereingeschafft und füllte langsam die schlichte Sitzbadewanne vor Zenobias Füßen. Als die Wanne voll war, ließ man Zenobia auf ihren Wunsch hin allein.

Und so fühlte sie sich auch, allein. Plötzlich eines Menschen beraubt, an den sie über zehn Jahre lang kaum gedacht hatte, kam sie sich so einsam vor wie nicht einmal in den Stunden vor dem Triumphzug. Sie trauerte in ihrer Badewanne um einen Jungen, mit dem ihre Kindheit und Heimat endgültig aus ihrem Leben verschwunden war. Es war eine seltsam gefaßte, tapfere Trauer, die sie empfand, während die Kälte langsam aus ihrem Körper verschwand.

Tief atmete sie den warmen Duft des Lavendelöls ein, das dem Wasser beigegeben war. In dieser neuen Einsamkeit war weder Resignation noch Verzweiflung, wie in den Wochen vorher. Es war darin fast etwas wie ein Gefühl von Freiheit, wie die Hoffnung auf einen Neubeginn. Und daran war der Mann schuld, der sie hierhergebracht hatte.

Zenobia schämte sich fast, sich das einzugestehen. Odu war für sie gestorben, und sie verabschiedete sich von ihm voll echter Traurigkeit, um sich einer neuen Liebe zuzuwenden? Hatte sie ihn so schnell wieder aus ihrem Herzen verbannt? Und Clelia, und Longinos? Nein, entschied sie mit leiser Scham, ich bin keinesfalls verliebt, höchstens dankbar. Natürlich, ich bin dankbar. Schließlich hat er mir auch das Leben gerettet, nur auf eine andere Weise. Dankbar für die Position in der Gesellschaft, die er mir bietet, für das Gefühl von Geborgenheit, das ich in seiner Nähe habe, für das spontane Vertrauen, das er mir einflößt. Ach, und dieses Flattern im Bauch, wenn ich an die Nacht mit ihm denke. Sie kauerte sich schutzsuchend noch ein wenig tiefer in die Wanne. Doch das Wasser wurde kühler. Ein erstes leichtes Frösteln trieb sie hinaus. Nein, dachte sie noch einmal, während sie sich energisch abtrocknete, mehr als dankbar bin ich keinesfalls.

Leinenes Unterzeug lag für sie bereit und eine weitgeschnittene gefärbte Wolltunika mit Brokatbesatz, die warm war und nach Rauch duftete. Jemand schien sie unbemerkt hereingelegt zu haben, als sie badete. Sie war nicht safranfarben, und auch ein roter Schleier fehlte. Die Hochzeit, dachte sie, muß verschoben worden sein. Erleichtert schlüpfte sie in die neuen Sachen; sie paßten perfekt. Sie strich anerkennend über den rotgoldenen Brokat an den Ärmeln. Es war eine Farbe, die sie liebte und die ihren Teint warm schimmern ließ. Wie typisch für ihn, ging es ihr durch den Kopf, so rücksichtsvoll zu sein. Dann rief sie sich selbst zur Ordnung. Wie kam sie auf solche Gedanken! Sie kannte den Mann ja gar nicht. Fast nicht, fügte sie errötend hinzu. Die eine Nacht, die sie miteinander verbracht hatten, konnte man wohl kaum zählen. Was wußte sie schon über seine Motive?

Als sie wenig später in sein Zimmer trat, war es genau so schlicht, wie sie es erwartet hatte. Sie kannte sein Wesen doch besser, als sie es sich eingestehen wollte. Poeta saß und schrieb mit gesenktem Kopf. Einen Augenblick lang gemahnte sie der dunkle Scheitel über der edlen Stirn erneut an Longinos – nur daß er an den Schläfen schon ein wenig von Silber durchzogen war – und es gab ihr einen schmerzhaften Stich. Schnell richtete sie ihren Blick auf unverfänglichere Dinge.

Eine kleine Öllampe beleuchtete seinen Schreibtisch, auf dem zwischen einigen Papyrusrollen eine Bronzebüste des Vergil stand. Auf einer der Wände war im Halbdunkel jenseits des Lichtkreises undeutlich eine bukolische Szene zu erkennen, ein junger Hirtengott, der allein inmitten eines Wäldchens lag und versonnen auf seiner Flöte blies. Das Weiß seiner Faunsaugen leuchtete; er schien in die tanzende Flamme zwischen ihnen zu starren.

Zenobia räusperte sich. Poeta stand abrupt auf und ging einige Schritte um den Tisch herum auf sie zu. Er vollführte eine vage einladende Geste und fand dann sichtlich keine Verwendung mehr für seine Hände.

»Sehr schön. Das Kleid, meine ich.« Er deutete in ihre Richtung und umklammerte dann zerstreut den Scheitel Vergils. Zenobia strich nicht vorhandene Falten im Stoff glatt, um ihre Zustimmung anzudeuten.

»Danke für …«, setzte sie an. Zugleich begann Poeta wieder:

»Ich habe die Zeremonie verschoben, weil … pardon.« Er verstummte.

»Ja?« Sie sah ihn erwartungsvoll an.

»Ich habe dich unterbrochen.« Nun räusperte er sich.

»Nein, nein. Bitte.« Sie hob auffordernd die Hände.

»Ich dachte einfach, es wäre nicht der richtige Zeitpunkt nach diesem,

diesem Zwischenfall.« Poeta machte eine Pause und auch Zenobia schwieg.

»Setz dich doch bitte. Dieser Oto war ein Freund von dir, sagtest du?« Zenobia nahm vorsichtig am Rand des nahebei stehenden Bettes Platz.

»Oto?« Sie war verwirrt, dann begriff sie. »Du meinst Odu. Er hieß Odu.« Wieder hörte sie auf zu sprechen. Poeta wartete. »Odu«, setzte sie schließlich an, »war Sklave im Haushalt eines gewissen Clemens, Seidenhändler in Palmyra, damals. Ich bin als Kind häufig heimlich von zu Hause weggelaufen und über die Märkte der Stadt gestromert, eine Freiheit, die man Mädchen bei uns im allgemeinen nicht zugesteht. Dabei sind wir praktisch übereinander gestolpert.« Sie lächelte entschuldigend. Poeta nickte ihr aufmunternd zu, um sie zum Weiterreden zu ermutigen, froh über die Chance, die peinliche Förmlichkeit zwischen ihnen zu umgehen. Zenobia schien eine Weile in ihren Erinnerungen versunken, dann fuhr sie zu seiner Erleichterung fort:

»Als wir uns kennenlernten war ich – elf? Jedenfalls furchtbar erwachsen. Und er vielleicht zehn. So in etwa. Ich übernahm natürlich das Kommando. Oh, manchmal fand ich es wirklich lästig, ein kleines Kind an meinen Rockschößen hängen zu haben. Schließlich war ich eine heimliche tragische Heldin. Aber ohne ihn wäre ich allein gewesen. Er war so freundlich und treu wie, wie ein Welpe, ja wirklich. Er hatte die unglaublich blauesten Augen, die ich je gesehen habe. Und vielleicht war er der einzige wirkliche Freund, den ich je gehabt habe.« Sie sah auf, als erinnerte sie sich plötzlich wieder der Anwesenheit eines Fremden. »Aber ich langweile dich.«

»Nein. Nein wirklich«, wehrte er ihr ungläubiges kleines Lächeln ab. »Ich lerne dich doch so ein wenig kennen. Bitte erzähl weiter.«

Und das tat sie. Vor seinen Augen entstand langsam das Bild einer fernen, exotischen Kindheit. Er lernte Attay kennen, Sime und Gash. Er ging mit Zenobia durch stauberfüllte Prachtstraßen, deren bunte Farben in der Sonne glühten. Er sah die Hunde im Schatten schlafen, wenn die Stadt in der Mittagshitze menschenleer war. Er folgte ihr in die dumpfen Kammern des Beltempels und in die Palmengärten, wo der heiße Sand einem die Knöchel verbrannte, bis man hinter den Schilfmattenzäunen die Gärten mit der dunklen Erde erreichte, wo Melonen und Artischocken wuchsen, Granatäpfel, Mandeln und Aprikosen. Er schlich mit ihnen beiden zum Fluß an jenem Tag, als sie, in ihre Tagträume versunken, den lästigen Jungen anfuhr: »Sklavenlümmel!«

Odus Augen waren blaue Teiche der Fassungslosigkeit, die größer und größer zu werden schienen und endlich überliefen. Er sagte nichts mehr. »Ist doch wahr«, setzte Zenobia noch nach, indem sie sich umdrehte, um weiterzugehen, aber ihr schlechtes Gewissen wuchs mit jedem Schritt.

»Ich machte halt, weißt du«, wandte Zenobia sich an Poeta, »und schaute zu ihm zurück. Er stand immer noch da, geschüttelt von einem heftigen Schluckauf, während die Tränen von seinem Kinn und seiner Nase tropften. Er hob den Ellenbogen vor das Gesicht, als ich zu ihm zurückging, aber als ich ihn in den Arm nahm, hat er sich bereitwillig an mich gedrückt. Ich hatte ihn tatsächlich noch nie vorher weinen sehen.«

Auch ihr begannen die Tränen übers Gesicht zu laufen. »Ach verdammt, ich werde sentimental. Ich weiß auch nicht, warum mir das gerade jetzt einfällt.« Sie schniefte, aber es kamen immer neue Tränen nach.

»Ist schon gut«, murmelte Poeta. »Ist alles gut. Rede einfach weiter.« Er streckte die Arme aus, und sie schmiegte sich an ihn. »Weißt du, ich habe das Gefühl, als kenne ich das Mädchen, von dem du da erzählst. Sicher hast du eine Menge schlampiger Zöpfe getragen, mit roten Bändern darin.«

»Ja.« Erstaunt sah Zenobia ihn an. »Woher weißt du das?« Statt einer Antwort bettete er sie noch etwas bequemer an seine Schulter, und sie erzählte schließlich weiter.

»Ich hab ihn dann zu unserem Lieblingsplatz geführt, zwischen den Büschen am Bewässerungsgraben. Mein Kleid wurde an der Schulter naß, und ich kam mir sehr mütterlich vor.« Sie schniefte erneut, und Poeta kramte nach einem Taschentuch, während sie fortfuhr.

Es war ein angenehmer Fleck, den die Kinder dort zu ihrem Standort gewählt hatten. Der Wassergraben verbreiterte sich zu einem kleinen Fluß. Blühendes Gestrüpp und verwilderte Zitronenbäume verbargen sie vor den Bauern, die das Fruchtland hinter ihnen bearbeiteten. Kleine Steinrinnen, die sich vielfach verzweigten, führten vom Fluß aus Wasser dorthin und machten ihr verwildertes Versteck zu einer Art Insel.

Manchmal erzählte Odu dort von dem viel breiteren Fluß mit den grasbewachsenen hohen Ufern seiner Heimat. Von den Herden, die er abends an der Furt zur Tränke trieb, und von der Mooshütte im Wald, wo er mit seinen Freunden saß, um der Hasenkönigin aufzulauern. Die anderen schnitzten Pfeile; und Odu fieberte der Zeit entgegen, da auch er alt genug für die Jagd mit ihnen sein würde. Doch dann waren die Römer gekommen und hatten alle seine Freunde getötet.

»Alle Geschichten Odus endeten so«, fuhr Zenobia fort. »Ich tastete nach seiner Hand, um sie zu streicheln und versuchte, ihn wieder fröhlich zu machen. Ich versprach ihm den Himmel und ein rotes Pony für die Zeit, wenn ich Königin wäre, und daß wir gemeinsam gegen die Römer ziehen würden.« Sie lachte traurig, als sie ihn ansah. »Es ist kaum zu glauben, nicht wahr? Aber wir beide haben damals barfüßig das Römische Reich besiegt.« Sie konnte nicht weitersprechen.

Poeta wartete, bis der Weinkrampf in einem tiefen Seufzer endete, um ihr Gesicht zu sich zu drehen. Seine Finger strichen zart über jede Einzelheit, die stolz geschwungene Nase, die lange Linie des Mundes, die dichten Augenbrauen, die glänzend schwarzen, gebogenen Wimpern.

Da erschien vor seinem inneren Auge wieder das Bild des Toten, seine in Schmerz und Erstaunen aufgerissenen, großen Kinderaugen. Er hörte wieder Zenobias Stimme: »Er hatte die unglaublich blauesten Augen, die ich je gesehen hatte.« Und das stimmte. Heute abend war es gewesen, als hätten seine toten Augen den Himmel gespiegelt.

Sein Herz klopfte, er räusperte sich und öffnete den Mund, schloß ihn aber wieder. Dann holte er Luft; er mußte es einfach fragen:

»Odu, ich meine, war er der Mann mit den blauen Augen, den du heute morgen beim Aufwachen zu sehen erwartetest?« Zenobia wurde puterrot bei der plötzlichen Erinnerung an diesen Morgen. Er war ihr bereits so weit fort erschienen, schon völlig vergessen.

»Nein.« Sie schüttelte energisch den gesenkten Kopf. In den nächsten Sekunden schien es nichts Interessanteres für sie zu geben als das Muster des Bettüberwurfs. »Nein«, wiederholte sie schließlich, »ich habe nicht an Odu gedacht.« Und nach einer weiteren Pause sah sie ihm in die Augen und fügte hinzu: »Ich habe an niemanden gedacht, der mir etwas bedeutete.«

Poeta dachte nach. Was sie gesagt hatte, klang aufrichtig, und er glaubte ihr. Weitere Fragen zu stellen, hatte er wohl kein Recht. Trotzdem …

Noch einmal holte er Luft, da bemerkte er, wie sie in seinem Arm schwer wurde. Zenobia war eingeschlafen. Er seufzte. Dann ließ er sich sacht mit ihr auf das Bett zurücksinken, angelte mit der freien Hand nach der Decke, die er über sie beide zog, und grub seine Nase in ihr frisch gewaschenes Haar.

Er war, stellte er fest, zufrieden und furchtbar müde. Fast schlief er schon, als er ihre Augenbraue küßte und flüsterte:

»Und fast, fast hättet ihr beide es damals geschafft, Odu und du.«

Poeta erwachte spät am Morgen durch ein Klopfen an der Tür. Es war Pallas.

»Herr, der Bote ist zurück aus Rom«, flüsterte er vernehmlich. Poeta nickte und bedeutete dem alten Diener mit Gesten, daß er aufstehen und ihm nachkommen würde. Dann strich er liebevoll über Zenobias schlafzerzausten schwarzen Haare. So gelöst glich sie wieder mehr denn je dem Kind aus seinem Traum. Sie rührte sich nicht, als er sich aufrichtete, tief in die zerwühlten Kissen versunken. Als könnte nichts auf der Welt sie wecken. Da schwang er sich aus dem Bett und griff nach einem frischen Überkleid.

Leise verließ er das Schlafzimmer und empfing den erschöpften Boten im Triclinium. Er befahl, dem Mann nach der anstrengenden Mission eine Mahlzeit zu servieren und goß ihm persönlich etwas von dem heißen Rotwein mit Honig ein, den Pallas schon bereithielt. Dann verschränkte er die Arme und hörte zu.

Aurelian, so erfuhr er, lehnte es ab, einen so verdienten Offizier anzuklagen wegen eines Vorfalls, bei dem nichts geschehen war, als daß ein paar Sklaven ihr Leben verloren. Er hatte Balbus in derselben Nacht noch auf ein Schiff geschickt, das nach Nordafrika auslief. Dort in der Kyrenaika würde er seinen Dienst als stellvertretender Kommandant der zehnten Legion versehen. Poeta schnaubte leise; der Mann war befördert worden. Dann kam das Essen, und den Rest der Ereignisse erfuhr er zwischen Kauen und Schlucken.

Aelia Drusilla war ebenfalls nicht mehr anzutreffen gewesen. Nach allem, was die Nachbarn erzählten, war sie mit demselben Schiff aufgebrochen, um, wie sie hatte allgemein verlauten lassen, dem Mann zu folgen, der ihr Verlobter sei. Ihre Anwälte waren bereits dabei, ihren Besitz aufzulösen und zu Bargeld zu machen.

»Der Kaiser schickt Euch dies als Hochzeitsgeschenk und zum Zeichen seiner Wertschätzung«. Der Bote wischte sich die Hände sorgfältig an der großen Leinenserviette ab und griff dann unter seinen Mantel. Er holte ein in Brokat gewickeltes Schmuckkästchen aus Elfenbein heraus. Poeta öffnete es. Ein schweres, handbreites Collier aus Emaille und Edelsteinen lag darin, eine ägyptische Arbeit.

»Der Stein im schützenden Auge der Gottheit ist ein echter Saphir«, erläuterte er. In seiner Stimme schwang Ehrfurcht mit. Poeta ließ das riesige Udjat-Auge im Zentrum der Kette in seinen Handteller gleiten und wog ihn nachdenklich.

»Der Saphir«, murmelte er.

»Er steht für ewige Liebe«, meinte sein Gegenüber. »Das passende Geschenk für eine Hochzeit.«

»Und für ewige Freundschaft«, sagte Poeta, mehr zu sich selbst. Das passende Geschenk für einen, den man verraten hat. Ein Unterpfand für die Zukunft. Er legte das rasselnde Schmuckstück in seine Schatulle zurück und nahm sie an sich.

»Es ist gut, danke. Ich denke, wir brauchen in der Sache nichts mehr zu unternehmen. Ich werde meinen Anwalt morgen selbst entsprechend instruieren.« Der Mann nickte, schob seinen Stuhl zurück, spülte mit einem letzten Schluck Rotwein die Reste seiner Mahlzeit hinunter, stand auf und ging. Poeta rief Pallas und bat ihn, das Kästchen zu verwahren. Wo? Irgendwo. Dann ging er zurück in seine Räume, um sich umzuziehen.

Er hatte Sehnsucht nach seinem Garten, und der laue Zug vom Fenster her sagte ihm, daß die Sonne es bis zum nahen Mittag geschafft haben würde, den frischen Herbsttag noch einmal zu erwärmen. Nur die Schatten zwischen den Büschen im Steingarten mochten noch kühl sein. Der Boden war wieder trocken und ein paar späte Bienen summten in den Beeten am Haus. Von den Wirtschaftsgebäuden herüber drang Gesang und das Knirschen der Olivenölpressen. Doch nur selten brachte ein leichter Windstoß das herbe Aroma herüber. Die Luft war prickelnd wie Wasser mit Wein. Da hörte er ein Geräusch vom Bett und trat näher. Zenobia war wach und sah ihn an.

»Guten Morgen.« Freundlich lächelnd beugte er sich über sie.

»Morgen«, murmelte sie verschlafen zurück. Dann war ihr, als hätte sie sein Gesicht einen Moment doppelt gesehen und als schöben die beiden Bilder sich jetzt wieder übereinander und verbanden sich zu einem.

»Ich habe von dir geträumt«, sagte sie mit erstaunter Stimme.

»Wirklich?« fragte er freundlich zurück.

»Ja, ich kam aus einer Höhle, da wartete ein Löwe auf mich und ging an meiner Seite. Aber viele Menschen standen am anderen Rand der Wüste, und sie hoben die Fäuste und schrien, ich verstand nicht, was, aber ich wußte, sie drohten mir. Und dann plötzlich lief ich auf einen Garten zu, in dem arbeitete ein Mann. Ich rief seinen Namen. Aber ich konnte nicht hören, was ich rief. Als ich vor ihm stand, hob er den Kopf. Und es warst du.«

»Wirklich?« fragte Poeta noch einmal. Vorsichtig setzte er sich auf die Bettkante und verbarg seine zitternden Hände unter der Decke. Was sie ihm da erzählt hatte, war sein eigener Traum gewesen. Wie war so etwas möglich?

»Schade«, brachte er schließlich heraus, »daß du meinen heißgeliebten Garten nun schon kennst. Ich wollte dich eigentlich heute damit überraschen. Es sind auch ein paar Pflanzen aus deiner Heimat dabei.« Etwas wie Hoffnung lag in seiner Stimme. »Wie kann es sein, daß du heute nacht von etwas träumst, das du noch gar nicht kennen kannst?«

»Nein«, Zenobia schüttelte den Kopf, »du verstehst nicht: Ich habe das nicht zum ersten Mal geträumt. Als ich ein Kind war, gab unsere Badefrau mir einen Trank, damit ich im Schlaf meine Zukunft sähe; sie war eine Wahrsagerin und Traumdeuterin. Und eine Medizinfrau, sehr weise.« Zenobia machte eine Pause. Ume trat ihr wieder vor Augen, die mächtige Gestalt mit dem dröhnenden Lachen. Ume in den geheimnisvollen Hinterzimmern des Badehauses, mit den tausend Kästchen und Schubladen, in denen sie ihre Mixturen hortete. Ume, die ihr die Liebe erklärt und ihr Kind zur Welt gebracht hatte. Wo war Ume?

»Sie gab mir einen bitteren Tee zu trinken, der mich einschläferte, er haute mich einfach um.« Sie mußte lächeln bei der Erinnerung an jenen Abend. »Und was ich träumte, war genau dasselbe wie heute nacht. Ich sah dich in dem Garten stehen. Nur kannte ich dich damals ja noch nicht.« Sie zuckte mit den Schultern.

»Warum lachst du?« fragte Poeta. Auch in ihm stieg ein großes Glücksgefühl auf.

»Ich weiß nicht«, sagte sie und lachte noch einmal, glücklich und befreit. Poeta nahm sie in die Arme, und sie erwiderte die Geste rückhaltlos. Voll warmer Freude sagte er:

»Das war wirklich ein seltsamer, wunderbarer Traum. Au, was ist das?« Er rieb sich den Hals.

»Oh verzeih, das war mein Armreif, er ist etwas klobig, schau.« Sie hielt ihm den bronzenen Figurenreigen um ihr Handgelenk hin.

»Ein eigenartiges Stück«, murmelte Poeta und wendete den Reif interessiert. »Barbarisch, aber nicht ohne Anmut. Haben diese Figuren eine Bedeutung?«

»Sie haben eine lange Geschichte«, antwortete Zenobia, »so alt wie die Menschheit. Es geht um Männer und Frauen. Wenn du möchtest, erzähle ich sie dir einmal.« Und sie umarmte ihn wieder. Über ihre Schulter hinweg sah Poeta, daß draußen die Sonne ihre ganze Kraft entfaltet hatte. Ein prächtiger Herbsttag wartete auf sie.

*Salve, Odu, hier komme ich noch einmal. Alles ist bereit gemacht für unsere Abreise nach Sizilien, die Wagen warten schon, und wir werden nicht wiederkehren, es sei denn in unseren Gedanken.*

*Mein Mann, denn das ist er seit heute, und ich nenne ihn mit Freuden so, hat für mich auf seine Heimat verzichtet. Und wir werden uns bemühen, einander eine neue zu schaffen, ohne doch dabei unsere Vergangenheit zu vergessen. Ich werde die Erinnerung an dich immer festhalten, Odu, mit meinem Herzen und mit meiner Feder.*

*Denn Lucius, mein Mann, schlug mir vor, eine Geschichte Palmyras zu schreiben. Zuerst zögerte ich; wie soll ich den Menschen von unseren Nachmittagen in dem kleinen staubigen Raum des Tempels erzählen, von Clelias Wärme und Longinos' unbezwingbarem Geist und von dem Tag im Palmenhain, in dessen Gluthitze ich beschloß, daß Rom Vergangenheit sei?*

*Lucius denkt, ich kennte die Ursachen und die Folgen, für ihn ist ein Grund ein Ding, so fest und eckig wie ein Schlüssel, der in ein Schloß paßt und mit einer entschlossenen Drehung genau die Räume eröffnet, die man zu sehen wünschte. Doch so einfach ist es nicht. Kalkül, mißbrauchtes Vertrauen, Trieb, Stimmung, Größenwahn – wir alle warfen zielstrebig unsere Netze und stolperten doch zufällige Wege dabei, die sich nun fügen werden zu der breiten Schneise, die die Geschichte durch die Zeit schlägt, eine Straße, gebaut für die Bedürfnisse der Lebenden.*

*Könnte ich euch doch wieder lebendig werden lassen, ihr, die damals dachtet und handeltet. Longinos, Firmus, dich ... es wäre mehr damit erreicht, als die Dinge zu erklären. Und vielleicht trägt es einen kleinen Teil meiner Schuld euch allen gegenüber ab.*

*Deine Tochter trägt den Namen Aurelia. Ihre Mutter ...– ach, schweigen wir davon, sie ist nicht, was ich erwartet hatte. Es war auch nicht ihr Name, den du in deinen letzten Momenten riefst, nicht wahr, sondern ein anderer: Livia. Ich habe mich erkundigt, aber im ganzen Haushalt der Aelia Drusilla war kein Mädchen zu finden, das so genannt wird und … Doch sie rufen mich zu den Wagen, ich muß gehen. Leb wohl, mein Freund, leb wohl.*

## *I. Die Stadt*

Ein heimlicher Ausflug

Divide et impera

Träume

Balbus wird aktiv

Odus Stunde

Christen unter sich

Pläne für Zenobia

Balbus reitet

Die persische Mission

Neue Erfahrungen

Die Grabtürme

Was die Zukunft bringt

Das Fest der Götter und Pferde

Der goldene Prinz

## *II. Der Fürst*

Strategie

»Evoe« dem Brautpaar

Eine Fürstin wird besichtigt

Clelia

Der Tod des Syndicus

Briefe

Lateinstunde

Der Anschlag

Verrat!
»Bath Zabbai«

## *III. Das Reich*

Das Landgut
Regierungsgeschäfte
Es regnet in Rom
Ein Fest für Alexandria
Nomaden
Der Feldzug
Wo steckt bloß …?
Hure Babylon
Heimkehr

## *IV. Die Liebe*

Die Frau in der Sänfte
Der Krieg rückt näher
Belagert
Tragt mir was Hübsches vor
Gefangen
Livia
Der Triumphzug
Wie einst Kleopatra
Wenn die Schläfer erwachen
Das letzte Gefecht
Zukunft

Nach einer Idee und unter
Mitarbeit von Monika Leykam

2. Auflage 1998

Gesetzt aus der Caslon
Satz: Uhl + Massopust, Aalen
Druck und Bindung: Clausen & Bosse, Leck
Printed in Germany
ISBN 3-85842-326-2